U0366346

俄苏文学经典译著·长篇小说

陀思妥耶夫斯基（1821—1881）

俄国现实主义作家。军事工程学校毕业。当过制图员。1845年发表中篇小说《穷人》。后又写出《双重人格》《白夜》等中篇小说。1849年因参加反农奴制活动被判死刑，后改判为流放西伯利亚。流放归来发表长篇小说《被侮辱与损害的》和《死屋手记》。后出版长篇小说《罪与罚》《白痴》。

Преступление

и

Наказание

Dostoevsky

俄 苏 文 学 经 典 译 著 ·

长 篇 小 说

Russian

Literature

Classic.

NOVEL

罪与罚

[俄]陀思妥耶夫斯基 著

汪炳琨 译

三联书店

Copyright © 2022 by SDX Joint Publishing Company.
All Rights Reserved.
本作品版权由生活·读书·新知三联书店所有。
未经许可，不得翻印。

图书在版编目（CIP）数据

罪与罚/（俄罗斯）陀思妥耶夫斯基著；汪炳琨
译.—北京：生活·读书·新知三联书店，2022.1
（俄苏文学经典译著.长篇小说）
ISBN 978-7-108-06507-0

Ⅰ.①罪…　Ⅱ.①陀…②汪…　Ⅲ.①长篇小说-俄
罗斯-近代　Ⅳ.①I512.44

中国版本图书馆 CIP 数据核字（2019）第 039986 号

责任编辑　刁俊娅
封面设计　樱　桃
出版发行　生活·读书·新知 三联书店
　　　　　（北京市东城区美术馆东街 22 号）
邮　　编　100010
印　　刷　常熟市人民印刷有限公司
版　　次　2022 年 1 月第 1 版
　　　　　2022 年 1 月第 1 次印刷
开　　本　650 毫米×900 毫米　1/16　印张　33.5
字　　数　447 千字
定　　价　98.00 元

俄苏文学经典译著

出版说明

　　本丛书是对中国左翼作家所译俄苏文学经典一次系统的整理和展现，所辑各书均为名家名译，这不仅是文献和版本意义上的出版，更是对当时红色文化移植的重新激活。

　　早在1948年生活书店、读书出版社、新知书店合并为生活·读书·新知三联书店前，三家出版社就以引介俄苏经典文学和社会理论图书等为己任。比如1937年生活书店出版托尔斯泰的《安娜·卡列尼娜》，1946年新知书店出版《钢铁是怎样炼成的》。新中国成立以后，虽然也有出版社对俄苏文学经典进行重译、重编，但难免失去了初始的本色，并且遗失了些许当时出版的有价值的译著；此外，左翼作家的译介因其"著译合一"的特点，在众多译本中，自有其价值；更重要的是，这些文学经典蕴含的对生活的热情、对信仰的坚守、对事业的激情在今天亦鼓动人心，能给每一位真诚活着的人以前行的动力。因此，系统地整理出版左翼作家翻译的俄苏文学经典是必要的。

　　我们在对书稿进行加工时，主要遵循了以下原则：

　　一、本丛书为重排本，由繁体字竖排版改为简体字横排版。

　　二、忠实原作，保持原译语言风格及表现方式；对书中人物及相关译名除必要的规范外基本保留。

　　三、原书注释如旧，编者所出的注释，均以"编者注"标明，以示与原书注释的区别。

　　四、对原书中各种错讹脱衍之处，直接订正。

　　五、数字只要统一、规范，基本沿用；对标点符号的用法，尽可能做到规范。

　　六、在不影响原译意的情况下，对个别表述可能有歧义的字句进行必要斟酌处理。

俄苏文学经典译著

总　序

　　生活·读书·新知三联书店推出"俄苏文学经典译著·长篇小说"丛书，意义重大，令人欣喜。

　　这套丛书撷取了 1919 至 1949 年介绍到中国的近 50 种著名的俄苏文学作品。1919 年是中国历史和文化上的一个重要的分水岭，它对于中国俄苏文学译介同样如此，俄苏文学译介自此进入盛期并日益深刻地影响中国。从某种意义上来说，这套丛书的出版既是对"五四"百年的一种独特纪念，也是对中国俄苏文学译介的一个极佳的世纪回眸。

　　丛书收入了普希金、果戈理、屠格涅夫、陀思妥耶夫斯基、托尔斯泰、高尔基、肖洛霍夫、法捷耶夫、奥斯特洛夫斯基、格罗斯曼等著名作家的代表作，深刻反映了俄国社会不同历史时期的面貌，内容精彩纷呈，艺术精湛独到。

　　这些名著的译者名家云集，他们的翻译活动与时代相呼应。20 世纪 20 年代以后，特别是"左联"成立后，中国的革命文学家和进步知识分子成了新文学运动中翻译的主将和领导者，如鲁迅、瞿秋白、耿济之、茅盾、郑振铎等。本丛书的主要译者多为"文学研究会"和"中国左翼作家联盟"的成员，如"左联"成员就有鲁迅、茅盾、沈端先（夏衍）、赵璜（柔石）、丽尼、周立波、周扬、蒋光慈、洪灵菲、姚蓬子、王季愚、杨骚、梅益等；其他译者也均为左翼作家或进步人士，如巴金、曹靖华、罗稷南、高植、陆蠡、李霁野、金人等。这些进步的翻译家不仅是优秀的译者、杰出的作家或学者，同时他们纠正以往译界的不良风气，将翻译事业与中国反帝反封建的斗争结合起来，成为中国新文学运动中的一支重要力量。

这些译者将目光更多地转向了俄苏文学。俄国文学的为社会为人生的主旨得到了同样具有强烈的危机意识和救亡意识，同样将文学看作疗救社会病痛和改造民族灵魂的药方的中国新文学先驱者的认同。茅盾对此这样描述道："我也是和我这一代人同样地被'五四'运动所惊醒了的。我，恐怕也有不少的人像我一样，从魏晋小品、齐梁词赋的梦游世界中，睁圆了眼睛大吃一惊的，是读到了苦苦追求人生意义的 19 世纪的俄罗斯古典文学。"[1]鲁迅写于 1932 年的《祝中俄文字之交》一文则高度评价了俄国古典文学和现代苏联文学所取得的成就："15 年前，被西欧的所谓文明国人看作未开化的俄国，那文学，在世界文坛上，是胜利的；15 年以来，被帝国主义看作恶魔的苏联，那文学，在世界文坛上，是胜利的。这里的所谓'胜利'，是说，以它的内容和技术的杰出，而得到广大的读者，并且给了读者许多有益的东西。它在中国，也没有出于这例子之外。""那时就知道了俄国文学是我们的导师和朋友。因为从那里面，看见了被压迫者的善良的灵魂，的酸辛，的挣扎，还和 40 年代的作品一同烧起希望，和 60 年代的作品一同感到悲哀。""俄国的作品，渐渐地绍介进中国来了，同时也得到了一部分读者的共鸣，只是传布开去。"鲁迅先生的这些见解可以在中国翻译俄苏文学的历程中得到印证。

中国最初的俄国文学作品译介始于 1872 年，在《中西闻见录》的

---

[1] 茅盾：《契诃夫的时代意义》，载《世界文学》1960 年 1 月号。

创刊号上刊载有丁韪良（美国传教士）译的《俄人寓言》一则。[1] 但是从1872至1919年将近半个世纪，俄国文学译介的数量甚少，在当时的外国文学译介总量中所占的比重很小。晚清至民国初年，中国的外国文学译介者的目光大都集中在英法等国文学上，直到"五四"时期才更多地移向了"自出新理"（茅盾语）的俄国文学上来。这一点从译介的数量和质量上可以见到。

首先译作数量大增。"五四"时期，俄国文学作品译介在中国"极一时之盛"的局面开始出现。据《中国新文学大系》（史料·索引卷）不完全统计，1919年后的八年（1920至1927年），中国翻译外国文学作品，印成单行本的（不计综合性的集子和理论译著）有190种，其中俄国为69种（在此期间初版的俄国文学作品实为83种，另有许多重版书），大大超过任何一个国家，占总数近五分之二，译介之集中可见一斑。再纵向比较，1900至1916年，俄国文学单行本初版数年均不到0.9部，1917至1919年为年均1.7部，而此后八年则为年均约十部，虽还不能与其后的年代相比，但已显出大幅度跃升的态势。出版的小说单行本译著有：普希金的《甲必丹之女》（即《上尉的女儿》），陀思妥耶夫斯基的《穷人》《主妇》（即《女房东》），屠格涅夫的《前夜》《父与子》《新时代》（即《处女地》），托尔斯泰的《婀娜小史》（即《安娜·卡列尼娜》）、《现身说法》（即《童年·少年·青年》）、《复活》，柯罗连科的《玛加尔的梦》和《盲乐师》，路卜洵的《灰色马》，阿尔志跋绥夫的《工人绥惠略夫》等。[2] 在许多综合性的集子中，俄国文学的译作也占重要位置，还有更多的作品散布在各种期刊上。

其次翻译质量提高。辛亥革命前后至"五四"高潮前，中国的俄国

---

[1] 可参见笔者在《二十世纪中俄文学关系》（学林出版社，1998；高等教育出版社，2002）中的相关考证。

[2] 这套丛书中收入了这一时期张亚权译的柯罗连科的《盲乐师》（商务印书馆，1926）。

文学译介均为转译本，且多为文言。即使一些"名家名译"，如戢翼翚译的普希馨《俄国情史》（即普希金《上尉的女儿》，1903）、马君武译的托尔斯泰的《心狱》（即《复活》，1914）、林纾和陈家麟合译的托尔斯泰的《罗刹因果录》（收八篇短篇，1915）等，也因受当时译风的影响，对原作进行改动或发挥之处颇多，有的译作几近于演述。1919年以后，译者队伍与译风发生了根本上的变化。一批才气横溢的通俄语的年轻人加入了俄国文学作品翻译的队伍，其中有瞿秋白、耿济之、沈颖、韦素园、曹靖华等。以本套丛书入选译本最多的译者耿济之为例。耿济之早年在俄文专修馆学习，1919年在《新中国》杂志上发表最初的译作，即托尔斯泰的《真幸福》（即《伊略斯》）和《旅客夜谭》（即《克莱采奏鸣曲》）等作品。20年代初期，耿济之又有果戈理的《马车》和《疯人日记》、赫尔岑的《鹊贼》、屠格涅夫的《村之月》、奥斯特洛夫斯基的《雷雨》、托尔斯泰的《家庭幸福》和《黑暗之势力》、契诃夫的《侯爵夫人》等重要译作。此后他一发不可收，数十年间译出了大量的俄国文学名著，是中国早期产量最多和态度最严肃的俄国文学译介者。当然，这时期仍有相当一部分翻译家依然利用其他语种的文字在转译俄国文学作品，如鲁迅、周作人、李霁野、郑振铎、赵景深、郭沫若等。这些译者大多学养深厚，译风严谨。鲁迅在20年代前期和中期译出了阿尔志跋绥夫的《工人绥惠略夫》《幸福》《医生》和《巴什唐之死》、安德列耶夫的《黯淡的烟霭里》和《书籍》、契诃夫的《连翘》、迦尔洵的《一篇很短的传奇》等不少俄国文学作品。尽管是转译，但翻译的水准受到学界好评。

20世纪二三十年代，中国文坛开始引进苏俄文学。1931年12月，瞿秋白在给鲁迅的信中谈到：有系统地译介苏联文学名著，"这是中国普罗文学者的重要任务之一"[1]。不少出版社在20年代末相继推出

---

[1] 瞿秋白：《论翻译》，见《瞿秋白文集》第2卷，人民文学出版社1954年版。

"新俄文学"作品专集。最早出现的是由曹靖华辑译、北平未名社1927年出版的《白茶（苏俄独幕剧集）》一书。而后，鲁迅、叶灵凤、曹靖华、蒋光慈、傅东华、冯雪峰和郭沫若等辑译的各种苏联文学作品集相继问世。这一时期，译出了不少活跃于十月革命前后的苏俄著名作家的作品。比较重要的有：拉夫列尼约夫的《第四十一》、革拉特珂夫的《士敏土》、绥拉菲莫维奇的《铁流》、法捷耶夫的《毁灭》、聂维罗夫的《不走正路的安得伦》、雅科夫列夫的《十月》、伊凡诺夫的《铁甲列车Nr.14-6》、富曼诺夫的《夏伯阳》、肖洛霍夫的《静静的顿河》（前两部）和《被开垦的处女地》、奥斯特洛夫斯基的长篇小说《钢铁是怎样炼成的》、诺维科夫-普里波伊的《对马》、马雅可夫斯基的诗集《呐喊》、爱伦堡等人的报告文学集《在特鲁厄尔前线》和阿·托尔斯泰的剧本《丹东之死》等。

这一时期，作品被译得最多的作家是高尔基。最早出现的是宋桂煌从英文转译的《高尔基小说集》（上海民智书局，1928）。这部小说集中载有《二十六个男和一女》和《拆尔卡士》（即《切尔卡什》）等五篇作品。最早出现的单行本是沈端先（即夏衍）从日文转译的高尔基的《母亲》。[1] 30年代中国出版的有关高尔基的文集、选集和各种单行本更多，总数达57种，如鲁迅编的《戈里基文录》、瞿秋白译的《高尔基创作选集》、黄源编译的《高尔基代表作》、周天民等编选的《高尔基选集》（六卷）等。此外问世的还有：鲁迅等译的短篇集《恶魔》和《俄罗斯的童话》、史铁儿（即瞿秋白）译的《不平常的故事》、巴金译的短篇集《草原故事》、丽尼译的《天蓝的生活》、钱谦吾（即阿英）译的《劳动的音乐》、姚蓬子译的《我的童年》、王季愚译的《在人间》、杜畏之等译的《我的大学》、何素文译的《夏天》、何妨译的《忏悔》、罗稷南译的《四十年间》、赵璜（即柔石）译的《颓废》（即《阿尔达莫诺夫

---

[1] 该书1929年由上海大江书铺出版第一部，次年出版第二部。

家的事业》)、钟石韦译的《三人》、李谊译的《夜店》(即《底层》)和贺知远译的《太阳的孩子们》等。

进入 20 世纪 40 年代,由于苏德战争和太平洋战争的爆发,中国文坛把自己的目光转向了苏联卫国战争文学。1942 年在上海创刊(1949 年终刊)的《苏联文艺》发表的各类作品的总字数达六百多万字,其中大部分是反映苏联卫国战争的文学作品。此外,仅就单行本而言,各出版社出版或重版的此类书籍的数量有百余种之多。这些作品极大地鼓舞了中国人民反抗外族入侵和黑暗统治的斗志。也许今天的人们已经淡忘了它们,有些作品从艺术上看似乎也有些逊色。但是,其中经受住了历史检验的优秀之作,仍值得我们珍视。这一时期,苏联其他一些文学作品也有译介。值得一提的有:肖洛霍夫的《静静的顿河》(全译本)、叶赛宁、勃洛克和马雅可夫斯基合集的《苏联三大诗人代表作》、阿·托尔斯泰的《苦难的历程》和《彼得大帝》、费定的《城与年》、奥斯特洛夫斯基的《暴风雨所诞生的》、潘诺娃的《旅伴》、克雷莫夫的《油船德宾特号》、波列伏依的《真正的人》、卡达耶夫的《时间呀,前进!》、列昂诺夫的《索溪》、冈察尔的《旗手》(第一部)、包戈廷的剧本《带枪的人》《苏联名作家专集》(共五辑)等。其中不少名著在这一时期初次被译成中文。可以说,至 20 世纪 40 年代末,苏联重要的主流文学作品译介得已相当全面。

1919 年以后的 30 年间,译介到中国的俄苏文学作品产生了巨大的影响。钱谷融教授曾经生动地描述过抗战时期他随学校迁至四川偏远小城,在那里迷上俄国文学的一些情景。他还表示自己"是喝着俄国文学的乳汁而成长的","俄国文学对我的影响不仅仅是在文学方面,它深入到我的血液和骨髓里,我观照万事万物的眼光识力,乃至我的整个心灵,都与俄国文学对我的陶冶薰育之功不可分。我已不记得最先接触到的俄国文学名著是哪一本了,总之是一接触到它就立即把我深深地吸引住了,使我如醉如痴,使我废寝忘食。尽管只要是真正的名著,不管它是英、美的，法国的，德国的，还是其他国家的，都能吸引我，都能使我迷醉。但是论其作品数量之多，吸引我的程度之深，则无论哪一国的文学，都比不上俄国文学"。这样的感受和评价在那一时代的知识分子中并不罕见。

由于社会的、历史的和文学的因素使然，中国知识分子（特别是左翼知识分子）强烈地认同俄苏文化中蕴含着的鲜明的民主意识、人道精神和历史使命感。红色中国对俄苏文化表现出空前的热情，俄罗斯优秀的音乐、绘画、舞蹈和文学作品曾风靡整个中国，深刻地影响了几代中国人精神上的成长。除了俄罗斯本土以外，中国读者和观众对俄苏文化的熟悉程度举世无双。在高举斗争旗帜的年代，这种外来文化不仅培育了人们的理想主义的情怀，而且也给予了我们当时的文化所缺乏的那种生活气息和人情味。因此，尽管中俄（苏）两国之间的国家关系几经曲折，但是俄苏文化的影响力却历久而不衰。

在中国译介俄苏文学的漫漫长途中，除了翻译家们所做出的杰出贡献外，还有无数的出版人为此付出了艰辛的努力，甚至冒了巨大的风险。在俄苏文学经典的译著中，我们常常可以看到商务印书馆、中华书局、开明书店、文化生活出版社等出版社的名字，也常常可以看到生活·读书·新知三联书店的前身生活书店、读书出版社、新知书店的名字。这套丛书中就有：生活书店1936年出版的、由周立波翻译的肖洛霍夫的小说《被开垦的处女地》，生活书店1936年出版的、由王季愚翻译的高尔基的小说《在人间》，生活书店1937年出版的、由周扬和罗稷南翻译的列夫·托尔斯泰的小说《安娜·卡列尼娜》，新知书店1937年出版的、由梅益翻译的普里波伊的小说《对马》，读书出版社1943年出版的、由王语今翻译的奥斯特洛夫斯基的小说《暴风雨所诞生的》，新知书店1946年出版的、由梅益翻译的奥斯特洛夫斯基的小说《钢铁是怎样炼成的》，生活书店1948年出版的、由罗稷南翻译的高尔基小说《克里·萨木金的一生》。熠熠生辉的名家名译，这是现代出版界在中国文化发展史上写就的不可磨灭的一笔。这套丛书的出版也是生活·读书·新知三联书店文脉传承的写照。

尽管由于时代的发展，文字的变迁，丛书中某些译本的表述方式或者人物译名会与当下有所差异，但是这些出自名家之手的早期译本有着独特的价值。名译与名著的辉映，使经典具有了恒久的魅力。相信如今的读者也能从那些原汁原味的译著中品味名著与译家的风采，汲取有益的养料。

陈建华

2018 年 7 月于沪上西郊夏州花园

小引

　　俄国的陀思妥耶夫斯基、屠格涅夫和托尔斯泰三大文豪，可以说不仅是俄国的，也是世界著名的。陀思妥耶夫斯基是一个外科医生的儿子，一八二一年生于莫斯科。他少年时代因为突然的刺激，神经受伤，致有痫病，时息时发。他因为常和俄国的农奴贫民接触，产生了深切的人道主义情怀。同时对于那时流行于俄国知识阶级中间的社会主义思想，也发生了浓厚的兴趣，甚至组织会社讨论研究，更以做实地工作之故，不久即被政府逮捕，判决死刑。已于十二月冰雪满地时绑赴刑场，正将枪毙之时，忽又蒙沙皇特赦，改判到西伯利亚去充军。陀氏在西伯利亚住了六年，天天对着冰天雪地冥想，运用恐怖的心理，作为小说材料，于一八五九年，他才被赦回来，因为生活穷困，便以卖文为生。死于一八八一年。

　　《罪与罚》是陀氏的代表作，其译本几乎满布全世界。里面写了一个杀人的凶手，并不是因妒忌、报仇、谋财而杀人，却出于悲愤而杀人。后来经过种种的恐怖心理，那个凶手终于自首，没有贻害他人。在本书中充满着浓厚的人道的色彩、恐怖的心理和高超的思想。他是为被人不齿的、被损害、被侮辱的人代言。陀氏更发现，这些人的行为虽极龌龊，而他们的灵魂却是纯洁的，故他的小说在字里行间都蕴藏伟大的爱的精神。有人评论陀氏和托尔斯泰殊途同归，无异左右手，做了俄国革命的前驱，这是很确当的。

卷一

第一章

　　是在七月开始的一个酷热的晚上，有一个住在 S 城的年轻人，从他的寓所楼上出来，懒洋洋地一直向着康桥踱去，看上去若有所思般的。

　　他在下楼时很敏捷地避开了女房东的视线。他所住的房间是在一座高耸着的五层楼的屋顶下，这间房倒很像一只饮食橱呢！那每天供给他膳宿和服侍的女房东是住在下一层楼的，他每次出去时，必须经过她的厨房，厨房的门总是开着的。他每次经过这里时，心里就会产生一种不快的、惧怕的情绪，使他皱着额，似觉有点腼然的样子。因为他欠女房东的房金无法偿付，委实有点怕看见她呢！

　　这倒不完全是因为他的自卑和下贱的缘故。不知何时，他烦躁不安，似乎有点变成忧愁病。他不仅怕看见他的女房东，就是朋友以及其他人他都怕看见。显然他是被穷困所压，但是最近他已经不再关心自己职业的重担，对于社会上重要的事情也很漠然，他想实现的一切愿望早就消失殆尽了。不论什么，甚至女房东会做得出来的，对于他都不会带来一点真实的畏惧。只是下楼时，在楼梯上，勉强去听受她的猥琐的无关紧要的闲话，以及索讨房钱的纠缠威迫和怨言等等，他实在无法去应付，求恕来搪塞，不在这情形下，他宁可像一只猫般地跳下楼梯，溜出去。

可是这天晚上，他走出街坊时，却敏锐地感到十分恐惧。

"我想去试验如同那一类的事情，而给这些小事情所牵制了。"他边想着边带着一副奇异的笑脸，"唔……不错，一切全在人的掌握中，但这一切却因怯懦而丧失了。这是句名言。须知世人所最怕的是些什么，这是一桩有趣的事。凡是新奇的言动，都是世人所最忌惮的……但我因为只会不停地说，因此我一点事都不会干。也许我什么都不能干，所以我才不住地喃喃吧。前一月内，在我的屋内躺了几天地想着这事……杀巨人的那个杰克。我为什么如今要向那边去？那桩事我能做吗？事情重要吗？一点也不。这真是和自己开玩笑的一个念头，不错，就是一个打趣也难说哩！"

街道上格外热，既没有一点风，又极其嚣杂，那些粉屑灰尘、棚架、瓦块，老是环绕着他，加上那彼得堡的臭气熏蒸。在炎热的夏天，都市中，关于这种臭气，都是很受惯了的——这一切的一切都足使这个已经怠倦至极的年轻人的神经上加倍地受着苦痛。那些小酒店在这边星罗棋布着，各处蒸发出来的难耐的臭气，以及他时刻碰见的醉汉（虽然这是个工作日），这幅使人们难耐的酸苦的图画便作成了。这个年轻人顷刻间便在和善的颜面上深深地露出一种厌烦的神色。于此附带地说明一句，这位年轻人生得十分俊秀，他超过一般人的平均高度，风格挺拔，骨肉也均匀，并有着美丽漆黑的瞳子和棕黄色的美发呢！他渐渐地走进了沉思的境界，确切地说，他已神游物外了。他虽是踱着慢步，可是对于旁边的东西无意观赏，而且也没有去观察的必要。他有时会不知不觉地自语着，同方才所讲的那些自白的一类的言语。这时，他就感觉到他的理想时常矛盾极了。他身体瘦弱得很，而且有几天，他还挨着饥饿呢！

衣服吗？不用说是很褴褛的了，套上他那样的破衣在街道上走，谁都要脸红的。但在这城市的那一区域，任你怎样简陋的衣服穿在身上，谁也不会觉得有什么。大概是和柴草市集接近吧，有些不三不四的买卖和狡猾的市侩，以及工人们，往往在彼得堡中心的街头巷尾团团地集合着，形形色色，各类奇怪的人物全有，你看了准会觉得愕然的。在这年轻人的内心却有着如此层层的侮辱和苦趣，对年轻人穿得怎样漂亮的天性，他毫不介意，自然在街道上更不屑注意自己的破衣了。有时碰见了熟人或老同学——是的，他不论何时，都不情愿碰见他们的——的时候，就未免有点那个了。不过有时一个酒鬼，无意识地正坐着篷车，由一匹拖货车的马拖到各处，当他一路赶车前去时，会突然对他叫喊着："喂，朋友，德国帽贩！"竭力叫喊并遥指着他——这个年轻人木然地站着，抖颤地握牢了自己的帽子。这是从塞麦尔地方买来的高圆帽，可是已陈旧不堪，而且污染、褪色、扯歪，简直不像一顶帽子。但他倒并不觉得是羞耻，不过是给另一种和畏惧相类的情绪所抓牢而已。

"是的，"他在瞀乱中自语着，"我早知道它是不堪入目的了！嗯，这样微末的东西，微不足道的小事，是可以破坏整个策略的。呀，我的呢帽太使人注目了……它真是一桩可恼可笑的……穿了破的衣服，自然应该搭着一顶小帽，不管怎样陈旧的小帽，只要不是这个怪物。谁要是戴这种帽子，谁便远远被人发现了，使人牢牢记住……原因就在这儿，人家牢记着，就给他们一些记号了。做这种事情的人应该努力地去减少旁人的注视……这种小地方，倒是有关大局的。唔，事情虽如此不值得计较，可常会毁坏了一切的事情呢……"

他不必走许多路，心里也明白他离开住的房子门口有多远：估计七百三十步，有一回他在梦境中已经数得很正确了。关于这些梦境他并不怎么相信，完全是以子之矛攻子之盾，玩弄自己罢了。如今过了一个月后，他对它们便有点不同，他在自言自语中，虽常讥讽着自己的懦弱和寡断，可总把这个"可怖的"梦境当成一件正在实施的事件，这在他自己，对此毫无感觉。如今他企图去实验他的策略，跬步之间，他的神经就格外兴奋。

他怀着一颗沉郁的心和一种神经的颤动，走近了一座高大的房子，房子一边朝着运河，一边是对着街坊。它是租赁给各种劳动者的——裁缝、小铁匠、厨役、德国人以及自食其力的妇女和誊写员等。这所房子中的两个庭院和两扇大门，平时总是不断地有人往来。可是这位年轻人悄悄走过右边的门，走上楼，很幸运的一个人也碰不见！那条后楼梯，阴暗而且狭窄，但他却知道怎么走，好似一条熟道了。他喜欢这样的情景，因为在如此幽暗的地方，可不必提心吊胆地害怕着什么。

"假使我如今就这样害怕，那么，我正要去实行的将如何办呢？"他走到四层楼时，不觉自言自语着。他正想行进时，给几个忙于搬运家具的搬运工给挡住了。他明白这层楼是一个衙门里干公事的德国书记和他的家眷住的，而这时那个德国人正在搬家呢，因此这四层楼除了那老妪外别无他人了。"总之，这是一桩美事呢！"他边想着，边按老妪楼房的门铃。接着发出一阵细涩的铃声，好似锡做的声音。这小巧的楼房里，很多都装着那样的门铃的。他忘了那铃儿，不过它的特别的铃声却使他想起了什么事情似的，并且将这事情明晰地呈现了……现在他被吓到了，他的神经分外紧张。顷刻间，那门漏了一丝缝隙，老妪并没有仔细地由门隙窥察她的客人，除掉黑暗中闪出她的小眼珠外，什么也没有。但她瞧见了在楼梯头有好多的人，便大着胆，把门开了。这年轻人便走进那黑暗的过道，这里是与厨房隔开的。老妪只是朝着他这边看，好似在察看着他。她是个年已花甲、瘦削的、干枯如柴的老妪，眼睛锐利而凶狠，带着一个尖削的扁鼻头。她的无光的、皤白的头发抹上了一层油，并没有包着什么。穿着一袭细长的、活似鸡皮一样的打着结的一种呢绒，她似不觉得热，在肩膀上披着一条黄色而破旧的披肩。她不断地咳嗽着、呻吟着。这时，那怀疑的闪光又在她的眼中射出。我想那年轻人定带着一种异样的表情瞧她呢！

"拉斯科纳夫，是一个大学生。前一个月，我曾来过这儿呢！"他俯屈着腰，表示谦敬地轻声说着。

"我知道得十分明白，你到过这边，先生。"老媪毫不含糊地答着，仍旧把她的眼睛灼灼地看着他的脸部。

"此刻……我是为着那事，第二次地跑来了。"拉斯科纳夫又说道，他对于老媪的怀疑似乎感觉迷惑了。"也许她常是那个样儿的，不过平时我没有仔细留心呢！"他狐疑不定地思忖着。

那老媪站着，若有所思般地立刻向一边走去，一边指着房门口，让客人走在前面。她说着："进去吧，先生。"

年轻人走进了房间，此时黄昏的太阳光溜进屋内，墙壁上糊的黄色壁纸分外明亮，窗上布置着凤尾草，挂着纱织的窗帘。

"太阳在那时，不也是如此照耀着吗？"这偶然的思想从拉斯科纳夫的心胸滑过，他东张西望地观察房中的一切陈设和位置。房中并无长物，一切用具都很陈旧，且是黄檗制的，只有一只硕大的木靠背的沙发，一张椭圆的桌子放在前面，两扇窗户中间摆放着一张有镜子的梳妆台，也有几把椅子倚着墙壁放着，几张不值钱的带黄色的图画，上面画的是日耳曼姑娘手上提着鸟儿。此外，在墙角有一盏放在一个小圣母像前点着的长明灯。一切简单而雅洁。地板用具也擦得很亮，一切都在闪闪发光。

"想必是利塞惠秦收拾的吧？"他想着。在这儿一点看不出脏乱呢！

"只有泼辣的老寡妇们的房子中能够如此雅洁吧？"拉斯科纳夫想着。他又把好奇的眼光投进那另一小房的门帘上，在那间小房中放着老媪的卧床和有抽斗的桌柜，以前他未曾向那边看过。这两房间是相连的。

"你有什么事情呀？"老媪走到房内，厉声问着，和以前一样地站在他前面，瞧着他的脸孔。

"我有点东西拿到这儿来当。"他从衣袋里取出一个古老的平滑的银表，表的下面雕着一个小圆球，链条是钢制的。

"你上回的当物已到期了。上月满期的。"

"我会付你另外一个月的利金的。宽限几天吧！"

"先生，你要知道我是会随便去做的，过几天也许将你的东西卖掉啦！"

"这只表你愿给我什么价呢，阿里拿伊夫诺老太太？"

"你把这种破东西拿来，能值些什么？那回你的戒指我付你两个卢布已很吃亏，人家一个半卢布就可以在珠宝店里买得一个好的了。"

"请给我四个卢布好吗？我要赎回去的，这只表是我父亲留给我的。不久我会弄到一点钱呢！"

"你如果愿意，一个半卢布，而且利息要先扣掉。"

"一个半卢布吗？"年轻人不觉喊了声。

"还给你吧……"老媪将表还给他。他异常懊愤地接着，立刻想要出去，可是他又压制着自己，因他想到并没有什么地方可以当的，而且他还有另外的一个目的呀！

"给我吧！"他愤愤地说着。

于是老媪在衣袋里摸摸钥匙，翩然地离开房间，门帘启处，瞬已不见了。他孤零零地留在房中待着，静悄悄地思索着。这时静得能够听见她在里面开那有抽斗的大柜的声音。

"想是个抽斗。"他想着，"是的，她把钥匙放在右首一个衣袋中。连在铁链上的……其中有一个钥匙，比其他的大三倍，深陷的凹齿，那不会是开抽斗的大柜的钥匙吧……我想必定另外有大柜或保险箱吧……这倒可以详加推究一下。保险箱往往用那类的钥匙的……然而她太藐视人了！"

老媪重又进来了。

"如此吧，先生：一个卢布每月需十个戈比的利息，那我须先从一个半卢布中扣下这个月的十五个戈比。我以前曾借给你两个卢布，现在一同结算，你该我二十个戈比。合计是三十五个戈比。那么，你这只表我只能给你一个卢布零十五个戈比了。这些拿去吧！"

"什么话！说如今只有一个卢布零十五个戈比吗？"

"是的。"

年轻人不再与她辩论，只得忍气吞声拿了钱。看了看她不慌不忙地走出，似乎尚有什么事情待干般的，他自己也茫然了。

"过几天我也许拿别种东西给你，阿里拿伊夫诺太太——一种银制的值钱的东西——一只烟匣，我由朋友处拿回来就送过来……"瞀乱中，他又戛然而止了。

"那将来再说吧，先生。"

"再见——你常是孤零零地一人在这儿吗？你的妹妹不和你一起住吗？"他走到走廊上的时候，突然地问她。

"我妹妹和你有什么关系呢，先生？"

"噢，没有什么的，我不过顺便问问。你太过虑了……再见，阿里拿伊夫诺太太。"

拉斯科纳夫茫然若有所失地走了出来。当他下楼时，手足竟不知所措，甚至木然地停了好几次，仿佛遭受什么念头刺伤了似的。他走到街道上时，不禁喊着："喂，老天呀，这是多么难堪！我难道真的会，真的会……不是，绝不，胡说！"他刚愎地接连说着，"那样残酷的事怎么会跑进我的脑筋来？我心内能容下这样龌龊的事情？不错，整整的一月我全在……超出一切的污秽、狼狈、可恨、可恼……"他的瞀乱的情绪是无法表现的了。在他到老媪那边去的时候，心里就感到重重的压迫和痛苦，以及剧烈的憎厌。有时造成如此固定的方式，他自己也不知道怎样去避免他的苦难。他东歪西倒地沿着侧道走去，走到了第二条街道时，他才恢复了固有的意识。抬头一瞧，自己在一家酒店门口了。走进这酒店要走台阶，从旁路走到地下室。这时恰有两个酒鬼从里面出来，一路嬉着扶着，走上台阶了。拉斯科纳夫不假思索，立刻便向台阶走去。他以前从未进过酒店，不过，如今他感觉头昏，且被一种炽热的欲望纠缠。他觉得自己的神思恍惚是饥饿的关系，他渴望着来这么几杯冷啤酒。他在污秽而黑暗的一角里找了个油腻的小桌坐下，喝了几杯啤酒，他才觉得舒服许多，他的头脑也清楚得多了。

"一切的事情都没有意义呀！"他兴奋地说着，"没什么可恼的事！只是身体的偶尔紊乱。一杯啤酒，几块面包——立刻便可恢复原状，心神自然清明，意志自然安稳！唔，这点芥子大的事，又怎能扰乱我的心呢！"

他不管旁人怎样鄙夷地议论，此时在精神方面是很舒畅的，似乎放下了千斤重担。他温和地向四面看着屋内的人们。此时，他又觉得前面有一个暧昧的征兆，方才这快活的心绪，不免是有点变态呢！

酒店里这时顾客很少。除了他在台阶上看见的两个醉汉外，还有一伙人，其中五六个男人，以及一个提着手摇风琴的姑娘也就是在那时离座了。因此，这屋内更加显出静寂和空虚。此刻留在酒店里的，只有一个像是工匠的人，半醉了，对着一瓶酒发呆，一位是他的同道，高个儿的躯体，雪白的胡须，套上一件短上袄。他已十分醉了，躺在长椅上酣睡着，可是他在睡梦中，好几次弹着手指，双腿箕踞，上部身体常常抽动，而且他还唱着那低级趣味的俚歌，如下面一类的：

> 他的妻他爱上了累月穷年，
> 他的妻他——他爱上了——累月穷年。

有时突然又变换了：

> 随着众人行列向前进，
> 他会遇见他的知己人。

他快乐着，没有人敢去扰乱。他的同道，无声息地只是怀着一些怀疑，朝着他那边眨眨眼。这时酒店中还有一个人物，看上去仿佛是一个失业的衙门书记。他独自坐着，时时喝着瓶中的酒，冷眼地看着旁边的一切人。他看上去也像有点郁郁的样子。

第二章

拉斯科纳夫是一个离群独处的人，他的这个倾向，近来似乎更显明了。不过近日来，他的内心忽然渴望着一种须与人共享生活的企图。似乎是一种新的种子在他的内心埋下了，他觉得有结交朋友的必要。整整的一个月，为了不中意和忧愁的交迫，他是异常地颓唐了。他很想休息，希望有一段时间的兴奋，不论处境怎样，四周的污秽环绕，他愿留在酒店中逍遥。

酒店的老板在另外一个房中，他却时常要到客厅来走走的。他的漂亮的涂油的皮靴，系着赭色的倒垂的靴筒，这在他躯体上是很显眼的。他披上了常礼服，并套上一件非常油秽的黑背袄，也没领带。他脸部看去像揩了一层油似的。掌柜旁有几个年轻的小招待招呼着客人。柜台上安放着许多切碎的酱瓜，几块黑面包，几碟气味难闻的小鱼块，旁边的酒精的气息又很浓重，所以在这样的环境中坐上五分钟，简直闷得难耐，早可以使人醺醺然了。

这儿，在未和那些客人打招呼之前，第一桩我们便可以看见许多陌生同志的不期而遇。离拉斯科纳夫座位很近的，就是那像是失业的书记，他在拉斯科纳夫的心目中就是这样的印象。这年轻人时时回忆着这个印象，并且视其为一种征兆。他时常看看书记，无疑的是因为后者常常注意着他，并且有和他攀谈的意思。对于店内的任何人，连酒店老板也在内，这位书记似乎和他们太熟稔的缘故，他对他们似乎不屑于交谈，而露出一种傲慢的轻侮模样，显然因为他比他们的身价和知识上都高了一些，同他们谈话简直对他无益。他大约是已经过了五十岁的人，头发稀疏而斑白了，中等的身材，长得很健壮。他的脸颊因好酒的缘故时常发肿，发出黄而带青的颜色。眼皮肿着，敏锐地红着的两眼从细眼缝中射出光辉，在这里面藏有一种奇怪的光辉，仿佛是深厚的情感——甚至还藏有思想和智慧，但是另外却还有着一丝有些像狂人的光彩。他穿的是一件褴褛得不堪的黑外服，只有一个纽扣是存在的，就是他所扣的那一个，皱巴巴的衣衫前面，染着些斑点，由他的帆布背心的凸出而更可看得清楚。他同别的书记一样，没有一点胡须，但显然好久没刮脸了，他的下颏看上去活像一把黑色的刷帚。他有可钦敬之处，在举止上也酷似一个官员。他常乱搔着头皮，有时把头伏在两手掌中，垂头丧气地把不大干净的肘臂搁在油腻的桌边。他注视着拉斯科纳夫，最后高声说着："先生，你能和我谈一谈吗？你的外貌虽不怎么可敬，但我看你是个受教育的人，不是喝闷酒的。在我脑筋清楚时，我是重视教育的一个人，而且我也是一个有官职的名誉顾问呢！我名叫马耳朵夫，请教先生，你在哪儿得意呢？"

"不，我在念书哩！"年轻人答着。他觉得面前这位谈论家，如此开门见山地和他攀话，着实有点惊奇。

虽然他方才正感到求友的冀望，但当真的有人来和他谈话时，他又立刻感到对如此亲昵他的陌生人，会习惯性地发生一种讨厌的情绪。

"那是一个读书人了，也许从前是一个学生吧？"书记高声地问着，"这正给我猜着了！我是个善于观面色的人呢！哈哈！"他手指着自己的前额，"你是个学生，在文化机关……请你原谅……"他说完站起来，颤抖地举起酒壶和玻璃杯，在年轻人旁边一骨碌坐下了。显然他已醉了。但说话并不艰涩，只不过有时前后不对地拖长着字句罢了。他那么贪地包围着拉斯科纳夫，似乎他几个月没有和人家说过话般似的。

"先生！"他谦恭地说道，"贫非罪，这是一句至理名言。可是贪酒也不是一桩美德。然而求乞，先生，求乞倒是罪呢！贫困中，你仍可以保持着你永久高尚的灵魂，但求乞时——不行——没一个好的。凡是求乞者，并不是给人用棍杖赶出人类的社会，乃是给人们的扫帚扫出去的，如此地受人侮辱到极顶。这是该的。因为在求乞时，自己原意是去受侮辱呀！因此我到小酒店来了。先生，在一个月前，拉比绥夫先生他打我的妻子，我绝不介意，因我的妻和我是两件事呀！你懂了吗？请原谅我别无目的的好奇心，恕我问你一句：你从前在涅瓦河上的草船上宿过夜没有？"

"不，我没有宿过夜。"拉斯科纳夫答着，"你问这话是什么意思呢？"

"我刚从一只草船上来；我宿在那儿，这是第五夜了……"他把酒杯倒得满满，然后一口气喝完，柴草在他的头发衣服上，的确还沾着一点。大概他在前五天内并没解衣，也没洗过脸。他两只黑指甲的手十分污秽，而且红肿。

他的讲话虽无精彩，却唤起了全店人的注意。柜台旁的那两个招待也笑了。酒店老板为要听这"滑稽的角色"的谈话，也就在他附近地方坐了，打着几个哈欠，却是庄重的。这更显得马耳朵夫在这边是个老顾客，他因为常常和酒店里的各种陌生人谈话，学得了夸夸其谈的坏习惯。这是许多酒鬼当然的习性，尤其是那些被家中的妻子管得非常严的本分的男人。所以在和同志一块饮酒时，他们极力要证明自己的有见识，并且还要赢得一班人的敬重呢！

"好个滑稽的角色！"酒店老板带嘲讽地说着，"你如果是有事情的人，为什么还不去办公呢？怎么不去尽你的职？"

"怎么我不去尽职，先生？"马耳朵夫接着说，只是向着拉斯科纳夫这边说，仿佛是他问那句话似的，"为什么我不去尽职？我一想到自己是个不中用的懒坏，我的心不难过吗？一月前，拉比绥夫先生他敲打我的妻子，我正醉卧着，我不难过吗？原谅点，朋友，你曾做过这种事……唔……无望地向人借过贷没有？"

"做过的。但怎么叫'无望地'呢？"

"'无望地'的意义，是当你早知道借贷是不会成功的时候。譬如说吧，你是早就明白这个人，这个最受人钦敬、足以成为模范的绅民，但他无论怎样都不借给你。我问你，他有什么理由要借给你呢？他知道，我是借而不还的。因为怜惜吗？与现代思潮同进的拉比绥夫先生，他说明科学自身近来是不许有怜惜的，英格兰如今就是这样，这边有的是政治经济学。我且问你一声，为什么他应该把钱借给我呢？可是我虽知道他不借，我却仍往他那里钻，但……"

"那你为什么还要去？"拉斯科纳夫插言道。

"哦，一个人没有办法、毫无去处的时候，那么，他就得找个地方去。因有时人必须寻个地方去钻呀！我的小女儿当她拿着那张黄花照（妓女执照）出去时，我便也得走……因我的小女她有一张黄花照。"他插入了这几句，并露出一种忸怩的神情瞧着年轻人，"这没多大关系呀！"他又匆忙地说下去，并露出十分镇静的情绪。此时柜台旁的两个小招待，甚至酒店老板也都笑了起来。"这不打紧，我绝不会给他们的欺侮所摇惑的。这事的秘密既已被大家知晓，那么一切的事都已公开了。我稍有些自卑，却不是感受到侮辱，承认了。去它的吧！去它的吧！'你看这个人！'恕我吧，年轻人，你……不，更准确地说，你是不是要说或者敢不敢说，我是一头猪？"

年轻人没说什么。

"哦，"这位辩说家看见屋内笑声沉静了，又复开着话匣了，但稍稍增加了他的严肃态度，"哦，去它的吧，我就算一头猪，但我的小女倒是一个体面的太太呢！我虽不很像样，但茄里伊夫亚——我的妻子却是个有知识的人，而且是一个军官的女儿呢。我即使是一个流氓，她倒是一个有好心肠的女人，有情感，有知识的。不过……唔，只要她能对我好好的！先生呀！你不知人们至少须有人好好待他才对！但是茄里伊夫亚，虽宽宏，却很自私……这，我虽知道，当她抓我头发时，是由于爱怜才那样的——我不必忌讳说，她抓我的头发，年轻人！"四面又起了一阵笑声。于是他又严肃起来了："是的，老天，假使她有一回……不，不！这是徒然的！说是多余的！不仅一回，我也就满意了，不仅一回，她是不同情我了，不过……我的命运生来如此，天付给我一个贱坯！"

"真不错呢！"酒店老板欠着身插嘴。马耳朵夫于是以手指敲着桌子。

"我的命运生来如此！你知道吧，先生？你知道吧，她的袜子被我给卖掉，拿去喝酒了！不是鞋子——这很有礼的，是她的袜子，她的袜子被我卖掉喝酒啦！她的恩戈拉羊毛披肩我也卖掉去喝酒啦，这是人家送给她的，当然是她的所有，不是我的袜子。我两合住一间很冷的房屋，这年冬季她着了凉，咳嗽又吐血。我有三个儿子，茄里伊夫亚她一天到晚操劳着，洗涤、刷擦、照料孩子，老是如此，她自幼就要清洁的。但她胸部欠佳，似有肺病的现象，这点我很清楚的。我酒喝得越起劲越这样觉着。因此我也落得去狂喝了。我得在酒中找同情和慰藉呀……我贪酒，我也就更受苦了！"他说完便埋首桌上，好似不堪回首般的。

"年轻人！"他又起来了，仍往下说着，"我从你的面相观察，似乎看出你的情绪不宁。你来时我便注意到这点了，因此，我才来同你谈谈。我的一生既向你说了，并不是为供给旁人做讥笑的资料，他们早已知道些了，我要找一个有情感有知识的朋友。那么，我的妻既进过贵族女子高级学校，出校时，她也曾在名流官绅面前跳过围巾舞。她还得了个金牌和一张名誉奖状呢。那金牌嘛……已经卖了——卖了，唔……那名誉奖状还留在她的衣箱内，前些时，她曾给女房东看过。她虽和女房东不很和睦，但她却愿将过去的快乐和荣誉告诉人家。我不会也不必苛求她，她所留下的唯一东西聊以忆起往事罢了，其他的所有早已不存踪影了。哦，哦，她沉毅、自矜，看上去是有着志气的，她会擦地板，只吃黑面包，但绝不受人家的奚落。因此，拉比绥夫对她的那次施暴，她就看得很重，所以她受一顿打后，她便高卧着，因太伤了她的心了，她从未挨过打骂呀！我娶她时，她是寡妇，有三个孩子。她和第一个男人很有感情（他是个军队官长），所以脱离她父亲跟他远走了。她很爱他的男人，但他迷恋于赌博，负债累累，不久就死了。他以前常打她，她也还过手（这点我可有证明的），但现在她还拖着眼泪鼻涕，常说他好，这虽在回忆中，我也快乐呢！她以为自己是已经快乐过了的……他死了，遗下三个小孩子，在一个很远的地方，此时我正在那儿。她被遗弃在绝望的贫困中，我虽见过许多盛衰兴亡的事，但我不能形容她的困苦。亲戚不理她，因她太骄矜了……先生，那时我是个独身者，前妻只留下一个十四岁的女孩，我不忍看她那样受苦，便向她求婚了。你想她如此困难，又是受过教育的、出身高贵的女人，她竟同意和我结婚了。哭着，叹着，扳手，她竟嫁给我！她实在穷无所之了！你懂吗？先生，须知无路可走时，那是怎么一件事，不，你还没有明白呢……差不多一年多了，我负责地说，老实说，不曾和它接触过了，"手指着酒壶，"我有的是情感。但我不能给她开心，以后我的饭碗丢了，不是因为自己有过失，实在是由于裁员，于是我便和它握手了……一年半前，流浪困苦。不消说，我们看见这个大都市，由许多的纪念物来装饰。我就在这儿找到一个职业……但不久我又失业。你知道吗？这回却是我自己的过失了，我把工作丢了。我的弱点暴露了……我们如今住在魏塞尔家的一个房间，我们靠什么度日，用什么付房租，我不好说了。除了我俩外，还有许多人同住着。污秽紊乱，全像一处栖流所……唔……我前妻所生的女儿年纪大了。我的女儿小时在家时，受后娘的虐待情形，我不必说了。因为茄里伊夫亚她虽豁达，性子却刚强，容易发怒……是的。不必再说了！不必说，梭娜没受教育是当然了。前四年，我也自己教过她地理和历史，但我自己对于那些功课也不很懂呢，而且也没可用的课本。我们的书是怎样的呢……唔，现在已找不到了，所以不久教她读书的工作便停了。记得是在波斯的塞尔斯那一课停的。她渐渐长大，也读了好些小说，最近她读着从拉比绥夫那里借来的一本书，很感兴趣，利斯的《生理学》——你看过吗？她有时会从那书里选一两段传述给我们。她所学的知识就是这点。如此，我可以再向你说，先生，我将问你一句。你觉得一个忠厚的姑娘，努力地工作可以得到厚酬吗？她一天难得有十五个戈比，假使她是忠厚而无其他技能的，也不肯把工作丢了！此外，罗多喀公爵——你知道他吗？到现在，他还没把她替他打的那件衬衣的工钱给她呢，而且对她很无礼，脚踢，口骂，声称衬衣打得不好。小孩子还要饿肚……茄里伊夫亚往来跛着，弯着手，颊部发红，那种病总是如此的。'你住在这边，'她说着，'你要吃要喝，舒服得很，但不来做一点事情吗？'她自己有许多东西吃喝，小孩子却已三天没有尝到一块面包皮了！我在床上躺着……唔，这没有什么关系！我醉躺着，我听见女儿梭娜说话——她是个温柔的人，声音婉转，头发美丽，苍白的瘦削的脸颊——她说道：'茄里伊夫亚，我真的要去干那些事不成！'有一个品行不好的妇人费梭纳，巡警很熟的，她有几次要从女房东那边找她。'为什么不去干？'茄里伊夫亚讥诮地说着，'你是宝贝似的，要十分当心的！'但不必责备她，不必责备她，先生，她说话的时候，情形已经不很好，她被病魔和一帮饿孩的哭声惹急了，这些话比其他什么还刺她的心哩……因为茄里伊夫亚的品性就这样，当小孩哭了，即使因为饿，她也要去打他们的。六点钟时，我看见梭娜起来了，她包着头巾，披上肩巾，走出了房，大约九点钟时候，她才回来。一直走到茄里伊夫亚前面，一语不发地把三十个卢布放在她前面的桌边，并且连瞧也没瞧她一眼。她只拿着我们的大的碧绿色的缎布肩巾，裹着她的头部，脸朝着墙壁躺着。她的小小的肩和身体只是在颤抖……我还是和先前一样在那边卧着。我看见了，年轻人，我看见茹里伊夫亚，一声不响地走到梭娜的床面前，她跪着吻着梭娜的腿不起来，她俩拥抱着熟睡了……一同睡，一同睡……是的……我自己……仍神志模糊地躺着。"

马耳朵夫突然停住，他的声音好像涩了似的。他匆匆把酒杯倒满，喝了下去，润润喉咙。

"从此以后，先生！"他停一停后才往下说着，"从此以后，因为一件不幸的遭逢，且由于恶人的告状——在这一切事中多由费梭纳做的，她说受了虐待——从此以后，我的女儿梭娜便被强迫地领了张黄执照，自此她便和我们分离了。因我们的房东太太魏塞尔不高兴听见那种事（她先前虽曾帮助费梭纳），拉比绥夫他也是的……哦……他和茹里伊夫亚之间的一切纠纷，都是为着梭娜呀！以前，他要和梭娜接近，后来忽然又看不起她了，他说：'一个像我这样受过高尚教育的人，怎能和那种女子同住在一个房里？'茹里伊夫亚替她争辩……事情就是这样发生的。如今夜间梭娜回到我们这边来了，她安慰茹里伊夫亚，并极力资助她一些钱……她在劳富成衣匠家租一间房，劳富是一个跛足的、牙齿生得极不整齐的人，他的家人多是如此的。他的妻也龅牙的。他们全住在一间房，但是梭娜她自己有一房间，和他们隔开的……唔……是的……贫穷的，大都裂牙的……我早晨起身，穿上破衣，对天默祷，要到拉维悌那老爷那边去。拉维悌那老爷，你知道他不？不很知道吧？他是忠心上帝的一个人，他是神……主的面前的油烛，正如油烛在融化呢……他听我讲的故事，眼已惺忪了。'马耳朵夫你已一回违负我的盼望了……我再宽许你一回吧。'这是他讲的。'牢记着！'他说，'如今你走吧。'我吻着他脚上的泥——实际上，我并没吻，只是内心如此，因为他不会让我那样呀！他是政客，也是一个有着政治头脑的人。我回家后，当我说我已重新供职，且有薪水拿时，哎哟，一切均呈活跃了……"

20

马耳朵夫在极度的兴奋中又戛然停了。其时一群酗酒者从街上跑进来，手摇风琴的音调，小孩唱的《哈孟雷德》而爆发的尖声，在店门口都听见。屋内充满了喧杂。酒店老板和招待忙着照顾新客。马耳朵夫却不关心这些，仍在说他的话。他已身软力弱了，但他越醉越爱说话。想起他新近得到工作的成功，他是另外一个人了，而且真的满面红光。拉斯科纳夫听得很出神。

"那是五个星期前吧，先生。是的……茄里伊夫亚和梭娜一听见这事，以为我是上了天堂般的。从前总是如此：她当我是个畜生，一天到晚除了诟骂外便没什么了。如今她们小心之至，叫小孩子不许闹。'你的爸爸罗凡芝在公署做事倦了，他在睡呢！'我去做事前，她们倒咖啡给我，并为我弄奶酪喝！她们开始给我好的奶酪，你明白吗？她们怎样弄到一套便宜的衣装——十一个卢布五十个戈比，我不知道。靴、棉衬衣——最讲究的，一套礼服，她们把一切都变作最时式的，用了十一个半卢布。前一天早上我从公署回来，我看见茄里伊夫亚煮了两样菜——鲜汤和红萝卜炒咸肉——我们从未吃到过。她衣服很少……但她却把自己打扮得花枝招展，像赴人家宴会似的。她没什么衣饰可装扮的，只是把头发弄得很光滑，戴上一个清洁的领巾，一副袖套，就只有这些。她显得不同了，她非常年轻、美丽。我的小女梭娜现在只资助一些钱，她说：'我不能常来看望你们。晚上以后也许行，因那时没人瞧见。'你听到吗？饭后我睡了好久，你以为怎样？我的妻子在一周之前，还和我们的房东太太争吵过，但不久她又请她进来喝咖啡了。她们一块儿坐着，密谈着约有数小时。'罗凡芝现在又有职业了，领着一份薪俸，'她说着，'他自己到老爷那里，老爷亲自来见他，别的客人全等着，并握着罗凡芝的手，一同到他的书房。'你听到吗，你听到吗？'他说，罗凡芝，我记着你过去的劳绩。而且不论你那些不良的嗜好，只要你现在答应了。因为我们没有你来帮忙，事情就不成样子了。'你听到吗，你听到吗？'他说，我如今相信你的话，你是一个忠诚的人。'我对你说，那些都是她编造的，并不仅是由于好夸，并没有矜夸呀！她自己也不相信，她以此求得一点高兴，她是这样的呀！我不必如此说她，不，我一点也不说她……六天前，我把第一月领的钱——共二十三个卢布四十个戈比——给她的时候，她叫我为小宝贝。'小宝贝！'她说，'我的小宝贝。'在无外人的时候，你懂吗？你不要以为我不会做一个丈夫的，你能吗……啊，她扭着我的脸说：'我的小宝贝。'"

马耳朵夫突然不说了，他要笑，忽然他的下巴抽搐了。他勉强压制着。这酒店，这人的落拓的行径，在柴草船上度了五夜，以及酒壶，对于妻小的疼爱，他的听众摇惑着。拉斯科纳夫留心谛听，只不过露着一点不愉快。他似乎有点忧虑，走来了。

"先生！"马耳朵夫恢复原状说着，"唔，先生，这一切对于你也许都只是一个笑料吧，像别人一个样子，也许我会用我的家庭生活琐屑事件，打扰到你吧，不过我觉得这于我，却不是一件可笑的事件……我的一生中最可纪念的那一天，那天晚上，我很快地在梦想中过去了，梦想着一切事怎样处理，我的小孩子怎样修饰，怎样叫她休息，我将怎样把我女儿从火坑中拯救出来，使她回到家庭来……还有……不，我可以原谅的，先生。哦，先生，"马耳朵夫突然抬着头看了一阵，注视着四座，"唔，就在那梦后的第二天，就是在五天以前，晚上，我好像贼骨头似的，用敏捷的手法从茄里伊夫亚那里把她箱子的钥匙偷来，把我一个月薪水所用剩下的全拿出来，多少钱我已忘记，现在来看吧，大家都来吧！我离家第五天了，她们在那边找我啦，而且我的工作丢了，我的礼服放在大街上的一家酒店。我把它换成我如今的这件衣服了……一切事情就此告终！"

马耳朵夫的手击着自己的前额，闭眼咬牙，他的手肘靠在桌上，一分钟之后，他脸面忽然变色了，而且他露着一种虚伪的敏捷和夸张，对着拉斯科纳夫看，并大声笑说："今早我去看过梭娜，我向她要点酒解瘾！嘿，嘿，嘿！"

"你说她已给你酒喝了吗?"来客中有一位大笑地喊着。

"这半瓶酒是用她的钱买来的,"马耳朵夫声明着,他只向拉斯科纳夫讲,"我的女儿给我三十个戈比,我看见这是她最后所有的钱了……她不说什么,只是朝着我……的确没有说话,但她那方面……女人为男人痛心而哭,但她们却不怎么责备他们,她们并不责备他们呀!那更令人伤心,她们不责备,那更是难过!是三十个戈比!或者她现在要这钱用呢?你以为如何,我的先生?因为此刻她必须修饰她的外貌呀!要漂亮,要特别讲究,就得花钱,你知道吗?你明白吗?还有发膏、裙、缎的裙,还要鞋,极讲究的花鞋,这些她一定少不得的。你知道的,先生,须知那漂亮是怎样一件事?但是我是她的父亲,我把那三十个戈比拿到这儿来喝酒了,我一文没有了,并且我已经把酒喝完了!你想,谁会怜悯如我一样的家伙呢?你是否也如此,先生?对我说吧,先生,你是否也如此?嘿,嘿,嘿!"

他举手把酒壶倒了一下,但已没有一滴酒了。

"你为何要受人怜悯?"酒店老板又来插入说道。

接着便是狂欢的呼声、詈骂。狂欢和咒诅是起自四座听众,有的并没有听进他的说话,只是看着这撤职书记的举动而发笑的。

"怜悯!我要受人怜悯吗?"马耳朵夫突然大声说着,他伸着手臂站着,好像他预备等着那句问话。

"我为什么要受怜悯呢,你说?对啦!这是没有什么理由的!我应当受罚,钉在十字架上,何必受人怜悯!青天老爷,你把我钉死吧,可怜我!不然我要自己去动手,因为我不是寻欢作乐,而是赚得眼泪和痛苦……你以为——你这酗酒者——你这瓶酒是甜的吗?实际上我所寻求的是痛苦,泪痕和痛苦,我找到啦,我喝着啦!但是他将可怜我们,他对于一切人都有怜悯,他明了一切人和事,他是唯一的救星,他也是青天老爷。哪天他来了,他必会问道:'谁给她的凶狠的害肺病的后娘,为别人的小孩而牺牲自己?那女儿现在何处?谁怜悯这污浊的醉汉——

她的不近人情的父亲——不为他的蛮性所惊？那女儿现在何处？'他必说着：'跟我来！我已经饶恕你一回了……我饶恕你一回了……你的罪很多，却被饶恕了，因为你可爱得很……'他要宥恕我的梭娜，他要宥恕，我知道……就是此刻当我和他在一道时，我在心中也有感觉的！他要审判，而且宥恕一切好人同坏人、聪明者和驯善者……他把他们都审判完时，他要带我们去呢。'你们上来吧！'他将说，'来，你们这班酒鬼！来，你们这些不中用的人！来，你们这样不识羞的孩童！'我们要随着上去，站在他面前并不觉羞。他将向我们说：'你们是猪仔、畜生般的，带着畜生的标记。你们一齐来！'聪明者和有识者要说：'主父啊，你为什么要收容这批人？'他要说：'就是为此，我要收容他们；聪明者也因此，我才收容他们。有知识的人啊，他们中没有一人信任自己是值得受这般殊遇的。'他要我们伸出手来，我们要跪在他前面……我们哭泣……我们明白一切！其时我们要明白……弄得明白，就是茄里伊夫亚……她也明了……主父呀，希望你的天国快快到来！"他声嘶力竭，倒在凳上，谁也不理，已忘记他的所处而坠进深奥的沉思中了。他的话起了一阵感化。四周沉默着，不多时又听见狂笑和诅骂。

"这是他的高见！"

"他说的是呆话。"

"可说是个忠诚的书记！"

等等说话，纷纷而起。

"我们该回去了，先生。"马耳朵夫突然说着，抬着头向拉斯科纳夫说着，"我们一同回去吧……魏塞尔的房子，面临旷地的。我往茄里伊夫亚那里去——我当受罚。"

拉斯科纳夫早想走了，他也有意要扶持着他回去。马耳朵夫身体摇晃不稳，颓然倚在年轻人的身上。他们要得走一二里路呢。当他们将要到家时，那醉汉就更加惊惶不宁了。

"此刻我不是怕茄里伊夫亚。"他在心绪烦扰中低声说道，"我不怕她来抓头发。头发有什么要紧呢！这就是我说的。若是她真要抓它倒好呢，那我倒不怕的……她的眼睛我最怕的……是的，她的眼睛……她的脸上的赭晕也足够使我恐惧……她的急促呼吸也……你觉得害那种病的人怎样呼吸……当他们兴奋时吗？再有，我怕小孩子的哭闹……倘使梭娜没有拿食物给他们……我不知道事情会怎样！我不知道！拳脚打踢我可不怕……你知道，先生，这样打我一点不痛，而且是一种快乐呢。让她打我，来安慰我的心胸……那样倒好些呢……前面就是我家。木匠的家……他是德国人，生活还过得去。进去吧！"

他们从旷地进去，走上四层楼。上去的时候，楼梯上很暗。时间已是十一点钟了，虽然在彼得堡夏天是不会有黑夜的，可是在楼梯上面，已经是黑暗不辨方向了。

在那最上面有不完整的小门半张着。房里并不好，只有一丈见方，点着一支蜡烛，整座房屋在入口处便都可以看得清楚。狼藉不堪，破衣乱摊，尤其是孩子们的衣服。里面最深处挂着一块破布，后面就是卧床了。房里别的东西很少，只有两张椅子，一张沙发，上面披着美国式的毯，洞破了数处，前面放着旧的木头做的桌子，漆已褪了，也没摆什么。桌上只放着一个铁烛盘，蜡烛已烧完。这家人自己占了一间，但不是一间房的分隔，他们的房间只有一条走廊。走进别的房间——毋宁说是橱子，这许多房间是魏塞尔的一层楼所分隔的——那里面人声喧杂。仿佛有人在那里赌博狂喝般的，时时冲出一些不堪入耳之言。

拉斯科纳夫他一下子就认出茄里伊夫亚，她是高而瘦、文雅的妇女，神色极颓丧，浓褐的头发却很美丽，脸颊晕上一种肺病的赭色。她在房中来回地走，两手插在腰部，口唇焦渴，呼吸短促，不时地喘息。她的眼睛发出强烈的光彩，贪婪地注视着四周。她那染着肺病的兴奋的脸，加上那蜡烛光最后的闪动，形成一种令人不愉快的印象。拉斯科纳夫看她有三十岁左右，这对于马耳朵夫实在是一个可嚎的妻……她似在幻想，所以没有看到他们进来。屋内闷得很，并没有打开窗。楼梯上发出一股臭气，楼梯的门也没闭上。纸烟的雾气由内房里吹出，她咳嗽着，可是不曾带上门。那最小的六岁小孩睡着，盘踞在地毯上边，头枕着沙发。那大一岁的男小孩在屋角哭着，或许他刚受了一顿打吧。他旁边站着个九岁的瘦削女孩，一件破旧的衬衣，和一件旧的羊毛披肩，一起套在身上，身躯和衣服似不相宜，衣架太小了。她的手臂，骨瘦如柴，抱着她的小弟弟，抚慰着，向他低声哄着，为的使他不再啜泣。同时她的大黑眼，配上她消瘦的脸，看上去更大了，惊惶地看着母亲的脸。马耳朵夫没有进去，已跪在门口，拉斯科纳夫站在他的前面。当妇人觉着有一个生人站在前面时，从幻想中醒来，不觉讶然一惊，不知他来有何贵干。她还以为他是到隔壁房间去的，因为去隔壁的房须经过她这边。她就坦然了，她刚要向外边走去，把门带上，却发现自己的男人在门口跪着，便疯狂地发出一阵喊声。

"啊！"她喊道，"你回来了！罪犯！恶魔……钱放在何处？衣袋里放着什么，拿给我！你的衣服都变两样了！你自己的衣服哪里去了？钱放在何处？说呀！"

她动手搜了。马耳朵夫服从地抬起双手给她搜索。一无所得。

"钱放在何处？"她喊着，"天哪，他都喝光了？橱内只有十二个银卢布！"她愤愤然地抓住他的头发，一直拖到房中。马耳朵夫驯羊似的跪爬着，全听由她的处分。

"对于我这是一种安慰！并不伤害我，是一种真实的安——慰，先——生——"他喊着，他前后左右俯仰着，有一次头几乎碰着地上。这时地毯上熟睡的小孩惊醒，哭泣了。房角边的男孩惊呆了，并且颤抖着哭泣，在这混乱中，他像得了一阵急病似的跑到他妹妹跟前。那最大的女孩呢，颤动得如同一些树叶。

"他一定喝完了！他一定喝完了！"可怜的女人破口詈喊，"他衣服也当了！唉，他们没吃呀，没吃呀！"她手指着小孩子们，"可恶的，不要脸的家伙，生活也不顾了！"突然地她去抓牢拉斯科纳夫，"你俩从酒店来！你们一起喝酒取乐吗？你诱他喝酒！快给我滚出！"

年轻人不发一言地急忙退出。那些好管闲事的人在外面瞧着。鄙陋的狂笑的脸，口里含着烟管、戴着小帽的头全在门口露脸了。后面还可以看见穿着衬衣、瘦矮得极难看的看热闹者，有几个还手拿着赌具呢。当马耳朵夫被拖着头发，口里喊出什么一种安慰的话的时候，他们都觉得好笑。他们几乎要冲进房来了。他们听见一种尖利的叫喊，这是从魏塞尔口中喊出的。她由他们中间挤出来，恢复这混乱的空气，她以极粗陋侮辱人的话指桑骂槐地说她明天就得搬出去住。拉斯科纳夫走出去了，他把手插入衣袋，把在酒店中用卢布兑来的铜币拿出来，悄悄地把它们放在窗口。他下楼时，忽然改变了主意，想重新跑上去。

"我干出了什么傻事了？"他想着，"他们有的……梭娜……我自己正需要钱用呢。"但是想再取回是不能的了，而且不管如何他也不愿取回，他手一挥，坚决地回去了，"梭娜发膏也要买的。"当他在街上走时，他想着，而且放纵地大笑着，"这样的乱花钱……唔！也许梭娜自己也顾不得自己，因那不是容易的，像追赶野兽……掘藏金……明日他们把我的钱用完了，那以后不是没一块面包皮吃了。梭娜祝你永远好运！他们好像在开发矿山！他们想以此为利呢！是的，他们想以此为利呢！他们为你哭，为你笑。人类对于一切事都能看得开呀！"

他坠入于沉思之中。

"如果我做错了将怎样呢？"他呆了一下，突然自语着，"如果人不那么卑鄙又怎么样呢？各色的人类，就是说，全人类——其他的一切就是偏见，简直是可怕的做作了，毫无限制的，一切都是理所当然一样了。"

第三章

　　夜来不能成眠，第二天醒来已很迟了。但他的睡眠并没有使他恢复精力，他醒后，便暴戾易怒，好斗气地憎恶地看着房间的一切。这是一间橱式的房，约有四五尺长。它有一种受贫穷侵袭的外貌，污秽的黄纸由墙上掉落，而且楼板又很低，一个身材比较高的人在里面就要感到抵触，时时感到他的头要碰着屋顶的危险。用具和房间倒很相称：三张不牢的旧椅，房隅一张桌子，放着几册书和笔记本。上面堆积着尘垢，这显得长久没有被翻动了。一张笨重的沙发，几乎占了全屋一半的地方，先前似乎铺过彩花布，现在已破败，这算是拉斯科纳夫的床。他平常在那上面睡的，也不必脱衣，没有被，外面包着的旧制服就算被子了，头搁在一个小的枕上，下面堆置着脏的和干净的衬衣，暂作一个大枕用途。此外，一张小桌放在沙发前。

　　没有比这更紊乱的了，但这和拉斯科纳夫现在的处境却很相称。他完全脱离了社会，和缩在自己贝壳里的蚌没有两样，甚至于看见他那服侍的仆妇进来，有时也会使他的神经受着刺痛而痉挛着的。他的精神完全坠入了疯狂者们的一种偏激的情况之中。他的女房东已两周没有送饭来了，他在家虽没有饭吃，仍没去向她商量。厨子兼唯一的仆人拿泰沙，对于这位房客的脾气倒不见得如何不合，她只有一个星期打扫他的房间一次，她那天到他房内把他惊醒了。

"起来吧，现在为什么还如此贪睡！"她向他叫着，"九点敲过了，茶我已带来了。你要喝吗？我想你觉得很饿了吧？"

拉斯科纳夫睁着眼，惊醒了一看，是拿泰沙。

"是从女房东那儿来的吗？"他慢慢地问，带着一副病态的脸，在沙发上坐着。

"从女房东那儿来，对的！"

她把那满装着淡而无味的陈茶连茶壶放在他前面，茶壶附近有两块糖放着。

"拿泰沙，这点你拿去。"他边说，边在衣袋内摸索（他穿着衣服睡的）拿出许多铜币，"给我买一块面包。再给我弄点香肠来，拣最便宜的，到咸肉店去买。"

"面包我就给你带来好了，不过你要喝点菜汤代替香肠吗？那汤真好呢，还是昨天弄的。昨天给你留着的，你回来太迟了。那汤真好呢。"

他开始喝着那汤的时候，拿泰沙就在他旁边沙发上坐了，不觉谈起话来了。她是乡下的村女，是一个十分爱讲话的女子。

"巴夫洛夫她要对巡警告发你。"她说着。

他皱一皱眉毛。

"叫巡警！她要干吗？"

"为你不付她房钱，你又不立即搬走。她就是为了这个，我想一定是这样的。"

"蠢货，这真是讨厌的事。"他咕噜着，磨着牙，"不，那于我不适的……这时。她的确是一个蠢货，"他大声地说，"今天我要去和她谈谈。"

"她是蠢货，是的，和我一模一样的。但你聪明，为什么你老是不来这儿动动手，你的聪明有什么用？前些时你常出去，你说是照顾小孩。但是为什么，你现在一点事也不做呢？"

"我在这儿做……"拉斯科纳夫愤愤地说着。

"你做什么呢？"

"自然是做事……"

"做什么事？"

"我在思索。"他停了停，才肃然地答道。

拿泰沙咻咻地笑了。她总是这样的，有时有什么事使她有些开心，她更笑得前俯后仰了，一边是颤抖，她觉得太过度了方才停。

"你靠你的思想得了多少钱了？"她最后慢吞吞地问道。

"出去教书的人不能没有皮鞋的。我对于教书也很厌恶。"

"不要和你的面包和钱开玩笑吧！"

"教书的钱他们付得极少。一点点钱有什么用呢？"他很不高兴地答着，这好像是答复他自己的内心的话。

"你思考一刻就可以拿到很多钱吗？"

他有点古怪地看着她。

"是的，我想赚笔大钱。"他停了停，才决然地答着。

"不要如此发呆，你把我弄吓了！你要不要拿面包来呢？"

"随意。"

"哦，我忘了！你昨天出门时，有一封你的信。"

"信？给我的！不知谁寄的？"

"不知道。我把自己的三个戈比给邮差。你把钱还给我吧！"

"信拿来给我再说。上帝呀，快去拿来！"拉斯科纳夫很高兴地喊道，"天哪！"

不到一分钟，信取给他了。这是他母亲寄给他的，从雷省寄出的。当他取到手时，脸都变青了。他因长久没接到一封信了，另外一种感情忽然又钻进他的心胸。

"拿泰沙，请你出去好吗？这三个戈比你拿去，但是你，快点出去！"

信在他手掌中抖，他不愿当着她面拆开看，他想一个人来拆这信。拿泰沙出去时，他匆促地在信封上吻了吻，仔细地察看信封上的住址人名，那是从前教过他念书写字的母亲的工细斜行的笔迹，他还记得清清楚楚。他呆呆地看着，他永远好像是怕什么似的，最后他才把它拆了。这是一封很厚重的信，两张信稿纸，写满着工细的字。

我可爱的洛地亚！我没有用信给你联系已两月了，这使我很难过，我老是在夜间醒着，想着这事。但我想你绝不会为此而对我不满。我是怎样疼爱你！你是我们——多利亚和我——唯一的亲人，你就是我们所有的一切啊，我们唯一的愿望，也就是我们唯一的柱石了。当我听到你很穷困，几月以前便弃了大学，你又丢了教员和旁的工作时，我是怎样伤心难过啊！我如何地从每年一百二十个卢布的恤金中挤出来培植你？四个月前，我寄你十五个卢布，那是我从城里的商人洛维支那里，以我的恤金去抵押得来的。他是个好心肠人，也是你爸爸的好友。但既然把领恤金的权力交给他，我就须等能把债偿还时了。那件事情却刚弄好，现在我不能再寄给你钱用了。如今，谢天谢地，我能再寄给你些钱，事实上我们此刻命运也足以自慰，这事我就要给你知道。第一，你知道，亲爱的洛地亚，你妹妹六周前和我住在一起，我们将不会分离的。谢谢上帝，她的苦痛已过去了，但我要告诉你一切，你好知道一切事情是怎样发生的，以及我们之所以没有马上告诉你的一切事情。在你两月前写信来，说你的妹妹多利亚在喀老夫家受着种种痛苦的时候，当你写了那些，并要我把这事仔细答复你时——那时我能写些什么呢？假使我把全部事情写信给你，我敢说，你将要把一切事情抛开，即使步行你也要回到我们这里来，我知道你的品格情感，你绝不会让你妹妹受痛苦的。我实在没办法，我能怎么样呢？况且，那时我并不全知道那实情，为的是：多利亚在他家做女工头时，预领一百个卢布，言明是由她每月的薪金内扣除，因此债务未清是不能够辞职的。这笔款子她大概为着要寄给你六十个卢布才支的，你那时需要钱又那么急，那笔钱是上年我们这儿寄给你的。我们那时骗你，说这钱是由多利亚平日积蓄起来的，事实可并不是如此呀！现在我已经将这事都对你说了，谢谢上帝，事情忽然出现转机了，而且你可以知道多利亚怎样疼你，她是有这样一副心肠呢。不错，喀老夫先生以前待她很不好，在吃饭时往往说些冷嘲热讽……现在我不想再去说那些伤心的事，免得你再烦恼，因为一切都已过去了。总的来说，不管喀老夫先生的妻子拉夫那和家中其余人对她都很和善，多利亚那时总觉得很难受，尤其是在喀老夫重新犯了他在军队里的坏脾气，为酒精所控制的时候，你想结果是如何的？你绝不会相信，这酒鬼便开始对多利亚包藏了一种热情，但在虚装与傲侮之下，却把热情掩了。大概因为他是一家的主人，他的狂妄的希望终究不好意思表现出来，于是他就和多利亚怄气。而他也希望他的无礼的侮蔑行为，不让人知道底细。但是后来他竟不能自制地、不怕羞地向多利亚求婚，允诺给她各种礼物，而且，要遗弃家业和她到他的另一份田产那边去住，甚至于到国外去都可以。你能想到她所经历的吗？即时辞职是不能的，不只为着债务关系，而且也要不丢拉夫那的面子，因此就引起他妻子的怀疑，多利亚于是便成了他们家庭吵闹的主因了。并且这于多利亚也有不利的地方。还有其他原因，使多利亚在六星期以前，不能立即离开那可怖的人家。你知道多利亚，她是很聪明的，她意志也很强。多利亚能忍受痛苦，即使在最困难中，她也有毅力维持她的勇敢。她因为怕给我烦恼，我们虽不断地通信，但关于这事她不向我提一句。事情竟非常出乎意料。拉夫那偶然听说她男人在园中向多利亚恳求,便把情形误解了,把罪名推在她身上了,于是一幕可怕的戏剧立刻在园内演着。拉夫那竟出手打多利亚,她只有哭嚷,于是立即把多利亚用一辆大车带着行李送回我这里来。他们把她所有的东西、衬衣和被褥,胡乱地塞进车中,没有好好地叠裹。而且雨又下着,被羞辱的多利亚,不得不和一个乡人同坐篷车走了十五六里路进城来。现在你只要想一下,两个月前我所以接到你的信而没有回信给你的原因了。我还能写什么吗?我在危困中,我不愿把实情告诉你,为的是怕你恼怒,而且你知道了又能怎样呢?你也许只有把自己毁损了,那样多利亚也会更伤心。而且当我的心极其凄苦时,我何能以琐事来写满信呢?一个多月,城内充满着这丑事的流言,多利亚和我甚至于无面目再进教堂,为的轻藐的脸色、诽语,甚至大声地嚷说使我俩难堪。我们的朋友都回避着我俩,在街道上甚至没人向我们招呼,而且我知道,有些店伙们想当面羞辱我们,并用污漆涂我们的墙壁,因此房东要我们搬家。这一切都是拉夫那操纵的,她设法毁坏多利亚的一生,使每家都咒骂她。她是无人不认识的,她常常进城,她爱说话,也喜谈她的家事,而且十分爱向人埋怨自己的丈夫,所以在短时内,她不但把她的故事传播城中,甚至播于各地。这更使我难过,但是多利亚比我能容忍,你如果看见她如何容忍,一定要设法安慰我们啊!她是一个天上仙女!然而上帝佑我,我们的痛苦完了。喀老夫先生恢复了理智,后悔了,或者替多利亚怜惜,他将多利亚的莫须有的不可靠的证据,拿给拉夫那面前。那是一些信件,多利亚在喀老夫未曾在园内遇见他前,被压迫着写给他的。这信在她离开后尚在喀老夫先生手里,那是她拒绝他恳求做个人解说和秘密相会的信。在那信中她发着很大的脾气和愤怒,责备他对于拉夫那行为的粗鄙,提醒他,使他知道他是一家之长,并忠告他,使一个十分不幸的无防备的女子受苦、遭难,对他是怎样的卑陋。真的，亲爱的洛地亚，那封信写得那么振振有词，我读了，呜咽着，甚至今天我还会为之下泪。而且，仆人的证明也足以脱清多利亚的名誉，他们所见所闻比喀老夫自己来得多——事实上的确如此。因此拉夫那异常吃惊，终于"又给难倒了"，如她自己向我们所说，她完全相信多利亚冤枉。第二天，星期日，她亲自到大礼拜堂去，向圣母跪着流泪，一边祈祷，求上帝的再审判，使她的责任得以解除，于是她又从大教堂到我们这儿来，把整个事实说清，并伤心地哭了。她忏悔了，她拥抱着多利亚，求她饶恕。在那天上午，她又跑到城内各处，流着泪，洗刷多利亚的冤屈，并称赞她的感情和私德的贞洁。甚至，她把多利亚给喀老夫的信，遍给人看，读给人听，并且让他们传抄。她如此奔走了几天，在全城坐着车，一一地告诉着。因此有些人家早就在期待着她来，谁都知道在什么时候，拉夫那要在什么地方读信。每回他在读时，人们都聚集着，甚至有些人不厌其烦而一听再听呢！我看，这一切动作中有些是不必要的，但拉夫那的品性就是如此。她在恢复多利亚的名誉这点上看，总算成功的。这事的全部罪名，是一种不能灭掉的羞耻，全放在她男人的身上，他是唯一受责备的人了，我很替他惋惜。这实在是一种报应呀！多利亚呢，当即被几家人聘请教课，但她拒绝了。不多时人们都十分的钦敬她。这变化可说对于那件我们整个的命运的转折，有极大的功劳。你要知道，亲爱的洛地亚，已有一个向她求婚，她已答应嫁他。所以我就立刻把这事的前后都对你说，虽然没和你商量便办理，我想你绝不会怪我和你的妹妹的，因为这事不能等待，直到接得你回话的时候才决定。而且你不在这儿，也不能辨认一切真相的。事情就是如此的。他已经得了功名，彼得洛升，是他的名字，而且和拉夫那也是远亲，她在这桩婚姻上很是卖力。起初是由她介绍他和我们认识。他曾和我们一同喝咖啡，就在第二天便给我们一封信，信中很谦敬地恳求，并请立刻给他一个决定的佳音。他是一个事情很多的人，急于要到彼得堡去，时间对于他是非常珍贵的。当然，那时我们很惊奇，因为这事来得迅快，而且出乎意料。他是一个中人之家，人很可靠，他在公署中有两个职业，他已置有产业。是的，他已四十五岁上下了，但他还有一种惹人喜爱的风格，女人看了还会爱上的，并且他是个很可钦敬的男人，不过他似乎有点乖僻和自傲的个性。也许我们第一次看到他印象是那样吧！当心，我的洛地亚，当他到彼得堡（不久就要去）去的时候，如果你在第一次看见他有些不顺眼的地方，你切不要很快地、严厉地评论他，我是深知你的脾气的。我可以相信，他在你心中将会产生一个好的印象，我先暗示你这个。而且，一个人为了要明白他人，评量一定要仔细，如此才可避免主观和谬误的思想，因为以后是很不容易消除的。从各方面看来，彼得洛升是一个很可尊重的人。他第一次来访，他对我们说，他是个不事虚浮的人，还有如他自己所说，他是有着许多高尚的近代的信仰，而且他是最讨厌一切成见太深的人。他说着，他似乎有点自负，喜欢人家捧他，但这已不算是疵病了。他讲的，我懂得的不多，多利亚她向我解说，他虽说不上怎样受过教育的人，但很有才干，性情似乎也很好。你知道你妹妹的品性吧，洛地亚。我知道她是刚毅的、明世故的、能忍耐的、豁达的女儿，她内心还藏着一副热烈的好心肠呢。当然，双方都谈不上有什么爱情，不过多利亚是一个聪明的姑娘，具有天使般的好心肠，她会使她的丈夫感到幸福，这是她引为己责的，至于事情虽说做得太匆促，但这也不用怀疑，是一定要承认的。而且，他是一个极仔细的人，他要为自己的幸福着想，多利亚和他一块生活是更幸福了。说到性情上习惯上的几种缺点，甚至有些意见不合——这是最快乐的婚姻也免不了的——多利亚说，这无须忧愁，她自己会打算的，并说只要他们将来能合作成为一种有名誉的真诚的关系，她就是忍受许多痛苦也愿意的。打个譬喻，他起初使我很不安，觉得他有点冒昧，但那是因为他是一个心直口快的人，这也不必多虑。又如，多利亚答应后，第二回来见时，谈话中，他说在未和多利亚认识前，他就早决意要讨一个能干、体面而没有嫁妆的女子，最好受过贫困的。因为，他说，一个男人不应当受他的妻子的恩赐，应让妻子尊视自己丈夫为她的恩人。他这番话，他说得比我客气动听，我遗漏了他许多言语，这不过是大意吧？而且，这并不是故意说的，乃是在谈得起劲时溜出来的，他说后也曾替自己校正，把话换过方向，但我稍稍觉得他有点失礼，我以后这样对多利亚说的。多利亚却恼说："说话不是行为。"这话倒是不错。多利亚在她未下决定之前，一夜不曾睡过，整晚在房中来回地走，最后她下跪在圣母前面，热心地祈祷着，第二天早晨她才说，她已决定了。

我已说过，彼得洛升就要到彼得堡去，他有许多事情要做，他想创办一个律师办事处。他以前曾经帮办过民事和商业诉讼，不久之前他的一件要案胜诉了。他务须去彼得堡，他在法院尚有一件要案待审理。我的洛地亚，他对你将有很多的帮助，不论哪方面。多利亚和我说，从此你就可以安稳地从事你的职业，那可说你的将来已有了保证。啊，希望这事早早成功呀！如果成功了，那可就太好了，这真是上帝给的幸福。多利亚只是幻想着这事。我们已经稍稍向彼得洛升露过这事情的话。他答复是很谨慎的，他说，他这儿不能没有书记，亲友来尽职——对于你似乎有什么怀疑似的——那把钱交给一个陌生人，就不如给一个亲戚了，但他对你在大学里念书，是否有时间在他那里办事，有点疑虑。这事暂且慢说吧，现在多利亚对一切都不再预计。前几天她发狂似的做了一个计划，希望你能正式在彼得洛升的法律办事处成为一员呢！这事非常适合，因你是一个读法学的呀。我俩也极其愿意，洛地亚，所有她的打算和期望，必有十分把握，而且能形诸事实。彼得洛升他虽推诿，此刻他不认识你，自当应有的一回事，多利亚也相信，她将以在未来的丈夫处得了好印象而获得一切。自然我们也不再向彼得洛升多谈这些，尤其是关于你的事。他是一个不尚虚面的人，对这事不见有怎样的关心吧！这些在他看来也许当是一桩赘瘤。多利亚和我始终不曾向他露出一句我们的大野心，叫他帮助你在大学的一切费用，我们并没有说及这事，事后会实行的，无疑的他自会去做的，因为你以你的才能，在他事务所里成为他的要员，而受他的帮忙，并不是怎样了不得，而是靠你的才能获得的薪俸。多利亚就想如此做，我也很赞同。此外还为着别种原因，没有讲出我们的希望，那是因为我想使你在第一次见他时，以同等的地位自居呢！当多利亚高兴地对他说到你的时候，他道，没有亲自观察一个人，是很难评价的，他希望和你见面认识后再确切地答复。你知道吧，我的洛地亚，我想也许为某种原因（这与彼得洛升无关，只是我自己个人的），在他俩行过婚礼后，我不想住在他那边，自己另住。我想他必会十分诚恳地请我和我的女儿同住，而且他如今假使未提过这话，那么，事情大约已经如此地安排了。我可不答应。我的阅历和见识告诉我，女婿和岳母同住不会有好结果的，我不愿触犯人家，我自己只要能有吃有用，并有像你俩这样的孩子，我什么都满足了。假使允许的话，我想移住在你的处所附近，我的洛地亚，我有一个最好的消息放在后头呢：你明白，我的孩子，在短时间内我们或者就可实行，近三年的别离之后，我们又可以同叙一室了！多利亚和我要往彼得堡去，这已确切地决定了。什么时候虽未定，但总很近了，也许就在一星期内。彼得洛升，不久他将使我们知道的。为要他自己的便利起见，他想早点举行婚礼，若是可能的话，就在圣母禁食节前几天，若是太早，来不及布置，那就在节后举行也可。我是怎样的高兴和你会见，多利亚她也渴望想见你，有一次她笑说，就只为那事，她也愿早点和彼得洛升结婚。她真怪可爱的！她不再写信给你，只叫我代为致意，她不再去写了，因为在几行字中也说不了什么事，只是搅乱了她。虽然我们很快就可见面，但我将在几天之内，或者会寄钱给你哩。如今大家都说多利亚要嫁彼得洛升了，我的信用也忽然好起来了，我知道梵尔绥支他将相信我，并且能把恤金抵押七十五个卢布，如果这样，我将寄你二十五个或三十个卢布。我情愿再多寄点你，但我尚须顾到我们的川资呀！虽然彼得洛升愿供给一部分川资，换言之，他担负运寄我们的衣箱和包裹（可由他的熟人去办），我们到彼得堡时必须花许多钱，所以我们不能不预备点钱，至少能应付几天。但我们一切都计算过，我们知道这段路程不要花很多钱的。从家里到铁路去不过九十俄里，我们已和一个熟悉的车夫说好，一切都安排好了，多利亚和我可以很舒服地乘三等车，因此我又不想寄你二十五个，而要寄你三十个卢布。好了，我已写满了两张了，不必再写了，我们的整个事情，已大体说了。如今，我的洛地亚，我祝福你，直到和你的母亲相见。爱你妹妹多利亚，洛地亚，爱她如她爱你无异，你要知道她爱你是远胜爱她自己呀。她是一个天上仙女，洛地亚，你是我们的宝贝——我们唯一的冀求，唯一的安慰者。但愿你快乐，我们也快乐。你还默念你的祷告，洛地亚，且信仰我们的创造者和我们的救世主的仁爱吗？我所忧虑的就是怕你给如今流行的打倒宗教风气所侵袭，不要如此，我替你祈求。牢记着，亲爱的儿子，你在幼小时，你父亲在时，那时你是怎样在我的膝上欢喜地念你的祷告的，那时我们是怎样的幸福啊！就此再会——亲爱的，永久地拥抱你，吻着你。

至死都爱你的朴利奥那

当拉斯科纳夫开始看这信的时候，他的脸庞就被眼泪所浸湿；等他看完时，脸色是苍白的、颤动的、酸苦的、愤慨的，以及恶意的微笑，都呈现在脸和唇上。他的头倚着脱线的污枕边而凝思着，他的心剧烈地跳动着，他的头脑是在混乱中。最后他才感到在这像一个箱橱式栗色的小房中，局促不安而且闷得慌。他的视线和思虑都在神游。他便抓了帽子出去了。这回他不怕碰见无论谁，惧怕已消失了。他朝着热副奇岛去，沿着热副奇街道走，匆匆地像忙着什么事似的，口里念着什么，甚至使旁人大为惊异。大家都当他是喝醉了酒。

第四章

　　母亲的信刺伤了他的心，就是读到其中重要的事时，他也感觉着不安静。其重要的解决方法，他的心中已决定，毫不犹豫地决定了："当我一息尚存的时候，这种婚姻绝对不许，洛升他不行！""事情异常的明显，"他带着一点坏笑地低语着，好像预祝他将来的胜利般的，"不能，母亲，不能，多利亚，你们不要来骗我！她们说什么歉疚，说什么没有问我，说什么没有我就决定！哼！她们自以为现在大事已定，不能不办。哼！且看着吧！什么，彼得洛升是忙人，婚礼要行得快，要乘快车。你能，多利亚，这一切我全明了，我全知道你。我也明白你整夜不睡是想的什么，以及在母亲卧房中的那尊圣母面前你默祷着的是什么。劳苦的就是走哥太去的路……唔……你们最后已决定。多利亚，你决定嫁一个解事的、有产业的人——已经有产业，这是何等引人羡慕——一个在公署中兼差的人，他有着高尚而能干的智识，如母亲所写的，而且他似乎仁慈，如多利亚所说。那似乎可以克服一切了！就是那个多利亚，也为那个'似乎'而下嫁给他了！真是好！真是好！"

"……我很想知道母亲为什么写信给我说起'高尚而能干的现代人'呢？是否是一句形容话，还是有意使我去赞美洛升呢？她们太圆滑了！我更想知道：那一整天和从那次会面以后，他们彼此已竭诚相知到什么程度？用言语表出，还是两人自己心中明白，不必大声说出来呢？也许是有点那样吧，由母亲的信中，也许是如此：他使她受了不安，觉得他有点失态，而且母亲坦白地将这观察对多利亚说。她定要惹恼了，'很恼气地答她'。我想，事情既已十分明白，也不必什么问话，而且事情已默认无须研究的时候，谁能不恼气呢？她为什么写信给我说着：'爱多利亚，洛地亚，她爱你远胜爱她自己？'她为儿子而牺牲女儿，难道良心上不感到刺痛？'你是我们唯一的安慰者，你就是我们的宝贝。'母亲啊！"

他的酸楚愈想愈难过，如果那时他巧遇着洛升，他会把他杀死的。

"唔……对的，那是对的。"他脑子继续着旋转又想到，"'要深知一个人，须得长时间的慎重。'不错的，但关于洛升，那是没有一点错。唯一的，他是'一个办公而且似乎仁慈的人'，那就算已知人情了，是的，为她们运送包裹和皮箱！那么从此之后，必然的就是一个仁慈的人了！但他的新娘和新岳母却要坐一辆粗陋的农人的小车子——我，我是坐过这种车——不碍事！不过九十俄里，以后她们就可'很舒适地乘三等车'，一千俄里！可也不差那点！俭约是可以的，但你自己怎样，洛升？她是你的新娘啊……你要知道她母亲用她的恤金抵押钱作盘费。当然，这也是一种交易，为着大家有利而开的一个机关，股子与用费相若 ——包含在内，只要付你的烟款。办事者还占了她们的好处。铺盖比她们的盘费花得少，而且也许一文不费运去。怎么她们一点都看不出来，也许还是她们不去考察？她们快活，快活！况且以为这只是第一回的花朵，真正的果实就要结下了！这并不由于吝啬、卑鄙，而在于整个儿的行径。结婚以后的行径也将是如此，这是先给你一尝味儿。母亲也是的，她为何要如此花费呢？她到了彼得堡的时候有没有钱呢？三个银卢布或两张钞票，她所说的……那老姑姑……唔！她以后在彼得堡以什么为活？她已有了她的预计，她在结婚以后，甚至于前几个月，她就不能和多利亚一道住。那财主当然对于那件事已露出几句话，虽然母亲加以否认：'我要反对。'她说。那她靠谁呢？她靠着一百二十个卢布恤金，偿还梵尔绥支以后所剩下的钱吗？她要是织羊毛披肩并刺绣袖儿，她的老眼不是坏了吗？织她的披肩，在她的一百二十个卢布上，加不到二十个卢布，我知道。可见她唯一的希望是放在洛升的豁达上面了：'他会奉送来的，他将叫我承受。'那你永久地待着吧！这些吝啬的仁慈心肠永久是如此，每只雁在他们看来都是天雁，他们都向最好的方面期待，看不出什么错失，他们在图中另一面的暗示，然是显示不出真情的。他们也不愿显示，一想起了，他们就要颤抖。他们用双手把真情揭去，直到他们用假面具来装饰，把他们的头顶放上呆子的小帽时。我想知道洛升他有什么动物不曾，我敢说他纽扣上一定有，而且当他去做买卖和市商吃饭时，他也把它扣上的。他举行婚礼时不用说也是戴的！管他呢，坏家伙！

"嗯……母亲我倒不怪她，希望上帝给她幸福，多利亚怎能够呢？多利亚，可爱的人儿啊，似乎我不知道你！我最后看见你的时候，你将近双十年华。那时我就知道你。母亲信上说：'多利亚能容忍痛苦。'我很明白。两年半前我就明白了，过去的两年半我都在想着这桩事，'多利亚能容忍痛苦'那事。假使她能容忍喀老夫和其余的一切，她确能忍受许多痛苦。母亲和她自己如今以为她能够容忍洛升了。哼！什么从困苦中出来的妻子，一切都靠男人的恩赐，这种妻子最好——他在第一次见面时便有这种怪论了。即使他'口里滑出来'，他虽是一个解事的（但或许那不是无意的说话，而是他预先把自己意思先说了），但是多利亚，多利亚呢？当然，她明白他，但她将要和他一起同住。什么！她只是能靠面包和水度日，她不会失去她的灵魂。不愿用她的贵重的自由当作货色去交易，就是拿虎耳司旦一省来交换她也不愿，何况洛升的臭

42

钱！我以前看多利亚，并不是那样的人……那现在也仍是那样的！是的，喀老夫一家人是苦良药，那是不能否认的吧！为着二百个卢布在外省做一个女工头，消去自己的生活，真是一件苦差事！我知道，假使为着她一己利益，她倒情愿做一个殖民地的奴隶，或是随着德国主人的一个拉脱维亚人，也不愿为与自己永远毫无关系的人所制约，以毁侮她的人格和道德。假使洛升是个财神，或是一只巨大的金刚石，她也不会答应去做他的姨太太。那么她究竟为什么答应了呢？焦点在哪儿呢？怎样答话呢？这是明显的！假使为着她自己，为着安乐，她绝不会出卖肉体拯救她的生命，她所以如此，是为的别一个人！为着她所最爱的、所崇拜的一个人，她将牺牲了自己！那一切为的如此，为她的阿哥，为她的母亲，她将牺牲自己，卖去所有一切！在这状况之中，我们'果真是的话，那就克制着人类的道德的情感'，甚至自由、和平、天良，及一切都带到市场去出售。如果我的亲爱的人们可以获得幸福，我的生活不必理会了！而且，我们会变为讲良心的人，我们会学做耶稣教徒的样子，有一时期我们或者会安慰自己，我们会使自己信仰，依照一个好的目的去做，这是人们当为的。我们就是那样，像太阳一样的光亮。拉斯科纳夫就是这事情的中心人物，不是别人。唔，她会担保他的前途，给他在大学里念完书，使他在办事处内成为一个同事，使他将来安稳，或者以后甚至可以变为一个富翁，发财，受人敬仰，甚至可以成为一个名人！但我的母亲呢？洛地亚，我的洛地亚，她的大儿子！为着这样个儿子，难道不愿牺牲这样一个女儿吗？亲爱的，你太偏心啊！怎可以为着他，而追踪赶上梭娜的命运？梭娜，世界如果存在，你就是永久的先驱者。你们两个是否估量过你们的牺牲？那是当然吗？你们能够容忍吗？有什么用处呢？其中有深意吗？让我对你说，多利亚，梭娜的一生并不比和洛升过活更坏。母亲写信说：'说不上爱情的话。'假若连敬重也没有，又怎么办呢？如果这点都没有遗弃，藐视，憎嫌，又如何呢？那么你也将要顾全你的面子，是不是？你明白那讲究是什么一回事？你知道洛升的讲究与梭娜的正是一样？或且更不行，更卑恶，更下贱，因为依你的情形说，多利亚，那是为的奢华而实行买卖，但在梭娜，那是饥饿的问题。多利亚，那讲究是必须得付诸代价的，假使你不能容受，你悔，又怎样？那只有伤心、悲哀、患难、哭泣，因你不像拉夫那。那时你母亲又将如何呢？就说现在，她已不安，烦恼了，当她一切看得通彻的时候，那她更将如何？我呢？是的，你看我是什么人？我不必要你的牺牲，多利亚，母亲啊！我不能，只要我一息尚存，那不能，那不能！我誓要反对！"

他突然沉思在无知觉的状态中。

"那不能吗？但你怎样去阻止那事呢？你有什么权柄？你以什么条件答应她们，她们能给你这权利吗？你整个的未来，须等你读完你的书，得到一个职业时候吗？不错，一切一切，我们已经听见过了，但如今呢？如今要做点事了。那你明了吗？你现在做什么？你不是等着她们度日？她们以一百二十个卢布的恤金举债供活你。她们从喀老夫们那里借钱。你如何去解救她们脱离喀老夫，脱离洛维支呢？他是未来的富豪琼斯，她们的生活由他布置。再过十年？十年后母亲将因织披肩瞎眼了，也许因为哭泣，她会因饥饿瘦得不成样子。妹妹呢？你想十年中她会变成怎样呢？在那十年中她会遇着什么事故？此刻你能预料吗？"

他为此苦恼而折磨自己。然而这些问题并非骤然而来的新问题，它们都是旧有的熟悉的痛楚。自从它们第一回来袭击而且扯着他的心以后，迄已很久了。他如今的痛苦就是由前一次开端的，这痛苦渐渐成长，而成熟了，集中了，直到成为一种可怖的、疯狂的形式，伤害着他的心神，固执地待要解决。这回，他的母亲的信好像晴天一声雷地打在他头上。他现在必须忍耐地受罪了，未解决的问题来烦恼自己，他必须得干点事，须得立刻做，这是很显明的。总之，他必须决定这件事……

"或许把人生完全丢开了！"他在疯狂中，忽然喊着，"卑贱地忍受现实的命运，最后一次，并且将一切烦闷加进自己的生命中，而放弃一切的活动，人生，以及爱情的要求！"

"你懂了吗，先生？当你无路可走的时候，你懂得那是怎么一回事吗？"马耳朵夫的事情又来到他的脑中，"因为人人必须有个去处呀……"

他突然吓了一跳，另外一种思想，昨天所有的，如今又回到他的脑中了。他对于这再现的思想并不怎样惊奇，因为他早知道，早先感觉到，那思想一定要复现的，他正在等待着。并且，那不只是昨天所想的，一月以前，也可说在昨天，那思想还是一个真实的幻想，但是如今……如今看来毫不像一个幻想，是一种新的威胁，且是生疏的形状，他自己忽然觉得了……他觉得脑中受了一阵棒打，在他的眼前有一阵昏黑。

他急忙地四下一瞧，像在找寻什么，他正在寻一个座儿。他沿着康士路走去，约走了百步远的地方有个座位。他很快地走到那里，但在路上他遇见一件偶然的小事，他的注意力给吸住。他看见有一个女子在前面约二十步远走着。起初，对于她，不过像挡住去路的一种物体罢了。他前面的这个女子，初看异常奇怪，他的注意力完全集中在她的身上，起初是好像勉强的，而且随意的，渐渐地专心起来。他觉得有一种突然的欲求，要探访这女人究竟是做什么的。她看上去像是一个很年轻的姑娘，她匆忙地走着，不戴帽，也没有带伞和戴手套，臂膀左右摇摆着，让人很觉可笑。她穿着一件长的飘洒的绸衣服，穿得很不整齐，也没有扣钩。汗衫上部裂开了，而且紧靠着腰部地方，有一大块破开了。一条小围巾披在她的赤裸的颈上，但很不整齐。这女子摇晃地走着，不久她引起了拉斯科纳夫的特别留心。他赶忙走到了那女子的旁边，但她走到时，却坐在座位的另一角。她的头倚在椅背上，合着眼，看上去像很疲倦了。他靠近去瞧着她，觉得她已完全酒醉了，看上去委实是奇怪而可怕。他以为这定是自己的错觉。他看她像是一个很年轻的美丽的女子——大约十五六岁年纪，生着好看的小脸庞，红红的有点发肿。这女子好像已完全失去了知觉，她两条腿交叉着，而且高高地翘起来。这显然不是在街上的模样。

拉斯科纳夫虽没有坐着，但他又不忍立刻就离开她。他迷惑地站在她对面。这条树木荫蔽的大路往来的人很少，此刻是两点钟的时候，正在闷热，路上是极其寂静的。可是在路的那一头，约有十多步远的地方，一个绅士模样的人在道边站着。他明显地也想走近那女子，大约他也在远处见了她而跟来的，但是看见拉斯科纳夫在面前碍着眼。他愤愤地瞧过来，虽然他想避去他的灼视。他不耐烦地想趁着一个机会，直到那讨厌的衣服褴褛的人走开为止。他的观察是很准的。那绅士是一个矮而胖的人，有三十岁左右，穿得很好，面色鲜润，嘴唇红红的，并且还有点胡须。拉斯科纳夫似乎有点愤愤然了。他就想用一个法子来嘲弄一下那个纨绔者，他便离开女子这边，而向着那绅士走去。

"喂！你这个喀老夫！站在那里干吗？"他边喊着边握着拳头，带笑带怒地说着。

"你想怎样？"那绅士眉毛一皱，傲然地严厉地反问着。

"快给我走，就是这样。"

"你是个什么东西！敢吗？"

他便举起他的拐杖来了。拉斯科纳夫没有想到那健壮的绅士有着什么能力，不假思索地便一拳直向他挥去。忽然，有人从后面把他拦住了，是一个警察，站在他们中间。

"住手吧，先生，不能在这街道上殴打！为的什么？你叫什么？"他厉声地问着拉斯科纳夫，并注视着他的褴褛的衣服。

拉斯科纳夫呆呆地看着他。他具有一个爽直的、解事的、勇敢的脸，嘴唇旁边长着胡须。

"我正要来叫你呢！"拉斯科纳夫握住他的手臂喊着，"我是个大学生，拉斯科纳夫……那你可以明白吧！"他又指着那个绅士说，"走过来，我有事情请教你。"

他拉着警察的手臂，带他到那边座位去。

"你看吧，她已醉得这般样子。她刚从这边来，虽不能说她是何等人，却不像是个正派的人。大概她在什么地方被诱灌了酒，受骗了……第一回……你懂吗？想是他们把她驱逐到外边来的。你看她的衣裳被扯破得像什么样子！她的衣服是被别人所穿的，绝非自己穿的，而且是被一个男人的手所穿的，这是看得出来的。如今你看那边：我并没有存心要去和他交手的那个纨绔者，我刚才遇见的，他也看到她在路上走，正在她醉得不省人事时，他急急地想侮辱她。他在这样尴尬的情况中，想把她带到什么地方去呢……确有其事，相信我吧，我没有看错。我亲眼见他在诱惑她，盯梢她，但是我却暗暗阻止他，他还希望我走开呀。而今他走开些了，故意含着纸烟站在那边……我们现在怎样使她平安地回家，而不至于落入匪人的手掌中呢？"

顷刻间警察已明白一切了。那健壮的绅士是很明白的，他看了看这女人。警察仔细地更接近地瞧着她，他的脸上现出怜惜的表情。

"呀，好不可怜！"他摇摇头说着，"她真是什么也不懂的小妮子！看得出来她被诱骗了，看得出来。听我讲，小姑娘！"他对着她说道，"你家住在何处？"那小女子张开了惺忪的倦眼，呆呆地注视着他摆动着的手臂。

"这是——"拉斯科纳夫边说着，边在衣袋里抓到二十个戈比，"这你拿去叫车子，叫车夫把她送到她的住所。这是打听她的住所的好法子呢！"

"小姑娘，小姑娘！"警察拿着钱叫道，"我去喊部车子，我来把你送回去。我送你到什么处所呢？你家在哪儿？"

"站开些！不许缠着我。"那女子低声说道，又摇摇手。

"怎么，怎么，吓煞人了！这不像样呀，小姑娘，那是不好看的呀！"他摇摇头，惊讶，怜悯，并有点怫然了。

"这很是为难。"警察向拉斯科纳夫说着，他说时迅速地睨视着他。

在他看来，这也是一个了不得的人：衣服不整，却慷慨地把钱予她！

"你早就遇见她的吗？"警察问他。

"她在我前面走着，摇摇晃晃的，就在这边，在大路上。她刚才来到这座儿，就躺在上面了。"

"唉，龌龊的事情白天也做得出来，老天！如同那样天真烂漫的女子，竟酒醉了！受着骗诱，是无可讳的事情。而且她的衣服又怎样会扯开呢……唉，没道德的事情和人如今都出现了！她想必不是上流人家的，大约是小家碧玉……这类人现在很多。你看她的外表很年轻的，似是一位小姑娘。"他又弯下腰地看着。

也许他故意假装文雅娴静，说："外貌看上去像贵族小姐般靓雅。"

"事情是这样——"拉斯科纳夫决然道，"如果她不落到这个恶棍的手中！为什么他应当对她加以非礼！他追求的是什么，那是彰明较著的。哼！那流氓，他还站着不动哩！"

拉斯科纳夫大声指着他喊。绅士看见他又说些什么，不禁怒气难遏，但又不好发作，只好克制着自己，只露出一点蔑视的神情。他缓慢地走开了几步，又停着不动。

"我们总要设法使她不至于落入他的陷阱。"警察审慎地说着，"只要她说声我们把车送到什么地方，但实际上……小姑娘，哦，小姑娘！"他又弯下腰去看她。

她突然睁大了眼睛瞧着他，好像真觉得有什么事情发生似的，从座位站起，只是向来的方向走动。"可恶的臭男人，他们不让着我！"她说着并挥她的手。她快快地走着，和先前一样摇晃着。那纨绔者还跟随着她，不过隔离得远点，眼光却仍注看着她这边。

"不要担心，我不会让他为非作歹的。"警察坚决地说，他也起身去跟随他们。

"唉，没有道德的事情和人物如今都出现了！"他又不禁叹口气地说着。

在这一瞬刻，似有种东西窜进了拉斯科纳夫的身上，陡然一阵异样的感情在他心中埋伏了。

"喂，看这边。"他在警察后头喊着。

警察回过头来。

"随他们去吧！这与你有什么相干？随她去吧！随他去寻快活吧。"手指着那纨绔者，"这与你有什么相干？"

警察不知如何好，睁着眼睛凝注着他。拉斯科纳夫不觉笑了起来。

"喂！"警察叫着，做出一种藐视的姿势，他就随着那纨绔者和那女子后面去，他当拉斯科纳夫是一个神经病或许更坏的一种人呢！

"他把我的二十个戈比带走了。"拉斯科纳夫只剩下独自一人时，他懊恼地低声自语着，"哦，由他去从那个纨绔者再抓一点钱，不管他和那个女子怎么样，事情就此告个段落吧。我为什么要自寻麻烦呢？要我救助吗？我有什么可以救助的？随他们弄得一塌糊涂吗——那于我有什么呢？我为什么要给他二十个戈比呢？那钱是我的吗？"

他感到十分苦闷，这些呓语也不放在心上。他坐在寂静的椅子上。他的思索杂乱地乱转……他觉得要将心思放在什么事情上都很难。他想忘掉一切，好重新来开始新的动向。

"可怜的小姑娘！"他看着她坐过的那个空椅子，说着，"她将醒过来哭呢，她的母亲就要挺出了……她或许打她一顿，一顿重重的责打，也许把她逐出郊野……即使她不被逐出，于是弗耳酥夫那班流氓，又把那女子诱往各处去。于是又是医院（那些有体面的母亲，女儿却暗中走错了门路，总是这样下场的），因此……又进医院……酒精……菜馆……医院，两三年之中——一个蠢货，只有十八九岁，她的一生就告终……我没见过那种事情？她们怎么变成那样？她们都是如此糟蹋着自己的。嗯！那有什么关系呢？他们说，那是当然的。他们告诉着，说每年中百分之几要……像那个样……自甘堕落的，那么，其余的人们可以仍旧是洁净的，无所冲突的。百分之多少！他们说得怎样漂亮呀！他们是算得如此准确，如此使人放心……你只要说声'百分之多少'便再不必操心了。假使我们说什么其他的话……也许我们要感觉得不愉快……然而如果多利亚就是这百分之几中的一个，那怎样呢！若不是这样，而是另外一个百分之几，又怎样?"

"如今我要往哪里去呢?"他突然自问着，"真怪。我出来是为的什么的。我一看了信，就出来的……我是预备到热副奇岛去的，往伦肯那边去的。就是这事……此刻我记着了。但是，做什么呢? 为什么要到伦肯去呢? 真有点怪。"

他自己觉得很奇怪。伦肯是他在大学时的一个旧同窗。拉斯科纳夫在大学念书时，几乎没有什么朋友。那是很特别的，他远离着他们，谁也不去理，谁要是来看他，他也不喜欢，因此，同学便都和他隔绝了。他不参加任何集会、游玩或闲谈。他只是这点受人敬仰，便是很热心地、不怕劳苦地去工作，但也没人和他来往。他虽很穷困，却有一种骄傲与矜持的气质，好像他严守着什么界限似的。有几个同学以为是轻视他们，全不把他们看在眼里，似乎他是在蒸蒸日上，不论知识和信仰上，他都比他们高，似乎他们的信仰和学识都不如他。

他和伦肯却好得很，也许因他俩较洒脱些，并且在一起谈话多些吧。事实上不得不如此。因伦肯是一个很忠厚且坦白的少年，脾气真好到了透顶，但在这好脾气中，往往藏着深沉与严肃。他的较合得来的同学都看清这点，都爱他。他十分有见识，虽有时他会呆气大发。他有着引人注目的躯干——高而瘦的身体，黑发，脸是永远不整洁的。他有时会闹，他以威力闻名全校。一天晚上，他出去和一群朋友闹，一拳把那魁梧的警察打倒在地。他的酒量也是惊人的，但他也能够节制着不喝。他有时横行得太厉害，有时也能静着的。伦肯他还有一点可注意的，就是没有什么失败使他沮丧过，似乎没什么逆境能把他难倒，什么地方他都能住得来，也能忍受极端的饥寒。他十分穷困，全靠自己工作挣着钱来自活。挣钱他是不费力的。他有一个冬天没有生过火炉，他常说他是喜欢如此，他说人在寒冷中更易入睡。如今，他也失学了，但那只是一时的，他会努力工作，等挣了钱，仍可进去求学。拉斯科纳夫已四个月没去看他了，连伦肯也不知道。大约在两月前，他们在街上碰头，但拉斯科纳夫却避开他，走得更远些，免得被他看见。伦肯虽已瞧见他，但他也从他旁边走了开去，因他也不愿去打扰他。

第五章

"不错，我近来很想到伦肯家去找点事做做，叫他为我找点功课教教，或别的事情……"拉斯科纳夫想着，"可是如今他于我有什么帮助呢？如果他给我弄到一个教职，如果他将他最后的一些钱和我共花——假使他有一点钱的话——叫我可以买双靴子，我可以弄得更像样些，足以教书……唔，那又怎么呢？我所赚来的几个钱对我有什么用处呢？此刻已不是我所需要的了。我真奇怪，为何要到伦肯那里去……"

他现在被为什么要到伦肯那边去做事，扰得有些不安宁。他对于这些平凡的事情，老是要去寻求麻烦的。

"我能单单靠着一个伦肯就能把事情弄好，得到一个去处吗？"他在紊乱中自问道。

他沉思着抚着额角，真怪，经过好多时的思考，一种奇怪的思想忽然在他的脑中生出。

"哦……到伦肯那儿去！"他忽然安闲地说着，像得到了最后的决定，"当然我要到伦肯家去，不过……现在不行。在那事的第二天，在那事结束了，一切事情重新开始的时候……我得到他那儿去……"

他真实地感到自己在想着什么了。

"在那事情以后——"他忽从椅上下来，喊着，"但是那事真的要发生吗？能够真的发生？"他离开椅子，他几乎要立刻走开了。他想回家去。但是回家的意念忽然使他产生十分的厌憎，在那个窠内，在他那个可怖的食物橱内，曾有一个多月在他里面生长。他无聊地向前走着。

他的神经战栗着，成为一种热病，天气虽热，他却觉得发抖，觉得寒冷。他带着一种奋力，由内心的祈望，不自觉地去注视着前面的一切东西，好像在找什么使他的注意力分散似的。但他没有成就，仍不住地坠入俯首深思中。当他突地又抬头四望时，他当即把他刚才所想的什么，以至于他自己要往哪里去，也忘掉了。他如此一直走过热副奇岛，到了涅瓦河，跨过桥，走向小岛那边。经过那围绕他、压迫他的大厦和城市的灰沙后，那新鲜和碧绿使他的倦眼为之一爽。这儿没有酒店，也没有闷人的尘埃和臭味。但不久，这新的爽快的感触又变成病态的刺激了。他有时朝着一所立在浓荫丛中的避暑的华厦，兀立着不动，他在墙外向里看，他看见那边走廊和晒台上的穿得讲究的女子和在园中玩的小孩。那鲜花尤其使他注意，他看那花比什么都更久。他也望见高敞的马车和骑在马上的男女，他贪婪地注视他们，但在他们还没有离去的时候，他已把他们忘掉了。有一回他站着，数他的钱，他看还有三十个戈比。"给警察拿去二十个，为那封信给拿泰沙三个，那么我前天一定给了马耳朵夫家四十七个或五十个了。"不知为什么他会想着那钱，但不久，他又忘记自己从衣袋里握了一把钱是为着什么的。在经过一家酒店的时候，他才想起，觉得有点饿了……他走进酒店，用过一杯啤酒和一个肉饺。他离开时已把这些吃掉。他好久没喝啤酒了，他虽只喝了一杯，但立刻在身上发生了一点热力。他两腿觉得迟重，他渴望睡觉。他转向家去，但是他到丁洛夫司矶岛的时候，已疲困地站着了。他就向矮木丛中走去，躺在青草地上，立刻沉沉地睡着了。

　　在一种脑神经亏衰之中，梦幻时常显得实在、活跃，而且十分像现实。有时会造出奇异的形象，但环境与假象是如此逼真，如此精致，如此令人意外。但是如此造作的一致的小事，梦幻者就是如普希金或甚至于屠格涅夫的那样的艺术家，也绝不能在醒着的环境中造作出来的。这病态的幻梦将长久地留在记忆中，在疲劳的错觉的脑海，产生一种有力的映象。

　　拉斯科纳夫做了一个可怕的梦。他梦见他童年时候，在他诞生的小城市中。他是约有七岁大的小孩子，在一个放假的晚上和他父亲同往乡下。那是一个阴暗的天气，在他所记得的那乡间，真的，他梦中所想起来的乡间，比他在记忆中所想起的来得活泼。那小城筑在像手一样坦荡的平原上，甚至连一株杨柳也不见，只在远处，有一些矮木，成为无限的边际的一个斑点。在最末端的市立花园，过去很近有一家酒店、一家大菜馆，他和他的父亲从旁走过时，那酒店总会让他产生一种讨厌的或不安的情绪。那边总挤满群众，喊叫喧闹，狂笑和诟骂，刺耳地歌唱，而且时常吵架。喝得醉了的和容貌可怖的人全在酒店内混着。他遇见时，常会发抖而躲在他父亲身边。近酒店的那街已变成一条灰色路了，那灰尘永远是黑黝黝的。那是一条弯弯的街路，再过去一百多步，便向右转着往墓地了。那公墓中央有一座石头造的礼拜堂，上边是绿色的圆穹，一年中他常往那边两三次，和他父母去诵经。他为他的已故的祖母祷祝，他从未看见过祖母一面。这当儿，他们常是用手帕掩着的一个白色杯碟，上面放着一些糕团，上面散布着葡萄干，成为一个十字形。他很喜欢这个教堂，陈旧的未饰金的圣像，以及摇头的老牧师等。在那用石碑为记号的祖母墓旁，就是他的一个弟弟的墓，他生下只有六个月便死去了。他只是听人说及他的小弟弟，他自己并不知道，他每来到墓地时，便恭敬地在自己身上画十字，并曲着身子去吻那小小的墓。此刻他正梦见他和父亲同过酒店而往墓地去，他牵着父亲的手，带着畏惧看着酒店。一些特别的景象使他注意着：那儿似乎在做一种什么喜事，有着

54

许多人，华贵的城市人，城中女子和她们的男人，以及形形色色各样的卑下的人，都在欢闹着，而且多有点喝醉了似的。酒店门口有一部车，一部笨重的载车，那是用马拖的，上面堆着酒坛或别的重货。他很爱看那些拖重车的马匹，长的毛，粗的腿，匀称的步子，不费力地拖着那像大山的东西走，仿佛很容易似的。但是如今，说来真怪，在那样的一部重车前面，他看见一匹瘦小的褐色的牲畜，是农家的一匹小马，他看见那些小马在木料或柴草的重载之下，竭尽所有的力气拖着。当车轮陷入泥潭或沙砾中的时候，那车夫便残酷地鞭打着，甚且打它那鼻眼。他非常怜悯，几乎要放声哭了，他母亲在这时常把他从窗口边抱过来。忽然一阵喊声，唱叹和胡琴的喧声，那些喝醉了的乡下人从酒店里走出，将红的绿的衬衣和上衣，披在身上。

"走进去呀，走进去呀！"一个年轻的粗项的农夫，涨红的脸，像红萝卜。他大声喊着："我为你们送上去，进去呀！"

但是人群中立刻发出一阵笑声与欢呼。

"这样的一匹小马能把我们都带上！"

"怎么啦，迷佳，你竟让这样一匹小驹拖这样一辆重车！"

"这牝马确有二十岁了，朋友！"

"进去吧，我要把你们都载上。"迷佳先跳上了，拉着马缰，在前面笔直地立着，口里喊道："马儿随纳味去了——"他在车上呼着，"这匹小畜，它使我不舒服呀！朋友，我真想把它宰了。它老是会吃不会跑路的。进来吧！我对你们说，我要叫它快走！它得快走呀！"他拿起鞭子，随意地想抽那匹瘦马。

"快上来！快上来！"大家笑了，"没听见吗？它得奔走了！"

"真的奔驰！十年前它一次也没有飞跑过呢！"

"它要慢条斯理地走哩！"

"不必操心，朋友，你们都执一条鞭子，预备吧！"

"不错！鞭打它！"

他们喊着，跳上了迷佳的车，戏玩着，笑语着。六个人进去了，还觉得有空位。于是拉进一位臃肿的、面色红红的女人。她穿着红色棉衣，围着尖头的珠花包头巾，足穿厚皮鞋。她边剥着硬壳栗子，边大笑着。围绕着的群众也在狂笑。这是真的，怎能叫他们不笑呢？那可怜的小马要拉着他们和一切重载奔驰！车中两个年轻男子正弄马鞭，替迷佳效劳。"跑呀"的一喊，小马竭力向前拖，但不能飞跑了，不能再向前走，两腿挣扎着，气喘着，躲避着那像冰块一样骤落在它身上的三条鞭子的抽击。车上的与观看的群众，全哈哈地大笑了。那迷佳更怒气冲天，更残忍地抽打着那马，好像这样它就会飞奔似的。

"朋友，让我也上来。"看客中有一个青年也来了兴趣地喊着。

"上来吧，全上来吧！"迷佳说着，"它要把你们都拉去。否则我要打死它！"他怒不可遏地鞭打着那牝马。

"爸爸，爸爸！"他喊着，"爸爸，他们做什么的？爸爸，他们打那可怜的马匹！"

"快跑过来，快跑过来！"父亲说着，"他们喝醉了，他们在玩儿呢！我们走吧，不要看它！"他拉着他，但他的手被拉开，吓得呆着了，跑到马车前面。那可怜的畜生的情形很坏。它气喘吁吁地站着，而后又竭力拖，几乎跌倒了。

"打死它！"迷佳喊着，"在这样情景下，我要结果了它！"

"你做得好，你这个强盗！你是否是一个基督徒？"观众中有一个老年人跑来喊道。

"谁目击过像这样的事？如此可怜的小马要拖这样重的一辆车！"另外一个人插口说。

"这样你要把它弄死了！"第三个人喊着。

"不必费心！这是我的东西，我要怎么就怎么。上来吧，你们再上来！你们都上来！我要叫它飞奔疾走……"

于是立刻又笑喧哄闹着，一切全笼罩住了。那给打得没法的牝马，无力气地飞踢着，那老年人也不禁失笑了。你看这样一匹可怜的小畜生，也想踢人吗？

观众中的两个儿童，拿起棍子，也跑到马前挥打它的肋骨。一个跑到那边。

"来唱一支歌，朋友！"车中有一个人喊着，于是车中大家加入，唱一支闹极的歌，带铃的小鼓，口笛全响了。那女人却仍剥着栗子笑着。

……

他跑到牝马前面，见它被看准了眼睛打去，正打着眼睛！他哭了，他觉得喉头哽咽着了，眼泪泉涌着。其中有一个人一鞭子打在他脸上，他也没有觉得。他搓着手，呼号着，直奔向那有白胡须白头发的老人面前去，那老人也以为该打地摇着头。一个女子拉他的手，想把他拖开，但是他挥开，又跑到牝马面前去。它几乎只有最后一口气息了，但它还无力地踢着。

"我来给你踢吧！"迷佳凶狠地喊着。他丢下了马鞭，从车子下拿起一根长的粗棍子，双手紧握着一头，用力地打在牝马身上。

"他要把它打死了！"四围的人喊着，"他要把它打死了！"

"这是我的东西呀！"迷佳喊着，他又将棍子挥了下去，于是发出了一阵深沉的闷呼。

"打它！打它！你为什么又放下了？"众人齐声喊道。

迷佳第二次挥着棍子，恰恰打在那可怜的牝马的背骨上。它向后坐着，但用尽全力向前倾，向前拉，先拉这边，又拉那边，想把车拉动。然而六条木鞭从四面抽打着，木棍又舞起，第三次打在它身上，接着又来第四次，沉重地对准它打去。迷佳恨不得一下把它打死。

"它倒是一匹打不死的马呢！"观众中喊道。

"它就要跌了，朋友，它不久就要完了！"其中有一个叹说着。

"再给它一斧！不是完结了？"第三个人又喊着。

"我做给你们大家看！走远些。"迷佳发疯地呼喊。他抛下木棍，在车里拾起一把尖头铁锄。"看哪!"他喊着,他用全力对那匹可怜的牝马打它的要害。牝马颤动着,往后退,想挣扎,但是铁锄又挥在它背上,它便僵直地倒在地上了。

"把它结果了!"迷佳喊着,他慌张着跳下车。几个年轻人,脸色喝红了,看见什么就拿什么——木鞭、棍、叉——向将死的马赶去。迷佳在一旁又用尖头铁锄乱打着。牝马拉长了头,呼了一口气,便死了。

"你把它剥了卖肉!"其中有人指点着。

"它为什么不早点拉着飞跑呢?"

"这是我的财产呀!"迷佳喊道,眼睛出血,手中挥着铁锄。他站着,很可惜他已没有东西给他再打了。

"你打得好,可见你不是一个教徒。"此等话在观众中喊着。

但那可怜的少年吓昏了,呼号着排开群众,走到褐色小马面前,抚着它的流血的头,吻着它的头、眼、嘴唇……他怒得暴跳着,伸出他的拳头直向着迷佳。这时候,站在他后面的父亲,一把将他抱住,走出人群。

"跑过来,来!我们快回去!"父亲向他说。

"爸爸!他们为什么……打死……那可怜的马呢?"他呜咽,他的声音断续着,说话在跳动的喉管变为呼号发出来。

"他们喝醉了……他们太残忍哪……这不是我们的事!"他的父亲说。他抱着父亲,但觉得喉头塞着了,喉头哽住了。他要呼口气,喊叫——但他已惊醒了。

他醒过来,气喘吁吁的,他的头发满是湿汗,惊恐地坐起来。

"谢谢上帝,那幸而是一个梦呢!"他说着,就在一棵树边坐下,呼吸着空气,"但这是怎么一回事?要害大病吗?这样的一个可怖的梦!"

他觉得疲倦极了,他的心灵中充满着黑暗和扰乱。他将臂膀放在膝盖上,将头倚着手。

"天呀!"他喊着,"那可能吗,那可以吗,我拿了一柄斧,砍着她

58

的头，把她的脑袋劈开……我在流着的暖血上走，打坏锁，偷盗着，颤抖着，躲藏着，身上全溅上血……拿着斧子……天哪，那可能吗？"

他说完这话时，他全身像一片树叶子似的震颤着。

"但我为什么老是那样呢？"他继续说着，又坐了起来，好像非常奇怪似的，"我相信我绝不会使自己做那件事，那么到如今，为什么要自寻烦恼呢？昨天当我去干那种……尝试时，我完全觉得要做那事，我是不会了……那么我为什么又要想着它呢？我为什么还犹豫不决呢？我昨天从楼上跑下来时，我说那是下贱，可憎恶的，可卑鄙的……一想起那事我就不愉快，使我充满着恐怖呢！"

"不行，那事我不能干，那事我不能干！即使那所有一切都没有缺失，在上个月我得到的一点结论如太阳一般明白，学理一般真实……老天！我不能干那件事是不用说了！我不能干那件事，我不能干那件事！那么为什么我还要……"

他惊奇地站起来，往四下瞧着，好像看见自己站在这边才会惊讶似的，便向着桥那边走去。他的脸色苍白，他的眼睛冒火，他四肢乏力，但他好像突然呼吸得较从容了。他觉得他已把那可怕的重负卸去了，那重负曾如此长时期地压迫着他，现在在他的灵魂中忽然感到安慰与轻松。"天啊！"他祈求着，"把我的方向指点我——我抛弃那可恶的……梦幻。"

他越过桥，平安地恬静地凝视着涅瓦河，注视着那隐藏在天空中的发光着的太阳。他虽无力，尚不觉得疲倦。这好像一个疗，在他的心里滋长了一月，忽然出脓了似的。解脱了，解脱了！他总算除去了那邪气、魔法、魔力，而重返自由了！

后来，想起那事，一秒一分地，一点一刻地，和在那几天中所遇的一切事，他固执地牢记住一种情景，那情景本身并不怎样奇特的，但以后在他看来，却是他命运的转机。他将不能够明白，不能够解说，为什么他累了，他回家从最近最便利的路走的时候，他却要从他不须走的这柴草市场回去呢？那显然是不必另道绕路的。他曾有十几回，回家去总不很留意他所经过的是什么路，那是的确的。但是为什么（他只管自问着），为什么如此一个重要的、如此的一个能决定一切的而同时又是如此一个十分巧合的相遇，在柴草市场（他没有事要往那儿）发生了？正在他一生的那个时刻，正在那一分钟，他是处在一种心情中景况中，那种遇合在他的整个命运上能够发生极严重的、最能决定一切的影响，好似那种遇合故意暗伺在他背后。

他从柴草市场经过，已有九点钟了。在做小本经营的摊头和货车边，在货贩与店铺里，所有的人都在预备关门，或收拾货物，像买客一样，都要回家去了。那些流痞小窃和卖水果的，都在柴草市场的污臭的场地里，在酒店中拥挤着。拉斯科纳夫在街上无目的地走着时，异常欢喜这个地方和附近的小弄堂。他的破衣在这边不会受人家侮藐的注目，在这边，人们可以披着一切服装走路，不会惹人怪的。在一条小弄的转角，有一个小贩和他的妻子，摆了两张桌子，摊着毛线、丝线、手巾等。他们也在想回家了，但是还和一个新到这儿的朋友谈话而延搁着。这朋友就是萨畏棱，大家所称为威里便是，典当店主阿里拿伊夫诺之妹，这个典当店主拉斯科纳夫在前一天曾去见她典当表，并做他的试探……他早已明了威里的一切，她也知道他。她是一个大约三十五岁的独身处女，高大、愚蠢、胆怯、服从，并且像白痴。她完全是她阿姊的一个仆役，小心恐惧地做事，不休地工作，还要受责打。她手中拿着一个包袱，站在那小贩夫妇面前，虔诚而犹疑地听着。他们特别欢喜地谈着什么事。拉斯科纳夫瞧见她时，仿佛被奇异的感触所克制，好像极其惊讶似的，虽然这样的相遇并没什么可惊的。

"你要自己打定主意，萨畏棱。"那货贩高声说着，"明天约七点钟到这边来。他们也要来的。"

"明天吗？"威里慢腾腾地，像思索地说着，似乎不能肯定的样子。

"是的，你怕阿里拿伊夫诺吧！"货贩的妻子——一个块头矮小而活泼的妇女——插嘴道，"我留得你，好像是一个小宝贝呀！况且她并不是你的亲姊——不过是一个异母的姊姊吧！她对你是怎样地相待！"

"但这回你可不要和阿里拿伊夫诺提一个字。"她的男人插口道，"这是我的劝告，不要影响到我们这边。于你是有利的。以后你姊姊也可以知道一点。"

"我定要来吗？"

"明天约七点钟时候。他们也在这边。你要为自己决定呀。"

"我们要喝你一杯茶的呢！"他的妻子接着说。

"哦，我来的！"威里答着，但还在思考，慢慢地，她开始走了。

拉斯科纳夫这时走过那边，却没有再听到什么。他悄悄走过，没有被看见，想要把一切听得清楚。他最初是惊异，后来又是一阵不安的感觉，像一阵颤抖从他的背骨透下。他该明白，他当然特别地想知道一切，第二天七时左右，那老媪的妹妹也是唯一的伴侣威里不在家中，因此，那时，那老媪便只有自己一个人了。

他离住所只有很短的路。他像一个被判了死刑犯人进屋去了。他什么也不想，也不能想，但他忽然觉得他再没有意志的自由了，一切事情都在突然地不可动摇地决定了。

不错，如果他必须长期地等待一个适当的机会，他必不能指望着比如今这个更可靠的、一个使计划成功的机会了。不论怎样，要更明确，更少冒险，无须经过困难的询问与查访，且预先真切地明白第二天某个时候，那个欺负别人的老媪，将会独自一人在家，那是很不易的！

第六章

后来，拉斯科纳夫查出那小贩夫妻俩邀请威里的缘故了。说起真是不紧要的事，一点没有特别之处。有一家人到城市来，因为穷困，想要卖家里的衣服和什物，全是女人用的。因那些器物在市场不值多少钱，他们便想找个媒介，这就是威里了。她担任这事，忙得很，因为她很诚实，价钱总是说一不二的。她也不多讲话，且如我们所说，她十分服从、胆怯的。

但拉斯科纳夫近来变得很迷信。迷信的痕迹老是在他心目中存在，几乎是不能断绝的。在这一切事中，他以后永远会视为有什么神奇的东西，好像什么特别的势力和巧遇、同时发生之事降临了似的。在去年冬天，他认识的一个叫作仆而夫的大学生，动身到黑夫去，谈话中不觉把老典当主阿里拿伊夫诺的住处对他说了，好像他将要去当什么东西。他长久时间没有到她那里去了，因为他有功课，马虎地过下去。六周前，他就想到那住址了，他有两件东西可当：一件是他父亲的旧银表，另一件是小金戒指，上有三颗红宝石，那是她妹妹在离别时给他的。他决定

62

拿戒指去当。当他找到那老媪时，他虽不很知道她有什么特别之处，但在第一次见面便对她产生一种十分的憎恶。他从她那边得到了两个卢布，回去时跨进一个不大的酒店。他要了茶喝，坐下便沉思着了。一个奇怪的主意，像蛋中的小鸡般在他的脑筋中啄着，使他十分注意。

就在他的身边，在另外一桌，坐着一个大学生。他并不认识，也从未见过面，还有一个年轻军官和他一起。他们打了好久台球，才来喝茶。忽然他听到那大学生向军官说起典当主阿里拿伊夫诺，并把她的住址告诉他。这事在拉斯科纳夫看来很奇怪，他刚刚由她那边回来，在这边就听见她的名字。这当然是一件无意的事，但他不能除去一个极特别的印象，这儿有一个人好像显然替他讲话似的：那大学生把关于阿里拿伊夫诺的种种事情，对他的朋友说着。

"她是第一等的角色！"他说着，"你永远可以从她那里拿钱。她如犹太人那样富有，她一回能给你五千个卢布，但她也会当一个卢布的当物。我的好些同学都和她有交易。可是她是个可怕的贪婪的老女魔……"

他开始叙述她是怎样的狠毒、多疑，只要你的利息只迟付一天，当物便被没收了，她只给当物四分之一的价钱，但每月她要敲取五分甚至七分的利钱，等等。那大学生往下续说着，说她有一个妹妹威里，那矮胖而卑陋的老媪常常打她，当她是一个小孩看待，虽说威里长得有六尺多高。

"真有这个非常人！"大学生笑喊着。

他们在谈论威里。那大学生特别欢喜说她，经常是大笑着。军官带着很大的兴趣听着，并请他叫威里去给他补缀一点破物。拉斯科纳夫全听清楚了，知道了关于她的一切。威里比那女人小些，是她的异母妹。她约有三十五岁年纪。她不分日夜地替她姊姊工作，也做烹洗等事，她缝纫的工作多得如同一个做零工的女仆，她所做得的工钱全给她姊姊。未经她姊姊允准，不论什么工作她都不敢承做。那老媪已把她的遗嘱弄好，威里也明白，这个遗嘱，自己是一分钱都得不到，除了家庭用具如椅子等外什么都没有，所有的钱都赠予 N 省的一个修道院，她好永久受人家的祈祷。威里比她姊姊差一些，没有结婚，而且生得很蠢，长得奇高，那双长脚看上去好像向外拐似的。她常是套着破皮鞋，但她外貌却很干净。那大学生所觉最惊奇、最有趣的，就是威里经常受孕这事。

"但你不是说她生得很难看吗？"军官问着。

"是的，她的皮肤很黑，而且看她好像一个兵士乔装似的，但她一点也不觉可憎。她有一副温柔的面孔和眼睛，温柔得很。就因为那，有许多人都被她迷惑了。她是如此温柔、和平的人，甘心忍受什么，总是情愿的，情愿做任何事情！而且她的微笑真的很动人。"

"只你自己发现她的迷人吧！"军官笑着说。

"实在因为她的奇怪。不，我告诉你一件事。我能够杀了那罪恶的老媪，拿着她的钱走路！我对你担保，我绝不会有一点良心上的忏悔呢！"那大学生热切地续说着。军官又是笑，这时拉斯科纳夫却发抖了。这是怎样的可怪呢！

"你听着，我想问你一个大问题——"那大学生兴奋地说着，"自然我是说的笑话，但你试着闭眼一想：在一方面是愚劣的、漠然的、无价值的、狠毒的、有病的、可恶的老媪，不仅没用，而且常做着可恶的事。她毫不知道她为什么生存，而且无论怎样，她一两天内会死的。你懂了吗？你懂了吗？"

"是的，是的，我懂得！"军官答着，注意地瞧着他的兴奋的朋友。

"哦，那么你听呀。在另一方面呢，有为的年轻人的生命因无靠山和援助而被遗弃，这是很多的，各方面多如是！只要那老媪将断送在修道院里的钱拿出来，一切功德都好做了，可以帮助很多人！各种各样的人，都得走上了正轨，许多家庭都能由贫困中、落拓中、罪恶中……从性病医院中援救出来——全花她的钱。杀了她，拿了她的金钱，为这钱，而自己为人类服务，为全体造福。你觉得怎样，一切的功德不能把

64

一个小小的罪恶掩盖吗？丢一条命，一切的人都可从坏途中得救。一人升天，众生得活——这是简单的真理！并且，在生死之路上说，那有疾的、呆蠢的、暴戾的老媪的生命有什么稀罕？不过是一只蚂蚁、一个小虫的生命罢了，也许更不如呢！因那老媪还会害人，她还会侵蚀他人的生命！前天她还狠狠地咬着威里的手指，那手指几乎给咬裂了！"

"这样的话，她不配生存！"军官说道，"但在事实上讲，这又是自然的。"

"哦，老哥，但我们必得矫正而且指导自然，倘不这样，我们将沉没于偏见的海洋深处了。如果不这样，那世上的伟人将一个也不会产生了。他们讲负责，讲天良——我并不要说什么反对负责和天良的话——但我们应怎样解释它们，这是要点。等着，我有一件事还要问你呢。你听！"

"哦，你等一等，我有一件事要问你呀！你听！"

"好的！"

"你说得太远了。但请告诉我，你自己会愿意把那老媪杀死吗？"

"当然不能的！我只是仗义执言吧……那可不关我事……"

"但我想，如果你不愿干那事，那就没有什么正义可说了……我们再来玩一玩吧！"

拉斯科纳夫兴奋极了。当然，那多是寻常的年轻人稚气的谈话和想头，正如以前由各种形式、各种题材所听见的一样。但为什么他自己脑中正怀着这……这同样的意思时，他恰巧听见这同样的谈论和意见呢？为什么他正想把他的念头离开那老媪的时候，他们又谈起她来，这种同时发生的巧事在他看来也太奇怪了。酒店中的这次普通的谈说于他以后的行径大有关系，好像其中真有什么天定的事，什么导引的暗示似的……

他从柴草市场回来后，就倒卧沙发上，整一个钟头没有动过。天已黑了，他没有灯烛，他也不想点火。他也不能想起他在那里是否想着什么事。最后他才想起他先前的热病与战栗，并且很安慰地发现自己尚能卧在沙发上，不多时，深深的睡眠来到了他身上，好像把他压制了一样。

他睡着的时间十分长，也没有梦。第二天早上十点钟，拿泰沙走进他的房间，把他从沉睡中唤醒。她拿着茶和面包进来。那茶叶是已泡过的，并用她自己的壶子。

"老天，他怎么睡成这样！"她有点愤然地喊着，"他老是这么沉睡着。"

他勉强坐起来，他的头有点痛。他站起来，在楼顶上走了几步，然后又倒在沙发上边。

"又要去睡！"拿泰沙喊着，"你害病了吗？"

他不响。

"你喝点茶好吧？"

"等会儿再喝。"他勉强答着，又合起眼，身朝着墙。

拿泰沙在旁边站着。

"也许他真的病了！"她说罢就出去了。过了两点钟时候，她又捧着汤进来。他仍和先前一样卧着不动，茶也没有喝。拿泰沙有点不高兴了，她愤怒地把他喊醒。

"你为什么老是像一根木头般的不动？"她讨厌地喊道。

他起来后，又再坐下，一语不发地看着地板。

"你真的病了？"拿泰沙问道，但仍得不到回答，"你不如到外边去散散步吧。"

她停了一会又问道："你要不要吃点？"

"等会儿再吃……"他有气无力地答道，"你可以回去了吧。"

他挥挥手，叫她走出房去。

她稍停了一会儿，露着怜悯的眼光出去了。

几分钟后，他睁着眼睛，看了看茶和汤，他便拿起面包，拿起匙吃了。

他只吃了一点便不想吃，好像不愿意吃似的。他的头疼稍稍好了点。不久，他又躺在沙发上，如今他不能入睡了。他只是躺着不动，脸靠在枕头边。他为白日梦——那奇异的空想所纠缠。有一个时时出现的幻想，他想象他在非洲，埃及，在什么一种沙洲上。大队的旅客休息着，骆驼平和地躺着，棕榈树圆环般地在四周生长着，那些人都在进食，他却在旁边流着的一口泉边喝水。那水异常清冷，那是可惊的、碧绿的、冰冷的，在那闪耀着如同金子般的彩石与净沙中潺潺地流着……忽然他听着一阵钟声。他惊醒了，抬头向窗外看，天色已很晚了，忽地一跳起而醒过来了，好像有人把他从沙发上拖下似的。他拐着脚，悄悄地走到门口，悄悄地开了门，在楼梯上静静地聆听。他的心跳得厉害。但楼梯上静寂无声，像已都酣睡了似的……他从前一天忘怀地睡到现在，且一点事没有做过，也一点没有想做，在他看来觉得有点奇怪……这时，也许钟已敲六下了，接着他就恍惚迷离的，又是一阵十分兴奋，仿佛疯狂似的急迫。但想要做的并不很多。他集中头脑思索一件事情，他的心不住地在跳动，因此呼吸也很不易了。第一，他须打一个绳结，缝在他的外衣上。他在枕头下翻找，从那些放在底下的衬衣中找出一件破旧而污秽的汗衣。他从破衣上扯下一条布来，约有两寸宽，十六寸长。他把这块布折成两层，卸下他那宽而厚厚的夏季外衣（他只有这一套，坚牢的棉布制的），把破布的两头紧缝在左袖笼下的外衣里面。他做这些时，手颤抖着，但他终于补成功了，当他把外衣又披上了身时，一点也显不出破绽。针线先前早已布置好了，绕一张硬纸放在桌上。至于绳结呢，那是他的一个巧思的发现——这绳结是放铁斧用的。手里执着斧头跑上大街，是万不可能的；如果藏在外衣中，那他还是用手托着，也易引人注目。此刻他如此做，只要把斧头柄插在绳结中，就妥适地挂在里面的腿边了。把手插在外衣口袋里，他可以一路执着斧头柄，因此就不会摆动，而且因外衣很笨，实际上就是一个大衣袋，外面也看不见那放在衣袋的手执着什么呢！这绳结也是他在两周前想出来的。

他把这工作做好了，便手插入沙发下面的一个空隙处，在左边摸索，把典当物取了出来，那是早已预备好了放在那边的。这典当物是一块烟盒般大的很光滑的木头，在一家木匠店铺的空庭中闲逛的时候把它拾到的。以后他就在木块上镶着一块薄而光滑的洋铁皮，那也是在街道上同时拾到的。铁皮稍小一点，他把它安放在木片上面，用线缚得很紧密，再小心翼翼地裹在洁白的厚纸里，然后把这包裹层层缚着，因此很难解得开。这为要使他那老媪解结的时候，使她多耽搁一会儿，好叫他多得一刻的时间。那铁片加上去是较重的，为的使那老媪不至于立刻便猜着那"典当物"是木做的。这一切的物件他早暗藏在沙发底下了。他才拿出典当物来，忽然听见有人在庭中喊叫。

"早已过了六点了。"

"早已过了！天啊！"

他走到前门，站着一听，抓起便帽，小心地，悄悄地，如同一只猫般地跨下那十多步楼梯。因他有一桩要事要做——到厨房去偷铁斧。这事非用斧头来干不可，这他早已想过。他原有一把小尖刀，但他不能靠着小刀，它太没力量了，因此最后决定用利斧。顺便再讲一点，他关于这件事上所采取的最后的一切决定，有一个要点，这有一个令人不懂的因素，这个念头愈是可以决定一切，即立刻就变得愈可怖，且愈发可笑。不论他的内心有多矛盾和痛苦，他从来没有一刻会信任所进行的企图。

的确，如果一切事情都曾能考虑得无微不至，最后的决定，依旧没有什么不定存在，那他就要把那一切丢了，以为这是可笑的、古怪的、不可能的事。但仍是一团未决之点和不定之事，终难解决，至于窃斧头那小事更不费心思，因这是更容易的事情。拿泰沙常常不在家，尤其晚上，她到邻家或店铺去，总是把门虚掩着。就为的这事情，女房东责骂她已不止一次了。机会既到了，他便静悄悄地跨进厨房，去窃斧头，过一点钟（事情做完后），再把它放回原处好了。但这些就费思虑。假使他迟延一点钟把它放回原处，拿泰沙就回来了，就在那个地方。他必得要避过去，须待她再出去时再拿。然而假使她看见斧头不在，大喊着找寻，便会起疑心，至少要起了猜疑。

但这就是小事情，他用不着考虑，说实在的，他也没那时间。他竭力把琐事抛开，一直到他能相信那事的时候为止。比如讲，他不信他有时会停着思索，立刻就往那边去……即使他上次的尝试（就为了最后观察那地方一回的目的，而去见那老媪的）也不过是一种试验的尝试，离真实的事远得很呢，好像一个人说："你来，我们来碰他一碰。为什么像梦似的想着呢！"——一切便立刻失败了，他跑出去咒骂自己，并发起疯狂的举动。同时，在道德这方面的问题，他的分析也似是完满的，他的真假的见解，如同刀锋般的锐利，他在心目中简直无法反驳。但最后一点他有些不信任自己了，顽固地小心地从各方面去找解释，混乱得有如有人强拖他到那方面去似的。

以前——的确好久的了——他想着某个问题：为何所有犯罪都那样不善于隐匿，那么容易被查出来？为什么所有的犯人都留下那样明显的马脚呢？他渐渐得到许多各种新奇的论点，他以为要因在于隐匿是不可能的，并不在于犯人。几乎每个犯罪者都因在那最需要谨慎的时候，而产生一种极小的忽略，意志与推理难免有点欠缺。他觉着这种理智的蒙昧和意志的不强，有如疾病般地趁虚而入，而深入，正在犯罪前达到高峰，在犯罪时，和在犯罪后再经过相当（各人情形不同）时间，同样继续着，于是这病又一样样地被消灭了。这种病能否会犯罪，这种犯罪是否由于一种特别的性质，这问题他总不能够解决。

当他得到这些结论时，他按他自己的说法，是不会有这种病态的反应的，他以为在他实行这事时，他的理智和意志依然存在，为着唯一的理由，就是他的计谋"并非罪过"，要将他得到一个最后的结论，所用的方法，可以不必说——我们已经说得太远了！我们可再提一句，实际上这件事，物质上的困难，在他的心中只占了一半。"一个人只要他的意志与理智能够应付艰难，当他把事情之隐微处都熟悉了时，一切困难便都克服……"但这种预备从未开始做过。他的最后的决定是他所最不信服的，当钟鸣七下时，一切都不同地显现出来，好像并不怎样出乎意料似的。

在他离开楼梯前，有一件小事又扰乱他的计划。他走到女房东的厨房的时候，那门依然开着，他悄悄地往里瞧。如果拿泰沙不在的话，女房东是否在呢，若是也不在，再看她自己的那房门是否闭着，因此他进去拿斧头时，可以没有顾忌。但当他忽然发现拿泰沙正在厨房里，而且在那里工作着，从篮子里取出衬衣，正在缝纫时，他是大吃了一惊。她瞧见了他，停止了工作，便转身向着他。他把眼睛甩开，仿佛没有看见她似的走过去。但事情是完了——他没有斧头！他被压倒了。

"我以为她——"他从走道门过去时，他思忖着，"我以为她在那时一定不会在家呢！何以，何以我会那样确定地猜想呢？"

他被难倒了，甚且屈服了。他真会在愤愤中嘲辱自己，一种郁积的怒气在里面沸腾起来。

他在走道门边站着思虑着。为颜面关系到街上去散步，不舒服。回到自己房里，更不舒服了。"而且这样好的一个机会竟永远消失了！"他低声说着，无精打采地在走道门边待着，那门的对面的黑暗小屋门也开着。他忽然一惊。离他几步之远，在那小屋中，看见一样东西在长凳下边发着光亮，引起他的注目……他四下一望，不见有人。他悄悄走近那屋，走进去两步，轻轻地叫着守门的："是的，没有在家！但很近，在庭院中，因为门还开着的。"他跑到斧头那儿去——那是一柄斧——从凳子下把它取出，它本是放在两块木头中央的。他于是就把它紧缚在活结中，两手插进衣袋，走出房门，幸而没有人瞧见！"人到困窘时，鬼也会相助！"他带着胜利的冷笑自慰着。这个好机会提起他精神的兴奋。

他悄悄地堂皇地走着，使人们不致猜疑。原本也就没有什么行人，即使被他们看见，也尽力地减去一切惹人的举止。但他忽然又想起他的帽子。"老天！我前天有钱时，为什么不买顶便帽呢！"自艾从他的口中发出。

他斜睨着一家店铺，他看见壁上的钟已是七点一刻了。他得赶快，而且同时要弯些路，好从他边走到那住所……

当他以前偶尔想起这一切时，好像有点担忧。但他现在却并不害怕，一点也不。他的心思乱转着，但顷刻间即逝。当他走过于氏花园时，他却想建大喷泉，并想着使那些广场的空气改换新鲜。他以为如果夏日花园能扩充到吴悌场那边，或者连接咪哈矶花园，那定是更好了，于城内人民是很有利的。于是他对于这个问题引起兴趣了：为什么在大城市中，人们特别爱在那些没有花园、没有喷水池的地方居住，那些地方不多是污秽、臭气和各种垃圾吗？接着他走过柴草市场的事也涌现着，不久他才回到现实中来。"那多么无聊！"他想着，"不如都不去想的好！"

"如此在路上被领去处决的人会留恋在路上碰着的一切东西吧！"这想法在他心中好像电光一般地闪过，他立即除去这种念头……现在，他的目的地渐在面前了：这边是住宅，那边是大门。忽然听见那边钟响了一下。"怎么！已经七点半了吗？不，那钟一定快了些！"

他很侥幸，一切都很顺手。那时候，一切于他都很方便，一辆堆柴车子正从门口进去，当他掩过走道门时，那车子完全把他遮住了，车子还没有全部驰入院子前，他便从右边闪进里面去了。在车子去的地方，他听见许多喊叫与喧吵，但是没人注意他，没人碰见他。这广大的庭院有着许多窗户，都是开着的，但他并没有抬头仰望。往老媪房去的楼梯就在旁边，大门右手。他渐渐上了楼梯……

他吸了口气，用手捂住他的忐忑的心，摸一摸斧头，轻轻地谨慎地走上楼梯，走一步倾听一回。楼梯上也很寂然，所有的门都闭了，一个人影也没有。在第一层楼上有一家门张开着，许多工匠在里面工作，但他们也并不注意他。他立着不动，想了一下，然后又向前走着。"他们若是不在这边，自然更好了，但……那还有二层楼啦。"

这边是第四层楼了，那边是门，这边是对面空着的住房。在老媪房底下的屋也没人住，门口的会客名片不存在了——住宅都搬走了！他呼出一口气。这时一些念头浮泛着："我回去好吧？"但他没有回答，他在老媪房门边谛听，沉寂无声。于是他又在楼梯上倾听，久久地注意地听……于是又往四下瞧望一下，静着心胸，伸直着腰，又摸摸他活结上的斧头。"我不是很仓皇吧？"他疑心着，"我不是心绪紊乱吧？她老是猜疑……我再等一刻……等到我的心不跳时，岂不更可靠？"

但是他的心不停地跳着。好像与他为难似的，它跳得越来越凶。他再也按捺不住了，他渐渐地去伸手按铃。过了一刻，他又重按一下，按得更重。

没有响动。再按下去也是徒然，而且也不妥当。老媪想是不在家，但她猜疑重是无疑的。他知道她的脾气的……他把耳朵移近到门口。并非他的感觉特别强，实在那声音很清晰。无论如何，他已听见就在这门口里面，像有人在摸索和裙子的响动声。似有人紧靠着门锁前立着，如他在外边一样的，那人也秘密地在里面谛听，仿佛也把她的耳朵靠近门口……他故意动了一动，咕噜着些什么，好使自己并不是鬼祟的模样，于是他按着第三次铃，也不慌也不忙地。以后他想起那件事，那瞬息在他的心中清晰地呈现着，永远显露着。他不懂他如何那么聪明，他的头脑在那时似乎是蒙蔽着，而且他也感觉不着自己的身体的存在……过了好久，他才听见门闩开了。

第七章

门仍如先前一样透了一个窟窿，一只锐敏而多疑的眼睛在黑暗中射在他身上。拉斯科纳夫有点慌张，几乎弄出了一个乱子！

似乎老媪也在孤单地惊慌，他也不想她看见他后会怀疑他要把她除去，他就去握牢门扇，去阻止老媪再去把门关上。这样她就没有把门向后拖，但她也没有把门放松些，因此他就险些儿给她连门一起拉拽到楼梯上来了。因她是站在门口的，不给他通过去，他便一直向她面前走。她慌张地后退着，要想说什么，但又一字说不出口，只是睁着眼睛瞪着他。

"晚上好，阿里拿伊夫诺妈妈。"他开口说，他想很平静地说，但是不能，他的声音期期艾艾地打着颤抖，"我来……我来拿点物件……但我们进去吧……到亮光前……"

他离开她，不待允许就一直走过去。老媪跟随在后面。她说不出什么。

"天哪！做什么？你是什么人？干吗？"

"什么，阿里拿伊夫诺妈妈，你认得……拉斯科纳夫……这边，我把前天说过的当物拿来了……"他把当物取了出来。

老媪睨了一会儿当物，但是立刻注视到这不速之客的眼睛。她灼灼地、狠狠地、不信任地看着，一分钟过去了，他猜想她眼中有种类似冷诮的神色，好像她已经猜透了什么似的。他昏乱得几乎惊慌起来，如果她再像那样不开口地灼灼注视，他就要拔腿跑开了。

"有什么好看的？你已经不认识我了吗？"他带着藐视地说着，"你要就收去，不要我会到别处去的，我没有时间呢。"

他并不想说这些话，但已脱口而出了。老媪恢复了一切状态，客人的截然的声音显然除去了她的疑心。

"这是什么，先生，立刻就要……这是什么东西？"她指着当物问着。

"一个银烟盒，我上次说过的，你明了。"

她伸出手来接。

"但，你是多么没气血呀……你的手不是在抖？你刚洗过澡吗，还是发生了什么别的事？"

"热病啊……"他猝然地答着，"如果你没有食物吃……那你一定是要贫血。"他艰涩地续说着这些话。

他又软弱下去了。但他的话像是实在的。老媪便把当物接过去。

"这是什么东西？"她重又问着了，专心地仔细观察拉斯科纳夫，手里评量着当物。

"一件物什……烟匣……银做的……你看吧。"

"这不像是银的……用什么包裹着的？"

因要把包线打开，她对着窗户，对着亮光（她的窗户全关闭，不怕闷的），这时她离开他有好久，背脊朝着他立着。他于是解开外衣内的活结，想把利斧头取出，但还没全把它拿出，仅只在外衣里面用右手抓着，他的手臂已软得不行了，他觉得他的手已十分麻木了，他怕他的斧头在手里掉下来，他突然晕眩过去。

"那你为什么把它如此紧紧地缚牢呢?"老媪着了恼地喊说，向他这边走来。

机会来了他不能放过。他立刻把斧头拿了出来，紧紧地握着，毫不费力，机械似的，把斧头背挥到她的头上。这好像并不是他自己的力量，他刚一斧打去，他的力气又恢复了。

老媪是照常不戴帽的。她的稀白的头发，杂着一两条灰色的线条，抹着厚油，打成一条豚尾，用一把破骨梳子梳结着，掉在头颈上。因为她矮胖，那一斧正打中她的脑门。她无力地呼喊，忽然已扭作一团跌到地板上，手抚捧着头。她的另一只手还紧持着当物呢。于是他又用斧头背在她头上挥了几下，血流如注，身子只是往后扭动。他退后了数步，屈着腰看她的脸：呀！她是死了。眼睛突出，眉头与脸颊都在抽动。

他把斧头丢了，只是在她的衣袋中摸搜（避开泉涌的血），这衣袋就是她放那锁匙的右衣袋。他毫不费力地，既不慌张，也不昏眩，只是手不住地抖。他始终特别当心，设法使自己不沾染上血……他立刻把锁匙取了出来，那些钥匙是和别的在钢圈上连成一把的，他取出立刻跑进卧室。这是一间很小的房，有着许多个神龛。在那边墙脚放着一张床，上面铺着一条缝得精细的绸被，整洁之至。第三面墙，便有一个有抽屉的大橱。他刚把钥匙对准了插进大柜去，听见钥匙碰着的响声，他发了一阵剧烈的战栗。突然又想要放弃一切而逃跑，但那只有一刹那，要回去也已迟了。他冷笑着，他的心中此时突然有一个可怕的念头浮现了。他忽然遐想着，那老媪未必是死了，也许还会苏醒的。他于是丢了钥匙在柜上，又跑回尸体前，提起斧头，又想狠狠地打老媪，但没有打下去。无疑的她已经死了。他俯着身，再仔细地察看她，看见她脑袋裂了，并且一边深深地凹陷下去。他想用手指去摸一摸，但缩了回来，不用摸已经显然看出了。旁边流了一大摊血液。忽然他在她头上看出有一条绳子，他用力拉，因小绳紧结着没有断，而且染着许多血了。他极力把它拉，似有种东西把它钩住了，不能立即出来。在匆遽中他举起斧头，想砍断绳子，但又不敢下手，因此手和斧上多沾上了血，经过好久时候，总算把绳子弄断，钥匙拿了下来，幸没有使斧头触着身体。他没有弄错——这是个钱袋。绳子上有两个十字架，一个是布尔木做的，一个是铜的，此外还有一个银线织的神像，和一个小小的龌龊的羊皮钱袋，紧连着钢圈。钱袋满满的，拉斯科纳夫立刻把它塞进自己的衣袋里，把十字架丢到老媪的身上，再带着斧子跑到卧室去。

他慌张得很，他把钥匙又拿着试开。但是不行。钥匙不配锁眼。这不是因为手颤，是他太固执了，他看见钥匙不配，就该放弃了才是。忽然他想起那深凹齿口的大钥匙，绝不能像属于有抽屉的大柜的（上次他来时，那物件打动了他的心），而是开保险箱用的，而且也许一切珍物全藏在那保险箱也难说。他离开有抽屉的大柜，立刻在床架下摸索，他知道老媪常把箱子放在她们的床下的。不错，床下有一个很大的箱，大约有一码之长，弓形的盖，包着漆皮，钉着钢丝。那凹口的钥匙就配合上了，他把箱子打开了。在一块白布的下面，是一件灰鼠皮的红花缎外套，下面是一件绸衣，再下面是一个披巾，看上去好像除了衣服外，下面没别的东西了。他于是就在红花缎上擦揩他的染血的手。"那是红花的，那可以不致引人注目些！"这念头由他的内心发出。突的他又苏醒着了。"老天，我难道疯了不成？"他惊恐地想道。

当他正在摸索衣服，一只金表从皮衣里滑了出来。他立刻把所有的衣服完全翻找一遍。在衣服中寻得种种金制的物件——大概都是典押之物，未赎或待赎的——手镯、钗环、戒指等等。有些放在盒里，有些裹在报纸中，十分仔细地包着放在一起，都用丝线紧缚着。他立刻把他的裤子和外衣口袋塞了个满，把盒子等物都丢了。他没有时间去拿这些……

这时他突然听见老媪倒着的房中有脚步声音。他立刻像死一般鹄立着。但是一切都是静静的，这显然是他的幻想了。不久他又好像听见一阵断续的哭声，似有人在那边呻吟着的。但一切仍是寂然。他在箱旁边瞧着，盘膝而坐，不声不响地待着。他忽然跳了起来，拿着斧头，就跑到卧室去。

房中站着的是威里，手里拿着一个包裹。她呆然地凝注着她的被害的姊姊的尸体，面色苍白得像一张纸，吓得有气无力地想喊。一见他由卧室跑进来，浑身更无力地战栗着，好像一片风中的叶子。她的面孔也抽搐着，她手胀，目眵，但是呼号不出。她慢慢地离开他，面向后退到屋隅，只是死盯着他，但是喊不出声，好像她无从呼号似的。他执着利斧随她奔去。她的嘴角抽搐得很，如同婴孩受惊的样子，只是目视着那吓人的东西，要呼号而不能呼。那可怜的威里，竟那样完全给他吓昏了，因斧头已经靠近她的脸上了，她连以手抗拒的自然防御的能力也丧失了，她竟不敢举手。她只是伸出左手，并非掩着自己的头脸，只是无力地向前伸出，好像叫他快走似的。那斧头的锋口砍在她的脑袋上了，立即把头部全劈破了。她立刻颓然地倒下。拉斯科纳夫自己也昏过去了，抓起她的包裹，又丢下，一直跑到门口去。

畏惧渐渐地加甚，尤其在第二次的无意的凶杀之后。他极力想快快地从这地方逃走。如果在那当儿，他能更实际地观察、推想，如果他能觉察到他面临的所有艰困，那绝望，那畏惧，那可笑，他会彻底地明白，脱离那个地方，走回家，还要去制服许多窒碍，还须犯许多罪，如果真是那样，他便要把一切放下，要去自首了。这并非是恐惧，实是由于他所干的事太可怕，太讨厌了。憎恶的情绪特别在他胸中沸腾，一刻一刻地加甚。他如今不想再到柜橱那边，也不再进房去，拿任何贵重的物件了。

但一种渺茫，甚至梦幻，渐渐地捉住了他。时而茫然若有所失，时而把重要的事丢了，而急于执着做小事。他茫然地往厨房一看，看见长凳上有一只盛了半桶水的水桶，他想去洗手和斧。他的两只手染着血迹。他把斧头浸没在水中，抓着窗上破碗内的一块肥皂，在水桶里洗手。手洗净了，便洗斧头、斧口，并费了长时间（约数分钟）去洗斧头，有血染的地方，便用肥皂去洗。并把挂在厨房绳上的麻布，把斧头擦干了，于是他好久在窗前注视着斧头。那上面血痕没有了，只是木柄还是湿的。他仍把斧头吊在衣服的绳结里。于是在厨房里的黯淡的灯光下，瞧了瞧他的外衣、裤子和鞋子。初看，好像鞋子上有些污点。他于是把布浸湿擦着鞋子。但他对这些并没有细细地察看。他站在房中无神地思考着，沉重的痛苦从他的内心发出——他想自己是疯狂了！那时不好推究，不能自持，而且他也许该做点与如今所做的完全不同的事件。"天啊！"他呼叹着，"我非逃跑不可，逃跑！"他于是就跑到门口，但是等待在这里的是一种他所未经想过的恐怖的感觉。

他呆站着，看着，他不信他的眼睛：那从楼梯进来的外门，不久以前他在那里等着并且按铃的门，没有关上，开得很大。那时并没有上锁，也没有闩！老媪在他进来后不把门关上，也许当作一种预防的出路吧。但是，天哪！他以后看见威里了！他怎么能够，他怎么能够想不起她一定有法子进来的？她断不能从墙头穿进来呀！

他走到门前去，把门闩掩上了。

"但是又做错了！我一定要逃开呀，逃开……"

他把门闩又开了，打开门，在楼梯上察看着动静。

他听了好久。似在远处，或者在大门边，有着两种喧嚷着的声音，在对骂着。"他们做什么呀？"他耐心地等待。好久一切都寂静了，好像突然停下似的——他们劝开了。他想冲出去，但在下一层楼上，忽然有一头门呀的一声开了，似有人下楼，口里嚷着。"怎么一回事，他们又吵又闹的！"他又关上门等待着。最后一切都寂静了，没有一点声响，他才向楼梯跨了一步，他又听见一种新鲜的脚步声了。

那脚步似乎很远，在楼梯顶端，他记得非常真切、清楚，他猜想那一定是什么人到第四层楼那老媪房内。什么原因呢？那响声特别的明显？那脚步是沉重而平整的，不匆忙的。一会儿他已过第一层楼了，一会儿他更上一层了，那响声愈来愈响。他能听见他的深沉的呼吸。一会儿他已到了第三层了，到这边来了！这在他看来，好像他要僵硬如石头了，如同一个梦，人在梦里被人追逐，将要追上，将要被害，他又呆立在那儿，甚至于连两只手也不能动了。

最后当那声音上了第四层楼时，他忽然惊着，他竟敏捷地溜回到屋里去，把房门关上了。于是他本能地拿着钩子，悄悄地把它挂在门框上。把这件事做了后，他便在门边听着。那位不速之客似已跟着到门前了。他们现在彼此只隔着一扇门地相对站听着，如同以前和老媪分开一样。

那未见面的客人气喘吁吁的。"他必定是一个臃肿的人！"拉斯科纳夫手中紧握着利斧想着。这实在好像做了一个梦。那客人按门铃了。

那铃儿响了起来，拉斯科纳夫好像觉得有什么东西在房中移动似的。他认真地听着好久。外边又在按铃了，而且急促地敲着门。拉斯科纳夫瞿然地瞪着那门扇的撼动，在极度的恐怖中，每分钟那门都有被推进来的可能。他那么猛烈地摇撼着，他发了一阵昏。"我站不住脚了！"这思想从他脑中闪过，但外面那位是在开口说话了，他立刻又瞿然地复原了。

"究竟是怎么一回事？她们熟睡了或是被暗杀了？喂——怎么啦！"他用一种迟疑的口声喊道，"喂，阿里拿伊夫诺老妈妈，萨畏棱，哦，我的俏人！开门呀！嗨，讨厌的！她们睡死了或是怎么样？"

于是他发怒了，又用全力拉十几次铃。他的确是一个有权威的，而且是一个熟人。

霎时间，在楼梯上隐隐地听见有慌忙的脚步声。另外有一个人走近了。拉斯科纳夫起初还不曾听见。

"你不是说过没有人在家吗？"新来的兴冲冲地喊着的声音，向那个在拉铃的第一个客人说话，"夜安，可咳。"

"听他的话音，他一定还很年轻。"拉斯科纳夫想着。

"谁知道呢？我几乎把铃都按断了！"可咳答道，"你怎么会认识我的呀？"

"什么！前天在戈布士那里打球，我不是把你打败了三次吗？"

"哦！"

"那么她们全出去了吗？奇怪！真的太不行了。老媪会到哪里去吗？我是有事情来的。"

"不错，我来也有事情。"

"哦，那怎么办呢？回去吧，我想。唉——我希望弄一点钱哪！"年轻人喊道。

"当然，我们总要结算一下了，但她何故要在这个时候呢？那老妈妈自己定这个时候要我来的。这于我很不方便啊！她这鬼东西到哪里去呢，我真不懂？这个老不死的，她腿长年不好，坐在这里，如今忽然之间她出去却不回来了！"

"我们回去问问看门的好不好？"

"什么？"

"我们问她到哪里去了，什么时候才回来。"

"嗯……得了吧……我们问是可以问，不过你要知道她从来都不去那里的。"

于是他又尽量拉着门铃。

"住了吧。没有法子，我们只有先走了。"

"等一等！"年轻人忽然喊着，"你看见，当你拉门的时候，那门是怎样的情形？"

"唔？"

"那看上去并没有上锁，乃是用钩闩挂上的！你听见那钩闩的响声吗？"

"嗯？"

"怎么，你不懂吗？那显然可证里面有一个人。若是她们都出门了，那她们便要在外面锁的，而不从里面用钩闩套上。这，你听见钩子的响声吗？在里面把钩闩套上，她们一定在家的，你懂吗？她们一定在里面的了！"

"嗯！如此她们一定在家了！"可咳愕然地喊道，"那么，她们在里面做什么呢？"他暴跳着摇门了。

"且等一等！"年轻人又喊着，"不要敲了！一定出了什么事了……你这边拉门，而她还不开！可见她们不是都病了，就是……"

"什么？"

"我对你说。我们且去叫门房来，叫他把她们唤醒好了。"

"不错。"

"你知道我是学法律的！这显而易见的，显——见——里面出了什么事了！"年轻人又兴奋地喊着，并直往楼下跑。

可咳留在上边。他仍是按铃，接着响了一声，好像思考着似的四下一望，又轻轻地把门摇了一摇，无疑那是用钩闩套着的。他喘着气屈身，从锁眼孔内窥着，但是钥匙在里面眼孔里，什么也瞧不见。

拉斯科纳夫紧拿着斧头，站在里面。他已在不知所措的癫狂中了。他在准备当他们进来的时候，就和他们拼命。当他们叩门谈话的时候，他有几次想立刻把这事做了。当他们开不开门时，他很想辱骂他们，嘲弄他们一番！"只愿他们早早走啊！"这就是他唯一的心愿。

"那个鬼东西去做什么事？"时间过去了很久，却不见有人来，可咳有点不安了。

"喂，在干什么？"他不耐烦地喊道，丢下了看门的职责，自己也下去，匆忙的、沉重的步履声在楼梯上渐渐地消逝了。

"老天！我该怎么办呢？"

拉斯科纳夫把门钩取下，开着门——听不见声音。他立刻地，一点也不迟疑地，走出来了，把门好好地关上，一直跑下楼去。

他下了三步楼梯，忽听见下面一阵大大的喧声——他能跑到哪里去呢？何处可以藏身呢？他正想回到那屋去。

"喂，那里！把那贼匪拿住啊！"

其中有一个从下一层楼直冲上来并且嚷着，在楼梯上竭力大声地呼喊着。

"美戈！美戈！美戈！美戈！美戈！弄死他呀！"

喧嚷号叫一阵后，最后从庭中传来声音。一切仍寂静着。但此时正有几个人大声商谈，而且急忙地开始走上楼来了。他们有三四个人。他辨清了那个年轻人的响亮的话声："哦！他们！"

他真的绝望了，如果直接去和他们相遇——"不管怎么样吧！"但他们止住他呢——不是一切都完了！若是他们让他过去——不是也一样！他们是认识他的。他们走近了，离他只相隔一个楼梯——忽然救星到了！离他右边很近地方，有一所空房，门大开着的，就是二层楼上的房子，工匠们在这边工作，好像给他逃难似的。这时他们刚都跑开了，一定就是他们，刚才嚷着跑下去的。地板正在刷漆，屋中放着一只桶和一个破钵，散置着油漆和刷子。他一下从开着的门跑进去，藏在墙后，刚刚躲好，他们已经到了楼梯顶。他们转身继续上第四层楼去了。他稍等一等，拔脚就出来，向楼下跑去。

楼梯上既不见人，屋门口也没有。他非常快地从门口走出，然后向左转，直奔大街去了。

他知道，那时他们正在那屋里，他们看见门开了，十分惊奇，因为方才门还是插着的，他们如今看见尸体横陈着，他们会猜想而且觉得凶手刚才在那里，现在竟不知踪影，是从他们旁边溜过，逃跑了。他们一定要猜想当他们上楼时，他定在那空房内的。同时他也不敢把步履走快了，虽然他并没走多远。"他应当跑过什么巷，在一条不知叫什么的大街上等着吗！不能，没有希望！他该把斧头丢掉吗？他该叫一辆车回去吗？不，没有希望，没有希望！"

最后他走到转弯的地方。他转过了弯，已很疲乏了。在这边他已放心些了，他知道在这里较少危险，因为有一伙人，他在里面好像一粒泥沙似的，不觉什么。但是他所遭受的一切，让他已很神疲力弱，几乎不能走动了。额汗如雨下，他的颈项完全湿了。"他像是个酗酒的!"当他走到运河岸上时，有人这样喊道。

现在他头昏脑胀，愈走愈不是路了。不过当他走到运河岸上来，他却发慌，因那边没有什么人，是容易引人注意的。他便想转身走回去，虽然他已颠颠倒倒了，他还是绕了路，从另外一条僻路绕回家。

当他进家门口时，他尚没有自觉；在走上了楼梯之后，他才想起了斧头来。他如今还有一个很重要的问题，须把斧头放回原处。但他已无力想这些了，他不想物归原处了，随便抛在谁家的庭院里，那也许更好。真的一切都很侥幸，门房屋子的门虽关着，却没有上锁，那么门房在家，似乎已没问题的了。但他仍昏昏然地直往门房走去，把门打开了。如果门房问他"做什么事"，他也许要把斧头递给他呢。幸而门房也不在家，他就将斧头摆还长凳下面，且和先前一样，把它用木头夹在旁边。他跑回房里去时，一个人也没有碰见。女房东的门也关着。他到房里，就倒在沙发上了。他并不想睡，乃是坠入悠悠忽忽的空漠中。这时如有人走进了他的房间，他就会跳起来喊叫的。零碎的念头充满了他的脑中，他虽十分想把握，但一个也不能集中。

卷二

第一章

　　他躺卧着很长时间。有时似醒非醒的，他看看时间已经是深夜了，但他总是想不起来。不久，他看天已渐渐发亮了。他仰躺着，为方才的昏乱而迷茫着。尖厉而绝望的喊声从街道上传了进来，这怪声每夜两点钟后在窗下都可听见的。如今这声音把他弄醒了。

　　"哦！醉汉从酒店里出来了。"他想，"过了两点了！他就一骨碌跳起来，像有人把他从沙发上拖起似的。"

　　"什么！两点又过了！"

　　他坐在沙发上——又想起一切了！一刹那间，他又想起一切事情了。

　　起初他以为自己发疯了。他打战了一阵，但这战栗是因热病而起的。此刻他忽然抖得非常厉害，他的牙齿格格地响着，四肢也在抖。他开着门倾听着，屋内一切都在睡眠中。他惊异地看着自己和房中的一切，对于自己在晚上怎样进来而从不敲门，不脱衣地卧在沙发上，并把便帽也戴着，如今便帽掉在枕头边的地板上，这些他觉得有点惊异。

"如果有人进来瞧这样情形，他不要想我是喝醉了，但是……"

他走到窗前一看，天已发白了，他把自己从头到脚，所有的衣服，很快地打量一番，看有没有痕迹？但不能如此一看就算完事，他寒冷得颤抖，只好把一切衣服解下，再仔细地看一看。他把一切衣服内外都翻检着，再三反复地检视着。

除了有一小处稍见有几滴冻血沾在他裤子的边缘外，什么痕迹也没有。他执着一把剪刀，立刻把裤边剪去了。如此便没有什么了。

他忽然又想起他从老媪箱里拿出来的钱袋和别的东西还在衣袋里！当他查看衣服的时候，竟没有把它取出藏好，甚且连想都没有想过它们。如今记起了怎么样呢？他立刻去把它们拣出来，放在桌上。他极力把一切东西都取出了，并把衣袋反复翻转，看没有东西了才停止。他把那一堆东西移到墙脚去，纸片和破布都丢在地上。他于是把一切东西都放进纸下的那个洞中："它们进去了！钱袋和其他都看不见了！"他高兴地想着，又呆呆地瞧着，看那洞特别地高高凸出，他又恐怖得发抖："老天！"他怀疑地低语道，"这算怎么一回事？算是藏放好了吗？就那样算了吗？"

他没有想到有饰物要藏，他一直只想钱，所以没有一个藏放的所在。

"如今，我有什么开心？"他想，"藏东西是这样的吗？我真的没有理智了！"

他疲乏地又在沙发上躺着，发着一阵难受的战栗。不由自主地从身边的椅子上取出他的冬季旧制服（这衣服虽已破败，但还有暖气），盖在身上，于是又沉入恍惚迷离的状态中了。他失去知觉了。

不到五分钟，他又跳了起来，立刻又在一阵狂乱中去检寻他的衣服。

"怎么事情没做完，又去睡啦？啊！我还没有把袖子下的活结取掉！我忘记了，把那件事情忘记了！那是一个证据呀！"

他连忙把活结弄掉，匆匆地把它裂成碎片，把布片丢在枕头边的衬衣里。

"无论如何，破衬衣的布片不能有疑点的，我想不会，我想不会，无论如何！"站在房子当中，他反复着说，又烦恼地集中精神注视着他的四周，好确信什么事情他都没有遗忘。他觉得他的精神，甚至记忆力，最简单的记忆力也都失掉了，这是一种最难耐的痛苦呀！

"这一定还没有降临！这点绝不是我的惩罚吧？来了！"

他从裤边割下的破布，确实丢在房子当中的地板上，无论谁进来都看得见！

"这是怎么一回事！"他又迷乱了似的喊着。

于是他脑中来了一个奇怪的想法，他以为所有的衣服或许全有血迹，他没有发现注意到，因为他的辨察力已没有了——他的神志蒙蔽了。忽然他又想起钱袋上也有血！"哦！那么衣袋上也有血了，因我把湿钱袋放在我的衣袋中的！"

于是他又把衣袋翻了出来，真的！衣袋里子上有痕迹，有血污！

"这可证明我还没有丧失理智，我还有些理性和记忆，我自己还能猜想出来的。"他想着，叹了一口聊以自慰的气，"那只是热病在作祟，片刻的昏乱而已。"于是他把整个的左边裤袋扯割了。这时太阳从鞋上边的袜子，照在他的左脚鞋上，他以为也许有痕迹。他把鞋子脱了："真的确有痕迹！袜尖浸着血了。"这想是踏入血泊里了。"如今怎么办呢？我把它放哪里去，这些破布和裤袋？"

他把它们紧握在手中，呆立在房子中。

"丢到火炉中吗？那他们先要去搜查火炉的。把它们用火烧了！那么用什么去烧呢？火柴一根也没有。不，不如拿出去，抛在外面！是的，抛了的好！"他反复说道，又在沙发上躺下，"要快，就在这时候，不可再耽误了！"

但他的头却倚在枕头上。他又打着寒战，他拉着上衣盖着。

　　有好久的时间，他曾产生过"要快，就在这时，抛在外边去，把那些东西全抛了，看不见，就没有关系了，要快，要快"的思想。他几次想从沙发上起来，但他不能够。

　　因为一阵急急的打门声，又把他弄醒了。

　　"开门呀，你是死是活呢？还老是这么睡着！"拿泰沙喊着，并用拳敲着门，"他一天到晚像猪一般地打鼾！他简直是一条畜生。我对你说开门！十点已过了。"

　　"他也许不在家吧？"一个男的声音。

　　"哼！这是门房的口音……有什么事？"

　　他坐起在沙发上。他的心跳动得着实痛苦。

　　"那么谁把他的门关上的呢？"拿泰沙不信地说，"他把自己的门闩在里面呢！好像他有什么可偷似的！开门呀，蠢货，醒醒啊！"

　　"他们究竟有什么事？门房来做什么？一切被发现了吗？抗拒好还是开门好？管它鸟事！"

　　他把身屈着向前，把门打开了。

　　他的房间小得不需要离床就能开得着门。面前站着门房和拿泰沙。

　　拿泰沙用惊奇的样子凝视他。他以不屑的、狠狠的眼光斜瞧着门房，门房不作声，拿出一封打火印的灰色的折叠的文书。

　　"公署送来的一件公文！"他交给他的时候，这样说着。

　　"什么公署送来的？"

　　"当然是公安局来的传票。你知道是那个所在。"

　　"为什么到公安局去？"

　　"我怎么能知道？唤你，你就得去呀！"

　　那人注视着他，并往屋里溜了一下，就转身出去了。

　　"他确是害着病了！"拿泰沙说着，眼睛一眨不眨地看他。门房转了一回头。"他昨天就害着热病了！"她续说着。

　　拉斯科纳夫不答，手里拿着公文，并不想拆开。"你不要起来好了。"拿泰沙见他的脚垂下沙发，很可怜似的说道，"身体不好，那就不要去好了，何必心急！你手里拿的什么呀？"

他瞧一瞧，自己右手中拿着裤破布条、袜和衣袋破布，可见拿在手中睡熟了。他曾想过这事，他记得他在热病中曾醒过来，曾把这些东西紧握在手里，后来便又睡去了。

"看，他拿着手中的破布睡觉，好像他握住了一件宝贝似的……"

拿泰沙笑起来了。

他立刻把它们塞进大衣去，并定眼注意看着她。那时他虽不想着一切，但他觉得对于就要被捕的人，谁也不想做出什么行动的。"但……警察呢？"

"你且喝点茶去吧！好不？我给你拿过来，那里还留有一点。"

"不必……我就要去了，我立刻就去了。"他说着，就站起身来。

"你万不能走动！"

"我这就去。"

"不管你了。"

她和门房出去了。

他立刻跑到光明处，查看着袜子破布。

"有污斑，不很惹眼，全盖上了灰尘，给擦了，已经褪色了。没有注意的人不会辨出是什么东西的。拿泰沙站在那边想不出的，谢天谢地！"他又打了一阵战栗，把公文上的封口弄掉了查看，他看了又看，这才明了。这是公安分局来的一个平常传票，在那天九点半到分局办公室去。

"这一桩案子是什么时候发生的？我和警察从来没有交涉！而为什么刚刚在今天呢？"他在苦闷迷乱中想道，"天哪，但愿没有什么事就好了！"

他跪在地上祈求，又不觉大笑着——并不是笑祈求，是觉得他自己好笑。

他慌忙地抓着衣服，自语着："如果我如此完了，那我就完了，我不以为意！把袜子套上吧?"他忽然怀疑着："袜子要更弄得龌龊些，那斑痕便隐没了。"

但他刚把袜子穿上，又匆匆地把它脱了，但一想自己再没有旁的袜子，只好把它穿上——他又自笑起来。

"这自然是刻板文章，整个儿是相连的，只是如此算了吧!"他颤抖地那样想着，在心头浮上，"算了，我穿上去好了!"

但他大笑后，便是失望来了。

"不，这怎么行呢……"他想着，他的脚发颤。"可怕得很!"他低语道。他的头因害热病而昏眩。"这是一个计策！他们会把我诱到那边，用各种手段来作弄我的!"当他走到楼梯上去的时候，他沉思着："最讨厌的是我神经昏聩了……那我不要乱说出什么蠢话来才好……"

在楼梯上他又想起了那些放在墙洞里的东西："无疑的，他们要在我出门的时候来搜查一番。"他想突然回来，但又为那股酸劲及轻傲的气概（即使可以如此说吧）所劫持，他手一摆立即往前走了。"把这事完结了吧!"

街上蒸热得难受，那几天简直没下过一滴雨。灰尘满目，瓦块乱堆，肉铺和酒馆又发出各种的臭味，熏蒸煞人，到处排列着芬兰小贩和破损的马车。日光直射着过来，他的眼炙得非常难受，他的头觉得发晕——一个发热病的人，在火一般的日光底下出门，是容易这样的。

当他走到往大街转弯处的时候，在一阵战栗的回忆中，他望了大街一眼，并望望那所住宅，立刻把眼光转开去了。

"如果他们来问我，我就告诉他们吧!"当他走近公安局的时候，心里想道。

离公安分局大概有四分之一俄里路。近来才搬来，在一座新式房屋四层楼上的房间。他曾在旧办公室等了一刻，那是很久以前的事了。他便转过门口，看见右边的楼梯，一个仆役手里拿着一本簿子上来。"那一定是一个门房，那么，办公室一定在这边了！"他以为也许就是这边，便又回头了。他又不向任何人打听。

"我走进去跪倒，把一切事情招供……"当他走向第四层楼时想着。

楼梯又陡又狭，又有一些污水泼上，湿滑得很。那住客的厨房对着楼梯，几乎整天开着门，一股异味和闷热透出来。在楼梯上下有拿着册子的门房们、兵士们，以及各色各样的男女。办公处的门也开了，仆人们在里面侍候着。那里热死人，还有一股油漆与柏油混合的令人难熬的气味发出。

等了一会儿，他往前面走到另一间房去。所有的房间多是狭小的，低而倾斜着。他不耐烦地直往前走，也没有人注视他。在第二间房里有一两个录事坐着抄写，穿得同他差不多好，自是一些可怪的人物。他走向一个录事前面。

"干吗？"

他把他收到的公文给他瞧。

"你是一个大学生吗？"那人看了公文后，问道。

"是的，以前是大学生。"

那录事不动声色地望着他。他是一个不很热心的人，眼中显出一种漠然的神色。

"从他这边恐怕得不到什么的，他对于任何事都是如此漠然。"拉斯科纳夫想着。

"进去见那书记官吧！"那录事指着远处的房间说道。

他进了那间房，顺着数那间房是第四间，房子狭小，但挤满了人，他们穿得比外边的人讲究得多。里面有两个女人，一个穿着一套孝服，坐在书记官的对面，在写着他叫她写的什么。另外一个很胖的女子，脸上有着红疙瘩，穿得华丽之至，胸襟上插着一个像碟子般大的饰物，她在一边站着等待着。拉斯科纳夫把他的公文呈递书记官。他看一下然后说道："等一下！"仍向着那穿孝服的女子。

他呼吸得渐渐自然些了。"绝不是那一回事！"

他开始恢复了自己的信心，他怂恿着自己要胆大心细。

"真笨，盲目的惧怕，会把自己害了呢！唔！可惜这边空气不好。"他继续想，"闷死人……这边特别叫人迷糊……人的思想也是如此……"

但他觉得有一种内在的不安，他恐怕自己失去自制。他想握着一桩什么事情，好把心思贯注上面，抓住一点别的事情，但他一点也不能。可是那书记官却引起了他的兴趣，他想由他那边观察，在他的脸上观察点事情出来。

他是一个年约二十多岁的年轻人，脸孔黝黑而俊俏，年纪似乎比他大一点。他穿得极阔，纨绔儿似的，头发向两面分开，梳得很光滑。他的手指上戴着一枚戒指，胸口悬着一条金链。他和在那房里的一个外国人说着几句法国话，说得很流利。

"露意士，你坐着吧。"他无心地向穿得华丽的红脸的女子说，虽然她身旁有一张椅子，但她好像不敢坐下去似的。

"谢谢你！"她答着，发出一阵绸衣的窸窣声，慢慢地坐在椅子上。她的飘洒的青色衣服边缘饰着白色花边，在空中飘动，活像一个气球，几乎占满了半间小房。她发出幽馥的香气，但她很觉不安，看见自己占满了半间房子，又发出这样芳烈的香味，虽然她是微笑傲慢而带媚态，终有些局促不安。

那穿孝服的女人审完了案，站起来了。忽然听见一些喧声，一个军人极神气地走进来，一边走着，一边肩膀摆着。他把那有帽徽的帽子抛在桌上，兀自坐在摇椅上。那美丽的妇人一见他，便从座上站起，露出喜色和他行礼。但军官却不去理她，但她在他面前又不敢坐下。他是副督察长，蓄着短而红的胡须，在口唇边平均地分着，小小的脸部，除开一种不屑的姿态而外，什么也没有。他带着怒眼斜看着拉斯科纳夫。他的衣服那样破旧，他的贬辱人的情形、举止和衣服简直太不像样。拉斯科纳夫却也傲然似的直瞧着他，因此更易使他冒火了。

"你来干什么的?"他喊着,他对这个乞丐似的人显然惊怪了,并没有被他的傲视的神气所胜呀!

"我被传案……有公文的……"拉斯科纳夫嗫嚅着。

"为着债务,向这位大学生索债!"书记官搁开文书,立刻插嘴道,"这儿!"他把一张文件丢给拉斯科纳夫,指点他看,"看那个!"

"债!什么债?"拉斯科纳夫想道,"然则……那……绝不是那回事情了。"

他高兴得忘形了。他觉得有不可形容的快慰。一块石头从他的心头落下了。

"请问先生,叫你在什么时候到这儿来的?"副督察长喊着,不知为着什么缘故,好像把他惹恼了,"不是叫你在九点钟来吗?此刻十二点了!"

"文书是一刻钟前才送过来呢!"拉斯科纳夫不客气地大声答道,他自己也觉得出乎意外地恼了似的,在这里面他似乎得到一种欣慰,"我有热病,到这边来已够了。"

"不要嚷嚷!"

"我没有嚷嚷呀!我很平静地在说话,你自己在嚷呀!我是大学生,不容人家斥骂的呢!"

副督察长十分愤怒,起初他是口急不择言地说话。如今他从座上站起来。

"安静些!这儿是公安局的办公室。不要乱来,先生!"

"你也在这儿啊!"拉斯科纳夫喊道,"你不是也口吸烟卷又破口喧嚷,你对我们也似乎太失礼了。"

他说完这话,觉得有一阵莫名的快乐。

书记官看着他哧地一笑。那气恼的副督察长更恼羞成怒了。

"那不关你事!"他不自然地大声答道,"请你写个辩诉书吧。亚历山大你拿给他。有人控诉你,你欠债不还!确是一位了不起的!"

但是拉斯科纳夫心不在焉地听，只是拿住文书，想要找一个辩诉。他看了一遍又一遍，仍是看不懂。

"这是什么？"他问书记官道：

"是一张追索债务的诉状。你得还款并付所有一切讼费，等等，或者写一张字据，说明你什么时候还钱，同时并答允未还款之前不离京城，并不变卖、藏匿你的产业。债主按法追诉，并有权出卖你的财产。"

"可是我……并不欠谁的债！"

"那不关我们的事。这是一张一百一十五个卢布的负债凭据，法律证明应当偿还。现在他拿这个来追诉，那是你在九个月以前交给承审员的寡妇祚里的，寡妇祚里又付给一个乞洛夫了。所以传你来讯，此因。"

"她是我的女房东呀！"

"她是你的女房东又怎么呢？"

书记官露出一种怜悯而殷勤的笑容看着他，却又带着一种冷峭的神气，这好像看着一个初次新来的人的形状——他似乎还要说道："哦，如今你要怎样呢？"这些负债字据，追诉讼状，现在还值得他关切注意吗？他立着，看着，听着，答着，甚至自己问着，这全是不由自主的一切。他觉得胜利无事了，自己已脱离难关了，这一切思想当时充满着他的整个脑海，一点也不推测将来，不究释，不猜测，不置疑。这正是满心的，直觉的，完全是本能的欢喜！但正在那时，有件事情办公室里好像要爆裂似的。副督察长还在为着拉斯科纳夫的傲慢而震怒，急于想恢复他的受伤的威严，便对着那不幸的穿着华丽的女人而发脾气了。她自从他进来后，就露出一种恭敬的微笑凝视他。

"你这不要脸的臭妇人！"他突然大声地喊道（那穿孝服的妇人已离开办公室），"昨晚你在家里做什么？哼！又是不要脸的事，这是全街的耻辱。又是喝酒胡闹。你想进新牢狱吗？我告诉你已十次了，说以后我便不客气了！然而你仍是故态复萌，又是……你……你……"

文书从拉斯科纳夫手中掉了，他惊奇地看着那被辱的奢华的女人，但他一下又看出这是怎么一回事，便又在这件辱骂中找寻解闷。他带着欢乐谛听着，因此他想笑，大笑……他的神经几乎兴奋极了。

"意尼娜！"书记官不耐烦地说，但又突然停住不说，因从他经验上，他知道发脾气的副督察长是不好用温和的言语所能制止的。

至于那奢华的女子呢，开始她只有战战兢兢。但是真奇怪，咒骂的话越多越凶时，她愈显得娇滴可爱，她对于那凶相的副督察长的媚笑也愈甚。她不停地移动着，执礼愈恭，等着机会辩说，后来她找到了机会。

"我家并没有什么哄闹和斗殴，警长先生！"她忽然胆子大了起来，说话好像豆粒落地似的，俄语说得很不错，不过稍带着德语的重音，"我也没有什么羞事，他喝醉回来，这是我告诉你的一切实情，警长先生，我不能代受责的……我家是很高贵的，警长先生，我也很循规蹈矩。警长先生，我自己也很是讨厌一切耻辱的事呢！但他醉醒回来，又要喝三瓶，他于是一脚去踩他的钢琴了，在一个体面人家，这一点是不应当的，而且他竟把钢琴毁坏了，那真是极不该的举动，我就这样说着。他提起一只酒瓶，就乱摔人。于是我去叫了门房，佳儿来了，他抓住佳儿，直照他的眼睛打去，他又照样去打回来，并打了我几掌呢。这在一个体面人家是多么难看啊！警长先生，那时我就呼喊起来了。他把靠运河的窗户推开，在窗边站着，像猪崽一般地叫着，那真是不怕羞啊！你想对着大街窗户，竟猪一般叫着！佳儿拖他的上衣，把他拖过窗户，是的，警长先生，他把他的上衣弄破了。于是他嚷着，须给他十五个卢布赔偿费。我就照赔他，警长先生，赔他大衣五个卢布。他是一个粗鲁的客人，会做出这样不要面子的事。'我要把你们讽刺一番，'他说，'我会向各种报纸去写文章骂你的事。'"

"那么他是一个记者不是？"

"是的，警长先生，他在一个体面人家里，是会如此胡闹的啊……"

"够了！我已经对你说……"

"意尼娜!"书记官别有用意再叫着。

副督察长迅速地瞥他一眼,书记官微摇着头。

"……那么我对你说,最可尊敬的露意士,我是最后一次对你说了。"副督察长往下说着,"如果在你的体面人家里再有这类的事情发生,我便要把你拘押到监牢——如同开明社会所讲的——里去了。你听清了吗?那么是一个文学家,一个记者在一个'体面人家'因为衣衫扯破而取了人家五个卢布,对不对?真是一些能干的记者!"

他对拉斯科纳夫冷峭地一瞥。"日前在酒店里也有一件失体面的事。一位文学家吃了饭,不付钱。'我将写一篇讽刺你的文章。'他说。还有一位作家上周在轮船里向一位公爵的家眷——他的妻子和女儿,说出些不应该的言语。另有一位作家前天被糖果店所逐出。他们就是这样,记者呀,文学家呀,大学生呀,掮客呀……呸!去你的吧!过几天我要亲自到你家来瞧瞧。你还是仔细点吧!听见没有?"

露意士感激地谢了,并殷勤地向各方行礼,这样走到门口。但在门前,她竟又遇着一个俊秀的军官,他生着一张明朗而爽直的脸和浓密的美须。这就是这儿的分局长雷汀了。露意士就向前做了个十分恭敬的礼,然后姗姗地走出办公室。

"又是一阵雷霆大发!"雷汀以和蔼的声音向意尼娜说道,"你又火气直冒地发脾气了!我在楼梯上就听见了!"

"嗯,那又怎么呢!"意尼娜慢慢地说,摆出官绅的冷冷的神气。他拿着一些案件走到另一张桌前,装着摆一摆姿势,说:"这,请你看看:一位作家,或是一大学生,至少是大学生的。他欠了债而不还,又不搬出去住,他时常被控诉,他在这儿还要说我在他面前不该吸烟!他自己的事竟如一个下流人,你看他吧。这就是那位先生,很触犯人的!"

"贫困并不是罪恶,朋友,但我们知道你的性子像火药一般,你受不了气的。我想你有什么事情着恼,因而在这边发着性子。"雷汀温和地对着拉斯科纳夫,并继续说着,"这完全是你错了!他是个极好的人,我可以向你证明，他只是好放爆竹，爱放爆竹！他恼怒时，发起火来，他的言语什么都说得出，你不能叫他止住的！事后他是不放在心上的！他倒是一个心地善良者！他在队中绰号叫作爆竹督察员……"

"那么，是什么样的一队人呢！"意尼娜喊道，他虽然恼怒，却已变成悦意的戏笑了。

拉斯科纳夫突然起了一个念头，想趁机讲几句中听的话。"请谅解我，局长！"他忽然向雷汀从容地说道，"请你了解我……如果我的行迹不行，我请你恕我。我是一个穷大学生，害着病而且被贫困给毁了（给毁了是他常用的话）。我此刻已辍学，因我已不能照顾自己了，但我就要得到钱的……我的母亲和妹妹在 X 省。她们就要寄钱给我，我将先清理债务。我的女房东是一个好心肠的妇人，但她因我把教员的饭碗失去，四个月不付她钱，她才如此恼急，她甚至于不供给膳食了……而且这负债凭据我莫名其妙。她现在要我按这欠债凭据还她钱。我如何还她呢？请你们想想看！"

"那不关我们的事，你要明白！"书记官说道。

"不错，不错。我也这样想。但允许我说明……"拉斯科纳夫又插着道，他并面对着雷汀说话，但极力使意尼娜听得，虽然他在忙乱地装出在搜寻文书，好似把他忘了，"允许我说明，我和她同住已经有三年，以前……以前……我为什么不把这事先说出来呢？当初我答应娶她的女儿做妻子，那是口头上说的，随口允诺的……她是一个少女……当真，我很爱她，但我并不专注在她身上……实在是愚蠢的事情……意思是，我的女房东在那许多天随意由我赊账，我是过着一种……生活……我非常轻率……"

"谁问你这些个人琐事呢，先生，我们没有多少时间。"意尼娜不快地插嘴，带着一种讥笑的音调。但是拉斯科纳夫热切地把他制止住了，不过他觉得也很难对答。

"但是请恕我，请恕我。让我解释着……一切的事情怎样遇到……

让我说！不过我了解你的意思——那是没用的。但在一年前，那少女患热病死了。我和先前一样住在那里，当我的女房东搬到她现在的住宅来时，她向我说，而且是很知己地……说她十分相信我。她还问我要给她写一纸一百一十五个卢布——我欠她的债——的负债凭据。她说，只要我把那凭据给她，她愿意赊借我，随我要欠多少，并说她一直等到我能还她的时候为止。她绝不会，绝不会——这些都是她说的——用那一张欠债凭证……然而如今，我把教员的工作给丢了，没有面包吃的时候，她却来控告我。对于这事，我还能说些什么呢？"

"那些有声有色的琐事都不关我们的事！"意尼娜傲然地插言道，"你须得写张证明书。至于你的恋爱和那些悲哀的事情，我们用不到它。"

"你又来了……你太过刻薄了。"雷汀低声说，他坐在桌边写起字来。他看上去似乎有点害羞呢。

"写呀！"书记官向拉斯科纳夫说着。

"写什么呢？"他高声地问道。

"我说，你写。"

拉斯科纳夫想，书记官在他说了之后，待他一定更侮蔑，但是真出乎意外，他忽然觉得不论对谁的意见都漠不关心的，这种反感一下子便发生了。假使他略略想一下，他实在惊讶他在一分钟前能和他们那样地讲话，用感情打动他们。那些感情从什么地方来的呢？若是此刻全室不是塞满警长们，乃是他最亲近的一班人，他对于他们恐也找不出一句恳切的话来，他的心是如此虚渺啊！关于闷人的苦难的寂寞和淡漠的郁悒的感触，在他的灵魂中变成了意识的形象。使他心中发生这种突然的反感的原因，并不是在意尼娜面前感伤的言语的卑鄙，也不是后者克服了他的卑陋。嗯，此刻他自己的卑陋，和这些渺小的虚荣、警长们、德国女子们、负债、公安局，有什么关系呢？如果他那时被罚判用火焚死，他怕是不会惊动，并不会把判决书听进耳朵的。有种新来的、忽然而来的、不明白的东西，他刚遇见了。那并不是他所懂的，但是他带着极强的感触，觉得他绝不能再用如他近来倾吐的感伤的言语，或用不论什么，向公安局那些人诉说，并觉得如果他们是他的兄弟姊妹，而不是警长们，那么在生活着的任何境遇中向他们申诉都是不成问题的。他从没有经历过如此种种可怪的感触。最令人苦恼的是这——大部是一种感触，小部是一种观念或概念，他一生所知道的一切感触中的最令人苦恼的，就是那种直接的感触。

书记官向他说那声辩书的一般写法，说他不能还款，允诺在将来什么日子还，情愿不离开京城，也不变卖他的产业，种种。

"但我看，你不能写，似乎拿笔都拿不稳。"书记官说，他带着好奇心看着拉斯科纳夫，"你害病了？"

"是的，我头有点晕。你再往下说吧！"

"就这样。画了押好了。"

书记官拿了这张声明书，就招呼别的人去了。

拉斯科纳夫还了笔，但并不马上走，却将两臂靠在桌上，用手抱着头。他觉得好像有一根钉，钉进他的脑袋去似的。他忽然起了一个奇怪的念头，想立刻起来，直到雷汀面前，把昨天所发生的一切事情全对他说了，再和他一同回到他的寓所去，并把墙洞里的东西取出给他看。这个念头极其强烈，就想起来去自首。"但我再思考一下，不更好吗？"这意思又从他的心中闪过，"不要如此吧，我还是不要就把这重担抛下吧。"但忽然间他又站着不动，呆着站在那儿了。

雷汀和意尼娜谈得极投机，有些话传到他的耳朵里来："那不可以的，他们都要开释的。第一件，整个事情相互冲突。如果是他们干的，他们为什么去喊门房？这是他们愿做的吗？也许是当作一种烟幕弹吧？不，这又太狡猾了！并且，大学生朴士脱进去时，在大门前门房和一个女人都看见的。他和三个朋友一同走，他们到大门前才分离，他在朋友们面前要叫门房指点他路径。那么，果是他有着那种企图去的话，他会去问路径吗？至于可咳呢，他在未到老媪那里去之前，在下边银店里耽搁了半个钟头，而且他是七点钟三刻离开他的。那你想……"

"但是，对不起，你怎样解释这种冲突呢？他们说他们在敲门时，门已锁着，但三分钟后，他们和门房一同上去时，门又已开着了。"

"因此那凶手一定在里边，把自己锁在里面的。倘若可咳不是笨东西，而不去找门房，那他们必把他捉住了。那凶手一定趁这没人时溜了，不知怎样让他从他们旁边逃跑了。可咳只是在他自己身上画着十字，说：'如果我在那儿，他必会蹿出来，用利斧把我杀了。'他要感谢老天有眼哩——哈，哈！"

"没人看到凶手吗？"

"有这个可能。因那住宅是归那娃的船式的。"书记官听后插嘴说着。

"那是很清楚的，那是十分清楚的……"雷汀热心地反复着说。

"不，不见得很明白！"意尼娜坚决地说。

拉斯科纳夫抓起帽子，想向门口走，但他没有走到门口……

当他恢复神志的时候，他看见自己正坐在椅子上，有人在右边扶掖着，同时还有一个人捧着一杯盛着微黄色液水的玻璃杯，雷汀站在他前面，专心地注视着他。他由椅上站起来。

"什么事？你害病吗？"雷汀声色俱厉地问道。

"他画押时，他已拿不牢笔了。"书记官说毕，仍回到原位，办他的公事。

"你害病好久了吗？"意尼娜他从座位上喊道，他在那里也在浏览着公文。在病人晕去那时，他自然也来看过他，但他神志复原时，便立刻依旧坐着了。

"从昨天才起的。"拉斯科纳夫声音极低地回答着。

"你昨天出外过吗？"

"出去的。"

"你病了也出去吗?"

"是的。"

"什么时候出去的?"

"大概在七点钟时候。"

"你到哪里去,你可以说吗?"

"沿着街坊走。"

"讲得不错。"

拉斯科纳夫面色苍白得如手帕一样,他在意尼娜注视下,锐利而敏捷地答话时,并没有俯视他的黑溜溜的有神的眼珠。

"他不能站直了。你还……"雷汀开口说着。

"不要紧。"意尼娜不在乎地答着。

雷汀本想辩着,但一眼瞥见一书记官的很难看的面色朝着他,他也就不再说什么了。于是一阵骤然的静默。这有点怪。

"那很好!"意尼娜最后说道,"你走吧。"

拉斯科纳夫走出去了。他将离开前听到热心的谈话声,其中雷汀的疑惑的声音最大。走在街道上时,他的晕眩完全没有了。

"检查!马上就要来一回检查!"他向自己反复地说着,立刻赶回家,"该死的!他们起疑心了。"

他以前的恐惧又完全战胜他了。

第二章

"如果已经被检查了怎么样呢?如果我发现他们在我房间,又怎样呢?"

但这就是他的房间,其中并没有什么人也没有任何事。没有人向里面偷窥。就是拿泰沙也没有到过他房间。但是老天!怎样可以把那些东西放在墙洞里呢?

他向墙脚跑去,伸手到纸堆中,把那些东西拿出来,把他衣口袋都塞满了。一总有八样:两个盒子,放着耳环那一类的饰物,他没有多去看;此外是四个小皮匣子,还有一条金链条,仅用报纸裹着,还有其他什么东西在报纸中,看上去似是一件饰物⋯⋯他把它们放进他的外衣的各个口袋里,和他还留存的裤袋里,藏得愈多愈妙。他把钱袋拿在手上。于是他走出房外,把门开着。他匆忙地决断地来回走着,他虽觉得昏晕,但他还清楚。他害怕有人来追捕,他怕再过半点钟,或再多一刻钟,抓捕他的命令就要降临了,因此无论怎样,他必须先把一切痕迹隐匿着。在他还有力气,还有判断力时,他必须把一切东西弄好⋯⋯然则他到哪儿去呢?

"把它们沉没到运河里去,一切痕迹都没有,一切事情便没有了。"这个计划在他不省人事的那夜里已决定了,那晚上他有屡次想起要把这事完全办好。但是要把这事弄好,却不是一件容易的工作。他沿着艾脱里运河踟蹰了半个多钟头,向那下水去的石板看了又看,但他想不出怎样下手,不是木桩排列在石板旁边,妇女们在那上面浣濯衣服,就是船儿在那里停泊,而且那边塞满了人群。而且,他在岸边各处都可以被人瞧见,引起注意,如果有人故意下去站着,把什么东西丢到河里去,那就要引起疑惑。而且万一盒子不沉下而浮在水面,又怎么办呢?而且它们一定要浮着的。事实上他所看见的人们都仿佛在视察着,四面观望着,仿佛他们除了注视他以外,什么事也不用做似的。"为什么?是不是我的幻想呢?"他想着。

最后,他想还是到涅瓦河去更妥当些。那里没有什么人,他便可以少受人注视,且在各方面都方便得多,一切都隔离得很远。他对自己为何在先前那儿徘徊了半点多钟,觉得好怪,且在那个不安的地方烦恼、急躁真是多余的,先前为什么想不起这边来呢?那半点钟他不是白花了,只因那件事是在昏聩的时候想起的!他会如此漠然地遗忘,他感觉到了。他该快快地去做!

他朝着维街向涅瓦河走去,但在路中另有一个想法击中了他。"为何要到涅瓦河去呢?跑到更远的什么地方去,再向岛上去,然后把它藏在那些幽暗的地方,放在森林或荆棘丛中,再做个标记,那不更好吗?"他虽觉得自己不能确切地判断,但这念头他自己以为是很好的。但是他不能往那边去。因他走过维街向空旷去时,在左边看见一条在两旁围墙中夹着的,通往一个庭院去的通道。在右边,一座没粉刷的四层楼房的墙一直筑到庭院;在左边,一个木栅和墙平排着凸进院子里有二十尺远。他便朝向左边走去。这边是一个荒僻的寓居的所在,堆着各种污秽。在庭院的末端,一间矮陋的、污秽的石造小屋的一角,好像是什么工厂的一部分，从木栅后面露出来。也许是造马车者或木匠的小屋，从门首起整个地方都给煤炭熏黑了。他想这儿就是丢东西的地方了。他没有看见院中有一个人，他便走了进去，当即发现靠近大门口有一个水槽，如同那些工人或车夫的庭院中所摆设的，在木栅上边还有用粉笔写着古代箴铭："这儿绝不许站着。"这于他更有利，因为如此进去便没有形迹可疑了。"在这里我把这些东西抛置在一块儿，再走开！"

他的手已放在衣袋边，又不放心地向四面一瞧，他看到对着外墙，在门口与水槽中间，有一块浑朴的巨石，想有六十多磅之重。墙的那边是街。他可能听见过路的人，那儿的行人通常是很多的，但从门口看不见他的。只有从大街上进来的人，确是可以遇着的，所以处置非迅速不行。

他面朝着巨石，两只手紧扳住巨石的一头，尽力地把它翻了过来。在石头下有一个深井，他立刻把衣袋里的东西全倒进去了。钱袋放在最上边，然而深井仍没有放得满，于是他又扳着石头，把它扭了回去。它和原来地位一样，稍稍高了一些，但是他削着周围的泥土，用脚在石边沿上踩实，一点也看不出什么了。

于是他走了出去，仍转身走回广场。这又是非常的可喜的一桩事，几乎把他乐倒了，正如在公安局所遇到的一样。"我已把一切痕迹埋没了！谁会，谁会往那石头底下去翻呢？自然，那巨石是从房屋修建时就放在那边的，以后将仍是那样，而且如果被发现了，谁又会想到是我呢？一切事都过去了！神不知鬼不觉的！"他不禁好笑起来。是的，他记得他自始就在无力气的、神经质的、不出声的大笑中，他从广场走过时，始终也在大笑着呢。但当他走到两天前遇见那个妇女的K路时，他的笑声忽然停着了。另外的一个思想钻进他的脑中了。他忽然觉得，再去经过那个妇女走后在那上面沉思过的座位，他似乎不愿，而且要去遇见曾给他二十个戈比的有胡须的警察，也未免讨厌："鬼东西！"

他走着，胡乱地朝四周瞧着。他所有的想法现在似乎环绕着这一点了。他觉得只有这一点，现在，现在，他要注意到这点——在这两月间确是第一回呢。

"可厌地离开吧!"他在一阵不能压制的愤怒中,忽然想着,"如果它开始了,那就开始了。去它的新生吧!上帝,好愚笨的了……我今天说了些什么谎言呢!我如何自卑地向那个可恶的意尼娜求怜啊!但那确是笨事!我要想它什么,我向他们求怜!这全不是那回事!这全不是那一回事!"

忽然他止住了。一个新的、出乎意外的、极简单的问题扰乱他,而且一下子把他困倒了。

"如果一切事情都是三思而后行的,而不是莽撞的,如果我真有一个确实坚固的目的,而我甚且于不向钱袋里瞥,也不知那里有什么(为了这让我受了这许多苦恼,三思而后行的这种卑鄙、不堪、下贱的事情),这是怎么一回事呢?而且我要立刻把钱袋和我未见过的东西一同抛到河里去……那又是怎么一回事呢?"

是的,那是如此,那都是如此。然而这个他先前也知道,而且就是那晚上不迟疑未斟酌地决定了的时候。这在他并不是一个新兴的问题,似乎定要如此似的,非如此不可似的……这他都明白,都了然。就是昨天,他屈身对着箱箧,把首饰盒由里面拖出时,一定也已决定了……是的,就是那样的。

"这因我病得很重。"他最后发狠地决定道,"我自寻烦恼,我并不知自己在做什么……昨、前两天和现在,我都在自寻苦恼……我要是好了,我绝不会苦闷了……如果我一点也不会好,又怎样呢?上帝。我是如何讨厌这些呀!"

他一刻不停地向前行去。他为那些琐屑的事所麻烦,但他不知道如何做,如何去尝试做。一种新来的迫人的感触渐渐地把他征服了,这是环绕他的一切无限的东西,也可说是生理的反响——一种顽强的、愤慨的仇恨情绪。他遇见的人,他都厌恶——他讨厌看他们的脸或行动和姿势。如果有人向他讲话,他觉得他会当面唾他脸或打过去的……

他走到了小涅瓦河岸边，在近热副奇岛去的石桥前，忽然停下了。
"哦，他就住在这儿，就在那所房子里。"他想着，"哦，我不想到伦肯
这儿去！总是那样的事……但是，怪有趣似的。我是特意来这儿的，还
是无心走到这边来的呢？这不要紧，好在我在前天说过，过那天后来看
他的。唔，那么我须得要去一次！而且我也不能再走多远了呢。"

他走上第五层楼伦肯的房中。

他在家，正在他的楼房上忙着写什么。他把门开了，他们将近四个
月没见面了。伦肯坐着，穿了一件破睡衣，脚着木鞋，头发没梳，胡子
没剃，脸也没洗。他的脸色似乎有些惊异。

"就是你吗？"伦肯说着。

他细细地打量着他的同学，稍停了些时候，他口里吹着口哨。"这
样困穷了！怎么，老哥，你比我还穷呢！"他看着拉斯科纳夫的破衣说
道，"你倦了，坐下吧。"

当他躺在美国皮沙发（这比他自己的还坏）上，伦肯当即发觉他的
客人是患着病的。

"你病得很重，你自己知道不？"他按着他的脉搏。拉斯科纳夫把他
的手拿开。

"没关系！"他说，"我为此事而来：我没有书可教了……我想……
但是我并不是真的要教书……"

"但我想你是糊涂了，你知道不？"伦肯仔细地注视着他，说道。

"不见得，我并没有糊涂。"

拉斯科纳夫从沙发上站了起来。当他上楼到伦肯房去的时候，他并
没有觉得真的会见到他的朋友的。现在，一瞬间，他明白了，他所最不
愿的事情，便是在那广漠的世界上和人家见面。他的性子就在这里面发
作了。他走到伦肯的门口，他气极了。

"再会！"他猝然地说着，就向门前走去。

"再等一下，再等一下，你这怪物！"

"我不要!"拉斯科纳夫说着,又把他的手甩开。

"那么你这鬼来此做什么的呢?你是疯了吗,还是怎么了?你这……你是侮辱人的!我不能让你这样走。"

"唔,我到你这边来,无非因我知道除了你,他人不能帮助……起头……因你比谁都和蔼——就是说,都聪慧些,判断力很强……然而现在,我什么都不想要了。你听清了吗?一点什么都不愿要……什么人的帮助……什么人的同情我都不要。我靠我自己……一个人。就算了。听我自己好了。"

"再等一下子,你这怪东西!你真的是一个疯汉。你爱如何做,我不管你。我没有功课教,你知道吗?我倒不要紧,但那一个书店老板哈而夫——他就换着教书了。就是有五份教书事情来我都不愿换的呢。他干的是出版事业,当然印行科学教本,销路多广啊!就是那些书名也就可贵。你总说我是一个呆子,但是老天,我的孩子,还有比我更呆的呢。此刻他故意说有人向他提议,他并没接到了什么提议,那自然是我怂恿着他。这是德文原著的两部分(两张纸)——照我看,都是胡说八道——那书推论'女人是不是人'这个问题。当然,结果肯定地证明了女子是人。哈而夫要把这本书印行,算是对于妇女问题的一种贡献!我正在翻译。他计划把这两部半扩充到六部,我们将拟一个很长的动人的书名,把它印出,定价半个卢布。那就不错了!他先付我六个卢布,这短差事完毕了可得十五个卢布,我已预支了六个卢布。我们把这书做完后,我们便想开始翻译关于鲸鱼的书本,以后再从《忏悔录》卷二中采点最无趣的琐事,那些是我们决定要译的。有人对哈而夫说,卢梭是一个流地契那类人。这我并不反对他,随他算了!哦,你愿意译《女人是不是人?》的第二部吗?如果你愿意译,那你把这德文以及纸笔——这些都预备好了,并拿三个卢布去,因我既已从全部预支了六个卢布,就应当给你三个卢布。你把这部译好,你还可得三个卢布。请你不要以为我是帮你忙的!并不是的,你一进来时我便想你能够怎样帮我的忙呢:

第一，我对于音韵这方面不行；第二，我的德文也很差，因此我的翻译，大部分都是我瞎编的。唯一给我安慰的，就是这会比原文更好了。不过谁能肯定呢？也许比原文更差呢！你愿意干吗？"

拉斯科纳夫默默地收下了德文书籍和三个卢布，一声不响地就走了。伦肯在他的背影里讶然地看着。但当拉斯科纳夫走到另外一条街的时候，他又转身回来，到伦肯房来，把德文书和三个卢布放在台子上，不声不响地又走出了房间。

"你是疯狂了还是怎么的了？"伦肯有点气坏了地喊着，"这是一出什么把戏？你几乎把给我弄呆了……你为什么要来看我呢，你这鬼？"

"我不想……翻译了。"拉斯科纳夫在楼梯上喃喃地说。

"那么你个鬼要干什么呢？"伦肯在上面喊着。拉斯科纳夫仍一语不发地下楼了。

"喂！你住在哪儿？"

没有回响。

"唔，见你的鬼去吧！"

拉斯科纳夫是已经走到大街上了。当在泥古矶桥走时，一桩不适意的偶遇的事终使他恢复了神志。一个马车夫对他喊了两三声后，并用他的鞭子在他背上用力抽了一下，因为他几乎跌倒在他的马蹄下了。这一鞭是怎样地使他发怒，他向石栏杆奔去（不知为什么，他要在桥的当中走）。他愤怒般地摩拳擦掌。他看见了不觉大笑。

"打得好！"

"我想他肯定是一个小偷。"

"故意装醉，一定的，想碾在车轮下面——你必要给他赔偿了。"

"那就是一个正式的职业，就是那种事。"

但当他站在栏杆旁边，还愤怒地望着后退的马车，抚着背时，他忽然感觉到有人把钱塞到他的手中。他一看是一个戴包巾穿羊皮鞋的、不很老的妇人，跟着一个小女，想是她的女孩，戴帽，并拿着绿色的伞。

"看在耶稣的面上，拿去吧！我的好人！"

他接过来了，她们仍往前走过去。这是一块值二十戈比的钱币。看服装和外表，她们以为他是个街头乞丐，二十戈比的代价，无疑是因为他受了一鞭子才弄到的。那一鞭子令她们替他怜惜。

他手执着二十戈比，向前走了十几步，转身面对涅瓦河，直向宫殿那边望。天没一点黑云，河水是蔚蓝的，这在涅瓦河是少见的。离教堂大概二十多步远的桥上看见那最华丽的大教堂的圆穹，在太阳下闪着光，在寂静的空气中，那穹上面的各种装饰都很清楚地显现出来。鞭打的疼痛消灭了，拉斯科纳夫把那事淡忘了，一个不安且不很明确的思想，如今完全把他占有了。他立着，久久地注视着那远处，这地方他特别熟稔。当他在大学念书时，他有几百回——常在回家路上时——在这儿站着不动，凝视着那奇丽的壮观，为这壮观在他心里常会引起的一种渺茫神奇的情绪而惊奇。这却让他淡漠得很，这华美的画图对于他而言是漠然的、无生气的。他每每对他自己的阴森隐秘的印象发生诧异，然由于不相信自己，也就不去求解释了。他鲜明地回想着那些以往的怀想和扰乱，而且在他看来好像现在回想这些往事，并非是突然的事。这个打动，使他觉得奇怪，他会如以前一样站在同一地方，好像他是不能想同样的想念，对于在这短短时间以前，曾使他生发过趣味的那些同样的思想和画图，他觉得十分快乐，然而也觉得心痛。所有他的过去的，他的旧思想，他的旧问题、见解、印象，那图画，他自己，和一切的一切……所有那一切现在在他看来，都深沉地埋在地底下，早已隐匿不见了。他觉得他好像向上飞，一切东西都从他的鸟瞰中消失了，不觉地手臂一动，他才意识到他手中的钱币。他伸开手掌，看着钱币，手臂一挥，把它掷到河中去了，然后他转身回家去了。他在那时好似和一切人、一切事物都断绝了关系般的。

当他到家时，天已是黑了，足见他大约跑了六个钟头的路。他怎样和从哪里回家，他已不很记得了。他不脱衣服，就在沙发上卧倒，抖得像一匹跑多了路的喘马一样，拉着他的大衣盖在身上，立刻就坠入于无忧中了……

当他被一种动人的呼号惊醒时，天色已经昏暗了。老天，怎么那样地呼号！如此不自然的声音，这样恸号、切齿、哭泣、毒打和咒骂，他从未听见过。

他绝想不到有如此的凶残，如此的可怕。他恐惧地从床上坐起来，脑子几乎被弄昏了。但那殴打、哀号和咒骂的声音越来越凶，以后更使他非常惊骇。他听见女房东的声音，她不断地、匆遽地、不接气地恸哭、喊呼、哀号。他听不清她说些什么，大约是她哀求不要打她了，因为她正在楼梯上受着毒打呢。打她的那人的残暴和愤怒的声音，几乎像杀了的蛙似的叫声，但他似也在说什么，同样急乱不清地咒骂。拉斯科纳夫忽然抖颤起来了，他听出那是谁的声音了——那是意尼娜的声音呀！意尼娜在这边打女房东！他在用脚踢她，把她的头撞楼梯——那从声音和哭喊与闷痛等声就可以明白的。这是怎么回事呀，世界混乱不成？他听见人们一丛丛地在各层楼各楼梯上奔跑，他听见说话、呼喊、敲窗、撞门。"怎么啦，怎么啦，这怎么办才好呢？"他反复地说，他以为自己真正发疯了。但并不是，实在他听得太清晰了！过一刻他们定要到我这儿来的。"无疑的……这完全是为那事……昨天……老天呀！"他本想用门闩把门扣上，但他手颤得举不起……而且，也没有用处。恐惧像冰一般地钻进他的心，他痛苦，他麻木。但是这一切喧嚣经过约有十分钟后，最后又渐渐地平息下去了。女房东哭着、呻吟着，意尼娜还在发着恫吓和辱骂……但是不久他也渐渐不响了。"他会就走了吗？天啊！"他真的走了，而且女房东也在哭泣着走……并听得她的门也关上了……现在大家正各自散去，一路叫喊着、谈论着，大声地喊嚷，低声地耳语。他们人很多呢，几乎所有住在这一座房子的人都在那边。"但是，老天，这是怎么回事呢？他为什么，为什么跑到这边来呢？"

拉斯科纳夫疲倦地卧在沙发上，老是不能入睡。他躺了半个多钟头，受着痛苦，一种无边的、恐惧的、难熬的感触，他先前从未碰到过的。忽然间，一线亮光照进他的房内。拿泰沙拿着一支烛、一盆汤走进来。她细细地看了看他，知道他睡去了，便把蜡烛放在台子上，把她拿来的——面包、盐、一个盆子、一个匙羹——都摆在上边。

"我可说你自从昨天就没吃什么东西。你跑了一天的路，你又在发着热病地颤抖。"

她紧盯着他。

"谁打女房东的?"

"不久……半点钟前，副督察长意尼娜在楼梯上……他为何那样凶狠地打她……他为什么到这边来呢?"

拿泰沙仔细瞧着他，沉默地皱着眉，她观察了好久。他对她探察的眼光有点不安，而且发着惊。

"拿泰沙，你为什么不开口?"他最后用一种微弱的声音，嗫嚅地问着。

"那是血呀!"她极轻地答着，好像只有她自己听得的。

"血? 什么血呀?"他脱口问着，脸色变白了，转身朝着墙壁。

拿泰沙还是盯住他看，并不开口。

"没有谁打女房东呀!"她后来用坚决的声音说着。

他看着她。几乎气也不能透了。

"我亲耳听见的……我没有睡，我坐着。"他更颤抖着说，"我聆听很久了。副督察员来了……大家从各屋里跑到楼梯上来。"

"绝没有什么人到这边来。那是血在你的耳朵喊叫。当血液没有流去之时，它就凝结着了，你也就胡思乱想了……你要吃点什么吗?"

他没有答。拿泰沙仍恭敬地对着他，注视他。

"给我拿点水喝，拿泰沙。"

她下楼去，拿了一瓷罐水上来。他记得只呷了一点点冷水，并蘸点在他的颈项上，接着就又忘怀一切了。

第三章

虽然他在病中，可是并不完全丧失知觉。他是在一种热病的情形下，有时昏眩，有时略略神清些。他以后想起很多事来了，有时好像有许多人环绕着他。他们想带他到别的处所去，好和他有些辩论，以后便让他独自在房中。他们都有点怕他，都跑开了，有时从门缝里去瞧一瞧他。他们威吓他，一同计划着什么，笑侮，戏弄。他记得拿泰沙时常在床边，他还觉出另外有一个人，这人他似乎很熟悉，不过他想不出他是谁，这使他很恼火，甚至要哭喊。有时他以为已躺了一个月了，有时又仿佛觉得是一天内的某个时间似的。但是那桩事情——那桩事情他倒没有想起，然而每分钟他都觉得他所该记得的什么，又都忘了。他烦恼着，困乏着地想要记起，他哭喊，他懊恼，甚至坠到极难受的恐怖中。他挣扎着想起来跑开，但有人把他拦阻了，他又回复到无力和淡忘的情形中。最后他又回到完全的有意识的状态了。

这事是在上午十点钟遇到的。在明爽的一天，日光在那时射进，右边墙和靠近门的房角上都照亮了。拿泰沙站在他旁边，还有另外一个人，一个陌生人，他很仔细地看着他。他是一个年轻人，带点胡须，穿一件端正的短袄，看上去像是一个仆役。女房东在开着的门口向内偷窥。拉斯科纳夫坐起来了。

"他是谁，拿泰沙？"他指着那年轻人问着。

"我说，他又清醒了！"她说。

"他已经回复了。"那人应了声。

当他已恢复了神志，女房东便把门带上去了。她总是胆怯。她有四十岁年纪了，并不难看，肥满壮健，乌溜的眼睛和黑眉毛，因为肥胖而懒洋洋的模样，性情也平和，而且怕羞得很。

"你……是谁呀？"他向那人问着。但是那时门已开了，伦肯弯着腰进来，因为他的身材高得很。

"怎么这样小的一间！"他口喊着，"我总是撞着了头。这叫作楼房吗？你清醒些了吧，老兄，是不是？我听派卡刚才告诉我的。"

"他方才醒过来。"拿泰沙说着。

"方才醒过来！"那人也露出一点微笑，应着。

"你是谁？"伦肯忽然问着他道，"我叫富力，请你教诲。我并不叫伦肯，像别人所常称的，我是叫富力，我是一个大学生，体面人。他是我的朋友。你是谁呢？"

"我是从我们那个商人湿泊那边来的佣人，我来有事的。"

"请坐吧。"伦肯自己就在桌旁坐下，"你醒了一些，这是很好的，老兄！"他向着拉斯科纳夫说道，"前四天内你几乎没吃喝什么。我们一匙一匙喂给你茶。我请诺夫来看你两回。你记得诺夫吗？他仔细把你诊看过后，说不算严重——有什么邪气混入你脑袋去了。有点神志不清和饮食不足的缘故，他说你吃的啤酒和红萝卜不充足，但是不要紧，就会好的，你就会好的。诺夫是一个上等的医生，他很有名。哦，我不打扰你。"他又向那人说道，"请你说明你来做什么的！你要知道，洛地亚，这是他们第二次从办事处送来的了。但上次是另外一个人，我和他谈过一些话。以前来的是谁?"

"前天吧。我不瞒你说,若是先生欢喜……那叫阿里,他也在我们那边。"

"他比你懂得多了,你说是不是?"

"是的,真的,先生,他比我重要得多。"

"是的。你再说吧。"

"听命你妈妈的嘱托,因着梵尔绥支——我想你听过他的名字不止一回吧——从我们办公处送来一笔汇款给你。"那人向拉斯科纳夫说道,"你如果神志清醒,我这三十五个卢布交给你,因为罗凡芝受着梵尔绥支——他受你妈妈的嘱托——的吩咐,叫他如此办,和以前的情形一样。你认得他吗,先生?"

"是的,我认得……洛维支。"拉斯科纳夫梦幻似的答着。

"你听得了吗?他认识洛维支。"伦肯喊着,"他是在'神志清醒'中!我看你也是一个有眼力的人。唔,听了中听的话,总是令人欢喜的。"

"那就是绅士洛维支·梵尔绥支。受着你妈妈的嘱咐,她先前曾用同样的方法托他汇给你一笔款,他这次也没拒绝,几天前送通知给罗凡芝,要他给你三十五个卢布,希望将来有增益呀!"

"那个'希望将来有增益',是你所说的好事的话吧?不过'你的妈妈'说的也不错。那么如今你怎么说呢?他能完全明白吗,嗨?"

"那是可以的。只要他在这张小纸上写个押就得了。"

"他会写他的姓名的。你把簿子带来了吗?"

"是的,簿子在这儿呢。"

"把簿子交给我。这边,洛地亚,坐起来吧。我帮着你。拿笔写上'拉斯科纳夫'。这时,老兄,钱于我们真像比糖还甜呢!"

"我不要它!"拉斯科纳夫把笔放下,说道。

"不要?"

"我不画押。"

"你这鬼不画押怎么行？"

"我不要……那钱。"

"不要那钱！好，老兄，不要胡说，我作证。请你不要烦恼，这是因他又神经错乱了。但那在他是很寻常的……你是有判断力的，我们把他握住，换句话说，就是把住他的手，叫他画押。在这儿。"

"但是我下次还要来的。"

"无须，无须。我们为什么要来扰动你呢？你是一个有才智的人……洛地亚，不要为难你的客人了，你看他在等候着。"他热心地想去握拉斯科纳夫的手。

"算了，我自己来画！"后者说着，拿着笔，把他的名字签上了。

差役拿出钱后便走了。

"妙极了！老兄，你觉得饿吗？"

"是的！"拉斯科纳夫点点头。

"有什么汤吗？"

"有，昨天的！"拿泰沙答道，她还站在那里。

"里面有地瓜和小米的，好不好？"

"是的。"

"我心还记着的。汤拿过来，再给我们一点茶水。"

"好的。"

拉斯科纳夫非常惊奇，并带着一些痛心的恐怖看着这些。他决心安静地等着要发生什么事。"我知道我并非不省人事。这是事实，我相信。"他想着。

两分钟后，拿泰沙拿着汤来了，说茶就弄好了。此外她还带来两只匙、两个碟、盐、胡椒、芥粉（吃牛肉用的），等等。饭菜好久不见有这样的丰富了，而且餐布也很清洁。

"拿泰沙，如果白尔斯送两瓶啤酒给我们，那我们就去喝完它。"

"哦，你倒是一个好手！"拿泰沙说着便离开，依他的吩咐去做了。

拉斯科纳夫用惊异的目光奇怪地凝视着一切。这时，伦肯在他旁边沙发上坐下。拉斯科纳夫虽已能坐起来，但他还像熊一般笨。伦肯用左手抱着他头顶，而且用右手饲他一匙汤，用口吹着，使汤不至过烫。但汤并不烫，拉斯科纳夫嘴馋地呷了一匙，接着再来第二匙。但当伦肯再想喂他，他却停住了，说他一定要问问诺夫医生可不可以多吃些。

拿泰沙拿着两瓶啤酒进来。

"你们要喝茶吗?"

"要的。"

"快去，拿泰沙，去拿茶来，茶我们无论如何是可以喝的。但是啤酒倒是送到了！"他坐到自己的椅上，把汤和肉捧着吃起来了，好像他已有三天没吃过东西似的。

"我一定要对你说，洛地亚，我每天在这儿像这样吃饭。"他口里塞满着牛肉，咕哝着，"这全由派卡，你亲爱的女房东，她安排的。她喜欢替我办事情，我虽不要，但也不好拒绝。现在拿泰沙将茶送来了——她是一个懂事的姑娘。拿泰沙，亲爱的，你喝点啤酒吗?"

"不要东拉西扯了！"

"那么，喝一杯茶吧?"

"一杯茶，或许能喝。"

"倒吧。慢点，我自己来倒吧。坐下来。"

他倒了两杯，离开饭桌，坐在沙发上。如先前一样，他左臂托着病人的头部，扶他起来，一匙一匙喂茶给他喝，又时时吹着每匙茶，好像这个次序是对于朋友的痊愈上最有功效似的。拉斯科纳夫一声不响，也不坚持什么，他觉得十分健康，不要扶助也能在沙发上坐起，而且不只可以拿一茶杯或匙羹，甚至于也能四面走了。但为某种奇异的，几乎是一切动物的狡狯，他暂时不用他的力气，并避说一切，假使可能的，假扮还不能十分运用有效时，同时就要探考到底是为了什么。但是他不能压服他的憎恶心。他啜了数十匙茶后，忽然把头仰起，把匙子推开了，躺在枕头上。如今他拥有实在的、真正的枕头了，套着清洁枕套的绒絮枕头，他也看见而注意到了。

"派卡今天一定要给我们弄些果子酱，因为要给他弄点果子来。"伦肯说着，回到椅子上，又举起汤和啤酒喝了。

"她到什么地方去为你们弄果子？"拿泰沙问着，她伸着五个长手指握住碟子，她从一块糖盘上啜着茶。

"她会在店里弄到的，亲爱的。你看，洛地亚，在你躺着时，什么事都会发生。当你那样不要脸地忽然溜走、不留地址时，我十分气恼，决定要把你寻获，罚你一下。当天我就这样。我是怎样四处奔走，探听你的下落呀！你这个住处我忘却了，我从来没想起过，因为我不知道；至于你住的旧地方呢，我只能记起那是在哈付住所的僻处。我老是设法找那个哈付的住屋，那时找到的并不是哈付的，而是白克的。有时人们会如何把发音都弄错了！因此我发了火，第二天立刻到人事局去查。哈，两分钟他们就把你查出来了！你的名字登记在那边呢。"

"我的名字！"

"我以为对的。可是有一位军官苛洛，当我在那边的时候，他们却寻不到呢。唔，那是一个很长的故事了。但我刚一到这儿，我立刻就打听清楚你所有的事情——一切的，一切的，老兄，一切事情我全明白，拿泰沙在这儿会告诉你的。我认识了雷汀和意尼娜门房和梭米格里支（公安局里的书记官），最后又认识了派卡。这并非泛泛地认识她，拿泰沙在这儿知道的……"

"他用甜言蜜语诱她！"拿泰沙轻说着，并狡猾地微笑了。

"你为什么不把糖放点在茶里，拿泰沙？"

"你这个小鬼！"拿泰沙忽然喊着，并咯咯地笑起来了，"我不是拿泰沙，尼奇，是拍娣。"她笑着说起来。

"我把它抄下来。哦，老兄，我且把这长故事缩短一些吧，我在那天本预备到这边来大吵一架的，要把这地方所有一切的恶势力消灭，但那天派卡胜利了。老兄，我并没有想到她是这样……令人喜爱。哈，你以为怎样呢？"

拉斯科纳夫没有说话。他仍只是眼盯着他，觉得有些奇怪。

"一切都满意。真实，而且面面俱到！"伦肯并不为他的黯然所停止，继续说道。"啊，那狡猾的狗！"拿泰沙又高声喊了。这些话使她非常开心。

"老兄，你以前不好好地下手，真是一件憾事。你应当换个方法接近她。她是一个最了不得的人儿，如果我这话说得对。但我们下面谈谈她的性情吧……你怎样把事情弄到这样一个田地？她甚至不为你供饭了，而且竟画了那张欠债字据的押！你倒是个疯子，会去画那张欠债字据的押，而且会在她的女儿娜丽亚活着的时候，答应了婚姻……但我看那倒是一桩美事呢，我却是一头笨驴了，宽恕我吧！说到愚蠢，你知道泊莱士并不像你初见时所想象的那样蠢呢！"

"不。"拉斯科纳夫有气无力地应着，眼睛在往各处看，但觉得还是使这谈话继续下去来得好些。

"她并不那样，是吗？"伦肯喊着，从他答话中找到一丝喜悦，"但她也并不怎样乖巧……嗨？她的性子，性子上倒是一个了不起的人物！我有时非常迷惑，我老实对你说……我想她一定有四十岁了，虽然她自己说是三十六岁，自然只有随她说。但我必在心理上评断她，只从抽象的观点看。在我们两者间已有了一种符号，一种代数式，或者不是！那我并不明了！唔，那都是瞎说。只因，她看你已不是一个体面的大学生，你的教员身份和衣服都没有了，而且因为女儿又死了，她不必当你是一个亲戚了，她便忽然担忧起来。你又躲在你的小房中，和她断了一切以往的瓜葛，她便想把你踢出去了。她这个念头早已经怀着，但她只是怜惜那负债凭据。因你自己向她说，等你母亲偿还她的。"

"我要说过那些话，我真卑贱……我母亲几乎不能自保了，我还要

诳说去保留我的巢穴……弄碗饭吃。"拉斯科纳夫声音洪亮地、清晰地
喊着。

"是的，你做得很好的。不过最坏的是在这时候乞洛夫来了，他是
一个做事的。派卡本来绝想不到会独立做出什么事情的，她太畏缩了！
但是做事人可绝不会畏缩的，开始他就问一句话：'这欠据有什么希望
弄回钱呢？'答话是：'有的，因他有母亲，她即使自己挨饿，也愿把她
的一百二十五个卢布的抚恤金来救她的洛地亚；还有一个妹妹，也愿
为他而做一些帮助的，这是她所渴望的……'你为什么惊奇？如今你的
事情的全部我全明白，老兄——当你是派卡的未来的女婿的时候，你对
她那样忠诚，不是白费的，我以朋友的身份敢来讲这话……但我对你说
是如何一回事：一个诚朴能干的人是忠诚的，一个办事者却会听着把你
吃了。唔，于是她付这个乞洛夫钱的时候便把欠债凭据执交给他了，他
便不假思索地当作正式的索欠了。当我听见这一切的时候，我想去责备
她，以表明我的内心，但是那时我正和派卡之间和谐地处着，我只得把
这个事丢下，要你去还钱。我为你作保，老兄。你明白吧？我们找乞洛
夫，塞给他十个卢布，由他手里把欠债凭据拿了回来，在这儿我很高兴
把它交给你。她现在相信你的话了。这儿，拿去吧，我把它撕破了吧。"

伦肯把字据放在桌上。拉斯科纳夫瞧瞧他，就一语不发面向着墙。
这使伦肯也感到一些刺痛。

"我以为，老兄！"他停一停说道，"我又做了一回呆子了。我想用
闲谈来使你解闷，但我只不过是使你气恼而已。"

"在我神志昏乱的时候，原来就是你，我不知道吗？"拉斯科纳夫停
了一下，并不转过头来问着。

"是的，你于是大发震怒，尤其当我有一天把哈夫带来的时候。"

"哈夫？书记官吗？为的何事？"拉斯科纳夫立即转头，盯着伦
肯看。

"你是为什么……你恼着什么？他是想认识你，因我对他谈了许多

你的话……除了从他那边，我还能探得这许多事吗？他是一个好人，老兄，第一的……自然，是从他那方面看起来的。现在我们是做朋友了——彼此天天会面咧。我迁到这儿来了，你明白。我刚搬来的。我曾有几次和他一同到露意士那边去。你还记得露意士吗？"

"我正神志不清时说了什么没有？"

"有的了！那是你精神错乱的缘故。"

"我乱说些什么了吗？"

"这有什么好问呢？你乱讲了些什么？大家都爱乱说的……唔，老兄，现在我不能再多耗时间了。我要去办事。"他从桌旁起来，抓起他的小帽。

"我乱说些过什么？"

"他怎么老追究！你害怕露出什么秘密是不是？不要自寻苦恼吧！你并没有说一句关于一个伯爵夫人的话。但是你说了许多什么恶狗、耳环、链条，并关于洛夫司矶岛，和什么门房，还有雷汀及副督察长意尼娜的话。另外一件东西让你更感兴趣，就是你的袜子。你伴哀哭道：'还给我袜子！'梭米在你屋子里到处找寻你的袜子，他用戴戒指的手把你的破布给你。这时你才稍稍安静，此后一天之内你把那些没用的东西握在手里，我们不能从你手里拿去。这些大约都在你的棉被底下的地方。以后你又那么可怜地喊着要你的裤边缘。我们设法去找，可是我们找不出什么东西。现在我们谈正经吧！这是三十五个卢布，我拿十个，一两小时内再要给你一个账目。同时我也要通知诺夫，他们早就应当到这边来，因为已经快十二点了。拿泰沙，我不在这儿时，你要常进来瞧瞧，侍候他要喝或要别的什么。我要告诉派卡我自己要点什么。再会吧！"

"他叫她派卡！唔，他实在是一个高深莫测的人！"当他出去时，拿泰沙咕噜着，于是他推开门，站着听，但又不觉跟着跑下了楼。她很关心地想听他向女房东说些什么。她显然被伦肯所迷惑了。

她一离开房，那病人就把被铺甩开，跳下了床，如同疯子一样。他剧烈地抽搐着，心里很急，好待他们走开，动手做自己的事。但是做些什么呢？如今，事情好像故意地都避开了。

"老天，只求你对我讲一桩事吧：他们到现在是否知道那桩事？如果他们知道，在我卧着的时候，只是佯装着，戏侮我，以后他们又来对我说，那么这事若早就发现了，他们只是……我如今如何是好呢？这件事我又忘了，好像与我为难似的，立刻就忘了，一分钟前我还想起的。"

他站在房屋的中央，在可怜的昏惑中向四周痴望。他走到门口前，开着门，谛听着，但这并非他想干的。忽然，他好像想起什么事似的，他跑到那洞中塞着纸的墙壁去，开始查看着，把手伸入洞中去，摸索着——但那又不是的。他走到火炉那面去，在死灰里寻找，他的裤边缘和从他衣袋上割去的破布，仍安放那里，正如他放的时候一样。可见是没有人看过的！于是他又记起伦肯刚才说的什么袜子。是的，他放在沙发的棉被下面，但已蒙弄上灰尘和醒龊，梭米在那上面看不见什么的。

"唉，梭米！公安局！我为什么被传到公安局去？传票在哪儿？哎呀！我昏乱了：这是那时。那时我还看着袜子，但是现在……现在我病了。但是梭米来做什么的？伦肯为什么把他带到这里来呢？"他喃喃自语着，又绝望地躺在沙发上："这有什么意义呢？我还是神志不清？还是这是真实呢？我信这是真实的……哦，我想……我必须逃遁！要快快逃跑。是的，我一定要快逃！是的……但是逃到哪里去呢？我的衣服放在哪里呢？鞋子又不见了。他们把那些东西都拿去了！他们把那些东西都暗藏起来了！我知道了！哦，这是我的衣服——他们太疏忽了！钱是放在这桌上，谢天谢地！这是欠债凭据……我得拿了钱走开，另觅一个住宅。他们寻不着的……但是，但是人事局呢？他们会知道的，伦肯也会找得的。那还是逃跑好……逃到远处……美洲去，让他们怎么办吧！而且把欠债字据带去……到那里有用处的……我还要拿点别的什么呢？他们以为我是害病！想不到我会远走高飞哩，哈——哈——哈！我从他们眼睛中已看出他们一切都知道了！只要我能够走下楼！但是他们如果在门口站着，卫门者——巡警，又怎么办呢？这是什么呀，茶？啊，这里还剩有半瓶啤酒呢，冷的！"

他拿起酒瓶，那瓶还有一杯左右的酒，他很狂嗜地一口气喝了，好像把胸中的火气浇熄了似的。但过一分钟后，酒劲在头顶了，一阵微弱的愉快的颤抖从背脊骨流下去。他躺下来，把棉被盖着身体。他的不完全的不连接的思想变得更不相连了。不久酣然的睡意涌上来了，他觉得一阵舒服，把头靠着枕头，把那替代破大衣的柔棉被紧紧地裹在身上，轻微地舒了口气，恰到好处地深入酣睡中了。

他忽然听见有人进来，又惊醒了。他睁着眼睛，看见伦肯在门口站着，踟蹰着不想进来。拉斯科纳夫立即由沙发上坐起，呆视着他，好像要想起了什么事情似的。

"哦，你没有入睡！我在这儿！拿泰沙，你把包裹带来！"伦肯向楼梯上喊着，"我现在就向你报销账目。"

"现在什么时候了？"拉斯科纳夫不安地四周望着并问道。

"是的，你睡了一觉。老兄，已将天黑了，就快六点了。你睡了六个多钟头了。"

"老天！我睡了六个多钟头了吗？"

"怎么不是呢？这于你有益呀。你急什么？有什么的，对不对？我们并没离开过，我等待你三个钟头了。我上来两次了，你都在酣睡。我去见诺夫两次，都不在，白跑了。你试想想看！但不打紧，他就会来的。我现在要去干自己的事。你知道我今天在搬家，和我叔父住在一起。现在我和一个叔父同住了。但不要紧，我们回过来讲吧。把包裹拿过来，拿泰沙。我们打它开了。你现在觉得如何，老兄？"

"我十分好，我没有病咧。伦肯，你在这边很久了吧？"

"我对你说，我已等了三个钟头。"

"不，我说的是以前。"

"什么意思?"

"你到这边有多久了?"

"什么,我今天上午对你说了。你又忘记了吗?"

拉斯科纳夫深思着。上午在他看好似一场大梦。他自己已记不清楚,只是探问似的看着伦肯。

"哼!"伦肯说,"他倒忘了。那时我想你神志并不好。如今你因睡觉好些了……真的,你看上去是好些了。这是主要的!唔,谈正事吧。看这边,老兄。"

他开始解开包裹,这使他很感兴趣。

"相信我,老兄,这是我特别放在心上的事。我们一定要使你弄得像个样子。我们从头上说起吧。你见了这顶小帽吗?"他说着,从包中拿出一顶很好但也不贵的寻常小帽,"给我戴戴看。"

"那么,以后吧!"拉斯科纳夫推说着,使劲摇着手不要。

"好,洛地亚,朋友,不要慌,以后就太迟了。我整夜都不要睡,因为我没有量过,猜度着买的。恰好!"他得意地说着,把帽安在他头上,"恰恰合适!一个适合的帽子是服装上的第一件,而且就它那方面讲也是一种介绍。我的一个朋友脱耳斯,他不论到什么公共场所,别人戴着礼帽或便帽的时候,他总是牵强地把他的蛋糕盆拿下去。大家以为他是由于奴性的恭敬才那样做,但只是因为他怕露出他的鸟巢。他是一个极怕羞的人!你看,拿泰沙,这里有两种帽样:要这个拍斯(他从屋角把拉斯科纳夫的破旧帽子拿来,不知为什么,他叫它作拍斯),还是要这个宝物?猜一猜什么价钱,洛地亚,你猜你我要花多少钱,拿泰沙?"他看拉斯科纳夫不响,便向她说了。

"二十个戈比,我想不能再多了。"拿泰沙答着。

"二十个戈比,你倒会说!"他怄气地喊着,"如今你要花费八十个戈比更多的钱呀!这是因为破了才去卖的。我买的是为戴破了,明年他们再来换你一顶。是的,如此的!现在我们来瞧瞧美国吧,他们在学校

124

里常如此叫。我跟你说，我很喜欢这条短裤。"他向拉斯科纳夫展开一条淡灰羊毛做的轻薄的凉裤。"没有破洞，也没有斑点，十分漂亮的。虽然有一点点坏了，若加上一件背心，却顶呱呱了。而且坏了倒是一种改进，比较柔软些，光滑些……你瞧，洛地亚，我想，世界上生活最需要的事就是要随着季节生活，如在正月你不要吃龙须菜，那你就会省下很多钱。这回买东西也是一样呢。现在是夏季了，所以我买了夏天的东西，秋天到了，便需要较暖些的衣服，那你就一定要把这些东西搁置了……原因是为了到那时候，它们如不由于你的较高的奢侈标准而被弃置，也要由于它们的不相称而毁掉。好，你猜猜它们的价钱吧！你说要多少？两个卢布加二十五个戈比！而且须牢记这个条件：你如把它穿坏了，你还可以不花钱地再弄一条！在维邪夫那边，他们就是照这个常例买卖的，你如一回买了一件，那你一生就满足了，因你再不愿往那边去的。现在再说鞋子。你以为如何？你看，是有些破了，但是它们要维持两个月的，因为是外国货，外国皮革，英国公使馆的秘书上星期出卖的——他只穿了六天，但是他因十分缺现钱。货价——一个半卢布，真是价廉物美呢！"

"也许不合脚的吧？"拿泰沙说着。

"不合脚？你看！"他把拉斯科纳夫的挺硬的、沾着泥沙的旧破鞋子从衣袋里拿出来。"我不是空手而去的——它们是照着这个大小尺寸的。我们非常卖力呢。至于你的衬衫呢，你的女房东看过了。这儿，是三套汗衫，麻制的，胸部织得很时式……那么，便帽八十戈比，短裤两个卢布加二十五个戈比——一共三个卢布五个戈比，鞋子一个半卢布——因为鞋很讲究，你瞧——这是四个卢布五十五个戈比，衬衣五个卢布——都一同买的——总共九个卢布五十五个戈比。四十五个戈比换了钱币。你拿到了没有？那么，洛地亚，把你弄了整套完全簇新的服装了，因为你的外衣还可以用，而且有它自己的特色。那是在荷耳那边买衣服时买来的！你的袜子和别的什么，你亲自去购买吧！我们还余着二十五个卢布。至于派卡以及付房租饭费，你不必多心。我说过她什么都相信你的。那么现在，老兄，让我来给你来换内衣。我说，你的病将和你的旧汗衫一起脱除了。"

"不用了！我不要换！"拉斯科纳夫摇着手叫他走。他憎恶地听着伦肯兴致勃勃地向他报告买衣服的事。

"好，老兄，不要说我，叫我白跑一趟了！"伦肯再三地说着，"拿泰沙，莫要怕羞，来帮忙——正好！"不顾拉斯科纳夫的不情愿，他把他的内衣换上。他倒在枕边，有好久不说话。

"我要再穿好久才把它脱去哩！"他想着。

"那全是用的什么钱买的呢？"末了他问着，面朝着墙。

"钱吗？什么？自然是你自己的，仆人从洛维支那边拿来的，你母亲寄来的。你也把它忘了吗？"

"我如今记着了！"拉斯科纳夫经过长久的愤慨的默然后说着。伦肯看着他，不安地皱着眉毛。

那门开了，一个魁梧的人进来了，他的外表在拉斯科纳夫看来是很顺眼的。

"诺夫！你毕竟是来了！"伦肯欢快地喊着。

第四章

　　诺夫是一个身材臃肿的人，脸孔堆垛，却剃得光光的，头发如麻一般地直立。他戴着一副眼镜，他的拇指套着一个大戒指。他的年纪是二十七岁。穿着一袭青灰色的、很讲究的便衣与便夏裤，他身上所有的一切都很轻灵、时式、整齐、清洁。他的内衣是很华贵的，他的表情是沉重的。他那稳重而带着漠然的同时又像潇洒的举止中常想遮盖着他的自负，但却仍不时显露着。他所有的朋友都觉得他有点烦人，但又说他的医术倒还不错。

　　"今天我到贵宅来两次了，老兄。你瞧，他已渐渐恢复神志了！"伦肯喊着。

　　"我瞧，我瞧，你现在觉得怎样啊？"诺夫向拉斯科纳夫说着，仔细地看着他，并在沙发旁边坐下了。他总是先把自己弄得舒适的。

　　"他的精神还不见好！"伦肯续说着，"我们方才把他的内衣换了，他很不高兴。"

　　"那是当然的事，他不愿意，你们就可以稍缓一下……他的脉息非常好。你的头还觉疼吗？”

“我好了，我完全好了！”拉斯科纳夫受了刺激地决绝地大声说着。他在沙发上坐了起来，以锐利的眼光扫射着大家，但不久又躺在枕边，面朝着墙。诺夫留心地看着他。

“很好了……已转入佳境！”他慢吞吞地说，“他吃些什么没有？”

他们答了他的问话，并问他可以吃些什么。

“他什么都可以吃……汤、茶……当然，菌和黄瓜你们切不要给他吃。他最好也不吃肉，此外……但是那也没有什么大关系！”伦肯和他呆呆地互看着。

“不必再吃药或别的东西。我明天再来看他，也许今天……但没关系……”

“明天晚上我要带他出去散散步！”伦肯说道，“我们到于氏花园去，再到碧莹馆去。”

“明天我不再去打扰他，但我不明白……稍稍，也许可能……我们看着吧。”

“哦，多么麻烦！今夜我要去宴客，乔迁之喜，离这边只有一点路。不知他能去吗？他可以在沙发上好好卧着。你总要去的吧？”伦肯向诺夫说着，“不要忘了，你要光临的。”

“好的，不过来得稍迟。你在那边准备些什么？”

“哦，没有什么的——清茶、淡酒、咸白鱼。还有一只肉馒头……都是自己的朋友。”

“哪些人？”

“都是这边的邻人，除了我的老叔父外，差不多全是新交，他也可说是新的——他昨天才到彼得堡办他自己的一点事。我们在五年中只见过一次。”

“他是做什么的？”

“他老是安稳地做邮政分局局长，弄到一点退休费。他已六十五岁了——没有什么作为了……但我很喜欢他。派弗里——这边的调查部长……他，你是认识的。"

"他也是你的亲眷吗？"

"葭莩之亲。你为什么皱着眉毛呢？你们虽闹翻了一回，你就不愿去了？"

"我没有关系！"

"那好极了。嗯，此外几个大学生、一位教员、一位书记官、一位音乐家、一位军官和梭米。"

"请你告诉我，你和他都好。"诺夫向着拉斯科纳夫点着头，"和这位梭米是什么关系呢？"

"啊，你这出奇的绅士！原则！你受原则的支配，好像受弹簧的拘束似的。你不敢独立地改变，只要一个人好就是，这是我所认为唯一的理由。梭米是一个令人喜悦的人。"

"即使他贪污受贿。"

"嗯，他受贿！这有什么关系？他果真受贿，我不好去管！"伦肯带一种暴发似的音调喊道，"我并不赞许他受贿。我只说他某一方面是一个好人！但如果要求全责备的话——那世上还有许多完人吗？我相信我自己……或者连你也算，简直不值一个焙葱的钱。"

"那太不值了。我给你两株吧。"

"我只给你一个。不要说玩笑了！梭米还是一个孩童呢，我能够拉他的头发，人们必须招引他，不必抵拒他。你抵拒人，是不能叫他改好的，特别是少年。对一个少年，就应特别用心。你们这些上流的好人哪！你们不大清楚。你把别人压在底下，就是害自己……但你如果真想知道，我们的确有些关系。"

"是什么关系？"

"那是为的一个房屋漆匠的事情……我们要把他由紊乱的情况中拯救出来。不过此刻已没什么可怕的，事情自然会弄明白的。我们只是加油罢了。"

"漆匠？"

"什么，这事情我没对你说吗？那时我只对你说了谋害老媪当主这件事情的第一节。唔，漆匠被牵连到这案子来了……"

"哦，我以前听到过那桩谋杀案，颇感兴趣部分是……是因为一个原因……我在报纸上也看到过……"

"威里也被暗害了呢！"拿泰沙忽然向拉斯科纳夫说着。她老是站在房门旁谛听。

"威里！"拉斯科纳夫叽哝着。

"威里，她卖旧衣服的。你不认得她吗？她常到这边来。她替你缀过一件汗衫呀。"

拉斯科纳夫转身朝着墙，他从污损的黄纸中取出一朵不好看的、褐色条纹的花来，仔细看上面有多少花瓣，花瓣上有多少皱边，有多少纹痕。他觉得自己的手和脚都像被割去了一般的麻木，他毫不想动，只是死瞪着那朵花。

"那么，漆匠怎么样了呢？"诺夫用话打断拿泰沙的多嘴，显然有点不高兴。她叹着气，不再作声。

"他被控告是谋杀犯！"伦肯热切地说道。

"那么有什么确证吗？"

"是的，证据！确证却没有，这是我们都可证明的。这正像起初他们选定那些东西——可咳和朴士脱——一样。唔！这案子弄得如此尴尬呀，它使人难过，虽说与自己无关！朴士脱今晚他也许要来……喂，洛地亚，你已听见了这案子了，那是在你病了之前，当你在公安局听着他们谈起这案子而昏了的第一天发生的。"

诺夫好奇地看着拉斯科纳夫，他仍没有动。

"但，伦肯，我对你很奇怪。你总是好多管闲事的！"诺夫说道。

"也许是的，但我们无论怎样都要营救他的！"伦肯手敲桌子地喊着，"最令人气恼的不是他们的说谎——人可以原谅说谎的——说谎是一件可喜的事情，因为由它可求得实情——使人可气恼的是：他们说谎，而且相信他们自己的谎言……我尊重派弗里，但……起初是什么把他们诱惑了呢？门是锁着的，然而他们同门房一同回来时，门已开了。因此断论可咳和朴士脱是凶犯——这就是他们的论点。"

"但是你不要发怒了，他们只是把他们暂时拘起来，他们不能不如此办……而且，我遇见过可咳这人。他常从老媪那边买过期的典当物呢。"

"不错，他是个拐子。他还大批收买无用的债票。他是做那些职业的。但他，我们说多了！你知道什么使我发怒吗？就是他们使人讨厌的污秽的腐败……这桩案子可当为介绍新法的意义的。只从心理学上看就可明白怎样找那真正罪犯的踪迹。'我们有的事实。'他们说。但事实并不是就是这一切——至少事情的一半在于你怎样解释那些事实！"

"那么，你能解释那事实？"

"无论如何，人总有感触的，怎能禁人不开口，觉得他也许可以援救，只要……哼！你明白这案子的详细情形吗？"

"我等候听漆匠的事情呢。"

"啊，是的！哦，这事的经过是这样的。在谋杀后的第三天早晨，此时他们还拘留着可咳和朴士脱——虽他们已剖辨他们在事发时的各个行动，而且事情是非常明显的——一桩意外的事情发生了。一个叫作丢肯的汉子，他在那住宅对面开一铺酒店，把一个装着几个金耳环的首饰盒子送到公安局，并说了一派荒唐的话。'前天，约八点之后。'——请留心时间——'一个漆屋匠尼拉，他那天已来见过我，那时又把这盒金耳环和宝玉等给我看，叫我给他两个卢布。我问他从什么地方得来的，他说是在街道上拾到的。我也没再问他什么。'这是丢肯讲的事。'我给他一张纸票。'——是一个卢布——'因为我想他如果不当给我，便要当给别人。结果不是一样——他要把它拿来喝酒的，所以那东西在我这边比较好些。你藏得紧，发现得也愈快，如果发生任何事情，如听见了什么风声，我便把它送给警察。'当然，那全是谎话，他说谎如马一样，因为我认得丢肯这人，他是一个当主，也兼收赃物，他并非为要把那值三十块卢布的饰物交给警察，而由尼拉手中获得。他就有点怕，但没有什么关系。我们再说丢肯的故事吧。'我从孩子时就认识这个蛮汉尼拉，他和我同省同县，我们都是鲁省人。尼拉虽并不是一个酒鬼，但他能喝，我知道他在那家有活儿，和脱里一同忙着油漆，脱里也和他是同乡。他才得到卢布，就喝了两杯酒，拿着铜钱走了。但那时我没有见脱里和他一起。第二天，我听到有人用利斧谋杀了阿里拿伊夫诺和她的妹妹威里。我也认识她俩，我立即怀疑那耳环，因为知道这被害者是开抵押物店而放债的。我就走到那去，不声不响细心地查问着。我先问："尼拉在这边吗？"脱里说他喝酒开心去了。他在天亮时才醉着回来，在屋里停了十分钟左右，又出去了。脱里就没再见他，他一个人把那工作做完。他们的工场和谋杀是在同一个楼梯上，二层楼。当我听到这一切话，我仍一语不发。'——这是丢肯讲的情形——'但我已探出关于这桩谋杀的事了，回家去我觉得怀疑。今天早上八时——这是第三天，你知道——我看见尼拉进来了，虽然不太清醒，但也并不怎么很醉——他懂得我所说的话。他在长凳上坐着，一言不发。那时只有一个客人在店内，和一个我的熟人在长凳上睡熟了，还有我们的两个招待。"你看见脱里吗？"我说。"不，我没有看见过。"他说。"你也没到这边来吗？""前天以后就没有来过了。"他说。"昨夜你睡在哪里？""和派士苛洛等人在一起。""你的那些耳环什么地方来的？"我问。"我在街道上拾到的。"他说这话时有点异样，他并不向我看。"就在那天晚上，那个时候，同在一个楼梯上，你听见有什么事情没有？"我说。"没听见！"他说，"没有听见。"他听着的时候，他的眼睛始终直瞪着，脸色也变得如白粉笔一样。我把一切事情都告诉了他，他抓着帽子站起来了。我想把他留住。"等一等吧，尼拉，"我说，"你不喝一杯吗？"我向招待打个手势，叫他们看住门，我从账台后面出来时，他忽然跑出去了，朝着街道向转弯处逃了。从此以后我就再没有遇见他了。我的怀疑总算不错——原来就是他干的好事，再清楚不过了……'"

"我想是的。"诺夫说。

"等一等！以后，自然他们全在找尼拉。他们把丢肯拘着，检搜他的屋子，脱里也被捕了，洛奇等人也被搜查了。前天他们在城里一家酒店里把尼拉捕着了。他到那里去，把颈项上的银十字架拿去买酒喝。他们给他了。不多时候，店妇往牛栏去，从墙隙瞧见他在马房附近，用腰绳在屋顶上打了一个活套，站在一块木头上把他的头套进去。店妇狂喊着，人们跑进来了。'你怎么这个样子！''把我送……'他说，'送到某某公安局去，我要把一切事情都招供了。'啊，他们就差一个相当的护解的人，把他送到那个公安局——就是送到这边。因此他们问他许多话，如多大年纪，'二十二岁'，等等。'你是在什么时候和脱里一同工作，在某某时候你遇见谁在楼梯上没有？'答话：'有人走着，但是我并没有留心他们。''你听见什么声音和喧闹？''我们不曾听见什么特别的声响。''尼拉，你听说在那同一天内有一个寡妇和她的妹妹被谋杀，被抢了不曾？''那事我一点也不知道。我才在前天第一次听见牙夫支说的。''你在什么地方发现耳环的？''我在街道上发现的。''那一天你为什么不和脱里一同去工作呢？''我喝了酒啦。''你在什么地方喝的酒？''啊，在某某店里。''你为什么从丢肯那里逃跑了？''因我怕死啊。''你怕什么呢？''怕我被告发。''你如果没有犯法，你怕什么呢？'喂，诺夫你也许不信我的，但那句问话就是用那些字眼问的。我的确知道，因为有人真确地向我传述过！你对于那有什么说的呢？"

"嗯，无论怎样，总有证据的。"

"我此刻不是讲证据，我是讲的那句问话，讲他们自己的意见。嗯，因此他们就再三压迫他说，他供道：'那我并不是在街道上发现的，乃是在我和脱里一同做油漆的那层楼房里发现的。''怎么发现的呢？''脱里和我一整天在那里做油漆，我们正想走，脱里拿一个粉刷，涂着我的脸，他跑，我追，我紧紧追他，喊着，在楼梯下面。我赶时，恰遇见门房和几位先生——是几位先生，我可不记得了。门房辱骂我，其他一个门房也在骂，门房的妻子出来了，也骂我们，还有一位先生和太太走到门口，他也辱骂我们，因为脱里和我正横拦着路躺在地上。我握着脱里的头发，把他拉倒，打着他。脱里也把我的头发揪着打我。但我们不是真正的殴打，是一种玩的戏耍。于是脱里逃了，跑到街上去，我追着他。但我没有追上，独自回到那屋里。我必须把我的工具收拾好。我开始把器具放在一起，等脱里来，然而在走道上，在门边墙壁角，我踏到了匣子。我见它是纸包着的。我把纸扯去，看见几个钩，把钩扔了，匣内是耳环等……'"

"在门后吗？丢在门后吗？在门后吗？"拉斯科纳夫忽然喊着，露出恐惧神情凝视着伦肯。他缓缓地坐在沙发上，手托着头。

"是的……什么？什么事情？什么说错了？"伦肯也从座位上惊起了来。

"没有什么。"拉斯科纳夫低声答着，又转身朝墙。一切都静寂了一下。

"他定是从梦中醒过来了。"伦肯末后说着，询问似的瞧着诺夫。诺夫轻轻摇了摇头。

"唔，讲下去吧！"诺夫说，"以后怎样呢？"

"以后怎样呢？他一见耳环便把脱里和一切器具全丢了，抓起小帽，跑到丢肯那边去，我们知道他从那边当到了一个卢布。他谎说他在街道上拾得的，就喝酒去了。他常是反复说他关于谋杀的话：'那事我一点也不明白，一直到前天才听说。''你为什么到现在才到警察这边来呢？''我吓呆了。''你为何要上吊呢？''由于担心。''担心什么？''担心被控。'嗯，这就是全部的经过。如今你猜想他们怎样去对这个故事下断论？"

"我没有猜想什么。有线索，实际又是如此，有事实。你能把你的漆匠救出了吗？"

"现在他们一口咬定他是凶手。他们一点没疑心别的。"

"那是胡闹。你太过分了。但耳环怎么说呢？你须得承认，假使耳环就在同一天同一时候从老媪的匣子里到尼拉的手中，那一定有什么方法到他手中的。这点在这一桩案件上就很重要了。"

"怎样会到他手中呢？怎样会到他手中呢？"伦肯喊道，"你是医生，你的责任是探讨人，你比别的人有更多机会研究人的性格，你怎样能在这整个事件中瞧不出这个人的性格呢？你不能看出在他审讯时所答的话全是真的实情吗？耳环正像他对我们所说的那样到他手中了——他踏着盒子，就把它拾起。"

"真的实情！但他不已承认他开始是说一个谎吗？"

"听我说，注意听我说。门房和可咳和朴士脱以及另一个门房和第一个门房的妻子以及在门房屋里坐着的妇人和克柳夫那人——他那时刚从马车上跳下来，牵着夫人走进门口——共有八九个证人，承认尼拉把脱里按在地上，伏在他身上打他，同时脱里紧揪住他的头发，还打着。他们正拦着路躺着，把走道拦着。四周全在骂他们，那时他们'像孩子般'（那些证人亲口说的）彼此按压着，吼着，打着，带着奇怪的面孔大笑着，彼此追赶着，同孩子一样，他们跑到街道上去了。现在须极注意的。楼上死尸还是暖的，你知道，他们发现时还是暖的！假使他们，也许尼拉一人，把她们害了，把箱柜弄开，或者只是抢物，请允许我问你一句：他们的心理，他们在大门口的号叫、大笑和孩子般的殴扭，和斧头、流血、凶恶的狡诈与抢劫的情形适合吗？他们才把她们害了不到十几分钟，因尸体还暖，就把房门开了，知道人们就要往那边去，立刻把赃物弃了，像小孩般往四下窜，做着怪状，引起过路人的注意。而且有十几位证人对这事会发誓作证呢！"

"当然这很怪！是的，这是绝不可能的，然而……"

"老兄，不要转接问了。如果耳环在谋杀那同天同时在尼拉手中被发现这件事，成了有害于他的一件重要的铁证——虽然他的解释已经说明理由了，因此并不是说十分地有害于他——我们须得把那些证明他无罪的事实研究研究，尤其是因那些事实是铁一般的事实。从我们法律上的观点看来，你以为他们要承认，或他们能承认这事实——只靠着心理上的不可能性——不能辩驳，且肯定地把原告的铁证毁了吗？不，他们不会招供的，他们绝不会的，因他们发现了首饰匣，以及人要上吊。'他如果不犯罪，他绝不会那样做的。'就是这层，就使我要愤怒，你须要清楚！"

"啊，我看你气恼了！等一等。我忘了问你，有什么证据，说那匣子是老媪那边来的？"

"那已经证实了！"伦肯眉毛一皱，似乎不快地说道，"可咳认得那个首饰匣子，说出了物主的姓名，物主确定证明是他的。"

"那坏了。如今其他一点，在可咳和朴士脱初走上楼时，有人看见尼拉吗，关于这点没有证明吗？"

"没人瞧见他！"伦肯恼愤地答着，"那更坏了。就连可咳和朴士脱上楼时，也没有人注意他们。不过，的确，他们的证明是不能算可靠的。他们说他们看房门是开着，其中定有人在工作，但是他们并没十分注意观察，记不清其中是否真正有人在工作。"

"哼……那么辩驳的唯一证据就是他们自己殴打玩笑了。这是一个有力的推测，但是……你自己怎样解释这些事实呢？"

"我怎样解释？有什么要解释的呢？这是明白的。无论如何我解释的思路是清楚的，首饰匣就是指示出来了。真正的凶犯把那些耳环丢了。当可咳和朴士脱敲门时，凶手锁在楼上房里。可咳这笨蛋，不留在门外等着，因此凶手窜出来也往下跑了，因为他别无途径可逃。当尼拉和脱里刚从屋里跑出的时候，凶手就在那屋里避过可咳、朴士脱和门房。他在门房和别的人上楼的时候留在那边，等到他们听不见的时候，于是溜下了楼。正在那时，脱里和尼拉跑到街道上去，因此门口一个人也没有，或者被人看见了，但没被人注意。因那边进出的有许多人。他定在门后边站着的时候，把耳环从他的衣袋里丢了，而且他并没有注意到把它们丢了，因为他要想着另外的事情。首饰匣就是一个明显的证据，证明他曾站在那边……我就是如此解释。"

"你太聪慧了！不对，老兄，你真是太聪慧了，真是聪慧到顶点了！"

"但是，为什么，为什么?"

"为什么，因为一切事情都太凑巧了……那也太奇怪了。"

"嗯——嗯!"伦肯正在喊，那时门正开了，一个人跑了进来，所有在屋的人都不认识他。

第五章

这是一位不很年轻的绅士，具有一种刚毅威严的外貌和一副谨慎而乖戾的颜面。他突然地在门口停着，带着憎厌而坦然的惊愕向四面一瞧，好像自己到什么地方来了似的。他不相信并惊异地观察着拉斯科纳夫的矮狭的"小房"，好像辱没了他的体面似的，拉斯科纳夫也露出同样的惊愕注视着他。他没穿外套，没有刮脸，也没有洗脸，躺在他的坏而污的沙发上，呆呆地瞪着他。他以同样的谨慎，仔细注视着伦肯的不理发、没修脸的古怪样子，他鲁莽地、质问式地直瞪着他，也不从座位上起来。一阵不自然的沉默维持了两分钟，可以预料的，才改换一幕了。这位绅士也许从某种很明显的理由想来威胁他们，但在这间"小房"中什么也没有的，他就有些柔和了，虽然看上去有些严肃，却有礼地郑重说着他的问话，他向诺夫说道："拉斯科纳夫，一个大学生，也许以前是一个大学生吗？"

诺夫微细地一动，如果伦肯没有先答，他就会去答话的。

"他在这沙发上卧着！你有何贵干？"

　　这句普通的"你有何贵干"似乎使这位神气的绅士站不住了。他正想对着伦肯，但终于制止自己，又转向诺夫。

　　"这是拉斯科纳夫！"诺夫讷讷地答着，并向他点头。于是他伸了一个懒腰，大张着口。于是他懒懒地把手放到背心衣袋里，把一个大的带圆壳的金表拿出来，看一看，同样地又缓缓地把它放回去。

　　拉斯科纳夫自己仰卧着没说话，虽说不很理会，却呆呆地瞪着这位生客。现在他的视线由墙纸上的奇花转过来，脸色苍白得很，露着一种憔悴的神色，好像被施过厉害的手术，或刚从迫询的刑具上放下来似的。但这新客渐渐引起了他的注意、奇怪、猜疑，甚至于受惊。当诺夫说"这是拉斯科纳夫"的时候，他立刻跳起来，坐在沙发上，用一种挑战的但无力而颤抖的声音，慢慢地说道："是的，我就是拉斯科纳夫！你有何贵干？"

　　客人细细注视他，用缓慢而加重的声音说道："彼得洛升。我相信我的姓名你并非完全不知道吧？"

　　但拉斯科纳夫却在预期着另外的某事，他漠然地梦般地瞧着他，没有回答，好像他是初听见彼得洛升的名字似的。

　　"你怎么到如今还没有接到通知呢？"彼得洛升有点突如其来地问着。

　　拉斯科纳夫只是无神地仰卧在枕上，两只手放在头下，凝视着天花板，一种惊讶的神情在他的脸上露着。诺夫和伦肯更觉奇怪地注视着他，最后他露出绝不会误解似的样子来了。

　　"我早想了而且估计了！"他嗫嚅着，"不是在两周前，也许十多天以前，寄来了一封信……"

　　"我问你为什么站在门口呢？"伦肯忽然插嘴道，"你如有什么话，请坐下讲，拿泰沙和你夹得那么挤。拿泰沙，你让开点。这边有椅子呀，你进来吧！"

　　他把椅子往桌子后边移，让桌子和他的膝头离开一点空处，好让客人走进来。这时不这样是不可能的，客人便立刻踌躇地挤过去。他在椅子前坐下，怀疑地看着伦肯。

"不用多疑心吧……"后者趁机说着，"洛地亚病了五天，神志模糊了三天，此刻他才好点，会吃点东西了。这是看他的医生，方才诊视过。我是洛地亚的朋友，我先前也是个大学生，此时我来看望他的病的。你一点也不必怀疑我们，你就说你的事情吧。"

"谢谢你。但我在这边讲话不骚扰病人吗？"彼得洛升问诺夫道。

"没什么！"诺夫说着，"你能使他高兴的。"他又打了一个哈欠。

"他从早晨后，清楚得多了。"伦肯续说着，他常常看上去是那样和善。彼得洛升渐觉愉快了，也许是这个衣服不整洁的莽男子，说他自己是一个大学生的缘故。

"你的妈妈！"洛升开口说。

"哼！"伦肯喉管内发出响声。洛升不安地看着他。

"不错，你说吧。"

洛升耸一耸肩膀。

"你的妈妈在我做她的邻居的时候，写了一封信给你。我到了这边已久，但在我来看你之前故意拖延了几天，为着使你可以完全得到信息。但是如今，使我惊讶……"

"我明白，我明白！"拉斯科纳夫忽然露着不耐烦似的喊道，"那么你是未婚夫了！我明白，就算了！"

这使彼得洛升有点气恼了，但他也没说什么话。他很想立刻要明白这是怎么一回事。如此，大家都陷入了好久的静默。

同时拉斯科纳夫当他答话的时候，脸稍向着门，露出一点好奇，又忽然注视他，好像他没用正眼看他似的，也许有什么新的事物打动了他似的。他从枕上坐起来看他，在彼得洛升的整个外貌上，确实有种特别的地方，好像证明这不客气的"未婚夫"的称呼给他是不错的。第一，十分显然的，彼得洛升热切地先在京城里把自己一切预备好，装扮一

下，等候着他的主婚人——这是天经地义的行为。就是他的自觉在外貌
上的适切的改良，在这情况中，也可加以宽恕的，因为彼得洛升是在做
着未婚夫呀。他的衣服全是新做的，都很好，不过太新了一点，很明显
是专为一件事情而做的。那时新的大礼帽自然也是同样的意义。彼得洛
升对它太恭敬了，常是小心地拿在手里。一副真正洛芬出产的细致灰色
手套，也一个样子，从不把它们戴上而拿在手中作为装饰这事实看就可
知道了。这浅淡而新鲜的色彩在彼得洛升的服装上是极其引人注目的。
他穿的一件黄褐色的夏季短服，轻薄的长裤，一件同样的麻布做的背
心，一条最薄最好的细葛布做的领巾，上面有些粉红色的条纹，这十分
适合彼得洛升的身份。他的脸很新鲜且漂亮的，看上去好像不到四十五
岁年纪，他的两股黑肋条般的胡须在两边安置着，在丰满而发光的颊上
长着。他的头发，带着点斑白，虽已在理发店梳烫过了，但并不像卷过
发的一样，整张脸像是正在举行婚礼的德国人，使他的外表显得可笑。
如果在他的很美的严峻的面孔上，真有什么碍眼且致反感的时候，那是
由于其他的关系呢。拉斯科纳夫上下打量着洛升之后，露出讪笑地仍倒
在枕上，像先前一样注视着天花板。

但是洛升却不厌一切，好像立意留心他们的古怪似的。

"我觉得很替你怜惜，你在这样状中！"他打破沉默地开口道，
"如果我知道你有病，我就当早些来了。但你知道我的事务是怎样的。
我在法院里还有一件案件待办，别的想干的事且慢说，你会想得到的。
我时刻在盼望着你的妈妈和妹妹呀。"

拉斯科纳夫转了一侧，仿佛要说话似的。他的脸色有点愤慨。彼得
洛升停了停，等着，但因为别人没说话，他才往下说道："……不住在
这儿。我给她们找了一个房子，好叫她们到时好住。"

"在哪儿？"拉斯科纳夫无神地问。

"离这边很近，就在巴卡的住宅中呢。"

"那是在浮士克纳！"伦肯插口说，"有两层楼房，是一个叫余心的

商人出赁的。我到过那边。"

"是的，房子……"

"一个可恶的地方——秽污，发臭，并且十分肮脏。那边曾发生过许多事情，那边住着各色各样的人物。我是为着一件不名誉的事才往那边去的。那很便宜，不过……"

"当然，我不能知道那么清楚的，因我在彼得堡还不久呀。"彼得洛升不愉快地答道，"但，那两间房却清楚之至，事实上也只须住那么短的一个时期……我已另租了一座永久的房子，换言之，是我们将来的房子呢!"他对拉斯科纳夫说，"我正要把那房屋布置得好好的。同时我自己也很匆促，和我的朋友拉比绥夫一同住，在马登的住宅中。巴卡住宅，也是他告诉我的……"

"拉比绥夫?"拉斯科纳夫仿佛想起什么事情似的，慢慢地说着。

"是的，拉比绥夫，政府里的一个书记。你认得他吗?"

"是的……不。"拉斯科纳夫答道。

"我想，从你的探问中我猜你是认得他。我曾有一回替他做过保证人……他是一个不错的年轻人，而且有前途，我喜欢和年轻人结交，从他们那边可学习得些新知识呢。"洛升充满希望地看着他们。

"你是什么意思?"伦肯问着。

"我说的是最重要最严肃的事情。"彼得洛升回答道，好像对于这问话表示欣喜似的，"你看，我已十年没到彼得堡来了。所有的事物，都在改革、理想、新奇中，我在外省就知道，但是要把这一切看得更清楚，那就要亲到彼得堡来。我的意思是和年轻的人一起，可以观察得多些，学习得多些。这让我很欣喜……"

"欣喜些什么呢?"

"你这问话是很广泛的。我也许说错了，但我想找较清晰的见解、较多的批评和较多的实际呢……"

"那是真的!"诺夫说道。

　　"乱说！没有什么实际。"伦肯突然反驳他，"实际是不容易求的，它不会从天上掉下来的。我们差不多几百年都和实际生活相离了。理想倒是促进我们的呢！"他向彼得洛升说道，"为善的心存在着，就使那在一种幼稚的形式中，虽然有大批的强盗，真诚总可以发现的。总之，实际是没有的，是渺茫的。"

　　"我不赞成你这话。"彼得洛升看上去喜悦似的回答着，"当然，人们常会不循规矩的，做坏事的，但人必须原谅他，这些失误只是证明是主义狂热变相的外表罢了。如果事情做得不多，时间也不长。至于方法我可不能说。假使你想明白的话，我个人的意思以为有些事情已成功了。新的有价值的理想、新的有价值的作品流行着，去代替我们的旧的如梦般的浪漫派作家。文学有了一种较成熟的形式，那些有害的偏见已经根除，那就成笑话了……总之，我们决绝地把自己和过去割断，我想是一件伟大的事情呢……"

　　"他心里习得来了来卖弄！"拉斯科纳夫破口而说道。

　　"什么？"彼得洛升问道，因他没有听清他的话，但没有得到回答。

　　"那都是实在的。"诺夫挽回似的说道。

　　"真的吗？"彼得洛升蔼然地瞥了瞥诺夫，续说着，"你必须得承认！"他向着伦肯说下去，带着一种得意和不顾一切的神气——他几乎加上"年轻人"三个字，"赖着科学和经济的真理的帮助，有了改良，也许如他们此刻所说的，有了进步……"

　　"老生常谈。"

　　"不，并非老生常谈！例如说，此刻有人告诉我：'爱你的邻居。'结果如何呢？"彼得洛升快速地往下说着，"结果是我把上衣扯成两半，一半给我的邻人，我们两人都半露着身子。正像俄国的一句谚语所谓：'要同时捉那些兔子，你一个也追不到呢。'科学如今告诉我们，爱自己须在一切人前面，因为世界上的事都要建立在个人利益之上。你爱自己，把自己的事情弄得好，你的上衣仍是端整的。经济的原理上说个人事业的完密会让社会上的基础愈坚固，共同享乐也愈加多。因此，唯一地只顾自己富足，也正是为公家富足，而且帮助使我的邻人更好，那不是由于个人的赠授，实是普遍改进的结果。这意思是明白的，但是不久才传到这边来，受了唯心论和感伤派的阻碍。然而好像要明白这点也只一点小小的智能……"

"对不起，我只有一点小智能。"伦肯肃然地插着说，"我们暂把这话丢开吧。我来讲我的一个目的，但在前三年间，我对这种自慰的话，对于这种滔滔不绝的同样的平凡话，很是讨厌的，天也知道，我甚至听见别人像那样讲都要难过的。你是无非在急于要显示你的学问，我并不苛求你，这是很可原谅的。我只是想探听你是哪类人，因为近来许多无定见的都握牢了什么进步的主义，把他们所接触的事情都会牵强地解释为他们自己的利益，以致整个主义的精粹都被弄坏。够了！"

"对不起，先生！"洛升气愤地非常严肃地说着，"你的意思是要暗讽我也是……"

"啊，可敬的先生……我怎么会呢……好，算了！"伦肯打断他的话，他便对着诺夫继续他们之前的话。

彼得洛升明白他们的意思。他决定在一两分钟内就辞别了。

"我相信我们的观察。"他向拉斯科纳夫说道，"在你复原时，你能知道那种情形，就可以变得更亲近些……所以我极力希望你早点恢复健康……"

拉斯科纳夫动也没有动。彼得洛升从椅上站了起来。

"肯定是她的一个当客把她害了！"诺夫肯定地说道。

"不用怀疑了！"伦肯答道，"派弗里不发表意见，正在检查着所有典东西的人。"

"搜检他们吗？"拉斯科纳夫高声问着。

"是的。怎么了？"

"没什么。"

"他怎样查出他们呢?"诺夫问道。

"可咳说出许多人名,有些名字写在当物包裹上,有些是自己去说的。"

"事前那样大胆有计划,这一定是一个老奸巨猾的坏蛋!"

"这恰恰不是那件事!"伦肯插口道,"你们都弄错了。我确信他并不老奸巨猾,也非积犯,大约这是他的初犯呢。要说是一件有计划的犯罪,是一个老奸巨猾的犯人,是不许的。假定他没有经验,那么,显然是侥幸作弄他——侥幸什么事都能做的。也许他并没有想到有阻碍!他怎样去下手呢?他拿了值十几个卢布的首饰,塞进衣袋,搜检老媪的箱柜、破衣服——他们在大柜的最上抽斗内一个匣内,除了纸票外,还弄到一千五百个卢布!他吓得无措,以至于不知道怎样抢去,他就杀了人。那是他第一次犯罪。我敢说,他能逃走,这全是他的运气,并非是他计划的成功!"

"我想你们在谈那谋杀老媪当主的事吧!"彼得洛升向诺夫插说着。他手中拿着礼帽和手套站着,但在走前,他很想随便说几句聪明的话。他很想留下个好的印象,以示好于他们。

"不错。你听见那桩事吗?"

"啊,是的,就在我的邻居。"

"你知道详细吗?"

"这可不能说了。但这案子上某一点使我感兴趣——这是整个社会问题。不用说在前五年中,下等阶级的犯罪大增,也不用说各处越货杀人的案子,最使我惊奇的,就是上等阶级中的犯罪也是一样的。在某处,听说有一个大学生在路上劫邮包呢;在另一个地方,有名誉很好的人造假钞票;莫斯科近来那一类人都被逮了,他们常造假彩票,其中一个首脑便是教《世界通史》的教授;此外还有我们这里的秘书官为着某种不正当的弄错而被谋害了……假使这个当铺老媪,是被上层阶级的某一个人谋害的——因下层中人绝不会当金饰的——我们怎样去解释我们社会上的高等人的这种恶劣德行呢?"

"这是因为经济的变动!"诺夫插着说。

"我们怎样去解释呢?"伦肯打断了他的话,"这可用彰明实际去解释。"

"这是什么意思呢?"

"你所说莫斯科的教授,他为什么造假钞,他回答说:'人家都在想捞钱,于是我也去捞钱了。'我记不太清他的话了,总归是他想不费事地发财!我们过惯了一切平凡不舒服的生活,于是一旦伟大的时候来到,大家便露出自己的真相了。"

"但道德呢?还有原则呢?"

"你为什么对这些着急呀?"拉斯科纳夫忽然插说着,"这是根据你的理论的!"

"根据我的理论吗?"

"什么,按照你刚才鼓吹的理论,结果是可以杀人的……"

"对的!"洛升应着。

"不,不是那个!"诺夫辩着。

拉斯科纳夫的脸变白,上唇抽搐着,费力似的呼吸而卧着。

"凡事都有限制的。"洛升不顾一切地往下说了,"经济观念并不叫人去谋杀的,我们只要想一下……"

"这是不是对的……"拉斯科纳夫忽然又说了,一种愤怒、喜悦、侮辱交织着的颤动的声音,"这是不是对的?你在你的未婚妻答应后一小时内,对她说……你顶喜爱的……她是一个乞丐……因从贫困中拯救出一个妻子是好些,你可以完全管她、骂她,因为你是她的恩人吗?"

"不错!"洛升恼羞成怒地应道,"这样曲解我的话!对不起,容我说,你所传达的消息,是没有什么根据的,我……猜谁……总之……这枝暗箭……总之,你的妈妈……她的善良的性格,在其他事上我看来像有点虚夸,有点奇异……但我绝想不到她会如此误解这事的……而且真的……真的……"

"我对你说……"拉斯科纳夫高声着，把头靠在枕上，眼睛灼灼地射在他身上，"我对你说。"

"什么?"洛升露出一种轻视恼怒的脸孔站在那里等。这样静默了好久。

"如果你再……提起我母亲……一字……我请你滚蛋吧!"

"你是怎么啦?"伦肯惊喊着。

"就是这么一回事吗?"洛升脸色变灰白了，咬着嘴唇。"我来告诉你，先生!"他仔细地说道，他极力控制着自己，但已气喘吁吁了，"起初我就看见你对我不欢迎，但我故意留在这边，想弄明白是为的什么。对于一个亲戚的病人，我可以原谅的，但你……以后绝对不可……"

"我并没有生病。"拉斯科纳夫喊道。

"那更不行了……"

"滚下去吧!"

洛升没有说完话，已经在桌椅之间挤过去，伦肯起来让他过去。他谁也不看，就是那向他做手势，叫他由着病人的诺夫，他也不点头，便径直出去了，把他的帽子拿到和他的肩膀一样高，以免出门的时候把它压扁了。他整个身体都呈现着他是受了厉害的耻辱。

"你怎么——你怎么能这样!"伦肯说着，乱摇着头。

"听我——你们听我说!"拉斯科纳夫发狂大怒地喊着，"你们就紧紧地和我作对吗?我不怕你们!我不论对谁，任何人都不怕!快走开吧!我要一个人，一个人等着!"

"让他一个人!"诺夫向伦肯点着头，说道。

"但我们不能就这样离开他!"

"快走吧!"诺夫又固执地说着，他径直出去了。伦肯想了一下，立即跑去叫他。

"不听他会更不行的呢。"诺夫在楼梯上边说，"我们再不要使他发脾气。"

"他是怎么了?"

"只希望他得点相当的恐吓,那就好了!开头他好些……你知道他心里怀着什么!某种观念使他气恼了……我很怕如此,他一定如此!"

"也许是那位绅士彼得洛升的缘故。在谈话上我推想他要娶他的妹妹,他在病了前接到一封提起这事的信……"

"是的,这家伙!他会把病人弄得更气恼呢。但是你觉察了没有?他对任何事情都漠不关心,除了一件事使他感兴趣外,他对什么事都不讲话——那就是谋杀案。"

"对的,对的!"伦肯点着头道,"那我也看见了。他注意、惊惶。在他病的那一天,在公安局中,那事给他一个惊吓。他竟昏过去了。"

"今晚把这事对我多讲些,我以后再对你说些话。他使我非常感兴趣!半点钟内我得再去望他……不至于十分发热的。"

"谢谢你!在这个时候我得和派卡一同等着,叫拿泰沙看守着他好了……"

拉斯科纳夫孤零零一个人时,可怜而焦虑地看着拿泰沙,但她还迟迟不走。

"你要喝点茶吗?"她问。

"现在不!我想睡了!你走吧。"

他就转身朝着墙,拿泰沙就出去了。

第六章

　　她一走出，他就起来把门关上了，把伦肯那晚上的包裹拆开一看，又包上，然后穿上衣服。他立刻好像十分镇定似的，连一点最近神志不清的情形，以及近来突然而来缠绕他的恐怖也没有了。这是第一次的奇怪的突然的镇定。他的行动确实精明，似有一种坚决的意志在内。"今日今月……"他自言自语着。他虽知道他仍很疲弱的，但他的精神完全集中，给他以过多的力量和自信。他想今天不再会在大街颠颠倒倒。他穿好全新的衣服，把桌上二十五个卢布的钱放到衣袋去，并把伦肯在买衣服上所剩余的零钱也拿着。他悄悄地把门开了，一直往楼下走，在开着的厨房门那边向内一瞥。拿泰沙背着他站在那里吹女房东的火炉。她一点也没觉察到。真的，谁能想到他会出去的呢？一分钟后，他已经在街上了。

　　将近八点钟，太阳落下了。气温像以前一样闷热，他呼吸着发臭的、污秽的都市空气。他的头觉得发昏，一种异样的神情忽然在他的贪婪的眼以及瘦削的灰黄的脸上闪露着。他不由自主地走着，他只有一个念头，就是立刻要在今天一切都要告个段落了，如果不能，他就不回家，他实不愿再那样地过下去。那么，用什么来结束呢？他一点也不明白，他只是把念头追赶着。他所知道他所觉察的一切，就是"必有一天"一切事情须得改变，他坚决地自信着的。

他又向着柴草市场那边走去。一个头发灰暗的年轻人，手里执着一架手摇琴，在一家小杂货店门口，弹着一支哀情的歌。他旁边伴着一个约十五岁的姑娘，她立在他前面街道上。她穿着一件短裙，一件外褂，并戴上一顶有赤羽毛的帽子，都很破旧了。她用一种哑涩的动人的声音在唱着，想得到店铺里一个铜板呢。拉斯科纳夫也是听众的一个，他便拿出值五个戈比的一个铜币，给那姑娘。她就把哀情的高亢的调子停着不唱了，她招着弹琴的人，两人于是又到另外一个店铺去了。

"你喜欢听街头上的音乐吗？"拉斯科纳夫向旁边一个懒散的中年人问道。那人惊视着他，不懂他的意思。

"我喜欢听街上合琴的歌唱哩。"拉斯科纳夫自说着，他的态度好像离刚才的题目很远似的，"我爱在凄冷的、阴湿的秋夜唱歌——那些夜间一定是很阴冷的——所有的行人那时都呈着苍白的病脸，而且更好的是在冰雪交加地下着的，而且要没有风街灯在放着光的时候——你明白我是什么意思吧？"

"我不明白呀……对不起……"那陌生的人答着，他看着拉斯科纳夫的态度和问话感到奇怪，走到那一边去了。

拉斯科纳夫一直往前行着，走到柴草市场的转角，他认得这是那小贩夫妻俩曾和威里谈过话的地方。他们此刻不在这边了。他站着向四面望望，便对着一个穿红小衫站在杂货铺门口打哈欠的年轻人问着。

"有一对夫妇在这转角摆过摊吗？"

"各种各样的人都在这边摆过摊呢！"年轻人傲慢地瞥拉斯科纳夫一眼说着。

"他叫什么名字？"

150

"他住下时叫什么名字，就是什么名字了。"

"你也是哥萨克人吗？哪一个省呢？"

那年轻人又望望拉斯科纳夫。

"那不是一个省，大人，是一个县呀。请多多包涵我，大人！"

"那边是不是一个酒店？"

"是的，那是饭店，还有一间台球房，你在那边还可以看见小姐们呢……哈哈！"

拉斯科纳夫从广场走过去。在那转角挤着一堆农夫。他挤进最拥挤的地方，看着他们。他感觉到一种想和人谈话的愿望。但是农夫们没有注意他，他们都一堆堆地在闹着。他站了一会儿，又转向右边，向着 V 街那边去。

他常走过那条小街，在那一壁角转弯，就是通到脱非街的。近来他烦闷时，常想到这边来走走。

他不假思索地走着，那边有一座大房子，完全是酒店和饭馆，妇女老是进进出出的，光着头，穿着工作服。她们到处成群结队，在廊道上，尤其是在下面几层的各种娱乐场门口。下面的一层楼上，发出一阵喧闹声、歌声、喊声，传到街上。一群妇女在门口拥挤着，有的坐在石阶上，有的坐在走道上，有的站着讲话。一个醉了的士兵，含着一支烟走近她们面前，辱骂着，他似乎要到什么处所去，但忘记什么处所了。还有两个乞丐争闹着，一个沉醉的人横着倒在路边。拉斯科纳夫走进妇女堆中，她们用哑涩的声音在谈天。她们不戴帽，穿着布衣和皮鞋。有的是近四十岁了，有的还不过十七八岁呢，她们的眼睛都是绿澄澄的。

他给那酒店里的唱歌和所有的喧哗与嚣嚷所吸引着了。他听见里面有人疯狂地舞蹈，并听见琴声和唱着放浪的曲调的一种尖厉的假音。他恍惚地、凄然地在听着，并在门口俯着窥探里面走道上的情形。

哦，我的美丽的士兵，

　　　不要随意去打人。

　　这颤动的歌声冲了出来。拉斯科纳夫很想明白她唱的是什么，好像一切都在那上边似的。

　　"我要不要进去？"他自问着，"他们喝了酒在喧笑。我也去喝点吗？"

　　"你为什么不进来？"一个女子问着他。她的声音很动听，不似别人那么卑陋，她年纪很轻，在那一群女人当中看上去很顺眼。

　　"你生得标致呢！"他伸了腰看她。

　　她微笑了，对于这赞美十分喜悦。

　　"你也很好看呢！"她说。

　　"他太瘦了点！"另外一个女人低声地说着，"你才从医院出来的吧？"

　　"她们看上去都好比是师长们的女儿，可惜她们的鼻子都是扁的。"一个喝得烂醉的农人插嘴道，他脸上露出一阵欢笑，穿着一件薄薄的短衣，"她们真是快乐呀。"

　　"你走吧！"

　　"我会走的，小爱人！"

　　他立即到了下面的酒店。拉斯科纳夫往前移动着。

　　"我叫……先生。"那女子在他后边喊着。

　　"有什么事？"

　　她忸怩着。

　　"我很愿意随你玩一个钟头，好心肠的先生，但我又觉得难为情呢。给我六个戈比去喝酒吧，年轻人！"

　　拉斯科纳夫抓出来十五个戈比的钱给她。

　　"啊，真是一个慈悲的先生呢！"

　　"你叫什么名字？"

"克利。"

"唔，那太多了些。"另一个女人向克利摇着头说，"我不知道你会如此死要钱的。如果是我，我要羞得钱不收呢……"

拉斯科纳夫看着说话的人发呆。她是一个麻脸的三十岁左右的妓女，脸上挂满着伤痕，嘴巴红肿着。她幽静地发表了她的意见。

"在那边，"拉斯科纳夫想着，"在那边我见过有人被处死刑了，他在死前的一个钟头想着。即使他须在巍高的岩顶上度量。站在那样狭窄的岩石上，深深的海洋，笼着的黑暗，永远的孤单，不停的狂风烈雨侵袭他。即使他须一生一世站在一尺见方的空地上，站立一千年，这样地活着也还比现在立刻死去好得多！只要能活，活，活！不论怎样生活……这是怎样的实在啊！老天，怎样的实在啊！人是卑鄙……然而说他卑鄙的那个人倒真是卑鄙呢。"他迟疑了些方才继续说着。

他又走到别的街上。"唏，碧莹宫！伦肯才谈过碧莹宫哩。我是要的什么呢？是的，日报……诺夫说他在日报上看见的。你们有报纸吗？"他走进了一家宽敞清洁的酒店中问着，这儿有好几间房，不过生意很淡的。有几个人在喝茶，在稍远的一间房内有四个人坐着喝香槟。拉斯科纳夫猜想梭米一定是其中之一，但离得那样远，看不清。"如果是他怎么样呢？"他想。

"你要啤酒吗？"侍者问着。

"弄点茶，把日报给我，前五天的报纸。我会给你钱的。"

"是的，先生，这边是今天的。要不要啤酒？"

旧报和茶送过来了。拉斯科纳夫坐下来，寻找着。

"哦，怎样……这都是些零星琐事。楼梯头的事，店主的确死于醉酒，火灾……彼得堡区焚如……彼得堡区又是火警……彼得堡区又是火警……哦，这边！"他把他所要找的事情寻到了，每字每行在他的眼前呈现着，他看完了，又急切地在以后几天上寻找后文。翻报的时候，他的两手急急地颤抖着。忽有人在他旁边坐了下来。他一看，就是书记官哈夫，他的模样和以前一样，手指上戴着金戒指，胸襟挂着表链，卷曲的黑发两边分了，加上油了，穿着讲究的背心，破败的上衣和污秽的衬衣。他心里很高兴，他微笑着。他黑暗的脸因喝了香槟酒发着红色。

"怎么，你也在这边？"他惊异地问道，好像他认识他已很久似的，"昨天伦肯对我说，说你神志不清。真有点怪！你知道我来看你过吗？"

拉斯科纳夫知道他要走近的，便把报纸甩在一边，脸向着哈夫，嘴上露出一丝勉强的笑意。

"我知道你去过。"他答着，"我听说，你在找我的袜子……你知道伦肯对你表示好感吗？他说你曾和他同到露意士家去过，你的那个女子，你为她而向炸弹中将递眼色，他不懂你。你还记得不？他怎么会不懂——那不是很明白吗？"

"他是一个很性急的人！"

"炸弹的那个吗？"

"不是，你的朋友伦肯。"

"哈夫你定已过着一种适意的生活了，不受拘束地拣最爱的地方去，此刻是谁在侑酒呀？"

"我们在……一同喝……你就说有酒了！"

"聊花一点小钱！你会弄钱呀！"拉斯科纳夫笑了，"那很好，老弟！"他拍一拍哈夫的肩膀，又说着，"我并不同你讲气话，为友谊，为好玩，如你们为那老媪案件上所审讯的那个工人，他和脱里打架时候所说一样……"

"你如何会知道那事的？"

"也许我比你知道得多呢。"

"这真有点奇怪呀……我想你病还没完全康复。你还不应当出来走。"

"啊，你觉得我怪吗？"

"是。你在做什么，看日报吧？"

"是。"

"有许多件火警的新闻。"

"不，我不是看火警新闻，"说到这里他鬼祟地望了哈夫一眼，他的嘴唇在一种讪笑中抿合着，"不，我并不是看火警新闻。"他向哈夫瞪着，继续说着，"现在说吧，老弟，你急于要知道我在看什么新闻吗？"

"我不是这样。我要问你一句话可以吗？你为什么总是……"

"不忙！你是受过教育训练的人吗？"

"我是中学六年级呢。"哈夫着重说着。

"六年级吗？啊我的小雀儿！看你头发光得很，又戴戒指——你是一个有派头的绅士呢。哈，好快乐的一个孩子！"拉斯科纳夫说到这儿便当着哈夫的面大笑了，哈夫气恼得向后退了。

"哼，你怎么如此奇怪呀！"哈夫肃穆地重复说着，"我还当你神志不清呢。"

"我神志不清？瞎说，我的小雀儿！我奇怪吗？你看我什么地方奇怪？"

"是的，奇怪。"

"我把我所看见的新闻对你说吗？他们把日报给我。你觉得疑惑吗，哼？"

"是的。"

"你把耳朵竖起来了吗？"

"这是什么意思——把我的耳朵竖起来？"

"以后再说。此刻，老弟，我对你说……不，不如说'我自招'……不，那也不好——我写一张凭证，你拿去。我证明我在看，我我……"他张大眼睛又停止了，"我我——而且故意到这边来的——找谋杀那个老媪当主的新闻。"他最后慢慢地说，几乎听不见，他的脸靠近哈夫的脸。哈夫也不把脸避开地看着他。最让哈夫惊奇的地方就是接着约有一分钟的默然，他俩互相瞪着。

"即使你看那些新闻，又如何呢？"他最后喊着，昏乱而且不耐烦似的，"那与我无干！又如何呢？"

"就是那个老媪呀。"拉斯科纳夫用极低的声音续说着，并不留心哈夫的解说，"你们在公安局谈着的，你记得，其时我昏过去了。哦，现在你清楚吗？"

"你什么意思呀？清楚……什么？"哈夫想着这话，呆呆地怔住了。

拉斯科纳夫的庄重的热切的脸色忽地变了，但他忽又像先前一样神经病般地大笑着，好像一点不能自制般的。过一刻，他又受感触了，想起了最近不久的一霎时，当他在门后边拿利斧，门闩抖动，门外的人骂着摇着，他想大声回骂他们，向他们扮鬼脸，戏侮他们，笑，笑，笑！

"你不是疯了，就是……"哈夫开口道，但他又突然不说，好像被那忽然闪现于他脑中的念头吓住了。

"就是？就是些什么？什么？好，你对我说！"

"没什么。"哈夫惹恼了似的说道，"是乱说！"

两人都静默着。拉斯科纳夫经过忽然大笑了之后，又变得忧思忡忡了。他把手臂放在桌上，手托着头。他似乎把哈夫忘记了。如此静默着好久。

"你为什么不喝茶呢？要冷了。"哈夫说着。

"什么！茶吗？哦，是的……"拉斯科纳夫啜着茶，口里塞着一块面包，又忽然地瞧着哈夫。他又像记起了什么了，同时他的脸孔又露出嘲侮的表情。他续喝着茶。

"近来犯这种罪案的很多呢。"哈夫说着，"就在前日，我在《莫斯科日报》上看见，有一大批造伪币的在莫斯科被逮捕了。那是一个有组织的机关呢。他们常造伪票呀！"

"哦，那是好久前的事了！在一个月前看见的。"拉斯科纳夫镇静地答道，"所以你当他们是罪犯了，是不是？"他微笑地续说。

"当然他们是罪犯啦！"

　　"他们？他们是小孩，痴者，不是罪犯！你想，五十个人为着这样的一个目的而组织一伙——什么意思！三个已够了，那么他们就要彼此信任着，如果一人在酒醉时泄露了机密，那事情就糟了。呆子！他们用着那难以信托的人去兑换洋钱——这种事情可以交给一个陌生人去尝试？哼，假定这些呆子成功了，每人拿了一百万，他们的后半生又将如何？每人的后半生都赖着旁人！不如就死了好！他们又不知道银票怎样兑法，那个兑换银票的人拿着五千个卢布，他的手就抖了。才数了四千，他就心慌意乱要把钱装放到衣袋里想跑了。这当然他要引起别人的怀疑。全部的计划给一个笨蛋弄糟了！这是能办的吗？"

　　"你说他的手抖吗？"哈夫说道，"是的，那是当然的。我想一定可能的。有时人就不能忍得住了。"

　　"那是忍不住吗？"

　　"什么，那你忍耐得住吗？不能，我就不能。为着一百个卢布去做那样的一个吓人的事情！拿假票到银行，在那边他们当然要查出来的！不能，我就没有做那件事的资格呢。你能吗？"

　　拉斯科纳夫又吓了一跳。冷汗从他的背脊骨流下去。

　　"我做就不像这样了。"拉斯科纳夫开口说道，"我要如此兑换银票：我要把第一千再三地数，每张票都看上一看，我才开始数第二千。我要把那数完了一半，于是又握着一张五十个卢布的票到亮光处，反复地看——看它是不是一张真的。'我怕——'我要说，'我的一个亲戚前天因为一张假票损失了二十五个卢布。'于是我便要把那整个的故事对他们讲。在我开始数第三千时，我要说：'不，恕我，我想我在那第二千七百时数误了一次，我不十分清楚。'因此我把第三千暂丢下，回过来数第二千，如此直数下去。当我数完时，我要由第五千中选出一张，第二千中选出一张，再把它们拿到亮光前，再要求'请换一换吧'，弄得会计员昏头昏脑，他就不知怎样为难我。当我做完出去了，我还要回来：'不，请恕我……'请他解释明白。如果是我，我便要那样做。"

"哼，你说的是如此奸刁可怕呀！"哈夫大笑着说，"但那不过是瞎说罢了。我将说，果真的实行时，你就要跑了。我想即便是一个老手，他也不能保证自己不出毛病，我俩自然不用说了。就拿就近邻家的一个例子说——那老媪在这边被谋害了来说吧。那凶犯好像是一个了不得的角色，他在光天化日之下冒着很大的危险，给一个奇迹拯救了——但他的手指也发抖。他在抢劫那处并不算成功，他维持不住。那是很明白的，可由……"

拉斯科那夫好像发怒了似的。

"明白的？那你为什么不把他抓住呢？"他喊着，恶意地讥讪哈夫。

"哦，当然要把他抓住的。"

"谁呢？是你吗？你能把他抓住吗？这是你的一桩艰难工作！这要看一个人能破费不破费。如果他没钱，忽然要花钱，他一定就是那个人。所以不论哪种孩子都可以引你走到歧路的。"

"不过事实总是那样的——"哈夫答着，"一个人冒了大不韪，犯了一回恶狠的谋杀案子，于是他立刻就到酒店去喝酒。他们被抓住就在用钱之时，他们并不都像你那样狡猾呢。你是不会到酒店去的？"

拉斯科纳夫眉毛一皱，瞪着哈夫。

"你倒很喜欢这个题目，你还想知道我处在那种情景中会怎样办，是不是？"他快速地问着。

"自然有点想。"哈夫不假思索地答着。在他的言语举止上似乎太明显了一点。

"十分想吗？"

"十分想！"

"那好。我就当如此办的。"拉斯科纳夫边说着，边把脸紧靠着哈夫的脸而注视着他，嗫嚅地说，于是他真的发起抖来了，"我要如此办的。我要抓钱和首饰，从那边走出来，一直往四边有栏木的广场、神不知鬼不觉的林园或另一类的地方。我当先看见一块百多磅重的巨石，在造屋时就放在那壁角的。我要把巨石搬起——那下面有一个陷阱的——我把首饰和钱都藏在那洞里。我再把巨石搬回去，看上去和先前一样。我再把它踩实了，然后走开。过一两年，三年，我都不去理它。唔，他们搜查得到吧！丝毫痕迹也没有。"

"你真是一个疯子。"哈夫说着，不知为什么他也低声地说。拉斯科纳夫，他的眼睛发着亮光。他脸色青白得很，上唇抽搐着，颤抖着。他极力屈下腰去靠近哈夫，嘴角不发一语地搐动着。这样经过了好久。他虽知道自己在做什么，但总无法压制自己。那些吓人的话使他的口唇上颤，有如门闩在门上一样，过一下就要爆发了，过一下他要讲它了，他要讲出来的。

"假使是我谋害老媪和威里，便怎样呢？"他忽然说着——他确知是自己所讲的。

哈夫警觉地瞧着他，脸色变得像白布一般。他露出一种扭曲的笑脸。

"那可能吗？"他疲乏地说着。拉斯科纳夫愤愤地瞪着他。

"是的，我想你是相信那事的，你是相信的呀？"

"毫不信呢，我如今更不信了。"哈夫立刻答道。

"我把小雀儿捉牢了！假使你如今更不信了，可证你以前是有些相信的了？"

"全然不是！"哈夫着恼了，喊着，"你是用这话来吓我吗？"

"那你是不信的了？当我走出公安局办公室时，你们在背后评论些什么？炸弹中将为何在我昏过去后还要查问我呢？喂，这边——"他喊着侍者，站起来抓起帽子了，"多少钱？"

"三十个戈比。"侍者跑来答着。

"这是二十个戈比酒钱。你看有多少了。"他把颤抖的执着钞票的手伸出给哈夫瞧，"红票和蓝票，二十五个卢布。我从哪里取得的？我的新衣从哪儿来的？你知道我一个戈比都没有了。你们问过我的女房东，我相信……哦，够了！再会！"

他出去之后，一种强烈的神经错乱使他全身颤抖，在这种感触中有许多难受的痛苦。他还忧郁且疲倦得很了。他的脸像害发痧般地抽动着。不论什么刺激，不论什么动人的感触，立即使他的神气恢复过来，但当刺激没有时，又很快地消灭了。

哈夫一个人坐了好久，深深地思索着。拉斯科纳夫在他头脑的中上方打转，完全牵引着他。

"意尼娜是一个痴人。"他肯定地说。

拉斯科纳夫还没有离开酒店的门，他又在石阶上遇见了伦肯了。他们二人碰着头时候，才看见了。他俩互相打量了一番。伦肯觉得一惊，愤怒在他的眼中凶狠地呈露着。

"你原来在这边呀！"他大声地喊着，"你从床上溜走了！我还在沙发底下去找哩！我们还走到楼顶上去找。为着你我几乎要打拿泰沙。你原来在这边。洛地亚！这是什么意思？把经过的实情对我说！你自己说！你听清了吗？"

"因你们任何人都让我觉得讨厌，我想单独在一个地方。"拉斯科纳夫安闲地答道。

"单独在一个地方？在你不能行路，在你脸如白纸且喘着气的时候！见了鬼……你在碧莹宫做了什么？快快地说出来！"

"你管我呢！"拉斯科纳夫说后便要离开他走了。这使伦肯大大地没有面子，他就一手把他的臂膀抓住。

"管你吗？你敢说管你吗？你当我是什么？我会把你缚起来，捆起来，把你用手臂挟着回去，把你锁闭着！"

"我说，伦肯！"拉斯科纳夫安闲地开口，他已心平气和些，"你看不出我并不接受你的恩赐吗？你真是一个不懂事的，要给恩赐于一个……一个并不讨好的恩惠，实在令人难熬！你为什么要在我开始病时把我救回来？也许我是愿意死的，我今天不已老实告诉你，说你作弄我，说我……憎恶你！你似乎要作弄人！我对你实说吧，那一切都足使我的病难好的，我因那常常触动我的气。你看诺夫方才避开，是为的免除触犯我。你也不必多管我，走吧！真的，你有什么权力可以为难我？你不见我如今还有一些精力吗？我怎样叫你不要以你的慈悲来逼迫我？我算不识抬举，我甘下流，只愿听我自己。走吧，由我自己吧，由我自己吧！"

他开始缓和地讲，先预备好了他所要讲的难堪的语句，但在一阵狂乱中喘着气把话讲完了，如他以前对彼得洛升的情形一般。

伦肯站着想了一会儿，便把手放了。

"哦，那你走吧。"他和平地说道。

"不许动！"他气冲冲地喊道（那时拉斯科纳夫就想走了），"听我说。你们都是一些空谈家，以难题来弄人的痴汉！只要你有一点小困难，你便时时想着，如一只母鸡抱着蛋，那方面你们也不是自己的！你们身上根本没一点独立生活的象征！你们是鲸鱼脑油灌的，你们血脉中只有脓，而没有血。你们这班人我一个都不信任！无论如何，所有你们这批人的第一件事就不像人做的！停住！"他看见拉斯科纳夫又想走动，便更愤愤地喊着，"听我讲完，你知道我今天晚上要开一个乔迁宴会，我想他们现在已到了，我的叔父在那边——我刚才进去——招待客人，如你不是一个呆子，一个平常的呆子，一个十分的呆子，假使你是创作，不是翻译……你想，洛地亚，我想你是聪明的人，但你也是一个呆子——如你不是一个呆子，今晚你就得到我家去，而不在街道上踟蹰了！你既然走出门了，那也没法！我会给你一张愉快的摇椅享用，我房东太太有一张……献你一杯茶，陪伴……也许你可躺卧在沙发上——不论怎样你要和我们在一起的……诺夫也去那边的。你去吗？"

"不。"

"怎——怎么！"伦肯不耐烦地喊了，"你怎样知道？你不能解答！你一点也不明白……我好几次和人家吵架，但事后又回到他们那边去……人们觉得怕羞，再回到一个人那边！如此记着，可夫的住屋，三层楼……"

"伦肯老兄，我十分相信你是因为仅有的慈悲，情愿让别人打你的吧。"

"打我吗？哪个？我？只要想一想，我就要把他的鼻子扭脱！可夫的住屋，斯金的那层楼，四十七号……"

"我猜你会去的！"伦肯在他后面喊着，"你如果不去，以后我不理你了！喂，停住，哈夫在那边吗？"

"是的。"

"你碰见过他吗？"

"是的。"

"同他谈话过吗？"

"谈过。"

"谈些什么？可恨，你是不对我说了。可夫的住屋，斯金那层楼房，第四十七号，你记牢吧！"

拉斯科纳夫向前走去，转弯到塞托街去。伦肯在他后面看着，于是把手一甩，进屋来了，但在石阶上又突然停住。

"可恨！"他仍大声地续说着，"他说得像很有道理似的，但……我是一个呆子！好像疯子说话不精明似的！这是诺夫所害怕的。"他用手指头敲他的额角，"如果……我怎么好让他独自走开？他会投水自尽的……哼，好大的失误！我不能呢。"他回头去追拉斯科纳夫，但看不见他的影子。他咒骂一声，快步回到碧莹宫来问哈夫。

拉斯科纳夫直往 X 桥去，在桥上站着，两只手臂搁在栏杆上，向着远处凝视。别了伦肯后，他更没力气了，他差不多走不到这儿。他很想在街上坐或躺一下。他看着河水，不由自主地望着落日最后的夕阳投影在一排房屋的四围，暮色幽暗了。他遥望着左岸上的一个远处的楼窗在落日的最后光线中，好像火球似的发着光彩。他痴痴地看着渐渐幽暗的河水，好像那抓住他的注意似的。不久，他的眼睛发昏，好像屋子在旋转着，行路者、河岸、车马，都在他的眼中打旋。他忽然一吓，也许又被一个奇迹救了他，使他不至于立刻昏倒。他觉得有人站在他右边，他一看，却是一个高个的妇女，头上围着包布，脸儿长长的，且带黄瘦，红红的眼深陷着。她直瞪着他，她看不清什么东西，什么人。她忽然右手扶着栏杆，右腿举翘过去，再把左腿也举过去，跳到河中去了。她一下子沉没下去，但是稍过一刻，那妇女又浮到水面上了，随水浮动着，她的头和脚沉在水里，她的衣服在她的背上膨胀得如一个皮球似的。

"一个妇女淹死了！一个妇女淹死了！"这声音不住狂喊着。大家跑来了，两边拥挤着许多的人，大家在拉斯科纳夫旁边围拢着。

"可怜呀！这是我们的亚夫洛士！"一个女人带着眼泪鼻涕哭喊着，"可怜呀！救救她吧！做好事的人呀，把她捞上岸来呀！"

"船儿，船儿！"大家喊道。但用不到船，一个警察从石阶向运河跑下去，大衣和皮鞋脱在一边，就下水去捞了。她漂在离石阶五六尺远的地方，他右手握住她的衣，左手拿住一条棍棒——这是一个朋友递给他的——那女人立刻便被拖上岸了。他们把她放在岸边的石板路上。不久她就苏醒了过来，抬着头坐起了，打着喷嚏，咳呛着，呆呆地用手弄她的浸湿的衣。她一声也不响。

"她发昏了！"那个女人在她旁边哭呼着，"她发昏了！前天她要去上吊，我们把她绳子割断救了。我刚刚跑到店铺，叫我的小女儿看着她——哪知她又闯祸了！她是我们的邻居，先生，邻居，我们隔壁的，就是那边第二家……"

看的人散去了，警察却仍旧站在那妇人旁边，有人说把她送到公安局……拉斯科纳夫觉得讨厌，露出冷淡和无情的眼光注视着。"不，那可恶……水……那太不好了。"他自语着，"没什么用处的。"他继续说着，"等候也是无用的。警察办公处如何呢……哈夫为何不在公安局呢？公安局是十点才开门办公……"他身靠着栏杆，四周望着。

"那很好!"他说毕,便离开石桥,向公安局走去。他的心很空虚,他也不推想。他的苦闷也消灭了,如今就连一点他来时想"把这事结束"的念头都不见了,整个充满着漠然的无情。

"哦,这是一条途径。"他想着,便沿运河岸无神似的走着,"无论如何我要告一段落,因我要……但这是一条途径吗?这事如何!三四尺空处是需要的——哈!但如何有一个结果呢?这是结果吗?我要不要告诉他们呢?唉……讨厌死人!我是如此疲乏呀!只愿立刻找个地方休息一下!我所最害羞的是这事是这么可笑!但我也只好随它了!什么笨思想都到人的脑袋里来了。"

要去公安局,须得一直前去,再向左转个弯。路不远,但是他在转弯时忽又停下,想了一下,又转入旁边一条街。他走了两条不相干的街道,完全没有什么目的,也许为多耽搁些时候吧……他眼看着地上走着,忽然好像有人在他耳中私语着,他抬头,看见他正站在那住宅的门口。他自从那天晚上后,就从没走过这边,也没有走近这边。一种鬼迷心窍似的怂恿使他往前走去。他进了那住宅,经过廊道,经右边第一个入口,再从熟悉的楼梯上到四层楼,狭陡的楼梯黑暗得很。他在每个楼梯顶立着,好奇似的四下望望。第一个楼梯顶,窗户架子被拿去了。"那时不是这样的。"他想。这边是二层楼,尼拉和脱里曾在这边工作。"房屋关闭着,门是新漆的,像是要招租了。"于是又到了第三层,第四层。"这边!"他瞧见这层楼房门开着,他慌乱了。那边有人,听见讲话声,这是出乎他所料的。他想了一下之后,便上了最后的几步楼梯,走到里面去了。里面有工人正在修理,这好似让他呆住了。他本猜一切都照老样子的,而且那尸体也还在地板上呢。然而如今只留着墙壁,没有家具了,这使他觉得很奇怪。他走近窗前,在窗上坐着。有两个工人,都是年轻人,有一个比较年轻。他们正在用一种花纸糊墙壁,代替着那污旧的黄纸。拉斯科纳夫不知为什么,对这情形非常生气。他不愿看着新糊的纸,仿佛一切都如此地改样了,觉得十分可惜。工人们工作得长久了，现在他们正在收拾剩下的纸，预备回家。他们并没注意到拉斯科纳夫进来了，所以只顾自己在谈话。拉斯科纳夫拱着手臂谛听着。

"她早晨到我这边去。"年纪大的向年纪轻的说，"很早，穿得很时髦呢。'你为什么如此爱修饰呢？'我问。'我做点事情好使你高兴，瓦西支！'就是如此！她就依着最时式的样子装饰着！"

"时式的样子是怎样的？"年轻的问道。他似乎承认他是专家。

"时式的样子是有许多颜色的图画，每个星期六从外国邮寄到裁缝这边来，指点人们怎样装饰，男的和女的全备。那全是绘画。主人先生们多是穿皮大衣的，太太姑娘们穿绒衫呢，那就出乎你所能想到的东西了。"

"什么东西在彼得堡没有呢！"年轻的热切地喊着，"除了爸爸和妈妈之外，什么都有！"

"除了他们之外，什么东西都找得到，老弟。"年纪大的干脆地道。

拉斯科纳夫站起来向旁边的一间房走去，那房曾放过保险柜、床和有抽斗的大柜。这房子他看来好像很小，里面什么器具也没有。纸是老样子，墙壁那边露出圣像的木架曾放倒过。他看了一看，便向窗口走去。年纪大的工人斜睨着他。

"你有何贵干？"他忽然开口问道。

拉斯科纳夫没回答，走到走廊去拉了数下铃，铃儿仍旧发出那同样的涩声。他回想着那时候所感到的厌恶，可怕的感触，渐渐地浮现开来了。他每按一回铃，他便颤着，这使他感到有点得意。

"哦，你有何贵干？你是谁？"那工人走到他面前问着，拉斯科纳夫又走进去了。

"我想租房子，我来看看的。"

"夜里不好看房子的，你该和门房一同来呀。"

"地板洗擦了，是否再油漆？"拉斯科纳夫续说道，"没有血迹吗？"

"什么血？"

"什么，老媪和她的妹妹在这边被谋害了。那边有一大堆血呀!"

"那么你是谁呀?"那工人局促地问道。

"你问我是谁吗?"

"是的。"

"你要知道吗? 到公安局去，我对你说。"

那工人惊异地看着他。

"我们要散工了，时候不早了。阿亚，你过来，我们把门锁上。"年纪大的工人说着。

"好，快过来。"拉斯科纳夫漫不经意地说着，先走出来，慢慢跑下了楼去，"喂，门房!"他在门口喊着。

有好些人在门口站着，看着过路者：两个门房、一个村妇、一个穿长衣的，还有另外几个人。拉斯科纳夫径直走到他们面前。

"你有何贵干?"一个门房问着。

"你到公安局去过没有?"

"我方才在那边。你有什么事?"

"门开了吗?"

"是的。"

"副督察员在那边吗?"

"他有时在那边。你有什么事?"

拉斯科纳夫不答，只是在他们旁边呆呆地想着。

"他看过房屋了。"年纪大的工人向前走来说着。

"哪一层楼呢?"

"我们工作的那层呀。'你为什么把血洗刷了? 这边发生过谋杀。'他说，'我来租房子。'他按着铃，就把铃弄坏了。'到公安局去，'他说，'我在那边把一切事对你说。'他不愿意离开似的。"

门房皱皱眉毛，看着拉斯科纳夫，开始迷惑了。

"你是谁呀?"他惊奇地喊道。

"我是拉斯科纳夫,以前是大学生,我住在湿耳的家宅,离这边很近,第十四号房,你问门房,他知道的。"拉斯科纳夫懒懒地、呓语般地说出这些话,毫不动情地只是看着渐入昏暗的街上。

"你为什么要到那层楼上去呢?"

"看看!"

"有什么好看呢?"

"把他送到公安局吧。"那穿长衣的突然插口说。

拉斯科纳夫直看着他的肩膀,仍用懒懒呓语的声音说道:"你过来。"

"好,扣住他。"那人更强硬地继续说着,"他为何要往那边去,他心里想着什么事啊?哼!"

"他并没有喝醉酒,不知道究竟是怎么着。"那工人讷讷地说道。

"那么你究竟有何事呢?"门房又大声问了,真的发火了,"你为什么留着不想走?"

"那你们怕公安局吗?"拉斯科纳夫嘲侮地说着。

"什么好怕?你为什么留恋着不走?"

"他是一个流氓呀!"村妇喊道。

"何必和他多讲呢?"另一个门房喊道,他是一个魁梧的大汉,散披着一件衣服,腰上挂着一串钥匙,"滚出去吧!他是一个流氓,一定是的。滚出去吧!"

他拿着拉斯科纳夫的肩膀,把他推到街上去。他向前一倾,还好站住了脚,不声不响地看一看路旁的人,就独自走开了。

"真是怪物!"那工人说道。

"现在怪物多着呢。"那妇人说道。

"你应把他送到公安局去!"穿长衣的人说。

"还是不理他好。"门房答道,"一个真的流氓!那正是他所想的,你可相信的,但一次作弄了他,你便永远和他纠缠不清了……我们明白那种人的!"

　　"我去不去那边呢?"拉斯科纳夫想着,他在交叉路口站着,四下望一望,好似等待什么人为他决定一下似的。但四顾悄然,一切都死一般的寂寞……忽然在离开约有几十丈远的街头,在暮色苍茫中,隐约看见一伙人,并传来谈话和喧嚷声。在人群中,停着一辆马车……街心闪耀着一股光亮。"什么事?"拉斯科纳夫向右走到人群那边去。他好像要掌握一切事物,当他看清楚时,他微微冷笑着,因他已决定到公安局去,知道不久,这事便完全结束了。

第七章

一部很好的马车横在街心，车前站着两匹精神奕奕的灰色马。车里却不见人，车夫从车厢上下来，在车旁站着，用手拉着马缰……许多人聚集着，警察在这边站着。有一个人提着一盏灯笼，照照车轮旁边躺着的是什么。大家在谈论着，喧喊着，查看着。车夫迷乱了，口里只是重复说道："运气真坏！老天，运气真坏！"

拉斯科纳夫极力挤进去，最后竟看见骚动的原因了：一个被车撞倒了的人，已失去知觉，在地上躺着，流着鲜血。他衣服是旧的，但不像是工人模样。他的脸被撞破了，血直从头往脸上流。他显然是被撞得很重。

"青天大老爷！"车夫哭丧着脸道，"你叫我怎么办呢？如果我把车赶过去，不对他喊，那是我错，现在我是慢慢地行着，并不急忙呀。大家都看见我和别人一样地走着。一个喝醉的人东倒西歪，我们都明白……我见他从街心穿过，颠颠倒倒，几乎要跌倒了。我嚷了又嚷，我又把马勒住了，但他已倒在马蹄之下！不是他有意为难，就是他泥醉了……马年纪还小，很易受惊吓。它们惊跳了，他呼喊着……那使它们更惊窜。祸就这样发生的！"

"就是这样的。"其中有一个人证实着。

"他真喊过，而且不止一次。"另一个人更证实道。

"喊三次了，我们听见的。"第三个人喊着。

但车夫并不怎样受惊吓。因为马车是一个有钱的要人所有，他正在什么区所等候着车呢。警察自然立刻去处置这起事故，为避免扰乱秩序。他们先要做的就是把受伤的人抬到公安局和医院去，也没有人知道他的名字。

这时拉斯科纳夫挤了进去，俯身看了看他。灯笼照着那可怜的脸。他认得他是谁。

"我认得他！我认得他！"他往前面走去，喊着，"这是一个辞职了的书记官马耳朵夫。他就住在这边的住宅里……快去找医生来！我出钱，懂吧！"他取出衣袋里的钱，给警察看。他是处在一种见义勇为的兴奋中。

警察知道这人的详情，很是快乐。拉斯科纳夫把自己的姓名和住址给他，热心得无以复加，他叫警察把神志不清的马耳朵夫即刻抬到他的住所去。

"就在这边，约走过三个住宅那样远。"他亲切地说，"有钱的德国人的那所住宅。他那时正想回家去，无疑的，他是喝醉了。他原是一个酒鬼呀！他那边有妻子、小孩子，他还有一个大女儿……把他送到医院去，便耽搁时候了，那住宅里定有个医生的。我出钱，我出钱！他在家里必有人侍候的……她们会立即治理他的。但在你们把他送医院前，他便要被贻误了。"他趁人不见时把钱悄悄放在警察的手中。但这事是豪爽的、正直的，无论如何，救恤是应当的。他们把受伤者抬着，大家都自动来帮助。

魏塞尔的住宅约有三十码之远。拉斯科纳夫在后面跟着，仔细地扶着马耳朵夫的头，指点着路径。

"这样吧，我们把他的头朝上，抬上楼去。你们转过来！我出钱，我不要你们白做的。"他嘟哝着道。

茄里伊夫亚她仍是老样子，遇到闲暇时，她便在她的小房间里，从窗口到火炉边，往来地走着，束着手臂，自语着，或咳嗽着。如今她更常和大女儿波楞讲讲，她是十岁大的小姑娘，虽懂得不多，却很明白母亲爱她，因此她的伶俐的眼睛总是注视着她，尽力露出仰慕的样子来。这时波楞正给小弟脱衣，他一天都不舒服，正要上床睡觉。这小弟弟将内衣脱了，这要在夜里洗出来的。他在椅上挺坐着，脸孔沉肃，腿僵直了——脚合在一起，脚趾朝外边。

他听了母亲向姐姐说话，兀自坐着不动，努着嘴，睁着眼，正如一切好孩子们上床睡觉时的情景。一个小女孩，年纪很小，穿着很破的衣服，在门帘前站着，等人给她脱衣。楼梯下面的门是开的，为使空气流动点，解解隔壁透进的烟草的气味。这可怜的患肺病的妇女不停地在咳嗽。茄里伊夫亚在那个星期内好像更瘦削了，她脸上的痨红也比以前更鲜明些。

"你不会想到的，波楞。"她边说边在房中打转，"在你的外公家里，我们过着怎样幸福的、舒服的生活，这个酒鬼怎样把我和你们都弄到这样败坏的田地啊！外公是一个道尹，比省长只低一级，因此来访他的人都说：'我们把你视为我们的省长，依凡迷！'在我……在……"她厉害地咳嗽着，"啊，可诅咒的生活呀！"她喊着，清一清喉咙，手抚着胸部，"在我……在最末次的跳舞会的时候……在军长家中……陌麦里小姐见了我——她在你父亲和我结婚的时候，曾为我求福呢，波楞——她即刻叫着：'那就是在散会时跳围巾舞的美女吗？'"你要把那条缝补好，你要照我所指示你的那样缀补呀，否则明朝，"她又咳嗽着，"那个洞要给他弄得更大了。"她费力地、慢吞吞地说，"士乞可公爵是一个随从员，那时他刚从彼得堡来……他同我跳舞，在第二天就向我求婚。但我很感激地谢了他，对他说我早已许给他人了。那个他人就是你的爸爸呀！派加，爸爸气得很呢……水弄好了吗？把小衫递给我，还有袜子！里达！"她对最小的一个说着，"你今晚只好暂时不穿小衫了……把你的袜子拿出来……我好一起洗了了……怎么回事呀，这个醉汉不回来了吗？他的内衣总是穿得像一块抹布，穿成如破布！我要都一起洗的，不然又夜里去洗！哎哟！"又咳嗽着，"真的！不知怎么回事……"她忽然看见一群人在廊道上，向自己房里拥着，并抬着一件重重的货物。

"做什么的？他们抬什么来了？真可恼呀！"

"把他放到哪儿呢？"警察向四周一看，然后问着。那时马耳朵夫正神志不清，血流全身，被抬进来了。

"放在沙发上吧！把他的头好好放在沙发上。"拉斯科纳夫指给他看。

"给马车冲倒！醉了！"有人在廊道上喊。

茄里伊夫亚呆立着，脸色惨白，只是喘气。小孩子们都吓得面面相觑。小里达哭号着，跑到波楞那边去，牵住她，她身体发着抖。

拉斯科纳夫让马耳朵夫躺下，便跑到茄里伊夫亚面前去。

"为上帝的缘故，好好安静吧，不要惊吓！"他急急地说道，"他在路上走，给一辆马车撞倒了。不要惊动，他会醒过来的，我告诉他们把他送到这里来的……我以前到这里来过，你记得吗？他就会苏醒的。我出钱！"

"他这次总要把命丢掉了！"茄里伊夫亚叹气着喊道，她奔到丈夫前面。

拉斯科纳夫当即看出她并不是一个无见识的女人。她立刻把一个枕子垫在这不幸者的头下——这谁也没想到——她立刻脱他的衣服查看。她支持着一切，把自己忘了，咬紧着颤抖的嘴唇，从她口中好像就要发出呼号来了。

拉斯科纳夫同时差一个人去叫医生，好像医生就在隔壁似的。

"我已派人去叫医生了。"他向茄里伊夫亚申说着，"千万不要着慌，我出钱。你有没有水？找一条手帕或手巾，不论什么，赶快……他受伤了，但没有死，你听我……我们且等医生怎么着！"

茄里伊夫亚跑到窗前，在那边破椅上有一盆水，本来是预备洗孩子和丈夫的内衣的。茄里伊夫亚一星期至少要在夜间洗两次，因为他家穷得如此，实际上就没有别的内衣好换，但她看不过污秽，宁可夜间让自己吃点辛苦，用尽自己的力气工作着，她把湿衣晒好，第二天可用。她听拉斯科纳夫的吩咐，立刻把那盆水端来，但是慌得几乎要和盆一起栽倒了。而后者已找到一条手帕，把它浸湿，把马耳朵夫脸上的血洗去了。

茄里伊夫亚在一旁站着，气喘吁吁地呼吸着，手抚着胸。她自己也病得很重。拉斯科纳夫方才意识到他把受伤者送回家，会贻误救治的。警察也有点局促不安。

"波楞！"茄里伊夫亚喊道，"到梭娜那边去，快！如果她不在，你对他们说她的父亲被车撞伤了，叫她马上到这边来……当她回屋的时候。快去——波楞那边，把披巾戴上。"

"要拼命地跑啊！"椅子上的小孩加入喊道。他喊过之后，仍在沉默的严肃中，睁着眼，脚往前屈，脚趾朝向外。

这时房间塞满了人，几乎不能通风似的。警察都回去了，只留下一个，他极力把那些人赶到外边去。几乎所有魏塞尔的住客都从外面鱼贯地塞进去，开始他们不过都站在门口，但后来都挤进房去。茄里伊夫亚不觉大怒了。

"你们可不可以让他好好地死呀！"她向群人嚷骂道，"这是迎神赛会，是给你们看热闹的吗？还吸着纸烟！"她又不住咳着，"你还戴着帽子……有一个人戴着帽子呀……滚出去！你应当尊重死人！"

她的咳嗽闭塞了她的呼吸。但她的责骂倒有点用，他们似乎有点怕她。住客们一个个地退回门口，带着一种幸灾乐祸的情绪。这是不可避免的事实，即使是最不幸者，最亲近的人也是如此，这是没人能避免的，甚至带着最诚恳的同情和怜悯者也不免有此心理。

外面有人声说着医院，并说他们没有权利骚扰这边。

"没有权利死吗？"茄里伊夫亚喊着，愤愤地向门前冲去，要向他们质问，但在门口对面碰着魏塞尔了。她一听说这件不幸的事，便跑进来维持秩序。她是一个极喜吵闹且不负责任的德国人。

"唉，我的老天呀！"她喊着，紧握住手，"你的丈夫醉了，被马伤了！你同他到医院去好吧！我是女房东呀！"

"魏塞尔，我请你把你所说的话仔细想一想——"茄里伊夫亚傲然地开口道（她对女房东常是带着傲然的口气，好使她可以"明白她的地位"，就是此刻她也不放过的），"魏塞尔……"

"我先前曾对你说过一次，不准你叫我魏塞尔，我是阿马利加。"

"你不是阿马利加，是魏塞尔。我不是你不值钱的谄谀者之一，如拉比绥夫，这时他正在门后边大笑（大笑和'她们又吵着嘴了'的喊声，在门口的确可以听见），所以我要永远叫你魏塞尔，虽然我至今不明白你为什么不高兴那名字。你自己想想看，罗凡芝发生了什么事，他快要呜呼了！我请你把那扇门立刻带上，不要给他们进来，让他安静地死去！不然我先警告你，明天总会明白你的举动的。公爵在我做姑娘时就认得我的，他很记得罗凡芝，他是他的恩人。每人都知道罗凡芝有着很多朋友和靠山，他因为一种可敬的傲慢把他们舍弃了，因他明白自己的可怜的弱处，但是现在，"她指着拉斯科纳夫，"有一位见义勇为的年轻人来帮我们，他有钱，有亲戚，罗凡芝从小就和他要好。你可以放心去吧，魏塞尔……"

这些话说得很锋利，而且越说越快，然而一阵咳嗽忽地打断了茄里伊夫亚的义正辞严的话——那个奄奄一息的人恢复了神志，发出了呻吟之声。她就跑向前去。这伤了的人睁开了眼，恍惚迷离地盯着那屈身看着他的拉斯科纳夫。他透着深沉的、迟缓的、艰难的口气，血由他的嘴内流出，额角上的汗如雨下。他不认得拉斯科纳夫，有点觉得不安地四下看着。茄里伊夫亚露出悲伤而严肃的表情瞧着他，眼泪不禁夺眶而出。

"我的老天呀！他整个的胸都碾坏了！他是流了许多血！"她无神似的说着，"我们且把他的衣服解开。罗凡芝，你若不痛的话，就翻一个身吧！"她向他说着。

马耳朵夫认得是她。

"请牧师……"他嘶哑地说着。

茄里伊夫亚走向窗口去，头倚着窗槛上面，悲伤地呼喊着："呵，可诅咒的生活啊！"

"请牧师。"待死的人呼吸一下之后又说着。

"他们去请了！"茄里伊夫亚对着他喊着。他听了她的喊叫，不再出声了。他露着悲哀而羞怯的眼色叫她来，她回头来，站在他的枕边。他似乎安心了一些，但不是很久。

他的眼睛又转向他爱怜的孩子小里达身上了，她站在墙角抖着，好像发了一阵寒热病似的，她以惊讶的小孩气的眼光注视着爸爸。

"唉——唉！"他不愉快地向她叹着，想要说点什么话。

"你要什么？"茄里伊夫亚喊着。

"光着脚，光着脚！"他嗫嚅着，以发着火的眼光指着那赤足的孩子。

"不要响！"茄里伊夫亚动气地喊着，"你看她是为什么赤着脚的！"

"谢谢上帝，医生请来了！"拉斯科纳夫欣然地呼喊着。

医生走进来了。他是一个衣冠整洁的小老头，德国人，猜疑似的向四周打量着。他走到病人前面，试诊着脉息，细心抚按他的额角。茄里伊夫亚帮着忙，把他染着血的内衣解开，把受伤者的胸部露了出来。胸部受了重伤，右边的几条肋骨压断了。在左边胸口，在心上面，有一大块青黄色的伤痕——被马蹄踢了。医生眉毛皱了皱。警察对他说，他被撞倒在车轮下，在路边连人带车轮一同滚了三十多步之远。

"真奇怪他已恢复了神志。"医生不露声色地向拉斯科纳夫低声说着。

"你以为他会怎样？"他问。

"他不久要完结的。"

"真的没希望了吗？"

"希望极渺茫了！他在转着最后的一口气息了……他头部也伤得很重……嗯……如果你同意，我可以替他放血，不过……那也没有什么用的。在五分钟或十分钟内他一定要去的。"

"那么就替他放血好了。"

"如果你同意……但我要预先声明，那是一点没用的。"

这时又听到了别的步履声，走道上的人群向两边让开，牧师（斑白而矮小的老头子）走到门口，拿着圣餐供物。这是一个警察在这件事故发生后去找他来的。医生和他交换了位置，彼此打了个眼色。拉斯科纳夫叫医生稍停一停。他肩一耸，停下了。

那些人都向后面退去。忏悔礼不久做完了。气息仅存的那个死人一点不明白，他只是发出吒语般的微声。茹里伊夫亚拖住小里达，又从椅边把小孩子拉了过来，在墙壁火炉边跪下，让孩子都跪在她的面前。那小女孩还在发抖，但那小孩子用他的短小光滑的膝盖跪下，有规则地伸着手臂，在自己身上画着正确的十字，屈着身以额角碰着地板，这好像给他十分安慰。茹里伊夫亚紧闭着嘴唇，收住眼泪。她也在祈求，并把男孩的内衣扯直，随便用一条手巾掩着女孩露着的肩膀，这条手巾是她从旁边的衣柜里拿的，她并没有起来，也没有打断祈祷。这时房门又给看热闹的人推开了。在走廊上，从各层楼房里来的看热闹的人越聚越多了，但他们总不敢越过门槛一步。一支小烛光照亮了这幕戏剧。

这时波楞在门外人群中挤过。她走进来，因走得太快，气喘汗流，把披巾取了下来，来到了她的妈妈面前，说："她来了，我在街道上遇见她的。"母亲也叫她在她旁边跪着。

一个年轻的姑娘胆怯地、悄然地从看众中挤了过去，在那空虚、褴褛、死伤和绝望的屋内，她的发现倒是奇异的。她也穿着最不值钱的衣服，但却用一种异样的卑贱的饰物装饰着，为了可耻的目的。梭娜在门口骤然站住，昏乱地向四周一望，对于一切事物都不知所措了。她忘记了她辗转而买到的阔绰的绸衣，和让人发笑的拖裙，在这边非常的不相称，而且她的硬布大裙把门口全部都占去了，她的淡色的鞋子，随身带的花伞和滑稽的圆草帽，并插着炫目的赤色羽毛，这些在夜里可说是全没有效用的。在这滑稽地歪戴着的草帽之下藏着一个清白的、受惊的脸蛋儿，嘴唇张开，眼睛恐惧地注视着一切。梭娜是一个十八岁的瘦弱姑娘，生着美丽的头发，有着一双惊人的漂亮的蓝眼睛。她留意地看着床上的牧师，她跑得气喘吁吁，不久，人群中的窃窃私语和一些什么话，透进她的耳朵里去了。她俯视着一切，向房中走了一步，仍是紧靠着门。

仪式完毕了。茄里伊夫亚又走到她丈夫面前去。牧师向后退了，转身向茄里伊夫亚告别时，说了许多劝慰的话。

"这些小东西叫我如何办啊？"她指着小孩们，严肃地、愤愤地插着嘴说。

"上帝是慈爱的，向最高者救援啊！"牧师说着。

"唉！他是慈爱的，但对于我们却不见得。"

"那是一件罪恶，一件罪恶，太太！"牧师摇头，说着。

"那不是一件罪恶吗？"茄里伊夫亚指着那将死的人，喊着。

"也许那些不经意地闯出这件祸难的人会答应赔偿你，至少赔偿他所得的工资吧。"

"你不了解呀！"茄里伊夫亚恼愤地摆着手说着，"为什么他们该赔偿我呢？他自己喝醉了，跌在车轮马蹄下！什么工资！他除了给我们以苦恼之外，还有什么？这酒徒把一切都喝光了！他拿我们去喝酒，他把所有的生命和我，都断送在喝酒上了！谢谢上帝，他快要死了！可以少一个好吃懒做的人了！"

"将死的人，你得要宽恕他！那是一件罪恶，太太，那种感情是一桩很大的罪恶呀！"

茹里伊夫亚为那将死的人忙着，她递给他水喝，揩着他头上的血和汗，把他枕头弄直，只稍稍转一转身子和牧师说几句。忽然她像发疯似的走向他前面去。

"唉，神甫！那是对的，宽恕！不过他没有被撞倒，今天他就要醉醺醺回家了，他的唯一的内衣又污又破，他沉睡得像一块木头似的，我要给他洗啦刷啦弄到天亮，洗他和孩子们的那些破衣，再在窗口晾干，天一亮时，我又要去缝啦补啦。我就是如此地混过了我的夜间了……还谈什么宽恕不宽恕呢？实际上我早已经宽恕了啊！"

又是一阵剧烈的不断的咳嗽使她停止了说话！她用手帕抿住嘴，手帕上满是痰血，拿给牧师看，另外一只手抚着发痛的胸腹。牧师点点头，一语不发。

马耳朵夫已经是奄奄一息了。他并没把眼光离开茹里伊夫亚的脸，她恰好也俯看着他。他像是想向她说些什么，他艰难地拨动唇舌，迷迷糊糊在说，茹里伊夫亚懂得他是在要求她宽恕，便决然地让他不要再讲："不要说了！不必了！我明白你要讲的话！"

病人寂然了，同时他把乱转的眼睛投向门口，他看见梭娜了。

这时他很是留意到她，她在一个屋角的阴暗底下站着。

"那是谁呀？那是谁呀？"他突然用一种粗陋的喘气声混乱地说着，恐怖地把眼光朝向房门，这时他的大女儿已在那边站着，病人要想坐起来了。

"躺下吧！躺下吧！躺下！"茹里伊夫亚喊着。

他勉强用力量把自己的手臂支持着。他惊奇地目不转睛地看着他的女儿，似乎不认识她似的。他以前从未看见过她穿这样的衣裳。突然他认得她是谁了。她在困辱之中，穿了讲究的衣服，觉得害羞过不去，温柔地似乎等待向她那将死的父亲说声再会。他的脸上露出非常痛苦的神情。

"梭娜，我的女儿呀！宽恕啊！"他喊着。他想伸手给她的女儿，但身体失了重心，立刻倒下沙发，脸碰着地板。他们赶忙把他扶了起来，仍把他安放在沙发上。但他不久就要死了。梭娜跑过去，轻轻喊了一声，抱着他，他僵直地死在了她的怀抱中。

"他已得到他所需要的了。"茹里伊夫亚看着自己男人的尸体喊着，"哦，现在如何是好呢？我怎样去埋葬呢！明天早上我给他们吃些什么呢？"

拉斯科纳夫走到茹里伊夫亚面前来。

"茹里伊夫亚，"他说着，"上周你的男人把他的一生和环境都对我说了……相信我吧，他是亲热地、尊敬地说着你的。自那晚，我明白了他对你们都是非常热爱，他非常敬爱你，茹里伊夫亚。我并不计及他的不幸的弱处，自那夜起，我们就结为知己了……现在请允许我——做一点事……以酬报我的已死的友人的旧谊。这二十个卢布，我以为——如果能够对你们有点补益，那……我……总之，我得再来，我一定要再来……也许明天就来……再会！"

他匆匆走出房门，挤过人群而走到楼梯上。但在群众中忽然碰见雷汀，他听到了这件意外，就亲自跑来问询。他们自从在公安局那边相见后，便没有再见过，但是雷汀一见就认得他。

"啊，又是你？"他问他。

"他已死了，"拉斯科纳夫答着，"医生和牧师都来过了，一切都照着规矩办了。不要太过于刺激那可怜的妇人，她也害着肺病的。如果方便的话，得设法劝慰她……你是一个好心肠的人，我明白……"他露出一丝微笑，续说着，只是看着他的脸。

"但你的衣上染了血了。"雷汀在亮光下看见拉斯科纳夫的腰围上溅上鲜血时，这样说着。

"是的……我染上好些血了。"拉斯科纳夫露出一种异样的神情答着，于是他微笑着点点头，下楼去了。

他一边慢慢地走，一边深思着，像害热病似的，但他并没感觉到，他精神专注在那突然在他胸中唤起的生活与力量交互地压制着一切的感触。此种感触和一个被判了死刑，忽然又被赦免了的人的感触一样。他走下了一半的楼梯，被那赶着回家去的牧师追上了。拉斯科纳夫让他先下楼，和他打了一个默然的招呼。他走到最末一级楼梯时，忽听见后面有急促的脚步声，这是波楞。她赶上来了，喊道："停一下！停一下！"

他回转身来。她站在楼梯末级的上一层停着，比他高站一步。从广场那边照过来幽暗的亮光。拉斯科纳夫看出这小孩子瘦削而可爱的小脸，带着伶俐秀雅的笑容看着他。她带着一个很愿意传递的消息。

"对我说，你叫什么名字……你住在哪里？"她在气急败坏中低声说着。

他把一双手按在她的肩背上，十分欢喜地看着她。他为什么那样的快乐，他讲不出所以然来。

"谁叫你来的？"

"梭娜阿姐叫我来的。"小女孩答着，微笑着更是可爱。

"我知道是梭娜姐姐叫你来的。"

"妈妈也叫我来的……当梭娜阿姐叫我时，妈妈也走来了，并吩咐着：'快点去，波楞。'"

"你爱梭娜阿姐吗？"

"我爱她比爱任何人都多些。"波楞特别关切地答着，她的笑脸更变得严肃了。

"你也爱我吗？"

刚想答话，只见这小女孩的脸向他贴近来，她的整个嘴都露出来，和他接吻。她那干柴般的瘦臂紧抱着他，她的头靠着他的肩膀，这小女

180

孩低声哭着，脸偎着他。

"我替爸爸怜悯呢！"她待了一会儿说道，仰起满是泪痕的脸，用手把泪痕抹去，"如今没别的，只是晦气罢了。"她忽然带着特别庄重的神态续说着，那种态度是小孩子们学大人说话时，所采取的一种方式。

"你的爸爸爱你吗？"

"他最疼爱里达。"她不露一丝笑容地继续说着，活像大人的样子，"他疼爱她，因她小，而且她有病。他常买东西给她的。但他也教我们念书，教我文规，还教《圣经》。"她庄严地继续说着，"妈妈总不好多说话，但我们知道她喜欢如此，爸爸也知道。妈妈常教我念法文，因我现在是开始受教育的时候了。"

"你们都明白你们的祈祷词吗？"

"当然我们是明白的！我们早就明白了。我对自己诵祈祷词，因为我现在是一个大姑娘了，但是可里和里达却和妈妈一道高声诵。开始他们复诵，幸福呵玛丽亚，此后又背一个祈祷告词：'主父啊，宽恕且降福给梭娜姐姐吧。'再背诵一首祷告词：'天主啊，宽恕且降福予我们的第二个父亲吧。'因我们的生父死了，这是另外一个父亲，但我们也给那第一个求的哩！"

"波楞，我叫作洛地亚，请你也时时替我祈求吧。'你的忠仆洛地亚'，不多谈了。"

"我此后将要为你祈求了。"小女孩热诚地说道，她又微笑着走向他身边，热烈地抱着他。

拉斯科纳夫把自己的名字住处对她说了，许诺第二天还会来。小孩子依依不舍地和他分别。当他走到街上，已经十点多钟了。五分钟之后他又站在那女人跳河的桥上的那地方。

"好了吧！"他决然地得胜地自语着，"所有的妄想、恐惧和魔影，都该告个段落了！人生是真切的！此刻我不是活着吗？我的身体还没有和那老媪一同死去！天堂赐给她呀——现在好了，老太太，给我安安稳稳地度日吧！现在让理智和光明……志愿和力量来控制吧……现在我们待着看了！我们要试验我们的力量！"他激动地继续说着，似乎要和什么黑暗的力量挑衅似的，"我死心塌地，愿在一席之地上活下去。"

"这会儿我十分衰弱，不过……我知道自己的病已好了。当我出来，我的病就已没有了。嗯，可夫的寓所就在这边。即使不十分近，我也要到伦肯那边去一趟的……让他赢了他的打赌吧！给他些欢喜——这有什么呢！势力，势力是人类的必需之物，没它你就什么也不能干，而且势力是要用力量去求得的——这是他们所未深知的。"他傲然地自信地续说着，有气无力地走下桥去。自负和自是在他内心不断地愈变愈强，每分钟他都会换一个新面目。怎么会产生出这样的变化的呢？他自己也不了解，如一个人拿住了一根稻草，忽然他感觉他也能够生存的，他还会永生的，他的生命并没有和那老媪同归于尽。也许他的判断下得过早了一些，但他又怎么会想到这一点的呢？

"但我已叫她在默祈时忆起'你的忠仆洛地亚'。"这一想法突然闪过他的脑海，"唔，那是……在危难的时候。"他继续说着，他自己也觉得孩子气得可笑。他的精神好极了。

他很快就找到了伦肯，这位新住客在可夫住宅内已经很被人熟知了，门房当即告诉他路线。走了一半楼梯，他就听见了一大群人声的喧哗和高谈阔论的声音。门朝着楼梯开着，他听得见叫喊和说笑声。伦肯的房很大，一共有十五个人在内，拉斯科纳夫在门口立着，那边有女房东的两个佣人正在门帘外忙着弄两个铜火炉、瓶子、鹊儿和装薄荷的碗碟，这都是从女房东的厨房拿上去的。拉斯科纳夫叫仆人进去通报伦肯。他快活地走了出来。第一眼看上去，很明显的，他喝多了，虽然无论灌了多少黄汤都不能令伦肯喝醉，这回却能看得出，他是有点醉了。

"你听！"拉斯科纳夫一见便说道，"我不过跑过来对你说，咱俩打赌，你赢了，并且也没人真的知道他会发生什么事。我不能进去了，我太衰弱了，我就要跌倒了似的……晚安，我们再会吧！明天你来找

182

我吧。"

"这样好了，我送你回府。如果你自己都说很衰弱，你必得……"

"你的贵客们呢？方才向外探头的卷发的人是谁？"

"他吗？不知道！大约是叔父的一个朋友，否则就是一个不速之客……我叫叔父招待他们，他是个很体面的人，现在我可不能把你介绍给他认识。但此刻我顾不得他们了！他们不会察觉的，我要弄一点新鲜空气，恰好你来了——再过几分钟，我就要发作了！他们都在胡说八道……你简直无法想象他们是怎样信口开河的！但你为什么不信呢？我们自己不也是说三道四吗？随他们吧，不过以后可不许谈这些鸟话……等一等，我把诺夫找来。"

诺夫一见拉斯科纳夫就猫捉鼠般地抓住他。他对他感到十分高兴，他脸色立刻开朗起来。

"你该回去躺着了。"他尽力查看病人，高声说道，"夜间你要吃点东西才好。你吃过没有？我早给你弄好了……一服药粉。"

"如果你愿意，两服吧！"拉斯科纳夫答着，立刻把药粉吃了。

"你陪他回去吧，这是功德。"诺夫向伦肯说道，"我们且看他明天怎么样，今天他神气很好，下午就有了一个极大的转机。我们且观其后吧……"

"你知道我们走出来时，诺夫向我叽咕着些什么？"他俩一到街上，伦肯就说着，"老兄，我原不想把这些事情对你说，因为他们是那么的呆笨。诺夫告诉我在路上可以对你乱谈一切，好讨知你的一切，他叫我以后把这事对他说，因为他脑中怀着鬼胎，以为你是……疯了，或者像是疯了。你自己想一想！第一，你比他的头脑清晰得多；第二，你如不是疯了，你就一点也不用介怀于心；第三，那头牛，他攻的是外科，却在脑病上发痴了，他之所以对你得出这个结论，是因为你今天和哈夫的谈话。"

"哈夫把一切都对你说了吗？"

"说了，他做得还好。如今我明白这是什么用意了，哈夫也明白了……嗯，事实是，洛地亚……要处在……我有点醉了……但那……不打紧……要紧的是，这个意义……你懂了吗？方才在他们的脑中打转……你明白吗？那事没人敢说，因为那事太荒唐了。尤其当捕到那个漆匠后，那个泡泡便刺破了，永远不见了。但为什么他们都这样笨？当时我给了哈夫一回责打——这是我们私下讲的，你切不要泄露出去，显出你明白那事。我看出来他是一个借题发挥的人，那是在露意士的家里。但在今天，事情都明白了，那个意尼娜是那件事情的主动者！他利用你在公安局昏过去这件事，但是如今他自己却不好意思起来。我知道……"

拉斯科纳夫入神地听着。伦肯醉意很浓，讲得似乎露骨了些。

"我那时昏过去，完全因为空气的沉闷和油漆气味的侵入。"拉斯科纳夫说道。

"那也不必解释！因为这并非是唯一的焦点：患热病已有一月，诺夫证明的！但现在那孩子是如何被压服了，你不会置信的！'我一丝也不值他的小指头。'他说。他意思是说你的指头。老兄，他有时会有好的情感，但那教训，今天你在碧莹宫给他的那个教训，那对不论何事都甚有帮忙了！你开始恐吓了他，你知道，他吓得颤抖了！那差不多又使他相信那讨厌的瞎说是真实了，但以后你忽然嘲弄他说：'这边，你怎么虚造呢？'这是对的！他现在被压服了！被灭绝了！那是很可说巧妙的，青天可表，是他们应该受的！唉，可恨我不在场！他非常渴望见到你。派弗里也想和你认识呢！"

"哦……他也……他们为什么要说我疯了呢？"

"嗯，不疯。我说得太多了，老兄……打动他们的，你想，只有那个话题能使你关心似的。如今那为什么叫你开心已经清楚了，明了一切情境……以及那怎样刺激你，混入你的病中……我醉了，老兄，只是，他真可恨，他怀着什么鬼胎……我对你说，他在脑病上发痴了。但是你不必理他……"

在半分钟之内他俩都没说什么。

"你听着呀，伦肯。"拉斯科纳夫说道，"我想清楚地告诉你：我方才是在一具死尸旁边，一个书记死了……我把我的钱都给她们了……而且，我刚才被一个人吻着了，假使我杀了不论谁的话，那还不是一样……实则我已看见了另外一个人在那边……插着赤色的羽毛……但我是在这边谈着无聊的话。我很衰弱，快换着我……我们一直到楼梯前面去……"

"什么事？你有什么事？"伦肯心焦地问着。

"我有点昏，但也不很要紧。我异常悲伤，异常悲伤……如同一个女子般。你看，那是什么呀？看哪！"

"怎么一回事？"

"你没有瞧见吗？一丝光亮在我的房间里，你没看见吗？在缝隙……"

他们已走到了末一层楼底了，和女房东的门平列着，事实上他们可以从那下面瞧见拉斯科纳夫的楼顶上的一丝亮光。

"真奇怪！也许是拿泰沙。"伦肯说着。

"在这个时候她从没在我房间待过，我想她早已入睡了，但是……管他呢！再会！"

"你这又是什么意思？我俩一同来，自然一同上去的！"

"我们自然是一同上去，但我想在这边握手，并向你说再会。把你的手伸出来吧，再会！"

"你究竟是怎么着啦，洛地亚？"

"没别的……快去……你做个见证。"

他们上了楼，"到底诺夫说得对"这个念头打动了伦肯。"唉，我的多嘴弄昏他了！"他自语着。

当他们走到房门口时，听见房里有声音。

"什么事?"伦肯喊着。

拉斯科纳夫先去推门,他把门打开,站在门口不动。他是着了魔了。

这时,他的母亲和妹妹正在沙发上坐着,等他约有一个半钟头了。为什么他从不曾料到,想到她们呢?她们出发了,在旅途中,不久就要到,这个音讯只在那天才向他复述说起的。她俩花去一个多钟头问拿泰沙。她在她俩面前站着,直到这时已把全部事情都对她俩说了。她俩听到他今天抱着病而且神志不清地"逃走了"时,她俩几乎吓坏了!"老天,他将变成什么样呢?"两人都在饮泣,在悲伤中度过了那一个多钟头的时间。

如今她们看见拉斯科纳夫重又回来,不觉发出一阵喜悦、欢呼的喊声,欢迎他进来。她俩向他面前跑去,但他却僵立着,如同一个死人一样。忽然来了一种不可名状的感触雷电般地击中了他。他并没有伸手去拥抱她们,他不能啊!她俩却把他紧搂在胸中,笑着,吻着,呼叫着。他走近一步,颠颠倒倒,昏跌在地上了。

于是焦虑、恐惧的喊声,哀哭声起来了……站在门口的伦肯这时走到房里,立刻把病人握抱在他那有力气的两臂中,并把他安放在沙发上。

"这不很要紧,不很要紧!"他向他的母亲和妹妹喊着,"不过是一时地昏过去,没关系!刚才医生已说他好多了,他已经康复了!水呢?你看,他会苏醒过来的,他又会好了!"

他用劲地一把握住多利亚的手臂,几乎把骨头也扭断了,他叫她俯下去看:"他已经醒过来了。"母女俩非常感激地看着他,把他当作神仙似的。她们已听拿泰沙说过了,在洛地亚害病之中,这位"很负责的年轻人"(如同朴利奚那,拉斯科纳夫在那天晚上和多利亚谈话中所称赞他的),对他的一切照顾。

卷三

第一章

拉斯科纳夫起来坐在沙发上了。他有气无力地向伦肯做手势，要打断他向她俩说的那些亲热的、不相关的、滔滔不绝的劝慰话。他把她俩的手握着，约有几分钟不说话，呆呆瞪着她们。他的母亲被这个情景吓着了。她俩看见他目光中这种刺痛人的情绪，同时带着近乎疯狂的神情。甫利亚竟怆哭起来了。

多利亚面色变灰白，她的手在哥哥手中颤抖。

"回去吧……同他一道走。"他指着伦肯，用一种气若游丝的声音说道，"明天再会！明天的一切事……你们到了很久了吗？"

"晚上才到的，洛地亚。"甫利亚答着，"火车缓慢极了。但是，洛地亚，我如今绝不忍离开你身边了！我要在这边，陪着你，度过一夜。"

"不要折磨我了！"他面露愠色地说道。

"我要和他同住在这边。"伦肯喊着，"我丝毫也不会离开他。不管我家里的客人了！随他们怎么样闹去吧！有我的叔父在那边陪着呢。"

"我，我怎样才能酬答你的盛情！"甫利亚紧握着伦肯的手说着，但拉斯科纳夫又去打断她说话。

"我受不了了！我受不了了！"他恼怒地又说起来，"不要再折磨我了！好了，去吧……我受不了了！"

"哦，妈妈，我们走出去待一会儿吧。"多利亚惊愕地耳语着，"我们显然使他很痛苦了。"

"分开三年，我还不能多看看他吗？"甫利亚哭着说。

"等一等。"他又叫她们站着，"你们只会麻烦我，把我的主意也弄昏乱了……你们遇见过洛升吗？"

"还未，洛地亚，但他已知道我们到了。洛地亚，我们听说彼得洛升如此有情，今天他曾经来看过你。"甫利亚怯懦似的续说道。

"是的……他是如此有情……多利亚，我会对洛升说，我要把他赶下楼去，叫他滚呢！"

"洛地亚，你说些什么！你不一定，你并不真的要告诉我们……"甫利亚生气地说着，但她又不说下去了，只是看着多利亚。

多利亚凝视着她的哥哥，似在等着他再说些什么。她俩已听拿泰沙将她所了解的报告过了，说自从那次吵嘴后，两人都在痛苦的迷惑和不安之中。

"多利亚。"拉斯科纳夫又继续说了，"我不要那种婚姻，明天你们碰见时你得拒绝洛升，我们以后不愿再听见他的名字。"

"天哪！"甫利亚哭喊着。

"哥哥，你讲的是些什么话！"多利亚愤愤地开口了，但又立刻压制着，"也许你疲倦了，你如今不宜再说话吧。"她温柔地改说着。

"你看我神志不清吗？不是的……你为我而嫁给洛升，但我不要你的这种牺牲。最好在明天以前写一封信拒绝他……在早晨给我看一遍，一切就算完了！"

"那我可办不到！"那姑娘恼怒地喊道，"你有什么权力……"

"多利亚，你也着急得不得了，安静点，明天……你没听见吗？"母亲慌忙插嘴说，"我们让他休息吧！"

"他精神失常了！"伦肯酩酊似的喊着，"不是的话，那他怎敢如此呢！明天一切又都过去了……今天他的确把他赶逐了。就是如此。并且洛升也怄气了……他在这边大发牢骚，想展示他的学识，但他沮丧地走了……"

"那是真有这事的了？"甫利亚哭喊着。

"明天见，哥哥。"多利亚爱怜地说着，"母亲我们去吧……再见，洛地亚。"

"你明白吗，我的妹妹？"他在她们后面，又反复申说着，"我并非神志不清，这种婚姻根本——不干净。让我做一个流痞吧，但你千万不要那样……一个已多了……我虽是一个流痞，但我也不希望有那样一个妹妹。我还是洛升，你选择吧！此刻你去好了……"

"但你已没灵魂了！一个暴君！"伦肯大吼着，但拉斯科纳夫却不出一声。他躺在沙发上边面朝着墙，早已有神没气的了。多利亚凝视着伦肯，她的乌溜溜的眼睛发着光，伦肯对于她的睇视有点莫知所为了。

甫利亚也站着发呆了。

"我万不能走的。"她失望似的向着伦肯低声说着，"我要在这边暂住着……请你陪多利亚回去吧。"

"那你将把一切事情都弄僵了。"伦肯急躁地用同样的低声答着她，"不论怎样，你且出来，到楼梯上去吧。拿泰沙，你照一照灯！我可以担保地说——"他在楼梯上轻声地说道，"今天下午他几乎动手要打医生和我呢！你知道吗？要打医生呢！幸亏他肯退让，走开了。没有激怒他。我还在楼下守候着，但他已穿好衣服，溜出去了。如果今晚你再使他发怒，那他又要出走的，也许还要做些自害的举动哩。"

"你在说什么？"

"而且多利亚绝不能离开你左右的，剩下她孤单地在那个寓所。你们试想你们是住在什么地方！那个恶汉洛升他竟不替你们找个好的住处……你知道的，我喝了点黄汤，那酒性使我……出口伤人，请不要见怪……"

"那我要到这边的女房东那儿去！"甫利亚坚决说，"我请她替我俩找一个角落宿夜。我不忍就这样地离开他，我不能！"

这些谈话是在女房东门前的楼梯头上说的。拿泰沙在底下一步楼梯上照着灯，伦肯似乎十分兴奋。在半点钟以前他送拉斯科纳夫回家的时候，他讲他实在太不顾一切了，但他也明白的，自己虽喝了很多酒，但头脑却是清晰的。如今他是在一种昏沉沉的境界之中，他所喝下的一切都好像在他头顶盘旋，十分有力。他和两个女人站在一起，握着她俩的手，劝慰她们，用动人而明显的语句向她们解释，他每说一个字眼，好像一定要加重他的语气，他要把她们的手握得更紧，如同在一个铁钳子里一样。他毫不顾什么礼节地看着多利亚。她们有时把自己的手从他那粗大多骨的手中抽出来，但他一点没觉得，只是把她们拉得更近。如果她俩这时叫他从楼梯上跳下去，他定会不假思索，立刻听她们的命令。甫利亚虽觉得这个年轻人有点异样，握她的手太紧，但他为着她的洛地亚焦虑，她在这时看他又好像是上天特意来帮助她似的，也就不顾他的这些怪异了。但是多利亚虽也一样的焦急，而且也没畏缩，但她见他眼中闪耀着光辉，而不能不觉得奇怪，不能不惊恐。只有拿泰沙关于他哥哥的怪友的述说所引起的深入的信任，使她不想从他那边走开，也不叫她母亲走开。她觉得如今即使跑开也是不可能的。但过十分钟，她便异样地胆大了。那是伦肯的特性，不论他的心意怎样，他立刻会露出他的真实品性来，因此大家就可立即看出与她们相处的是怎样的人了。

"你不能到女房东那边去呀，这是不可能的！"他喊着，"你如果住在这边，即使你是他的母亲，他也定要发脾气的，谁都难预料会发生什么事来！你听我说，这样吧，拿泰沙留在这边和他一起，我送你俩回去。你俩不能单独在街上走的，这彼得堡不是一个安全的地方……但也不十分要紧！我自己再跑回这边，一刻钟之后，我定会把他的情况，他是否已经睡了，以及其他消息都传给你们。还有，你听我说，然后我再回家一趟——那边有很多朋友，全喝醉了——我找诺夫一同来——他是给他看病的医生，他也在那边，但他没醉，他从来不喝醉！我把他拉来见洛地亚，然后再邀他到你们那边来，这样你们在一个钟头可以有两个消息——一个是医生的，你们懂得吗？从医生那里得来的，和从我这里得来的——定是很不同的了！如果势头不对的话，我发誓我会把你们带到这边来的，但如果没什么，那么你们安睡好了。我在这边过夜，在廊道上，他不知道的。我叫诺夫睡在女房东那边，就在下面。这样说来，谁对于他更有益：你还是医生呢？那么先回去吧！但女房东那儿是不能住的——我是没关系的，但你们不能，她不愿意招待你们，因她是……她是一个呆子……她要为我妒忌多利亚，也会妒忌你呢，你若愿意知道……妒忌多利亚无疑的。她是一个绝对的、十分不可捉摸的人。况且我也是一个呆子……这倒没有什么！你们快来！你们相信我的话吗？唔，你们相信不相信我呢？"

"我们就走吧，妈妈。"多利亚说着，"我们按他所说的做吧。他已经援救了洛地亚，而且如果医生真的愿意在这边住，那有什么更比这好呢？"

"你懂，你……你……明白我了，你真是一个安琪儿！"伦肯狂喜地喊着，"我们去吧！拿泰沙你快上楼来，灯点亮些，坐着侍候他。我过一会儿就来的。"

甫利亚虽然并不十分相信，但她也不好再难为情了。伦肯一只手扶着一个，把她俩扶下了楼去。但她总还有点不安，他虽然很诚恳而且温和，但他究竟能否按照他所讲的话去做？他似乎是在那样的一种情形之中……

"啊，我以为我是在这样的一种情形之中！"伦肯猜透她的内心，把她的那些思路打断了。他大踏步地在街道上疾走着，以至于她俩不能赶上他，不过这点他并没有留意到。

"不值得说的！那是……我醉得如同一个呆子般，但全然不是。我并非喝酒弄醉的，看见你们之后才把我弄得神魂颠倒的……但不必理我！切不要这样想……我是胡说八道，我配不上送你们的……我简直配不上送你们的！我把你俩送回家后，我要在这边井中浇两桶冷水在我头上，我就醒来了……只要你俩明白我是怎样爱你俩就得啦！不要笑，不要恼！你们可同不论谁恼气，但是不必和我呀！我是他的朋友，那么我也就是你俩的朋友。我要……我有一个预感……去年某个时候……但那实不是一个预感，因为你们好像是从天上下来的。我可能整夜都睡不着……诺夫方才担心他要发疯了……所以不要让他激动。"

"你说什么？"母亲喊着。

"医生真的说过那话吗？"多利亚惊讶地问。

"是的，但并不是这样，他给他吃些药，一服药粉，我亲见的，于是你们就来了……唉！如果你们明天才到，也许事情要好多了。我们离开他是一桩好事。一小时之内，诺夫会把一切经过对你们说的。他没有喝醉！我也要醒了……是什么使我如此昏沉沉的呢？因为他们激动，我和他们争辩了，真讨厌！我发誓不再争辩了！他们说的是那样的荒唐！我几乎要动手！我叫我的叔父在那边陪客人。你们信吗，他们坚决要让一个人不露个性，而且那正合他们的胃口的！不露个性，竭力做出违背自己的行动。这是他们认为的进化的极顶。只希望他们的荒唐话就是他们自己的创见……算了吧，但事实上……"

"听啊！"甫利亚懦怯地插嘴着，但这只是火上添柴罢了。

"你以为怎样？"伦肯大声喊着，"你认为我是因为胡说才去反对他们的吗？不是的！我爱他们的胡说。那是人对于一切创造者的一个权利。你尝试错误，才能得到真理！我是人，所以有错误！你不犯过十四次错误，甚至一百一十四次错误，你绝不会得到真理，那是一件可尊贵的事情。但真可怜，我们还不会尝试错误哩！谬论，谬论是你自己的事，我为那个要和你交欢的。在自己选择的路径，比走在别人的轨道上好些。第一个情形，你是一个人，第二个情形，你并不会比一只鸟儿好些。真理不躲避你，但生活却让你受束缚了。这有许多事实证明的。而且我们现在在做些什么呢？在科学、进化、思想、发明、理想、观念、意志、自由主义、判断、经验和一切事情上，我们都仍在学校的最低级呢！我们宁愿生活在另外一种理想之中，这是我们真正渴盼的！我说的是否对，我说的是否对？"伦肯嚷着，并紧捏着两个妇人的手臂。

"哦，可惜，我不是很懂。"可怜的甫利亚答着。

"是的，是的……虽然我并不都赞同。"多利亚热切地说着，她立即发出一阵尖叫，因她的手被他捏得那样痛。

"是的，你说是的……既然这样……你……"他神魂荡漾地喊着，"你是和善、纯洁、意识……和清莹的源泉。你把你的手给我……我就要在这边跪下吻你的手臂……"他在街道上跪了下去，好在那时街上静寂无人。

"你拿开，我求你，你要做什么？"甫利亚大感困惑地喊着。

"站起来，站起来！"多利亚笑着说道，但她也有点烦恼了。

"我一定要吻着你们的手才会起来！是的！是的！我起来，我们再继续往前走！我是一个不幸的呆子，我不配和你，我喝醉了……而且我觉得羞……我配不上爱你，但向你表示敬爱，却并不是怎样荒唐的举止！我在此表示敬爱了……这边就是你的住处，就因为这件事，洛地亚把你的未婚夫赶跑了，是应当的了……他怎么会！他怎么会把你安放在这样的住所！这是藐视你们，你知道他们这边收容的是些什么人吗？你——他的未婚妻啊！你是他的未婚妻吗？不是的吧？唔，那，我对你说，你的未婚夫是一个地痞。"

"恕我，伦肯先生，你忘记了……"甫利亚才开口道。

"对的，对的，你是对的，我忘记我了，我为此害羞。"伦肯立即表示歉意，"但是……但你不能因我说真话便恼我！因我说得诚实，也不是为……哦，哦！那未免可耻呢！实非因我……哦！嗯，不论怎样我不讲为什么，我不敢……但我们今天看见他来时，觉得他不像我们一类的人，并非因为他的头发在整容室里卷曲了，也并非因为他那么急于夸示他的见识，实在因为他是一个探子，一个投机者，他是吝啬的人，一个滑稽家。这是很显然的。你觉得他聪慧吗？不，他是一个呆子，一个呆子。他是你的丈夫吗？老天！你们明白吗，太太们？"他在上楼走到她们屋里去时，忽然不进去了，"我的朋友虽都在那边喝醉了，可是他们是实在的，我们虽谈了些不正当的话，我也是，可是我们最后总会讲到真理，因为我们是在正轨上，洛升……却不在正轨上呀。我刚才也曾叫他们各种各样的名字，但我对他们是尊敬……我虽不大尊敬哈夫，但我觉得他可爱，因他是一条小狗，我也爱那头小牛诺夫，因他是一个诚实的人，而且明白他所做的职业。好了吧，一切都说了，而且也全恕了。恕了吗？唔，那么，我们再向前走一程。我知道这条廊道，我到过这边，在这边的三号房间曾有过一件耻辱的事……你们住在这边的什么地方？第几号房间？第八号吗？嗯，夜间一定要把门锁好了。谁也不许进来。一刻钟之内我会把报告送过来，半个钟头后，我会把诺夫拖来，你们等着吧！再会，我该走了。"

"老天，多利亚，我们会碰到什么事啊？"甫利亚对着女儿焦虑地、慌张地说着。

"不要自找烦恼呀，妈妈。"多利亚说着，把帽子和围巾卸下了，"上帝遣这位绅士来帮我们忙，他虽是从一个宴会来的，我们全靠着他，我敢向你保证。而且他对于洛地亚的一切帮忙……"

"唉，多利亚，你知道他会不会来呢？我怎么会放心离开洛地亚呢……我想我们这次的见面是如何有重大意义呀！他却愠怒着不愿和我们相见似的……"

她的眼泪不觉夺眶而出了。

"不，必不是那样，妈妈。你没觉察着，你总是一大把眼泪鼻涕。他被沉重的病弄得非常困扰了——就是为此呀。"

"咳，那种病！怎么会害的，怎么会害的？而且他对你这样说，多利亚……"母亲说着，谨慎地看着她，努力猜测她的思想。由于多利亚替她的哥哥辩说，她已稍稍安慰了，那辩说便是表示她已经原谅他了。

"我想明天他会对那事改变方针的。"她续说着，去探她的想法。

"但我相信他明天关于此事仍要如此说的！"多利亚决然地答着。她当然不能多说什么，因为这是她不想提及的。多利亚上前去吻她的母亲。母亲亲热地围着抱她，没作声。她坐下，急躁地等待伦肯的来到，怯怯地注视着那在房中徘徊走着的、手交叉着、陷入沉思的女儿。这种徘徊思索，是多利亚的一种习惯。这时候，她母亲通常是害怕去扰乱她女儿的心情的。

当然，伦肯喝醉后对于多利亚突然产生了钟情，是好笑的。不过除去这点变态，大家总不至于说他是荒谬的人，如果他们见了多利亚的话，尤其是当她交叉着两臂，往来徘徊、深思、烦恼的时候。多利亚是很漂亮的，她是高个儿，身材非常匀称，健壮而自信——后一种品性在一举一动都显露出来，但却无损于她举止的娴雅与温和。在脸颊上，她如她的哥哥一样，但她确实可以称为漂亮，她棕色的头发，比她哥哥颜色淡些。在她的乌油油的眼睛中，放出一种傲然的光辉，但也不是没有十分仁爱的情态。她的脸色苍白，是健康的苍白。她的脸发出光彩，充满着新鲜和活泼。她的嘴唇小巧之至，红色的下唇如同下颏一般稍稍向外翘出，这是她漂亮的面孔上的一点欠圆满的地方，但这足使她的脸具有一种超然而近乎自傲的表情。她的脸上，庄严和思维的成分总比快乐多些，但那活泼的、愉快的、不自制的笑也恰合于她的脸！一个热诚的、坦荡的、率真的、忠实的奇伟男子，像伦肯，他就从未见过像她这样的人，而且那时又在醉酒，头昏之中，所以那是很当然的。恰好他在多利亚为手足之爱和遇见哥哥的喜悦变漂亮的时候，第一次就看见她。以后她因为受了哥哥无礼的、残忍的、无情的话，下巴常愤怒得颤抖——他就再也控制不了自己的感情了。

而且当他在楼梯上说醉话，随便说出巴夫洛夫（拉斯科纳夫的古怪的女房东）要因为他而妒忌甫利亚和妒忌多利亚，他说的倒是实话。虽然甫利亚已有四十三岁年纪了，她的面孔却风韵犹存，她看上去比她的实际年纪年轻得多，那样恬淡的精神，感性而纯洁诚实的好心肠，使她能到老年时仍不失美貌。换句话说，保持着这一切是保存美到老年的唯一的法门。她头发已在变白，而且稀少了，她眼睛旁边早有了微细的皱纹，她的面颊因忧思与悲哀而往里缩凹，但总还不失为美丽的面孔。她倒是一个多利亚的化身，年纪大二十岁，但没有翘出的下巴。甫利亚容易受感动，但并不感伤，她怕事，多退让，但也不十分过甚，她会让步，承认许多甚至和她的意见违忤的事情，但不论什么情况下，那诚恳、道义和最深的信仰所决定的——没有一物能够使她超越这些东西。

在伦肯走后的二十分钟，就听到几下轻微而急促的打门声音——他真来了。

"我没时间，不进来了。"门一启开，他便开口说着，"他睡得如同一头猪般，酣沉地，寂静地，上帝让他睡十几小时都行。拿泰沙在他房内，我叫她等我回来的时候才能离开。现在我去把诺夫叫来，他将给你们好消息，你们就好安心入睡了，我想你们是过于疲倦了，不该再做什么事……"

他沿着走道跑下去。

"真是一个非常懂事而且……热诚的年轻人啊！"甫利亚欢喜赞美地说着。

"他好像是一个直爽的人！"多利亚真诚地回答着，仍在房内徘徊走着。

过了一个多钟头，她们又听见走道上的步履，以及一些打门声。两个妇女一直等到这时才完全相信伦肯的承诺——他真的把诺夫叫来了。诺夫立刻离开宴会到拉斯科纳夫那边去，但他却带着勉强和十分的疑惑来看这两位女子。他不相信伦肯欢乐的情形，但他的虚荣心即刻受着怂恿而使他答应了。他看见她们真的像等神仙一样地等着他。他只站了十分钟，竟使甫利亚十分信任而且放心了。他说话时，露出非常的同情，但也带点年轻医生在重要斟酌上的谨慎和镇静的庄重。他没有旁及其他事情上的谈话，也毫无一丝想和这两位女子有更进一层的私谊。他在一进门时，只是瞥了一眼多利亚那耀目的美貌，以后便极力不去关心这些，只是和甫利亚谈话。这使他感到内心非常欢喜。他说，他想病人这时的状况很令人满意了。依据他的观察，病人的病症一部分是由于前几个月他那恶劣的物质压迫所致，另一部分却含着道德的因素。"如果可以如此说的话，那么这病是几种物质和道德的相互关系、焦虑、恐怖、困窘以及其他意念……等等的混合物了！"诺夫看出了多利亚似乎很关切地倾听着他的讲话，他就在这上面把它扩大着去讲了，对于甫利亚"像是疯癫"的焦虑而又不敢询问，他就露着一副泰然自在的坦然的笑脸把他的话延展夸张着，说病人确是含有某种不变的观念，有点近于偏狂——他（诺夫）如今正在专门探讨这种奇怪的医理——但务必要认清，一直到今天病人多是神志不清，而且……而且家人陪伴必然有助于他的康复，而且不可扰乱他的心。"只要一切外来的惊扰能够避去！"他头头是道地续说着。他于是站起来，有礼貌地一鞠躬告辞，同时祝佑，他一身聚集着亲切的感动和恳祷。多利亚很大方地伸着手和他握别。他出门去了，觉得这次的会见很愉快呢！

"我们明天再说吧，快去睡吧！"伦肯最后说着，便和诺夫一同出来，"明天早上我将尽早地告诉你们。"

"那是一个使人心痒的小女子，多利亚……"诺夫说着，舐了舐嘴唇。这时他俩已走到街上了。

"使人心痒吗？你说痒人吗？"伦肯狂喊着，去拖诺夫，并抓住他的喉管，"如果你要……你懂得吗？你懂得吗？"他喊着，握着他的衣领摇撼他，把他推到墙边，"你听到没有？"

"走开些吧，你个酒坛！"诺夫甩脱了身说着，当他让他离开的时候，他死瞪着他，忽然又大笑着。伦肯在不愉快的沉思中看着他。

"对的，我是一个呆子。"他说着，面色幽沉得如暴风烈雨中的黑云，"不过老兄……你也是如此的。"

"不，老兄，我可不是那样的呆子。我没有梦想什么呆事的。"

他们静悄悄地一路走去，但当他们靠近拉斯科纳夫住所的时候，伦肯急躁地打破了这沉寂。

"你听！"他说着，"你是一个体面的人，但在你的其他缺点底下，你是一个浪子，我明白你还是一个醒醍的东西。你是一个软神经质的应声虫，又充塞着许多妄想，你吃得胖胖，而且懒怠了，丝毫不能自制——我叫它醒醍，因为它会引人走到醒醍的境界上去的。你自己会弄得如此懒惰，我不明白是为什么，你是一个善良的，而且也是一个热心肠的医生。你——一个医生——睡在绒毡床上，却在夜里起来去诊视病者！再过三四年，你就不用替病人起来了……但也不用去说这些，这不是着重点……你要在这边女房东的楼房里住一晚——我劝她答应是容易——我自己在厨房中睡。这样你就可以有机会更亲密地认识她了，是不是……但这却跟你想的不一样！一点也不是这样的，老兄……"

"但我并没有如此想呢！"

"老兄，你在这边纯洁、沉静、羞怯，还有一种蒙昧的贞操……她深叹着，如烛般熔解，熔解着！靠着所有鬼魅的力量，请你援救我脱离她！她实在是令人爱悦的……我会报答你，什么事我都愿意干……"

诺夫狂笑着。

"嗯，你给缠扰着了！但我和她是什么关系呢？"

"请放心，我对你保证。你爱说什么瞎话，你就对她讲什么，只要你在她旁边，坐着讲都可以。并且你是一个医生，你要设法给她医治。我发誓你不会懊悔的。她有一台风琴，你知道，我会乱奏一些。我有一首歌曲在那边，是一首纯粹的俄罗斯歌曲——《我淌着哀泪》。她喜欢这首纯粹的歌曲——嗯，你就从这首歌开始。你是一个地道的音乐家，一个专门的大家，我对你保证，你不会懊悔的呀！"

"但是你给她许过什么承诺没有？画押没有？是否有订婚之约？"

"不，不，绝没有那种事！她也不是那类人……乞洛夫曾经对她……"

"那就把她甩了吧！"

"不过我不能就把她甩了！"

"你为什么不能呢？"

"唔，我不能。因这里边有一种诱人的因素，老兄。"

"那你为什么要迷恋她呢？"

"我没有迷恋她，也许我大脑发昏才迷恋了。但她却不管是谁，只要有人常常在她身边谈着，坐着，唱着就够了……我不能说明其中原因，老兄……你的数学很不错，如今正在研究它……你去教她积分好了，很好的，我不是和你说笑，我对你讲的是真心话，正像对她一样。她会环绕着你，和你谈上一年半载。我有一次和她谈了两天关于普鲁士王朝的官吏们——因为人必须讲些话——她长吁着而且冒汗！但你切不可去谈说爱情——她会羞昏了——只要给她看出你不会无所得而去，那就好了。那真是舒服，你何等快乐！你可以念书，坐着，卧着，写文章。你也可以趁机偷吻她一下，如果你谨慎的话。"

"但我为什么要她呢？"

"哈，看来我不能使你明白！你瞧，这于你们都合适！我时常给她提示，让她想到你呢……你必定是要来的！那么迟早有什么要紧呢？在这边有毯绒床睡呢，老兄——哈哈！还不止这些呢！在这边还有一种吸引力——在这边有蓝的天、停泊处、波澜不惊的港湾、地球的中心、作为世界根本的三条鱼、煎饼、带着香味的鱼肉饺、铜火炉、温和的叹息与暖和的肩巾等等，还有热炕床睡呢——愉快极了，你现在还像这样活着——两种好处都可到手了！嗯，罢了，老兄，我瞎说什么，可以睡觉了！你听我说，有时我要在夜里醒来，我好进去瞧瞧他。但不要紧，那是很好的。你切不要自寻烦恼，如果你愿意，也不妨进去看他一次。但是你如果觉得他不对了，比如神志不清，或是发热，你就把我唤醒吧。不过这一定是我多虑了……"

第二章

伦肯第二天早晨八点钟就醒了，显得异常烦恼。他碰到许多不曾料想到的麻烦，他从没有想到他醒后会那样的。他想起昨天的一切细节，他知道他会遇到一个十分出奇的遭逢，他得着一个印象，不像以前所知的一切东西。同时他很明白地觉出，那在他幻想中燃起的梦是绝难实现的——因此他觉得十分害羞，他于是立即转到那个"可诅咒的昨天"给他的那种更现实的焦急和困难。

昨天最可怕的回忆，就是显出了"卑污"的那些行为，并非是因为他喝醉，实是因为他想借着那少女的地位，在他可笑的妒忌中，去侮辱她的未婚夫。自己并不明白他们的关系和一切，对于那个人他自己又知道得很少，他有什么权利可以那样出言不逊地贬低他呢？谁去问过他的意见呢！如多利亚竟会为着金钱而下嫁给一个不行的人，这是可能的吗？那他一定有特别擅长之处。至于住处，那他怎么会知道那住所的性质呢？他给租了一层楼房……呸，这是怎样的卑鄙啊！他醉了，这是什么的证明？如此可笑地漫辱人家！酒醉露真情，真话也出口了："那是他的粗陋的妒忌，把心内的一切无聊全说出来了！"那样的一个梦会没有任何代价给他伦肯吗？他在那样的姑娘旁边算什么呢？他，在昨夜的醉态里喧嚷乱吹的家伙？"如此可笑地侮人，和她并称就真的没问题吗？"伦肯一想起这点，脸孔红红的，很不自在，他又忽然想起昨晚在楼梯上如何说女房东会妒忌多利亚的话……那真受不了，他把拳头打在厨房炉子上，重重地一敲，打破了一块瓦，伤了自己的手。

"当然，"一分钟后，他陷入了一种自责的感情，喋喋自语着，"当然，这些卑污永远不能擦掉或抹去了……因此想也没用的，我必须不声不响地到她们面前去，而且……尽我的所能……也是静默的好……而且不必求宽恕，什么都不说好……因为现在都已弄坏了！"

他穿起衣服，他查看他的服装，比平时要仔细。他再没有别的衣服了——如有，当然要穿上了。"如果有，我也绝不穿的。"但不管怎样，像他这样卑污尴尬的人，万不能照旧大发牢骚的，因他没权利可以损伤人家的，尤其她们正需要他的帮忙的时候。他把衣服刷了又刷。他的衬衣总是不错，这上边异常洁净。

这天早晨他细心地洗脸——他从拿泰沙那边弄来肥皂——头发、颈项，尤其是手臂。要不要剃一剃那生着短硬胡子的下巴呢（巴夫洛夫有很好的剃刀，是她死了的男人遗留的），这问题被他否定了。"随它去吧！如果她们以为我故意剃光了脸……如何呢？她们一定要这样猜！我无论如何不能剃！"

而且，最坏的是他这么粗陋、污秽竟如小酒店的伙计一样。而且，即使人家承认他有点正派人的素质，那又有什么可骄傲的呢？人都应当做一个正派人……然而仍旧是一样，他也干过些小事情……并不是真的不成，然而……他有时会怀着一点鬼胎，哼……把那一切都给多利亚那边了，讨厌！嗯，他如此粗鄙、污秽，像小酒店的伙计一样。他管不了许多！他愿意更坏了！

他正在自言自语的时候，在巴夫洛夫的屋内过夜的诺夫进来了。

他就要回去，得先去看一看病人。伦肯说拉斯科纳夫睡得像一头猪。诺夫叫他们不必把他喊醒，并说他在大约十一点钟时候，再来诊脉。

"如果他仍还在家——"他继续说着，"讨厌！人要是不能约束他的病人，他还会医治他们吗？是否他到她们那边去，还是她们到这边来呢？"

"我想她们到这边来。"伦肯懂得他问话的用意，便说着，"一定的，他们将要谈及他们的家庭事情，我得离开。你是一位医生，更有权利在这边，是不用说的。"

"但我并非是一个赦罪的神父呀。我就要走的，我除了看他们之外还有好多事要做呢。"

"有一桩事情如今叫我很烦恼。"伦肯皱着眉说，"在陪她俩回去的路上，我曾向她说了许多酒醉后的糊涂话……一切事情……有一桩就是你怕他要……疯了的。"

"这样的话你也会告诉她俩吗？"

"我真冒昧！你要责打我，你便可以打我好了！你看得那事如此大吗？"

"简直是胡说，我怎会看得如此重大！你，你自己，把我领到这边来的时候，怎样形容他是一个发狂者……而且昨天我们更是愤怒至极，就是你讲的关于漆匠的事引发的，当他兴许正为这事发疯时，那是一些呆笨的讲话！如果我知道有公安局那回事，知道有个地痞……去欺侮他！哼……我就不会允许谈那些了。这些发狂者老是小题大做，把他们的猜想看作真实的……我记得，我心中所认为神秘的事，有一半能弄明白的，却是哈夫所讲的故事。我记得以前有一个患疑心病者——一个约四十岁的人——把一个八岁的男孩给杀了，因为他不能容忍他每天在桌凳上边胡作非为！这件事上，就因为他那破衣、失态的警长、热病和这种猜疑造成的！这一切，都足使一个被疑心病、被病状闹得几乎疯狂的人身上发生很凶的作用，成为患病的开始。唔，不要去管那些事吧……喂，那位哈大倒是一个灵巧的人，但是……昨夜他不该把那些话都讲出来。他是一个可怕的饶舌者！"

"他把那些话对谁说了呢？是不是你和我？"

"派弗里。"

"那有什么要紧？"

"喂，你和她们——他的母亲和妹妹——是否很知己？你对她们说今天更要当心他……"

"她们自己会应付好的！"伦肯快速地回答着。

"他为什么那样讨厌洛升？他是一个富翁，而且她也喜欢他……而且我想她们身边已空空如也了吧？嘿！"

"这和你有什么关系？"伦肯恼急地喊着，"她们有没有钱，我怎能知道？你自己去问她们，也许你可以得知……"

"唉，你有时真是一个笨蛋！昨夜的酒气还没有过呢……再见。给我谢谢你的巴夫洛夫，昨夜我在她那边耽搁。她自己固守在房中，我从门外说声'日安'，她也没作声。她七点钟就起身了，铜火炉是从厨房拿进去给她的。我没有亲眼见过她。"

在九点钟时，伦肯到巴卡的寓所去。两个妇女都焦急地等待着他。她们老早就起来了。他进去时，面孔幽暗得很，鞠躬礼做得拙劣之至。他有点自惭，他误会了——甫利亚热切地走到他面前来，握着他的双手，像是要接吻。他羞怯地看着多利亚，她傲然的面孔这时露出感激和友谊，以及那出乎意外的尊敬的表情（而不是他预料中的藐视鄙夷的神情），这使他比遭侮辱还更难受。幸而他找到了一个谈话的题目。

甫利亚听见病情已经好转，洛地亚没有醒，她很欢喜听这话，因为"她有一点事，应得预先谈一谈"。于是便问他吃过早饭没有，请他在这边用餐，她们在等他一起吃。多利亚按着门铃，一个衣衫不整的佣人跑来，她们叫他去办茶点，东西是弄到了，但那么醺醖而且昏乱的样子，叫她俩也觉得过意不去了。伦肯于是又大大贬低这住所，但一想起洛升，他又不敢多说了，甫利亚不住地问着这问着那，这使他高兴极了。

他说了好久的话，往往被她们的问话打断，竟至把拉斯科纳夫去年一切日常生活中最重要的事情，都给探述出来，并还探述有关于他病中的一切详情。但有些可以不说的他都删去了，在公安局的那件事以及所得的结果，也在省去之列。她们开心地谛听着他所讲的故事，当他把一切要说的说完了而使听众感到满足时，她们却以为他还在开讲呢。

"对我说吧，对我说吧！你想怎样……请恕我，我没有请教他的名字！"甫利亚匆忙地插口道。

"脱里。"

"我非常想知道，脱里……如今他怎么样……看平常的情形，就是他喜欢和不喜欢的是些什么？他常是如此好发性子吗？如果你可以告诉我，就请把他的希冀和他的梦想（若是可以这样说的话）告诉我，他现在有些什么感触？无论如何，我想……"

"唉，妈妈，他怎能立刻答复这些话呢？"多利亚说着。

"老天，我不希望有一点像这样，脱里！"

"这当然啦！"伦肯答着，"我没有母亲了，但是我的叔父每年来这边，他每次都在外貌上几乎认不得我了，虽然他是一个有见识的人。你们三年的别离是很有不同啦，我能对你说些什么呢？我认识洛地亚近一年半了，他是怪性的、沮丧的、自矜的、傲慢的，而且最近以来——也许以前——他很多疑，好空想。他的心地是慈善的，心肠是慈悲的，他不喜欢暴露他的感情，就是干了桩残忍的事情，也不愿敞开心扉。但有的时候他一点没有病状，不过淡漠和冷酷无情——他好像是在轮番扮演着两个角色似的。有时他非常矜持！他说他很忙，一切事都给他阻碍，然而他却高卧在床上，一点事也不做。他不会侮弄什么，不是因他没有口才，好像他没有时间，去浪费在小事上似的。他老不爱人家和他说什么。他一天到晚，别人感兴趣的事物他毫无兴趣，这也是无可厚非的。

嗯，还有呢？我想你们的到来，对他能产生很好的影响吧。"

"只愿老天相助呀。"甫利亚听了伦肯述说洛地亚的事情，悲伤之至，不觉哭喊着。

伦肯如今放胆看着多利亚。他说话时，他时常偷偷地瞧她，但只是一瞬，又把眼睛转过去了。多利亚坐在桌旁谛听着，偶尔站起来，在房中往来徘徊，两臂叉着，抿着嘴唇，时而问一两句，却不停步。她也具有相似的习惯，不愿听人家说什么似的。她穿着一套稀薄的暗灰色的外衣，项颈上围着一条雪白明亮的围巾，伦肯因之便看出她们的衣着并不十分丰富。多利亚如果穿得讲究，像公主般，他不会感到怎样受惊，但正因为她穿得不漂亮，显出她遭遇的恶劣，他的心中满塞着难过。他对于自己所讲的话和每种姿势都颤抖起来，这对于一个不善交际的人，是很不容易忍受的。

"你对我们讲了许多关于我哥哥的品性的有趣的话……讲得很实在，我很愉快。我觉得你太宽容他，太挚爱他了。"多利亚微笑着说，"我觉得你的话是不错的，他需要一个女人去侍候。"她深思后继续说着。

"我并没说这些，但我想，你的话是不错的，不过……"

"什么？"

"他没有爱过一个人，也许永久都不会爱的呢！"伦肯坚决似的答着。

"你是否说他没有资格爱呢？"

"多利亚，你不论什么事情都和你哥哥像极了，真的。"他自己也不会相信的话竟忽然漏了出来，但随即又想起他方才说她哥哥的话，他脸孔变得如茶花一般红，简直是局促不安了。多利亚看了这情形，不觉好笑起来。

"你们两人都误会洛地亚的意思了。"甫利亚怪诧似的说道，"我并不是说我们如今的症结，多利亚，洛升在这封信上所说的话，和我俩所料的事，确是误会，但是脱里，你料不到他的性情是怎样的乖戾，而且常常变花样的啊！他在十五岁的时候，我便不能够相信他所干的一切事了。我想他如今仍在做别人所不敢做的事情……唔，就如，大前年他怎样地使我惊吓，给了我一个大大的震撼，几乎吓死我啦，那时他便存心要娶那姑娘——她的名字不知是什么——是女房东的女儿吗？"

"你听到过那件事吗？"多利亚问着。

"你想——"甫利亚热切地继续说着，"你想我的泪珠、我的恳求、我的病状——我甚至会因悲哀而死！我们的贫困，会使他不干吗？绝不能，他会悍然不顾一切的。但这并不是因为他不爱我们！"

"他一向不曾对我说过那事的一句话。"伦肯谨慎地回答着，"我从巴夫洛夫那边探听了一点，但她却不是个好空谈的人。我所听见的话当然有点古怪的。"

"你听见些什么？"她俩立刻齐声地问着。

"嗯，不很特别。我只知道那桩因为女子死了而无法实现的婚姻，巴夫洛夫一点也不痛惜。你们说那个女子并不好看，我听说也很丑……而且又是害着病，又有点怪。但她好像也有点好的地方……她一定有点好的地方，不然怎么会如此不可解……她又没有钱，他也不会注意她这方面……所以这样的事情真是难以说清，难以评价。"

"我相信她是一个好姑娘！"多利亚明确地说。

"上帝恕我，我希望她死！但我不知他们谁叫谁受更多的痛苦。"甫利亚把话结束了。于是她吞吞吐吐地问起前天和洛升争执的事，不安地常常偷眼看多利亚，这使后者感到困恼。这桩意外事件甚至于其他一切，都使她发生烦恼、惊讶。伦肯详细地讲述着那件事，但这次他添上了他自己的评论：他不客气地责备着拉斯科纳夫故意侮辱洛升之不该，并不因为他生着病而加以原谅。

"那是他生病以前设想的。"他续说着。

"我也这样想。"甫利亚露出沮丧的态度回忆着。但她听见伦肯那样谨慎地发表自己的意见，并对洛升也加以敬视，她觉得十分惊讶。多利亚也为之一惊。

"这就是你对于洛升的评价吗?"甫利亚不觉地问道。

"我对于令爱的未婚夫不敢有其他意见!"伦肯直接地恳切地答道,"我说那些话并非是因为平常的客气,实是因为……因为多利亚应该由她自己的意志去答复他。如同昨晚我说他过于失态,那是因为我醉得糊涂了,疯了,是的,疯了,发狂了,我简直发昏了……今天早上我还有点害羞呢。"

他的脸红红的,不再说下去了。多利亚的脸也有红晕了,但她仍是沉默着。自从他们谈起洛升,她始终没有说一句话。

没有她的容忍,甫利亚始终不知该怎样做。最后,她犹豫着,时时斜睨着她的女孩,说她是被一件事情困扰了。

"你看,伦肯。"她开口说,"我要对伦肯坦露肺腑之言吗,多利亚?"

"是的,妈妈。"多利亚加重语气地说。

"好吧。"她立即开口说着,好像她允许了,便把自己心头上的一块石头落下了似的,"今天早上,我们收到洛升的一封短短的信,他说我们的通知他已知道了。他许诺在火车站来接我们,但他并没有来,只是叫一个佣人把这个寓所的地址给了我们,指点我们的路。他曾写过一个条子,说今天早晨他自己会到这边来。但今天早晨那边送来了这封短短的信。你自己拿去看吧!信中有一处使我十分愤怒……你可以看一看是什么事……请你对我说出你真诚的尊见吧,伦肯。你比谁都知道洛地亚的品性,没有人再能比你这样告诉我们了。我决定对你说这些,多利亚便可以下决心。不过我还有点拿不准,究竟如何做,我……我想听听你的高见。"

伦肯打开那封短短的信,是前天晚上写的。上面写着:

亲爱的太太,甫利亚,我恭敬地告诉你,因为一点意外的阻碍,我不能到火车站来迎接你们。我遣了一个很合宜的人来处理。

而且，明天早晨恐亦不能和你们晤见，因为众议院里的事情不能抽身。并且，在你会见令郎，多利亚会见哥哥的时候，我还是不能擅自混入你们的家庭集团。不过，最迟不出明天下午八点钟，我想会见你们，并到你们寓所表示我对你们的敬意，并且要附及我诚恳的，也可以说是当然的要求，就是，在我们相见时，洛地亚可不必在一起——他昨天病中我拜见他的时候，他给我以极其过分的从未见过的侮辱。而且，我想亲自从你那得到一点详细的解说，我很愿意知道你自己的解说。我预先告诉你，万一，你不依我的要求，让我竟看见了洛地亚，我将怅然而返，这你不能怪我。我写了这信，是设想洛地亚他以前病得很重，但在两点钟以后便好了，他走到外面去，我就可拜访你们。我曾亲眼看见过他在一个被马车轧死的醉汉家里，他说为援助葬礼起见，要给那人的女儿——一个众目昭彰的年轻姑娘——二十五个卢布。这事使我非常惊讶，我知道你们弄那笔钱要受的痛苦。就此附带向你可钦敬的女儿多利亚表示十分的敬意，并请求你接受我的问候！

你的卑下的仆人洛升

"如今你叫我怎样呢，伦肯？"甫利亚差不多要哭了，"我怎样才能叫洛地亚不来呢？昨天他那样极力地叫我们拒绝洛升，现在我们却又受嘱不能接待洛地亚，洛地亚如果知道，也许故意要来呢……那么事情又将如何？"

"随多利亚自己的意见去做好了。"伦肯很自然地答着。

"啊哟！她说的……谁知道她说些什么，她也没说明她的意见！她只说至少最好是，并非最好是，她说洛地亚一定要在八点钟到这边来，他们一定要见面的……我连这封信都不愿给他看，想靠着你的帮助，用什么方法可以使他不来……因为他是如此易怒……而且，我关于那个已死的酒徒和那位姑娘，也不明白，他怎么会把所有的钱都给了那姑娘……那钱……"

"使你受了如此的损失，妈妈。"多利亚插着嘴说。

"昨天他是疯了。"伦肯深思着说着，"可惜你不知道昨天他在一酒店里所做的事，但是其中也有用意……哼！他说是说了些，在我们昨天晚上回去时，关于一个死者和一位姑娘的话，我竟一句也不明白……不过昨夜我自己……"

"妈妈，最好我们亲自到他那边，我保证，在那边我们看情形怎样做。而且，时候已不早了——老天，十点多钟了！"她边喊着，边看着一只吊着威尼斯链条的挂在项上的灿烂的金表，看上去和其他的装饰十分不相称。"大约是她的未婚夫送她的一件礼物。"伦肯想着。

"我们该去了，多利亚，我们该去了！"她的母亲忙乱地喊着，"他会以为我们为昨天的事在气恼呢，我们去得如此晚。我的老天！"

她说着这话的时候，便匆匆地把帽戴上，套着大衣，多利亚也把她的穿上去。她的手套，正如伦肯所看出来的，破旧，并且有漏洞，然而贫困却给这两位妇女一种异样尊崇的神气，这在那些懂怎样穿破衣服的人中是经常遇见的。伦肯尊敬地瞧着多利亚，很高兴能够陪送她。"牢狱中缝补自己破袜的公主。"他想着，"那时显然看上去像一个公主，甚至比在华丽的宴会与朝会上更显得像公主了。"

"老天！"甫利亚喊着，"我绝没有怕见我儿子的想法，我的心肝，洛地亚，我的心肝！我怕，伦肯……"她继续说着，羞怯地斜看着他。

"不必害怕，妈妈。"多利亚吻着她说，"不如信任他好了。"

"哎哟，我信任他，但我一夜都没有睡觉了！"苦恼的妇人大声喊着。

他们走到街上了。

"他明白吧，多利亚？今天早晨我稍睡一下的时候，我梦见了拉夫那……她全身穿着雪白……她到我面前来，和我握手，向我点头，但她那严肃的面孔，仿佛要责备我似的……那是一个不错的预兆吗？哎哟？

你不明白的，伦肯，那个拉夫那死去好久了！"

"我不知道——拉夫那是什么人！"

"她突然地死了，你想……"

"以后再讲吧，妈妈。"多利亚拦住她，"他并不知道拉夫那是什么人。"

"唉，不知道吗？我以为你知道我们的一切事情。宽恕我吧，脱里，我自己也不知道这几天在想些什么。我真要把你看作我们的一个神仙，所以我当你是知道我们一切的人。我把你看作我们的亲戚，请你不要生气吧！哎呀，你的右手怎么这样了？你被什么东西弄伤了吗？"

"是的，我撞伤了。"伦肯低声说着，愉快极了。

"我有时闲话说得太多，多利亚时常怪我……但是，哎哟，他住在怎样的一个饮食橱子里啊！我不知道他是否已经醒了？那个妇人，那个女房东，她当它是一个房间吗？你说他不喜欢吐露感情，那我也许要用我的……弱点去恼他了吗？请你告诉我，伦肯，我应当怎样去对他说话？你不知道我已弄得头都昏厥。"

"如果你看他不高兴时，就不要多问他话了，也不要时常问他的身体，他会不高兴的。"

"哦！伦肯，做母亲真是不容易！这边就是楼梯……真是一个危险的楼梯呀！"

"妈妈，你脸色很不好看，不要自己伤坏了身体，妈妈。"多利亚安慰她说着，并使了一个眼色继续说，"他看见你当是如何快活，你却如此苦恼。"

"等一等吧，我向门隙窥看一下，看他醒了没有。"

她俩姗姗地跟着前面走的伦肯。当她们走到四层楼女房东的门前时，她们看见她的门缝里，有一双锐利的黑眼从里面注视着她们。当她们的眼睛相遇的一刻，那门忽然"砰"的一声关上了，这使甫利亚吓得要呼喊起来。

第三章

"他的病好了，完全好了！"诺夫在他们进去的时候高兴地喊着。

他早到十分钟，仍坐在原地方的沙发上。拉斯科纳夫坐在对面的壁角，衣服穿得整整齐齐，头脸都已梳洗过了，这是他先前所没有的。这时房间里挤满了人，但拿泰沙还勉强要随着进来，站着听。

拉斯科纳夫的精神比前天确算好得多了，不过还没血色，没有神气，并带点郁悒。他看上去好像是一个受伤的人，或受过什么严重的肉刑痛苦的人，额角皱着，嘴唇合着，他的眼睛也发热病似的。他的话很少，而且也不很自然，好像履行职务似的，他的一举一动显出一种不安的情绪。

他单单需要手臂上的吊带，或手指上的绷带，看上去好像是一个害恶疮或手臂残伤的模样。当他的母亲和妹妹到来的时候，他那苍白色的忧愁的面孔稍稍鲜润了一下，但这不过更显出非常的痛苦，以替换那无限的苦闷罢了。那鲜红的色彩不久消减了，但是那苦恼的形象还留着。诺夫做出初次挂牌行医的医生一样的热忱，仔细地诊视着病人。看不出他对于母亲和妹妹的到来有什么欢喜，只觉出一种酸痛难耐的情绪，还要再经受数小时的痛苦。谈话中每个字，都好像触碰到痛处，而给他以刺激。但他对于一个像偏执者，前一天还是破口乱说话发疯的人，如今竟能如此克制自己，那种含蓄感情的力量，他觉得奇怪。

"是的，我自己也知道，我几乎可以说是痊愈了。"拉斯科纳夫说着，并和他的母亲妹妹做甜蜜的接吻，这使甫利亚立刻笑容满面了。

"而且我说的这话并不和昨天的态度相同。"他向伦肯说着，并好意地握一握手。

"是的，不错，今天这个变化，我也觉得异常惊讶。"诺夫说着，他看见她们进来很高兴，他已有十分钟没和病人谈话了，"如果如此下去，再过几天他便要和以前一样了。换句话说，将和他一月或两月……甚至于三个月以前相同。这病害了很久了……哈？现在，你会自认是你自己的失误吧？"他继续说，露着试探的笑容，好像还怕引他发怒似的。

"这也许是的。"拉斯科纳夫穆然地答着。

"我将要说——"诺夫热切地继续说着，"你的痊愈，完全要靠你自己。如今大家可以和你谈话了，但你要牢记住，必须极力避去那些你的病状的初步的、唯一的原因。这是最重要的。如果那样，你就可以完好如初，不然，病将转坏了。这些唯一的病因我不得而知，这些你自己总是知道的。你是一个懂事的人，当然无须我们多说。我以为你的精神错乱之初是和你离开大学同时起的。你切不可再游荡过日，所以工作和你面前的一个固定目标，我想会于你很有益处。"

"不错，不错，你说得很对……我要立刻回到大学里去，那么一切事都上轨道了……"

诺夫一部分因为要在她俩面前表示好感，所以说出那些规劝的言语，当他一见病人，看出他脸上含着的嘲笑时，他也有点慌乱了。这情形相持了好久。甫利亚开始感谢诺夫，尤其对他昨夜到她们的寓所去这件事表示感谢。

"什么！他昨夜来看过你们吗？"拉斯科纳夫好像吃了一惊似的问着，"那么，你俩旅行困顿之后，也没好好睡觉了。"

"啊，洛地亚，那只有两点钟。多利亚和我在家里时，从来不会在两点钟以前去睡觉的。"

"我也非常感谢他！"拉斯科纳夫又说下去了，但忽又皱着眉，而且眼睛向地下看，"把诊金的问题暂时搁在一边——恕我提到这事，"他脸朝着诺夫，"我真不知我做了什么好事，值得你如此关心注意！我实在不明白……而且……而且……实在，这使我过意不去，因为我不明白。我如此坦白地对你说。"

"不要见怪。"诺夫强颜笑着，"我当你是我行医以来第一个病人——唔——我们这些开始行医的角色最爱我们的第一个病人，他们仿佛是我们的儿子一样，有些几乎钟爱上了。当然我的病人也不是很多。"

"我对他并没说许多话。"拉斯科纳夫指着伦肯继续说着，"他除了侮辱与讨厌之外，他在我这边简直什么也没得着。"

"你乱说些什么！怎么，今天你是带着伤感的情绪吗？"伦肯说着。

如果他有了更深刻的了解，便能看出在他并无一点伤感，确实是绝对相反的。但多利亚把这点觉察出来了。她心绪不宁地注视着哥哥的面孔。

"至于母亲，你呢？我无话可说了。"他往下说着，好像胸有成竹似的，"不过在今天我才弄明白，昨天你在这边等我回来时，你是怎样地苦恼啊！"

他说完了这话，忽然伸手给妹妹，不发一言地微笑着。在这微笑之下却含着真正的纯洁的感情。多利亚把他的手亲热地握住了，表示惊喜感激。在前一天争论之后，这是他第一次跟她讲话。看见这种无言的、和平的空气，母亲的脸更乐极忘忧了。"不错，我就为着这点称赞他。"伦肯自负地自语着，在椅子上转过身，"他有这样的转变。"

"他这一些弄得多么圆满啊！"母亲自慰地想着，"他有如此宽大的感动啊，他把和妹妹的一切隔膜，很轻松地、周到地解除了——仅只是一下工夫伸出了他的手，像那样地注视着她，就成功了……他的眼睛多么灵活啊，他的整个脸是多么漂亮啊……甚至比多利亚还好看些。不过，老天，这套衣裳——穿得太难看了……牙勿耳店里的伙计哇推都比他穿得漂亮些！我原可跑向他，抱住……在他的身边哭——但我不敢……哦，亲爱的，他这么古怪！他却说得亲热！但我害怕！什么？我怕什么呢？"

"哦，洛地亚，想你不会相信的吧，"她忽然说着，答复他向她讲的话，"昨天多利亚和我是怎样的懊恼啊！如今全没有了，过去了，我们非常快乐呢——我告诉你。试想我们从火车站跑到这边来想拥抱你，但是那个女子——啊，她在这边！早安，拿泰沙……她说你正发着热，在躺着，但刚才却悄悄地离开医生跑了，他们正在街上寻找你。你想我们当时是怎样的情形啊！我不觉想起中尉朴旦——你父亲的朋友——你不记得他了吧，洛地亚——他也在发烧时跑出去，竟落到院中的井里去，直到第二天才把他捞出来。当然，我们也许把事情说得过分了一些。我们就要去找洛升，请他帮忙……因为我们是太孤伶了，十分孤伶了！"她悲哀地说，突然又止住，忽然想起要说"我们又高兴了，"但一提起洛升，还觉得有点不安似的。

"是的，是的……当然那是很让人着急的……"拉斯科纳夫喃喃地答着，但却有着一种早有计划的不关心的神情，这使多利亚疑惑地注视着他。

"我还想讲些什么话呢。"他极力寻思着，"哦，是的，妈妈，多利亚，请你们不要以为我今天还不想来看你俩，而等你俩先来看我呀。"

"你说的什么话，洛地亚？"甫利亚喊着。她有点怪了。

"他是很恳切地回答我们的话的吧？"多利亚感到奇异地说，"他是求和了，求恕了，他好像在行礼或诵经似的呢。"

"我刚刚醒过来，想到你俩那边去，但因衣服穿错了。我昨天忘了

218

叫她……拿泰沙……把血洗去……我刚刚穿好衣服呢。"

"血！什么血呀？"甫利亚惊慌地问着。

"哦，没什么的——不要多心吧。那是我昨天神志不清在外边散步时，偶然碰见一个被车撞倒的人……一位书记……"

"神志不清吗？但你什么事情都记得很明白！"伦肯插言道。

"真的，"拉斯科纳夫很谨慎地答道，"我还记得一切事情，甚至最微小的事我也记得，但是——我为什么那样做，到什么地方去，说了什么话，我现在已经说不清了。"

"这是平常的事，"诺夫插嘴道，"行为有时非常活泼，行踪不定的，然而行为的路向常是瞀乱的，常借着各方面的病态的印象——这犹如做了一场春梦。"

"也许这并不是一件坏事，最多不过是一个疯汉。"拉斯科纳夫想着。

"什么，健康人的举动也是如此的?"多利亚问着，忐忑地看着诺夫。

"你的话也有道理。"后者答着，"在那种表示上，我们确也带一点像疯子的行动，但有一点不同，就是神经错乱的人是稍稍疯些，我们必须在这儿画一条分界。平常的人几乎是没有的，这是事实。在众人中成千上万的人几乎没有一个。"

对于诺夫喜欢在这个话题中无意地露出"疯人"这词，大家都有点不快。

拉斯科纳夫却仍坐着，似乎没去注意似的，只是在思索着。他那苍白色的嘴唇上透出一种奇怪的微笑，他还在思索着什么事。

"嗯，给车撞坏了的那个醉汉后来怎样了? 我打扰你了!"伦肯骤然地问道。

"什么?"拉斯科纳夫好像醒过来了，"哦……我帮着把他送回家，我衣服上都染上血了。顺便说一说，妈妈，昨天我干了一桩不可宽恕的事。我真的是发疯了，把你所送给我的钱都舍赐去了……给他的妻子当安葬费。她如今是一个寡妇，染着肺病，很苦恼的人……三个小孩，大家都饿着……家里没什么东西……还有一个女儿……假使你们看见他们了，也许你也会施给他们的呢。但我想我没有做那事的能力，尤其我知道你自己正需要钱。援助他人，一定要有能力才好，否则狗超过了自己的立场，就要冻饿了。"他大笑地说，"是的吗？不是吗，多利亚？"

"不，不很对！"多利亚果断地回答道。

"呸！你也有你的理想……"他絮叨着，恨恨地朝着她，好像讽刺般微笑着，"我本该自己估量……嗯，那是值得称赞的，而且也不坏……假使你走到一条界线前，你不跳过去，你会不舒服……但如你越过了，于你还是要更不舒服的……可是这都是些胡话，"他冲动地继续说着，离题很远了，"我只是说，我求母亲宽恕！"他截然地收束了。

"好了，洛地亚，我相信你所做的都不会差的！"他母亲高兴地赞美着。

"不要太过信任呢。"他抿着嘴笑，答道。

于是一阵静默。所说的这些话，都觉得似在沉默中、和解中、饶恕中了。

"这好像是她们怕得罪我似的。"拉斯科纳夫自语着，并斜看着他的母亲和妹妹。甫利亚的确有点畏缩的样子，所以沉默了好久。

"可是她们不在这边时，我似乎异常爱她们呢。"这思想从他的内心驰过。

"你知道吗，洛地亚，拉夫那死了呢。"甫利亚忽然说出了这句话。

"谁是拉夫那？"

"哦，可怜——拉夫那，我前次写信给你，对于她说了好多呢。"

"哦——哦！不错，我仿佛记得……那么她死了！哦！真的吗？"他忽然精神一振，好像醒了似的，"她是患什么病死的呢？"

"稍稍想一想……突然地，"甫利亚被他的询问所鼓舞，匆遽地答

220

着，"就在我寄你信的那天！你信吗，那个凶狠的人好像便是她的死因。听说他打她很厉害的。"

"什么，他俩不很和睦吗？"向着他的妹妹问道。

"一点也不是。恰恰相反，他对她总是很忍耐的，体贴的。事实上，那七年的同居生活他总是退让的。有些地方真的太让步了，但忽然间他又忍不住了似的。"

"他既已忍受了七年，那么他为什么还那么凶呢？你好像替他说话吧，多利亚？"

"不，不，他是一个凶相的人！我想象不出他的可怕程度！"多利亚答着，眉头皱着，颤抖地坠入沉思了。

"那事在早晨就发生的，"甫利亚立刻继续说着，"自从打了她以后，她便预备好马，午饭一吃完便往城里去。她遇到这情形时，总是坐车到城里去的。她吃得很好呢，听说……"

"在挨了打之后吗？"

"这是她的……癖好。才用完午饭，她便往浴室去，为着可以早点出发……你知道，在那边有一个冷水管，她每天在那儿洗浴的，这次她刚一下浴缸里去，忽然就受了伤风！"

"想必是的。"诺夫说着。

"他打她很严重吗？"

"这没关系的！"多利亚插说着。

"嗯！母亲，你为什么老是把这些不要紧的话告诉我们呢？"拉斯科纳夫受了刺激似的说着，好像又不能忍耐似的。

"啊，亲爱的，我不明白我在讲什么。"甫利亚答着。

"什么，你们都怕得罪我吗？"他勉强地笑问着。

"真的，有点，"多利亚说着，仍然庄重地看着她的哥哥，"母亲在上楼的时候，害怕得在身上画十字呢！"

他的脸跳动着，好像在抽搐似的。

"唉，你说的什么，多利亚，请你不要恼，洛地亚……你为什么要讲那话呢，多利亚?"甫利亚呆呆地说道，"你以为我到这儿，一路在火车上，我预想着我们这次会晤，我们将怎样聚首畅谈着一切……我是那样高兴，我没有留意行程了，但我在说些什么? 我现在高兴了……你不该，多利亚……我现在高兴了——仅仅是因为看见你，洛地亚……"

"不必说了，母亲，"他在昏乱中说着，并没有看她，只是握着她的手臂，"我们随意谈些别的事情吧!"

当他说完这话，他又忽然地慌乱起来，脸色苍白了。他近来所接触的那吓人的事又狠狠穿过他的灵魂。这点又忽然变得很清楚，而且为他所了解了：他刚刚说了一句骇人的诳话——他永久不能向谁畅谈什么事情。这种思索的痛苦竟至如此，他有时差不多不知自己的存在了。他从凳上站起，不顾一切地向着门口走去。

"你做什么去?"伦肯拉住他的手臂喊道。

他重新坐下，向四周看一看，仍沉默着。他们都莫名其妙地看着他。

"你们为什么都如此沉默呢?"他突然出乎意外地喊着，"谈几句吧! 如此枯坐着，有什么意思呢? 来说吧。我们谈谈吧……我们一块遇见，不应静默地坐着呀……来，不论说什么话!"

"谢谢老天! 我怕昨天一样的事情又要发生了。"甫利亚边说着，边在身上画着十字。

"什么事，洛地亚?"多利亚怀疑地问道。

"哦，没别的! 我想着一点事。"他突然大笑地答着。

"嗯，你如果能想起一点事就好了……我还以为……"诺夫由沙发上站起絮聒着，"我该告别了，也许我还会再来看你的……如果可能的话……"他鞠一个躬走了。

"真是一个妙人啊!"甫利亚赞说着。

"不错，妙极了，受着好多教育，足智多谋。"拉斯科纳夫说着，他

222

说话变得非常迅速，这是以前未曾显露过的活泼，"我记不清病前在什么地方碰见他的……我想是在什么区所遇见他的……而且这位先生也是一个好人呢。"他向伦肯点着头。

"你喜欢他吗，多利亚？"他问着她，忽然又无故地大笑了。

"很喜欢。"多利亚答着。

"喂——你这头猪！"伦肯斥责他，脸孔不觉绯红了，就从座位上站起来。甫利亚微笑着，但拉斯科纳夫却又大笑了。

"你往哪儿去呀？"

"我该走了。"

"你不要去了，停一停。诺夫去了，那你千万要在这儿不要走。现在什么时候？十二点了吗？你有着如此好看的一只表啊，多利亚！你们为什么都又不开口了？全是我一个人说话。"

"这是拉夫那送的礼物呢。"多利亚答着。

"这是非常昂贵的吧！"甫利亚添说一句。

"啊！怎么这样大！几乎不像一个女人用的。"

"我喜欢这类的。"多利亚说着。

"这么说，那不是她的未婚夫所送的了？"伦肯高兴地自语着。

"我想是洛升送的礼物。"拉斯科纳夫说着。

"不是，他不曾给多利亚送过什么礼物呢。"

"哦！母亲，你记着吗，我也恋爱过，而且急想娶妻呀？"他突然说着，朝着母亲看。她被他突如其来的话弄呆了。

"嗯，是的，我的孩子。"

甫利亚和多利亚、伦肯互相觑着。

"哦，不错。我要告诉你呢，可惜我已忘记许多了。她是一个有病的女子，"他说着，好像做梦般的，眼睛又向着地下了，"病得很深的，她好施惠穷人，常常想到一所修道院去，有一回她和我说起这事，她流着泪，是的，我还记得，记得很明白。她是个难看的小姑娘，我真不知道我怎么会爱上她的——也许是因为她多病的原因。她如果跛脚驼背，我还更会爱她呢。"他做梦般地微笑着，"是的，那是一种怀春病。"

"不，这并非仅仅是怀春病啊！"多利亚亲热地说道。

他只是朝着他的妹妹看，并非不懂她这话的缘故。他又坠入冥想之中，走到母亲那边去，吻着她，然后回到原来的位置坐下。

"你现在仍旧爱她吗？"甫利亚感动地说道。

"她？如现在吗？哦……你问她吗？不……现在好似全换一个世界了……而且是很久以前的事了。在这边所发生的一切事情真像是在远远的……"他仔细地看着他们，"现在你们……我仿佛在极远的地方看你们似的……但是，谁知道我们忽然会谈起那事！而且问它有什么用呢？"他烦闷地继续说着。他咬着手指，又在梦境一般的静默中了。

"你住的房间是多么简陋啊，洛地亚！真像是一个棺材呢。"甫利亚突然冲破这寂寞的空气说着，"我想你之所以会变成如此忧悒，一半由于你的这个房间的关系吧。"

"我的房间？"他懒洋洋地答着，"是的，这房子有点纠葛……我也想着……不过母亲，你此刻讲的是什么怪话啊！"他异样地笑说着。

她们这次谈话，和母亲妹妹离别后，三年重聚，这样亲密的谈话，实在是非常畅快的。不过此外还有一件重要的事，那天不论怎样定要解决的——他一醒来时就这么想了。此刻他高兴地想起了这事，便看作一个解脱的方法了。

"你听我说，多利亚。"他庄重地漠然开口说道，"当然我要请你谅恕我昨天的事，不过我要再三告诉你，我并没放弃我的观点，这是我的责任。你赞同我还是赞同洛升？我如果是个无赖，你一定不是如此了。有一个也就够了。如果你和洛升结婚，我立即不认你这个妹妹呢。"

"洛地亚，洛地亚！你又故态复萌了。"甫利亚伤心地喊道，"你为什么自认为无赖呢？我不能容受这些呀！你又和昨天说同样的话了。"

"阿哥！"多利亚决然地，漠然地回答着，"在这件事情上，你有一个根本错误，我晚上反复想过，看到了你这个错误。这全是你好像以为我是倾心给某人并且为某人而牺牲自己似的。那完全不是，我只为着我自己而嫁人，因为我心里很痛苦呀。但是，如果我的婚姻对于家庭有利，我自然很愿意的。但也并不是我出嫁的唯一的因素呀！"

"她说谎呢。"他想着，怨愤地自啮着手指，"矫情的人啊！她毫不以为她是为慈善而做那事！太矫情了！哦，好卑鄙啊！他们会把爱情当作恨似的……哦，我怎么……他们真可恨哪！"

"其实——"多利亚接着说，"我嫁洛升是有着两种害处，而我选取了较轻的。我诚恳地要去做一切他所希望于我的，所以我并不欺他……你此刻笑的什么呢？"她脸孔也红了，而且还含着愠怒的眼光呢！

"一切吗？"他讥诮似的笑问着。

"在某种范围之内，洛升求婚的态度足以表现他的需要。当然，他会把自己想得太高了，但我希望他也看重我……你又为什么要大笑呢？"

"你为什么也脸红呢？你说谎了吧，妹妹！你一定是说谎，为的是女性的固执，也为的要反对我……你不该尊视洛升的。我曾和他会谈过了。你是完全为着金钱而把自己出卖了，你是如何卑鄙，但你尚能脸红，我倒欢喜呢。"

"你错了，我并没说谎。"多利亚急躁地喊道，"如果我不相信他看重我，我会嫁他吗？如果我没有自信，我能够尊重他，我会嫁他吗？好在今天我就有使人信服的证据……况且这一种婚姻也不是如你所说，卑鄙的！即使你说的不错，即使我真的做了一件卑污的事，你这样和我说，在你那方面不是太寡情了吗？你为什么没有一点男子气呢？这是专断，这是蛮横。如果我害了人的话，那也单是我一个……我没有犯杀人罪呀！你为什么要那样地看待我呢！你为什么那样变了脸色？洛地亚，亲爱的，究竟是怎么了呢？"

"老天！你被她搞晕了。"甫利亚喊着。

"没有，胡说！没有什么。只一点昏眩——并不怎么发晕。你的大

225

脑昏乱呢。哼，是的，我讲的什么？哦，是的。今天你怎样得到使人信服的证据，证明你能尊重他，他……尊重你，如你所讲的。你好像说是今天吧？"

"母亲，把洛升的那封信给洛地亚看吧。"多利亚说着。

甫利亚颤抖着双手拿信给他。他很高兴地接过去了，但在读信之前，他忽地对着多利亚露出一种愕然的神情。

"这真怪了。"他缓缓地说着，好像给一种新的念头击中了似的，"我干吗如此惊奇呢？这有什么？你喜欢嫁谁就嫁谁好了！"

他好像和自己说似的，不过高声地喊，并瞧着妹妹好些时候，像着了魔似的。他面上仍露着同样的惊奇的神情，把信拆了。

于是仔细地，一行行地开始看下去，又看了一遍。甫利亚担心似的待着，大家都在预想着一种特别的事。

"使我诧异的——"他停了一下，把信还给母亲，开口说着，并不是特别向谁说的，"他是一个做事的人，律师，他的谈话显然是虚造的，亏他会写出如此不大方的信来啊！"

他们都惊呆了，期待着某种异样的事情。

"不过他们写信都是如此的。"伦肯突然加入说。

"你看过了吗？"

"是的。"

"我们给他看的，洛地亚。我们……刚才同他商量的。"甫利亚涩涩地说着。

"那正是在法庭上的老调。"伦肯插说道，"到今天法律上的文件都是像那样写的。"

"法律上的？这正是法学上的——门面语——并非不曾受教育的，也不是全受教育的——门面语！"

"洛升并不隐瞒自己没受多少教育，但他是很自负的。"多利亚被他哥哥的话气恼了似的说着。

226

"嗯，他如果以此自鸣得意，他也有理由，我并不反对这点。你好像生气了，妹妹，因我对于那封信只不过稍稍加以批评，并不想拿这小事故意来使你生气的。我关于语调的一种观察，如果照事实去看，也没什么关系呢！有'不能怪我'一句话很显然地加在上面，此外也来了一个威胁，如果我在场的话，他即刻便离开的。那即刻离开的威胁简直是要把你们遗弃的一个下马威呀，如果你们不听话，而且是如今被骗到彼得堡之后遗弃，嗯，你们想着有何感触呢？如果对洛升写出来如此一句话见怪，那我们要对于他（指着伦肯）或诺夫，或者我们其中的一个写的，同样见怪不成？"

"不——不是。"多利亚起劲地答着，"我看得非常清楚的，说句老实话，他也许没有写信的能力呢……这是一个确评，哥哥。真的，我想不到……"

"这是套用法学上的语调写的，也许他的原意还要更卑鄙。但我决意要使你的幻想熄灭。信上有一句话，关于我的一句挑唆，是一句羞耻的唆言。我昨晚把钱送给一个寡妇，一个患肺病的妇人，贫困把她弄毁了，我送她钱绝不是'为葬礼起见'，乃是付下葬费的，也不是送给她的女儿——一个年轻的姑娘，如他所写着的，有些'众目昭彰'的品行，一桩事是给那个寡妇的。他的欲望似乎太急了，急于诽谤我，使我们中间产生了一层隔膜。那又是用法学上的语调写的，换言之，他的目的太明确，太露骨一些，而且热心得过度了。他是一个有智谋的人，通达事理，但仅靠谋是不够的，这显得这人……他并不对你重视。我对你说这话，只是要提醒你，我是诚恳地想让你好……"

多利亚不答什么。她已下了决心了。她在等着夜晚。

"那么你打算怎样呢，洛地亚？"甫利亚问着，她对于他的这些有条不紊的新论调，比平时更加不安了。

"打算怎样？"

"你想，洛升写信叫你今晚不要和我们在一起，且说如果你来他就走。那你……来吗?"

"那当然不能由我做主的,第一,如果你不因此气恼,那是要由你做主的,第二,就是她自己了,我总依你们最好的方针去办呀!"他默默地继续说着。

"多利亚已决定了,我完全同意她的决定。"甫利亚立即说着。

"我决定请你,洛地亚,求你在这次见面时要和我们在一起。"多利亚说着,"你会来吗?"

"是的。"

"我也请你在八点钟时来我们这边。"她向伦肯说道,"妈妈,我也请他加入。"

"嗯,你既已决定了,非常好,多利亚!"甫利亚继续说着,"非常好,那样我会更觉得放心些了。我不喜欢掩饰,我们应当知其详情……至于洛升会不会生气,随他去吧!"

第四章

　　这时门突然开了，一位年轻的姑娘走进房，怯懦地四周打量着。大家都以惊奇的目光看着她。拉斯科纳夫初看不认得她，这是梭娜，昨天他第一次碰见她，但在那时候，那环境中，穿着那种衣服，他的记忆力对于她似乎觉得是两个人的模样。她如今是一个清新可人的年轻姑娘，非常年轻，像是一个小孩，姿态娴雅而文秀，面不修饰，稍露一点惊慌的神情。她穿着一件简朴的家常衣裳，戴着一顶古式的旧帽，手里还持有一柄小伞。她一见房里挤满了人，觉得惊奇，如一个小孩子般，怕羞之心竟远过于困惑呢！她想立刻退出了。"哦……就是你呀！"拉斯科纳夫惊讶地说着。他也有点昏惑了，他即时想起了他的母亲和妹妹由洛升的信知道"某一个年轻姑娘，有着众目昭彰的品行"。他刚刚辩说洛升诽谤了那个姑娘，如今忽然真的来了。他还记得他并没有辩那"众目昭彰的品行"的一句话。这一切都做梦般地驰过他的脑海中，于是他十分注意地瞧着她，看见这受辱的人是那般被辱，他忽然替她怜悯起来。当她惧怕地想退出之时，他的心里更产生一种悲伤。

229

"我没想到你会到这边来呢。"他匆忙地说着,叫她不要走,"请坐下。我想你是从茄里伊夫亚那边来的吧。请——不是那边。坐在这边……"

梭娜进来的时候,伦肯本坐在拉斯科纳夫这边三张椅子中的一张里,紧傍着门,他便起来让她走进来。拉斯科纳夫本叫她坐在诺夫坐过的沙发那边,但他想沙发是他当床用的,地位似乎太昵近了些,他便立刻叫她坐到伦肯的椅子上。

"你坐在这边吧。"他向伦肯说着,叫他坐在沙发上。

梭娜坐下,似乎颤抖着,畏缩地瞧着那两位妇女。这情景使她自己也不明白,她竟在她们旁边坐着。她一想起了,又立刻慌张地站了起来,在局促不安之下对拉斯科纳夫说道:"我……我……来打扰你一分钟。请恕我……"她嗫嚅地开口道,"我从茄里伊夫亚那边来的,她没有别人可叫派。茄里伊夫亚叫我请你……参加葬礼……早晨……在米脱罗那边……再……到我们那边……到她那边去……给她一点光荣……她叫我请你的……"梭娜讷讷地不说下去了。

"我想,可以,大概可以吧。"拉斯科纳夫答着。他也站了起来,嗫嚅着,结结巴巴地把话讲完,"请先坐吧,"他忽然说着,"我想和你说几句话。你也许有其他事,但请给我两分钟吧。"

他于是拖了一张椅子,叫她坐下。

梭娜重新坐下,她又惊讶地看着那两位妇女,再把眼睛低垂着。拉斯科纳夫腼腆的脸孔也绯红了,他的眼睛发着光彩,身体打了一个寒战。

"母亲!"他坚决地固执地说道,"这就是梭娜,就是那个患难的马耳朵夫先生的女儿。马耳朵夫先生昨天被马车撞倒了,我刚才对你说的就是他呀!"

甫利亚侧目看着梭娜,眼睛略微皱了一点。她不管是否在洛地亚的面前,她不能不给自己一点身份的满足。多利亚严肃地一心地注视着那姑娘的脸庞，困惑地在打量着。梭娜一听见自己被介绍了，便又把眼抬起来，但她是非常惶惑了。"那我想问问你呢，"拉斯科纳夫猝然地说着，"昨天的事情是如何处置的呢？你们不曾受警察的干涉吧？"

"没有，是的……死的原因，是非常明白的……他们倒没有干涉我们……不过那些房客恼愤罢了。"

"什么缘故？"

"他们说尸体不该久停着。因为现在天气热了，所以今天他们要把他送到公墓去，抬到教堂去，放过明天。当时茹里伊夫亚执意不听，后来她也看出那是应当的了……"

"那么，就在今天了？"

"她请你给我们光荣，明天光临教堂祭一祭，后再到我家去吃点丧饭。"

"她准备丧饭吗？"

"是的……就只这点……你昨天帮忙我们的，她非常感激。如果没有你，我们的丧事便无从办起了。"

忽然她的嘴唇和下颏颤抖着，但她极力自制着，眼睛只是朝地上看。

谈话时，拉斯科纳夫一直注视着她。她生着一副十分瘦削而苍白的小脸，带着的棱角不很匀称，还有一个尖锐的鼻子和下颏。她虽说不上美丽，但她的碧绿的眼睛充满着光辉，当眼珠转动的时候，在她的表情中就有着一种温柔和诚实的情感，人们不觉为之心神荡漾了。她的脸庞，她的整个风姿，具有另一种别致之处。她虽是二九年华了，看上去却还似一个小女孩呢——而且可笑地表现在她的有些风姿上。

"但茹里伊夫亚办这桩丧事仅用去这点钱吗？她还要弄丧饭吗？"拉斯科纳夫问着，他固执地研究着这个问题。

"当然，棺木是简单的……一切都只求朴素，所以不必多花钱的。茹里伊夫亚和我早预算过了。所以余下的已尽够开支了……而且茹里伊夫亚急于想办完这事。你知道人不能……那给她是一个安慰……她是那个样子，你知道的……"

"我知道的，我知道的……当然……你为什么老是看我的房间呢？我的母亲刚才说这好像一个棺材呢。"

"昨天你把一切都给我们了。"梭娜忽然用一种迅速的低语答着，于是她又俯着头往地下看了。她的嘴唇和下颏又颤抖着。她看出拉斯科纳夫对可怜的环境的感触，这话就无意地溜出了口。于是大家相顾默然。在多利亚的眼中有一种光彩，就是甫利亚也慈蔼地看着梭娜了。

"洛地亚，"她说着站起了，"当然我们要在一道用中饭的。你来，多利亚……洛地亚，你还是出去散散步吧，在你没来看我们前……再回来休息着，我恐怕你的精神疲劳了……"

"是的，是的，我会来的，"他答着，不安地站起来，"但我还有点事要做呢。"

"你们，决定在一道用饭吧？"

伦肯惊讶地瞧着拉斯科纳夫喊着："你是什么意思呢？"

"是的，是的，我要来的……无疑！你稍等一分钟。你不是此刻就需要他吧，母亲？否则也许是我把他从你那边抢过来了吗？"

"哦，不是，不是。脱里你肯惠临和我们一同用饭吗？"

"请光临吧。"多利亚接说着。

伦肯鞠了个躬，脸庞露着光彩。一刹那，大家都莫名其妙地害臊起来。

"再会，洛地亚。我不愿说再会。再会，拿泰沙。啊，我又说再会了。"

甫利亚也想和梭娜说些话，但没说出来，便狼狈地走出房间了。

多利亚也随着母亲出去，但她和梭娜行了一个有礼的鞠躬。梭娜在狼狈中也回了一个受宠若惊的跪膝礼。在她的脸上露着一种荆棘似的不安的神情，好像多利亚的行礼与注视让她十分受不了，而且觉得痛苦似的。

"多利亚，再会！"拉斯科纳夫在走道上喊着，"把你的手伸给我。"

"什么，我已伸给你了。你不记得吗?"多利亚说着，亲密地、粗笨地转身向他。

"没关系，再握一次吧。"

他亲密地握着她的手。

多利亚微微地笑着，脸红红的，把手拿过去，很高兴地离开了。

"好，这妙极了。"他走回来，快乐地瞧着梭娜，并向她说道，"上帝赐给死者以安宁，生者仍须努力求生。这话不错吧?"

梭娜看见他的脸色忽然变为欢乐，觉得诧异。他不时默默地看着她。她的已死去的父亲的一生这时在他的记忆中浮现出来了……

"老天，多利亚，"甫利亚在她们走到街上的时候便开始说道，"我觉得还是走开舒服呢——更解脱点。昨天在火车上我丝毫没想到我竟会那样高兴的。"

"我再对你说，妈妈，他的病还很重，你看不出吗? 也许因为怕我们烦恼而使他不安呢。我们得要忍耐些，而且有些都可加以原谅的。"

"唔，你也不见得会忍耐吧!"甫利亚热切而妒忌似的接过她的话，"你知道吗，多利亚? 我此刻看着你俩，你正是他，在神气上比在面目上像得多呢。你俩都多愁、易怒、自傲、豁达……不错的，他不会是一个利己者，多利亚。我一想起今晚上的局面，我的心就冷下去了!"

"不要多虑吧，妈妈。该怎么做，就怎么做好了。"

"多利亚，稍稍想一想我们处在一种什么位置! 如果洛升违背婚约怎么办呢?"可怜的甫利亚多虑地说着。

"他果真那样，他就不值些什么了。"多利亚尖厉而带藐侮地答着。

"我们离开来得及的。"甫利亚匆遽地插着说，"他在做着什么? 他可以出去呼吸一口新鲜空气……他房里闷得慌……但在这边人又到哪里去呼吸新空气呢？就是这边的街上也好像关闭了房屋似的。老天！这是什么一个城市……住在……这儿……他们会把你压毁呢——他们抬的是什么？啊，是风琴，我敢说……他们怎样地搬哪……我也十分怕那个年轻的姑娘。"

"什么年轻的姑娘，妈妈？"

"就是那个梭娜，她刚刚在那边。"

"为什么要怕她呢？"

"我有一种预感，多利亚。嗯，你也许不会相信，但她一跑来时，就在那一分钟之内，我就预感到她就是烦恼的根源呢……"

"并不是那一回事！"多利亚懊恼地喊着，"这是胡说，依你的预感，妈妈！他不过在昨晚才和她认识。而且她进来的时候他也并不很认识她呢。"

"嗯，你可以看着……她使我烦恼，但是你且看着吧，你看吧！我那样担忧！她用那样的眼神看着我。当他介绍她时，我在我的椅子上几乎坐不稳了，你看见吗？这好像是那样奇怪，但是洛升写信说她什么，他却引来向我们——向你介绍呢！所以他必定和她有很重要的关系了。"

"人总是爱多事的。而且我们也曾被人家谈论和在信上写过呢。你忘记了吗？我相信她确是个好女子，那些全是胡说呀！"

"上帝保佑是如此呀！"

"洛升是一个不识耻的坏人名誉的人。"多利亚忽然骂着。

甫利亚哑口无言了。

"我告诉你，什么是我要你做的。"拉斯科纳夫把伦肯拖到窗前说着。

"那么我就去对茄里伊夫亚说，说你会来的。"梭娜匆忙说着，便想走了。

"再等等，梭娜。我们没有私事，你不碍我们的眼。我想再对你说几句话。听吧！"但他忽又对着伦肯说道，"你知道……他叫什么名字……派弗里?"

"我想不错的!他是亲戚呀。你为何问他呢?"后者打趣似的续说着。

"不是他办理那桩案子吗……你知道那件暗杀吗……你们昨天谈着的那事呢!"

"是的……怎么了呢?"伦肯的眼睛睁大了。

"他在查询当东西的人名,我也有几种东西在那边呢——零星的——一只戒指,我离家时,妹妹给我留作纪念的,以及我父亲的银表——两样一共只值五六个卢布——但我很珍爱它们呢。如今我怎样好呢?我不愿把那些弄丢了,尤其那只银表。我方才吓了一跳,因为我们说及多利亚的表,我怕母亲要看一看我的那只表呀,那是父亲留给我们的唯一的遗物了。如果没有,她要伤心的呢。你总明白女人们心理是怎样的。那怎么办呢?你对我说吧。我本该去通知公安局的,但自己到派弗里那边去不是更好吗?你觉得怎样?这事情必须迅速解决的。你想,母亲会在中饭前问起的。"

"不必到公安局去。直接到派弗里那边好了,"伦肯兴致很高地喊着,"嗯,我是非常高兴呢。我们就去吧,只有几步路。我们会找到他的。"

"好极了,我们就去吧。"

"而且他会十分愉快和你结交哩。我平时常向他提到你的。昨天尚在谈你哩。让我们去吧。这么说,你是认识那老媪了?那就是了!一切都会弄得好好的……哦,是的,梭娜……"

"梭娜。"拉斯科纳夫改正着,"梭娜,这是我的朋友伦肯,他是个好人。"

"你们是否此刻就走?"梭娜说着,她也一点不敢看伦肯,像更觉困惑呢。

"让我们走吧!"拉斯科纳夫坚决地说道,"我今天会到你那边去,梭娜，只要告诉我你住在哪儿。"

他虽不用困惑，但却像是慌乱似的，而且避去她的目光。梭娜将自己的住址交给他，这时，她的脸绯红了。他们一同出去了。

"你不要锁门吗？"伦肯随他到了楼梯问着。

"不必。"拉斯科纳夫答着，"我这两年老想买一把锁，但不用锁的人是很快乐的。"他边说着，边对梭娜笑着。他们立在门口不动。

"你往右边去吗，梭娜？顺便问你一声，你怎么找到我的？"他继续说道，好像他要想说什么很不同的话似的。他想看看她的伶俐多情的眼睛，但这很难。

"为什么，昨天你把你的住址给波楞了吗？"

"波楞？哦，是的，就是那个小女孩。她是你的妹妹吗？我把住址给她了吗？"

"什么，你忘记了吗？"

"不，我记着的。"

"我常听我父亲说到你……但我不明白你的名字，而且父亲也不明白……现在因为我知道了你的名字，所以今天我来时便问：'拉斯科纳夫先生住在哪儿？'我不知道你也只有一间房……再会吧，我要回去告诉茄里伊夫亚。"

她非常愉快地离开了。她低着头走着，迅速地跑出了他们视线之外，走了二十步向右转弯，就踽踽独自一人了，于是加快地走着，四周的人和物一点也不顾，只是在想着、忆着、忖着每句话，各种琐碎事。她一向对什么事情都没有如此关心过。一个完全而新的世界恍惚迷离地摆在她的前面。她忽然想着拉斯科纳夫也许在那天，上午或者即刻就要到她那边去的。

"但不是今天，千万不是今天！"她揪心地不停地自语着，好像一个受惊了的孩子在求谁似的，"怜悯哪！到我那边去……到那个房子去……他会看见……啊，亲爱的！"

　　她在那时丝毫想不到有一个陌生的绅士在她后面跟着瞧着呢。他从门口起就在跟着她了。在她和伦肯、拉斯科纳夫站在道旁的时候，这位绅士正从那边过，听见梭娜的话："我问拉斯科纳夫先生住在哪儿？"这时候，他就惊着了。他立即注意转过脸去看他们，尤其看拉斯科纳夫，此时梭娜正向他讲话呢，于是他往后看，看着那住宅，这些都是在他经过的一瞬间的事。他于是不露声色，故意缓慢地向前走，好像等什么似的。他在等梭娜，他见他们分别了，梭娜回家去了。

　　"家？在哪儿？我在什么地方似乎看见过那个脸。"他想着，"我得探出来呢！"

　　转弯，他过去了，回头一看，见梭娜从后边来了，什么也没留心。她从屋角转了弯，他便尾随着她。走了约五十步之远，他又走过来，追着她，约在她后面两三步之远。

　　他大概是五十岁上下的人，高个儿，很肥壮，两肩高耸着的，好像有点驼腰似的。他穿着华丽的时式衣服，看上去好像是有点身份的绅士。他手上拿着一根讲究的拐杖，走一步在道上敲一下，手上戴着清洁的手套。他生着一个宽广的脸庞，颧骨很高，脸色光润，这在彼得堡是常见的。他的淡黄色的头发很浓厚，稍稍夹几根白发。他的浓薄适称的胡子的颜色，比头发淡些。眼睛是碧蓝色的，藏着一种专注沉思的神情。嘴唇是绯红的，由此可见，他是一个善于保养的人，从外貌看上去，这比实际年纪要轻得多呢！

　　当梭娜走到运河岸边，在街道上就只有他们两个人了。他看出她是在想着什么事的样子。梭娜到了她自己的住宅时，就从门口转身进去。他还随着她，好像吃了一惊似的。在院子中他转向右走。"喂！"这位陌生的绅士低语着，竟跟着她上楼。在这时候梭娜方才注意到他。她走到第三层楼，便顺着廊道走，在九号门口按铃。门上有粉笔写着："裁缝匠加布寓。""喂！"这陌生者又低语着，他对于这碰巧的事觉得奇怪，他就在隔壁，八号，按铃。两门只离两三步。

"你就居在加布家里吧？"他说着，并对梭娜笑了，"昨天他替我做了一件背袄呢。我就住在这边附近的利哈太太家里。真是奇怪了！"梭娜仔细地看着他。

"我们可说是邻居了。"他得意似的说着，"我在前天才进城来的。再会吧。"

梭娜没有回答，把门开了便躲进去了。她不知什么缘故，如此害羞和不安。

在他们到派弗里家去的路上，伦肯感到异常高兴。

"妙极了，老兄。"他反复说了数遍，"我真快活！我真快活！"

"快活些什么呢？"拉斯科纳夫自语着。

"我想不到你也会在那老媪家里典物的。而且……那是什么时候的事？换言之，你在当物以后，有多少时日了？"

"他是如此地道的一个傻瓜啊！"

"什么时候呢？"拉斯科纳夫开始回忆，"就在死前两三天吧。但我如今也没有去赎呢。"他似乎有点对于那些典物牵肠挂肚地说着，"我只剩下一个银卢布了……在昨晚那个讨厌的神志不清之后。"

他在说话时老是强调自己神志不清。

"是的，是的。"伦肯急忙表示同意——于他所不清楚的事，"那么，就是因为你……受刺激了……一部……你知道你在神志不清时常常提到什么戒指链子吗！是的，是的……那是清楚的，如今都算清楚了。"

"喂！那个观念在他们那边一定是如何散布着啊！这边这个人会因我而去受火烧，然而我看他却已把我之所以这样的原因弄清楚了！那观念在他们的心目中是何等固执啊！"

"我们去访他吗？"他突然地问着。

"哦，好的。"伦肯立即答着，"他是一个妙人，你且看吧，老兄。他很迂拙，就是说，他是一个举止温文的人，但是我说迂拙是别有意义的。他是一个无所不知的人，真的如此，但他有自己的领域……他不轻易相信别人，多疑，冷讽……他爱骗人，或不如说他喜欢捉弄人。这是他的一个特别法门……但他明白办事的原理……自始至终……在去年他把一件谋杀的案件弄得十分明白了，那件案子连警察都抓不到一点线索。他十分，十分急于和你认识咧。"

"他干吗那样着急?"

"哦，并非实在的……你以为，因为你害着病了，我偶然提及过你……所以，当他听见你……你是一个学法学的大学生却不能念完你的学业时，他说:'很可惜呢!'所以我敢说……是由各种事情的混合，不单是那一点。昨天哈夫……你明白的，洛地亚，昨天我喝醉时，在回家路上我对你说了许多混账话……老兄，我恐怕你把那话夸大了呢!"

"什么? 他们当我是一个疯汉吗? 也许他们是不错。"他露出一种不自然的笑脸说着。

"是的，是的……就是，呸，不是……但我所讲的一切——而且还有别的事——都是混账话，酒醉的胡说。"

"但你又为什么去告罪呢? 我最讨厌的就是这个!"

拉斯科纳夫虚张恼怒地喊着。可是，有一部分是假装的。

"我知道，我知道，我了解。相信我，我了解。说那些话我是不好意思呢。"

"如果你不好意思，那么你不要说那话好了。"

两人都静默着。伦肯更是出神，拉斯科纳夫厌恶地察觉出来了。他为伦肯刚才所说关于派弗里的话而惊讶了。

"我对于他也一定要扯着厚脸呢!"他想着，心里怦怦直跳，面色也变苍白了，"而且要做得不露痕迹。但是最不露痕迹的事情就是什么都不做。仔细地什么事情都不做! 不对，太仔细则露出迹象……哦，嗯，我们且待结果怎样吧……我们待着吧……去呢，还是不去呢? 飞蛾只是向着亮处飞。我的心怦怦地跳着，这就有点糟啦!"

"就在这所黑墙住宅里。"伦肯说着。

"最重要的事情，派弗里是否知道我昨天在那丑婆的家里……而且问起血迹的事。当我一进去，立刻就要先探询明白，从他的脸上探查出来，否则……我要探查那是否是我病根的原因。"

"我说，仁兄，"他忽对伦肯说着，露出一点机警的笑脸，"我今天看出你高兴得奇怪。不是如此吗？"

"高兴？不见得吧……"伦肯紧张地说着。

"是的，仁兄，我对你保证，那可以觉察出的。你坐椅子的姿势，简直不像样极了，你坐在边上，老是无故地跳起来。有时候你恼着，有时候看你的脸又好像是一块糖果。你的颊也红着呢，尤其是在你被邀请吃饭的时候，你的脸红极了。"

"丝毫没有那回事，你乱说！这是什么意思？"

"但你为什么指东话西，像一个小学生似的？青天看见，他的脸又红了。"

"你真是一头猪啊！"

"但你为什么对这事如此忸怩不安？罗密欧，今天我告诉她们。哈——哈——哈！我要叫母亲发笑，而且还叫另外一个人也狂笑哩……"

"你听着，你听着，你听着，这可是一件严肃的事……还说什么别的，你这魔鬼！"伦肯异常地头痛了，转喜为怒了，"你要对她们说些什么？好，老兄……呸，你真是一头猪啊！"

"你好比夏天的一朵蔷薇花呢。如果你知道那怎样适合你呀！六尺长的罗密欧！而且你今天如何去洗濯——把你的手指甲都洗清了，我要说。哼？这真是没听说过的事！啊，我想你的头发上抹着香油了！把头低下来！"

"猪！"

拉斯科纳夫不禁笑得前仰后合。如此狂笑着，他们走进派弗里的那层楼了。这是拉斯科纳夫的目的地。在他们将进去时，里面也可以听得他们的笑声，在廊道边他们仍在狂笑着。

"在这边不许多说，否则我要……把你们脑门敲破呢!"

伦肯捉着拉斯科纳夫的肩头，凶狠狠地耳语着。

第五章

拉斯科纳夫走进去了。他进去时仿佛忍不住要笑了出来似的。伦肯在他后边摇摇摆摆地进去，又拙又笨又害羞，脸孔红红的像芍药花，一种异常沮丧和恶狠的相貌全露出了。他的面孔和整个身段委实令人发笑，拉斯科纳夫忍不住要大笑。拉斯科纳夫不待介绍，便和派弗里行了个礼，后者立在屋中注视着他们。他伸出手臂去握手，极力忍住嬉笑，把自己简单地介绍了。但他才做出严肃的态度，低声讲话时，他又偶然地瞥了伦肯一下，他忍俊不禁了。他的未发的大笑好像立刻就要发出来似的，但他却极力自制着。伦肯因这"自然发生的"嬉笑激起的凶狠相，更使这幕表演显出是真切而自然的嬉戏了。伦肯好像故意卖力似的做着。

"笨家伙！你个魔鬼。"他愤愤地骂着，拳头立刻击在一张小圆桌上边。桌上的一只空茶杯立即跳了起来破碎了。"啊，你们为什么把椅子弄断，先生？须知道这是公家的损失呢。"派弗里笑嘻嘻着把话引着。

拉斯科纳夫仍是笑个不停，握着派弗里的手，但也不想做得太过分了，应该适可而止了。伦肯呢，因为打翻了桌子，摔破茶杯，弄得手足无措了，只是困惑地呆视着玻璃片，身子转向窗口，站在那边外眺，背对着他们，一副很恼愤的面孔，也不理什么。派弗里笑得不能自已，但也不得不去解围了。哈夫在屋角坐着，但在客人进来时他便起来了，带着笑脸等待着。不过他看了出戏也不免惊异，而且有些怀疑似的。他有些困惑地看着拉斯科纳夫，却不料哈夫的意外在场，使得拉斯科纳夫感到扫兴。

"那我要思量一下。"他思忖着。

"请恕我，"他开口说着，弄出烦扰的样子，"拉斯科纳夫。"

"什么话，我很高兴见到你……你们是何等愉快地进来的呀……为什么，他连早安也不说声吗？"派弗里对伦肯点点头。

"我真不懂他为什么如此和我作对。在我们来的时候，我只说他像罗密欧……而且证实的。也许就是为此吧！"

"猪！"伦肯喊道，并不回过头来。

"我想对那句话如此发怒，当然有很重大的理由呢。"派弗里笑着道。

"哦，你这个多智的讼师……都不是好东西！"伦肯破口骂着，自己也不觉好笑起来。他脸色更缓和地走近派弗里，一场风波好像又平静了似的。

"好了吧！我们都是笨货。讲正经吧。这是我的朋友拉斯科纳夫，起初他听说你很想和他认识，如今他有一点小事要拜托你。喂！哈夫，你如何来的？你们从前会见过吗？你们老早就熟悉吗？"

"什么意思呢？"拉斯科纳夫不宁地想着。

哈夫似乎有点慌，但也不一定。

"什么，昨天在你那边我们见过的。"他淡淡地说着。

"那么我不用多事了。上一周他老是要我把他介绍给你认识呢。派弗里和你可算有心结识了。你的纸烟呢？"

派弗里穿了一套睡衣，非常清洁的，穿着拖鞋。他大约有三十五岁，又矮又胖，脸修得光光的。他的头发剪得很短，一个硕大的圆头，后脑特别凸出。他的和气的、胖胖的、有点扁鼻的脸，稍带着微黄有病的颜色，但却包含一种滑稽而大方的表情。他的眼珠在那些白色的、闪光的睫毛底下，发出湿淋的、呆滞的光。这个神情是温和的，他那有点女人气的外貌不能说怪，还更有一点严肃的神气呢！

派弗里一听到他的来客有一点小事要嘱托他，便请他在沙发上坐了，自己坐在那一边，等着他说明是何事。他那样仔细而过于认真地注视，这便使人有点难堪和不安，尤其是一个生客，所讲的事情不很重要，不值得那样的郑重其事。拉斯科纳夫以简洁适切的语句，正确明了地说明来意，他对于自己觉得很满意，他可以看看派弗里的一切。派弗里的眼睛老是看着他。伦肯坐在桌子的对面，热切地注意听着，不时打量他俩的面孔，这显得他是非常关心似的。

"笨货。"拉斯科纳夫自己骂着自己。

"你当然得通报警察了。"派弗里以诚恳的态度答着，"说你知道了这件意外——谋杀事——请求通知承理此案的律师，那些东西是你的，你想赎回……也许……但他们会写信告诉你的。"

"此时要点就是在这儿。"拉斯科纳夫尽自假装痴聋，"我不是很有钱……就连这点小钱也非我力量所及的……你明白的。我想此刻只说明那些东西是我的，我有钱时候再……"

"那不要紧。"派弗里听了他关于金钱上的说明，漠然地说着，"但是他如果愿意如此，那你可以写信给我，说有人通告你这事，你要求那些是你的财产……"

"写在平常的纸上吗？"拉斯科纳夫插问着，他不觉又注意到经济这方面。

"哦，极平常的。"派弗里带着一点讥刺似的看着他。眼睛撮合着，好像向他瞥眼呢。但这也许是拉斯科纳夫的多心，因为那只是一下就过去的事。确有那事，拉斯科纳夫敢说他对他眨眼的，谁又管得许多呢？

"他知道。"如电光一般又从他的心胸驰过。

"请恕我把这小事打扰你。"他又说下去，不知所以了，"那点货物只值五个卢布，但我因为是别人送我的缘故，特别看重它们，而且我要承认，当我听说……我惊呆了……"

"我向诺夫说到派弗里在查询每个当东西的人时，你那样着急，就是为此啊！"伦肯关心地插嘴说着。

这实在使人受不了，拉斯科纳夫眼睛中不觉发出一股怨愤的目光侧看着他，但又立刻地自己弄镇静了。

"你似在讥笑我吗，仁兄？"他向他问着，故意做出多疑的易觉性，"我想你看我真的像对于这些废物焦虑得可笑吧。但你切不要以为我是自私吝啬，这两件东西在我的心目中绝不是如此的。我方才对你说，那银表虽不很好，但是我父亲留给我们的一件遗物。你可以笑我，但我的母亲在这边呢，"他忽然转脸向着派弗里，"如果她知道——"他又匆匆地向着伦肯，把话声提高些，"表没有了，她会十分伤心！你须知女人都是这样的！"

"绝对不然！我就毫无那种想头！"伦肯艰涩地喊着。

"这不错吗？这自然吗？我小题大做吗？"拉斯科纳夫颤声自语着，"我为什么要说女人呢？"

"哦，你和母亲在一起吗？"派弗里问着。

"是的。"

"她是什么时候来的呢？"

"昨晚。"

派弗里不响，像在回想似的。

"你的东西绝不会没有。"他冷静而温和地往下说着，"我在这边等你好久了。"

好像这是一件不值一提的事似的，他把烟灰缸小心地交给伦肯——

他正鲁莽地把烟灰乱弹在地毯上呢。拉斯科纳夫颤抖着，派弗里也不十分看着他，只是关切着伦肯的烟。

"怎么，等他吗？怎么，你是否知道他有当物在那边吗？"伦肯喊道。

于是派弗里对着拉斯科纳夫说了。

"你的典物——戒指和表——都扎在一起，外边用铅笔明白地写着你的名字，还有你自己写的典押的日期……"

"你真是细心啊！"拉斯科纳夫不自然地笑着，极想正视着他的脸，但是不能，忽又继续说着，"我猜想那边有很多的典物……因我要把它都一一记住非常困难……但你倒把那一切都弄得如此清楚，而且……而且……"

"呆蠢，无用！"他想着，"我为什么加上那一句呢？"

"我们知道所有典当的人，就只你一个人没有去认领。"派弗里有点讽刺地答着。

"我病没有好。"

"我曾听说过。真的，我听说你对于什么都很痛苦。我看你的血色还没有好。"

"我并不全是苍白……不，我完全康复了。"拉斯科纳夫直截着恼似的说着，他的语气已改变了。他的怒气郁勃着不能控制住。

"我要在愤怒中把自己的秘密泄露了。"这念头又在他心中闪过，"他们为什么老是麻烦我呢？"

"没有完全好！"伦肯把他手握住了，"除此还有什么，直到昨天他还没有知觉，神志不清。你相信吧，派弗里，我们一疏忽，他穿上衣——尽管他一点也站不住脚——就不见了，往什么区所去尽情酗酒，直到夜深，还是神志糊涂，这你会更相信吗！"

"真的神志不清吗？不见得吧！"派弗里女人似的摆着头。

"胡说！你不相信，就只有你不相信了。"拉斯科纳夫气得忘记嘴巴了。但派弗里也并不要懂得那些怪话。

"那么假使你神志很清,你又怎么会溜出去呢?"伦肯又变热切地说了,"你出去干什么的?有什么目的?而且为什么鬼鬼祟祟的?你做那事时,你神志清楚吗?如今一切危险都没有了,我可以大胆地说了。"

"昨天我对于他们真憎恶极了。"拉斯科纳夫露出不恭的笑容,忽然对派弗里说着,"我离开他们,想在他们找不到我的地方住,我带着很多的钱。哈夫,昨天我是否神志清楚,请你替我们判断一下吧。"

他那时真想把哈夫压下了,他实在是太憎恶他的神情和静默了。

"我想你说得不错,而且妙极了,不过你太易于发怒了。"哈夫淡淡地说着。

"而且雷汀今天也对我说——"派弗里插说道,"他昨晚在一个被马车撞倒的人家里看见你的。"

"是。"伦肯说着,"那时你不是发疯吗?你把你的仅有的钱都给了那寡妇作为葬款。如果你愿意帮助她,十五个或给二十个已经够了,至少自己要留三个卢布,但他却把那二十五个卢布一起全都给了那边。"

"昨天我那样的慷慨,也许因为我在什么地方发掘了藏金呢,你一点不觉得吗……哈夫他知道我发掘了藏金吧!请恕我啰唆,打扰了你半个钟头了,"他朝着派弗里嘴唇颤抖地说着,"我们给你添麻烦了,可不是吗?"

"哦,不,全然不是,全然不是!你知道我是如何感兴趣呢!听你说话是怪有趣的……我非常高兴你会到这边来。"

"但请你弄点茶给我们吧,我的嗓子太干了。"伦肯喊着。

"奇思妙想!我们也许一同跟你去。你不愿意……喝茶之前有什么更必要的话要说吗?"

"你快去吧!"

派弗里出去吩咐拿茶了。

拉斯科纳夫的头脑在急剧地转变,他十分苦闷。

"最坏的是他们毫不虚伪，他们不讲礼貌，你如果一点不认识我你又怎么办呢，你和雷汀去讲我吗？他们真像是一群狗，尾随着我的影子，这事他们也不掩饰。他们简直是侮辱我呢！"他十分气恼，"好，坦白地来和我为难吧，不必像猫哭老鼠般来作弄我。那简直是无礼的，派弗里，我也许会不答应的！我会起来，用整个的实情抓破你的羞脸的，你才知道我贱视你是怎样的程度！"他几乎气得发昏了，"那么，即使那只是我的瞎想又怎么样呢？如果是我弄错了，由于不能忍耐了，我的假面具揭去了，又怎么样呢？也许那都是不经意的。所有他们的习惯用语都是通常应用的，但是它们也有些意义……那一切都可说，但是有些意思。他为什么乱说，'给她'呢？哈夫为什么会说我说得妙呢？他们说话为什么用那种语气呢？是的，那语气……伦肯坐在这边，他为什么没有眼睛呢？那个呆笨的蠢物老是有眼无珠的！又愤慨了！方才派弗里对我眨眼吗？当然这是瞎说！他眨什么眼呢？他们无非要困乱我的神经，否则便是戏侮我了！这不全是幻想，就是……他们知道吗？哈夫他也粗乱呢……哈夫是粗莽吗？哈夫的心变节了。我早知道他会变心的！他在这边是不受拘束的，但我却是第一次莅临呢。派弗里并不把他看作客人，脊背朝着他坐着。他们如盗贼一样要好，无非是为着我！毫无疑问，我们来之前，他们就在谈我了。他们明白那房子吗？希望他们快点呀！当我说我离开，要另租房子，他却一字不提……我所以把关于房子的话趁机说出来，以后也许是有益的……是的，人事不清……哈——哈——哈！昨夜他全知道！他却没有知道我的母亲的来到！那老恶巫用铅笔写上了日期！哼，你见鬼了，你不会弄住我的！没有事实证明……那全是瞎想！你捏造事实呢！就是那房子也不是事实，而是神志不清。我明白向他们说些什么话……他们知道那房子吗？不弄清楚我是不会离开的。我来做什么呀？但现在我的狂怒，也许是一件事实！蠢货，我是如此易怒啊！也许那不错，侮弄一个病人……他在探试着我呢。他将牢牢地拿住我。我为什么事来的呢？"

一切的想法如电光般从他的内心头驰过。

派弗里立刻回来了。他似乎更加快乐了。

"昨天你的宴会，老兄，给我的头有……我给忘了。"他向伦肯大笑着，用异样的语气说着。

"这很有趣吗？昨天我在最有趣的地方离开你们呢。谁得胜了？"

"哦，当然，没有人胜利。他们谈及永远的问题，飘荡到空间去了。"

"只要一想，洛地亚，昨天我们谈及什么上去了。有没有谈到罪的东西。我曾对你说，我们已谈得讨厌了。"

"这有什么可怪的？这是极平常的社会问题呀！"拉斯科纳夫心不在焉地答着。

"那问题并不很平常的。"派弗里说着。

"不很平常，那倒真的。"伦肯立刻热切地赞同着说，"听吧，洛地亚，并且把你的意见对我们说，我要听听呢！我曾极力地反对他们，而要你来帮我。我告诉他们，说你就会来了……那是用社会主义者的观念开始的。你明白他们的观念，罪是对于社会组织的变态的一种反响，不含别的意义，不含别的意义。其他的解脱是不能成立的！"

"你错了！"派弗里喊着。他精神兴奋地看着伦肯的时候，他不停地笑着，这使他更加兴致十足了。

"什么都不成立！"伦肯恳切地把他的话打断了说，"我并没有弄错。我会把他们的书籍给你看。在他们看来一切事情都是受'环境的支配'，其他都属非是。这是他们的口头禅！他们说，如果社会组织上了轨道，一切犯罪便无从立足了，因为没有什么可反对了，而人与人之间全变为正直无私了。人性是不足介意的，要被摒弃的，人们不承认它的存在的！他们不承认以历史上的方法来推进人类，最后会变成一个正轨的社会，但他们信仰一种由数学的头脑所产生的一切社会制度，会立刻组织所有的人类，而就使人正直无罪，较任何方法都迅速！就是因为他们自始不赞成历史,'除了丑恶和愚蠢外什么也没有',他们把它都看成了愚蠢!就是因为他们那样不赞成人生的方法,他们不需要一个活的灵魂。活的灵魂要求生命,灵魂会不听从机械的规则,灵魂是疑惑的对象,灵魂是退步的!但他们所需要的,虽然朽枯,而且是可用橡皮制成的,至少是死的、无意志的,是屈辱的,而且不会反抗!结果他们便把一切事物都弄成机械和刻板了!公寓是有了,但你的人性对于公墓是欠缺的——它需要生命,它没完成它的生活,到公墓去却也太早了!你不能以理论丢开人性。论理假定有三种可能性,但是可能性却无可数了!切去这不计其数,把它缩小成安全问题!这是最容易的解决问题方法!这是伟大的事业,你切不要妄想!人生的全部秘密都在几页印刷纸上呢!"

"如今他的野马跑远了,该结束了!把他拿住呀!"派弗里笑着说,"你能想象吗?"他朝着拉斯科纳夫说,"五六个人昨夜像那样地大发议论,在一个房里,以击打为开始!不,老兄,你错了,许多犯罪是由于环境的原因,我可以向你证明。"

"哦,不错的,不过请你告诉我:一个四十岁的大人虐待一个十岁的小孩子,这也是环境叫他那样做吗?"

"嗯,严格说起来,是如此。"派弗里严肃地说道,"那类犯罪的性质很可能说就是受环境的影响的。"

伦肯将要发狂了。"哦,如果你愿意——"他大怒说着,"我敢对你说你的白眉毛很可以说是有伊凡大帝的二百五十尺的教堂高呢,我会明白地、精确地、渐进地以及带有自由的倾向,来证明它的真实,我来担保!你和我赌一赌输赢吗?"

"可以!让我们恭听吧,听他将怎样证实呀!"

"他老是大言欺人,可恶极了!"伦肯跳着站起做着手势喊着,"和你谈话有什么益处!他总是那样有用意的。你还不明白,洛地亚,昨天他在他们那处,一直是玩弄他们呀。他昨天讲的话!他们高兴呢!他能一直维持两个礼拜。去年他说他要到修道院去,他苦挨了两个月。不久他忽然又想起说他要娶亲了，说他把一切婚礼用的东西都准备好。他真的在做新郎衣呢！我们都向他恭喜。可是结果并没有新娘，什么也没见到，那都是地道的空想。"

"哦，你弄错了！我先有了新衣服呢。实是新衣使我想起哄你一下的。"

"你原来是一个善于伪装的人吗？"拉斯科纳夫不顾一切地问着。

"你不这样想吗，嗯？过一刻，我也会哄你的。哈——哈——哈！不，我会把实在话对你说的。关于犯罪、环境、小孩那些问题，因此我便想起你的那篇当时使我产生兴趣的大作。《说犯罪》……或那一类的题目，我可不清楚了，两月以前我在《定期评论》上看到的。"

"我的文字？在《定期评论》上吗？"拉斯科纳夫愕然地问着，"大约在六个月以前我脱离开大学时，我确写过一篇评论书报文章，但我是投到《星期评论》的。"

"但却是在《定期评论》上发表出来的。"

"因为《星期评论》停刊了，所以那时没有发表出来呢。"

"是的，但是当它停刊时，《星期评论》就和《定期评论》合二为一了，所以你的大作就在两月前的《定期评论》上刊登了。你不知道吗？"

拉斯科纳夫真的不知道。

"啊，你可以向他们要那篇文章的稿费呀！你真是个怪人呢！你过着那种孤零的独居生活，你毫不知道那些与己有关的事情。这是实在的事，我可对你担保呢！"

"妙极了，洛地亚，我自己真的不知道！"伦肯喊着，"我今天要到图书馆去，找那一期两月以前的。什么日子？这没有多大关系，我会找着的。"

"你怎么知道那篇论文是我写的呢？我只署着简写的姓名呢！"

"我在以前无意之间看到的。因为那位编者，我熟悉的……我十分感兴趣。"

"我在分析一个犯罪者在犯罪前后的心理差异。"

"是的,并且你极力辩明凡罪犯总是与有病同时而来的。十分,十分新奇的,但是……叫我感兴趣的倒不是你的大作的那部分,却是文章末了的一个结论,只可惜那结论只是提示着,尚未明晰地写完。如果你记得那上边有一个提示,说有种人,他们可以……这就是说,并不是十分能够,但他们有极端的权利去毁坏道德和犯罪,法律并非为他们而设的。"

拉斯科纳夫把他的意见故意夸大地解释着,他微笑了。

"什么?什么意思?有权利犯罪吗?不仅是由于环境的影响吗?"伦肯露出惊讶地问着。

"不,并不仅仅因为如此。"派弗里答着,"在那篇论文里,把所有的人分成'平常的'和'特别的'两种。平常的人要顺着生活,无犯法之权,因为——你不明白吗——他们是平凡的。至于特别的人就不然了,无法无天,即因为他们是超常的缘故。这是你的高见,我没有误解吗?"

"你是什么意思?不会是这样的吗?"伦肯困惑地低语着。

拉斯科纳夫又微笑着。他立刻看准要点了,他知道他们要把他赶往那边,那里去。他下决心去授受这个挑衅了。

"那只有一点是我的论点。"他简要地自谦地说着,"可是我承认你说得差不多正确了,也许十分正确呢。(承认这点他真高兴)唯一的异点是在:我并不坚持说,非常的人是爱破坏道德的,如你所讲。实则,我疑心这个正论能不能成立呢。我只提示说一个'非常的'人有权利……这不是一种官样的权利,是一种自己良心上决定超过……某种障碍物的内心的权利,且只为着实现理想必须这样做的时候——有时也许于人类全体有效。你说我的文字不正确,我可以使它明白。你也许就希望我这样吧!我确认像开普勒和牛顿那样的发现,除非牺牲更多的人,而不能使尽人皆知,那么牛顿就有权利,在责任上也是必要的……除去许多人，为使他的发现为人类全体所知。但这并非就是说牛顿有权利可以杀人，可以在街坊盗窃呀！我还记得，我在我的论文陈论所有……嗯，人类的制法者和领袖，例如莱克吉士、穆罕默德、拿破仑等等，并全是罪人，就因为他们立一个新法，就犯了古代立法，那是从祖宗传下来的人民视为神圣的，即使他们流血也不会停止，如是那种流血——对他们的主义有效益的话。事实上，人类中的这许多先贤和领袖大半都犯有屠戮罪，这是可留意的。总之，我确以为一切的大人物或稍微异于常人的人，这就是说能够讲几句新话的人，从他们的性格上一定都是罪人——多少是的，否则，他们必不能超出常规。如果常规非他们所忍受的，我想，他们的确也不应当忍受。你看我在那些话中并无什么特别新奇之处，如此类文字，以前早有人说过和谈过的了。至于我将人们分成平常与特别的，那未免有些独断，但我并未坚持确实数目呀。我只相信我的主要意见，人类是一种自然法则，约可分成两种，次等的（平常的）就是仅足资生同类的材料，以及有天赋才能、立新异之说的人们。当然，其中还可更细分类，但这两种人的显著之点分得很好。第一种人，大约是性情迂腐而守法的人，他们在统治下生活，而且被统治。我想，被人统治即是他们的本分，因为他们乐于做顺民。第二种人都犯法，他们全是破坏者，或心存破坏，此类人的罪当然有连带关系，而且多变动的；他们大约是花样翻新，对于现在力求破坏，为着改善之故。但是此种人为他的信仰而被迫去跨过一具死尸，或由血泊中走过，我确以为他在良心上，允许自己涉过血泊——那依着信仰和信仰的范围而定。我只是在此种意义上，说到他们犯罪的权利而已。但亦不必过分焦心，人民差不多都不会承认此种权利的，他们会被刑罚，或被绞死，如此去做，就很正当地完成他们坚定的职业了。但这同样地，人民在下一代便把这些罪人安置在神座上，崇拜他们了。第一种人永远是当今的人，第二种人永远是未来的人。第一种人保存这世界，繁殖着人民；第二种人推动这世界，使它向着它的目标而去。每个阶级皆有同等的生存权。事实上，也都和我们有相同的权利，永远的战争万岁——当然，一直到建成新耶路撒冷为止。"

"如此你是相信新耶路撒冷了吗？"

"是的。"拉斯科纳夫肯定地答着，在他说这话以及在他刚才大发牢骚的时候，他的眼睛只是注视在地毡上。

"你……你信仰上帝吗？请恕我的好奇心。"

"是的。"拉斯科纳夫答着，并仰起眼睛看着派弗里。

"你……你相信拉撒士死而复生吗？"

"我……我相信的。你为什么问这个话呢？"

"你真的相信吗？"

"真的。"

"你不要如此说……我由好奇心而问的，恕我。但是我们仍返回原问题吧，他们并非永远被判刑的。或许恰相反呢……"

"他们活着是胜利吗？哦，对的，有些在此生就达到了，然后……"

"他们就去判决他人吗？"

"如果应当的话……实在，他们大概是如此的。你的问话非常恰当呢！"

"谢谢你。但请对我说：你如何分别特别的人和平常的人呢？他们坠地时就有标志吗？我觉得应该更精当、更明白。原谅一个真正的守法公民的自然的焦虑，比如说，他们不能用一种特别的服装吗，他们不能戴着什么，或用什么方法印了火印吗？你知道如果发生乱事了，这种人中的一位以为他是属于那一类的，去'消除一切障碍物'，像你所愿意说的，那么……"

"哦，那是常有的！那话比上回的还要恰当呢！"

"谢谢你。"

"没有理由。但要留意，那谬误只会起于第一种人，换言之，在平常人之中。他们有许多人，不管自己其实是趋向于听命，因为好事的品性，他们都高兴视自己为进步的人，以'破坏者'自居，把他自己推进'新运动'之中，而且这是非常真诚的。同时真正新的人们常常不为他们所注目，或甚至被辱为有爬行倾向的反动派。但是我并不说这边有什么大的危险，你用不着烦扰，因为他们绝不怎样过甚的。当然，他们有时让他们的幻想和他们一起走了，会领受一顿毒打，而且把他们的地位授给他们，如此就好了。实际上，这也是不必要的，因为他们打自己，他们是非常爱说天良的：有些人互相做这种事，有的人以自己的手打自己……他们将以各种显明的悔恨行动，露着美丽动人的效力欺哄自己，事实上你用不着烦扰的……这是一个自然原则呀！"

"唔，因此你使我的心更加解放了。但是还有一桩事使我烦恼，请对我说，这许多特别的人，有杀他人之权利的有很多吧？当然，我愿意匍匐在他们前面。但是你要承认，如果他们有很多人的话，这是可惊的，哈？"

"哦，那你也不用烦恼。"拉斯科纳夫用同样的语气往下说着，"有新思想的并有一点能力说新话的人，是非常少了，事实上更是如此。只有一桩事情是明白的，人类的一切等级和分类的外貌，一定是循着某种自然的法则。当然，这法则现在我们仍不明白，但我相信是会存在的，而且总有一天被人所察觉知的。大多数的人类都是原料，靠着某种大的努力，靠着某种鬼祟的方法，靠着各种配合，仅为着最后或由一千人中弄出一个有一点点独立性的人而存在着。也许一万人中只有一个——有些独立性，十万人中只有一个有更大的独立性的人呢。有天才者是百万中的一个，伟大的天才们——人类的冠冕——也许在万万人中出现一个在世上呢。事实上，我还并未到那蒸馏器里瞧过，这一切都是在那里举行的。但确有，而且一定有一种决定的原则，这很难说是一件突然的事吧。"

"什么，他俩在说笑话吗？"伦肯忍不住地喊道，"你们坐在那边，互相取笑着。你是严肃的吗，洛地亚？"

拉斯科纳夫仰起那苍白色的、悲哀的脸庞，没有说什么，派弗里的坦白的、不屈的、神经质的、粗俗的讥讽，和着那娴静的伤心的脸，在伦肯看来有点奇怪。

"嗯，老兄，如果你真的认真……当然，你说那并不新奇，早已听过和说过的东西，你是不错的。但在这些话中真正独创的，只属于你自己的，使我受恐惧的，是你以良心之名承认流血，而且——显得那样的狂热……我觉得这就是你的大作中的焦点。但是那种依良心承认流血，在我看来……是比官样的、法律上的承认流血还更可怕……"

"是的，那更可怕。"派弗里同意地说。

"是的，你在夸大了！有错误之处，我得要拜读一下。你不许那样想的！我得拜读一下。"

"那些都在文外之言，那边只有一个提示呢。"拉斯科纳夫说着。

"是的，是的。"派弗里不能再坐了，"你对于犯罪的意见如今我已很明白了，但……恕我的粗鲁，你看，你把我关于两种人混杂的信念消除了，但尚有各种事实上的可能性使我难安！如果有个人，有个年轻人，以为他是一个莱克吉士，或穆罕默德——当然，是未来的——当他要把一切障碍物除去……他目前有着某种伟大的事业，而且需要金钱去做……他必须去弄钱……你清楚了吗？"

哈夫在他的屋角那边哈哈地大笑起来。拉斯科纳夫连看也不看他一眼。

"我得要承认，"他平静地说着，"此种情形会遇见的。自夸的、愚蠢的人尤其容易跌到那个泥途中去，尤其是年轻人。"

"是的，你看。那么怎么办呢？"

"什么怎么办？"拉斯科纳夫微笑地答着，"那倒不是我的错误。就是如此，而且将永久是如此的。他方才说，"他向伦肯点点头，"我承认流血。社会给监狱、谴贬、罪人调查者、罪奴保护得太周密了。不用去忧虑的。你们只要把贼捉牢好了。"

"如果我们真把他捉住了，又如何呢？"

"那么他就得到他应该得到的了。"

"你真与论理相合的。但他的天良怎么样呢？"

"你为什么注意那些呢？"

"由于同情观念呀！"

"如果他有天良，他要为他的错误受罚的——便是对他的处罚无异监牢了。"

"不过真正的天才——"伦肯皱着额角问着，"那些有杀人权的人呢？他们亦应当受一点罪吗？"

"为什么要说应当这个字眼呢？这不是允许或禁阻的事件。如果他替他的牺牲者可怜，他就得罹罪。受苦与受罚于大智慧和好心肠是永久无法避免的。我想，真正伟大的人在世上一定具有大的伤怜的。"他梦一般地续说着，并不是讲话的语气了。

他仰着看，热切地看着一切的人，微笑着，抓他的帽子。和他初来时的神色比较，他是过于安闲了。大家都站着了。

"嗯，假如你高兴，你可以辱我，恼我呢。"派弗里又说了，"但我不能自持。请允许我问你一个极小的问题，便是一个极小的意思，我要说出了，只因为我可以免去遗忘。"

"好吧，把你极小的意思对我说吧。"拉斯科纳夫站着等待，惊惶而严厉地站在他前面。

"嗯，你看……我真不懂怎样讲得合适……这是一个心理上的意见……你作你那篇大作的时候，你绝不能自制的，哈哈，你想……一个'特别的'人，讲出你所说的一句新话……不是如此吗？"

"极可能的。"拉斯科纳夫藐然地回答着。

"如果这样，如果碰到世上的艰难痛苦，或为着对于人类的服务，你能叫自己越过障碍物吗……例如，劫盗伤人之类。"

他又眨着左眼，如以前一样不声不响地大笑着。

"如果我做了，我绝不会对你说的。"拉斯科纳夫轻蔑而傲慢地回答着。

"不，我只因为你的大作而感兴趣，从文学的观点上看的……"

"呸，这是怎样的无礼呀。"拉斯科纳夫露着憎厌的神情自语着。

"请允许我讲吧。"他冷淡地答着，"我并不把自己当作一个穆罕默德或拿破仑，也不是哪一类的任何人，我绝不是他们中的一个，我就不能对你讲我怎样做。"

"哦，好，现在在俄国，大家都当自己是拿破仑吗？"派弗里带着惊讶，不拘礼节地说道。

各种特别的见解，从每个人谈话声中自行显露出来了。

"也许就是未来的拿破仑中的一个，上礼拜阿里拿伊夫诺给消灭了的吧？"哈夫在屋角突然插说着。

拉斯科纳夫不讲话，但是锐利地看着派弗里。伦肯忧愁似的皱着额角。他好像看出一些事情了。他懊恼地四周望望，约有一分钟的沉默，拉斯科纳夫动身想要走了。

"你预备走了吗？"派弗里和蔼地说着，他异常谦逊地伸出手来，"我十分十分高兴和你结识。至于你的嘱托呢，不必费心，你依我所说的去写好了，最好是你亲自到我那边来，在这一两天之内……明天，十一点钟的时候，我必在那边。我们好把一切都做了，我们可以再谈谈话呢，你是最后的一个了，你也许会告诉我们的。"他带着最和蔼的姿态续说着。

"你要借此来把我当作证人盘问吧？"拉斯科纳夫锐利地问着。

"哦，什么？那在近来是不用的。你听错我的话了。我不会失去一个良机的，你看……我要和所有当物的人都谈谈呢……我从其中有些人中弄些证据，你是最后的一个了……是的，顺带说说。"他好似忽然高兴似的喊着，"我刚刚记起，我想起什么事？"他转脸朝着伦肯，"你说那个尼古儿把我弄烦厌了……当然，我知道，我知道得很清楚。"他又向拉斯科纳夫道，"那个角色是冤枉的，但这事怎么办呢？我们只有再麻烦脱里了……这是症结之处，就在你上楼时。七点多了吗，是不是？"

"是的。"拉斯科纳夫答着，他说这话时有点不快之色，深觉他不必多说的。

"那么当你在七八点钟之间上楼时，你未曾看见第二层楼上那门开着的房子中——你记得吗——有两个或一个工人吗？他们在那里刷漆，你有没有注意他们呢！这于他们十分十分地要紧。"

"油漆工吗？没有，我未曾看见他们。"拉斯科纳夫缓慢地答着，好像在搜索他的记忆似的，同时他的每根神经都紧张了，急昏似的去猜那诡计在哪儿，愈快愈好，而且不能忽视任何事情。"不，我未曾看见他们，我也没有注意像那个样的房开着……但是第四层楼上。"他现在克服了那诡计而且得胜了，"我现在尚记得有人从阿里拿伊夫诺对面的房里搬物……我记得……我记得很清楚的。有的门房移着一张沙发，他们把我拥挤到墙边，但是油漆匠们……不，我记不得那边有漆匠，我不信有什么房子的门是开着，丝毫没有的。"

"这是什么意思？"伦肯忽然喊着，好像他清醒过来似的，"什么，漆匠做工是在暗杀那天，那么他在那边是三天前了吧？你问些什么？"

"唉！我搞乱了！"派弗里敲着自己的脑袋，"我见鬼了！这事把我的脑袋给弄乱了！"他告歉似的向着拉斯科纳夫说着，"能够查出有没有人于七八点间看见他们在那房中，是一件非常关键的事情，所以我想到你也许可以告诉我们的……我非常昏乱了。"

"那你就得更加谨慎些了。"伦肯不客气地说着。

末了的几个字是在走廊上讲出的。派弗里非常谦恭地看着他们走到门外。

他们走到了街上，沮丧而愠怒，他们走了好多路也没开口讲话。拉斯科纳夫深叹了一口闷气。

第六章

"我不相信，我怎么会相信呢！"伦肯一再说着，他昏惑不安地驳斥着拉斯科纳夫的说话。

他们将到巴卡的住屋了，甫利亚和多利亚已等他们很多时候了。伦肯在路上常常站着，兴奋而昏惑地讨论着，因为他们公然谈那件事，还是第一回呢！

"那，你就不要相信好了！"拉斯科纳夫带着漫不经意笑答着，"你总是当面呆的，我却细细地想着每句话呢。"

"你好疑惑。就因你详细推敲他们的话吧……哼……不错，派弗里的说话有点怪，这我知道，而且那贱货哈夫更是可怪了……你说的不错，于他有何干系——但是何故如此呢？"

"从昨晚起他就心思大变了呢。"

"不然！如果他们有那种糊涂的思想，他们就得尽量掩饰，严守他们的秘密，以后再捉住了你……但那只是疏忽和莽撞而已。"

"如果他们找到了事实——换言之，是真实的——至少是有了一些疑点，那他们就得要尽量严守他们的诡计，好多弄些（他们早该要搜查的）。但他们一点找不到事实，那不过是捕风捉影，多是渺茫的。至多是一个不实的观念呀！因此他们尽量来试探我，也许他因没有事实而焦恼地随口露出的——否则就是他的一种计划……他倒像是一个有智谋的人儿。也许他假装知道来恐吓我呢！他们是有自己的一种心理的，仁弟。但要去解脱这些太麻烦了。不谈吧！"

"我明白那是侮辱的，但……如今我们既已坦白说了——我真愉快我们能坦率地说了——我早就看到他们有这个意思了。这自然只是种暗示——一种讽刺——但这一种讽刺为什么来呢？他们怎会敢呢？有什么凭据呢！我是如何的愤怒呀。你想！仅仅因为一个苦恼的大学生，被贫困和忧虑病所缠，未害严重的糊涂的病——当心这个——之前，多疑、自恃、骄傲，他六个月中没和人说过话，穿着褴褛的衣履，而要面朝着几个卑鄙的警察的面，忍受他们的侮辱！而那意外的债责——乞洛夫交上的债据——塞在他的眼前，新油漆、三十摄氏度的高温以及闷热的空气、众人、一切关于暗杀前他去过的地方的人的谈论，那一切的一切全推在一个空虚的腹上——他不生病真是天知道。但那些就是他们所说的事实了。这是怎样可恼，如果在你看来，洛地亚，我就觉得他们好笑，也许还要当面扯破他们的脸呢！我还要向各方面去找人出口气，如此我才把这事情告一段落。可恶极了！不要沮丧，那耻辱呀！"

"但，他这话说得真不错。"拉斯科纳夫自语着。

"他们简直可恶极了，明天还要询问证人呢。"他悲伤地说着，"我定要和他们解说不成？实际上我已觉得烦恼极了，我昨天在酒店歇脚，和哈夫谈说。"

"真可恨！我要到派弗里那边去，我要像家人一样把那事情探个明白，他得让我明白所有那事的一切！至于哈夫呢……"

"他早已洞悉他了！"拉斯科纳夫想着。

"等等！"伦肯喊着，又握住他的肩膀，"得了！你弄错了。我已看出来了。你弄错了！那怎么可说是一个诡计呢？你讲那关于工人的问话是诡计。但如果你干了那事，你会说看见他们在漆房子……和工人们吗？恰是相反，你没有看见，你即使看见了，谁会承认自讨苦吃呢？”

“如果我干了那件事，我将说我看见了工人和房子。”拉斯科纳夫不很自然地答着。

“但你为何说这话害自己呢？”

“唯有无智识的人，或丝毫没有经验的新手，在审问时才会不承认一切事情。如果一个人稍微有点头脑和经验，他倒会把那些不可避免的一切事实全招认了，但要替它们求其他解说，要带出一种异常的转弯抹角，而给它们另外的一种意义，和另外一种意见。派弗里会预计我将要如此回答，说我看见他们了，表示一种真实的态度，然后再加解说。”

“但他会对你说，工人们必不会在两天前就在那边，那么你在谋杀案那天八点钟在那边，是确定的了。如此，不是给他一点罅隙而把你套住了吗？”

“是的，这是他所凭借的，当我无暇思索，立刻做了一些无疑的答复，因此便会忘记工人不能在两天前在那边的了。”

“但你怎么能忘记了呢？”

“这真容易之至。聪慧者就在这种蠢事上最易被人拿牢。一个人愈机敏，他就会不加猜疑，就会于一件简单的事上越易被拿牢的。一个人越机警，他定被越明显的诡计拿住。派弗里他不像你所料的那样呆笨呢……”

“如是真的，那他可算一个恶徒了！”

拉斯科纳夫不觉笑着。但他立即觉得被自己奇怪的坦白和热心的解释所惊讶了，虽然他此刻所说老是露出沮恼的厌恶，明显的是由于有一个缘故。

“外面的空气还挺合适我的呢！”他自慰着。但同时他立即忽然不安起来，好像一个意外的惊人的念头浮现于他的心目中了。他的忐忑不安的心渐渐地加升。他们已到了巴卡房子的门口了。

"你一个人进去好了!"拉斯科纳夫忽然说着,"我就来。"

"你到哪儿?我们才到这边,怎么又……"

"我没什么……半个钟头后我就来的。请你对她们说声。"

"你要怎么说,我要和你一同去。"

"你也来烦我了!"他喊着,睁着绝望的恼怒的大眼。伦肯只好放手了。他在石阶上,沮丧地看着拉斯科纳夫向他的寓处那边大踏步地走去。末了,他露齿伸拳地发咒,要在那天把派弗里像柠檬般地逼着,逼他把话全说出来,然后上楼去。甫利亚吃了一惊,因她对于他们好久没来而焦急了。

拉斯科纳夫到家时,满头是汗,并气喘吁吁地呼吸着。他立即上楼,走进他的没下锁的房间,并把门闩放上。他在慌忙的恐怖中冲向墙角去,一伸手,伸到那些纸遮着的洞里,他摸索了好久,他始终没找到什么,于是站起来,匆忙地呼了口气。当他正来到巴卡住宅的石阶时,他忽然幻想到会有一条链子、一个饰纽或一张纸(上面有那老媪写着的包典物的纸张)掉下了,落在什么破洞里,忽然被人发现了,变为意外的不利于他的铁证。

他心不在焉地站着,一种奇怪的、侮辱的、似无意义的微笑在唇上边浮露着。他于是抓起便帽,又悄悄地走出房门。他的脑筋十分慌乱了。他做梦般地溜出了门。

"这就是他呀!"一个人高声喊着。

他仰起头来。

门房在他的房门口站着,向一个矮胖的人把他指着,那个人看上去好似一个工人模样,一件长的袄子和一件背心套着,远看时极像女人。他驼着背,头上戴着醒齪的便帽向前搭着。他脸上的皱纹很多,看他有五十多岁了。他的小眼睛臃肿得看不出来,但却凶相外露着。

"做什么的呀?"拉斯科纳夫向门房间问着。

那生人悄悄地偷看着他一眼，似乎注意而审慎地看着他，一声不响，然后缓慢地转身，出了大门，走到街上去了。

"干什么的呀？"拉斯科纳夫大喊着。

"是的，他问这边有没有一个大学生住着，说起你的名字，并询问你和谁同住。你来了，我就把你指出来，他就走了。真莫名其妙呢！"

门房也似乎很困惑，但他惊奇了一下，就回到他的房里去了。

拉斯科纳夫立即跑去追赶那个生人，看见他仍是缓步走着，沿着街坊那一边走，眼注视着地下，似乎在默忖似的。他追上他了，他和他平行走着，看着他的脸。那生人也就立刻看着他，但又把目光移开，他们如此并行了一分钟，不说一句话。

"你向门房……探听我吗？"拉斯科纳夫终于开口说话了，但是用很安闲的神情问着。

那人既不答话，连朝也不朝他看。他们仍是静默着。

"你干吗……要来寻我……为什么又不说一句话呢……到底是什么意思？"

拉斯科纳夫的话声时断时续的，好像把这话故意说得响亮些似的。

那人这回却把眼抬起了，阴险而凄郁地向拉斯科纳夫一看。

"杀人犯！"他突然发出低沉而响亮的声音说着。

拉斯科纳夫仍是在他旁边行去。他的双脚骤然地瘫软下去了，一阵寒战突然由他背脊传下来，他的心好像停止了跳动，又忽然地觉得怔忡不安起来。他们如此沉默地并行了约有一百多步。

那人没有看他。

"你究竟是什么意思……什么……谁是杀人犯呢？"拉斯科纳夫用几乎听不见的声音低问着。

"你就是一个杀人犯。"那人缓慢地加重语气回答着，微露出一阵胜利的、狰狞的笑脸，直看着拉斯科纳夫的惊惶的脸面和眼睛。

他们走到了交叉路，那人头也不回地转向左边。拉斯科纳夫立在他后面直瞪着。他看见那人走了五十步远的地方，向后转过身来，看他仍在那边站着。拉斯科纳夫虽看不真切，但他料想他必又露出那同样冷酷胜利和狰狞的微笑呢！

拉斯科纳夫双脚蹒跚着，膝盖颤抖着，慢慢地回到自己的小楼去，觉得全身在颤抖。他把便帽扔在桌上，他兀自站着不动。他疲乏地倒在沙发上，痛苦地、细弱地呻吟，从沙发上发出来。他躺了约有半小时。

他什么也不去想，只有些片段的、没秩序不连贯的影像在他的脑中现出——他在年轻时所看见的或所遇见的人们（这些人他从不会想起的）的脸庞，V地礼拜堂的钟楼，酒店里的台球桌和拍台球的兵士们，地下屋的烟店的烟气，一所酒店的房子，一条非常暗淡的楼梯，全给秽水浸湿了，满布着蛋壳，以及礼拜日的钟声从远方传了过来……一个个的影像接连着，像旋风般地旋转不已。他想努力去抓，但它们却突然消失了，他心中只感到一种压抑，但那并不全叫人烦恼，有时也能叫人舒服……细微的颤抖仍在继续着，这也是一种类似舒适的一种感觉。

他一听见伦肯的急促的步声，立刻闭上了眼睛，佯装睡熟了。伦肯开了门，在门边站了一会儿，踌躇似的，又悄悄地进房中，轻轻地走到沙发前。拉斯科纳夫只听见拿泰沙叽咕着："不要去动乱他！让他睡去好了。他稍迟点再用中饭吧！"

"好吧。"伦肯答着。他俩轻轻地退出，把门带上，过了半个钟头。拉斯科纳夫睁开了眼睛，仰卧着，两只手放在头颈下面。

"他是什么人？那在地下走上来的人是谁呀！他在那边瞧见了什么？他分明全看见了，那他站在哪里，在哪儿看见的？他怎么此刻才从地下跳上来？他怎么曾看见？这是能够的吗？"拉斯科纳夫续说着。他又颤抖着，"尼拉在门后面发现的首饰匣——那能够的吗？一条路径吗？你弄错了一丝，你就可以造起一座证据的金塔！一只苍蝇飞过而看见了！这是能够的吗？"他忽然又厌倦了，觉得自己身体变得软弱极了，"我本该明白的，"他苦笑着想道，"我明白自己，明白我将怎的，我怎么会提

起利斧去杀人呢！我本该先明白……但我以前实在清楚的！"他绝望地
自语着。他常常对于某种问题发痴。

"不，那种人并不由此成功的。那真实的领袖进攻巴黎制造了一个
大屠戮，把一支军队忘在埃及，在远攻莫斯科时毁灭了五十余万人，在
非尔乃地方说了一句双关语便逃走了。他死后人们给他建了祭坛，如此
全允承了。不，这些人好像不是肉做的，而是铜铁打的！"

一个骤然而来的念头使他不觉大笑。拿破仑、金字塔、滑铁卢，以
及一个卑贱的瘦削的老媪，一个榻下放着红色柜的店当主——"这两种
鲜美的杂烩赠给派弗里咀嚼，他们怎会把它消化呢！那似太没有艺术性
了。'拿破仑在一个老媪榻下爬动！'啐，废物啊！"

他觉得这时他似发狂的。他是坠进一种发热病的兴奋情绪中了。
"那老媪不占顶重要的位置，"他冲动地想着，"那老媪也许是错误也不
定，但她不完全是顶重要的！那老媪单单是一种病症……我想快快跨过
去……我不是去杀人，是杀主义！我杀了主义，但我不曾跨过去，我在
这边站呢……我只会杀人。而且我甚且哪个也不会的……主义？那个呆
子伦肯为什么要痛斥社会主义者？他们是勤恳的经纪人。我不渴望
'人的福音'。不，我的生命不过一回，我永不会再有。我不渴望着'人
的福音'。我只要生存，否则宁可不活了。我要瞻顾我母的饥肠，但把
我的卢布尽塞进衣袋里，同时我期待着'人的福音'。我把我的小石子
丢入'人的福音'中，如此我心安慰了。哈——哈！你为什么不看见
我？我只活着一回，我想……唉，我是一只爱干净的虱子，其他的全不
对。"他又继续说着，大笑自己像一只虱子，"不错，我实在是一只虱
子。"他连说着，持着这观念，老盯着它，玩弄它，带着复仇的愉快，
"第一因为我推证我是一只虱子，第二，因过去一个月我恼了慈善的上
帝，求他证明，我干那桩勾当，并不为自己肉身打算，是怀着另一个冠
冕堂皇的目的——哈哈！第三，因为我要努力合理地把它做了，细审
着，推想着，筹划着。我由一切虱子中选出一只最无用的，要从她那边

抓取我第一步所需的钱，不多，也不少——其他的都可送给一个修道院，依她的遗嘱，哈哈——而且那分明看我是一只虱子呢！"他咬着牙说着，"也许因我比我所害的一只虱子更卑贱、可憎，而且我先明白，杀她后我将说为我自己的。有什么事情可和那种恐吓相类比呢！卑贱！下流！我明白马背上执刀的'先知'：安拉的命令，创造者听命！'颤抖的'畜生必须服从，'先知'是不错的，他横街排列着炮兵，攻打那冤枉的和犯罪者，总之，他是不错的！你们该听命的，'颤抖的'畜生，不要存在欲求，那不是为你们……我要永久不，不宽恕那个老媪啊！"

他头上的汗把头发淋湿了，他的颤动的口渴燥了，他的眼睛老盯着天花板。

"母亲，妹妹——我从前是怎样爱她们的啊！我如今为什么恨她们呢？我只对她们感到生理上的憎恶，她们接近我……我不能忍受呀！我吻着抱着母亲，我忆得……而且想着如果她知道了……那我就对她说吗？那是我正想做的……哼。她也和我一样吧！"他续说着，心里却在想，真如癫狂了似的，"我如今是怎样可恨那老媪啊！她如果活了过来，我会把她再杀了呢！可怜的威里啊！她进来做什么呢……不过也奇怪，为什么我一点都没有料想到她呢？我好像并未杀她似的！威里、梭娜，可怜的、温柔的姑娘，有着柔媚的秋波……可爱的姑娘们！她们怎么不哭泣呢？她们怎么不悲哀呢？她们献出了一切……她们的秋波既温柔又平静的……梭娜，梭娜，温柔的梭娜啊！"

他的意识丧失了，他真有点奇怪，他不记得怎么会走到街上去的。夜晚了，黑暗不见了，月儿光明地照耀着，但一切充满着沉沉的死气，并有一种石灰泥土和臭水的气息。街上有往来成群的人，做工的人和办公的都回家去了，有的人出来散步。拉斯科纳夫一直走，悲哀而忧虑，他知道自己出来分明有目的的，须把事立刻办好，但他又忘了。他忽然站住，看见前面有一个人站着，对他招呼着。他穿过街走到他那边，但那人又低垂着头转身走了，他好像没有向他打招呼似的。"他真向我招过手了没有呢?"拉斯科纳夫觉得奇怪,但他极力去追他。当他快接近他时,他认出了他,而且吓了一跳——这就是那个人,驼着背,穿着长短袄。拉斯科纳夫尾随着,他的心跳着。他们打了一个转弯,那人仍没回过头来。"他知道我随着他吗?"拉斯科纳夫想着。那人跑进一座大厦的门里。拉斯科纳夫立即走到门前,向里探望,他是否会回头来向他打招呼呢?那人在庭院中果然回头了,又好像向他招招手。拉斯科纳夫当即跟进去了,但那人没有了,该是走上楼梯了。拉斯科纳夫仍走去追他。他仿佛听见楼梯上有节奏的慢步声。那楼梯似极熟悉,他走到一层楼的窗前,月儿由窗外射进一股阴森的神秘的光来。他再到了第二层楼上,啊,这就是漆工们工作过的那楼房呀……他怎么不认得了?那个人的脚步声没有了。"那他一定是站住,也许是躲在僻处呢!"他再走上三层楼,他再要上去吗?一种可怕的沉寂……但他仍向上走去。他的步履声恐吓他,怎么如此黑暗呢!那人必躲在什么僻处了。哦!楼房的门开着,他徘徊着,但终于走进去了。走廊上十分黑暗,而且空虚,一切东西好像都没有了似的。他踮着足尖悄悄走进照着月光的厢房,那边一切如常,椅、镜、淡黄沙发和镜架,一个大而圆圆的、紫铜色的月亮向窗里窥视。"不错,是月光使它死寂,使它神秘呀!"拉斯科纳夫想着。他站着等待着,好久好久,月光愈沉默,而他的心也愈跳得凶,直到痛了为止。一切仍是寂然。忽然他听见一声尖厉的破裂声,如裂帛一样,一切又归寂静。一只苍蝇飞了,打在玻璃窗上,呜呜地悲伤着。这时他在屋角看见窗口小食柜中央,有像一只挂钟样的东西,挂在墙上。"那挂钟怎么在这边了?"他想,"以前不在这边的呀……"他轻轻地走过去,觉得有人躲在那儿。他把钟小心地一移动,就瞧见那老媪坐在屋角椅子上,腰躬得很,他看不出她的脸部,但无疑是她。他在她那边站着。"她怕我呢!"他想。他悄悄地把活结上的斧头拿来,又一下地打中她的脑门,但是怪了,她一动不动,她好像是木块做的。他吓呆了,更走近,看着她,但她把头更俯垂下去了。他头从地下往上去看她的脸,他可怔呆了：那老媪坐着笑，无声地大笑着，一点声音也听不见。他又立刻想到那屋的门里面有着窃窃私语和大笑声音。他疯狂了，他竭尽力气打着老媪的头上，但每打一下，卧室里的私语和大笑声音也更大，那老媪快乐得几乎颤抖了。他走开了，但走廊上的人满了，各屋门也开着，梯顶上和楼梯上以及下面各处，全是人，簇簇的人头，都在看，但都挤在一起，沉静而期待着。似有什么紧执着他的心，他的两脚立在那儿，不能动弹了。他大声地呼喊，忽然醒过来了。

他深吸一口长气——但是那梦境还依稀留在面前，他的门开了，一个未曾见过的生人在门口注意地站着看他。

拉斯科纳夫没有把眼睁开，立即又合上，仰躺着不动了。

"仍在做梦不成？"他觉得奇怪，微微地把眼睛睁开一看——那生人仍站在原处看他。

他走进房去，小心地把身后的门带上，走到椅子前一停，眼睛盯着拉斯科纳夫身上，兀自坐在沙发旁的椅，把礼帽放在地板上，手靠着手杖，下巴用手支着。他想永久地等着，这是很明白的。拉斯科纳夫偷偷地看他，是一个已上了年纪的人了，长着一把很多很美的而带着稍白的须髯。

十几分钟过去了，天色仍是亮晶晶的，但不久就渐渐昏暗下来了。房中充满着寂静，也没有一点声音由楼梯上传上，只有一个苍蝇向玻璃窗鸣鸣地扑过去。终于不能再忍耐了。拉斯科纳夫忽然走向沙发上坐下了。

"好吧，请你告诉我，你是做什么的？"

"我知道你不会睡熟，只是佯睡着的。"那生人奇异地答着，自在地笑着，"请允许我自己介绍一下吧，我就是喀老夫。"

卷四

第一章

"这还会是在做梦吗?"拉斯科纳夫又自语着。

他疑惑而谨慎地看着这突然光临的客人。

"喀老夫!别胡说!这怎可能呢!"他终于在困惑中大声说了。

这位客人对于这种喊声似乎一点都不觉得奇怪。

"我来这边有两个原因:第一,我要亲自和你认识,因我已听到一些有趣的诌媚你的话;第二,我想在一桩有关你妹妹多利亚终身的事情上,我希望你不会拒绝帮助我。因你如不来帮我,她将不许我亲近她的,她对我有成见,但你能帮忙,我想……"

"你弄错了。"拉斯科纳夫插着说。

"她们昨天才到的吧,我可问你吗?"

拉斯科纳夫不答。

"是昨天,我明白。因我自己就在头一天到这边的。哦,让我对你说,洛地亚,我并不要表白自己的不是,但请你告诉我,我在这事上有什么特别犯罪之处呢?请你不偏不倚地评价一下吧。"

拉斯科纳夫仍沉默不语。

"我在家庭中虐待一个可怜的姑娘，'用我的卑鄙的求婚侮辱她'——是这样的吗？——我预先对你挑明了——但请你稍稍设身处地想一想，我同是一个人……总之，我可以受人所惑而误入情网——这并非由我们的意志所能控制——于是一切事情都可以用极平常的方法解决了。事情是：我是一个怪物，还是一个牺牲者？如果我是牺牲者，如何呢？我要求她和我私奔到美国或瑞士，我对她是抱着最深切的敬重的，为促进我俩相互的幸福的！你明白理性是情感的奴隶，也许我自己会受到更大的伤害吧！"

"那个不是关键。"拉斯科纳夫憎厌地说道，"我们不想和你表示好感，你说的无论怎样，与我们绝对没有什么关系。我的门在那边，你出去！"

喀老夫突然笑了。

"但是……我不能骗你。"他边说边直率地大笑着，"我想骗你，但你立刻就言归正题了！"

"但你仍在设法骗我哩！"

"这有什么要紧？这有什么要紧？"喀老夫直率地笑喊着，"但这是法国人所谓的坦白无私呀，而且是很不厉害的欺骗……可是仍被你打断了我的话。总之，我再说一回：如没有那花园中发生的事，根本就没有什么不愉快的。拉夫那……"

"你又把拉夫那打死了，她们这样说的吗？"拉斯科纳夫不客气地插说着。

"哦，原来那事你也听说过？但你一定是听见了……不过你说的事情，我真不知怎样说好，虽然我的良心并无不安，不要以为我对于那事有什么惧怕，一切都循规蹈矩，有理路的。医生检查诊断为中风，因为在一次饱餐和吃了一瓶酒之后就去沐浴的原因，真的不能认为是他种原因的。但我要对你说我自己近来的想象，尤其在坐车到那边路上时，我有没有稍稍在道德上受激或类似的情形促成了这件不幸的……灾难。但我所获得的结论是，这完全是不可能的。”

拉斯科纳夫大笑了。

“我想你对那件事情是自寻烦恼！”

“但你又何故大笑呢？只要稍想一下，我只用小鞭敲了她两下——一点伤痕也没有……请你不要认为我是一个目中无人者，我很知道我是怎样的卑鄙。但我也明白，拉夫那对于我的亲热，也很喜欢，如果可以这样说。关于你妹妹的事，什么都给她探查出来了，因为临死前三天拉夫那无法出外，她没必要在城里招摇了。而且，她的那封信把她们麻烦到那样子——你听到她念那封信了——而且那两小鞭忽然之间从天上落下来！她立即嘱咐把马车拉出……这种情形是女人们十分好用的一个法子，不容她们的其他愤怒的表示。这事且丢开不说。人们都有这种例子，一般人类真的极爱自辱，你留心过吗？但女人们尤其好这样。我们也可以说那是她们的一个唯一的消遣呢！”

拉斯科纳夫屡次想出去，把这个谈话结束了。但因有种好奇心和谨慎的缘故，使他耽搁了一会儿。

“你喜欢吵架吗？”他无意地问着。

“不，很不喜欢。”喀老夫淡淡地答着，“拉夫那根本就不曾和我吵过架。我们很平和地过着，她是爱我的。我们结合了七年，我只用鞭打过两回——不能说三次，有一次性质不像的——第一回，是在婚后两个月，在我们到了乡间之后，末一次就是我们所讲的这次了。你想我是那样的一个怪物，那样的一个反动派，那样的一个农奴主吗？哈哈！顺便谈一谈，你还记得没有，洛地亚，数年前，在那言论自由之时，一个贵族——我忘了他的名字了——到处受人侮辱，报纸上骂他，因他乘火车时鞭打了一个德国妇人。就在那些时候，我想就是那一次，‘时代的羞辱举动’起来了——你明白，公开宣读《埃及的夜》，你还记得吗？黑暗之眼，你明白吗？我们的青春黄金时代，逃到哪里去了呢——嗯，至于鞭打德国人的那位朋友，我对他也不认可，更谈不上同情。但我要说，为什么有如此叫人讨厌的'德国人'呢，我想一个聪明人会充分给自己说明的。那时没有人由那种观点来研究这个问题，但那倒是真实的观点，我可向你保证。"

喀老夫说完了，又哧哧地大笑起来。拉斯科纳夫看明白了，这是一位有坚强意志，而且能将自己隐藏着的人。

"我猜你有好久没和人讲过话了吧?"他问着。

"几乎没有和人家谈话过。你是否也以为我是这类人而觉得奇怪?"

"不，我不过奇怪你是太适合的一个人了。"

"因我对于你的问话的粗莽并不恼吗? 是的吧? 但为什么恼呢? 因为你问我，我才答的。"他十分坦白地回答着，"我差不多对于什么都不曾产生愉快。"他做梦般地往下说着，"尤其是现在，我什么事也不高兴做的……不过你可自由地猜度我是带着一种愿望来和你亲近的，尤其因为我对你说我有事想见你妹妹。但我公开地承认，我已很烦了。尤其过去的这三天，我所以愿意来见你……你不必恼，洛地亚，不过你自己好像很奇怪似的。你要如何说就如何说，但你也有点不是，就是现在，又……我想，并不是指当时，而是现在，泛泛地说……嗯，嗯，我不，我不，你不要恼! 你知道我不是如你所说的那样的一只熊呀!"

拉斯科纳夫阴沉地看着他。

"也许你一点都不像一只熊。"他说着，"我肯当你是一个很好的人，至少明白当时的行为。"

"我对于别人的意见都不很留意。"喀老夫粗野地并稍露傲慢的神气答着，"所以有时粗陋对我们的好像是一套自由的外套，为什么不粗陋呢……尤其是人对于那方面有着个性的癖好时。"他续说着，又哧哧地笑着。

"不过，听说你在这边有些朋友。你倒是并非'举目无亲'的人，如他们所说的。那么，除非你有什么目的，你为什么要找我呢?"

"在这边我有朋友，是的。"喀老夫自认着，他并没答着关键的问题，"我已遇见过几位了。在前三天乱跑着，我遇见他们，或他们遇见我，那是平凡的事。我的衣服不错，不像一个穷光蛋。农奴解放与我没关系，我的财产大概包含着林木和田地，收入还不错。但……我并不要去访他们，我早厌恶了。我到这边三天，没有去拜访过一位……如此的一个城市！它怎能站在我们间，请告诉我！一个包含着各类的官员和学生的城市。是的，八年前我在这边瞎混着的时候，好多我没有留心……我现在最喜欢的是解剖学，这一点不骗你的！"

"解剖学吗？"

"但这些游艺场、饭店、庙会，或进步，真的，可以——嗯，即使没有我们，这些都能存在的。"他答非所问地讲下去，"而且，谁愿去做一个赌牌的骗子呢？"

"什么，你是做过赌牌的骗子吗？"

"自然，我们有一些朋友，上等阶级的人，八年以前，我们混得很安稳，全是有知识的，什么诗人哪，有财产的人哪。而且在我们俄国社会上，最好的道德行为，都是在被责打过的那些人中发现的，你留意那些吗？我在乡里堕落了，但我是为负债而坐牢的，由于一个从里辛来的低贱的希腊人。拉夫那就跑出去和他还价，终以三万卢布——我欠他七万——替我赎出了。我们就此以合法的婚姻而结合了，她像一个珍宝似的把我带到乡村。她大我五岁，她很疼爱我。我有七年未曾离开过她。注意，我一生她都拿牢一个字据管治着我（三万卢布的欠据），所以如果我有什么对她不好，我立刻被她拿牢了！而且她一点不放松的！女人们在这边一点看不出什么冲突的。"

"如果不为那事，你便离开她吗？"

"我不知怎样说才好。那倒不是那张凭据束缚我，我也没有到别处去的念头。拉夫那见我闷得烦了，自己叫我到国外去散散心，我以前也曾到过外国，在外国总有点不舒适。不知什么原因，但那太阳的升起，那利卜海湾，那大海——你看着它们，便会使你难过。最叫人难耐的却是人真正的烦闷，不，还是在家里舒服，在这边可以宽恕自己而苛责别人。我本打算到北极去探险的，因为我的酒量太差，而且也厌恶饮酒，然而所留下来的也就只有杯中物，我试过了都不差一点的。但，我想，听说白格明天要在于氏花园那儿乘气球上去，也收费欢迎乘客的。这是真的吗？"

"你愿意上去吗？"

"我……不，不。"喀老夫喋喋地说。他仿佛有极多的思想似的。

"他是什么的意思？他出于诚心的吗？"拉斯科纳夫奇怪地问着。

"不，那凭据束缚不了我，"喀老夫一边想着，一边往下说道，"那是出于我自愿的，不想离开乡村，而且在一年前，拉夫那在我的赐名日就把那凭据交还给我了，而且还送我一大笔钱作为赠礼。她有一批大产业，你知道的吧？'你想我如何信任你，喀老夫'——这是她常说的。你不信她那种说话吗？但你知道我将财产处置得很好吗，四周邻居全知道我。我也订购书报来读的。拉夫那当初很赞成，但以后她恐怕我太过于用功了。"

"你好像很想念拉夫那吧？"

"没有她的时候吗？也许吧。真的，也许是这样的。就便说说，你信鬼的吗？"

"哪种鬼？"

"是平常的鬼。"

"你信他们吗？"

"也许不，为了讨你高兴……我不愿直白地说呢！"

"那你看见过他们吗？"

喀老夫异常奇怪地看着他。

"拉夫那常来和我相会。"他合着嘴唇，扮着一种奇怪的笑脸说着。

"'常来和你相会'是什么意思？"

"她来过三次。我第一回看见她，是在下葬的那天，她葬后的一个钟头。那是我离家到这边来的前一天的事。第二回是在前天破晓时，在路上，在玛列阿车站上。第三回是在两点钟前在所住的房间。我是一个人住的。"

"你是醒着的吗？"

"很清醒。我常是醒着的。她来和我说了许多话，就从门口出去了——经常是在门口出去的。我将要听见她出门的声音。"

"这类事情我不一定会相信。"拉斯科纳夫忽然说着。

同时他也因说这话而惊奇了。他很高兴似的。

"什么！你也如此想吗？"喀老夫惊奇地问着，"你真的如此想吗？我没说过我们彼此间常有这类事情吗，哈？"

"你不会如此讲！"拉斯科纳夫一本正经而带热心地喊着。

"我不会吗？"

"是的！"

"我还以为我说过了。当我进来时，看见你合眼假装睡着时，我立刻自说道'这边就是那个人。'"

"'那个人'是什么意思？你说的是什么？"拉斯科纳夫喊着了。

"什么意思？我自己也真不明白……"喀老夫自在地说着，他自己好像也昏惑了似的。

他们沉默了一分钟之久。大家互相瞪着。

"全是一派荒唐话！"拉斯科纳夫急躁地喊着，"她到你面前来说些什么话呢？"

"她？你信吗，她说些最无聊的小事——人是奇怪的动物——这叫我愤怒。第一次她来时，我倦极了，你明白——丧事、葬典，末后进餐。最后我一个人孤单地在我的书房里。我抽着纸烟，沉思起来。她走到门口。'你今天如此忙碌，喀老夫，你忘了给饭厅里的那只钟上发条了。'她说着。七年中我每周都给那只挂钟上发条，我如忘了，她会提醒我的。第二天我在路上到这边来了。我破晓时在车站上，我困倦地睡去了。眼睛一半闭着，我正在那边喝咖啡。我眼睛睁开一看，忽地见了拉夫那在我身边坐着，她手里拿着一副扑克。'我替你算算旅行的运气好坏，喀老夫?'她是一个算命的专家呢！我不宽恕我自己，因我没有叫她算呀。我一惊跑开了，而且铃也响了。今天我从一家小饭馆吃了一顿不好的点心，肚子觉得有点难受，正坐着抽烟，忽然又看见拉夫那了。她进来时穿得极讲究的，一件淡绿色的绸衣，挂着长长的裙带。'你好，喀老夫，你看我的衣服喜欢不? 阿尼士她不曾做这样好的。'阿尼士是乡中的一个裁缝，在莫斯科做过婢女，一个美丽的姑娘——她站在我的面前乱转着。我看见衣服，于是细细地看着她的脸庞。'你为这点小事来打扰我，我很见怪呢！拉夫那。''老天，你不愿人家为什么事情来扰你啊!'想要撩她，我就说:'我想娶妻呢，拉夫那。''你总是如此，喀老夫，你还不曾葬了你的妻时，便要找一个配偶了。这于你不是好听的呢。即使你找到了好的配偶，但我至少知道那不是你的幸福或是她的幸福呢，你会给人们做笑柄呢!'她说完就出去了，她的裙带好像窸窣着。这很有点意思吧，哈!"

"也许你在这儿骗我呢?"拉斯科纳夫插说着。

"我从不说谎的。"喀老夫深思地答着，他毫不觉得那问话的突兀。

"你在从前曾看到过鬼没有?"

"是——是的。我是看见过的，但只有一次，那是六年前了。我的仆人弗尔，他死后刚刚埋了，我忘记这件事，喊着'弗尔，我的烟管呢!'他便来到我的吸烟室的碗柜那边去了。因为在他死前的一天我们吵闹过，我坐着不响，想:'他必是来报复那件事了!''你怎么袒胸露臀地敢到这儿来?'我问着，'你走吧，你这无赖!'他就出去了，之后就没再来了。当时我没有对拉夫那说及此事。我想替他超度灵魂，但我又觉得难为情呢!"

"你该让医生给看看了。"

"即使你不对我说，我自知有病，但我并不知有什么病。我相信我比你强健五倍呢！我不是问你相信闹鬼可以给人看见这事，是问你有没有鬼存在这回事呢！"

"不，我不信的！"拉斯科纳夫十分愤怒地喊着。

"大家怎么看呢？"喀老夫絮聒着，好像对自己说似的，向着那边垂着头，"他们说：'你有病了，所以你满脑袋胡思乱想。'但这话并不十分合理。我相信鬼只向有病的人出现，但那不是说鬼并不存在呀。"

"绝没有那回事的。"拉斯科纳夫愤慨地说着。

"你不相信有这事吗？"喀老夫打量他并说着，"但你对于这个理由怎么说呢——帮我吧——鬼好像是别的世界的残余，为它们的肇端。一个健康的人当然不会看见他们，因他是这个世界上的一个人，他得为顾全秩序起见，他必须在这一生中活着。但当人病倒的时候，人们的有机体失了常态时，便觉得会有另外一个领域了。病得愈凶，他和那个世界便越发接近，这人死去的时候，他就到那个世界去了。我早就想到这件事。如果你相信有来世的话，那你就会相信这个的。"

"我不相信来世。"拉斯科纳夫说着。

喀老夫只是深思般地坐着。

"那边如果只有些蜘蛛一类的生物，怎么办呢？"他忽然又说着。

"他真是一个疯子啊！"拉斯科纳夫想着。

"我们觉得来世是渺茫的，不可理解的东西，广大无限的东西！但是它为什么定要如此广漠呢？却不是的，如果来世就是一间小房，如同乡下的浴室，阴暗之至，满屋角全是蜘蛛，来世如果就是如此，那怎么办呢？我常以为来世不过如此吧。"

"你就不会再想一些合情理的事吗？"拉斯科纳夫露着痛苦的神情喊着。

"什么合情理的？我们怎会说呢，也许那就是合情理的也未可知，我确实就是如此想的呀！"喀老夫答着，露着无所谓的笑脸。

这奇怪的话叫拉斯科纳夫发了一个颤抖。喀老夫仰着看他，又哈哈笑着了。

"你想想看！"他喊着，"半个钟头前，我们从未见过面，而且彼此好似仇人。在我们间有一事未做完，我们把它扔了而谈起鬼话来了！那我们不是半斤八两吗？"

"请不要见怪，"拉斯科纳夫极其愤然地往下说着，"请你把来意说了吧……而且……我正忙得很，没有多余时间了。我就要出门了。"

"然则，你的妹妹多利亚要和洛升先生结婚了吗？"

"你能否不提我妹妹的片言只语吗？我不懂你怎敢在我面前提起她的名字，如果你是喀老夫的话。"

"忙吗？我到这边来就是为了她呀，我怎能不提她呢？"

"那么快说吧！"

"我相信你如果遇见洛升先生——他是我前妻的亲戚——半个钟头，或者曾听说了关于他的一切，那你一定有你的意见的。他不配和多利亚结合。我想多利亚也许是为……为家庭的原因而慷慨地冒昧地自甘牺牲。从你所说的一切，我相信能将这婚姻解除而无损于事，那你会很愉快的。现在我亲自来见你之后，而且使我深信不疑了。"

"这一些全是很确实的……不要怪你在那方面的确很失态。"拉斯科纳夫说着。

"你是以为我要达到这目的吧？不要多心，洛地亚，我如为着我个人的关系而忙着，我就不会这样说了。我不很傻的。我可以说点关于那事心理的话呢：方才我替多利亚的爱情辩说，我会说，我愿做一个牺牲品。嗯，我对你说吧，我如今已没有恋爱的心情了，一点也没有了，我自己也觉得奇怪。我好像觉着有一种东西……"

"懒惰造成的吧？"拉斯科纳夫插说着。

"我真是懒惰，但令妹也有那样的优点，我也不觉深深地感受到了。但那完全是胡说，如我此刻所觉得的。"

"你不是早就觉出了吗？"

"我以前觉得，但在前天我才十分相信，就在我到彼得堡时。但在莫斯科时我还妄想把多利亚弄到手，从洛升那边撸了过来呢！"

"请你快点说，你来这找我的目的吧。我急于要出去了……"

"很好。我到这边是为一种……旅行，就得把一切先处置一下，我把孩子交托给一个姑母，她们替我都弄好，不必再由我去操心了。我将要成为一个严父呢！我什么都不带，只取了一年以前拉夫那给我的一件东西。我已经够用了。不要怪，我就要说到正事了。在旅行（是可成事实的）前，我很想把洛升的事了结了。并非我恨之入骨，实在因为他我才和拉夫那吵闹，当我知道这桩婚事是她捣的鬼时。我想此刻由着你的关系去见一见多利亚，你如果愿意，我就当面向她解释，第一她在洛升那边除了患祸外得不到什么的。我再请求她宽恕以前的一切不愉快的事，赠送她一万卢布，如此帮助她和洛升分手，这种决裂，我想她会答应的。"

"你真的发疯了！"拉斯科纳夫喊着，他怒气冲冲地惊愕着，"你竟敢说这些话！"

"我明知你要惊讶的。但其一，虽说我不很有钱，但这一万卢布却并不觉什么，我绝对不在乎。如果多利亚不愿收受，我会用各种方法把它花掉了的。其二，我的内心是完全愉快的，我如此地为她效劳并没有别的野心。你也许不相信，但是日后你和多利亚会明白的。原因是因为我实在很尊敬令妹，发生不快的事情，我十分地懊悔，所以我要——不是赔偿，也不是为她的那个不快，只是要做些有利于她的事情，以表明我并不是好为非作歹，假如在我的效劳有一点点自私，我就不会如此公然来了。而且我也给她一万，在五个星期前我可以给她更多钱呢。我很快就可以和一位年轻姑娘结婚，由此可见，我对于多利亚的任何企图完全没有。总之，她嫁给洛升，也同样拿钱，只是从另外一个人拿罢了。不要见怪，洛地亚你冷静地想一下吧。"

喀老夫说时，态度非常冷静而安闲。

"我请你不必多说了。"拉斯科纳夫说着，"无论怎样，这总是很难做到的。"

"并不，如此，不是一个人只能加害于邻人，而不能以平常的形式做一点善事了？那不是太无理了。比如我死了，在遗嘱上留赠那款子给令妹，那时她会拒绝吗？"

"当然她要拒绝的。"

"哦，绝不。但是你要拒绝，就得听你了，只是一万卢布在要紧的时候，却是不可少的。不管怎样，我请求你把我说的话向多利亚转告一下。"

"不，我不能。"

"洛地亚，你如不愿，我就只得自己想法去见她，麻烦她了。"

"如果我对她说了，你不会去看她的吧？"

"我自己也不知道。我总想再见她一次呢！"

"不要存此心吧。"

"我很惭愧，你不了解我。否则我们会变成更知己的朋友呢！"

"你想我们会成为朋友吗？"

"怎么不可以呢？"喀老夫微笑着说。他站起来抓帽子了，"我并不是故意要来打扰你。而且我也没想到这边来……但今天早晨你的脸色把我吓坏了呢。"

"今天早上你在什么地方看见我了？"拉斯科纳夫不安地问着。

"我不期而瞧见你的……我还以为你有什么事找我……但不要怪我并不拜访人家，我和那些赌徒们很处得来，我从不曾麻烦过士弗百执事，他是我的远亲，一个有声望的人物。我可以于马卜尼的纪念册上评论拉斐尔画的圣母像，我已七年不曾离开过拉夫那身旁。从前我常到柴草市场内凡亚司家里耽搁，我也许会和勃格乘一个气球上天呢！"

"哦，是的。你就要动身去旅行吗？"

"什么旅行呢?"

"什么,那所谓'旅行'。是你亲自讲的。"

"旅行吗? 哦,是的。我说过的。嗯,它是一个浮泛的问题……但愿你问的是什么话吧。"他继续说着,突然发出高亢的、匆促的大笑,"也许我要娶亲去,取消了旅行也难说呢。他们替我在说亲事呢。"

"在这边吗?"

"是的。"

"你哪里来的时间做这事呢?"

"但是我渴望见多利亚一回。我诚恳地请求。嗯,再会。哦,是的,我忘了一件事了。请对令妹说,洛地亚,拉夫那的遗嘱上写着,赠给令妹三千卢布。是,确有这回事。拉夫那在她死前一礼拜就做了的,而且在我面前做的。多利亚在最近数星期内就可以收到这款子呢!"

"你说的是真的吗?"

"是的,对她说吧。嗯,我是你的侍从。我和你住得很近呀!"

喀老夫正走出时,在门口恰恰见到了伦肯。

第二章

时间是快要八点钟了。一对年轻人正赶往巴卡住宅去，要比洛升先到的。

"那是谁?"他们到了大街上的时候，伦肯开口便问着。

"那个喀老夫，那个富翁，我妹妹在他家做家庭女老师的时候，受到他的侮辱。他以自己的主意逼胁她，我妹妹被拉夫那的老婆赶出了。拉夫那后来又求多利亚宽恕，她恰在那时忽然死了。今早我们谈的就是她。我不明白为什么我总是怕那个家伙。他妻子的丧事完了，就赶到这边来了。他真古怪，一定要做一点事情……我们坚决要保护多利亚和他脱离……这就是我要对你说的话，你懂了吧?"

"什么保护她!他会加害多利亚吗?洛地亚，请你说，你刚才向我说的话……我们得，我们得保护她。他现在在哪儿呢?"

"我不清楚。"

"那你为什么不问个明白?不过无论如何，我会找到他的。"

"你看见他吗?"拉斯科纳夫呆了一下问着。

"是的，我很留意他了，我很留意他了。"

"你真的看见他了吗？你看清楚了吗？"拉斯科纳夫高声地问着。

"是的，我十分记得的，在大庭广众中我也会认出他，我辨别的脸面有着特别的记忆呢！"

于是，沉默了一下。

"哼……那不会错的。"拉斯科纳夫轻声说着，"你明白吗，我梦想……我兀自想着出神呢！"

"你究竟是什么意思呢？我不懂。"

"嗯，你们全讲，"拉斯科纳夫抿着嘴，微笑着续说，"说我疯了。我方才想也许我真的疯了，但只见了一个幻影罢了。"

"你到底是什么意思？"

"没什么，谁能告诉我呢？也许我真的疯了，也许这几天所遇的一切事情，都可说只是想象吧。"

"唉，洛地亚，你又纠缠不清……他说起些什么，他为什么来的？"

拉斯科纳夫没答什么。伦肯思索一下。

"我现在把我的事情对你说吧。"他说着，"我到你这边时，你睡去了。饭后，我再到派弗里那边去，哈夫还在那边呢。我想说了，但没有用处。我不会说得恰到好处。他们好像不懂，也不能懂，但一点也不难为情。我拖派弗里到窗口，和他谈话，但仍没有用处。他向那边看，我向这边看。最后我拿起拳头向他的丑脸做手势，且对他说，我会以表亲的身份，我要敲他的脑袋。他只是看着我，我骂着他走开了。只这样十分难过了。对于哈夫，我不说什么。我想我自己弄错了，但当我下楼时，却来了一个奇想：我们为何要操心呢？当然，你有什么危险或别的事情，但你又为什么要放在心上呢？你毫不用注意他们的，以后我们不过要嘲弄他们一番，如果我换了你的时候，更要使他们莫测高深呢！他们以后怎样难为情呢！随他们吧！我们以后可以揍他们，但现在我们且笑弄他们吧！"

"真的。"拉斯科纳夫答着,"但明天你将怎么说呢?"他自语道。真奇怪,他对伦肯知道时将做何感想,毫不感到奇怪。当拉斯科纳夫想着这点时候,他便看着他。伦肯讲派弗里对他不感兴趣的话,于是你一句,我一句,话就多了。

在走道上他们遇见了洛升。他确在八点钟到了,恰恰找着那门牌,于是他们三人默不作声地一同进去了。那两个年轻人先走进去,而洛升为了礼貌关系,在门口搁了一下,把大衣脱了。甫利亚便在门口迎接着他,多利亚则去迎接哥哥。洛升走进去,先向妇女们很恭敬地行了个礼,虽然他是极其道貌岸然,但他毕竟有点惶惑了,甫利亚似乎有同样的感觉了,于是先叫他们围着圆桌坐下,一个铜火炉正在那上边燃着呢。多利亚和洛升坐在桌子相对的两边。伦肯和拉斯科纳夫朝着甫利亚,伦肯在洛升旁边,拉斯科纳夫则傍着妹妹。

这样沉默着一下。洛升轻轻地拿出一条芬芳的细花手巾,揩着鼻,露出一种宽怀者觉得自己被侮辱时,立意要找一番解说的态度。在走廊上,他曾想到仍旧穿上外衣跑了,好给这两位妇人一个极有力的教训,叫她们感到情况的严重。但他不能如此干,而且,他也不能多忍耐,他立刻想要一番解说,如果他的要求得不到满足,如果她们背后有牵线的话,他就得先查询明白。他总有时间去惩罚她们,况且这是他的权力所许可的。

"我想你一路平安吧?"他照例寒暄地对着甫利亚说着。

"哦,托福,洛升。"

"我深感安慰。多利亚也不很疲倦吗?"

"我年轻身强,一点不觉乏,但母亲却极其劳顿了呢。"多利亚说着。

"那是真的,我们国家的铁路总是如此的长,'老大的俄罗斯',恰如他们所喊的,倒是一个广漠的国家……我早想来了,但昨天还是不能抽身来看你们。我想我过来,绝不会有什么妨碍吧?"

"哦，不，洛升，一切都令人十分丧气。"甫利亚露出一种异样的口气立刻说着，"如果上帝不差派脱里来帮我们，我们恐怕会要无所适从呢。他在这边哪！脱里，伦肯。"她续说着，给洛升介绍着。

"昨天我们欢会过。"洛升说着，斜睨着伦肯一眼，他皱着眉头沉默着。

洛升就是那一种的人：在外面，貌似十分恭敬，极讲礼貌，但他们在什么事情上一碰到阻碍，便立即手足无措，而且多变成绵软而少温雅的气质了。接着大家仍是静默，拉斯科纳夫忍着不声不响，多利亚也不想使这谈话匆匆开场。伦肯是没有话可谈，这又叫甫利亚焦急了。

"拉夫那死了，你知道吗？"她借着这个话题，想把谈话引动着。

"我确实听说过的。我早就得到音信了，我来这边也就要使你们知道此事——喀老夫在他的妻子安葬后，就立即动身到彼得堡来。这样我就有了相当确据了。"

"到彼得堡来？到此地吗？"多利亚失色地问着，脸朝着母亲。

"是真实的，他离去之迅速和离去前的一切情形，无疑是有计划的。"

"老天！在这边他也不给多利亚安静一点吗？"甫利亚喊着。

"我想除非你们情愿和他来往，否则你和多利亚是用不着困恼的。我正在注意，探访他的住址呢！"

"哦，洛升，你使我多么惊惶呀！"甫利里续说着，"我只见过他两回，但我觉得他很可怕，很可怕！我确信了，他就是拉夫那的死因吧！"

"关于这件事很难确定，我有着精当的叙述呢。我并不辩论这点：他可以不顾道德而使事情加快地进行。至于那个人的品行和性格，我是和你有同样见解。我不知他现在是不是仍很好，以及拉夫那确实遗留给他什么，在很短时间内我会弄明白的。但不用说，如他仍有点财产，在彼得堡这边，他会立即故态复萌的。他是最坏的，是一个最坏的人的标本呢。那个极不幸的倾情于他且在八年前替他还款的拉夫那，并在其他方面帮助他，这事大可相信。单靠她这方的牺牲，一桩刑事案件，他就有因此被流放到西伯利亚去的理由，但末了是不了了之了。他就是那种人，如果你想知道的话。"

"老天！"甫利亚喊着。拉斯科纳夫关心地听着。

"关于这事，你说有许多证据。是真的吗？"多利亚庄重地注意地问道。

"我不过转述拉夫那私下对我说的话。我将说，以法律的观点看来，那件案子很难彻底明了呢。这边以前住着（我想现在仍住着）一个名叫利哈的外国女人，是个放小额高利贷的女人，兼做别的事业，喀老夫和她有着很密切的关系。她有一个亲属，和她同居，是一个堂侄女，一个聋哑的十五岁女子，也许不到十四岁。利哈常虐待她，一举一动，无不数落她的，打她非常残酷。有一天这女子在楼顶上上吊死了。法庭上判决是自杀的。照着平常手续，这事情算终结了，但事后据说这孩子……被喀老夫残忍地强奸了。是否真实，没有确证，这是一个生性淫荡的德国女人传说出来的，所以她的话是不可信的。因为拉夫那的金钱和势力关系，没人敢真正向警察报案，这当然纳入谣言之列了。但这倒是一个重要的故事。多利亚，奴仆非列的故事，你在他家时必已听过了，多利亚，那仆人是在六年以前，在农奴制废止之前，因受虐待而死了。"

"这倒相反，非列是自己用绳上吊死的。"

"正是呀，因为受了那压逼，叫她心趋向于自杀了，这完全是喀老夫先生的虐待与严苛的缘故啊！"

"那我倒不明白。"多利亚漫然地答着，"我只听到，说非列是一种害疑心病的人，一种家庭哲学家，仆人们时常这样说：'她读书读迂痴了。'并说她的自杀，一部分是由于喀老夫的嘲侮，并不是虐打她的缘故。我在那边时，他对待仆人们都还算好的，他们也很爱他，虽然他们因着非列的死而怨恨过他。"

"我明白了，多利亚，你一下子又替他辩护了似的。"洛升边说着，边摆出油滑一般的笑脸，"无疑问的，他是一个诡诈的人，对于妇女他尤其善于逢迎，关于这，那死得可怜的拉夫那就是一个可怕的好例。他不难再演他的老把戏的，所以我唯一的目的，就是要通过我的忠告使你和母亲稍稍有点益处。我自己呢，我会相信，他将会又要负债累累的。拉夫那只想到小孩子的一切保护，却一点也没有把任何可靠的财物留交给他的意思，如果她留一点下来，那也只能衣食粗给罢了，那小小的遗物，对于他那样用惯了的人来说，是一年也不够用的。"

"洛升，我只要求你，"多利亚说着，"不要再说咯老夫先生了。这使我困恼呀。"

"他刚才还来看我呢。"拉斯科纳夫说着，这是他进门后第一次开口。

全房的人都惊讶地把脸朝向他。那个洛升也惊呆了。

"在一个半小时以前，我睡着的时候，他进来了，他把我弄醒，替自己介绍了呢。"拉斯科纳夫继续说着，"他很振奋而且安闲，极力愿望我们成为好朋友。多利亚，他急于和你一见呢，他还叫我从旁帮助呀。他告诉我，说要转告你。他说拉夫那在未死前一周，她在遗嘱上说给你三千个卢布，多利亚，并且说你不久就可以接到这笔款子了呢。"

"谢谢上帝！"甫利亚喊着，并在身上画十字，"你给她的魂灵祈求呀，多利亚！"

"这是一桩事实呀！"洛升脱口而出。

"快对我们说吧，还有别的什么话？"多利亚催着拉斯科纳夫。

"他还说他并不怎么有钱，田地等都给他的小孩子继承了，如今一个姑母保护着他们，他又说他住的地方离我们很近，但在什么地方，不得而知，我也没去向他问……"

"但他，要对多利亚说什么意见呢？"甫利亚惊问着，"他对你讲了吗？"

"讲了。"

"讲的什么呢?"

"我再对你说吧。"

拉斯科纳夫勒住不说下去了,却把眼睛注视到茶上去了。

洛升瞧着手表。

"我得遵守一个业务上的信约,我就要离开,免得有碍你们了。"他说着,并带着一些不平之气,站了起来。

"不要就走,洛升,"多利亚说着,"你本来打算在这里过一夜了的。而且你也写信说,你要对我母亲谈一些事哪!"

"是这样,多利亚,"洛升恳切地答着,又复坐着,但那顶帽子还是抓住在手上,"我是有这个意思,想同你及尊母对这事要点谈一谈的。但你的哥哥既不能在此坦白地说喀老夫先生的什么意见,那我又何必在此公开地……在他人前面……说极重要的事情呢。并且,我的最要紧和最热切的要求,你们也悍然不理了……"

洛升做出一种愤慨的神色,看上去十分庄严,而且沉默了。

"你的要求,叫我哥不要在我们会见时来,这完全是我的主张呀。"多利亚说着,"你信上说你被我哥蔑辱了,这点是要即刻解说的,你们就此也当解释误会的。如果洛地亚真的蔑辱你,那他就得而且该向你赔礼道歉呢!"

洛升顿然咆哮起来。

"当然这是侮辱,多利亚,是没法叫我们忘怀的。凡事都要有一定的界限,超越这限度,就有危险了。如果一旦超过这个限度,也就无法挽回了。"

"那倒非我所欲言呢,洛升。"多利亚不耐似的打断了他的话说,"你要知道呀,我们的未来,都在于现在能否迅速地解释了误会。在这开始时,不可由别的观点来衡论此事,如果你肯顾全我的,那这事情不论怎样艰巨,今天就得告个段落。我再说一次,如果我哥哥真应受着苛责,他是会求你宽恕的啊!"

"我真怪异，你把这事如此解说啊！"洛升更恼怒地说着，"我尊崇你，拜倒于你，且这我都可办得到，只要能够把你家庭中的某个人除外。我虽然有娶到你的欢喜，但我不能承认……也无法承担我不同意的义务呀。"

"唉，不要这般地大发性子吧，洛升。"多利亚以感情去打断他的话，"我早想，而且愿意你做一个能干的豁达的人。我已是你的订婚者，已给你一个大的允准了，这件事你信托我，而且信任我，我会公判得很正直的。我会自做公判者，对于我哥和你同是一个奇迹。收到你的信后，我叫他今天参加我们的会见，我并未说及我想要做的事。你得知道，你们如果不和，我必得在你俩之间挑选一个——也许是你，也许是他。这事你俩的重要情形，恰无分轩轾。在我的挑选上力持无偏，而且也是必须的。为你，我就得和哥哥翻脸；为哥哥，我就得和你翻脸。如今我能确实地看出，他是否能做一个哥哥；而且我也想明白，至于你呢，当然看你是否爱我，看你是否尊敬我，看你是否是我的丈夫。"

"多利亚，"洛升傲慢地说道，"你的话对于我太深切了，我将说，因我和你关系而言，我所占有的身份，那许多话是惹恶感的。你把我和一个粗鲁的后生相提并论，这已经是奇怪和惹恶感了，而且你还承认了破坏我俩的婚约。你说'也许是你，也许是他'，由此可见，我在你眼中是怎样的低下啊……为我们的关系和……名分的缘由，我有责问之权！"

"你说什么！"多利亚脸面绯红地喊道，"我把你看作我一生中最珍贵的一切——造成我的全部生活——而你还说我太看不起你而发怒！"

这时，拉斯科纳夫讽刺般地微笑着。伦肯有点局促不安，但洛升毫不退让，恰恰相反，她说一句他就愈益恼怒，他好像很喜欢这场争论似的。

"对于你终身的未来的伴侣，对于你的丈夫之爱，必然重于你对哥哥之爱呀。"他有理似的说着，"总之，你不能把我和他相提并论……我虽很郑重说过，我愿不在令兄面前公开地说，但如必须要请令堂关于那与我尊严有碍之点，得给我一个当然的解说。你的孩子——"他脸转向甫利亚，"昨天当着伦肯先生——也许……我想就是的吧？恕我，我忘记了你的姓了，"他向伦肯谦恭行礼，"面前侮辱我，因他误解我在一个私人谈话中，喝咖啡时，向你所表白之意，我说以夫妇立场而论，和一个出身贫困的姑娘结婚，确比和一个出身富贵的姑娘结婚好些，其实是说在品性上要温和些呀。但你的儿子却故意把我所说的意义夸大了曲解了，说我存心不好，而且，就我所知而言，是根据你和他的往返函札呀！甫利亚，如果用一个另外的结论叫我释疑，且因此使我更加坚信，那我将心满意足了。请告诉我，你在寄给洛地亚的信中用什么语气重述着我的话吧！"

"我记不得了，"甫利亚嗫嚅着，"我根据我所懂得的意思转述的。我不明白洛地亚如何对你转述的，他或许夸大了也未可知。"

"除非你怂恿他，否则他不会夸大的吧！"

"洛升，"甫利亚严肃地说着，"我们可以证明多利亚和我丝毫没有把你的话看作恶意的，这是事实呀！"

"妈妈，说得是。"多利亚赞同地说。

"如此，又是我的不是了。"洛升自责地说着。

"嗯，洛升，你只是苛责洛地亚，但你如今倒编了关于他的什么诳话？"甫利亚鼓着勇气续说着。

"我编了什么诳话？我不记得了。"

"你信上写的，"拉斯科纳夫锐利地说着，并没有脸对着洛升，"你说昨天我给钱的不是被撞死的那人的寡妇——确实是给她的——而是送他的女儿——除昨天看见她过，我从未见过她一面——你说这些无非要使我和家庭间起了风波吧！而且因此，你加给你所素昧平生的一个好女子一种恶劣宣传。这全是卑污的诽语。"

"对不起，先生，"洛升面现愤色地说着，"我之所以在信上讲起你的品性和举止，都是答着你妹妹和母亲的所问的，我怎样遇到你，和你对我有什么印象。至于你所提示我的信上所说，请你指点一句诳言出来，你丝毫没有把你的钱丢掉，他家没有品行不端的人，不管怎样，那是个遭难的家庭。"

"依我看，你以及你所有的品行，还不值你所毁谤的那个不幸妇女的一个小拇指呢。"

"如此你得让你的母亲妹妹和她拜把吗？"

"我就如此做了。如果你愿意的话，今天我要叫她和母亲及多利亚坐在一块呢！"

"洛地亚！"甫利亚喊着。多利亚面色发红，伦肯皱着眉毛，而洛升却露着傲慢的讥讽的微笑。

"你再自己打算一下吧，多利亚。"他说着，"这是否我们能承认的。我如今想把此事告一段落，只此一回。我要走了，如此我可不至妨碍家庭愉乐和秘密事的商讨吧。"他由椅子上起身抓起帽，"但在走之前，我有个不情之请，以后我可以免去了这样的会合——假使可如此说的话——和调停了。关于此事我特别要求你，尊敬的甫利亚，尤其因为我信是呈寄给你的，而不是给别的人的缘故。"

甫利亚有些恼怒了。

"仿佛你把我们完全置于你的支配之下了吧，洛升。多利亚已把不理你的要求的理由对你说了，她的用意是好的。实在你给我写的信，我们犹如圣旨递到似的。我们应把你的一切要求都当作圣旨吗？没有这样的事吧！如今你应该特别表示一种殷勤和体恤给我们，因为我们把一切都舍弃了，到你这边来投靠，因此无论怎样我们是在你的掌握之中了。"

"那也不尽然，甫利亚，尤其在目前。拉夫那的遗产问题来了，由你所说的语气看来，好像是最中下怀了吧！"他带讥刺地说着。

"由此语而看，可以确实猜测你是有所恃着我们的无援了。"多利亚愤怒地说道。

"但是现在无论怎样，我不能赖那个了。而且我极不愿妨碍你们讨论喀老夫的秘密意见，那是他嘱托你哥哥的，而且我看那对你有很大的或很愉快的意义呢。"

"老天！"甫利亚喊着。

伦肯有点坐不住了。

"你现在不难为情吗，妹妹？"拉斯科纳夫问着。

"我害羞呢，洛地亚。"多利亚说，"洛升，你走吧。"她脸对着他，脸色气得发白了。

洛升万料不到有如此的结局的。他过于相信自己，过于相信自己的权势，和他的牺牲之无用了。他的脸色也变灰白了，嘴唇并且颤抖着。

"多利亚，我现在如果就此告别，退出这门，那么，你可以想到的，我是永久不再回来的。你想你做的是什么。我话已出，是万难移动的。"

"如何侮辱啊！"多利亚喊着，从座位上跳了起来，"我不再想你回来了。"

"怎么！就是这样了吗！"洛升喊着，直到此刻他仍有点不能相信这样的结局，如今已全然出乎他的所料了，"那么就这样吧！但你要知道，多利亚，我会提出异议的。"

"你具有什么权力向她如此说话？"甫利亚大发脾气地干涉说，"你能抗议些什么呢？你有什么权力？我要把多利亚付托于你这种人吗？走吧，快离开这边吧！怪我们自发了一桩谬误的行动，尤其是我……"

"但你的允许把我拴住，甫利亚。"洛升疯狂愤怒着说，"现在你全食言了……而我且因此以至于耗去钱……"

这末了的怨言是洛升所特有的，那受着气愤和脸色青灰的拉斯科纳夫，倒不觉忽然笑了。但甫利亚却怒气冲冲了。

"耗去钱？耗去些什么钱？你是指的我们的皮箱吗？但那是驾车人无缘无故给你拿来的。可怜啊，我们约束你了！你想些什么，洛升，是你约束我们，把我们的手足都缚了，还说是我们约束你呀！"

"好了，妈妈，请不必多说了。"多利亚哀说着，"洛升，你走好吧!"

"我是要走的，但最后有一句话。"他说着，极难约束自己了，"你的妈妈好像全忘记了，在城中关于你名誉的谣言到处哄传之后，我决意娶你为妻。为你，我甚至不顾自己的名声，极力恢复你的面子，我本可以要求一个适当的报答，也可以期望你对那方面的感激的。可是我的眼睛到现在才睁开了。我自己看出来了，我可以不管一切的舆论而做出的决定，实在是太鲁莽的……"

"这个角色预备头脑破坏吗?"伦肯跳着喊了。

"你是一个龌龊的狠毒的人!"多利亚骂着。

"你不必讲话! 不要乱动!"拉斯科纳夫拦阻伦肯喊着，并走近洛升面前，"请马上离开这儿吧!"他安闲明白地说了，"不要再多讲，否则……"

洛升凝视了他一刻，面色灰白，怒气冲天地转身出去，他心中怀着无比的仇恨而走，不用说，这是很少的，如同他觉得对拉斯科纳夫所抱的。他，仅是他，一切都归责于他。当他下楼时，他还以为这个情形也许还有挽回的可能，且以为关于她俩那方面的，一切"尚能"再挽回的，这是很可体味的一回事。

第三章

　　他始终想不到为什么会弄到如此地步，也绝梦想不到那两个贫贱无援的女人会在他的手中溜了，他恼怒极了，况且他的虚荣和自负心更使他难以自处。洛升是由贫贱而亨通的，自然易流于矜夸，而高自期许，目空一切，有时甚且在孤居时对镜自照，颇觉自慰呢！但他所最钟爱、最珍视的是以劳力和其他方法所敛积的金钱，钱能通神，足可与上司平列呀。

　　当他悲伤地提醒多利亚，说他不顾一切诽语中伤，决心娶她的时候，他是非常真诚的，现在她如此背信弃义，他更觉得怒不可遏了。不过他向多利亚求婚时，他明知所传谣言之无根。那事情早给拉夫那到处驳斥了，而其时亲友市民多不置信，且热切地替多利亚辩斥。这一切他会明白，也无须否认的，可是他仍高视自己，要把多利亚降为与他平列的地位，以表示他英豪气概。他向多利亚说及此事，即微露所怀与钦佩的个人的私情，好叫旁人也更钦敬。他为着示好于人，去听高兴的诉诶，以如此恩人的感情自居，去访会拉斯科纳夫。如今他下楼了，他觉得他最不该忍受的损害而且不被认识，正一一加诸他了。

他是不能缺少多利亚的，放弃她是一件不可思议的事情。他梦想着结婚的快乐已有多年，但他耐心地期待能多聚些钱。在他私心深处，他钟爱着默念着一个姑娘的影子，这姑娘娴静贞淑，稍穷，年轻貌美。门户对，教育好，爱怕羞，她多受苦难，在他前面非常谦恭，她一直以他为她的救主，崇拜钦敬他，此外再没有别人。当他工作之余，对这逗人的有趣的题目，他想象着一幕幕戏剧，和许多男女的情事！你看有好多年的梦已快要实现了，多利亚的美丽和见识他深印在心中，她的孤苦给他极大的挑引，他在她那边所想的有时比他梦想的还要多。这是一个自爱、具品格、有德慧的姑娘，学问行为都比他高（他也觉得），这个人将对他的英豪气概而一生感恩，在他面前，她会无限自卑，而且他即将拥有难以抗拒的无上权力……好久前，他为了深思和不安，在他的事业上起过一种变化，如今正在更大的事业中办事。此项变化，他所怀的更进一层的梦似乎就要实现了……其实，他决定要在彼得堡一试身手。他明白女人是有极多用处的。一个淑贤聪慧且深受教育的女子将更可以使他成功，可以干一番动人的大事业，发着光耀，可是而今一切事情都被破坏了！这突然非常的决裂，这像一句不入耳的戏言，一件不近情的事情，对于他如同一个晴天霹雳。他不过稍稍有点放野，仅只讲了一些嬉言，也没充分说着，说得过头了——而所得结果是如此严重。当然，他对于多利亚所有的爱，在梦中已完全占有她了——而且是当前的事！不能！明天，就在明天，这一切必得改过，弥补裂痕。他无论如何要将那个自傲的弱者摧毁了，他实是这事的祸首。他怀着不快的感情不禁又想起伦肯来了，但不久他又为此而现出勇气了，她似那样的一个角色也能够与他平列似的！他所真正猜忌畏惧的是喀老夫……无论如何，他有些地方该当心的。

"不，我，我是众矢之人，当然要受责备！"多利亚抱吻着母亲说着，"他的金钱把我诱惑了，但我可以发誓，哥哥，我绝想不到他是如此醒龌的一个人。如果我早看透他，怎么能够诱惑我！不要全责备我呀，哥哥！"

"老天把我们拯救了！老天把我们拯救了！"甫利亚喃喃地说着，但这是一种下意识的咕哝，好像她也不知道会发生了什么似的。

他们都放下了心了，过了五分钟后，他们大笑起来了。不过多利亚脸色有时变白，皱着额角，因为她想起了尚有事情发生。甫利亚也觉得自己太快乐而发惊：她在那天早上尚以为和洛升决裂是一件危险的灾难。伦肯高兴了。他虽不敢怎样表示他的高兴，但显见是他兴奋极了，好像一个重担卸了似的。如今他可以把他的身体献奉给他们，侍候她们了……如今会有什么事情发生呢！但他不敢多想，而且也不能让他的幻想奔驰呢。拉斯科纳夫仍坐在原地方不动，充满阴森和冷漠。他虽是极力赞成和洛升解脱的一个，但他如今好像毫不注意刚才所发生的事情。多利亚还当他和自己生气呢，甫利亚怯怯地看着他。

"喀老夫他对你讲些什么？"多利亚走近他前问着。

"是呀，是呀！"甫利亚喊道。

拉斯科纳夫仰着头。

"他要赠你一万个卢布，他还愿意在我面前见你一次呢。"

"怎么平白无故地看她！"甫利亚喊着，"他怎能赠给她钱呢！"

拉斯科纳夫于是（冷冷地）传述着他和喀老夫的谈话，把那段见鬼的话删了，一切没必要的谈话他都省去了。

"你怎样回答他呢？"多利亚问。

"开始我说我不会代传述这事给你。于是他说他可以不用我帮忙，直接找你见面，他坚决地说，他对你的钟情乃是过去的事，如今他对于你已无所谓淡漠了。但他不愿你和洛升结合……他的谈话毫无条理的。"

"你对他怎样说法？洛地亚？他如何叫你吃惊呀？"

"那我一点不懂他。他要赠你一万，但他又说他没钱的。他说他要走了，但在十分钟内他又忘记自己的话了。他说他要娶亲了，而且已经看中了一个姑娘……当然他是有目的，还是一个不良的目的呢。但是如果他有什么计划加害你，我想他不会这样傻的，这真费解……当然，你该把那钱拒绝的。总之，我觉得他很费解……也可以说他是疯了呢！但那可以假装的，我看的也许错了。拉夫那的去世，好像给他一个极大的打击呢！"

"愿上帝给她灵魂安静吧。"甫利亚说着，"我会永久地替她祷求！如果没有这三千个卢布，多利亚，我们怎么活下去呢！这好像天上掉下来的呢！洛地亚，今天早上我们袋里只剩三个卢布了，多利亚和我正想把她的表拿去典当，免得向那人借款，在他说帮助的时候。"

多利亚对于喀老夫的赠予好像很奇怪，这一点深印在脑海中。她呆呆地站着，默忖着什么。

"他预备着什么可怕的计划呢？"她低声地自语着，身体不觉要颤抖。

拉斯科纳夫也觉出这不近情的恐怖了。

"我得常去看看他吧。"他对多利亚说着。

"我们得留心他！我会把他找到的呀！"伦肯大声喊着，"我一定找到他！洛地亚已答应了。他方才对我说：'留心我妹妹。'你也允许吗，多利亚？"

多利亚微笑着，伸出了手，但忧虑的神情没有脱离她的脸面。甫利亚微微地看着她，但那三千个卢布使她放心了。

过了一刻钟，他们又在兴奋地谈话了。拉斯科纳夫虽不讲话，但也注意地听了片刻，伦肯是个说话的主要人。

"什么缘故，你们就要走了呢？"他气热很盛，不住地说着，"你们住在一个小城市中做些什么呢！最好是你们都在这边同住，而且你们都需要帮忙——真的你们都需要，相信我吧。有一个时间，不论怎样……我对你老实说，我们想做一种稳妥的经营，你和我合伙吧！我要对你详说一切，全部的计划！在什么事情未发生前，这些都在今晨产生于我的脑海中……我对你们说是怎么回事：我有一位叔父，我要介绍给你们，他是一个最易与之打交道并最可敬的老人。这个叔父有着一千卢布的资产，但他只用他的养老金度日，不动用那笔款子。这几年他老是要我向他借用这钱，只要六厘息金就可。我很明白的，他就是想帮我忙。去年我用不到，但今年我预备要在他来时，我就要向他借。再从你们三千中贷一千给我。我们就可以开设了，我们如此合伙经营，但是我们要做什么呢?"

伦肯于是开始说出他的计划，他且说及市场上的书店和出版家一点都不明白他们在做什么，因此他们平时都不是正式的出版家，并说不论怎样的出版物按例有报酬，弄一些版税，有时弄得极多哩！伦肯他实在计划创设一铺出版家呢！近几年他都在出版社里做工作，他懂得三国语言文字，在六天前他虽劝拉斯科纳夫说他自己的德文"太差"，无非劝诱他替他翻译一半，并给一半稿费。那时他是一个诳言，拉斯科纳夫也明白他是在说谎。

"怎么，为什么我们有了生活要具——我们的钱——的时候，要把当前的机会让它溜了呢！"伦肯热切地喊着，"当然，工作是很多的，但我们都得做，你，多利亚，我，洛地亚……有种书籍近来很可弄到一些利息呢！这个关键是在我们要明白需要什么翻译，而我们同时要翻译，印行，去学。我有的经验想来应可用。几近两年来，我完全在各出版家之间往来忙着，他们经营的一些，现在我全懂得了。煮饭想不必圣人教的吧。你信吧，我们为什么要把这个良机错过呢！怎么，我明白——我严守秘密——两三册书，人可因为翻译而出版获得一百个卢布。真的，这三者中之一个意思，就是五百个卢布我也不卖的。你们觉得怎样？如果我去对一个出版家说，他定要犹豫不决的——他们都是呆子！至于经营方面，印刷、纸张、销售等等，我懂得很多，你们可以交给我办，我们先以小场面开始，然后慢慢扩展着，不论怎样，我们可以弄得生活费的，我们要捞回我们的资本的。"

多利亚的眼睛发着光亮。

"你所讲的都不错，伦肯！"她说着。

"当然，关于这方面我不敢说什么。"甫利亚插说着，"这也许是一个好的想头，但又给上帝知道了。这是新鲜的玩意。当然，我们在这边至少还有一些时间。"她瞧着洛地亚的面孔。

"你有什么意见呢，哥哥?"多利亚说着。

"我觉得他想出了一个美好的计划。"他答着，"要做一个出版家，自然那是太速成了，但我们印出五六本书是没有问题，而且一定会成功的。我有一本书，想来销路一定很好的，至于他能够专在管理方面，那更是绰绰有余了。他懂得这个……但是我们可以慢慢地详细计议一下……"

"好极了！"伦肯喊着，"那么，留心，在这公寓里有一幢房，同属一个人的。这是一幢异样的房子，分着的，不和各幢寓所互通的。也有用具，租金不贵也不贱，三间房。如果你们租了开办，是很好的。明天我去给你们当手表，把钱还给你们，一切事情都可以着手办了。你们可以三个一起住，洛地亚也可以和你们一起了。洛地亚你到哪儿去?"

"什么，洛地亚，你就要走了吗?"甫利亚惊讶地问着。

"现在你就走吗?"伦肯喊着。

多利亚疑惑似的惊瞪着哥哥。

他抓着了便帽，他就想要离开他们了。

"大家将要当你是在埋葬我或者是说来世会了哩。"他古怪地说着，很想笑，但又抿着嘴，"但这谁又能预料呢? 也许今天就是我们最后一次的相见呢……"这本是他在思想着的事，但话到嘴边，又大声溜了出来了。

"你究竟是怎么的?"他的母亲喊着。

"你要到哪儿去呢，洛地亚?"多利亚惊讶地问着。

"哦，无论如何我得去……"他胡乱地答着，好像对于要说的话又不马上说出似的，但在他的苍白的脸上露出一种坚定的表情。

"我的意思是说……当我到这边来时……我是想对你说，母亲，和你，多利亚，我们最好分开一个时期。我感到不快，不宁静……我再来，我自己会来的……如果可能。我永远想着你们，也爱你们的……随我，让我走吧。我在以前早就如此打算了……我早已握牢主见了。不管我的遭际如何，我总是回到毁灭的，我只要一个人。干脆忘了我吧，那会更好些。不必探访我。我如果可能的时候，我自己自然会来的，或者……我派人来找你们，也许一切都和从前一样。但此刻如果你们疼爱我，便让我走好了……不然我会恨你们的……再会！"

"老天！"甫利亚喊着。他的母亲、妹妹以及伦肯都已吓得面面相觑了。

"洛地亚，洛地亚，同我们和睦吧！让我们仍和以前一样好吧！"他的苦恼的母亲哀恳着。

他缓慢地转动身子向着房外走。多利亚追着他。

"哥哥，你是这样对待母亲吗？"她低声问着，眼睛含着愤怒的光焰。

"没关系，我就要回来的……我就要回来的。"他喃喃地低语着，好像自己也不知说些什么，他立刻走出房去。

"无情的、没良心的人！"多利亚喊着。

"他是疯了，并不是没良心呀。他是疯癫了！你没见着吗？关于这点，你是太粗心了！"伦肯向她的耳中低声说着，并紧握着她的手臂，"我马上就会回来的。"他向那位受了惊吓的母亲说着，他走出房了。

拉斯科纳夫在走廊的尽头等待着他。

"我知道你要来追我的。"他说着，"快回到她们那边去吧——和她们一道……明天永远和她们一道……我……我也许会来的……如果可以。再会！"

他并没和他握手，就走出去了。

"那么你到哪儿去呢？做什么呀？你这是怎么一回事？你怎么又发作了呢？"伦肯茫然不知所措地说着。

拉斯科纳夫又站住了。

"最后一句话，不论什么事情，千万不要问我。我没有什么对你说的。也不必来看我。我也许会到这边来的……快离开我吧，不过不要离开她俩。懂我的话吗？"

这时走道十分昏暗，他们站在路灯下。他们好久默然地相对着。拉斯科纳夫热心注视的眼睛每一转动，都深刻地刺入他的内心和意识中。伦肯将永远不会忘记这瞬间的事，忽然伦肯又惊着了，好像有什么奇怪的东西射入他们心间……好像是一种暗示，一掠而过，什么可惊可怪的东西！忽然双方都懂得了……伦肯脸色骤然白了。

"如今你懂了吗？"拉斯科纳夫说着，他面部的筋肉厉害地抽搐着，"回到她俩那边去吧！"他忽然喊着，急转着身，走出屋外去了。

这儿暂且不讲伦肯怎样回到她俩那边去，如何劝慰她俩，他怎样肯定说洛地亚病中得充分休息，并说洛地亚一定会来，每天都会来，他是非常非常昏乱了，他不能再受刺激，他——伦肯——将看护他，要叫一位医生，最好的医生诊治他……从那晚起，伦肯对于她俩，实际上是站在儿子和哥哥的位置呢！

第四章

　　拉斯科纳夫一直沿着运河向梭娜所住的住宅走去。这是一座浅灰色三层楼的旧宅。他先找到了门房，再由门房那边得到裁缝加夫的住处的指点。他在庭院转角循着狭暗的楼梯门，走上那对着庭院环绕二层楼的走道。他在黑暗中摸索，茫然不知加夫的门向哪边去的时候，离他只有三步远地方恰好有一扇门开着，他便不觉把门推开了。

　　"谁呀？"一个女人的声音匆匆地问着。

　　"是我……来看你的。"拉斯科纳夫答着，他便进那窄小的入口了。

　　一支铜烛盏上放着蜡烛。放在一张破椅上边。

　　"啊！原来是你呀！老天！"梭娜轻轻地喊着，她站着不动了。

　　"这边是你的房间吗？"拉斯科纳夫没有看她就进去了。

　　过了一刻，梭娜也执着烛光进来，把烛台放了，她在他面前站着，非常昏惑，完全为他的光临所惊呆了。她的苍白的脸上忽然堆起了红霞，快乐之泪盈于眼眶……她忸怩不安，似害羞又似快乐……拉斯科纳夫立刻转了身子，在桌边的一张椅上坐了。他对这个房间敏捷地扫视，详细观察着。

这是一个很宽大的，但又极低矮的房间，是加夫裁缝店出租的，左面有一扇关着的门是通着加夫自己住的房。在右边也有一扇门，它老是下锁的。同是一整套房，却隔成为两个寓所。梭娜的房看上去仿佛是一间马厩，一个十分不方正的四方形的一间，外表看上去似觉奇怪，那开着三个窗口的墙正对着运河，斜倾下去，所以这房有一个房角形成很锐的角度，如无亮光，很难看清里面。其他一个房角又大得奇异。在这样大的房间里，简直看不见什么家具，在右首摆着一张床，没有帐子，在床旁边靠近门口，有一只椅子。一张铺着绿台布的简陋的松木桌，也对着这边墙放着，靠近通着隔壁套房的门口。桌旁两只残破的椅子。在对面的墙，近尖角处有一张简朴而有抽屉的小木柜，看上去仿佛是久已不用了。此外别无所有了。黄黄的，涂污的，糊在破烂墙上的纸在房角里也都污黑了。冬天是很潮湿的。在这边充满着贫穷的色彩。

梭娜静默地看着这位客人，这客人不住地上下左右打量着她的房间，因此把她吓得颤抖，她仿佛站在审判官和命运的判断者的前面似的。

"我来晚了是不是……此刻已十一点了。"他仍不抬眼地问着。

"是的，"梭娜喃喃地答着，"嗯是的，现在是。"她立刻续说着，她的逃避方法好像就在这里面似的，"我的房东夫人家的钟方才敲……我亲耳听见的……"

"这是我最后一回到你这边来了。"拉斯科纳夫凄然地说着，其实这是他初次到这边呢，"也许我不能再见你了……"

"你就要……离开这里吗?"

"我不知道……明天……"

"那么你明天不再到茄里伊夫亚那边了吗?"梭娜的声音有些颤抖了。

"我不知道。明晨我会知道……没有关系，我来这儿说一句话……"

他仰着忧思的眼睛看她，忽然觉得自己是坐的，而她却直僵僵地在他面前站着呢！

"你怎么站着的呢？坐下吧。"他换了温柔多情的声音说着。

她坐下了。他慈善地怜悯似的朝着她看。

"你怎么如此瘦啊！怎么你一双手臂如此苍白，好像死人的手一样呢？"

他握着她的手臂。梭娜柔弱地微笑着。

"我常是如此的。"她说。

"你在家中住时也是如此吗？"

"是的。"

"当然，你是。"他冒昧地续说着，他的面色、话声又突然改换了。

他又向各处打量着。

"这房间是从加夫家租来的吗？"

"是的……"

"他们住在隔壁，走过那扇门就是吗？"

"是的……他们另外有一间房也像这样的。"

"都是相毗连的吗？"

"是的。"

"夜间我在你这边要怕的。"他阴郁地说着。

"他们都是很友好而且很慈爱的。"梭娜茫然地答着，"这边的用具，一切东西……全是他们借我的。他们很慈爱，小孩子们也时常过来玩的。"

"他们都是患口吃的吧？"

"是的……他口吃而拐着脚。他的太太也如此……她倒不十分口吃，只是口舌说不明白。她是位很憨厚的妇人。他从前是地主家的家奴。七个小孩子……年纪最大的一个是口吃的，其余都是满身病……但他们倒不患口吃……你在什么地方听说过他们吗？"她有点惊讶似的说着。

"你父亲对我说的。于你的一切事……你怎样在早上六点钟出去，九点钟回来，茄里伊夫亚怎样跪在你床边等等，他都对我说过。"

梭娜惊呆了。

"我好像在今天看见过他呢。"她吞吞吐吐地低声说着。

"谁呀?"

"我父亲，大约在十点钟时，我在街上走去，在转弯那边，他好像在我前面走着。正像是他呢。我那时正想到茄里伊夫亚那儿去呢……"

"你在街上走的吗?"

"是的。"梭娜忽然又低声说着，她眼睛朝下看，又被昏乱所束缚了。

"我想茄里伊夫亚时常打你的吧!"

"不，你说的什么? 不!"梭娜茫然无主地看着他。

"那，你爱她了?"

"爱她吗? 当然啦!"梭娜露出哀伤而沉重的语气说着，她交叉着手臂，"唉，你不……只要你知道! 你瞧，她完全像个孩子……她的理智一点没有了，你瞧……因为悲伤着。她本是十分聪明……十分豁达大度的……十分和善哪! 唉，你不知道，你不知道呀!"

梭娜好像无所顾忌地说这话似的，苦恼地极力地扳着自己的手臂。她苍白的脸又涨得通红，她的眼波中似有一种痛苦的情绪。她深深地被感动着。她极想说话，想替什么辩诉，使事情可以明白些。一种贪得无厌的同情（如果可以如此说的话）映露出她的脸孔的种种表象中。

"打我吗! 你怎么说? 老天，打我吗! 如果她真打我，那又如何呢? 你以为如何呢? 这你毫不明白……她是这样可怜……唉，这样的可怜哪! 并且害病……她一切都渴望正义，她是洁白的。她有如此的信仰，随处都会有正义的，她期望着……你如果要给她痛苦，她也不会超出底线的。她看不出来人间是不可能有正义的，她很生气，如同一个小孩子，如同一个小孩子一样。她是和善的呀!"

"你又将怎样说呢？"

梭娜询问般地看着他。

"他们交给你看顾，你明白的。他们以前都由你看顾，不过……而且你父亲去向你要喝酒的钱。嗯，现在又该怎么办呢？"

"我不知道。"梭娜悲哀似的拖沓着说道。

"他们仍住在那边吗？"

"我不知道……他们欠着房钱，但是听说，女房东今天说要把他们赶出，茄里伊夫亚说她也不愿再住一分钟了。"

"这是为什么呢？她怎么会有那么大的胆量？她依赖着你吧？"

"哦，不要那样说……我们是一家人，我们的生活也如一个人样子。"梭娜又给扰乱了，而且有点恼，仿佛一只金丝鸟或别的什么小鸟要动气了似的，"而且叫她如何做呢？她，她如何做呢？"她热切而兴奋地突然说，"她今天怎样地在哭呀！她的理智没有了，你看不出吗？她有时昏得如同一个小孩，想把明天丧饭和其他一切都要预备好……于是她又是拉扯，吐血，悲哭，忽然之间她又绝望似的把头向墙壁撞去。但不久她又心安了。她把所有的一切期望都寄托在你的身上，她说你此刻要帮她忙，说她要向他处借点钱，和我一同回到她的故乡，替家乡的姑娘们办一个寄宿小学校，叫我去管理，我们去另辟一个美的新园地。她吻我，拥抱我，抚慰我，她对于她的理想竟有着如此的信心，如此坚信！谁能辩驳她呢。她一天到晚洗浣，清刷，补缀呀。她只有用一双没力气的手，把浣濯盆拉到房里去，躺在床上，叹着气。我们今晨给波楞和里达到店里去买鞋子，她们穿得已破得不堪了。但我们所预算的钱已超出了，因她要漂亮。所以她选那样昂贵的小鞋，因为钱不够了，她在店伙计面前放声哭了……看看她真是令人伤心哪……"

"唔，自此之后，我懂得你们是如此度日了。"拉斯科纳夫露出一副悲酸的笑脸说着。

"你不替他们怜惜吗？你不加以怜惜吗？"梭娜又立刻拿牢他了，

"我明白，你把自己仅存的一个钱都施予了，虽你仍什么也没有看见，如果你看见了一切事，啊，亲爱的！我是时常，时常惹她流泪呢！只是上周吧！是的，我只在他死前一周。我真残忍！而且我老是做那种事呢！我一想起那些事情，我便一天到晚难过呀！"

梭娜讲话时，还是很痛苦，她只是叉着手。

"你残忍吗？"

"是的，我——我。我去看过他们。"她一直说着并呜咽着，"父亲说：'我头疼，念些故事给我听听，梭娜念给我听听，这边有一册书呀。'他这一册书，是由恩德利那边得到的，他在那边时，常常看这种有趣的书的。我说：'我不能留在这边呀，因我不愿念，而且我来的重要的事情是拿几条领带给茹里伊夫亚看看的。'做小买卖的萨畏楼卖给我这些领带和袖套，价廉而物美，而且新鲜的，刺花的呢。茹里伊夫亚十分喜欢，她戴上了并在镜边照照，很喜欢的。'把这些送给我吧，梭娜，'她说，'请送给我好了。请送给我好了。'她极力想要呢！她在什么时候戴它呢？这只能叫她回想着以往的幸福罢了。她在镜里照来照去，自叹自赏，她没有什么衣服，什么东西也没有，好几年没有了！她从不向别人要求什么，她很高傲，她愿意舍弃一切不顾。但她却要这些，她如此珍爱它们。如果送她我又不舍。'你拿去有什么用处呢？茹里伊亚亚？'我问着。我向她说了这话，本不该的！她就丢过来一副难看的面孔。她对我的拒绝是这么伤心，这么伤心。看上去真是悲哀不胜……可是她并不是为领带而伤心，实在是为我的拒绝呀，我明白地看出了。唉，只愿我把那句话全收回来，改说一下呀，唉，只愿我……可是这于你又有什么关系呢？"

"你认识那个做小买卖的萨畏楼吗？"

"是的……你也认得她吗？"梭娜惊奇地问着。

"茹里伊夫亚染着肺病，急性肺病，不久她就要死了。"拉斯科纳夫停了一下说着，并不答复她的问话。

"哦，不，不。"

梭娜无意抓住他的两只手，仿佛哀求她不要死似的。

"她如果真死了，倒还好些呢。"

"不，不见得，十分不见得！"梭娜在悲惊中不觉重复说着。

"孩子们呢？你除了带他们一同住在外面，你怎样打算呢？"

"哦，我不知道。"梭娜喊着，绝望着，绝望似的把两只手绕环在自己的头上。

这个思想以前不时在她的脑中盘旋，这是很显然的，此刻他不过又再把它重提着。

"而且，如果就在目前，茄里伊夫亚还活着的时候，你害病了，送到医院去，那又会发生什么事呢？"他漠然地问着。

"你怎么说这话呢？那是不可能的。"

梭娜的脸异常难看变了形。

"不可能？"拉斯科纳夫带着尖刻似的笑容继续说着，"你没有参加保险吧，不是吗？那时他们会发生什么事呢？他们会流落在街头巷尾，她要咳嗽，叩求，对墙撞头，如她今天所做的那样，孩子们会哭喊……而后她倒了下来，送到公安局，送到医院，她会死去了，孩子们……"

"哦，不……上帝绝不会如此昏聩的！"梭娜郁闷已极的胸中倾出了这话。

她静听着，哀求似的看着他，在默然无语的祈求中紧捏着手，仿佛一切都赖着他似的。

拉斯科纳夫站起来了，在房中开始走动着。过了一会儿，梭娜垂头丧气地站着，双手和头脚也在低垂着。

"你能否节省些呢？留点作艰难的将来用？"他忽然在她的面前问着这话。

"不。"梭娜轻答着。

"当然不。你去试过吗？"他讥诮似的续说着。

"是的。"

"没有做得！自然不能！不必多问的。"

他在房中又往来地踱着。又过了一会儿。

"你每天都能赚到钱吧？"

梭娜狼狈极了，红霞又堆在她的脸上了。

"不。"她露出一种痛苦，低语着。

"一定的，波楞也会是同样的。"他忽然说着。

"不，不！那不会，不！"梭娜尽力大声喊着，仿佛被刺了似的，"上帝不容许有如此可怕的事情发生的呀！"

"可是他会让别人那样的吧。"

"不，不！上帝会保护她的，上帝呀！"她疯了似的反复说着。

"但，也许没有上帝呢。"拉斯科纳夫怀着恶意似的回答着，他瞧着她大笑。

梭娜脸色忽然改变了，一阵抽搐。她露着无语的斥责瞪着他，很想说些什么，但不能，只有悲酸地、伤心地叹息，用双手捧着脸。

"你说茹里伊夫亚的理智没有了，你自己也没有了？"他默然好久才说了这句话。

已过去五分钟了。他仍是一语不发在房中徘徊着，也不看她。末了，他走近她面前，他的眼睛露出火光似的。他的两只手按着她的肩膀，直朝着她的含泪的脸儿看。他的眼光是锐利的、热烈的、动人的，他的嘴唇紧闭着。突然间他一骨碌跪在地下，狂吻着她的脚。梭娜看他疯子般地立刻向后退着。他真的像一个疯子的举动呢。

"你这是做什么？"她吞吞吐吐地说，脸色也变白了。一阵突然的刺痛袭击了他的心胸。

他当即站起来了。

"我不是对你行礼呀，我是向一切受苦的人类行敬礼呢！"他热切地说着，便走到窗口那边去了，"你听着！"不久他向她续说着，"我方才对一个高傲的人说他不值你的一个小手指呢……并且说，我要叫我的妹坐在你的旁边，使我妹妹也沾点光呢！"

"怎么，你怎么说这种话呢！在她的面前吗？"梭娜惊问着，"和我同坐！什么沾光！我是……不体面的人……你怎么能说那些话呢！"

"我不是因为你的不体面和你的罪过，我才说那话的，而是因为你受过的深重苦难之故。但你也是一个大大的罪人，是确实的。"他严肃地续说着，"你最不应该的罪过是你无故地把自己糟蹋了，出卖了。这不令人心痛吗？这不令人心痛吗？你很厌恶地住在这污劣之中，同时你却明白——你只消睁开你的眼——你并不因此去扶助他人，也救不了他人！对我说吧！"他发狂似的往下说着，"这羞辱和卑劣怎么好和其他相异的、高尚的情感，在你一身中兼有呢？你去投水自尽也许高贵些，甚至高贵千倍呢！"

"但他们又怎么办呢？"梭娜软弱地问着，用痛苦似的眼光瞪视着他，但却不是对他的建议而吃惊。

拉斯科纳夫好奇地看着她。他在她脸上看出了一切，足见她早已经有了那种思想了，也许有好几次了，她在绝望中往往渴欲找出一个结果，所以此刻她对于他的建议一点也不觉惊奇了。她也没有觉得他的话有多么残忍呢——他的责备的意思以及她的异样羞耻的神情，她当然也觉察出，他也是很明白的——但他却注意关注她的不体面的、羞辱的地位的思想是怎样使她苦恼，并且早已使她痛心了。"怎的，怎的——"他想着，"能叫她到现在还不死呢？"到此时他才明白那些困苦的年幼孤儿孤女们和那可怜的半疯的茄里伊夫亚，害着肺病对墙撞头，这些对于梭娜是怎么样的一件事了。

但是，以她的品格和所受的教育而言，无论怎样，她绝不愿仍是如此过下去的，他也很看清这点的。他是为这个事情所困扰：她既不愿去跳河自杀，怎么会若是处在那种情景而不会发疯呢？他也明白梭娜是有特别的苦衷，她的不幸，倒不是唯一的、少有的，但正因为特别，她受的教育熏陶，她以前的生活，人们却以为在那种处境下，还是早点死去好。是什么叫她支撑的呢——绝非怪癖？那一切卑污狼藉只不过表面地玷污了她，并无一些怪癖渗进她的内心，他明白的，她在他面前时，他已深深地透视她了……

"她如今只有三条路径，"他想着，"运河、疯人病院，以及……末了陷落于邪径之中，自己毁损理智，把心变成死石头而已。"

最后这个妄念是最叫人受不了的，但是他是个怀疑派，因年轻、多疑、残忍，因此他很相信最后的结局是可能的。

"但那又真的可能吗？"他问着自己，"那仍保有精神的贞洁的人，竟会给末了的意识拖进醒齯和罪恶的泥淖中吗？这种事实已在上演了吗？她到如今不能容忍，罪恶对她的威胁吗？不，不，这绝不可能的！"他同梭娜方才以前一样地喊着，"不，使她到如今不投河的原因，是由于罪恶和孩子们的缘故……可是即使她不疯癫……谁又能说她不疯癫呢？她神志清醒吗？人能如她一样讲话和推想吗？她怎能坐在苦难的地狱边缘，向里溜进，人家对她说那样很危险而不愿呢？她等待什么奇迹吗？无疑是这样的，这些不算是疯癫的表现吗？"

他固执地抱着这种思想。他更喜欢如此解释，比别的任何解释都厉害。他注意地对着她看。

"那么你一心对上帝祈祷吧，梭娜！"他问着。

梭娜不说什么。他在她身旁等着答复。

"如没有上帝，我又怎么办呢？"她飞快地低声说着，她两眼灼灼地侧视他，紧捏着他的手臂。

"呵，那就是这样了呵！"他想着。

"上帝帮助你些什么了？"他探究地问。

梭娜似乎不能回答，沉静了一刻。她的柔软的胸脯带着兴奋的感情，不住地一起一伏。

"不要喧哗！不要多问！不关你的事！"她忽然喊着，严厉地愤怒地盯着他。

"是的，是的。"他对自己反复地说着。

"他做了一切事情呢！"她又俯下头，迅速地低语着。

"这是一条出路！也是解脱。"他说着，以一种热烈的好奇心，新鲜的、奇怪的又像病态的感情，仔细打量着她。他看着那苍白而瘦削的、不方正并带角形的小脸庞，那两只多情的碧绿眼睛（那眼睛灼灼地发着火光，并发出严厉的力量），那愤怒得颤抖的躯体——在他看上去愈觉得奇怪。"她是一个宗教狂！"他自言自语着。

那有抽屉的木橱上放着一本书，他往来走着的时候，都看见它了。他把它拿起来一看，是以俄文译的《新约》全书，外面是皮装的，却污旧了。

"这书你从哪儿得来的？"他在房的那边向她问着。

她仍站在原地，离桌四五尺远。

"是别人带来给我的。"她好像不高兴似的答着，也没有看他。

"谁带来的？"

"威里，我向她要求的。"

"威里，怪了！"他想着。

梭娜的一言一行，在他看来仿佛无时无刻不怪异，他把书带到烛下，翻着书页。

"里撒的复生在哪儿？你帮我找着，梭娜。"

她悄悄斜看他一下。

"不是那，这……是在第四福音那章。"她正色地低声说着，也不看他。

"你替我找出来，念给我听吧。"他说着，坐下，把手臂放在桌上，头凭着手，悒悒望着那边，想听她念。

"三周后他们在疯人病院里将欢迎我！我如果不再变厉害，我会在那边的。"他茫然地自语着。

梭娜不高兴听着拉斯科纳夫的要求,缓缓地移近桌边,并拿着书了。

"你没有念过吗?"她在桌旁抬眼问他。

她的脸渐渐地变正色了。

"好多年了……我只在小时候念过。"

"你没有在教堂里听讲过吗?"

"我……没有。你常去的吗?"

"不——不。"梭娜低语着。

拉斯科纳夫笑了。

"我知道……明天你不参加你父亲的葬礼吗?"

"去的。上周我也在教堂……我去做一个安魂祷告。"

"替谁做的祷告?"

"给威里。她被人给砍杀了。"

他的神经骤然紧张了,头也发昏了。

"你们和威里都是朋友吗?"

"是的……她很好……常到这边来……但不经常……她不能……我们时常,一同读《圣经》,并……谈话。她要见上帝了。"

最后一句话在他听来很觉奇怪。这边又有了新鲜的事了。和威里在阴间相见,而且是她俩——宗教里的狂人。

"我立刻要变成一个宗教上的狂人了!这是有遗传性的呀!"

"你念吧!"他突然烦躁地喊着。

梭娜的心跳着,犹豫不决,几乎不敢念给他听。他着恼地看着这个"可怜的疯人"。

"为什么?你不是不相信……"她温柔地低声说,有点喘气。

"念!我要你念哪!"他固执着,"你常念给威里听吗?"

梭娜摊开了书,找到了要读的地方。她的手臂颤抖着,发不出声音。她几次想念,终于一个字也念不出来。

"有一个害病的人，叫作里撒，在勃尼住着……"她只得勉强地念了，但是念到第三句时，她的声音忽然像一条太紧了的弦，一下子断了。她的嗓子里受着阻碍。

拉斯科纳夫虽有点看出梭娜为何不能继续念给他听，但他却更执意地要她如此做。他很清楚，把她自己的一切都暴露了，对她是怎样的痛苦。他知道这些感情实在是她的秘密珍宝，她保藏也许好多年了，也许从小孩时起，当她和一个可怜的父亲和一个恼癫了的后母一道，和忍饥受骂的孩子们一同生活的时候。但同时他也明白了，而且实在明白，虽然她充满着恐惧与苦难，但她却有着想念，而且向他念，使他可以听得这种使人怜爱的愿望，她想此刻念，不管怎样……他从她眼睛里看出了这点，他在她的热烈的情绪中也能看出。她极力压制自己，咽住喉内的抽搐，继续念着《约翰福音》第十一章。她一直念到第十九节：

"许多犹太人去瞧麦大与玛丽，替她们的兄弟安抚她们。

"麦大见耶稣来到，即去接他：玛丽仍坐在家中。

"麦大对耶稣说，主父呵，你如果早在这边的话，我的兄弟是不会死的。

"就是此刻，我也明白，你不论如何对上帝求什么，上帝必赠赐给你的……"

她念到这儿，又怕羞似的呆住了，仿佛她的声音又颤抖着，而且断绝了。

"耶稣讲，你的兄弟要复活的。

"麦大说，我明白在最后一天复活的时候，他当复活。

"耶稣对她说，复活之权在我，生命之权也由我：相信我者，虽死必活。

"凡活着的相信我的人，必永久不死。你相信这话吗？

"麦大说……"

梭娜呼吸了一口长气，便不断地念着，仿佛她在宣传什么似的。

"主父呵，是的，我相信你是基督——上帝的儿子，就是那要降临到世界的。"

她停了一停，看了他一眼，但她又克制着仍往下念。拉斯科纳夫的手臂放在桌边，坐着不动，他的眼睛移到别处去了。她念到第三十节了。

"玛丽到了耶稣那边，一看见他，便伏在他足下说，主父呵，你如早在这边，我兄弟必不会死的。

"耶稣见她哭了，并看见与她同来的犹太人也在哭了，心里很悲伤，又很忧虑。就说着，你们把他寄放在哪里呢！她们答着，请主自己去看。

"耶稣哭起来。

"犹太人便说，你看他疼爱这人，是这样的恳挚呵！

"其中也有人说，他既然参治好瞎子的眼，怎么就不能叫这人不死呢？"

拉斯科纳夫带着兴奋的感情朝着她看。他明白了，他预想她是害着确实的身体上的热病而颤抖着。她将念到那个最大奇迹的故事时，她的感情觉得非常痛快的。她的声音如铃儿一般响着，她的胜利与高兴使她更加起劲念。一行行在她的眼前驰过，但她心里却懂得内中的意义，念到末了一首诗："他既然参治好瞎子的眼……"她的声音低了下去，热热地学着那瞎子的不信的犹太人们的疑惑、贬责和谴罚，他们过了一刻就倒在他的足下，如遇雷声所击，叹息着信了……"他，他——也瞎的，不信。他也要去听，他也要信的，是的，是的！立刻，如今……"这是她怀着愉快所梦想着的。

"耶稣心中又悲叹，走到墓前。那墓是一个穴，一块石头堆在上边。

"耶稣说，你们把石头移去了。那死人的姐姐麦大对他说，主父呵，他如今必已腐臭了，因他死去已有四天了。"

她特别注意那个四字。

"耶稣说，我不是对你说过，你如信，必会看见上帝的光荣吗？

"她们把石头移开了。耶稣仰望着天说，主父呵，我谢你，因你已经听我了。

"我也明白你常听我的，但我说这话，是为旁边立着的人们，叫他们相信是你叫我来的。

"说完这话，便大声叫着，里撒出来呀。

"那死人真出来了。"

她高声地念，快乐得颤抖，像她亲眼看见似的。

"手足都包着布，脸上包着面巾。耶稣对她们讲，解开来，叫他离去。

"许多来看玛丽的犹太人，见了耶稣所做的事，都来信他了。"

她念不下去了，将书一丢，立即从椅上站起了。

"关于里撒复活的事情都在这儿了。"她正色地低声说着。她转了一个身立着，不向他看。她仍害热病似的颤抖。蜡烛在旧烛盆上闪着光，在这贫困的房间，幽昧地照着这凶犯和娼妓，他们在一起念着神圣的书，真可说奇了。如此过了五六分钟。

"我要讲一桩事情。"拉斯科纳夫不快地高声说道。他走向梭娜面前。她默然地望他一眼。他的脸色十分正经，其中含有一种强烈的决心。

"我今天离开我的家庭了。"他说着，"我不再去看母亲和妹妹了。我和她们断绝关系了。"

"为什么事情？"梭娜惊问着。她和他的母亲妹妹见过一面，印象很深，但她对他们不太了解。她恐怖似的听了这段话。

"我如今只有你一个了。"他续说着，"我们且一同离去吧……我到你这边，我们都是受人痛骂的，我们还是一同离去吧！"

他的眼睛发着火光。"像疯了似的。"梭娜想着。

"到什么地方去呢？"她惊问着，她不禁向后退着。

"我如何知道呢？我只知道这是共同的道路，别的毫无所知了。这是我俩共同的目标呀！"

她一点不懂地看着他。她只知道他是可怕地苦恼着。

"假使你对她们讲，她们没人懂得，但我是明白的。因为我不能没有你，所以我才到这边来呀。"

"我不懂呢。"梭娜低声说着。

"你等一会儿就会懂的。你不是做了同样的事情吗？你也罹罪了……你毁了自己，毁了一条生命……你自己的生命——也是一个样——你是可以心安理得地生活的，但你会在柴草市场中了此一生……你将不能忍受呵！如果你老是一个人活着，你会像我一样发疯了。你已有点像疯子了。我们志同道合，还是一同走吧！我俩离去吧！"

"为什么呢？究竟为的什么呢？"梭娜给这奇怪的话十分地弄糊涂了。

"为什么？因你绝不能这样下去，就为的这个！你必须正经地看事情，不能和小孩一样哭喊着，说什么'上帝也是不容许'的呀。你明天如果真的被抬进医院，你想会遇着什么事情呢？她是疯了，又害着肺病，她离死已将近了，可是那些孩子呢？你以为波楞不会被弄坏吗？你没瞧见街头求乞的童丐吗？在这些做母亲的和在那些环境中，孩子们绝不会好好的，六七岁时就不行了，去做小偷。但是要明白，孩子是基督的化身——'他们的国度是天国呀'。他叮嘱我们要看重他们，爱护他们，他们是未来的人类……"

"那怎么做呢，那怎么做呢？"梭娜反复说着，她发疯似的哭着，扳着自己的手臂。

"怎么做吗？破坏总是要破坏的，一拳足够了，便是如此，自己再去受难吧。真的，你不懂吗？你等一会儿就懂的……自由和权力，尤其是权力！超越一切恐惧的动机与一切的蚁垤……这就是目标，你牢记住！这是我的临别赠言。也许这是我最后一次对你说话了。如果我明天

320

不来，你会听见一切的，你以后就该记住这些话呢。在未来的时间，总会有一天你能懂得这话的意思呢。如果我明天还来的话，我会对你说威里是谁杀害的……再见吧！"

梭娜惊吓极了。

"什么，你知道是谁把她杀了吗？"她浑身打战，惊异地看着他问。

"我知道，我会对你说……你，就只你一人。我不是到你这边来求宽恕，只是要对你说了。我老早就选中你来听闻这事，你父亲说你，威里未死的时候，我就如此打算了。再见，不必握手了。明天！"

梭娜看他像一个疯人，他出去了。但她自己也像一个发疯的人，她自己也觉得，她的头昏乱极了。

"老天，他怎么知道谁把威里杀了呢？这吓人的话是什么意思呢？"但同时那个念头一点没有混入她的脑海，"唔，他离亲弃妹，他真是一个可怜虫……为什么呢？发生了什么吗？他心里怀什么鬼胎呢？他对她说的什么？他吻着我的足，且说……说——他说得很明白的——他不能没有我……和善的老天呵！"

梭娜神志恍惚，整晚没睡好。她不时暴跳着，悲哭，扳扭自己的手臂，渐渐地又沉入于害热病般的睡眠中，梦见波楞、茄里伊夫亚和威里念《圣经》以及他……他脸面苍白，眼睛发赤……吻着她的足，痛哭。

右手门那边的一间房，是梭娜的房和利哈的一套房隔开的，那间房是空着。有一出租的通告贴在靠运河的窗上。这房梭娜对它早已安之若素了。但喀老夫先生躲在那空房的门口站着，听着，始终没有离开过。拉斯科纳夫走出去时，他还站着，但不久，又走到这空房隔壁的他自己的房间去，移了一张椅，轻轻地搬到通往梭娜房间的那扇门旁边。这下的话叫他十分诧异而注意，而且也很有趣呢，他大感高兴——他竟至于搬了椅子，好使明天他不必站着受苦，而可以安稳饱听一切呢！

第五章

　　第二天早上十一点，拉斯科纳夫走进刑事审查庭去，把姓名递进给派弗里。他等了好久，十分钟之后才传讯他。他以为他们立刻要把他抓住了。但他站在会客室中，那些与他毫无瓜葛的人，川流不息地从他面前往来。在隔壁那看上去像办公室的一间房中，几个书记在坐着抄写，他们似乎不知道拉斯科纳夫是谁，什么样的人。他忐忑地疑惑地往四面看着，有没有卫队和什么诡秘的警察在窥视他，以防他逃走。但一点也没有异常：他只瞧见那些一心贯注于不相干的小事上的书记们的脸孔，以及其他的人们，没一个人与他有什么关系。他可以任意走动。这种信心在他心中更坚强了：如果昨天的那个行踪诡秘的人，那个突然出来的幻影，看见了一切，他们恐怕要不许他如此从容悠闲地等着吧。他们一定要在十一点钟才见面吗？也许那人没有通报上去，否则……就是他一点不知道，一点没有看见，因此可证昨天所遇的一切事只是一个幻影，给他的病的幻想所骗了。这种猜测日前就在他的惊恐和绝望之中，极度地变得强有力。现在他细想一下，就忽然觉得自己在颤抖——而且他也感到愤怒，想着就要和那可憎的派弗里面质，便吓得打战了。他所害怕的就是再碰见他，他非常强烈的、不曾减少的仇愤，只怕因自己的仇愤被说话泄露了。他的愤怒如此之强，他立刻停住了发抖。他想以淡漠的傲岸态度径直进去，极力维持着沉默，注意着，听视着，而且这一次要把自己的慌张情绪尽力压下去。这时他被唤去面见派弗里了。

他只见派弗里一人在办公室。一个宽广适中的办公室，放在一张沙发前面的，有一张大写字台，上面盖着一张台布，一个文书橱，还有一个书架摆在屋角，和两把椅子——都是官府的用具，用光滑的黄色木料造的。在稍远的墙边有一扇关闭的门，门过去还有其他的房间。拉斯科纳夫进去后，派弗里立刻把他进去的门关上了，只他们两人留在里面。他以恳挚的、和善的神气在会他的客人，过了几分钟后，拉斯科纳夫便看出他心中有点不安的情绪，好像有什么意外或什么秘密的事被察觉了。

"嗯，好汉！如今你在……我们的掌握中了……"派弗里说着，并伸出两只手，"好，坐吧，老兄……也许你不愿人家叫你'好汉'和'老兄'吧——请你不要以为这是太亲昵了……坐在这边沙发上吧！"

拉斯科纳夫坐着，目不转睛地看着他。

他伸出两只手，但他一只也没有递过来——倒又缩回去了。这使他十分怀疑。他俩互相看着，但当四只眼睛相遇时，他们又闪电般转向一边了。

"我把这张申请书拿来给你……关于表的事情，在这边。这样可以吗，要否再抄一遍呢？"

"什么？申请书？是的，是的，你不要急，那是的。"派弗里说完这话，就接了申请书看着，"是的，是这样，不再需要别的了。"他急速地说着，把纸放在桌边。

过了一分钟，当他谈到其他事情时，他把申请书拿到文书橱上。

"我料你昨天说你愿……直接地……询问我关于我和那个被杀的女

人一切的事吧?"拉斯科纳夫说着。

"我为什么加上'我料'呢?"他自语着,"我为什么又要为那'我料'而不安呢?"他又自语着。他和派弗里只稍稍接近,讲了几句话,看了几眼,他忽然又觉得十分不安,而且觉得这是十分危险呢。他的神经困惑,他的情绪紧张。"这不对的,这不对的!我说得是太多了吧。"

"是的,是的,是的!不要性急。不要性急。"派弗里缓缓地说,在桌旁往来地走,也没有什么的目的,好像向窗口、文书橱和办公桌冲去似的,一下又避开拉斯科纳夫那多疑的眼,一下又站着直看着他。

他的圆胖的小身体看上去很滑稽,极像一个皮球,滚来滚去的。

"我们时间还长呢。你抽烟吗?你有没有?这边,请吸一支吧!"他边说边递一支烟给他的客人,"你知道,我在这边和你会面,但我自己的办公室是在那边过去,你知道吗,但我暂在外边住,我这边该修整了……此刻将要快完了……你知道办公室,是最重要的。哈,你想怎样?"

"是的,是最重要的。"拉斯科纳夫答着,好像讽刺地看着他。

"是最重要的,是最重要的。"派弗里重说着,好像他正在想着什么事情似的,"是的,最重要的事情。"他要喊破了口,忽然地注意着拉斯科纳夫,在他两步远之处,突然站住不动了。

这愚蠢的复述,在愚笨上,和他向客人所转视的正经、思索、深幽的目光太不相称了。

但这倒愈加激起拉斯科纳夫的性子,他不耐烦一种讥刺的而且不忌讳的挑衅。

"请对我说。"他忽然问着,傲慢似的看着他,对自己的傲慢感到一种舒适,"我想这是一种法律上的手续,法律上的方法——所有调查的讼师都是的——从毫不相干的事开始,以细微的事情,或是将一个毫无关系的话题,如此好趁人不备,盘驳着人,或不如讲使他的注意涣散,于是突然之间,用什么重要的难题给他一个十分重大的袭击。是不是这样？这是高明的方法，我想是在什么关于这种技术的小册子上也见过的吧。"

"是的，是的……什么，你以为我说办公室就是为这个吗……哈？"

派弗里说这话时，眼睛眯缝着，一种和善的狡猾的表情出现在他的脸上。他额角上的皱纹不见了，他的眼缩小了，他的脸庞宽大了，他忽然又发出一种故意的拉长的笑声，全身颤抖着，直看着拉斯科纳夫的脸。后者也只得强笑一阵。但派弗里见他笑了，便更狂笑着，他脸都涨红了。拉斯科纳夫的憎嫌压住了一切，他不再笑了，皱着眉，怒视着派弗里，同时他的故意拉长的笑声，却仍然如故。但他俩都是不备的，因为派弗里好像对着客人面大笑，不觉得客人讨厌他所搅扰似的，这种情形在拉斯科纳夫看上去是怪有意思的：他看出派弗里此刻之前也没有困扰，但他——拉斯科纳夫——却给弄入了圈套了。这一定有什么事情，或什么目的他不明白，也许一切事情都处置周密，稍过一下就会突然出现了……

他开门见山地说到要点，从座位起身，抓着帽子。

"派弗里，"他直接地说，但带有极大的刺激，"昨天你表示一种愿望，要我到你这边，你要查询。"他极注重"查询"两字，"我现在来了，你如果有什么问话，快点吧，如果没有，我要走了……我没有多少时间了……我还要参加那被马车轧死者的葬礼，那人你……也知道。"他续说着，显出被惹恼的神气，"总之这些我都厌憎，你听清了吗？而且老早就厌憎了。一部分可说这使我害病。"他又觉得说他的病的话有点不妥，便立刻喊道，"总之，请盘询我，或让我就走，快点。知道你必须盘驳我，你必须按手续办！否则我是不答应的，所以，再会吧，此刻我们完全没有事情延留我们的了。"

"老天！这你是什么意思？我要问你什么呢？"派弗里不笑了，正色地说道，"请不要庸人自扰吧！"他又从这边走到那边，并叫拉斯科纳夫坐了下来，"不用慌，不用慌，那不过胡说呵。我，不，你能来看我，我是非常欢喜的……我是把你当嘉宾招待的。至于我放肆地大笑，很对不起，洛地亚。洛地亚是你的名字吗？那是我的神经发作呀！你的好玩的言语使我如此呀！我对你说，我笑得像一个皮球了，一次笑半个钟头呢……我常担心突然中风了。请坐下吧。请坐，否则我要当你生气了……"

拉斯科纳夫不说什么，他只是听着，看着他，皱着眉头。他坐下了，但手上仍抓着帽子。

"亲爱的洛地亚！我要对你说我自己的一桩事呢。"派弗里续说着，在房中往来走动，以躲开客人的注视，"你瞧，我是一个光棍汉，一个不要紧的人，不善交际，并且，我的希望一点也没有，我是完了，我精疲力竭了，而且……你看到吗，洛地亚，在我们彼得堡的社会中，如有两个聪明的人相遇，他们虽不很亲密，但彼此互相敬视，像你同我，他们要花了许多时间才能找到共同话题——他们如哑巴似的，如此相顾无言地坐着，未免有点蠢吧。人是都有谈话的题材的，例如体面的仕女们……体面社会的人们总有谈话的题材的，但如我们这种中层阶级的人，这就是说有思想的人，说话常是粗笨而且蠢。这是什么原因呢？也许因为没有共同的兴趣，也许我们太实在了，彼此不相欺骗，不知对否？你觉得呢？帽子放下来，好像是你就要走似的，使我不开心……我是很高兴……"

拉斯科纳夫把帽子放下了，露着一副正经的含愠的脸面，默然地听着派弗里的漫无边际的絮叨。"他真是在用他的佯装的乱说来使我的注意力分散吧？"

"我这边不能请你喝咖啡，但为什么不可同一位知己说上五分钟的话呢？"派弗里只是喃喃着，"而且你明白这些公事……请你不要关心我的徘徊，对不起，好汉子，诚恐又冲犯你，但运动我是绝对不免的。我因为常坐着，所以很愿意起来走动……我整天坐着令我痛苦……我常想去加入一个运动团体，他们说各类的公务员，甚至于众议院的顾问，常被看见在那边高兴地滑冰……是的，现代科学……是的，是的……但是至于我在这边的事务，查询和所有一切的例外公事……方才你说过查询……老实说，这种盘问有时间者比被盘问者难受得多……你方才讲过这话，说得非常幽默而且也很贴切呢（拉斯科纳夫并未说过这话）。把人弄得昏头！昏头昏脑！大家如一个鼓一样总是那些调子，要改进，我们至少该更换一个名字，嘻，嘻嘻！至于我们法律上的方法，如你所讲的那样幽默的话，我十分赞同。受审讯的犯人，无论怎样粗笨的人全明白，他们先由题外的问话，趁他不备——如同你所讲的样子——于是即一叩即中了，嘻嘻嘻，你的恰当的形容，嘻嘻嘻！足证你是以我想在此办公处……嘻嘻！你真是个好讽刺的专家。好，我不再说了！嗯，顺便说一句，是的！慢慢地来。你方才讲到查询的形式，你明白，但形式有什么功用呢？有许多形式简直荒谬。人当作一种友谊的谈话时，反而有用得多呢。人岂可常靠形式的？我老实说吧。可是到底有的什么呢？一个盘询的讼师万难按照形式的。调查的任务，并不是刻板的，而是一种自由的艺术呢！嘻嘻嘻！"

派弗里停了一下。他老是废话连篇，一会儿说了几句露骨的话，但又回到不相干的方面。他好像在房里赛跑了，他的小胖腿越跑越快了，眼睛看着地，右手放在背后，左手做着手势，这和他的话非常不一致。拉斯科纳夫当他在房中乱走时，忽然发现他有两回靠近门旁站了一下，仿佛在听什么。

"他在等什么呢？"

"你说得很不错了。"派弗里忘形似的说着，十分忠实地看着拉斯科纳夫（这给他一惊，马上戒备起来），"那么幽默地取笑我们法律上的手续真很对，嘻嘻！这些费尽心血弄成的心理学上的方法，有的是好笑之至，也许是没用处的，如此太刻板了的。是的……我又讲到手续了。嗯，如果我承认，再深刻地讲，如果在交我办理的什么案件中，我猜揣什么人是罪犯……当然，你是读法律的，洛地亚？"

"是的，我从前是……"

"嗯，那么这个可以作为你将来应用的案例——不过如此想以为我在你发表一篇犯罪的大作后，才来请你教诲！不是的，我只是脱口讲出的，当为一个事实，假使我把这个或别个人当作罪犯，试想，为什么我要过早地打草惊蛇呢，就说我有损于他的见证！一桩案子，比如，我可以立刻抓住一个人的，但另一方面又可以换一个极端相异的地位，你知道，我为什么不叫他在城内跑跑呢，嘻嘻嘻！但我看你还不很明白，我就来举一个明晰的例子吧。如果我立刻把他关到牢狱了，我可说已给他道德上的照顾了，嘻嘻嘻！你觉得好笑吗？"

拉斯科纳夫一点没有笑。他只是闭着嘴唇坐着，他用愤慨的眼睛瞪着派弗里。

"然而，事实是如此，尤其对于某些人，人是可以极其不同的。你讲证据，唔，证据也可以有的。但，你知道，证据也可从两方面解说。我是一个盘询的律师，而且是一个没用的人，我自知的。我希望审讯的证据像数学般精确，我希望那些证据像二加二等于四一般，这该是很清楚的铁证了！可是我若把他很快地拘禁起来——就坚信他就是那人，我也要弃去那些不利于他的获得证据的方法呢！可是这又怎么呢？靠着给他一个不移的地位的，我会叫他不迟疑，叫他心安理得，如此他将哑口无言了。他们说阿耳战后不久，在脱士妥的聪明的人们受吓之极，诚恐敌人前来侵击，立刻攻取脱士妥。但当看见敌人采取大包围时，他们又欢喜了，因为如此事情至少可以延长两月。你又在笑我吗？你不相信我吗？当然，你也是的。你是，你是。我承认这都是个别的关系。但你要注意这点，亲爱的洛地亚，平常的案件，法律上形式和手续所留心的案子，把形式手续加以计划写入卷宗的案件，毫不会复有，因为每个案件，一到真实产生的时候，立刻就成为完全个别的案件了，当然不能如以前旧案一样的。我假使叫一个人非常孤独的，我不去睬他，不去惊动他，但要让他知道疑惑我什么都明白，无时无刻不注意着他，假使他如此不住地猜疑和恐怖着，他一定要昏乱。他会自己来呢，也许做这种事情使之像二加二之等于四一样的真确——那真好玩呢。这对于脑筋简单的人可以如此应用，但对于像我们这一类人，一个受过教育的闻见很广的人，就大大不然了。好汉子，因要弄清一个人在哪方面受过教育，是一件很要紧的事情。此外还有神经，还有神经呢，你淡视它了！他们都是患病的，神经质的，容易激动的……此外，他们全受过一切忧沮的烦苦！那我老实说，就是我们的真实目标。他在城内随便跑，我不用过虑！随他，随他怎样走动好了！我知道我会抓住他的，他总逃不了我的手掌心！他会逃到哪儿去呢？嘻嘻！外国？一个波兰人可以逃往外国，但非是他，尤其是因为我注意着而且采取了策略呢！他也许将逃到乡村的深僻去处？但你明白，那边住着的农民，真实粗笨的俄罗斯的农民。受过现代教育的人他愿意被监禁，他不愿和我们的那些农民如此地一同生活。嘻嘻，但这全是表面的胡说，并非只因为那样他就没有去路，他在心理上逃不脱呀！嘻嘻，怎么说呢！如果他有地方可逃，但有一种自然法律他逃不了哦。你见过飞蛾扑火吗？他就是那样绕着我盘旋，盘旋。自由会失去它效用的。他会开始思索，他会把自己拘束着，他会自寻烦恼而死了！而且，他会给我以确实的证据——我只要给他相当长时间……他会时刻围着我盘旋，愈来愈近，于是乎——噗的一声，他直飞进我的口里来了，我会把他吞了，那会是很好玩的，嘻，嘻嘻！你不相信吗？"

拉斯科纳夫没作声，只是脸部灰白地坐着不动，并露出紧张的神情，注视着派弗里的脸。

"这是个好教训呢，"他全身冰冷，想着，"这比猫玩老鼠更有过之而无不及了，如昨天一样。他不能自夸才能而不露……鼓舞我的目的。他在这方面太强了……他定另有一个目的的。是些什么呢？那全是胡说，朋友，你佯装着，来恐吓我！你没有拿到证据，我所遇见的人也没有真实存在。你无非想把我弄昏乱，先把我鼓舞着，再来毁灭我。你是弄错了，你不会成功的，但为什么要给我一个提示呢？他是靠着我的昏乱的大脑吗？不，朋友，你弄错了，即使你设好了诡计，你也不会成功……且看他为我准备下些什么呢！"

他振作精神，准备在一个非常的未知的严讯时去面质。他有时想立刻和派弗里扭打一阵，把他结果了。他对如此的愤怒开始时就担忧的。他觉得枯燥的嘴唇有着口唾，他的心怦怦地跳着。但他仍等候着机会来时才开口。他站在他的地位，他觉得，这是很妥当的方法，因为他随便多说话，便可以激起敌人的愤怒，可以叫敌人说话乱来，这是他唯一的希望。

"不，我想你不相信我，我觉得我和你弄了一个无害的游戏了。"派弗里又说着，他越说越有精神，不时露出微笑，又在房里走动了，"一定的，你说得对：上帝给我一个榜样，只能在他人心目中引起可笑的意义，一个小丑角。但我且对你说，而且复述一遍，请恕一个老头子——亲爱的洛地亚，你仍是一个很年轻的人，你的青春才开始呢，你把智慧看得高于一切，如一般年轻人一样。好嬉的机敏与抽象的辩论使你着慌，那很像从前奥地利的高等军事会议，就我对军事上所能评判的说说：他们在办公室里纸上谈兵，把拿破仑战败了，当他作囚犯，而且他们以最巧妙的做法做好了，但你看吧，麦克军官却领着全军投降敌人了，嘻嘻嘻！我明白，我明白，洛地亚，你笑像我这样的一个凡人，却要从战史里举例子！但我不能自禁，这是我的弱点。我喜欢军事学。并且非常喜欢研究一切的战争史。我实在弄错了我所学的事业。我应该在军界里，才能适合我的个性。我不能做一个拿破仑，但我会做一个少尉的呢，嘻嘻嘻！唔，我要把全个的事实对你说了，好汉子，我意关于这桩特别案件，真确的事实和一个人的习性，老兄，是重要的方面，它们有时会把最后狡黠的计划弄失败了呵，那真可惊呢！我——你听一个老头子（当派弗里说这话时，年纪还不到三十五岁呢，但他却以老自居，连说话也改变了，他真的像老头子了）讲吧——我是真正地说，洛地亚，并且，我是坦白的人……我是否是一个坦白的人？你说呢？我想是的，我何必把这些事对你说呢，又一点酬劳也不想，嘻嘻嘻！嗯，再说吧，依我的意见，机敏是一种骗人的东西，是自然的一种装饰，生活的安慰，它能玩出什么样的勾当呢！因此有时一个苦恼的调查的讼师要明白，他在那儿是很难的，尤其当他给自己的梦想所迷惑之时，因为他到底也是一个人。但这可怜的角色被罪犯的性情所援救了，他真晦气！但年轻人给自己的机敏弄错了，'当他们跑过一切障碍物时'——如你昨天幽默地说的——他们不去想那些了。他会欺骗——这人就是，他就是一个特殊的案件，这不露姓名的人，他会撒谎，而且撒得非常圆滑，以最刁狡的方法。你当他会胜利，而且享受他的机智的良果的，但是当最有趣、最精彩的时候，他便要昏去了。当然可能是病的，闷人的住处，不论怎样！不论怎样，他给我们那个证明！他撒谎撒得无以复加，但他没有预想到自己的习性，因此把他泄露秘密了！其他的时候，他的好嬉的机敏会使他超越轨道，和疑心他的人打趣，他会变得脸色灰白，好像故意骗人似的，但他的灰白脸色太过自然了，太像真的了，他又给我们一个证明，虽说对他的盘问开始时可以被骗，如果这盘问者是聪明人，他第二天会另有想法的，而且，当然，逐个都是如此！不要他的时候也会前进，该静默时他会滔滔地说，用了各种的打譬的隐语，嘻嘻！问你为什么不早把我抓住呢，嘻嘻嘻！你知道，那在最有智慧的人，心理学家、文学家，都会发生的。天性反映出一切事情有如明镜当空！一个都逃不过去，但你的脸色为什么如此灰白呢，洛地亚？房内气闷吧？我把窗推开好吗？"

"唔，请你不要麻烦了！"拉斯科纳夫喊着忽又大笑了，"请你别麻烦了吧。"

派弗里脸看着他，稍停，也忽然大笑了。拉斯科纳夫从沙发上站起来，立刻止住他的神经病似的大笑。

"派弗里！"他高声地说着，但他的双腿在颤抖，他像立不稳了，

"我到底看清楚了，你真的疑心我谋杀那个老媪和他的妹妹威里吗？我且就这边对你说吧，我真麻烦呢！如果你有权就正式告发我，拘捕我，那你就告发我，拘捕我好了。但我不许当面被人嘲侮，被人搅扰……"

他的嘴唇颤抖，他的眼睛恼得发赤，他不能控制他自己了。

"我不允许的哪！"他以手敲着桌子喊着，"你听清了吗，派弗里？我不允许的哪！"

"老天！你是什么意思？"派弗里喊着，他是极其受惊了，"洛地亚，好汉子，你究竟是怎么了呀！"

"我不允许的哪！"拉斯科纳夫又喊着。

"不要大声喊，朋友！他们听见会进来的。你想我们会对他们说些什么话呢？"派弗里惊呆了似的低声说着，他的脸部紧靠着拉斯科纳夫的脸部。

"我不允许的哪，我不允许的哪。"拉斯科纳夫无意识重复说着，但他也突然低声地说。

派弗里急忙转开身，去开了窗。

"弄点新鲜空气！你该喝点开水，好汉子，你害病了！"他到门外去叫人拿开水，但他在房角落看见一个水罐，"来喝一点吧。"他低声说着，拿着茶杯到他面前，"这对你会有效的。"

派弗里的惊讶与同情做得极其自然，拉斯科纳夫没说的了，并带着惊奇的心看着他。但他也没有喝开水。

"洛地亚，好汉子，你把自己弄得发癫了，我老实说吧，唉，唉！你来喝一口水吧。"

他硬叫他拿住水杯。拉斯科纳夫勉强放到嘴唇边，但又厌憎地把它仍放到桌边。

"是的，你害了一点小毛病了！你会旧病复发呢！好汉子！"派弗里诚实又同情地说，虽然他看上去还有点脸色灰白，"老天，你要特别留意你自己呀！脱里昨天在这边，他来瞧我——我明白，我明白，我有一种爱挖苦人的癖好，但他们怎样想呢……老天，昨天你来后，他也来了。我们一同吃饭，他不停地说，我只好无奈地随他了，他是从你那边来的吗？你最好还是请坐下吧，坐下吧！"

"不，不是从我那边来的，但我知道他到你这边来，和他为什么来的。"拉斯科纳夫答道。

"你知道的吗？"

"我知道的。这有什么呢？"

"是，洛地亚，我比你知道得多，我对于一切事情都清楚。我知道你在夜里昏黑时，你怎样去赁房屋，你怎样去按铃，而且探听那血，因此工人和门房都弄得莫名其妙。是的，我了解你当时的想法……但你如那样会把你自己弄疯了，你将会昏过去！你对于你的，开始时由运气，以后由警长，所受的侮慢，装满了一肚子牢骚，因此你由此事又联想到其他事了，使他们讲出，把它告了一个段落，因你对这一切疑心与愚蠢厌憎了。是不是这样呢？我猜到你怎样的心情了，对不对？这样下去你会把自己弄昏乱了，而且也会叫伦肯也跟着昏乱了的。在这种情形之中，他是过于忠厚了，这你也是明白的。你害病，别人是好的，你的病是传染给他的……等你稍清楚时，我会对你说这件事……但最好请坐下，请休息一下，你看上去疲乏了，请坐下吧。"

拉斯科纳夫坐了下来，他不颤抖了，但全身发热。他带着惊讶的神情紧张地听着派弗里的话，后者露着挚友的关心看顾着他，并仿佛受吓似的。但他所讲的话他一句也不信，虽他觉得自己有相信这些话的奇怪倾向。派弗里对于那房屋的话，出乎他的预料，把他完全吓昏了。"怎么关于那房屋的事他也知道了？"他突然想着，"而且他自己把这事情对我说呢！"

"是的，在这边诉讼事上有一桩案件，一件心理病态的案件，可以说十分相像呢。"派弗里很快地往下说着，"有一个人前来自首说是谋杀者，他怎样下手进行！那是一种自然的错觉，他说出事实，他骗着大家，为的什么呢？他不经意的那一部分——只一部分——就成为一件谋杀的原因，当他明白他给了凶手们推卸罪责的机会以后，他就陷入了沮丧中了，他开始胡思乱想，最后完全发了疯，并认定自己就是杀人犯。但最后高等法院审理此案时，这可怜的朋友被释放了，应该对高等法院感恩！脱——脱——脱！怎的，好汉子，如果你打算这样刺激你的神经，夜间去按铃，去探听血迹，你便会把你自己弄到神志不清的！我在案件里研究了这些的病态心理。一个人有时受了迷惑，会想到跳窗或跳楼呢！这正和按铃一样的道理……这都是病呀，洛地亚！你太不重视你的病了。你该去请个有经验的医生诊诊，那个臃肿的朋友怎么看得好？你真太疏忽了！你做这一切事时，肯定你是神志不清的！"

拉斯科纳夫忽然觉得房内一切东西都在旋转。

"他仍在骗我吗，他仍在骗我吗？"他心中闪过这个念头，"他不能的，他不能的！"他很快把那个念头抛弃了，他暴怒得什么似的，这可以使他发疯呢。

"我不是神志不清，我明白一切的事情呀！"他喊着，他想竭尽全力看透派弗里的戏弄，"我神志清明之至的，你听见了吗？"

"是的，我听得清楚了。你说昨天神志很清，你十分注意这点！我懂得你所说的话！唉……你听我说，洛地亚，好汉子。如果你真的是犯人，或牵入这件可恶的事情旋涡内，你会说并非神志不清，你能这样特别强调吗？这样坚持吗？这可能的吗？我想不见得吧。你良心如果还存在，你该说你确是神志不清，对不对？"

这个查询中间藏着一种诡骗的口气。当派弗里弯腰在他面前时，拉斯科纳夫移向沙发边，静静地充满迷惑地看着他。

"还有一件事情，有关于伦肯——你确说过他是主动来的，而把你让他来的原因隐瞒了！但你却并没有隐瞒！我想他来是受着你的教唆吧？"

拉斯科纳夫并没有这样说过，背上不觉发了一个寒噤。

"你总是说谎话。"他无精打采地说着，露出抿着嘴唇的病状的笑容，"你又在尽量显出你明白我的一切的把戏，你事先明白我要讲的一切。"他说着，觉得他并不十分斟酌他的话，"你想恐吓我……也许你是在嘲笑我……"

他说这句话时，仍注视着他，他的眼光中充满了非常仇恨似的火焰。

"你一直在撒谎！"他喊着，"你要知道，犯人的无上法门就是说实话，尽力说得确切……使它没有隐瞒。我不相信你的话呀！"

"你是一个何等狡猾的人呀！"派弗里哧哧地笑着说，"你是握不着的，你只是专注在一桩事上。你是不相信我了吗？但你仍信我的，你只相信了一小部分，我就会叫你信了全部，因为我真心地喜欢你，恳挚地希望你好呀。"

拉斯科纳夫的嘴唇颤抖着。

"是的，我确实希望你好。"派弗里抚着他的手臂，说，"你一定要当心你的病呀。你的母亲和妹妹此刻又都在这边，你一定要替她们着想。你务必好好安慰她们，但你除了惊吓她们之外，没有别的事了……"

"这和你有什么关系？你怎么知道的？你何必如此关心？你只是监视我，而且想叫我明白吗？"

"老弟！这全是由你自己亲口说的！你自己在高兴时无意中把一切事情都对我和他人说了。昨天伦肯也说了许多有趣的事呢。不，你打断我的话，但我一定要对你说，虽然你非常聪明，你的疑心却叫你丧失了观察事情的理智。譬如讲到按铃那事吧，我——一个审讯官——露出了如那样的一件珍贵的东西，一件真实的事情，你一点也看不出来吗？什么？如果我对你有什么怀疑，我会那样子？不，你得先除去你的多疑心，不要以为我知道那件事，要分散你的脑力，突然给你一棒打倒——你说的——说着：'在十点或十一点钟的时候，你在被害的女人房里做些什么，先生？请问你，你为何去按铃，你为什么要探听那血迹？而且你为什么要门房同你一起到公安局去，到中将那边去呢？'如果我对你有点怀疑，我就该那样做了。我该用一种手续来搜你的证据，搜检你的住处，也许就要逮捕你了……由此可证我对于你丝毫没有疑心，因我并不会做那事呀。但你总疑神疑鬼的，难道你一点也觉不出来呢？"

拉斯科纳夫吃了一惊，派弗里当然会明白的。

"你总是说谎呵！"他喊着，"我虽不明白你的目的何在，但你是在说谎。你方才说的和以前说的不一样，我不会弄错的！"

"我在说谎吗？"派弗里反复说着，似乎恼羞成怒了，但仍是露着和善的讥刺的表情，他好像丝毫不在意拉斯科纳夫对他的批评似的，"我在说谎……但我方才怎样对待你的，我，盘问的讼师？怂恿你，替你贡献各种辩护的法子，什么病哪，神志不清哪，损毁哪，沮丧哪以及警长哪，和其他？唉！不过这些所有心理上的辩护法子也不十分有用，有多方面的解释：病和神志不清，我忆不得——那是不会错的，但是老兄，为什么你在病中，在神志不清时，就会被那些错误所纠缠，而不给别的什么所纠缠呢？也可以有其他的呀，哈，嘻嘻嘻！"

拉斯科纳夫不屑地藐视地瞪着他。

"总之——"他站了起来，高声野蛮地说着（这么声势很盛地一站，派弗里不觉向后退了几步），"总之，我得问，你是否承认我没有丝毫嫌疑？对我说，派弗里，立刻告诉我，要快！"

"我和你做的什么事呀！"派弗里露着非常和善而狡刁的、自然的神色喊着，"他们既不曾来搅扰你过，你为什么要知道呢，你为什么要知道那些？什么，你像小孩讨火柴般！你干吗那样不安静呢？你为什么要使强赖着我们呢，哈？嘻嘻嘻！"

"我再说一次——"拉斯科纳夫声色俱厉地喊道，"这样我不能忍受！"

"不能忍受些什么？半信半疑吗？"派弗里插说着。

"不要嘲弄我了！我不承受的！我对你说我不承受。我不能，我不，你听到我说的了吗，你听到了吗？"

"轻点吧！轻点吧！他们会窃听去了！我再三警告你呀，我不是同你说着玩呀。"派弗里耳语着，但这回他脸上的以前的温柔和惊恐不见了。此刻他是坚决的、严肃的，深皱眉头，而且这一来把一切的玄虚都搁开去了。

但这只有一下子。拉斯科纳夫惊慌了，又突然狂怒起来，但很奇怪，他虽大怒，但他又好像服从命令，低声讲话了。

"我不肯自己受人家为难的。"他低声说，又愤愤的，好像看出自己服从命令的丢脸，这使他大大地发怒了，"逮捕我，搜查我，但请你按正式的手续办理，不必和我戏弄！不要如此这般！"

"不要在手续上自扰吧！"派弗里露出诡谲的笑容说着，好像嬉戏似的欣赏着拉斯科纳夫，"我是以朋友的资格来请你到这边来看我的呀。"

"我不能承受你的友爱，我遗弃它！你听见了吗？这边，我要拿帽子走了。如果你要逮捕我，现在就执行，怎么样？"

他抓起帽子，便向门口走去。

"你不要看我的一点叫人惊奇的东西吗？"派弗里冷笑着，又在门口拖住了他的手臂，停住了。

他似乎更加顽皮，更加温柔了，这叫拉斯科纳夫更疯狂了。

"什么叫人惊奇的东西？"他站住问道，惊讶地瞧着派弗里。

"我的一点叫人惊奇的东西，在那门后那边坐着呀，嘻嘻嘻！"他指着那扇下锁的门，"我把他锁了，好叫他逃不脱。"

"什么？在哪儿？什么？"

拉斯科纳夫走到门前，想要把门推开，但门下锁了。

"门锁了，钥匙这边哩！"

他从袋里取了一串钥匙。

"你说谎呀！"拉斯科纳夫无限暴怒地说，"你说谎呀，你这坏家伙!"他立刻扑了过去。派弗里退后到其他一扇门,一点也不惊慌。

"一切我会知道!你说诳,嘲弄,好叫我把自己的一切秘密泄露了……"

"怎么,你可不可以把你的秘密多泄露些呢,亲爱的洛地亚?你是在疯狂的热情中了。莫要大喊,我去叫书记们来吧。"

"你说谎!你叫书记们来!你知道我害病,故意使我发疯,叫我把自己的秘密泄露了,这是你的用意!随你捏造事实吧!这一切我全明白。你没有铁证,你只有无用的疑惑,像哈夫一样的!你明白我的习性,你要叫我发性子,于是用牧师和审判员把我击倒……你是在等待他们不是?哼!你等待什么呢?他们在那边,你就把他们叫出来吗?"

"为什么要审判员,老兄?他们会以为发生什么事情了!如此做还不如同你所说的依手续做好呢!你不明白这种事啊,好汉子……而且手续是难免的,你知道的。"派弗里喃喃说着,他在门后细听,因为许多嘈声在那边可听见呀。

"呵,他们来了!"拉斯科纳夫喊着,"你叫他们来的呀!你等待他们!嗯,把他们快叫出来吧,你的审判员、证人,听你怎样好了……我预备着!"

但是这一刹那时,一件奇异的意外事情发生了,事情十分出乎意外,拉斯科纳夫和派弗里都未曾预料到他们的会面竟会是这样一个结果。

第六章

　　拉斯科纳夫事后回想着这幕表演的时候，他脑海里便会浮现出下面的情形。

　　门外的喧嚷声渐渐大了，那门忽然开了一些。

　　"怎么回事？"派弗里惊喊着，"什么，我已经嘱咐……"

　　好久没有回声，但很显然的，门外有好几个人，而且他们似在把什么人往那边拖呢。

　　"什么事情呀？"派弗里不安地重复说着。

　　"囚犯尼拉已经带来了。"人在答着。

　　"此刻不需他！把他带回去等着！他在这边做什么？真是胡闹！"派弗里走向门前斥责着。

　　"但他……"同时一个人的声音说着，但又戛然而止了。

　　不过两秒钟左右，忽然有人突然一推，便有一个人仓皇地走进房来。

　　第一眼看去，这人的样子十分奇怪。他向前瞪视，什么也没看见似的。他眼中似有一种坚毅的光焰，同时他脸上也带着一种苍白的死色。他仿佛上了断头台似的，他的无血的嘴唇紧闭着。

他的穿着像一个工人模样，身段不高不矮，年轻，瘦削，头发剪得很短，脸面少肌肉。推他的那个人，接着进来了，一把抓住他的肩膀。他是一个狱卒，但尼拉把他的手臂推开。

许多爱管闲事的正拥在门口。有的极想走进来呢。

"带下去，等着叫你再……谁叫你这么快的把他带进来的?"派弗里显然恼了，这似乎出乎他的意料的。

但尼拉立刻跪在地上了。

"怎么回事?"派弗里惊问着。

"我犯罪了! 那是我的罪呀! 我是凶犯哪。"尼拉懒洋洋地说着，喘着气，但声音却很大。

沉默了一下，大家都呆若木鸡。那狱卒也不知所措，退到门前，站着不动了。

"怎么回事?"派弗里神志恢复后喊着。

"我……是凶犯哪。"尼拉停了停，重复地说着。

"什么……你……什么……你杀了何人?"派弗里被弄糊涂了。

尼拉沉默了一下。

"阿里拿伊夫诺和她的妹妹萨畏棱，我……杀了……用利斧杀的。我头昏了。"他断断续续地说，又默然了。

他依然跪在地上。派弗里呆了一下，像深思般的，不久精神又振作了，把那些看热闹的人赶出去。他们出去把门关上了。于是他向拉斯科纳夫看，他站在屋角，惊讶地注视着尼拉，并走向他前面，但忽然又站住，由尼拉那边看到拉斯科纳夫，又重看尼拉，好像他对尼拉有什么过不去的地方。

"你太着急了!"他发怒似的向他喊着，"我还没有问你什么……你怎么说，你把她们害了呢?"

"我是凶犯……我给你确证呀。"尼拉断续说着。

"嗯！你用什么把她们杀害的?"

"一柄利斧。我事先准备好的。"

"嗯，他匆忙着！只有你一个人吗?"

尼拉不懂这句话。

"你一个人干这件事吗?"

"是的，一个人。米卡他无罪的，这件事他不在场的。"

"我没问你米卡呀，嗯！你们当时为什么那个样子跑下楼的呢? 门房遇见你俩呢!"

"无非叫他们不起猜疑……我追赶米卡。"尼拉立即答着，好像早就准备好要说这句话似的。

"我知道!"派弗里烦扰地喊着，"他不像讲他自己的故事呢。"他好似自语着，忽然又把眼睛放在拉斯科纳夫身上了。

他对尼拉太注意了，却把拉斯科纳夫忘了。他怔了一怔。

"亲爱的洛地亚，原谅我吧!"他跑到他面前，"要不这样，你走吧……你留这儿是没什么用的……我会……你看，这是一种使人惊诧的事呵……再见吧!"

他牵着他的手臂，带他到门口。

"我想这是出乎你的所料吧?"拉斯科纳夫说道，他对这个情形虽没有十分明白，但已恢复了精神了。

"这事你也没有料到吧，老兄。你的手是这么的颤抖呀! 嘻嘻!"

"你也在颤抖呢，派弗里!"

"是的，我在发颤，这出乎我所料。"

他们已经走到门口了，派弗里急欲让拉斯科纳夫离去。

"还有，你说的一点使人惊讶的东西，你不给我看看吗?"拉斯科纳夫讥讽地说着。

他问话时，他的牙齿在响。"嘻嘻! 你是一个好讥刺的人! 好，再会吧！"

"我相信我们可以说再会了！"

"听上帝的安排吧！"派弗里低语着，露出一种勉强的微笑。

拉斯科纳夫由办公室出去的时候，发现有好些人在看着他。那些人中他看见有那住所的两个门房，那晚他曾叫他们到公安局去的。他们站在那边等着。他刚走到楼梯，又听见背后派弗里的喊声。他转身一看，见他追来，并气喘吁吁的。

"还有一句话，洛地亚，别的一切，只能听从上帝的安排，但以手续讲，有几点我将要问你的……这样我们就还得再见面了，是不是？"

派弗里站着，对他微微笑着。

"是不是？"他又重复说着。

他好像还想说什么的，但又说不出了。

"你得原谅我，派弗里，就是方才的事情……我发着性子了。"拉斯科纳夫说着，他好像恢复了精神，很想表现出一点冷静了。

"无须多心，无须多心。"派弗里高兴地答着，"我也……也有一种不良习气，这我也承认！但我们会再见的，如果这是上帝的意思，我们会经常相见的。"

"而且我俩会更进一步要好吗？"拉斯科纳夫赘说着。

"是的，我俩会更要好。"派弗里赞同地说着，他专注地看着拉斯科纳夫，"此刻你要参加一个诞生纪念会吗？"

"参加一个丧葬礼。"

"呵，葬礼！你当留心自己身体，把病养好了吧。"

"我不能预祝你什么。"拉斯科纳夫说罢，便下楼了，但仍回头看他，"我愿祝贺你成功，但你的职业是怎样一个好笑的职业呀。"

"有什么好笑呢？"派弗里想要走，但他又站着，竖起耳朵听这句话。

"什么？你得在心理上按着你的法子去为难着，纠缠着，那苦恼的尼拉，一直到他招认为止呀！你将不分昼夜地证明他是凶犯，此刻他招认了，你又得分解他了。'你说谎！'你要说，'你不是凶犯！你不是的！你没有讲你自己的事呀！'你得承认，这是一桩好笑的事情呀！"

"嘻嘻！那你是关心我方才对尼拉说，他没有说着他自己的故事吗？"

"我怎能不关心呢！"

"嘻嘻！你真机灵。你关心一切事！你真是一个幽默的人！你老是看到好笑的一面……嘻嘻！大家说，在文学家里头，那是果戈理的特殊之点。"

"是的，果戈理的。"

"是的，果戈理的……我愿意再见到你。"

"我也是。"

拉斯科纳夫径直回家去了。他已被弄得头脑昏乱，到家时立刻躺在沙发上，躺了好久，竭力想把自己的思想理出头绪。他也不去想念尼拉，他是弄呆了，他想他的供词有些费解，惊奇——超越常理之外。但尼拉的供词倒是事实。这事实的结果他就会清楚，其冤屈最终还是要发现的，那么他们又要收拾他了。但至少现在他是自由的，该为自己想个办法，因危险已渐近了。

怎样渐近呢？他的地位也渐显明了。他一想起最近和派弗里吵嘴的情形，他又不觉吓得颤抖。当然，他尚不明白派弗里的目的是什么，他也瞧不出他一切的计策。不过已有一部分露骨了，再没人比拉斯科纳夫更了解派弗里对他的"掌控"是怎样的可怕。再过一会儿，他也许要全部地袒露了自己。派弗里明白他的神经质的习性，而且一眼就把他看穿了，他虽在玩着一个冒险的玩意，但一定会胜利的。拉斯科纳夫可怕地自害自了，这是不容否认的，只是事实还没有显露，实际证据也没被发现罢了。但他对这个情形看明白了吗？没有什么错了吗？派弗里会达到什么目的吗？他真的有什么把"那叫人惊讶的东西"给他弄好了吗？是什么呢？他是否真在等待着什么？如果没有尼拉的突然光临，他们会怎样分手呢？

派弗里差不多把他一切的计策都向他摊牌了——当然，不是轻易把它们露出来的——如果他袖口里实有什么东西（拉斯科纳夫想着），他肯定会露了出来。"那叫人惊讶的东西"是些什么呢？是一句闲话吗？那有什么意义呢？那能像事实和证据一样地隐藏着吗？他昨天的客人吗？他怎么了？今天他在何处呢？如果派弗里真有什么证据的话，那与他肯定有关系了……

他躺在沙发上，以手掌捧脸，臂节放在膝上，仍是微微颤抖着。最后，他起来了，抓了帽子，待了一刻，就向门口走去了。

他有一种感觉，他认为至少今天可以说是脱离危险了。他似乎感到一点高兴。他要立刻到茄里伊夫亚那边去。但参加葬礼已经迟了，但吃丧饭还赶得上的，而且在那边可以立刻遇见梭娜呢。

他站着，想了一下，一种尴尬的笑在他嘴唇上露了出来。

"今日！今日！"他重复地自语着，"是的，今日！无疑的……"

当他正要开门时，门忽然自己开了。他吃了一惊，向后退去，门渐渐地开大了，前对面忽然露出一个人——昨天从地上冒出来的那位客人。

那人在门口不声不响地瞧着拉斯科纳夫，向房内走进一步。他和昨天一模一样，同样的外貌，同样的衣服，只不过脸色有点改变了。他看去颓丧叹气，他如果把手贴近面庞，把头靠过一边，看上去倒像一个乡间妇女咧。

"你有什么事吗？"拉斯科纳夫吓呆了似的问着。

那人仍是静默着，但一下子他又俯伏地上，头和手触着地面。

"你在做什么呀？"拉斯科纳夫喊着。

"我犯了罪了。"那人和善地、缓慢地答着。

"你犯了什么罪？"

344

"因为恶劣的思想。"

彼此相对默然。

"我那时烦恼极了，当你来时，也许你酒醉了，叫门房到公安局去，而且探询血迹，他们让你走了。当你酒醉时，我却恼着了，我甚至恼得夜不安枕。记着这个地址，我们昨天到这边来了，探问你……"

"谁来了？"拉斯科纳夫插嘴说着，他即刻思索起来。

"是我呀，麻烦你了。"

"那么你是从那住屋来的吧？"

"我和他们一同站在门口……你忘了吗？我们在那住屋里做了好几年的买卖了。我们做皮革生意，我们把工作带回家去做……我苦恼极了……"

前天在那门口的那出剧本又清晰地浮现于拉斯科纳夫的心目中了，他想起那边除了门房之外，还有好些人，也有妇女呢。他还记得有人说把他直接送到公安局去！他记不清说那话的人的外貌了，就是此刻他也不记得了，但他记得他曾转着身体对他说了什么……

如此这就是昨天惧怕的原因了。最可怕的念头是：他因为如此一个寻常的情形，却差不多失败了，把自己给毁坏了，足证这个人除了说他探询房屋和血迹之外，并没有说什么。所以派弗里除了那神志不清外，也没有什么，除开双方解说的心理外，根本没有事实，没有实际之物。如果没有其他的事实发现，那……那么他们能奈何他什么呢？就是给他们捉捕了，他们又将怎样定罪呢？可见派弗里在方才听见那房里的事，以前是并不知道的了！

"是你告诉派弗里……说我到那边去的吗？"他忽然想着了喊道。

"就是那个审讯官哪？"

"侦查部主任？"

"是的。门房没有到那边去，只有我去了。"

"今天？"

"我比你早到那边两分钟。我全听见了，什么都听见了，听见他怎样折磨你呀。"

"在哪儿？听见什么？什么时候？"

"什么，就在隔壁的房间。我一直就坐在那儿的。"

"啊？那么你就是'那叫人惊讶的东西'吗？但怎么会有那事呢？我不相信！"

"我觉得门房不听我所说的去实行。"那人说着，"因为时间太晚了，他们说我们那时不去，也许他恼了。我甚至愁得夜不安枕呢，我就着手询问着。昨天探听出来向那边走，我今天就去了。我第一次去时，他不在那边，我再过一个钟头，他又不能会我。第三次去了，他们才把我引了进去。我把前后事全对他说了，一点没添减，他在房中咆哮着，抚胸大骂。'你们这班坏蛋是什么意思？如果我知道，我会把他给抓了！'于是他跑了出去，唤了什么人，在屋角里和他讲话，他又转过来对我大骂。他说了我许多话。我把全部事都对他说了，我对他说你昨天不敢对我说什么，并说你根本不认识我。他又匆忙地往来跑动，时常叹气捶胸、乱跑。当你来了，他叫我到隔壁房间去。'在那边等一下！'他说，'不论你听见什么，你都要安静。'在那边他给我一把座椅，把我锁在房内，'也许——'他说，'我会来唤你的。'当尼拉带来时，你才走了，他就让我出来了。'我会再叫你来，问你的。'他说着。"

"你在那边的时候，他询问尼拉没有？"

"他未对尼拉说话前，他避我如同像你一样呢！"

那人站着，又突然跪在地上，手抵着地。

"宽恕我，宽恕我的坏念头和诽谤。"

"上帝会宽恕你的。"拉斯科纳夫答着。

他说话的时候，那人又俯下身体，可是没有碰着地，他缓慢地退出房去了。

"一切都有双方面的解说，如今这一切也是双方面的解说。"拉斯科纳夫反复说着，他十分自信地出去了。

　　"现在我们须为这再较量一回了。"他说着，便露着一副狰狞的笑容下楼了，他的笑是对着他自己的。他露出羞辱和侮慢，回想着他的过去的"卑怯"。

卷五

第一章

在跟多利亚和她母亲那次会见后，对于洛升来说，那是相当不幸的。早晨，带着叫人清醒的势力，压着洛升。事实上是非常不快的，他渐渐承认昨天看上去仿佛是臆想和不可信的事，已成为一件万难挽回的事实了。那受摧伤的傲慢像一条毒蛇彻夜在啃啮着他的内心。洛升起来后，立刻去照了镜子。他担心害了黄疸病。但他此刻的身体好像毫无损害，看见自己近来洁白肥胖的面容有时倒很安慰呢，因他相信他会在其他地方得到一个新娘，甚且是更美丽呢。但一想起他目前的处境，他不觉转过脸，吐了一口唾沫，这就引起了和他同住的少年朋友恩德利的一种讥刺的微笑，被洛升察觉到了，他立刻牢牢记在心内。他最近已记下了好些关于少年朋友的反对他的账了。他本不该把昨天的事情对恩德利说的，以致他气上加气。这在他的品性上，是由于冲动和易激，所犯的第二个错误。而且，那天早晨，不高兴的事纷至沓来。并且他发现他在高等法院的一件讼案上，也有一个碍眼等他消灭呢。他尤其特别恼火的是那个房东，那房子是为结婚而赁的，花了自己的钱重新修饰的。房东是一个德国的富商，他不愿把刚订好的合同解约，他定要收取全数的房钱，虽然洛升把房子修理好了交还他。那富商也不答应退还那已买而未搬去的家具，因为分期交款而预付一个卢布的缘故。

"我单为着家具而结婚的吗？"洛升咬牙切齿地说，他又有了拼命的对手了，"那一切真的不可挽回了吗？再去挣扎一番没用吗？"他一想起多利亚，心里便觉痛心。他那时忍受着极大的痛苦，如果可以，愿把拉斯科纳夫杀了，倒也痛快呢！洛升勃然发出这个愿望。

"这也是自己的不好，为何不给她们钱呢！"当他垂头叹气地回到拉比绥夫的房里去的时候，他想着，"我为什么像那样的一个犹太人呢？这是错在吝啬呀！我意是想使她们囊中金尽，叫她们可以依靠我，如同她们的天神一样，瞧她们呢！哈！如果我耗去一千五百卢布在她们那，到拉甫公司和英国店替她们备办嫁妆和礼物，买一些玩具啦，皮箱啦，饰物啦，衣料啦，以及其他那些无用之物，我的前途也许会好些而且……稳固。她们就不好如此轻易地和我解除婚约了！她们就是那类人，觉得万一她们翻脸了，必得返还钱财和礼物的，如此就不易办到了！她们的良心也会鞭挞她们呢！我们怎样可以把一个自始至今豁达大度的人舍去了呢……唉！我铸成一个大错了。"

洛升又切齿自恨着，自叫呆子——当然只是轻轻地说着的。

他一回家去，便更加恼恨。当他经过茄里伊夫亚家，看见那里正在弄丧饭，因此引起了他的好奇心。他昨天也听说过，他猜想他也是被邀请之列，但他只想着他自己的难题，没有去注意它。魏塞尔在茄里伊夫亚前往墓地去时，忙着布置桌椅。洛升向她探询，得知这次款飨是一桩大事，凡是同寓人都被邀请了，有的人至今还不明白这个死人的面容，甚至连恩德利也是在邀请之列呢，不管他先前是否和茄里伊夫亚吵闹过，他——洛升——当然也被邀请，而且主人还热烈地期待着，因他是寓客中最重要的一个。魏塞尔也被优礼邀请了，并以此为快，她因此更加是忙着预备，而且也觉得愿意。她甚且打扮着，穿了簇新的黑绸衣，她感到很自豪呢。这一切给了洛升一个暗示的意思，他便走进恩德利的房去，带着沉思。他明白拉斯科纳夫是来客之一！

　　恩德利一早就在家里。洛升对这位先生的神态是很奇怪的，也许是自然的。洛升自从和他同居那天开始，就有点轻蔑他，恨他，但又好像有些忌畏他似的。他到彼得堡和他同住，并非单由于俭啬，这虽也可说是他的要因。他听说恩德利，他有一次做过他的保护人，他是青年进步党人之一，在那许多有趣的集团中还起着十分重要的作用，他的举动倒是外省的典型。这深深地印于洛升的心目中。这许多有权势的万能的集团，轻视各种人，并揭露一切人的刁奸行为，这在他心中早已有了一种特殊的但是说不清的恐惧心理。当然对于它们具有什么意思，以及相近的观念，他也不能想出。他和旁人一样，尤其在彼得堡，有那些进步党、虚无党等等，而且他也和众人一样，把这些话的意义，夸张传到可笑的地步。在以前许多年中，他最怕的是显露奸诈这事了，这是他把事业迁到彼得堡来想起这事就未免不安的要因。他怕这桩事，如同婴孩有时受惊一样。前几年，他刚开始创业的时候，便碰见两桩事情，在这案子中，省里的那些闻人，他的贵人们，都被不客气地发现奸伪了。有一回结局是那个被攻击的人身败名裂，另一次的结局则差不多弄成严重的局面。因此洛升一到彼得堡时，首先就要注意这个题目，而且如果是必须的话，亦可取得"我们后辈"一般的好感，以免将来有着不测的事情。关于这，他全靠恩德利，他未去拜见拉斯科纳夫之前，他已弄到几句时髦的口语了。但不久，他又觉得恩德利并不是了不起的人，但这终究不能叫洛升毫无畏惮。他即使知道一切的进步党全是像他一样的笨货，也仍不能去除他的不安的。恩德利所拿来麻烦他的那些主义、信仰、组织，他全不觉兴奋。他有他的目标——他只要立刻探听出这边有着什么事。这许多人有什么权势？他有什么事情要防着他们？他们要揭露他的什么事情？哪些是他们此刻真正的攻击的目标？如果他们真有权势，他应该怎样迁就他们？这些事是否很急？他能否依靠他们弄点好处？事情是纷至沓来的。

恩德利是一个贫血和瘦弱的矮子，长着奇怪的淡黄色的肉瘤式的络腮胡子，他十分以此自傲。他是一个书记，眼睛当然有种毛病的。他是软心肠的，但很自信，有时谈吐中高视一切了，这和他的矮小的身躯极其不称，看上去怪有趣的。他是魏塞尔所最钦敬的寓客之一，因他不喝酒，而且按时缴房钱，从不拖欠。恩德利他倒真是愚蠢的，他的相信进步和"我们的后辈"主义，只是一时的热情。他是林林总总的傻瓜中的半死不活的弱智，自恃的未经教养的纨绔公子中的一个，他们相信最流行的理想，而使它粗俗化，不管怎样虔诚地信奉主义，他们仍要讽刺着的。

恩德利虽是非常和平，但他也开始讨厌洛升了。这在双方都无意地同样感觉到了。恩德利思想虽然简单，他先就察出洛升在哄骗他，暗中轻藐他，而且察出"他不是正当的人"。他想对他解说伏邪的系统和达尔文的原理，但近来洛升不愿意听了，甚且无礼地讥刺着，这当然是由于他猜想恩德利不单是一个庸懦者，并且还是一个撒谎者，并猜想他在他的集团中也没重要的知己，只是互相裨贩着人家的唾余罢了，并觉得他连他自己的宣传工作也不很明白，因为他实在太昏庸了。然而揭露人家的奸细，他却是一个非常拿手的人！顺便一说，这是很可注意的，洛升在那十天之中热切地受着恩德利的奇怪的赞扬，例如，当恩德利赞扬他愿意帮忙创立一个新"乡社"，或自动废除给出生的婴儿施洗礼，取教名，或如果多利亚在婚后一个月会有一个情人，不进行揭露的话，他也不置可否。洛升如此愿意听了的赞谀，就是如此的德行推给他，他也不厌憎。

洛升那天早晨去换些五分公债票，此刻他在桌旁，坐着细数那一堆堆的票子。恩德利可说从未有过什么钱，他在房里走来走去，自己佯为冷漠地甚至藐视地瞧着那些银行票。洛升绝不相信恩德利能真正见钱而不眼开的，但是后者，在他也是同样猜想着洛升也有这样一个思想，而且也许高兴时去撩拨他的少年朋友，说他的卑陋，以及他们两人之间的大不同之处哩。

虽他——恩德利——详述着他的嗜好的话题，就是创设一个新异的"乡社"，洛升对他也很漠然，而且被激恼了。在算盘珠子的响声中，洛升所发出的短驳的话，显露出明晰的失态的讥刺。但是"慈和的"恩德利以为洛升的乖谬，是由于他近来和多利亚的翻脸，他因此大大发火，专门谈论那个话题。他对于那话题有更进一层的观察要说，那可以安慰他的那些高贵的朋友，而且对他今后的发展带来好处。

"在……在那个寡妇家中安排着一种什么丧宴，是吗？"洛升在恩德利讲得得意的时候，忽然打断他的话问着。

"什么，你不知道吗？什么，昨晚我对你说我对于这样的礼仪做何感想。听说她也邀请你了。你昨天同她说话……"

"我绝想不到，那个乞儿似的呆子会把她从那另外一个呆子——拉斯科纳夫——弄来的钱，全用在这个丧餐上。当我经过那边，看见预备的东西，酒！有些人已被邀请了。我正惊奇，这是出乎意料的！"洛升继续说着，他好像有什么用意来讲这些话，"怎么？你说我被邀请吗？在什么时候？我不记得了。但我不去的，我为何要去呢？我昨天只是随意和她说了几句话，说她也许能够以一个官厅书记的孤苦可怜的寡妇资格，弄到一年的抚恤金。我想她就是为此请我的，对不对？嘻嘻嘻！"

"我也不想去呢！"恩德利说着。

"你还打了她一次了！我想你是不去的，那倒不必的，嘻嘻！"

"谁打的呢？打谁呀？"恩德利问着，面孔发红，着实慌忙。

"怎的，一个月前你打了茄里伊夫亚。昨天我听说是这样的……那你的信仰就是等于如此了……况且妇女问题也很不好处理呢，嘻嘻！"洛升似乎安慰一点，又回去打着算盘珠。

"那都是诽语和乱说呀！"恩德利喊着——他常是怕人提起那回事，"根本不是那样，完全不是。你弄错了，那是谣言。我只求自卫。她对我扑了过来，她先以手指甲把我所有胡须搅拔了……我觉得自卫是任何人都许可的，而且我绝对不许任何人对我用暴力的，因那是一种暴虐的行为呀。我如何办呢？我不过把她推了过去而已。"

"嘻嘻嘻！"洛升恶意地笑着。

"你常是如此，因你自己恼了……但那全是胡说，而且那和妇女问题，一点也没关系！你不知道，真的，我时常想，如果女子在各方面都同男人平等，就是在能力上，在那上面也该平等的。当然，我想，此类的问题就不该继续发生，因不该有殴打的事，而且，在未来的社会中，争斗是不能想的……并且想，在打斗上求平等，也不免是怪事。我并不是这么愚笨……但，当然，斗殴是不免的……以后就没有了，但现在是有……可恨之至！人被你闹得怎样混乱呵！我并非因此不去。我是为主义而不去的，不参加追思宴的可厌的风俗，就是为此！但，当然，人们可以去嘲笑它的……我只可惜宴席上没有什么牧师。如果有了，我倒要去的呢！"

"那么你是要去赴他人的宴会，而且侮辱宴会和那请你的人吗。哈？"

"断断不是侮辱，而是辩论。我会抱着一个好的目标去的。我得间接有助开化和宣传的旨趣的。为开化和宣传而努力，是人类的义务，越尖锐也许越好。我可以先播下一粒种子，一个信仰的……而从那粒种子可长出些东西的。我怎么会侮辱她们呢？她们开始也许会恼，但以后她们便会看到，是我为她们做了一件事了。你知道，第列瓦——她在这社团里——之受人责骂，因为她离开家庭而且……贡献……自己时，她写信给父母说，她不愿依偏见地生活下去，现在去自由结婚，人家说这太狠了，说她本会爱怜他们，把信写得忠厚些的。我想，那也是胡说，何必忠厚，恰恰相反，需要辩驳了。匣伦结婚已七年了，她舍弃她的两个儿子，她在信上直接对她丈夫说：'我确切以为我和你一起是不会快乐的。你欺骗我，用社团的方法，那种社会组织，你瞒哄着我，这是我绝对不能宽恕你的。我近来才从一位人格伟大的人那边知道的，我把我整个交给他了，并和他建立一个社团。我再明确说，因我觉得骗你，倒是不诚实了。依你所觉得最好的去努力吧，不要再迷恋于我了，你未免太晚了。我祝愿你幸福的。'这类信就是这样写的！"

"你所讲的那个第列瓦第三次再嫁了吗？"

"不，实在仅是第二次，但就第四次第五次又如何呢，那不过胡说罢了！假使我以前怜悲过我父母之死去，那就是此刻，我常想，我的父母如果还在，我要对他们辩驳呢！我要特意做出一些事情……我得指导他们！恐吓他们！我真的痛惜没有一个人了！"

"叫人惊讶的吧！嘻嘻！让你想怎样做就怎样做吧！"洛升插说着，"但你对我说一说：你认得那死者的那个面容映丽的女儿吗？大家谈论她的话是否可靠呢？"

"这有什么呢？我想——我个人的信心——这是女人的平常的情形呀。为什么不呢？我是指的卓越的意思。在我们的现社会中，一切都不自然的，因是强迫的，但在未来的社会，将会是正常的了，因为那将是随意的了。就是以此刻而说，她也是很对的：她受苦难，可说是她的一种财产，她的资本呢，她当然可以自由处置。不过在未来的社会，就无用资财，但她的才能却另具一种意义，正常的而且适合她的环境。至于就梭娜而论，我觉得她的行动是对现社会组织的有效的反抗，我为此钦敬她，我看到她时，我真高兴呀！"

"外边说是你赶她出这寓所呢。"

恩德利听了，不觉愠怒了。

"这又是一个诽语了！"他喊着，"绝对没有这回事！这都是茹里伊夫亚所造的谣，她不清楚呀！而且我和梭娜一点没什么恋爱！我不过是指点她，很坦白无私地叫她起来去反抗……我无非叫她反抗而已，不过梭娜本来已不愿在这边住了！"

"你有否叫她入你的社团呢？"

"你总是开这样的玩笑，而且又玩得不很确当，听我说吧。在一个社团中根本没有这样一类人。社团的成立，就不该有如此人物存在。在社团中如有这样的人物，便也就会改变它的性质了，这边是幽默的，那边是明达的，在当前的情形下是不自然的，但在那个社团中就会变得很自然了。这全是环境的移人。一切都受环境的转移，人自己一点没有用处。我到今天为止仍和梭娜存着朋友的关系，这就是她不以为非的一个证据了，我如今把她引进社团来，但是地位很是不同。你有什么好笑呢？我们极想创立一个我们自己的特别的范围广大的社团。我们的信心已再上一层了。我们弃却得更多了！同时我仍指示着梭娜。她有非常好非常好的品性呢！"

"你利用她的非常好的品性吗，嘻嘻！"

"不，不！哦，不！恰是相反。"

"哦，相反！嘻嘻！真是一桩奇事了！"

"我为什么要佯装呢？我自己也觉得惊奇，她同我一起，事实上是如何的怕羞、纯净、贞娴呢！"

"当然，你是在指导她了……嘻嘻！对她想证明那一切的贞娴全是胡说吗？"

"完全不是，完全不是！你怎么这样粗陋愚昧呢——恕我说这样话——你弄错了指示这字眼了！老天，你太浅薄了！我们为妇女的自由正在努力，你的脑中却存着这种观念……我觉得纯洁和女性的贞娴的问题同列一起，一点没用处，而且也是一种偏见，我十分相信她对我的贞洁，因那是她自己决定的。当然，如果她对我说，说她要我，那我当然很快乐的，因我是十分爱她呢。但就事实上论，我待她非常循规蹈矩，且十分敬重她的品行……我就是为此渴望地等待着呀！"

"你赠她什么礼物最好呢？我敢说你从不曾想到那事的。"

"我不是已经对你说了！当然，她是处在那种的情状下，但那倒是另外的问题，毫不相干的！你无非是轻看她了。因为你对一件事实侮蔑弄错了，你完全不用正确的眼光去看一个同类，你一点不明白她是怎样的一个人物！她近来把书本完全丢了，不来借书了，这是很可惜的。我常借书给她看的。她虽有反对一切的毅力和决心——她已表示过一回——但缺乏自恃心，独立性，以舍弃一些偏见和愚昧的观念，这也很可惜的。但有的事情她看得很清楚，例如吻手的一类事，男人吻女人的手臂，就是对女人的一个侮蔑，显出这是不平等的先声呀。对于这事，我们曾辩论过一番，我对她说过了。对于法国工人联合会的事情她也爱听的。如今我再来说说未来社会里，一个人可以随便进到别人房中去的问题吧。"

"请问这又是怎么一回事呢？"

"最近我们对于这问题曾有辩难：一个团员是否可以不分男女，不论时间，到了一个团员房里去……我们坚决主张是有这个权利的！"

"如果是在一个不方便的时间呢，嘻嘻！"

恩德利真恼了。

"你老是想那些无意义的事情！"他讨厌地喊着，"啊！我真太蠢了，我讲社团的组织，为什么老早就提及个人的私事呢，像你这种人老是喜欢挑剔人家的，在未了解真相前就把它闹笑话了，并且还以此傲人呢！哼！我常说，一个人对于组织没有十分的信仰前，就不许他亲近那种问题。请对我说，在污秽水沟里你看见了什么可羞的东西呢？我倒要第一个去把什么污秽水沟都弄洁净了，随你叫我弄哪一个都可以。这不是个人牺牲的问题，这是可尊重的、有效的工作，这和其他工作一样的有用，比那些拉斐尔和普希金的艺术品好得多呢，因这是切实有用的呀。"

"呵，更可尊重的，更可尊重的，嘻嘻！"

"'更可尊重'——是含的什么意义？说明人类的活动则我未敢承教。'更可尊重''更高贵'——这形容词都是我所反对的古式的偏见。凡是对人类有用的事情都是可尊重的。我只懂'有用'两字！你只是随便发议论，但那是如此的！"

洛升觉得好笑，他把钱已计算好并放好了，但仍有许多票子摆在桌子上。"污秽水沟问题"已成为他们辩论的中心了。那给恩德利真的恼了，但其时洛升却很高兴，而且他故意使少年朋友着恼，这个情形确是可笑哩！

"你这样纠缠不清，故意气人，想是你昨天倒霉时留下的吧！"恩德利讥讽地说着，不顾他的"独立性"和他的"反抗"，他并不是和洛升过不去，他仍有些以前尊敬的习惯，和他相处的。

"你最好把这点对我说吧！"洛升有点自傲地快快插说着，"你可以……或不如讲，你和那个姑娘弄得很好，那你可以请她到这边一会吗？她们想都已从墓地回家了……我听得脚步声了……我倒要见见那个年轻姑娘呢。"

"为什么？"恩德利惊奇地问着。

"哦，因为我今明两天就要离开这边了，我要对她说……但，会面时你可以在旁边的。其实你在旁边更好，因为不知道你会有什么想象呢。"

"我毫不去想象什么。如果你有什么话要对她说，唤她这边来是很容易的。我会就去，你相信我不会有碍你的。"

过了五分钟，恩德利真同梭娜一起进来了。她进来吃了一惊，而且总是羞怯怯的。她是怕见生人的，犹如一个小孩子，此刻更是如此情形……洛升"谦恭而和蔼地"接待她，但又带点戏玩的昵态，他以为一个像他那样可尊敬的要人，对待一个如此年轻如此好玩像她这样的人，是很相宜的。他立刻让她安心地坐在桌边，面朝着他，梭娜四周望望——瞧着恩德利，桌上的钱票，又望望洛升，她的眼睛老是盯着他。恩德利往门口走去。洛升对梭娜做着手势，叫她好好坐下，而且叫恩德利也站着。

"拉斯科纳夫在那边吗？他也来的吗？"他低声地问着。

"拉斯科纳夫？是的。什么？是的，他在那边了。我见他才去……怎么了？"

"嗯，我希望你仍和我们一同在这边，不要叫我独自和这位……年轻姑娘在这儿。我只和她讲几句话，但上帝知道他们可以怎样去猜想的。我不愿意拉斯科纳夫传播什么……你懂我的意思吗？"

"我懂的！"恩德利醒悟了，"是的，你是的……当然，我个人认为你是很坦然的，但……仍，你是的。我一定在这儿。我到这边窗口旁站着，不碍你……我想你是的……"

洛升回到沙发，对着梭娜坐下，开心地看着她，做出一种十分庄严的，而且正经的表情，好像说："不要误会呀，夫人。"梭娜被弄得不知所措了。

"梭娜，请你向令堂替我求恕……那好不好？茄里伊夫亚是你的母亲吗？"洛升非常庄重，但又和蔼地说着。

这是明白的友谊了。

"是的，是的，她是我母亲！"梭娜怯怯地匆答着。

"就请你替我说声对不起好吧？我实在有别的事情以致不能参加，不能赴宴，虽然令堂好意地邀请我！"

"是的……我就对她说……我就去。"

梭娜立即起来想走。

"且等等，我话没有说完呢！"洛升叫住她，对她思想的简单和不知礼貌微笑着，"你太不了解我了，亲爱的梭娜，你想我只是为着这点不重要的事情来麻烦你吗？我是有别一个目的的呀。"

梭娜又忙坐下了。她又一下子注视到那放在桌上的灰红色的钱票，但又故意往别处看，并看着洛升。她以为看着他人的钱，是很难为情的。她瞧着洛升左手上的金架眼镜，和他中指上戴的黄宝石讲究的大戒指。但她又故意往一边看去，但仍是注意着洛升的脸上。他于是很庄严地沉默一会儿后，续说着："我昨天偶尔和可怜的茄里伊夫亚谈了几句话，我便明白她是有点——异常的，如果可以这样说的。"

"是的……异常的……"梭娜忙同意着。

"最简单清楚地说，是病了。"

"是的，最简单清楚……是的，病了。"

"是的。由于一种同情和慈爱的感情，我很愿意援助她，因我看出了她的困苦的境遇了。我想这受贫困束缚的一家，现在是全靠你了吧？"

"请问！"梭娜站起来了，"你昨天对她说什么可以弄得一些抚恤金的话吗？她对我说你会去给她弄的。那可靠的吗？"

"不是的，这实在是一桩可笑的事！我只是提及一个因公死去的公务员的寡妇，可得到一时的帮助——只要她有体面……但你已故的父亲并没任满，而且最近又不在做事。事实上，真的有希望的话，那也是极少极少的，因此就没有申请资格，还离得很远呢……而她已在向往着抚恤金了，嘻嘻嘻……真是一个敢于妄想的妇人啊！"

"是的，是的。因她，心肠很好，很容易受骗，她是以她的天良去相信一切事情的，而且……而且……而且她就是这样……是的……你得原谅她才是！"梭娜站着说，起身想走了。

"你还没有听我要讲的话呢。"

"没有，我没有听完！"梭娜说着。

"你坐吧。"她困惑之至，她又第三回坐下了。

"因为她的遭遇和可怜的一堆小孩子，我愿意在我能力所及帮她忙，就是说在我能力以内尽力。例如大家替她备一本捐簿，或一种彩券一类的东西，在困苦颠连之时，朋友或其他行善的人常常弄的。我要同你讲的就是这事，这大可以办得到的吧！"

"是的，是的……上帝将酬报你的好意！"梭娜又盯视着洛升嗫嚅着。

"这很可以办得到的，我们再说吧。我们可以在今天晚上详细讨论一下，把基础先弄好了。七点钟左右到我这边来，我愿意恩德利也将帮我们的忙。但有一件事，我得先告诉你，提醒你，梭娜，叫你跑过来。我想钱是不能给茄里伊夫亚过手的，因为那很危险。今天的宴会就是一例呢！她一点也不管明天有没有面包皮，和……嗯，靴鞋啦，或其他日用品，但她今天还买了最好的啤酒，我相信，甚至买麦地的上等酒和……和咖啡呢。我过门口时看见的。他们明天会没有一块面包皮，那又要靠你了。这是荒谬可笑的，所以我想募捐当如此如此，叫那可怜的寡妇不知道那钱的来处，只有你一人知道，比如说。你想对不对?"

"我不明白……在她过去的生活中只有今天一次……她如此地要装体面，举行纪念……而且她也很明白的……正像你所想的，我将十分，十分……他们也会……上帝也将酬答……就是孤儿寡女们也……"

她眼泪淌下了。

"那就这样，好的，你记住吧。如今请你为家属的关系，收下我这点微款吧，算我个人的。我希望对于这件事毫不提及我的名字。这边……我自己也乱得很，我只能拿这……"

洛升谨慎地把一张十个卢布钱票递给梭娜。梭娜接了，脸上堆起红霞，站着说了句听不清的话，就开始走了。洛知有礼地伴她到门口。她又高兴又痛苦地出了那间屋子，迷惑地回到茹里伊夫亚那儿。

恩德利站在窗口或在房中走着，始终不去打断他俩的谈话，当梭娜走了，他才走到洛升这边，庄严地伸出手臂。

"你俩所说的，我全听见看见了!"他说着，他尤其重视最末两个字，"那很可钦敬的，这是仁慈的表现! 你不想她感恩，我看见了! 虽然在原则上我不赞同个人的善举，因那不仅无补于实际，有时甚且助纣为虐呢，不过我看你的言行举止，我却非常高兴呢——是的，是的，我很高兴。"

"这是胡说!"洛升喃喃着，他有些不安地看着恩德利。

"不，并非胡说。如你昨天遇了不幸的人，而仍能同情别人的困苦，这样的人……即使他犯了一个社会的错误——仍值得敬重的! 我实在看不出你呀! 洛升，尤其是依你的那些看法……哦，你的看法对你是怎样的一种阻碍呢! 例如你昨天的坏运，就叫你怎样痛苦啊!"忠实的恩德利喊着，他觉得又爱洛升了，"你想娶亲，为什么要合法地结婚呢，亲爱的、高贵的洛升？你为什么固执在这婚姻的合法上呢？哦，你如要责打我，我很愿意，非常愿意，这事没有成功，你还是自在的，你仍能替人类干点事业。你想，我把肺腑之言都说出来了！"

"因我不愿像你们那样非法结合地受愚，而且又要抚养着人家的儿子，所以我要合法的婚姻呀！"洛升只得直白地答了。他的心中好像有什么事情被占据了。

"什么儿子？你讲的儿子，"恩德利如一匹战马听见动员令似的号叫着，"我认为儿子是一个社会最重要的问题，但儿子问题还有另外一种处置法。有的绝不愿养儿子，一提到儿子就得想起组织家庭了。我们过一刻儿再讲儿子吧，如今且说名誉问题，我觉得这是我的短处。那可畏的、军队的普希金的说法，未来字典内是找不着的。真的，那有什么意义呢！胡说罢了，在一个非法结婚中会有受骗的！那不过是一个法定结婚的当然结果，它的纠正，正是抗议啦。所以那倒不是蔑辱……如果我合法结婚了，我非常欢喜呢。我将对我的新娘说：'亲爱的，到如今我是爱你，如今我尊重你，你是能够抗议呀！'你会笑的！是因为你未能除去可恨的偏见之故。如今知道在一个合法婚姻中一旦受骗，实在是可恶，但那不过是一个丑恶情形中的一个丑恶的结果，当然两方都羞辱的。当哄骗是公开了，如在一个非法结婚中，那就没有了，那是出乎意料的。你的妻子认为你不该反抗她的幸福，不该为她的新丈夫在她身上报仇，她会证实她是尊重你的。我有这样的妄想，如果我要嫁给人家了，换言之，我如果要娶亲，合法或不合法都一样的，我要给我的妻物色一个情人，如若她没有替自己寻到一个的话。'亲爱的！'我将说，'我爱你，但更希望你尊重我呀。你看！'我是不是呢？"

洛升听了这话，咪咪地笑了，但并不怎样高兴。他像是没有听见呢！他的心给什么别的事情先占据了，恩德利最后也看到了这点。洛升好像很兴奋似的，直搓手。恩德利以后想起这件事，还记得那一切情形呢！

第二章

　　茄里伊夫亚在那样纷乱的脑海中，如何会想到办那没意义的宴席呢，这是很难以让人理解的。拉斯科纳夫为着马耳朵夫下葬给她的二十个卢布，几乎花了十个卢布在酒餐这事。也许茄里伊夫亚以为对于死者的最后的敬念起见，理应"适当地"排场一下，好叫同寓的人，尤其是魏塞尔，可以明白"他在这方面并不比他们坏，也许比他们好得多呢"！而且可叫人不敢"对他努鼻"。主要的原因也许是一种"穷阔"呢，因此许多穷小子把他们辛苦弄来的积蓄，都浪掷在传统的风俗习惯上，无非只为着要"和别人一样"做，不至于"被人轻藐"而已。这当然是有的事：茄里伊夫亚想在这件事情上，在她倒霉听人遗弃时，好对那些"不足挂齿的同寓人"表示她懂得"会做事，会款待客人"？显示她是在"一个高贵的，她也可以说贵族的团长家庭"养大的，而不是刷扫地板，洗涤小孩子的脏衣服的。我想就是最贫穷、最颓丧的人，有时也难免有这种虚傲和虚荣心作祟，而造成一种难以抗拒的神经质的冀望。而且茄里伊夫亚毫不颓丧，环境可以把她逼死，但她绝不肯颓丧，换言之，她不胆怯，她的意志极强的。而且，梭娜刚说她的理智丧失了。她虽不算发疯，但过去一年中，她异常倦了，她的理智当然可以消乏的。后期的肺病大有碍于理智，医生这样对我们说的。

酒是有的，但品种不多，也不见麦地第拉酒，只有啤酒、甘酒、利士酒，质地都是最差的，但备的量倒是足够的。除了当然的饭和蜜糖外，还有三四只盆碟，有一个放着肉饺，都是借魏塞尔的厨房弄的。两只暖锅在煮着，在茶甘酒及饭后用的。茄里伊夫亚在一个同寓人和一个贫穷的波兰人的帮助下亲自采办的——这个可怜的、矮矮的波兰人，不知为何住在魏塞尔家的——他自告奋勇地愿受茄里伊夫亚的差遣，那一天早晨，一整天，两只脚奔走得很勤，好像故意叫人都看见似的。就是一点小事他也跑到茄里伊夫亚那边去的，在市上把她找到了，常常喊她太太的。她似也真的讨厌他，虽她曾说，没有这位"能干的豁达的人"，根本不会做得好。茄里伊夫亚的特点之一，就是她所遇见的每个人她都弄得非常圆到。她的揄扬是十分夸大的，有时会让人受不了，她虚造着各种事情，给她的新结交的人大发荣光，她也非常真实地相信那情形呢。但忽然之间她又改变了，而且仅在几小时前所真正推崇的人，她也会无礼地侮蔑起他了。她生性是喜欢说笑的，伶俐的，温和的，但因为屡次的失败与苦恼，她很热心地希望大家都在和平和欢乐中求生，而不敢去破坏和平，所以哪怕是小小的矛盾和苦恼，都会使她发疯，立刻之间就会由最明白的希望和幻想中，一变为诅咒她的命运，因而发疯，以头撞墙了。

魏塞尔今天忽然受着茄里伊夫亚的特别尊重的招待，而且觉得十分重要，这也许因为魏塞尔那样热心替她帮助之故吧。她忙着布置酒席，弄麻布、盆罐，等等，并在厨房里煮菜，茄里伊夫亚把这些事全托付给她，自己到墓地去。事情都弄得很周全，连桌布也很洁净的，各种盆罐、刀叉、碟子，都是从那些寓客借来的，筵席在规定的时间都已弄得合适了，魏塞尔也觉得自己事情做得还好，便穿着黑绸衣，戴了顶新扎素缎片的帽子，露出高兴的表情，迎接墓地归来的众人。这种高兴虽很正当，但茄里伊夫亚却有几点不满意。"仿佛这次筵席除了魏塞尔一人外别人就不能弄了似的！"她也不赞成那戴新素缎的帽，"她来摆阔吗？这笨蠢的德国人，因她是这住屋的女房东，作为一种善意，应允帮她的穷寓客的忙！作为一种善意！"试想茄里伊夫亚的父亲曾当过团长，而且将要做省长呢，他有时请客一桌酒席可以四十人吃，那时候像魏塞尔的人，都不许走进厨房里去呢！

但，茄里伊夫亚这个不满暂时没有发作，只是冷淡地待她，叫自己高兴，虽她决定要把魏塞尔压制下去，把她放在她的另外处所哩，茄里伊夫亚此外还为这事情恼着，就是在行丧礼时，除了那个波兰人外，同寓的被请者一个也没加入，然而在这餐席上就连其中最穷的最不重要的角色都来了，那可怜的人们，有许多简直不很清醒呢！那些年高望重的人，仿佛约好了似的，都没有参加宴席。例如洛升吧，算是所有寓客中最可尊重的人了，他就没有去，虽然昨晚茄里伊夫亚就已宣示外界——就是魏塞尔、波楞、梭娜和那波兰人——说他是最最慷慨、高贵的人，有财产，有亲朋，他是她的前夫的朋友，她父亲的客人，说他允诺尽他的能力替她计划一笔抚恤金的。茄里伊夫亚所以要称扬人家的亲朋和家产，并没有其他意义，只是为着抬高她所颂扬的人的地位起见而已。"那个不要脸的贱货恩德利！"也许从洛升边"得到启示，不动声色。他自己如何猜想呢？他是由于好意被邀请的，因为他和洛升同居的缘故，又是他的一个朋友，不请他好似要得罪他的。"

在那些不动声色的人中，有"那高贵的妇人和她的花样年华的女儿"，她们在这边才做了两礼拜的寓公，但有几次对茄里伊夫亚房内的喧闹声，尤其当马耳朵夫醉醺醺回家时，不免有点讨厌。茄里伊夫亚听到魏塞尔说了这话，房东太太和前者吵骂，威胁说要不许前者住在她这家，并骂他们毫不值他们所扰乱的那可尊重的寓客们的腿呢。茄里伊夫亚如今决定要请这位妇人和她的女儿，叫他们知道"她在思想和情感上是高贵的，不曾有歹念"！也可以看出她并不是愿意过那种的生活的。她决心要在宴席时给她们知道。那矮胖的营长（他是一个退职的二等中尉）也没有赴席，但他前两天也都在"烂醉如泥"。这次席上的客人是那个波兰人，一个不得志的书记（面孔都是麻子）。套着污秽的上衣，发出令人难闻的气味，他坐在那里一句话也不说），一个耳聋、双眼几乎瞎了的老头子（他曾在邮局里当过差），还有一个不知何时起在魏塞尔家供养着的人。

一个军需部退职的书记也光临了，他虽喝得醉了，怪声笑着，他没穿一件外短袄！此外有一个来客好像没有对茹里伊夫亚打招呼，便径直在桌旁坐了。最后有一个只穿着内衣的人出现了，但已是难得了，魏塞尔和那个波兰人费了许多力气才把他推出了。但那个波兰人还另外带了两个别的波兰人，他们并不是同寓的人，以前也没有人见过他们来过这边。茹里伊夫亚有点烦恼了。"他们到底为谁弄这些东西的呢？"为要腾出地方给来客，但在桌边没有替小孩子们弄着什么。那两个小孩子在远远的屋角的木凳上呆坐着，他们的饭都摆在箱子上，同时波楞因为是大女孩，得照顾他们，喂他们，常把他们的鼻子擦着，好像一个有抚养经验的保姆似的。

真的，茹里伊夫亚是十分的尊敬，并且迎接客人时也有点倨傲，她对许多人特别地严厉注视着，不客气地叫他们入席。她认定魏塞尔一定要对于那些缺席的人有直接的关系，她对她十分淡漠，后者也注意到而且恼怒。如此的一个局面，结果不好是可预料的，末了，大家都入席了。

拉斯科纳夫在她们由墓地回来后才进来。茹里伊夫亚一见他来，特别高兴，第一，因他是一个"受过教育的，而且，大家都知道的，在一两年内就要在大学任教授了"！第二，因为他对于不能参加葬礼十分恭敬地表示歉意。她叫他坐在她的左边（魏塞尔则在她的右边）。她十分忙碌操心，要顾着杯盘转着传得很好，又要大家都尝，不管自己难忍的咳嗽，不时打断自己的说话，这咳嗽好像最近几天内更厉害。她向拉斯科纳夫耳语着，把她所有的不快的情感和她对于酒席弄得不好的愤怒都倾吐了，说话中似乎带着对她的客人，尤其她的房东太太，并不休止地嘲笑。

"这都是那乌鸦弄坏了的！你们明白我是说谁呢？就是她呀！"茄里伊夫亚颔首指着房东太太，"你看她在眨眼呢，她以为我们在说她，又不明白。呸，这枭鸟！哈——哈！（连连咳嗽着）她为什么要戴上那种帽呢？（又连连咳嗽着）你们觉出了吗，她以为是垂爱于我，她到这边来是替我增荣光？我托她像一个能干妇人般地去邀客，尤其是那些我的先夫的朋友，但你看她请来的都是这些蠢物！清道的！你看那个麻子吧？还有那许多不中用的波兰人，哈——哈——哈！（又连连咳着）他们一个也没有到过这边，我也从未瞧见过他们。他们到这边来有什么事？他们一排坐的那边。喂！先生！"她突然向一人喊着，"肉饺你用过没有？再请用一点！啤酒如何！你不要麦酒吗？你看，他急着了，弯腰了，他们饿得很呢，可怜的家伙。随他们狼吞吧！不论怎样，他们不会吵闹，但我真替我们房东太太的银匙羹担心……魏塞尔！"她突然大声地对她说，"假使你的银匙羹不见了，我可不管的，我先通知你！哈——哈——哈！"她笑着，又转脸对拉斯科纳夫，又向房东太太点头，毫无忌惮地戏侮着，"她不懂，她真不懂，你看她张着嘴坐在那里！枭鸟，真真是枭鸟！拖着素缎条的枭鸟，哈——哈——哈！"

她的大笑又成为一阵难过的咳嗽的发作，约咳了五分钟光景。额角上渗出汗了，手巾染上了血了。她悄悄地把血拿给拉斯科纳夫看，当她才能呼吸时，又很开心地向他耳语着，面部堆起了气力衰败的晕赤。

"你明白吧，我教她用最高尚的辞令去请那位妇人和她的女儿，你知道我说的是谁呀。这是该十分雅静精明的，但她把事情弄成如此，那个东西，那个自负的臭妇，那个外省的自负的人，不过因她是一个县长的寡妇，为了弄得一笔抚恤金，在公署里磨坏了她的裙裾，她是五十岁

368

上下的人了，但满脸还涂着粉——大家全知道……这样的人自己还以为不配到这边来，并且连邀请的回音也没有，她懂得最平常的礼节吗！洛升呢，我不知他为什么不来。但梭娜在哪边？她到哪儿去了呢？唉，她是来了，什么事呢，梭娜你到哪儿去了？这真怪了，连对于你父亲的丧事你也如此地不准时到来。洛地亚，你让点位置，让她在你身旁坐好了。你坐那边吧，梭娜……你喜欢吃什么随你便吧。冻菜蘸果酱，是很好的。他们就要把肉饺送来了。他们有没有给孩子们呢？波楞，你都有了吗？（又咳着嗽）是啦。要做个好女孩，里达，可里不要像一个小绅士般地摇足呀！你说什么，梭娜？"

梭娜立刻对她说及洛升的抱歉的话，她放开了喉咙大声说着，好叫人都听见，她仔细地挑出恭维洛升的话语。她续说着洛升故意为此告诉她，要她来传述，他一旦有空的时候，他立刻会来和她讨论那事情，怎样帮助她等等，以及将来怎么办。

梭娜很明白这可以使茄里伊夫亚称心的，投合了她，而且满足了她的骄矜。她在拉斯科纳夫旁边坐下，并对他匆匆地行了一个礼，眼睛斜看着他。但她又好像要避免看他以及同他讲话。她好像神魂无主般的，虽她只是看着茄里伊夫亚，讨她的高兴。她和茄里伊夫亚两人都没有素服穿：梭娜穿的是深褐色的衣，茄里伊夫亚是穿着一套杂色条纹布衣，只是这套了。

洛升那边带来的消息，茄里伊夫亚很庄严地听着。她同样庄严地问洛升的近况，又立刻高声地向拉斯科纳夫嗫嚅着，像洛升对于她家庭的情谊和他与她父亲的友情，她要显出"特别的嘉宾"中，像一个有他那种地位与身价的人倒是很难得的。

"因此我非常感激你呀！洛地亚，你就是在如此遭遇中，也不嫌弃我的招待。"她高声地续说着，"但我相信，这是你对我的可怜的男人的特殊友谊，使你光临赴约的。"

她于是又露着骄傲与严肃的神情去观察其他的客人，忽然高声对桌子那边问着那个耳聋的人："他不再吃些肉吗？有没有给他酒喝呢？"那老头子不答什么，他老是不懂人家问他的话，虽然他旁边的人扯弄他，和他开玩笑。他只是张着口向四下望着，这给了大众一点谈笑。

"这样一个儒翁！你看，怎么把他弄进来？至于洛升，我对他十分信仰的。"茹里伊夫亚续说着，"当然，他不像……"她露出异常威严的面色，向魏塞尔那样尖利地高声讲话，把魏塞尔弄得胆怯了，"像你这样打扮着的拖曳着的妇人们，我父亲也不许她们到厨房去做女厨子的，我的已故男人如果好意叫她们，算是赏脸给她们了。"

"是的，他好喝酒，他好喝，他是真喝的！"军需部书记喝下第二杯麦酒时喊着。

"我的已故男人确有这种坏处，大家都知道的。"茹里伊夫亚当即面向着他，"但他是一个和善而可尊的人，他爱惜自己的家庭。他的天性好相信各种卑陋的人，这是他的坏处，而且他和那些不三不四的家伙一同饮酒。你信吗，洛地亚，他们在他衣袋内寻到一块糖辣饼，他喝得烂醉如泥了，但他没有忘怀孩子！"

"饼？你是说饼吗？"军需部书记嚷着。

茹里伊夫亚没有答一句。她只是叹了一口气，又想起了什么。

"你当然和人家一样，以为我对他太厉害了！"她对拉斯科纳夫续说着，"不是的，他尊重我，他十分尊重我！他是个心肠柔和的人！我有时是很替他可怜的呵！他坐在房子的角落里坐着看我，我常是替他可怜，我常想要好好地待他，但我又想着：'好好待他，他不是要喝酒了。'唯有厉害的方法才能把他约制住呢！"

"是的，他时常弄得披头散发！"军需部书记又喝下一杯麦酒嚷着。

"有些家伙还用棍子给他一顿打，拖他的头发呢。我如今也不必去说我已故的男人！"茹里伊夫亚骂着他。

她两颊的红色更加明显了，她的胸部一翕一张。再过一些时她像要大吵一顿似的。客人唊唊地笑着，异常高兴了。他们指戳着军需部书记，并对他咕噜些什么话。他们是在尽力怂恿他。

"我问你是暗指谁说的！"那书记说着，"这是说，你方才……说的是……谁的……谁……但我不去管！那是胡说！寡妇，我宽恕你……过去了吧！"

他又喝了一杯酒。

拉斯科纳夫不响地坐着，不高兴地听着。他只是把茄里伊夫亚给他夹在碟上的食物略吃一点，这也是客气，免得伤她的面子。他专心看着梭娜。但梭娜也愈焦躁且不安了，她早明白这次宴席是不会好好结束的，她恐怖地瞧着茄里伊夫亚的越来越大的恼怒。她明白她——梭娜——是那"高尚的"妇人小姐们侮蔑地对待茄里伊夫亚的邀请之主因。她听魏塞尔对她说，说那母亲对于这次请客十分恼了，并问着这样的话："她怎么可以让她的女儿在那个年轻人的旁边坐着呢？"梭娜以为茄里伊夫亚已听见这话了，对于梭娜的侮辱，在她后母看来，比对她自己，她自己的孩子，或她的父亲的侮辱还难过。梭娜知道茄里伊夫亚此刻是不会满意的："除非她愿给那些拖曳的妇人们看，她们都是……"有一个人在桌子那边递给梭娜一个碟子，其中放着割成的一箭穿过两个中心的黑面包，事情就更坏了。茄里伊夫亚脸上堆积起怒云，立即高声向桌子那边骂给碟子的人是"一头笨驴"！

魏塞尔早觉出情势有些不妙，同时又被茄里伊夫亚的傲态所伤，为要使客人高兴并增加他们对她的重视，她就不觉讲述她的一个熟人，"药店中的克尔"的故事，说他一夜坐着马车，并说："车夫要杀他，克尔哀求他不要杀，哭着，紧环着手，惊惧，因为害怕而把他的心都吓碎了。"茄里伊夫亚虽然也微笑着，但她又斥说魏塞尔不该用俄国话讲稗事，后者生气了，她反驳说她的"柏林父亲是一个十分重要的人物，老是手塞进衣袋中而走路。"茄里伊夫亚不禁哈哈大笑起来，以致魏塞尔也失去了忍耐，不能自已了。

"听这枭鸟怪叫吧！"茄里伊夫亚低声说着，她又恢复了高兴，"她是想说他常放他的手在衣袋里，但她却说他把他的手放在人家的衣袋中。（咳着）你留心这了吗，洛地亚？彼得堡的这些外国人，尤其是德国人，都比我们蠢得多了！你想我们任何人都会讲'药店中的克尔'怎样因为害怕，而把心都吓碎了！而且那痴汉不去责罚那车夫，却'紧环着手，哭着，哀求'。唉，笨货！她自己还以为十分动听哩，毫不猜疑她是怎样蠢呢！依我看，那个醉了的军需部书记比她高明多了，不论何人总会看出他因喝酒而把脑子弄昏了，但这些外国人老是如此很正经的，规规矩矩……你看她怎样坐着瞪着眼睛！她发脾气了，哈哈！"

茹里伊夫亚又高兴了，又去对拉斯科纳夫说话，说她弄到抚恤金时，她预备在她的故乡 T 城替绅士们的女儿创设一个学校。这是她第一次对他说这个意见，而且她叙述着那顶动人的细节呢。这事突然出现在面前，茹里伊夫亚手中执住那张名誉证书，就是马耳朵夫在酒店里对拉斯科纳夫讲的，那时他对他说，说他的妻子茹里伊夫亚在离开学校时，在行政人员和其他名人面前跳着围巾舞。此刻这张名誉证书，很明白是证明茹里伊夫亚大有创设一个寄宿学校的能力，但她也用这作为自己的战具，为的要打倒"那两个藐视人的拖曳的妇人"，假使她们也来吃酒的话，无疑的可证明茹里伊夫亚是最高贵一流，"甚至可说是高贵的家庭，是一个将军的女儿，比最近有些很出风头的冒险家高尚得多了"。这名誉证书立即递到那些醉了的宾客手中，茹里伊夫亚乐得给大家看看，因为那上边很明晰地写着，她的父亲是少校的衔头，而且是一个有爵位的人，所以她真正可说是上校的小姐了。

茹里伊夫亚极其兴奋了，此刻就详说她们将在 T 城过太平快乐的生活，说她正要请替她寄宿学校里教书的先生们，有一个最可敬的法国老人，叫梅格，他以前曾教过茹里伊夫亚，如今仍在 T 城住，当然要依着适合的待遇，请他在她的学校里教书了，并说到梭娜也要和她一同到 T 城去，替她帮忙着一切的计划。在桌子那边的客人对这话发出纵声的狂笑。

茄里伊夫亚极力显出不屑留意那事的样子，她提高她的声音，说梭娜当然有能力帮她忙，并说"她温厚，耐心，诚恳，大方，并受过良好的教育"。她轻摩着梭娜的面孔，亲热地吻着她两次。梭娜脸上绯红，茄里伊夫亚这时突然流下泪了，立刻讲她自己"害着神经病而且呆痴，神魂昏乱了，这是终席的时候了，而且酒席要散，应该是用茶的时候了"。

这时，魏塞尔很怪自己没加入谈话，没人听她讲话，她最后做了一度的努力，带着疑惧的神色，大胆地说出一种很峭刻的重要的话："在未来的寄宿学校里她得十分注重浣衣功课，而且务须得有一个优良的女先生照顾衬衣，其他就是年轻姑娘们不许在晚上看小说了。"

茄里伊夫亚真的昏乱了，十分疲乏了，对这筵席也异常的厌烦了，她立即打断魏塞尔的话，说着："她对于这事毫不明白，乱讲胡说，照顾浣衣是娘姨的事情，绝不是高级寄宿学校的女校长的任务，至于看小说嘛，那完全是无理取闹，请她不要多开口好。"魏塞尔恼羞成怒了，说她完全"对她是好意"，说她对她的提示十分欢喜，还说，她"很长时间没付房钱了。"

茄里伊夫亚立即驳斥她说，说她是好意，不过是信口胡说，因在昨天她死了的丈夫在床上躺着时，她还以房子的事情搅扰她。对于这些话，魏塞尔说得极恰当，说她去邀请那些太太小姐，但"那太太小姐们不来，因为那太太小姐们是真的太太小姐们，绝不肯到一个假的太太家中来了"。茄里伊夫亚立即斥她说，她是一个卑鄙女人，她自己不能弄清什么是真正的一个太太。魏塞尔当即说着她的"柏林父亲是一个极其重要的人，两只手放在衣袋里跑路，老是说着啐啐"，她在桌旁站起来，扮着她的父亲，把手放进衣袋里，脸面鼓起，在那些寓客的大笑声中发出模糊的像"啐啐"的声音，那些寓客特地怂恿魏塞尔，希望她们吵一次架。

但这让茄里伊夫亚太难堪，她大声说着，好叫寓客全听见，说魏塞尔也许都没一个父亲，不过是一个酗酒的彼得堡的芬兰人，无疑曾做过庖丁的，也许比庖丁还差。魏塞尔脸红得像一只龙虾，大叫说茄里伊夫亚也许一生就没有一个父亲，不过她有一个柏林父亲，他套着长短褂，老是发出——唪唪的声音！

茄里伊夫亚轻视地说着，大家都明白她的家庭是如何的，在那张名誉证书上就看着她的父亲是一位上士，可是魏塞尔的父亲呢——假使她真有父亲——也许就是什么芬兰送牛奶的，或者她从不曾有过父亲，因她的名字是魏塞尔，还是魏塞卢，至今仍未弄清楚呢。

这时魏塞尔羞怒极了，以手打着桌子，咆哮着说她是魏塞尔，并不是魏塞卢，她的父亲"名叫约翰，是一个区长，茄里伊夫亚的父亲，则显然不是一个区长呀"！茄里伊夫亚跳起来，以一种严厉而冷静的声音（虽她面色灰白，胸膛跳着）说，如果她再敢把她卑陋的贱父亲和她的爸爸并列地喊出来，她——茄里伊夫亚——务要把她那顶帽抓下来，踏在足底下哩！魏塞尔在房中，尽力跳着嚷着，说她是这住屋的女房东，叫茄里伊夫亚即刻离开这边，她又不觉跑去，把桌上的银羹收了。咆哮吵骂，闹作一团，小孩子们都吓哭了。梭娜跑去拦着茄里伊夫亚，但当魏塞尔说了什么"黄色执照"的话的时候，茄里伊夫亚便一手把梭娜推过去，冲到房东太太面前，施行她的恫吓。

这时，门恰开了，洛升出现在门口了。他站在那里，用严厉的目光扫视着那些客人。茄里伊夫亚即冲向前去。

第三章

"洛升呵!"她喊着,"你要保护我呀……无论如何要保护我呀!好叫这个贱妇看清,她不能如此放肆地对待一个不幸的贵妇呢……有法律在的呀……我会到总督那边去的……她要承担责任的……请您看在我父亲平日对您的厚待,你当保护这些孤儿寡母呀。"

"给我,太太……给我。"洛升推她回去,"我不曾有认识令尊的荣誉呀!(人群中发出笑声)我也没心思来管你和魏塞尔没完没了的吵架……我到这边是为自己的事……我要同你的继女——梭娜——我想是吧——讲句话。请你让我过去吧!"

茹里伊夫亚仍是呆站在原地,仿佛受了雷击似的。她不知洛升怎么会不承认受了她父亲的厚待。虽然这是她自己假造的话,但这时她自己已信以为真了。她被洛升正经的、冷漠的、厉害的、侮蔑的语音惊呆了。他进来时的一切喧闹都渐渐安静下来。这不仅因他是"严肃的正经人"和大家的十分不合,显然他是因有着重要的事情来的,他来这边必有什么其他的原因,看来马上要发生什么事了。站在梭娜旁边的拉斯科纳夫，侧身让他走过去，洛升也没有看他。过一分钟时候，恩德利也在门外了，他站着没有进去，他似乎露着惊讶的而又困惑的神情在听着。

"也许因我的到来，打断你们的谈话了，对不起，因为我有一桩要紧的事情呢！"洛升对那些客人大声说着，"我很愿意看见有客人们在这里。魏塞尔，我要求你以房东太太的资格，留心我对梭娜讲的话，梭娜！"他对那惊吓极了的梭娜说，"在你走了后，我发现放在朋友恩德利先生房内桌上的一张一百卢布的钞票不见了。你如果知道，而且对我们说现在钱在何处，我敢说，且请这些客人见证，这事就和平解决。否则，我将以极严厉的方法制裁了，那么……你不要怪我吧。"

房内这时肃然，鸦雀无声，就是在哭喊着的孩子也静默无声了。梭娜面色惨白地站着看着洛升，一句话也讲不出来。她好像还没弄清到底发生了什么事。

"那么，究竟怎么办呢？"洛升婪狠地看着她问道。

"我怎么知道……我一点也不知道呀！"梭娜最后才慢慢地发出声音来。

"不，你真的不知道吗？"洛升反复问着，又过了几秒钟，"你再想想吧，姑娘！"他严厉地说着，但又像是在劝告她，"仔细想一想，我给你时间思索。请你注意，我如果不是深信不疑，凭我的经验，绝不会无故指控你的。因在证人面前如此冒昧地指控一个人，如若弄错了，我在某种意义上是要负责的，这我很清楚。今晨我有事，换了几张五厘公债票，换得近三千个卢布的款。这账记在我的皮夹内呀，我回家时，就开始数这些钱——恩德利作证——点完两千三百个卢布后，我就把这些钱放在上衣袋的皮夹中。还有五百卢布仍摆在桌上，有三张是一百个卢布一张的。这时你就进来了——当然是我邀请你的——你在的时候，我看你是十分的仓皇，因此有几回正在谈话时，你忽然急着要走。恩德利也可作证的。你，你自己，姑娘，也许会相信我说的话的：我因恩德利先生而请你来，目的是为要和你商量令堂茹里伊夫亚——她的宴会我未能参加——贫困的情形，和怎样替她弄捐款一类的东西，如抽彩这类事情。你感激我，甚至还流泪了。我依实叙述，无非要叫你回想着这事，然后对你说，任何一个细节都会在我的记忆内留着的。当时我在桌上取了一张十块卢布的钞票给你，算是我援助你亲属的第一笔款。恩德利他都看见的。于是我就送到门口——你仍是慌张——于是，只剩下我和恩德利二人，我们又谈了十分多钟——恩德利走了，我回到桌前，钱仍在着，我本想数一数，再把它放还，我早就想这样做的。真叫我稀奇，一张一百卢布的票子忽然不见了。你想想看。我不能怀疑恩德利，我绝不敢疑心他的。我数过的钱也不会错，因你未来时我已把钱数好了，总数是对的。你要承认，我想起你的仓皇和急于要走，以及你有时把手搁在桌上这些事实，并看你的环境和遭遇，和跟你的社会地位有关的习惯，我很惧怕，而且也出乎我的意料，我不能不怀疑！我敢说，反复地说，不管我怎样相信，我觉得我这种指控是很大胆的，但你要明白，我又不能轻易放过的呢。我要说了，太太，你是恩将仇报了！为什么！我为你的贫困的令堂而叫你来，我送给你十块卢布，而你还立刻以这样荒诞的行为对待我，这太说不过去了！你该受番教训了。你想想看吧！如一个诚挚的知己般我要求你——你目前不会再有比我更好的朋友了——这事你怎么办，不然，我是不变初衷的！唔，你说怎么办吧？"

"我什么也没有拿呀！"梭娜恐惧似的低声说着，"你给我的十个卢布，在这边，你拿回去吧。"

梭娜在袋内把手巾抽出，解开了，取出那十个卢布的票子，交还洛升。

"那一百个卢布你不承认拿了吗？"他厉声地斥责着，他也不拿那票子。

梭娜向左右一望。只见大家都以可怕的、严峻的、讥诮的、仇视的眼光射着她。拉斯科纳夫……他背对着墙，交叉着手臂，也在用灼灼的眼睛瞧着她。

"老天呀!"梭娜大声喊了。

"魏塞尔,我们还是报警吧,请你同时叫门房来吧!"洛升低声而温和地说着。

"慈悲的上帝呵!我早就知道她是贼骨头呢!"魏塞尔高举着手臂,喊道。

"你早就知道吗?"洛升连忙根据她的话说,"那么我想你这样猜是有些道理的。我请你,高贵的魏塞尔,请你记住你在许多证人前说出的这句话。"

在四周都有大声谈话的声音。大家都似在喧动。

"什么!"茄里伊夫亚突然觉出事情不妙,大声喊着冲向洛升,"什么呀!你说她偷吗?梭娜吗?唉,卑贱的人,卑贱的人!"

她跑到梭娜面前,用一双瘦削的手臂抱着她,紧紧地抱住她。

"梭娜!你怎么能拿他的十个卢布呢?呆子,拿给我!把那十个卢布给我——这边!"

茄里伊夫亚从梭娜手上把票子拿了折叠了,径直丢向洛升的脸部,打中了眼睛,又掉在地上。魏塞尔立刻把票子拾着。洛升发怒了。

"把这个疯妇拿住!"他嚷着。

其时,除恩德利外,还有好些人在门口站着,其中有那两位太太小姐。

"什么!疯了?我发疯吗?混蛋!"茄里伊夫亚咆哮着,"你自己真是一个混账东西,恶讼师,卑贱之徒!梭娜,梭娜偷他的钱吗!梭娜是贼吗!怎么,她会把她仅存的钱都送给他人的!"茄里伊夫亚突然大笑起来,"你们看到过这样的一个混蛋吗?"她转向那边说,"你也是呀!"她看见女房东了,"你也是呀,你这贪嚼腐肠的家伙,你说她是个贼,你这穿硬布裙的普鲁士母鸡!她一直没有走出这屋一步,她一直从你这个贱货那边来,在我身旁坐着,大家都看见她的。她坐在这边,在洛地亚的旁边。你可搜她的身!她没有离过这边,如果钱是她拿的,一定在她身上的！搜检她，搜检她！如果你搜不到的话，那可对不起，老兄，你需要负责的！那我要到皇帝那边去见的，到我们仁爱的皇帝那边去，伏在他的足下的，就在今天，马上！我是世上的孤苦者！他们会让我进去的！你以为他们不让进去吗？你错了，我得去的！我得去的！你靠着她的慈祥！你就依着那了，但我不是如此服帖，我对你说吧！你做得太过头了。搜检她，搜检她！"

茄里伊夫亚在狂怒中把梭娜推向洛升去。

"我是的，我会负责的……但你且冷静着吧，太太，你自己安静点吧。我知道你不是那样服帖……嗯，嗯，至于那事……"洛升缓说着，"就该当警察面前……但事实上人证已很多了……我准备好了……不过，因为男女的关系……一个男人是很难办到的……但有魏塞尔帮我……不过，这不像做事的模样……该怎么办呢？"

"听你吧！谁愿去搜就搜她好了！"茄里伊夫亚喊着，"梭娜，你把一切的衣袋都解开来！你看呀，看呀，魔鬼，袋是空的，这是她的手巾。这是另外一个袋，看呀！你看清了吗，你看清吗？"

茄里伊夫亚把两个衣袋都解开来——甚至可以说是扯出来。但在右边衣袋有一张纸掉出来了，由空中抛落在洛升的脚下。大家全看见了，有的竟惊叫起来。洛升俯下把纸拾了起来，举到大家都能看见的地方，打开了纸，是一张折叠成八的一百个卢布的钞票。洛升举起那张钞票，传给大家看。

"贼骨头！快给我滚出寓所。警察呢，警察呢！"魏塞尔高喊着，"务须把她们送到西伯利亚去呢！"

四面的呼喊声起了。拉斯科纳夫却黯然不语，只是把眼睛瞪着梭娜，偶尔也瞥视洛升几眼。梭娜呆立着不动，像是一个麻木的人。她一点也没有觉得惊讶。忽然两颊堆起了红云，哇的一声哭了，以手遮着脸。

"不，这不是我！我没有拿过！这事我一点也不知道呀！"她悲伤地痛哭着，她跑到茄里伊夫亚前面，后者紧抱着她，好像要用自己的胸膛来保护她不让任何人来欺负她似的。

"梭娜！梭娜！我不相信这事的呀！你想，我不相信这事的呀！"她喊着，虽这已经是证据确凿的事情。她抱着梭娜，摇撼着像一个婴孩，接连地吻着她的脸，又握住她的两只手，吻着说："说你偷了！他们是怎样地蠢呵！啊！你们是蠢货，蠢货！"她对着满屋的人喊道，"你们不明白，你们不明白她是有怎样的一副心肠，她是怎样一个姑娘！她会拿吗？她是情愿把她的破败衣服卖了，赤着足来帮助你的，如果你用到的话，她就是这样的一种人呀！她有'黄色执照'，她为我的孩子们的饥饿，而出卖她自己的肉体了！唉，我的天，我的天哪！你看见了吗？你看见了吗？这是如何的一顿丧餐啊！慈悲的老天，救助她呀，你们为何都站着看呢？洛地亚，你怎么不替她辩白呢？你也相信这事吗？你们都够不上她的一个小手指呢，你们这班人！上帝呀！你该保护她呀！"

这苦恼的、患肺病的、毫无援助的妇人的哀号，似乎感动了一班听众。那困苦的、瘦削的、害肺病的脸面，那燥涩的、染血的口唇，那嘶哑的喊叫声，那小孩一样的泪珠，那自恃的、呆气的以及绝望的呼救，是如此动人，大家都好像有点感动了，就是洛升自己也立刻感到同情了。

"太太，太太，这桩出乎意料的事，对你名誉没有什么损失的呀！"他诚恳地喊着，"又没有人说你是一个主使者同谋者，尤其当你把她的衣袋翻解出来，证明她是犯法，而显出你事前毫无所知的时候。如果贫困使得梭娜做这勾当的话，我是最会，最会表示宽恕的，但你为何不承认呢，好姑娘！你怕羞耻吗？那是第一次吗？也许你是糊涂了吧？人会自己很清楚这点的……但你怎么能降低自己做出这样的勾当呢？诸位先生！"他对在场的人说着，"诸位先生！我对这种人哀矜，而且怜惜的，无论她对我个人怎样侮辱，此刻对于此事我愿毫不计较，只希望这种耻辱给你做将来的一个教训！"他对梭娜说着，"我不愿深究此事了。算了吧!"

这时洛升偷瞧了拉斯科纳夫一下。他俩的眼光正好相对,拉斯科纳夫眼中冒着火,好像要把他吞下去似的。这时,茄里伊夫亚一句话也没听见。她疯妇似的只是吻着抱着梭娜,小孩子们也去抱梭娜,而且波楞——她虽不很明白发生了什么事——把她哭得红肿的美丽的小脸俯伏着梭娜的肩膀,眼泪零落地颤抖着。

"好不卑鄙啊!"在门口忽然有人大声喊着。

洛升立刻转过来看。

"多么卑鄙呀!"恩德利直瞪着他的脸孔,一再地说着。

洛升不觉吓了一跳——在场的所有人也觉察到了。恩德利走进房了。

"你要让我作证吗?"他走到洛升面前说着。

"你说的什么意思?你说什么?"洛升问着。

"我的意思是说你……是一个破坏人家名誉的人,就是这样!"恩德利愤慨地答着,一双近视眼灼灼地盯着他。

他十分气恼了。拉斯科纳夫留心地看着他,好像在抓而且推敲每个字似的。又沉默了一下。洛升这下真的弄得瞠目结舌了。

"如果是那个意思……"他讷讷地说着,"你究竟要干什么呢?你疯了吗?"

"我没有疯,但你倒是一个无赖!吓,何等卑鄙呀,我一切全听见了。我故意在外面等着弄清楚这件事,就是此刻我也还要说,这是没有道理的根据的……你究竟为什么这样做,我不明白呀!"

"怎么,我到底做什么了?不要讲哑谜吧!也许你是吃醉了酒了!"

"也许你是一个醉徒,卑鄙者,我从来都不喝酒,因为这与我信念相违背。你们相信吗,他,他自己,亲手将那一百卢布的票子递给梭娜的——我亲眼看见的,我是见证,我会发咒!这事他自己做的,他!"恩德利对在场的客人一再申说着。

"你疯了不是，吮奶的东西？"洛升咆哮着，"她亲在你面前的——她亲口说我只给她十个卢布。我怎么会给她一百个卢布呢？"

"我亲眼看见的，我亲眼看见的！"恩德利又申说着，"我愿意到法庭上，你要叫我起什么誓都可以，虽说有违我的宗旨，因我亲见你怎样把那张钱悄悄放到她衣袋里去的。只有像我这种傻瓜，以为你是出于仁慈这样做的！你在门口对她告别的时候，你用右手拖着她的手臂，左手悄悄把那钞票塞进她的衣袋里。我亲眼看见的，我亲眼看见的！"

洛升面色改变了。

"好一个证言！"洛升觍颜地喊着，"怎么，你站在窗口那边，怎么看得清钞票呢！你是近视眼啊！你说疯话呢！"

"不，我绝不是胡说的。我虽站得远一点，但我什么都看见了。从窗口那边去辨别钞票虽很困难的——真的——但我确实知道那是一张一百卢布的钞票，因为你要给梭娜十个卢布的时候，你就顺便在桌上拿了一张一百卢布的钞票，我看见的，因那时我站得较近，我亲眼看见你把它拿在手中。你把它叠起来，老是拿在手中。当时我就没有去再想，直到你站起，你把它从你右手移到左手来，将把它弄了时我才想着！我注意着，因为那一个想法触动我，我觉得你想对她表示好感，故意瞒着我呢！你知我是怎样注意你，我亲眼看见你怎样把它塞进她的衣袋去的。我发誓这是我亲眼看见的。"

这时恩德利发着喘气，四周的人们发出喧声，都在表示对这惊奇，但也有的在说话上恫吓着呢。他们全围绕着洛升。这时茄里伊夫亚跑到恩德利面前。

"我看错你了！你是来保护她的！只有你是援助她的！她是一个孤儿，上帝叫你来救她了！"

茄里伊夫亚简直不知自己是在做什么，立刻跪在他的面前了。

"全是胡说！"洛升气恼地叫道，"你的话全是胡说！一个想法触动你，你没想起来，你注意的！——这又怎么呢？我故意私下把那钞票递给她吗？做什么呢？什么目的呢？我和她……有什么利害关系吗？"

"做什么？那只有你自己明白，但我所说的全是事实，不用怀疑的，你这声名狼藉的罪犯呵，我丝毫没有弄错，恰是我感谢你并握着你手的时候，你为什么偷偷地把那钞票塞进她的袋内去呢？我是问你为什么要偷偷地塞？你是为了瞒我吗？因你明白我的宗旨和你不同，知道我不赞同私人的施惠，那未必能把病弄好的。嗯，我想你当着我面前赠给她那样巨款是怕难为情。我又想，也许你又想给她一个奇迹，当她在袋内发现一张一百卢布的钞票时——因我知道有的做好事的人极愿意遮饰他们的善举的——当时又一个想法在我心内产生，以为你为试验她，看她发现那钞票的时候，会不会来感谢你。后来又以为你想不受感谢，甚至如同平常所说，右手不该知道左手所……实际上是有那类事。我这样想了许多可以有的事，遂使我暂时不再想了，但还当你是看出我知道这事是不行的。但另外一个想法又产生了，以为梭娜在没有留意那钞票前，她会把钱遗失的了，因此我才要到这边来，对她说你塞一百个卢布在她的衣袋内。但在路上我先到可别儿太太家去，教她们'实验法泛说'，尤其是要介绍毗里的文章——当然也推荐了滑列的文章——事后我就到这边来，我竟遇见了这样的情形！如果我没有亲眼看见你把那张一百卢布的钞票塞入她的衣袋，我会有这种想法和考虑吗？"

恩德利讲完他的长篇大论时，他极其疲倦了，脸汗涔涔滴下。而且他既不懂他国的语言，甚且连俄语也不能确切地表达自己的意思，因此，在这慷慨陈词之后，更显得疲倦了。但他的辩论竟有一种效力。他这样的热心，这样的坚决说话，大家都觉得入情入理，而相信他的话了。洛升觉得当前情形于他显然是不利了。

"如果你怀着这些愚见，那关我什么事呢？"他嚷着，"那不是铁证呀！你可以胡思乱想的，我对你说吧，你是在撒谎，先生。你撒谎，诽谤，因我不赞同你的自由思想的、无神的社会的主张，你就怀着仇恨，恶意诋毁我了！"

但这个抗议对于洛升丝毫没有用处。四周响起了不满的声音。

"啊，这就是你的护身符了！"恩德利喊着，"那是胡说，去喊警察来，我会发誓的！我真有些遗憾，怎么他胆敢做出这样可耻的行为呢？可怜复可恨的人哪！"

"我可以说明他为什么敢做出这样的行为，如果必须的话，我也会对它发誓的。"拉斯科纳夫以一种肯定的语气最后说着，他直向前走去。

他看上去很是果决，而又从容不迫，从他的外表，就可以看出他的确真的知道这件事情的原因了。

"现在我已经把一切都弄清了！"拉斯科纳夫对着恩德利说着，"这事情一发生，我就怀疑其中必藏有什么卑鄙的鬼蜮伎俩，我所以怀疑那事者，由于我个人知道的一些特殊事实，这我可就要对大家说明的，这些便足以说明一切事了。而你的可靠的证据也更可使我明了此中一切了。我请诸位，诸位听着我。这位先生（他指着洛升）最近和一个年轻姑娘——舍妹多利亚——订了婚。但他一到彼得堡来，便同我吵闹，前天吧，我们初次会面时，我把他逐出房外——有两个见证，可以证明这事。他是个十分狠毒的人……前天我不知道他在这边，在你的屋里住，在我们吵闹那天——前天——他见我给茹里伊夫亚一点钱，为料理去世的朋友马耳朵夫而赠予的。他就写了信给我的母亲，说我把钱送人家了，不是送给茹里伊夫亚的，而是赠给梭娜，并且用各种难听的话说及……梭娜的人格，换言之，就是暗示我对梭娜的态度的怀疑。这一切分明是离间我和我母亲及妹妹呀，对她们暗示我是将母亲所寄给仅有的钱，完全花在卑鄙的事情上。昨晚，在母亲和妹妹面前而当他的面，我说我是把钱给茹里伊夫亚办丧事的，绝非给我不认识的梭娜的。我又续说，他——洛升——的一切德行，尚不值他所诋毁的梭娜的一个小指头。对于他的问话——我是否愿意让梭娜在我妹妹旁坐下吗，我回答着，那天我是这样做的。我母亲和妹妹没有听他的话，他异常恼怒，便渐渐对她们加以无礼的言行。终于大家闹翻了，把他赶到了屋外。这是昨晚上的事情。如今我要请求你十分留意：如果他此刻确能指明梭娜是贼骨头，他就好指给我的母亲和妹妹，说他的怀疑被证实了。而且，为了攻击我，他会说他是为了保护和保全我的妹妹——他的订婚者——的声誉了。实际上，他可以因此离开我们一家，不用说他就可以想和她们重叙旧谊了，因此他可以不讲自己对我个人复仇了，他是有理由猜疑梭娜的，名誉和幸福对我是十分珍贵的。他就为的此事而忙碌呀！我所知道的就是这样。这也是这件事情的全部原因，不可能会再有其他的原因了！"

拉斯科纳夫就这样把他的解说讲完了，虽然时常被听众的喊声所扰，但很明显得到受众的注意。他讲得明白、果断、正确、沉稳，他的坚决的口气，他的确切的音调以及庄重的脸色，给听众留下了很深的印象。

"是的，是的，那是的！"恩德利欣然赞叹说，"那当然是的，因为梭娜一到这边时，他就问你是否在这边，在客人之中。他叫我到窗口去，私下偷偷问我。你在这边，这对他是重要的哪！那是的，那是的！"

洛升藐视地笑了笑，没有开口，但已露出仓皇的神色了。他好像在想着怎样解围的方法。也许他愿意不顾一切一走了之，但事实上是不可能的，那便等于承认他的冤诬之罪是确实的了。而且客人已经喝得很兴奋，此刻更是受到鼓动而不会允许的。那个军需部书记虽没有明白一切情形，但他嚷得比人家响亮，并且发出了对洛升憎厌的评论。但也并不是所有人都醉了的，这时各屋里的寓客也都进来了。那三个波兰人尤其兴奋，时时对他嚷骂着："这个先生是一个无赖！"用不清楚的波兰话讥笑着。梭娜全神贯注地谛听着，虽她也好像没有明白一切。她似乎才恢复过神志呢，她只是瞧着拉斯科纳夫，好像她的安全全在他手掌中。茹里伊夫亚艰难地呼吸着，异常疲倦了。魏塞尔如木鸡般地呆立着，张着嘴，不清楚接下来还会发生什么事。她只见洛升无缘无故地被人打倒了。

拉斯科纳夫又想开口，但他们没让他说。大家都围着洛升，发出恫吓和诟骂的喊声。但洛升一点也不怕。他见对梭娜所诬害的罪已经失败，但更盛气凌人了。"离开点，诸位先生，离开点！不要拥挤，让我过去吧！"他在人群中挤了过去说着，"不必恐吓，我对你们说，那是无用的，你们会毫无所得的。恰恰相反，你们用暴力阻碍公理的进行，你们必须要负责的。我现已经把这贼骨头的假面具扯破了，我要依法起诉的。我们的法官不会没有眼睛的，而且……也不像你们这样喝得如此烂醉，他会不信任那两个人所共明的无神论者，煽惑家和自由思想者的证明，两个人是以复仇的目的诬我罪名，这是他们自己承认的……是的，你们让我过去！"

"不要留你的痕迹在我房里！请快走开去吧，我们什么都告一段落了！我想起这两周来我所受的困惑，我那样地解说时！"

"前几天我早说要走了，那时是你勉强留我。现在我只再讲一句，你是一个呆子。我劝告你为着自己的脑袋和近视眼，快去看看医生吧。你们让我过去，诸位先生！"

他要勉强挤过去，但那军需部书记不让他就这样轻易地过去，他从桌边抓起一只玻璃杯，向洛升摔过去，但那杯子落在魏塞尔的身上。她呼号着，那书记颠颠倒倒地立刻倒在桌边了。洛升走到他的房去，半个钟头后就离开这住宅了。梭娜性格本来就懦怯，在以前总以为自己该受人虐待，受人侵害的，但一直到这时，她还以为她只要在人家面前谨慎、和气、服从，也可以避免祸害的。她灰心失望虽到了极点，但她能耐心地忍受着，也没有一点怨愤。可是这回初次受人家的冤枉，她觉得太悲伤了——不管她的胜利。她觉得自己的孤立无援和他人给她的损害，这使她的内心非常痛苦，她突然号哭得极其悲哀，末了，不能再忍受了，她立刻冲出房去，跑回自己家，这差不多就在洛升走后不久。至于在喧笑声中，玻璃杯摔到魏塞尔身上时，这房东太太不能忍受。她立刻咆哮着如同一个泼妇般，直奔到茄里伊夫亚前面，认为一切的事情都是她惹的祸。

"立刻滚出我的屋子！赶快走！"

她一边说着，一边抓起茹里伊夫亚所有的东西，摔在地板上。茹里伊夫亚大惊失色，喘着气，差不多昏了过去，她竭力从床上跳了起来，向魏塞尔冲过去。但她不是敌手，房东太太把她像一根毛发般地推了过去。

"怎么！你可恶的诬栽还不够吗——这个贱东西还来欺负我！怎么！我丈夫下葬的日子你就要把我们撵出去吗？吃了我的丧饭后，便要把我们孤儿寡妇一起赶上街头，我往哪儿去呢？"那苦恼的妇人痛哭着，悲咽着，只是喘着气，"老天呀！"她眼睛闪着光哭道，"难道没有公理吗？你不援助我们这些孤儿寡妇，谁援助呢？我们等着吧！世间总有法律和公理的，我会等到的！你等待着，泼辣的家伙！波楞，你和小弟弟们站在一起，我就回来的。如果你要在街头等，你也等着我。我们去看世间到底有没有公理呀！"

茹里伊夫亚把马耳朵夫曾对拉斯科纳夫讲过的那绿色的包头布围在头上，在那些颠颠倒倒的喝醉的寓客当中挤了过去。她痛哭流涕地跑到街上去——要想立刻到什么地方去寻公理的一个茫然的希望。波楞抱着两个小孩在房角木箱上呆伏着受惊了。魏塞尔在房里翻天覆地地号叫着，哭诉着，当前有什么她就摔什么。同寓者有的在议论着当前的事情，有的自己吵翻了，同时有的唱起歌曲来了……

"现在，我也该走了！"拉斯科纳夫想着，"嗯，梭娜，我们要看你现在还有什么话说呢！"

他直向梭娜住处那面走去了。

第四章

　　拉斯科纳夫自己虽然有着满脸的恐怖和苦衷，但这回却替梭娜做了一个反对洛升极有力的拥护者了。但他早上受了那些屈辱，就在感触的变换时得到一阵安慰，方才的这桩事情且丢在一边，想起就要和梭娜会谈，他又搅扰不安了，他务要对她说是谁杀了威里的。他明白那将带给自己可怕的痛苦，而且他好像也要把那念头赶走。当他离开茹里伊夫亚家时，自语着："嗯，梭娜，我们要看你现在还有什么话要说呢！"他表面上还很高兴，由于战胜洛升得到的胜利，而更精神活跃。但是，当他走到梭娜屋子的时候，他忽觉得有一阵胆怯和恐惧。他在门口又呆站着，自己奇怪地问着，他务要对她说是谁杀了威里的吗？这是个可怪的问语，他在那时觉得非立即要告诉她不可似的。他也不明白为什么的，他只是觉得，在为不可免的事情痛苦地感到自怯时，将把自己毁灭了。为要减少自己的不安和痛苦，他就立刻把门推开了，在门口，他看到梭娜。她支颐呆坐在桌旁，但她一见拉斯科纳夫，便立刻站起身迎他，好像她正在等待着他似的。

"如果没有你，我不知自己会变成什么样了！"她在房中迎接他，立即说着。

很显然，她所等待着的，便是赶紧向他说这话。

拉斯科纳夫走向桌旁，在她刚站起的椅上坐下。她离他两步远站着，和昨天一样的情形。

"嗯，梭娜？"他说着，觉得他的声音在颤抖，"这全是因'你的社会身份和那些有关的习惯'。你现在明白这些话吗？"

她脸上露出痛苦的表情来。

"只是希望不要如你昨天那样对我讲话吧！"她解说着，"请你再不要提及那些话了，我的痛苦已经很多了。"

她立即又微笑着，因她担心他听了自己的这句话而不高兴。

"我真不该离开那边。此刻那边有什么事情呢？我得就回去，但是我总想……你会去的。"

他对她说，魏塞尔把她们撵出住屋，并说茄里伊夫亚已不知到何处去"找公理"了。

"我的上帝呀！"梭娜喊着，"我们快去看看吧……"

她连忙拿起披肩。

"你总是这样！"拉斯科纳夫不乐地喊着，"除开她们，你就没有别的想法了！同我一起待一会儿吧。"

"但……茄里伊夫亚上哪儿去了呢？"

"你可以不必挂念，茄里伊夫亚不会失踪的，她既已跑出了，自然会到你这儿来的！"他急躁地续说着，"如果她在这边找不到你，那就是你的不是了……"

梭娜左右为难地痛苦地坐下了。拉斯科纳夫静默着想，头俯向地板。

"这回洛升不会再控诉你了！"他说着，没有看梭娜，"但他也许在想，如果没有恩德利和我，他就会把你送到法院去呢。"

"是的!"她低声应着,"是的!"她心神不宁地重复说着。

"但我本该早在法院了的。恩德利会替我抱不平,真是出乎意料呢!"

梭娜沉默着。

"你如果坐牢了,那又如何呢?你还记得昨天我说过的话吗?"

她没有答复。他在等着。

"我想你又要喊:'不要提起那事吧,别说了!'"拉斯科纳夫勉强地大笑着,"怎么,你又不说话了?"过了一分钟,他又问,"我们一定要谈点事情,我要知道你怎样解决某个'问题'——同恩德利所讲的那样——我觉得很有趣呢。"他解开了线绪,"不,真的,我是认真的呀。梭娜,你如果事先就知道了洛升的一切目的,也明白了是事实,那目的无非要毁灭茄里伊夫亚和孩子以及你呢——因为你把自己看作不值什么——波楞也如此……因她将走你的同路呢。嗯,如果这一切都要你来解决,是他还是她们该一直过下去,换言之,洛升该活着,继续做歹事,还是茄里伊夫亚该死去呢?你将如何解决呢,我问你,他们谁应该死呢?"

梭娜不安地看着他。在这几句颠三倒四的问话中有一种异样的情景,就好像他们在迂回曲折中讲什么事情。

"我已经想到你会问我这类的问题的!"她说着,反复地看着他。

"我知道你已感觉到了。但这又怎样去解决呢?"

"你为什么去问那不可能发生的事呢?"梭娜有点不乐地说道。

"那么让洛升活下去,去做歹事吧?只这样一个问题你都不会确定吗!"

"但我不会揣测天意呀……你为什么要问不能问的事情呢?这种无聊的问题有什么意思呢?这些事情是我能决定的吗——我又不是法官,怎么可能决定谁死谁不死呢?"

"哦,如果天意夹杂在里面,那将什么都不能做了!"拉斯科纳夫愠怒地嗫嚅着。

"你把要说的话想明白了告诉我吧!"梭娜愤然地喊着,"你又引到别的事情上去了……你是只为着让我苦恼而来的吗?"

她不觉悲伤地哭了。他带着非常的愁苦的表情看着她。这样过了五分钟。

"当然,你说的是,梭娜。"他终于温柔地说着,他突然改变了态度,他佯装的骄矜和无助的刁难的声调消失了,他的声音也忽然低小了,"我昨天对你说,我不是来求恕,可是我所讲的第一桩事就像是求恕……我讲的关于洛升和天意的话,是为我自己的。我是在求恕呀!梭娜……"

他想强笑着,但他的灰色的笑容上有着无力的和勉强的表情。他用手捧着头。

突然萌着一种对梭娜的悲酸的恼恨,一种奇异的叫人吃惊的感触由他的内心驰过。他仰起头看着她,恰碰见她的忐忑的集中的痛苦的眼睛盯着他,那眼中藏着爱情。他的恼恨如梦幻般地毁灭了。那不是实在的爱情,他却把它当作真实的感情了。那意念就是那时候来的。

他又用手捧着脸,低垂着头。忽然他面色灰白了,从椅上跳起看着梭娜,一声不响,无意地在她床边坐下。

此时,他的感触,仿佛他手拿着斧子对着那老媪的时候了,而且他想"他一定不要再失去良机了"。

"你怎么了?"梭娜惊吓着问道。

他没说什么,他一点也没有想这样说,他也不明白这时他遇着什么事了。她轻步走到他的面前,在床边他身旁坐下等着,眼睛只是注视着他。她的心怦怦地跳动着。他的灰白色的面孔对着她。他的嘴唇抽动着,无力地好像要说什么话。梭娜的心中感到一阵剧烈的痛楚。

"你怎么了?"她一再说着,并坐开一些。

"没什么,梭娜,不要害怕呀……那是胡说。如果你想到那个,真的胡说了。"他如同一个不省人事的人一般地支吾着，"我为什么要来折磨你呢？"他突然又补充了一句，看着她，"真的，为什么？我总是问自己这个问题呢，梭娜……"

他在一刻钟前，也许问过他自己那问题，但此刻他无奈地说了，几乎莫名其妙自己所说的话，全身觉得颤抖着。

"你是多么受苦啊！"她可怜地低语着，并注意地看着他。

"那全是胡说……你听呀，梭娜。"他忽又笑了，无神地勉强地微笑了数秒钟，"你还记得我昨天想对你说的话吗？"

梭娜不安地等着。

"我走的时候，我说，也许我们是永久辞别了，但我今天如果来的话，我将对你说是谁……是谁把威里杀了的。"

她全身颤抖了。

"嗯，现在我对你说吧？"

"你昨天确实是那个意思吗？"她难以启口地低语着，"你是怎样知道的？"她立即问着，仿佛已恢复了神志般的。

梭娜的脸色愈加苍白了，她痛苦地呼吸着。

"我知道的。"

她呆了一分钟。

"他们已经找到那个人了吗？"她畏怯地问着。

"还没有。"

"那么你是怎样知道的呢？"她又以极轻的声音问着，如是又停了一分钟。

他转脸对她，极留神地看她。

"你猜吧！"他露出同样的勉强而无力的笑容说着。

她的全身又颤抖着。

"但你……你为什么这样地恐吓我呢？"她微笑地说着，活像一个小孩。

"我当然是他的好朋友……在我知道时!"拉斯科纳夫继续说着,他仍注意着她的脸孔,他仿佛不能看别的,"他……不是要杀那威里……他……无意把她害了……他要在那个老媪独居时杀了老媪的,他就到那边去……可是那时威里恰恰进来了……他随手把她杀了。"

一刹那可怕的时间过去了。他俩仍是互相对视着。

"那!你能猜出来吗?"他突然问着,仿佛跳崖般的。

"不——不……"梭娜低声说着。

"仔细地看吧。"

他一说出这话,那同类的又触着了他的内心。他看着她,忽然好像在她脸上见到威里了。他很清晰地记得威里脸部的神情,当他提斧走近她前面的时候,她向后退到墙壁,伸出了手,露出孩子气的恐怖的脸——当他们为什么所惊吓时,就注意到惊吓他们的东西,向后退缩,并伸出小手要大哭了似的。如今梭娜也就像那个情景。她露出同样的无力和恐怖的目光看他一下,忽然伸出了左臂,孱弱地用手指头叩着心胸,缓缓从床上离开他,眼睛更是直瞪着他。她的恐怖神色,渐渐地也传到他的脸部了。他也死瞪着她,并露出同样的孩子般的笑容。

"你猜到了吗?"他末了低声问。

"老天呀!"她发出一种可怕的号恸。

她不得已地躺在床上,脸倚着枕,但不到一分钟,她又起来了,走到他面前握着他的双手。她的瘦弱的手指紧执着,仍是那样地凝视着他的脸部。在这最后的一瞥中,她竭力详细观察他,竭力握牢最后的希冀。但希望没有了,疑问也没有了,那是十分实在的!以后回想起那一刹那的时候,她觉得奇怪,而且不知怎的她即刻看出没有疑问了。例如她很难讲她早明白那类事——可是如今,他才一对她说,她就忽然觉得她是早就预感这事了。

"好吧,梭娜,已经够了!不要折磨我了!"他悲哀地求她说。

他丝毫没有,一点没有想过要这样对她说,可结果就是这样的!

她跳了起来，好像并不知道自己要做什么，捏持着自己的手臂，走到房中去，但又立即回过来，坐在他身旁，她的肩部差不多碰到他了。突然她吃了一惊，像是着了钉似的，大声地哭，跪在他的前面，她茫然不知为什么要这样。

"你做了什么事了——你自己做了什么事了！"她无望地说着，跳着，围抱着他项颈，紧抱着他。

拉斯科纳夫向后退去，露出惨淡的笑脸朝着她。

"你是一个奇怪的姑娘呢，梭娜——我对你说那件事的时候，而你吻着我，抱着我……你自己也不知道做什么吧。"

"没一个人——普天下恐怕没有像你这样不快乐的人了！"她发狂地喊着，没有听清他说什么，便高声哭了。

一种久违的情绪在他的心上浮动着，他的心立刻软下去了，两粒眼泪蕴藏在他的眼眶中，就要掉下了。

"那你就不离我而去吧，梭娜？"他露出希望的眼光看着她说。

"不，不，不会，无论在何处！"梭娜喊着，"我得跟着你，我得跟着你到天涯海角。唔，上帝！嗯，我是如何苦恼……怎的，为什么我不早遇见你呢！为什么你早不来呢？哦，亲爱的。"

"现在我不是来了吗。"

"是的，现在！现在怎么办呢……一起，一起！"她不觉地反复说着，并又紧紧地拥抱他，"我和你一同到西伯利亚去吧！"

他听了向后退去，那反感的像傲慢的笑容又在他脸上浮现。

"也许我尚不至于到西伯利亚去呀，梭娜！"他说着。

梭娜一眼投过去。

在这苦恼的人表示了初次的、热烈的、困苦的同情后，那可怕的谋杀思想又让她怔呆了。她于他的变换着的声音中好像听到凶手在讲话了。她对着他困惑了起来。他这样做，有什么目的，她自己也莫名其妙。如今这些问题立刻都涌上她的心头，她又好像不能立即相信："他，他是凶手！这是真的吗？"

"怎么回事呀？我在做什么呢？"她十分困惑地说着，像仍未恢复神志似的，"你，你怎么的，像你这样一个人……你怎么会做那事……这是为什么？"

"哦，嗯——谋财害命罢了，梭娜！"他倦极了答着，像很烦恼似的。

梭娜怔慌了似的呆着，但忽然她又喊着：

"你在饿肚子！那……要去养活你母亲吗？不是吗？"

"不，梭娜，不！"他喃喃答着，把脸转过去俯着头，"我不是很饿……我确是想养活我的母亲，但……也不完全是那样……不要再烦我了，梭娜。"

梭娜握住自己的手臂。

"这，这是真的吗？上帝呀，这是怎样的一个真情呀！谁会相信呢？你怎么把你最后的一点钱都给了别人，而又去谋财害命，杀人呢！唉！"她忽然喊着，"你给茹里伊夫亚的那些钱……那……那钱是……"

"不，梭娜！"他立即插说着，"那钱不是的。你放心吧！那钱是我有病时，母亲寄给我的，我给你们钱的那天……钱是我的——我自己的。"

梭娜困惑地竭力想明了地听着。

"那钱……我真不知有没有。"他轻声续说着，仿佛思索似的，"我从她头颈上夺下一只钱袋，是用羊皮缝的……里面放满了物件……但我没有仔细看，因我没有时间哪……那些项链和饰物——第二天早上和钱袋一同藏在 V 街的一个庭院中的大石块下呢。那些东西如今还在那边呢……"

梭娜神经极紧张地听着。

"那么为什么……为什么，你说这是谋财害命，但你为何什么都没拿呢？"她连忙趁隙而入地问着。

"不知道……拿不拿那钱我现在还没决定呢!"他说着,又呆着了,但他又一觉醒了,露出一点讥讽的强笑了, "呵,我讲了什么蠢话了,哈!"

梭娜想他是疯了吗?但不久又把这想法排除了。"不,这也许别有原因吧!"她不解地自语着。

"你知道吗,梭娜!"他忽然露出信任的表情问着,"我对你说:如果我只为饥饿而把她杀了!"他讲得十分响,似真诚而又非真诚地看着她,"那我此刻就高兴了。这你会相信的!如果我认为我做错了,于你有什么关系呢!而对于我的胜利,你又会得到什么益处呢!唉,梭娜,我今天来到你这边就为了这些吗?"

梭娜欲说又止。

"昨天我叫你和我一同离去,是因为你是我所仅有的一切了。"

"到哪儿去呢?"梭娜怯懦地问着。

"不偷盗,不杀人,你不担心吧!"他悲伤地微笑着,"我们是道不同的呀……你明白,梭娜,只是现在,只是这一刹那,我才明白昨天叫你和我一同是到什么地方去!昨天我说时尚不明白什么地方。我为一点事求你,我为一点事到你这边来——不要离开我,你和我一起走吧,梭娜?"

她紧紧握着他的手臂。

"我为什么,为什么要对她说了呢?我为什么要让她知道呢?"他呆了一下,绝望地喊着,露出无限痛苦的情绪看着她,"你在这边等着我给你解释,梭娜,你坐这等着,这我明白了。但我能对你说些什么呢?你会不懂,只是受苦……因为我的关系,嗯,你又恸哭了,又拥抱我。你为什么这样做呢?我负不起这个担子,来推在他人肩膀上,你也受点苦,我就感到舒服了!你会爱这样卑贱的人吗?"

"你不也在受罪吗?"梭娜喊着。

他的心目中又感到同样的情绪,但不久又把心软下了。

"梭娜，我有一个不好的心眼，你要注意呀。由这可以说明什么？因为我不好，所以来这里。他人是不会来的。但我是一个庸人，又是……一个卑贱的人。但……无关紧要！问题不在这里。我现在将告诉你，但又不知从何说起呢！"

他沉思着。

"唉，我们是这样道不同的！"他又喊着，"我们一点也不一样。可是，我为什么要来呢？我将不会恕宥自己。"

"不，不，你来倒是好呢！"梭娜喊着，"我知道了要好得多了！"

他痛苦地看着她。

"如果真是那样，又如何呢？"他说着，好似得到了一个结论似的，"是的，就是那回事！我要做一个拿破仑，就因此把她杀了……你此刻懂了吗？"

"不——不！"梭娜诚恳地怯怯地低声答，"你说吧，说吧，我会懂，我自己内心会懂的！"她央求他说。

"你会懂吗？那好吧！"他稍一停，在思索。

"事情是这样的：有一天我问自己这问题——好比，如果拿破仑恰站在我的地位，如果他没有多弄和埃及，又没有勃径大道去开拓他的事业，而替换着这些美丽的值得回忆的事情，仅有一个可笑的老媪，一个典当主，为了拿走她箱里的钱而把她杀了（为他的事业），如何呢？嗯，如果没有他法，他会叫自己做那种事情吗？他会因为这样的事太不光彩……且有罪，觉得痛苦吗？唔，我要对你说，我对这'问题'自己痛苦极了，因此我又想那不致给她什么痛苦的，那……他也不会有什么事情要想的，如果他没有其他出路，他就会毫不犹豫地把她掐死了！嗯，我也……不再犹豫……把她杀了，仿效他的。就是这样呀！你觉得这好玩吗？真的，梭娜，最好玩的事情也不过这样吧。"

梭娜毫不以为这是可笑呢！

"你还是坦白对我说吧……不必绕弯了！"她十分胆小地像听不清地

央求着。

他脸对着她，悲伤地看着她，握住她的手。

"你说得对，梭娜，当然，那全是胡说，废话！当然我的母亲是没有什么东西的，我妹只因受了一点教育，而被派做苦工，当一个家庭女教师，她们的希望完全在我的身上了。我是个大学生，但我不能继续完成学业，当时被迫离开学校了。在那样，就是十年或十二年，我有可能当上教员或一年能进款一千卢布的书记官。"他申说着，仿佛在上课般的，"可是那时，我母亲却伤心愁虑了，我不能给她舒快的生活，我妹……嗯，我妹当然过得更不好！但要叫人不愿一切事情，忘怀他的母亲，任凭人家侮辱于他的妹妹，这是不可能的事。一个人为何要如此呢？当她们过世后，又添增了他人——妻小——的重担，仍身无分文地生活，最后穷困潦倒而撇下他们不管吗？所以我就要去弄那老媪的钱财，作为我前几年的用途，我可不打扰母亲了，继续自己在大学念书和毕业后短期的生活费——以极大的、通盘的计划去干，将来创成一个十分崭新的事业，去过独立的新生活……嗯……就是这样……嗯，我杀死那老媪，这是我做错了……唔，罢了。"

他勉强把他的话说完了，他的头低垂下去。

"哦，那不是，那不是！"梭娜困惑地喊着，"一个人怎么会……不，这不对，这不对。"

"你自己也认这不对了。我是说的真事实情，确实的！"

"那怎么会是实情呢！上帝呀！"

"我只不过杀了一只虱子，梭娜，一只没用的、可憎的、有害的生物罢了。"

"一个人类——一只虱子！"

"我明知道那并非一只虱子！"他答着，狰狞地看着她，"我只是在胡说，梭娜！"他古怪地看着她，说，"我早就胡说了……那并非，你说得对。这里面还有其他重要的原因呢！我很久没有对谁说话了，梭娜……此刻我的头好痛呀！"

他的眼睛灼灼地烧着，发出兴奋的光彩。他像神志不清似的，一阵勉强的笑现着嘴唇上，从他的兴奋中，可以看出他已经极端疲乏。梭娜看他是怎样难过。她的头也发晕了。他讲得这样奇怪，她好像多少能听懂的，但不过……"究竟怎么了？怎么了？上帝呀！"她失望地捏着自己的手。

"不，梭娜，那不是这样的！"他又仰头开口说着，仿佛一些新的突然的思想激动了他似的，"那不是这样的！不如……想——是的，实在不如——我是自大，忌刻，阴毒，下贱，好记仇，而且……嗯，也许还有些疯癫的呀。我方才对你说我不能继续在大学求学，但你知道我也许可以继续吗？我母亲她能把学费等寄给我，我当然尽购办衣裳、鞋子和食物了。教书每小时能弄到半个卢布了。伦肯还在教呢！但我一狠心，我不想去教——是的，狠心这个词很好——我困守在房里，如同一个蜘蛛。我的蜗居你去过的，你看见了吧……梭娜，低矮的天花板和小小房间，不拘缚灵魂和性情智慧吗？唉，我如何讨厌那阁楼呵！但我们不愿搬家！我有意不搬的！我会好久不出门，我也不愿去做事，甚至吃也随便，我只是困守着，什么也不高兴做。拿泰沙拿什么给我，我就吃什么，她不拿，我就一天不吃也可以。我因为跟自己过不去，也不高兴去要！夜里这边没光，我就在黑暗中看着了，我不愿花钱去买灯烛了。我本是读书的，但我把书卖掉了，我柜子上的抄写簿的灰尘已积有几寸厚了。我喜欢躺着思索。我常在思想……我是在做梦，种种的怪梦，也不用多说了！不过那时我总想……不，那不是的！我又说错了！你想，当时我常常问着自己：我怎么这么蠢呢，别人蠢——我知道他们蠢——我为什么不智慧点呢？我觉得，梭娜，如果要等人家都变智慧点，那耗时太长了……我之后懂得那绝难实现的，人自己不变，谁能使它改变，而且何必多耗力气在那上边。是的，就是这样。这是天经地义的，梭娜……就是这样……现在我知道，梭娜，谁有健康的心神，谁就可以驱使他们。谁有非常的胆力，谁在他们心目中就是对的。最有胆量的人就是最不错的！到此刻还是如此，而且将来也是如此，人如看不到这点，那他不是蠢货就是瞎子了！"

拉斯科纳夫说这话时，虽是看着梭娜，但他已不管她是否明白。狂热已限制住他了，他是在阴惨的世界中了（他早已没有和人谈过话）。梭娜明白，这阴惨的信条将成为他的信仰和法律了。

"那时我才看穿，梭娜！"他滔滔地往下说着，"极力只给那些奴颜屈膝者。唯有一点，只需要一点：人只要冒险！在我一生中首先形成了这个观念，从前人根本没有想过，简直没有一个人！看得如白日般的明晰，怎样可怪没一个在这疯狂世界上有此种胆量去留心这一切，没有人敢把这一切都抛得一干二净！我……我有此种胆力呢……所以把她杀了，我有此种胆力，梭娜！这就是全部的原因了！"

"哦，别说了！"梭娜抓住自己的手臂喊着，"你离开了上帝，上帝会加害你的，把你抛给恶魔呢！"

"梭娜，当我在阴暗中躺着时，想象着这一切的时候，对于我就十分明白了，这难道是恶魔的迷惑不成，是不是？"

"别说了，不要笑，侮慢了高贵的人们！你不懂，你不懂！哦，上帝！他不会懂的！"

"别说了，梭娜！我没有笑呀。我明白的，这是恶魔诱惑我。不要说了，梭娜，不要说了！"他一再说着，并带点固执，"我在阴暗中躺着时，我全明白，这一切我都想过了，这一切自己也低诉了……对我自己切实辩论着，无微不至，这些，我全明白！当时我是怎样仔细考查那一切呀！我当想丢了那个，重新再来，梭娜，我不去想了。你是否看我是像一个呆子似的去做那事呢？我要如一个聪明人做事，但这就是我的毁灭的因素了。难道你以为我不知道呀，如果我问自己：我有无权利获得力量——我实没有此种权利——或者人是不是一只虱子，结果不是如此，一个人虽可无问题地直向目标……如果在那些时日我自寻烦恼，奇怪拿破仑能否会做这事，我觉得我确不是拿破仑。我该容忍那些思想交战的痛苦，梭娜，我渴欲把那痛苦甩掉，我想只为着自己，不管好歹地把她杀了，我对自己也都不想撒谎呢。此种暗杀，也并非为要关注我母亲——那是胡说——也并非为了要得到金钱和势力，成为人类的一个恩人才去谋杀。胡说！我是为了自己去干了，也许我成为他人的恩人，也许我像一只蜘蛛，人们都给我收在网里，吸取人们的心血，以过我的生活，当时我什么也不去想了……当我干那事时，梭娜，我不是为了钱，是为了别的呀……现在我全明白了……你要了解我！也许我不会再犯谋杀罪呢。我想查究出别的事情，是其他事情诱惑我向前去的。当时，我想立刻查明，我是一只虱子，和别人一样，还是一个人？我可否跨过障碍，我能否屈膝，我是否是一个颤抖的生物，我有无权利……"

"去杀人吗？你有权砍人吗？"梭娜执住手说。

"唉，梭娜！"他烦躁地喊着，好像要辩驳似的，但仍是藐视地静着，"不要打断我的话，梭娜，我只想证明一事，那时是恶魔诱我向前去，是他指引我，说我不能走通那路，因我恰是这样的一只虱子，和其他的人们一样。他嘲侮我，所以我就到你这边来了！欢迎你的嘉宾吧！我如果不是一只虱子，我能到这来吗？你听呀：我到那老妪家去的时候，我不过想尝试一下……这你会信的！"

"你把她杀死了！"

"但我怎样把她杀了呢？他们杀人就是那个样吗？都像我这样去吗？那一天我将对你说我是怎样去的！我杀了那老妪吗？我只是杀了自己而不是她呀！我一下子就永久地把自己毁灭了……但杀老妪的是恶魔，而不是我。罢了，罢了，梭娜，罢了！随我去吧！"他在痛苦的抽搐中大喊，"随我去吧！"

他手搁在膝盖上，两手紧抱着头。

"我是多么痛苦呀！"梭娜放声恸哭了。

"唔，我现在该怎样做呢？"他问着，忽然仰起头看着她，露出绝望而尴尬的表情。

"你怎样做吗?"她跳起来喊着,她的满含泪水的眼睛突然睁大了。"你站起来!"她握住他的肩部,他站起,昏沉沉地看着她。"此刻快去,站在大街上吻着你所踏污的泥地,再对着世人大声宣说:'我是凶手!'那么上帝将会给你新生了。你去不去呢?你去不去呢?"她全身颤抖地问他,紧握住他的两只手,充满热情地注视着他。

她的突然的眷爱,使他吃惊了。

"你是否说到西伯利亚,梭娜?我得到公安局去自首吗?"他惨然地问着。

"以受苦去赎你的罪吧,这是你该做的。"

"不,我不到他们那边去,梭娜!"

"但你怎么过下去呢?你靠什么活下去呢?"梭娜喊着,"现在怎么可能呢?怎的,你怎样对你母亲说话呢?现在她们会变成怎样了!但我在说什么呀?你已抛弃了你的母亲和妹妹。他已把她们抛弃了!上帝啊!"她喊着,"怎么,他自己全明白这些。他,他靠什么生活下去呢!你现在该怎么办哪?"

"不要像一个小孩似的,梭娜!"他轻轻说着,"我对他们做什么坏事了?我何故要到他们那边?我对他们说什么呢!那不过是一个幻想⋯⋯他们自己努力毁灭人,卑鄙视之为德行。他们是地痞无赖呀,梭娜!我不去他们那边!我对他们怎么说呢——说我杀她的,没拿钱,把它放在石块底下是不是?"他露出悲伤的微笑继续说着,"是的,我没拿钱,他们会笑我,说我是笨货呢。庸人,呆子!他们不会懂,他们也不可能懂呀。我何故要到他们那边去呢?我不。不要像一个小孩似的,梭娜⋯⋯"

"那你将难忍受极了呢!"她一再说着,在失望的恳求中伸出手臂了。

"也许我对自己太苛刻了!"他悲伤地说着,想着,"到底我是一个人，不是一只虱子呀，我自卑得太过分了，我该为这事而再奋斗哩。"

一阵得意的微笑浮现在他的嘴唇上。

"你的整个生活中，将负着怎样的重担啊！"

"我会习惯的。"他深思熟虑地说着，"你听！"他呆一下又说，"不要哭喊了，谈话吧，我对你说，侦探已在监视我并追寻我的踪迹了呢……"

"啊！"梭娜恐惧地喊着。

"嗯，你为什么要喊叫？你要我到西伯利亚去，如今你已害怕了！但我对你说，我不去对警察自首呢。我要再奋斗着呀。他们没有确实的凭据，奈何不了我的。昨天我是在极危险中，我以为要坏事了，但今天事情又变好了。他们所知道的事情都可以有双方的解说，换言之，我可因他的控告而增加我的荣誉，你懂吗？我学过这门功课。我会如此做的，但他们一定捉捕我的。如无别的缘故，他们必在今天要办的。也许此刻他们就要逮捕我……但那没关系，梭娜，他们会让我出来的……因无确实证据呀，而且永远不会有的，我可以这样说的。他们绝不能如此妄自加罪的，罢了……我只是对你说，你明白就好……我也要设法对母亲和妹妹一说，叫她们不要惊吓……但，此刻，我相信，我妹的前途已有保障了……我母亲也会安稳的……嗯，就是如此。不过认真点啊。我到牢狱时，你会来探视我吗？"

"哦，我会的，我会的。"

他俩悲哀忧愁地并坐着，仿佛孤零零的被狂风巨浪卷到荒凉凄惨的海岛上去似的。他看着梭娜，觉得她对他抱着极大的爱情，但他又以为这样被爱是多么沉重而且痛苦呢。是的，这是一种奇异的感觉！他在去看梭娜的路上，他把所有的一切全寄托在她身上，他想她至少可以分担他一部分的痛苦，可是此刻她一心倾向他时，他又觉得他比以前更加苦恼了。

"梭娜！"他说着，"我在牢狱里的时候，你最好还是不要来看我！"

梭娜没答，只是哭着。如此过去了好久。

"你身边有一个十字架吧?"她问着，仿佛忽然想起了这似的。

他开始不懂她的话。

"没有，绝没有吧? 这边，把这个拿去吧，松木做的。我尚有一个铜的，是威里的。我和威里交换的：她的十字架送给我，我的圣像给她。此刻我要挂威里的，这个给你好了。拿去吧! 是我的! 这是我的!"她恳求他说，"我们将一同去受苦难，我们要一同挂着我的十字架啊!"

"送给我好了!"拉斯科纳夫说着。

他不愿刺伤她的心。但他立刻又把伸去接十字架的手抽回。

"不必就在现在，梭娜，等迟点吧!"他安慰着她。

"是的，是的，迟点也好!"她确信地复说着，"在你去罹受灾苦的时候，再挂吧。你到我这边来，我替你挂上，我们祈祷着，一同走呀。"

这时有人在叩门，已敲了三回了。

"梭娜，我可走进吗?"似乎是极熟悉、极温和的声音。

梭娜跑到门口一呆，在门口露出一个淡黄色的头，原来就是恩德利先生!

第五章

看恩德利的情景，很匆乱呢！

"我来你这边了，梭娜！"他一到即说着，"原谅我……我想我会找到你的！"他忽然又对拉斯科纳夫说道，"我没有什么别的意思……那种的……但我不过想到，茄里伊夫亚疯了呢！"他又把脸转向梭娜脱口而出了。

梭娜号哭着。

"好像是这样。但……我们都不知道该怎么办好，你看！她回来了——好像被赶出来的，也许还被打了呢……大约是如此……她跑到你父亲的上司那儿，他又不在家。他在其他一位官长那边用饭……稍想一想，她往那边去，其他一位官长那边去，试想，她那样坚持着，她竟叫那位上司接见她，好像把他从筵席上叫出来的，你想会怎么着。当然，她被逐出门外了，但，照她说，她会大骂他，而且用什么东西摔他呢。也许可相信的……她怎的没被拘起来，我不懂！此刻她在对人说，魏塞尔也是的，但很难听懂她，她在号哭，撞骂……是的，她喊着，大家既已摈弃她了，她会率领小孩子，拉着手风琴到街上，小孩子口唱手舞，她也跟着唱歌跳舞，可以弄到钱，每天都在那位官长的窗下面……"好叫大家明白出身贵阀的小孩子们——父亲是做过官的——在街头讨饭。"她动不动就打小孩们，他们哭得很。她教里达唱《我的村庄》，教波楞舞蹈。她把衣裳扯了，替他们做成小帽子，如同演员一样，她想拿一只铜盆敲着，当作锣鼓……她什么话也不听……你看那情景！简直闹得不像样了！"

恩德利说到这儿，只见梭娜听得气喘汗流，并急忙拿了她的外衣和便帽套上，便跑出房去。拉斯科纳夫跟在后面，恩德利也只得随他后面去了。

"她真的是疯癫了！"他对拉斯科纳夫喊着，其时他们已走到街上了，"我本不想叫梭娜受到惊吓的，所以我说'好像是这样'，但那不用怀疑，大家都说，害肺病的，肺结核常要跑到脑中，只恨我不懂医学！我竭力劝解她，她一点不听！"

"你对她说起肺结核吗？"

"不会。就是说她也不懂的！但我要说的是，如果你合乎逻辑地劝说她，告诉她其实没有什么可哭之处，那她就会止住不哭喊了。这是很清楚的。你相信她不会停止吗？"

"要是那样，那人生未免太容易了！"拉斯科纳夫答着。

"对不起，原谅我，当然这于茄里伊夫亚是难以理解的，但你应该知道，在巴黎他们还在进行依着合乎逻辑的劝说，可否医治疯癫这事情。那边有一位教授，有声誉、有专门知识的人，最近才去世，他认为可以医治的。大意是说：疯者在身体上并无真实的病，疯癫只是一种逻辑上的错乱，判断上的矛盾，对于事物观察不正确的看法。他对疯人指出他的错误之处，你信吗？大家说是成功的！他同时也应用淋浴疗法，能够成功必多靠着这种疗法，也难说哩。大约是这样吧！"

拉斯科纳夫早已听而不闻了。一到他的寓宅，他便对恩德利点着

头，由门口进去了。恩德利这才明白过来，向四周一瞧，立即向前
跑去。

拉斯科纳夫走进了自己的小房，站在房中发着呆。他何故回家来
呢！他看看那黄色的破败的纸，看看那尘垢，看看沙发……从庭院中传
进一种不住的敲打声音，好像有人在用槌敲着……他跑到窗口，踮起
脚，全神贯注地向庭院内望去。但庭院是冷静的，不见有人在槌敲。只
看见左边房屋上有几个开着的窗户，窗槛上摆着数盆憔悴的风味草。内
衣挂在窗外……这些他都太熟悉了。他又回到沙发上坐下来。

他从未感到自己有如此的孤独。

是的，他又觉得他要恼恨梭娜的，此刻他使她更困苦了。

"他何故要到她那儿去乞求她的泪珠呢？他何必要去摇撼她的生活
呢？哦，这事太卑鄙了！"

"我还是孤单单一个人吧！"他坚决地说着，"她不会到牢狱来的！"

过了约五分钟，这样仰起头来，露出一点奇怪的笑容。这是一个怪
异的念头。

"也许到西伯利亚去服苦役真的是好呢！"他突然想着。

他坐在那边，兀自想着渺茫的想法，过了好久。忽然间房门开了，
多利亚进来了。开始时她呆立在门口望着他，正像他在梭娜边一个模
样；好久她才进去，在她昨天坐过的地方坐下了，脸孔对着他。他漠然
地看着她，没发一声。

"不要生气，哥哥。我只待一会儿！"多利亚说着。

她的脸孔像是深思的，但不很严峻。她的眼睛莹滑中带点温柔。他
看得出来她到他这边来，也无非是为着爱他的缘故。

"哥哥，此刻，一切我全明白了。伦肯把整个事情都对我讲了，他
们因为一种无意识的可耻的疑惑，烦扰你，困扰你……伦肯对我说，没
有任何危险，你那样郑重其事的恐惧是多余的。我倒不这么想，我完全
理解你是怎样的愤怒，那愤怒对你将产生一种永远的影响，这是我所担

心的。至于你疏远我们，我不说什么，我也不敢说你，对不起，因我曾经那样责备你。我想，如果我也碰见这样的一个灾难，我也得脱离尘寰的。这事情我什么也不会对母亲说，但我仍常谈到你，而且说你不久就会来的。不要她烦恼，我会安慰她的，但你千万不要再折磨她了——无论如何要来一次，记住，她是你的母亲。如今我来也无非是为此。"多利亚站起了，"如果你需要我的整个生命或……别的什么……只要你说一声，我就会来的。再见！"

她就转身朝门口走去。

"多利亚！"拉斯科纳夫走去叫住她，"那位伦肯倒是很好的朋友。"

多利亚脸孔红红的"唔"了一声。

"他是适合的，很努力的，诚恳的，而且有真爱情……再会，多利亚。"

多利亚脸孔更红了，她有点惊讶。

"但这究竟是什么用意，哥哥？你真的要永别了吗，所以你……所以给我这个分别的遗言吗？"

"不要多心……再会吧！"

他向窗口走去了。她呆看他一会儿，伤心地出去了。

不，其实他对她并不是淡漠呀！有瞬息的时间（最后的瞬息），他极想把她搂在怀中，对她告别，并告诉她，但此刻他连她的手也不敢去触一下呢。

"过后她想着我抱她的时候，她会颤抖的，并且将以为我是偷吻她哩！"

"她能忍受得了吗？"他自己问着，"不，她不能，像这种姑娘，不能忍受事情的！她们绝对不能的。"

他又想着梭娜。

一股清新的空气由窗外吹进来，太阳正在落下。他抓起帽子就出门了。

当然，他绝不会承认自己是有病之躯，但这些精神上的不断的烦恼和忧愁，不免有碍他的身体。他在极厉害的热病中而不躺倒床上，也许正因为此种不断的心灵的挣扎使他站住，使他的精力不败。但这种不正常的兴奋极难维持久远的。

他徘徊着。太阳已全落下去了。最近一种不可思议的苦恼渐渐压迫他。那倒不很艰涩，不很尖厉，但却是一种永恒的、永世的感觉，叫他先体味着这绝望日子的冷酷而阴沉的惨苦，预感到他将永远站在"五步内的空地"。夜色深沉的时候，那种感觉渐渐沉重地压迫着他。

"因此种痴呆的、完全身体上的孱弱，再加上黄昏时的惨淡景色，人就要干出一种蠢事了！你要到多利亚那边去，正同到梭娜那边去一个情形。"他悲苦地自语着。

他觉得有人在唤他的名字。他回头一看，原来恩德利向他这边跑来。

"你想，我竟到你屋内找你了。你想，她已进行她的计划，把小孩带走了。梭娜和我找遍才找到他们。她自己擎着一个瓦罐，叫小孩们舞蹈。他们在哭哩。他们时常地站在交叉路口和店门口，一群看热闹的人也跟着他们跑。这边来哪！"

"梭娜呢?"拉斯科纳夫急躁地问着，立刻匆忙地和恩德利走去。

"完全发疯了。不是梭娜呀，是茹里伊夫亚，但梭娜也快疯了。不过茹里伊夫亚厉害些。她是疯狂得不像样了。会把她们捉到公安局去的。你猜想，这会有什么结果的……她们跑到运河岸边，如今正近那桥，离梭娜的家不很远，很近的。"

在运河岸边，近着桥，离梭娜所居的那家极近的地方，有一群贫民的小儿们。茹里伊夫亚的哑涩声音在桥上就可听到，这场面真好看，大可招引一班街头人的。茹里伊夫亚披着破衣，戴着绿肩巾，搭着一个污破帽子，她是癫狂了，她声嘶力竭了，她的瘦削的病脸更难看了，原来患肺病的人在太阳底下总比家里难看得多呀！但她的精神还很有劲，她的愤怒愈发激烈了。她冲到孩子们面前，骂着，哄着，在人丛中教他们怎样跳舞，怎样喊唱，并还解释着为什么要如此，他们不明白，她失望了，便打着他们……她冲到人群去，假使她看见有衣服像样的人站住瞧，她就走向前去说明，"出身高贵的，可说是高贵的家庭"的小孩子们，现在沦落到如此情状了。她如果听见人群中有嘲笑的声音，她即刻冲到说笑者面前，和他们对骂。看的人见了这疯妇和受惊的小孩们，有的笑着，有的摇摇头，大家都觉得怪事。恩德利所讲的瓦罐那边没有，也许拉斯科纳夫没有瞧见呢！只见茹里伊夫亚叫里达和可里跳着，波楞唱着的时候，她自己用瘦削的手击拍着，想来就是代替瓦罐了。她自己也去唱，但唱得没几句，厉害的咳嗽又阻碍她了，这叫她失望地诅骂着，甚至会哭至情迷呢！叫她最恼怒的便是可里和里达的哭泣和恐惧了。为要把小孩们打扮得像街头歌者一样，她曾费了许多心思呢！小孩搭着一个红白色的包巾，极像一个土耳其人。里达没别的可装扮的衣服，只有一顶织的红绒线帽，大概是马耳朵夫的帽子吧，上面插一根白色的污羽毛，还是茹里伊夫亚祖母所遗下的。波楞穿着平常的衣裳，她时时惧怕似的看着母亲，环着她，淌着眼泪。她胆怯而惊慌失措地看见母亲这个情形，偷偷地向四周望望。她是被那街上的看客所惊了。梭娜紧跟着茹里伊夫亚，哭着求她回家，但茹里伊夫亚没有听她的话。

"罢了，梭娜罢了！"她嚷着，因说得太快，又气喘得咳着了，"你哀求的什么呀，像小孩子似的！我不是对你说过，我不再到那酒鬼的德国人那边去了。好叫所有彼得堡的人看这些小孩们在街头讨饭，他们的父亲是有面子的人，他一生在诚恳而忠实地做事，也可说他是为做事而死哪。好让那个卑贱官员看见！你真傻，梭娜，我们有什么可充饥呢？你对我讲。我们把你弄得太疲倦了，我是不要再过下去了。呵，洛地亚就是你呀？"她望见拉斯科纳夫喊着，冲向前去，"你对这个傻姑娘说说吧，说没再比这更适合的事了！就是带着手摇风琴的人也能弄得一盆饭吃，大家看我们是两样的，我们是有面子的，被侵害的家庭，流落到讨饭的田地呀！那官员总要倒台走的，你看好了！我们会天天在他窗下的，如是塞耳坐车过去，我会跪着，让小孩们跪在我面前，给他看，且说'保全我们，父亲啊'。他是孤儿的父亲，他会慈悲地保全我们，我可以看，那个卑贱官员……里达！向右首走呀！可里，你再跳着呀。你干吗哭呢？你怕些什么？笨东西！老天呀，我可拿他们怎么办呢，洛地亚？你看他们是这样呆，人们对这种小孩们又怎样呢？"

她自己也像要哭了——但没有停止她的谈话——还指点着哭泣的小孩们呢。拉斯科纳夫竭力劝她回去，并说及这于自己面子很难看，他并且说在街头像一个奏琴者般踯躅着，她是不配，因她是想做一个寄宿学校的校长呀。

"寄宿学校哈——哈——哈，这是空想！"茄里伊夫亚喊着，她边笑边又咳着，"不，洛地亚，那个梦幻过去了，人们已抛弃我们了……并且那位官员……你知道洛地亚，我摔一只墨盒到他脸上——那恰好摆在会客室的桌上，我写了名字后便直向他摔去，我就跑了。那些劣豪，那些土棍呵！但我向他们已说多了，此刻我自己来养活小孩们，我不再对人家卑躬屈膝了，她也已替我们供养够了。"她指着梭娜说，"波楞你讨到多少了？拿给我看。怎么只有两个戈比？卑贱的人啊，他们一点也舍不得，只是尾随着我们扮鬼眼。那边那个蠢货笑什么？"她指着群众中一个人，"这都是因可里太呆笨了，我同他如此忙，你做什么，波楞？用法国话对我说，怎的？我教过了，你如今会说几句吗，要不怎么显得出你们是出自高贵人家的好孩子，而和那些街头奏琴的人两样呢？我们不必在街头演戏，唱个好听的歌……嗯，是的……唱些什么呢？你总是麻烦我。但我们……你看我们站在这边，洛地亚，唱什么歌可弄钱，要可里会跳的歌曲……因为你要知道我们的演唱全是短时间学会的……我们该详说着，完全试做一下我们再到涅瓦大街去，那边上流社会的人多，我们就会被人注意的。里达只会唱《我的村庄》，除了《我的村庄》外就没有了。那歌大家都会的，我们得唱别的好听些的歌……唔，休想着了，没有波楞，只望你帮你母亲忙。我的记性太不行了，否则我会想起唱什么的。我们不能唱《一个骑兵》了。我们用法语唱一支《五铜钱》吧。我教过你的，我教过你的。因这是用法国话唱的，人家就会看出你们是高尚家庭的小孩，更会引人怜爱……你可唱《马耳从军歌》，因那完全是一支儿歌，高贵的家庭常当作催眠歌唱的呢。"

　　马耳去打仗？
　　何时可还乡……

她开始唱了。"但不，还是唱《五铜钱》。来，可里，双手插着腰部，快点——里达，你只是向那边转动，波楞同我齐唱，拍着手!"

　　五铜钱，五铜钱，
　　快进我们万牲园。

又是咳着！"把你衣裳弄整齐，波楞，要掉肩膀后去了!"她说着，咳得透不过气，"此刻尤其要举动伶俐，要大方些，好叫人家认出你们是高贵的子弟。我在那时说过，胸口这边要裁得长，约要两幅布料。这是你弄坏了，梭娜，你说把它弄短点，你看孩子们穿着显得更难看了……怎的，你们又哭着了！什么的，傻孩子们？好吧，可里，开始了。快点，快点！真是不堪造就的孩子啊!"

　　五铜钱，五铜钱……

"又来了一个警察！你干吗？"
一个警察由人群中挤了过来。恰在这时一位穿着法官服装及文官衣服的绅士——大约五十来岁，胸前挂着勋章（这使茄里伊夫亚很快乐，并对那警察也有用处）——走近来了，一声不响递给她一张三个卢布的钞票。他的脸上露出一种悲悯同情的神情。茄里伊夫亚对他鞠了一个恭敬而有礼的躬，然后把钱收下了。

"谢谢你，高贵的先生！"她大方地说着，"使我们弄到这田地的原因——波楞你拿住钱，你看，慷慨的阔人，他们会助一个困苦的可怜的高尚妇女——你想，高贵的先生，这些出自高尚人家的孤儿们——我也可说是贵族的姻亲的——可是那个卑贱官员坐着啖鹧鸪肉……而且因我麻烦他而发怒。'阁下！'我说，'保全这些孤儿们，因你认得我的已故丈夫——马耳朵夫，在他死的那一天，那可卑贱的无赖便诬害他的亲生女了……'又是一个警察！保护我呀！"她对那个法官喊着，"那个警察为什么向我这边来呢？我们方才躲开一个了。你干吗？混蛋！"

"街头上禁止卖唱。你不得扰乱。"

"这是你扰乱呀！不是一样，你就当我在奏琴怎样呢。这关你什么事呢？"

"你该去领手摇风琴执照呀！你没有，你这样弄了这样一群人！你家住哪儿？"

"什么执照？"茄里伊夫亚哭泣着，"今天我才把我丈夫葬了，哪里来的执照呢？"

"你自己安静点，老太，你自己安静点！"那法官说道，"你来，我送你回去……你在这儿不适宜的，在人群当中。你有病呀！"

"高贵的先生，高贵的先生，你什么也不知道呀！"茄里伊夫亚号哭道，"我们到涅瓦大街去吧……梭娜，梭娜她在何处呀？她也哭了吗？你们怎么的呀！可里，里达，你们到哪儿去呢？"她惊惶地喊着，"笨孩子呀！可里，里达，他们到何处去了呢……"

可里和里达早已被大众和母亲的疯癫的形状吓坏了，此刻见警察要赶他们到别处去，他俩手牵手跑开了。茄里伊夫亚哭喊着，去追他们。她喘气带哭跑的时候，披头乱发简直不像一个人了，梭娜和波楞也去追她了。

"叫他们回来呀，叫他们回来呀，梭娜，蠢物！忘恩的孩子呵……波楞，快把他们拦着呀……这是为你们呀，我……"

她给什么绊跌了。

"她跌坏了，淌血啦！啊，亲爱的！"梭娜俯着身子去扶她。

这时人们都围过来了。拉斯科纳夫和恩德利先奔到她旁边，那法官也赶来了，后面是警察，做着好像慌张的手势低语着："真讨厌！"这对他是一个很麻烦的事情。

"走开！走开！"他对那些向前挤的人喊着。

"她要死了！"有人嚷着。

"她是疯癫的了！"另外一个人说。

"苦恼呀！"一个妇人只是口里念着祷词并说道，"把那个小女孩和男孩拦住了没有，他们拿回来了，年纪大些的把他们拦住了……唉，顽皮的小东西！"

他们查看茹里伊夫亚时，见她不是像梭娜所想跌在石块上而伤了的，那道上的血，是她胸部和喉部流出的。

"那我从前看见过的！"那法官对拉斯科纳夫和恩德利低声说着，"是肺病把血弄出的，病人的气管窒塞的缘故。前几天我看见一个亲戚也有同样的事情……几乎有一大盆血呢，只在一下子时候……但怎么办呢，她快要死了。"

"那么，那么，到我家去吧！"梭娜恳求着，"我就住在这边附近……喏，就是那所房子，从这边过去第二家……快到我那边去！"她转辗对他们说，"叫医生来呀！啊，亲爱的！"

因为法官竭力赞成，所以这提议被采用了，警察立刻帮助把茹里伊夫亚抬到梭娜的屋里，她神事不知地躺在床上。血仍在流，但她又好像醒过来了。拉斯科纳夫、恩德利和那法官也伴同到梭娜房中，警察也跟着，他把那些跟到门口来的人驱逐了。

波楞牵着可里和里达也进来了，他们一边颤抖一边哭着。有几个从劳富房里也过来了，有房东——一个形貌丑陋的、跛足的、独眼的、络腮胡和刷子般竖着头发的人，还有他的老婆——一个神情惊慌的女子，以及几个张大着嘴的受惊的小孩子。其时喀老夫也忽然露脸了。拉斯科纳夫惊讶地看着他，不知道他从哪里来的，人群中并没有看见他过。大家又在说及医生和牧师了。那法官对拉斯科纳夫低语着说，如今唤医生已多余了，不过还是去找来试试看。劳富自告奋勇跑去请医生了。

这时茹里伊夫亚恢复了知觉，血也暂住了。她带着病态但专注的眼神看着梭娜。她站着，面色苍白且发抖，用手巾擦她头上的汗，她要她扶了坐着。人家把她搀扶着床上坐了。

"小东西们在哪儿呢？"她声音微弱问着，"波楞，你把他们带回来没有？这些讨厌的小东西啊！你们总是乱跑呀……哦！"

她的干燥的口唇上又全是血。她眼睛往四面溜着。

"你原来就是住在这边的，梭娜！我从未来过你房里呀。"

她痛苦地看着她。

"梭娜！我们毁伤你了。波楞，里达，可里，到这来呀！嗯，他们都在旁边，梭娜，你带着他们吧！我拜托你了，我是已经受够了。"又咳着，"你把我放倒，让我好好地死去吧。"

他们把她仰躺着枕上。

"什么，牧师？我用不到他。你们哪儿来的闲钱？我没有罪呀，上帝会宽恕我的呀！他知道我是怎样的受苦呢……假使他不宽恕我也就算了！"

她渐渐陷入于不省人事的昏迷状态。有时颤抖，有时眼睛乱溜对每人瞪了一会儿，但立刻又昏然了。她的呼吸极感困难，她的嗓子里有一种辘辘的声音。

"我对他说，阁下！"她呼喊着，一字一喘气，"那个魏塞尔，唉，里达，可里，两手叉在腰上，要快——溜呀，溜呀，派克的舞步呀！踩脚，做个懂事的孩子！'你有珠宝和金刚石！'下面怎么唱？唱好了。

'你有最动人的眼睛，好戈子，你再要什么呀？'什么意思呢！'你再要什么呀？'这鬼东西乱编造些什么了！嗯，是的！'在午刻的热浪中，在脱格斯的山坑中。'啊，我很爱这支歌呀！我爱这歌到发狂的地步了！波楞，你知道，你父亲在和我订婚时，他常要唱的……那些日子啊！是我们要唱的呀！怎样唱的？我忘了。快提示我！怎样唱的呢？"

她兴奋极了，极想坐起来。她终于用一种哑涩的声音开始唱了，尖声地喊唱，一字一喘气，并露着可怕的神色。

"在午刻的热浪中……在脱格斯的……山坑中……腰部佩着炮弹……"

"阁下！"她忽地长号一声，眼泪直淌地恸哭着，"请保全这些孤儿啊！你是他们父亲的朋友呀……可说是高贵的……"她忽然清醒了，惊恐地瞪视着四面的人，立刻看见梭娜了。

"梭娜！梭娜！"她温柔慈爱地慢慢说着，仿佛见她也在吃惊般的，"梭娜，宝贝，你也在这里吗？"

他们又扶她起来了。

"罢了！什么都完了！再会了，可怜呀！我毁灭了！我毁灭了！"她像怨恨而绝望似的喊着，她的沉重的头倒在枕边了。

她又昏迷了过去，但这最后一次昏迷的时间不长，她的瘦黄的脸向下抽动，嘴唇张着，脚部抽动着，她叹了一口长气就逝世了。

梭娜立刻跪去抱着她，把头紧伏在她的瘠瘦的腹部，一动也不动的。波楞跪在母亲的脚边，吻她的脚，哭得很悲伤。可里和里达虽不明白怎么一回事，但他们也觉得这是不好的事情了。他俩互相牵扶着小肩，呆瞪着，不觉"哇"的一声痛哭起来了。这时他们还是奇怪的穿着，一个披着包巾，一个仍戴着带插羽毛的便帽呢。

"名誉褒状"怎么会在茄里伊夫亚的身旁呀？它放在枕头旁边。拉斯科纳夫发现了那东西。

他跑到窗口。恩德利也随着走去。

"她是死了！"他说着。

"洛地亚，我得同你讲几句话呢。"喀老夫走近他们面前说着。

恩德利立刻自动地走到旁边去了。喀老夫拖引拉斯科纳夫到稍远的房角去。

"一切善后事宜我来负担吧！葬礼和其他。这无非是钱的事情，我早已对你说过，我还有许多钱呀。我去把这两个小孩和波楞送到可靠的育儿院去，我要留存一千五百个卢布给每一个小孩，在长大时给他们，如此梭娜可不必担心他们了。而且我还要把她拉出火坑呢，她是一个好姑娘呀，不是吗？那么请你告诉多利亚，我就如此地把她的一万个卢布用掉了。"

"你如此慈善是为了什么呢？"拉斯科纳夫问着。

"唉，你真是个多疑人呀！"喀老夫笑着说，"我不是对你说过，我不要那些钱。你不以为这是由于人类的本性而做的吗？她不是'一只虱子'，你明白的，"他指着那死了的妇人，"她不是像什么老媪当主吗？好，你得承认，要洛升生存着做坏事，抑或要她死去呢！假使我不去援手他们，波楞也将同流合污了。"

他说时露出一种得意忘形的狡猾神色，眼睛瞪着拉斯科纳夫，后者脸更灰白，并且冷颤，因为他听见自己曾对梭娜所讲过的话。他立即向后移动，惊讶地看着喀老夫。

"你怎么会知道的呢？"他低声问着，差不多忍住呼吸了。

"是的，我就住在利哈太太家里，在墙的那边。这边是劳富，那边住着利哈太太——是我的一个好友。我是他们的邻居。"

"你？"

"是的！"喀老夫颤笑着，继续说道，"我可以负责地说，亲爱的洛地亚，你太使我感兴趣了。我对你说，我们会成为朋友的，我曾经说过的。嗯，此刻我们是成功了。你会看到我是一个多么随和的人呢。我俩一定能很好地相处呢！"

卷六

第一章

　　对于拉斯科纳夫来说，这已是开始了一个奇怪的时期，仿佛是云雾似的笼罩在他的周围，他在寂寥的况味中，而摆脱不了，后来他每当想起那时期，他的心情常常受着蒙蔽，时断时续，直到最后发生了灾难为止。他觉得那时他对于有些事情，例如关于某种事件的日期弄错误了。这是后来由他人告诉的话中知道许多自己的事，而把回忆联络起来的。他常把事情缠乱了，有时会以仅存幻想中的情形去解说事情的。他老是受着病苦和惊惶，但他也曾记着无情的瞬间，有时是几小时或几天。与那些被看作以前的恐惧相反，偶然来到他的身上，而且和变态的茫昧相比较呢！他在后期竭力想避去十分明白了解他的情形，有些当前须解答的事实，他是不高兴的。如果把那些忧虑及不可避免的毁灭除去了，他将是怎样自在呢！

　　喀老夫尤其使他的内心焦急。他可说常在想着喀老夫呢。自从茄里伊夫亚临死时喀老夫说着那些吓人的话的那时起，他的心灵就像失去了平衡。虽然这新事实使他很感焦虑，但拉斯科纳夫不想急于弄清这到底是怎么回事，他常觉得自己无缘无故会在城市僻静之处的小饭铺内孤坐着沉思，忽然地想起了喀老夫，有一天他确以为他们约定在那边会面，他在城外等待着喀老夫。还有一回他在黎明时醒了，觉得自己会无故地在草堆荆棘地上卧着。

但在茹里伊夫亚死后的数日内，他在梭娜的房中碰见喀老夫几次，他每次都是随便地看了看，谈了几句，也没谈到生死的问题，似乎他俩默契于心似的。

茹里伊夫亚尚陈尸未葬，喀老夫为着布置丧事而忙碌着，梭娜当然也很忙碌的，他俩最后一次相见时，喀老夫对拉斯科纳夫说，他已给茹里伊夫亚的儿女们处置得很顺利，说他和亲友弄到几个闻人，靠着他们的声誉，这三个孤儿女立刻被安排到一个适当的处所，说他为此费了一点钱，因为安排有点钱的孤儿女比安置穷小子的孤儿女便利多些，他还讲了许多梭娜的话，他说日内将亲去拜访拉斯科纳夫，说他高兴和他商谈，有些事情须得细细讨论……

这些话是在楼上的走廊讲的。喀老夫仔细地看着拉斯科纳夫，过了一刻，忽低声问着："怎么了，洛地亚，你像没神魂呢？你看的和听的，好像没有理解呢。提起精神来吧！我们得把事情好好地谈一下。我很对不起，自己的事也还有许多呢！唉，洛地亚！"他又续说着，"人们都需要清新的空气，清新空气……比一切都要紧呀。"

这时，牧师和助手正从下面上楼来，替她安慰灵魂，他让开路，给他们进房去。他们受着喀老夫的嘱托，每天来此唱奠两回。不久，喀老夫走了。拉斯科纳夫呆呆地站了一会儿，便跟牧师到梭娜房去了。他站在门口。他们照例念着经，做着祷告。他自从小孩时起，对于死的观念和死的来临非常恐惧，他久不曾听见作安魂乐了。同时，这里还有着一种可怕的令人惊惶不安的东西。他瞧见小孩子们都跪在棺木旁边，波楞在哭。在后边是梭娜在祷告，并且似在啜泣呢！

"她这几天内没有对我讲过话，而且瞧也不瞧我呢！"拉斯科纳夫不觉想着。太阳明亮地照耀着这间屋子，烟雾缭绕，牧师在念："让她安息吧，主父呵……"拉斯科纳夫始终站在那，没听着安魂乐。当牧师替他们求福，将要告别时，他往四面望了望。奠魂事完了后，拉斯科纳夫走向梭娜。她握着他的双手，头靠着他的肩部。这个淡淡的友情打动了拉斯科纳夫的内心。他觉得没有一丝憎恨，也没一点厌恶，她的手臂也不颤动呢。这想是最低的自制了。

梭娜没说什么。拉斯科纳夫握了握她的手，便出去了，他感到十分悲伤，如果能够远遁人世，了此一生，也未始不可庆幸呢！但他近来虽然老独自居着，始终未有落寞之感。有时他走出郊外去散散心，有一回甚至走到深远的丛林去，但地方愈荒僻，他愈觉得不安。这并非让他发惊，只是非常扰动他罢了，所以他即刻回城去，重入人寰，混进酒店饭店，他觉得在这边较安适，而且更寂寞些呢。有一天快深夜了，他在一家酒店里坐着，听了一个多钟头的唱戏，他觉得非常愉快。但末后又忽然感到一阵不安，仿佛受着内心的责备似的。"我在这边听唱戏，是我应该做的吗？"他自语着。不过他立即觉得这并非症结所在，而有一种事情须得立刻决定，但这事又非他所能为力。这是个无端的扰乱。"不，还是再去挣扎吧！还是去再见派弗里……或喀老夫吧……还是再去挑战……或什么攻击吧。对的，对的！"他自语着。他离开酒店，迈步而跑了。一想着多利亚和母亲，又忽然使他神魂无归。那晚他在克列士岛上的一个灌木丛中醒过来，发烧烧得全身颤抖，他走了回去，到家时天色已经是清晨了。睡了好多时间，烧渐渐退去，一觉醒来，已是下午两点钟了。

他记得这天是茄里伊夫亚举行葬礼的日子，私幸自己没有去参加。拿泰沙送食物给他，他食欲很好，差不多把它吃完了。他的头脑似觉清新安宁许多，他对于前几天的惊慌，觉得十分讶然。

门启处，伦肯进来了。

422

　　"啊，他还会大吃呢，想来没有病了吧！"伦肯说着。他移了张椅，就在桌旁拉斯科纳夫的对面坐下了。

　　他烦恼不安，也不去遮饰。他露出烦扰的样子说话，但又舒徐不迫，也不提高嗓音，看上去仿佛有着特定的决心似的。

　　"你听我说！"他毅然地开口说着，"就我而论，我可以不管你们的，但就我所见而说，我是看不出端绪的。请你不要以为我是来对你问话，我并不如此讨厌的！如果现在你把一切秘密对我说，我也不会站着听的，我会走开的。我不过来弄清大家说你疯了是不是事实？外边都当你是疯了，或近似如此。我由你的蠢笨引入恶感的、极难了解的行为，并从你对于母亲和你妹妹近来的行为看，我也有点相信那话的真实。唯有一个鬼怪或疯子才会像你那样对待她们，你是疯了，是无疑的。"

　　"上回你在什么时候遇见她们的？"

　　"不久。你自那时后就不曾会见她们了吗？你做些什么勾当呢？请你对我说吧。我到你这边已来三次了。你母亲从昨天起就病得很沉重。她决心要到你这边来，多利亚极力劝阻她，她也不要听。'他如果害病了，他的精神萎疲了，谁能像他母亲般照料得周到呢？'她说。我们就一同到这边来了，我们不会让她独自一人来，我们叫她恬静些。但我们来了，你却没在。她坐了十多分钟，我们也默然无语。她站起来说道：'如果他出去了，换言之，他如果病好了，把他母亲遗忘了，他的母亲即仍在门边立着，嘱他将行为做好，这是可耻，也不很好看呀！'她回去后就害病了，此刻她在发烧呢。'我明白了。'她说着，'他把心倾向在他的爱人边去了。'她是指你的爱人梭娜，你的配偶，或你的情人，我却不很明白。我当即到梭娜那边去，看看究竟怎么回事。我四面一看，只看见一具棺材，小孩们围着哭，梭娜替他们套丧服，却不见你的踪影。我说声打扰就走了，对多利亚报告了。由此可见那完全是胡说，你并没有一个爱人，不过你是疯了，倒是真的。但你仍能安坐着大嚼熟牛肉，仿佛几天没吃东西似的。虽然疯人也要吃的，不过……你没有疯！我敢说绝对没有疯。如此，你们一伙，可以随你们的，因此其中有种秘密，我也不想在你的私事上麻烦自己的脑袋。所以我不过来骂你罢了。"他说完，站了起来，"发泄一下，我现在知道该怎样做了。"

"你此刻想做什么呢？"

"我要做什么要你管吗？"

"你想去赌酒呢。"

"你……怎么知道呢？"

"我当然知道。"

伦肯停了停。

"你是个有理智的人，从来都没有发疯，从来都没有发疯！"他忽地变诚恳地说着，"你猜着了，我要去喝酒呢。再见！"

他想要出去。

"我在前天和妹妹说——谈到你呢，伦肯！"

"说我吗！但……前天你在哪儿遇见她呢？"伦肯忽然停下，脸色稍带点红。

他的心渐渐加快地跳着。

"她来到这边的，坐在那边，同我说话。"

"真有这事？"

"当然啦！"

"你对她讲些什么关于我的……"

"我对她说，你是一个很好的、忠实的、努力的人。但我没有对她说，你爱慕她，她自己明白的。"

"她自己明白吗？"

"嗯，当然了。不论我去了哪里，不管我做过什么事，你务要依旧照拂她们的，我把她们托付你保护了。伦肯，我所以要说这话，无非明白你是十分爱她呀，并且我也相信你的纯粹的心。我明白她也会爱我的，但也许已经在爱你了呢。如今你自己去决定好了，唯有你自己最明白，你是否还要去赌酒呀！"

"洛地亚，你想……唔……唉，讨厌！但你要到哪儿去呢？当然，这是一个哑谜，没关系……但我……我会知道这哑谜的……而且我想这一定是很荒唐的胡说，你编造的。总之，你是一个有趣的朋友，一个有趣的朋友……"

"我正要对你说的，被你打断了，你不来打听这些哑谜，是很好的一个决定。你静待着吧，不要多操心。到时候，你会明白一切的。昨天有人对我说，人是需要清新的空气，清新空气，清新空气。我想要到他那边去，探问他说那话是什么用意呢！"

伦肯站着沉思，想求一个静默的结论。

"他定是一个政客！他就会用什么极厉害的计划，一定的。而且……而且，多利亚知道！"他忽然想着。

"是多利亚来看你了！"他说着，推敲着每个字音，"你该去看一个说我们需要清新空气的人，当然那封信……那定和此事有关呢！"他自己肯定着。

"什么信？"

"她今天收到一封信，使她十分烦恼——真的，过于烦恼了。我说及你，她叫我不必说了。于是……她说也许我们就得要别离了……她很诚恳地不知为什么事感激我。于是她进自己屋里去，房门关住了。"

"她收到一封信了吗？"拉斯科纳夫深沉地问道。

"是的，你不知道吗？哦……"

他俩沉默了一会儿。

"再见，洛地亚。某一时，老兄，我……无关的，再见。你想某一时……嗯，再见吧，我该走了。我不是去求醉酒。如今不必了……那都是瞎说呀。"

他匆匆地出去了。但当他几乎要把门关上时，他忽又把它开了，对着他说着："呵，还有一句话，你是否还记得那件谋杀事吗，你知道是派弗里捣的鬼，那个老媪？你知道那个凶犯拿到了，招认了，而且找出证据了。就是两个工人中的一个漆匠呀！你记得我还为他们辩护吗？门房和两个见证人到楼上时，他和同伴故意扭殴笑骂的那圈套，是他为着避免疑心而干的。这狡猾的贼骨头何等的心定神清！谁也不会相信有这等事的。但这是他自己的供述呢，关于这事我还被蒙在鼓里呢！当然这种人世上总是有的。可惜他不再把这续演下去，而招认了，这件事实就更叫人相信了。但我还被蒙在鼓里呢！我发疯似的还替他们说话！"

"这事你是从谁口中打听来的？而且为何让你如此快乐呢？"拉斯科纳夫搅扰他问着。

"什么？我为什么会如此高兴吗……嗯，这事是听派弗里讲的，别人也在说……我是完全听他说的。"

"派弗里说的吗？"

"是的。"

"他……他讲些什么呢？"拉斯科纳夫惊问着。

"他依旧从心理方面给我一个很好的解释。"

"他解释这事？他亲口解释的吗？"

"是的，是的……再见吧。在相当的时候我会把详细的都对你说，但此刻我没空了，相当的时候我想……但不要紧，相当时候……如今我何必去喝酒呢？不用酒我已醉了。我已醉了，洛地亚，再见吧，我还会来的。"

他出去了。

"他无疑是一个政客！"伦肯下楼时，自语着，"他把他的妹妹也卷入旋涡了，那倒很和多利亚的品性相合呢。他们见过女子几次面的……她也略略泄露这事了……她讲的那些话……和暗示……都有那个意思在内！这整个事情万难用别的解释了，哼，我还以为……老天，那时我怎样想！是的，我没有理智，看错了他！那一日在走道的灯火之下是他做的。吓！我的观念真太浅薄卑污了！尼拉招供了，倒是一个好汉，如今事情已大白了！那他的病和怪僻的举止……在大学念书时，他老是乖戾的，忧愁的……但如今那封信又是什么用意呀？其中也许大有文章了。谁寄的呢？不，我一定要弄个明白的。"

他想着多利亚，和他所听到的一切。他的内心不安，他立刻大踏步走了。

他出去时，拉斯科纳夫便起来走近窗户，往来地踱着，顿然不觉得房间的狭隘，又重新在沙发上坐了。他好像别有天地了，又得挣扎了，如此远走的机会来了。

是的，远走的机会来了！这是太窒息了，太拘束了，这负担太痛苦了。他时有昏睡之病症，自从在派弗里那边尼拉的那一幕演起，他就窒息极了，被束缚，很少有远走的希望了。尼拉招认之后，又在那天和梭娜的那一节，他的言行举止完全和以前所预冀的不同了，他立刻变脆弱了，当时梭娜也赞同，他于是在心中想着这事，不能再如此落寞地生活下去了。

喀老夫是一个谜语……他给他扰乱，这是事实，但并不同在一点上。他仍可以和喀老夫决一胜负呀。喀老夫也可利用做逃避的方法，但派弗里却是大大不同。

派弗里曾对伦肯用心理去解说这事，他始终是应用他的讨厌的心理学的！但你想，在尼拉求出演以前他们中间经过那段事情，又经过秘密的晤谈之后，派弗里突然又会相信尼拉有罪的吗？那些言行举止，他们全耳闻目见的，他们也互相对视过，事实是以那一种语调讲的，而且达到了那样的一个阶段，尼拉当然不会动摇他的信服的。

伦肯甚至也在猜疑了！走廊上灯火下面那节就发生关系了。他朝派弗里冲去……但为什么他会受派弗里的欺骗呢？什么缘故他要用尼拉去骗伦肯呢？其中他定有什么用意和什么策略的，但是什么策略呢？是的，因为时间过得太久违了——派弗里就默默而息了！唔，这是一个凶兆呀……

　　拉斯科纳夫抓着帽，走出了房仍在想着。这是他最近以来初次心中十分清朗的。"我得赶快把喀老夫结果了呢！"他想着，"他也似在等着我到他那边去呀！"他疲惫不堪的心中此时又涌上了仇恨情绪，他得把派弗里或喀老夫杀了一个。此刻如不能下手，日后必能实现这事的。

　　"且等着吧，且等着吧！"他对自己反复说着。

　　他才开了门，就在走道上遇见派弗里了。他恰恰是来找他的。拉斯科纳夫只瞠目结舌了一下，真怪，他看见派弗里不但不惊愕，而且毫不怕他。他只是呆了一下，但立刻就过去了。"也许这是结局了呢？但派弗里怎么如此神不知鬼不觉地，像一只猫般地走近了，他一点也不觉得呢？他曾在门外偷听吗？"

　　"你不会相信我会到这边来的吧！洛地亚！"派弗里笑说道，"我早想来看你了，我打这边经过，就想着进来坐一下。你要想出门吗？我不会耽搁很长时间的。给我吸一支烟好了。"

　　"坐吧，派弗里，坐吧！"拉斯科纳夫叫他的客人坐下，表示着一种愉快的友情，这个矫情的举止，他自己如果看得见，也要惊叹着呢。

　　拉斯科纳夫自己对着派弗里坐着，若无其事地看着他。派弗里眯着眼睛，燃着一支烟吸着。

　　"你说吧，你说吧！"这话似乎要从拉斯科纳夫的喉管内发出来似的，"怎么，你怎么不说话了？"

第三章

"唉，这种纸烟！"派弗里燃了一支烟后，叫叹说着，"纸烟有害健康，真的有害，可是我总不能戒除呢！我弄得咳了，喉管只觉燥痒，呼吸也感困难。你看我是一个谨慎的人，最近我到 B 医生那边去，他对每一个病人总要检查半个小时的。他瞧着我笑了起来，他给我听诊。'你不能抽烟了，'他说，'你的肺部受碍了。'但我怎么戒得掉呢？用什么去代替呢？我自己倒并不觉得怎样有害呢。嘻嘻嘻，凡事都是相对的，洛地亚，凡事都是相对的呀！"

"什么，他又表演他的拿手好戏了……"拉斯科纳夫憎厌地自语着。前次他们晤谈的一切经过，他又突然想着了，他那时所产生的感情又涌上心头了。

"前晚我来看你，你不知道吧？"派弗里续说着，眼睛只是四面转动，"我从这边经过，和今天一样，我为的要拜访你。看你的房门开着，我就进来了，我四面瞧瞧。等了一会儿，就走了，也没有把名刺交给你们的门房。你不锁门的吗？"

拉斯科纳夫的脸孔愈加严肃了，派弗里似已觉出他的心思了。

"我来这边是要对你谈谈，可以互相了解。洛地亚，好汉子！我不曾对你解释，现在我要对你说说了！"他微笑地续说着，并拍了拉斯科纳夫的膝盖一下。

但就在这一刹那，他脸上又露出一种严肃的神情，殊非拉斯科纳夫所料，他觉得包含着一些悲伤的情绪，他从不曾看见过，也没有猜想过他脸上会有这一种表情的。

"上回我们见面，遇着一幕活戏哩——洛地亚，我们第一次晤面时也是一幕好戏呀——当时……事情接踵着来，就因为如……我觉得也许对你处置不公平吧！你想我俩是怎样告别的？你的神经紧张极了！你我的两条腿都在颤抖呢！你想我俩的行动是失态的，简直不像上流人物呀。可是我们都是高贵的人，那是不用说的。你想我们闹到什么情境……那真是太失体统。"

"他想怎样呢，他当我是什么人呢?"拉斯科纳夫愕然地自语着，仰起头睁着眼，看着派弗里。

"我觉得我俩最好还是以诚相待。"派弗里说着，把头朝着他，眼睛向下，仿佛憎恨他前次的不诚似的，"是的，那种猜疑和那种活剧是绝难维持久远的。好在尼拉来纠正了，否则我们不知要弄到怎样的田地呢。当时那可恶的工人，在隔壁房里坐着——你觉得吗？当然，你知道的，我知道他后来到你这边来过。不过你当时所猜测的都非事实，我并不曾去唤谁来过，我一点也没有什么布置。你问我为什么不发作？我如何讲法呢？那事完全是突然来临的，我只有叫门房来——你出去的时候看见他们的——一个想法突然在我的脑海中浮现。当时我很相信的，你想，洛地亚，好，我想——我对一事疏忽了，我会抓住其他的事情的——总之，我得把我所需要的握住了，你很容易被激怒，洛地亚。这和你的心理和性格完全不相称。那不是我夸口，我早就明白一切了。当然，一个人绝不会把自己的实情说出来的，我当时就如此想着。如果你没有耐心，这事也许会发生的，但在那时这事总是很少的，我很清楚地看着那点。我想只要有一点事实可据，可握牢，不仅是关于心理方面的，因为如果一个人犯了罪，你能从他那边得到一点真实的东西，就会有着惊人的结果的。我是凭着你的性格的，洛地亚，十分地凭着你的性格的哩！那时我对你抱着极大的希望呀！"

"但你现在怎么打算呢？"拉斯科纳夫末了喃喃地问着，并没有经过思索。

"他说的是什么？"他困惑地自语着，"他真当我没有罪了吗？"

"我有什么打算？我来解释吧，我觉得这是我的职责所在，我要让你了解这整个事情的误会，是怎样来的，我害你受了好多的痛苦！洛地亚，我绝不是一个怪魔，我知道这对于一个可怜、骄矜、蛮横、缺乏耐性的人，而要去忍受那种苛政，将会怎样的结果呵！我虽不能整个地信任你，但你总算是一个人格高尚而具有豪爽气概的人，我要先把这些话诚恳地对你说，因我始终是开诚布公的，我和你认识的时候，我就深深地被你所打动了。这话你也许要见笑。当然你可以笑的。我明白你一见我就不满意我，真的，你不会满意的。但是诚恳地说，现在我却极力改变那个坏印象，而且要表示出我是一个具有天地良心的人！"

派弗里说到这儿，很郑重地停了停。拉斯科纳夫不觉浮露着一种新生的恐惧。一想起派弗里相信他没罪，他倒不安起来。

"我也不用去把事情详细地一一解说。"派弗里说着，"真的，我也不愿的。起先有着谣传。这些谣传的来由、经过以及何时给我听见……怎样和你有关，我也不用细讲了。我的疑惑只给一件十分意外的事所吸引，那事当然可以使它不发生的。是什么事呢？哼！那也不必再讲了。那些谣传和那意外之事叫我内心产生了一个想法，我坦白地自认——因为这事大家可以不必讳言的——我是第一个怀疑你的人。那老妪写在典物上的签条和别的——那一点没有用。你的是百分之一哩。我也曾由一个讲话的人，那边听说你在办公室的那幕情景，他又把那幕戏剧重又表演得很像了。那真是一波方平一波又起呢！洛地亚，我的好朋友！我怎能不想到某一方面去呢？正像英国谚语所谓，你不能弄假成真的，疑心虽多也不会确证的。但这不过从理智方面而说的——你不免失之不公了，因为律师也是一个人呀！我也想起你发表在杂志上的大作，你还记得否？我们初次会见时就谈到那事了，当时我嘲弄你，也无非是指引你做进一步发挥而已。我复说一次，洛地亚，你害病而性偏急，而且勇敢、莽撞、热心以及……我早就觉察出了的。我自己也有同样的习气。你的大作于我好像非常熟的，是在不眠的晚上，心神不定和出神以及压抑的狂热中想出的。那种年轻人心中的骄矜的被压抑的狂热是不好的！我那时嘲弄你，但听我说：依着读者的嗜好关系，我对于这种初期充满热情的文章，是非常爱读的，有一种暧昧，和混合于雾气中的颤动。你的大作是反理性的，妄想的，但却有明白的真实、正直的骄矜和绝望的勇敢哩。那是一篇暧昧的文字，但这正是它的优点呀。我拜读了你的大作后搁开了，我自己想：'那个人会突破樊篱的。'唔，你想，那事既已领了一个端绪，我怎能不会给以后接着产生的事所摇动呢？啊，老兄，我并不是讲什么大道理，我不过在其时注意其事而已。细想那有什么意义呢？一点没有什么，简直没有什么。审判官被观念所诱迷吗，绝不是的，我有着尼拉有于他不利的确实的证据——你以为怎样，但那是证据呀！他还显出他的心理呢，我们就该详加推测他，因为这是人命案件呀。我为什么对你说这话呢？无非让你知道而不责备我上次的举动罢了。我可说那毫无恶意呀！嘻嘻！你以为我没有来搜查你的房间吗？我来过的，我来过的，嘻嘻！你病卧时，我就非正式地到过这边，并非我自己，但我确在这边呢。你的房子在初疑惑时就获着最后一条线呀，但有什么用呢！我想，如果他有罪，那个人自己会来的，而且会很快就来的，其他那一个人不是，但他也要来的。你记得伦肯他如何同你谈起那事？我们做那事无非让你兴奋着。所以我们故意放出谣言，他就可以和你说起那个案子。伦肯他是一个爆竹样的人物呀。哈夫被你的愤怒和你的大胆所打击了。你在酒店中乱喊：'我把她杀死的！'那太忘形了，太鲁莽了。当时我想，他如果有罪，他倒是不易对付呢。我等待着你，但你却把哈夫弄呆了……嗯，你想，这都在这儿——这讨厌的心理将于两方面解说的！嗯，我只是等待你。你正来了，我的心就怦怦地跳了，唉。

"那么，你为什么要来呢？你来的时候，你还大笑着，你记得吗？我简直看得如太阳般清楚，但如果我不急待着你，你的大笑我不会加以注意的。你看心理准备是多么重要啊！当时伦肯——啊，那块巨石，东西藏在下面的那块巨石！我好像在什么荒圃中看见的，你对哈夫说是在一个荒圃中，以后你在我的办公室里也说过这话，当我们指说你大作的欠缺的时候，你是怎样解释的？人家认为你的每句都有两种说法，仿佛另外还有一层意义呢。

"如此，洛地亚，我弄到了极限，我发狂似的，问自己在做什么的。我说，如若你高兴，你会把那话看作另外一个意义的，真的，那样较自然些呀！我是麻烦了！'不，我还是去捉住细微之处。'我说的。于是当我听说按铃的时候，我屏着气全身颤抖着。'细微之处就在这边！'我只是一想而已。在那时光我愿意花一千个卢布，亲眼见你，你在那工人旁边走着一百步路，而且当你面说你是凶手时，你一点不敢问他什么。以后你战栗是怎的？你卧病时，神志未清时，你按铃又是怎么回事？

"如此，洛地亚，我在你那边做着戏，你会怪我吗？谁叫你就在那时候来的呢？好像有人把你推来似的。如果尼拉不来使我们告别……你还记得当时的尼拉否？那真是突如其来的。我简直不相信那事，这你也可以察觉的。我怎会相信呢？于是你去了，他便像煞有介事地讲出许多话，我自己不觉惊奇，当时我也未能置信的。这是像石头一般不可移动的事！不，我想明晨尼拉和这事究有何关！"

"伦肯方才对我说，说你认为尼拉有罪的，你自己把那些话对他老实说的……"

他突然又讲不下去了。他在非常乱的情景中谛听着，因那个洞彻肺腑的人，自己泄露秘密了。他绝不敢相信此事，在那些仍是暧昧的说话中，他仍热切地去找更确切更可靠的话。

"伦肯先生！"派弗里喊着，他很想激动地向拉斯科纳夫发出一句问话，因那时他简直静默着，"嘻嘻！但我得把伦肯先生先撇开了，两人是相知，三个便不是了。伦肯不是适当的人，他又是一个局外人呢。他到我这边来，脸面苍白……随他去了，他为何要加入这事呢！我再说尼拉吧，你以为他是怎样的一种人？换言之，我怎样看他？他仍是一个小孩子，倒不是庸人，有点像文艺家的派头……真的，你不要见笑我这样说。他朴实而易受感动，他有好的心胸，而且是好幻想的一个角色。他会唱歌，会跳舞，会谈天，他们说，因此很多人都从别的地方跑来听他。他也念过书，别人伸手时他指指点点，他就笑得不可开交。他常不觉自己会喝醉的——这倒不是嗜癖，有时人们以孩子般待他时候才如此的。其实他也会小偷小摸，但他自己并不知道这是偷窃，因为：'人把东西拾了，怎能当作偷窃呢？'他是信旧教的，但也可说是异教。在他家族里有浪游信徒，他两年来都在村庄，受某位乡长的精神熏陶。这些话都是从尼拉和他同乡口中所知的。而且，他也想远走穷乡去呢！他非常勤勉，晚上做祷告，诵'高贵的'书，简直入了迷。

"彼得堡于他有极大的影响，尤其是酒色二物。他随俗浮沉，竟把乡长和那些都丢在脑后了。听说这边有一个艺术家和他很要好，并常去看望他。如今这个事情突然来临了。

"嗯，他惊呆了，他在上吊啦！他跑了！谁能把俄国重视法律的观念丢置着呢？'审判'这个词已足令人战栗了，这是谁之咎呀？我们看新承审员们如何处理好了，上帝眷顾他们呀！嗯，在牢狱里时他想到那乡长，《圣经》重又露面了。你明白，洛地亚，'遭难'这个词在有些人中的魅力吗？不是为什么恩惠而遭难的问题，无非是'人该遭难'。假使他们在官厅那边遭难，那是更好。我那时记得有一个十分忠厚有礼的囚犯，他在牢狱里晚上总在火炕上念《圣经》，简直把自己念得疯极了。

一天，他无故拾起一块石头向狱吏摔去，他幸而没有碰伤哩。他摔的时候，故意对着另一边，他又恐怕伤害他。嗯，须知以凶器殴辱官吏的囚犯该受怎样的刑法……于是他更遭难了。

"所以我疑心尼拉是想遭难，也许，是可能的，这在事实上常可以看到的。不过他不清楚我知道而已。在工人中你不以为会有这种怪人吗？很多呢！如今那乡长去感化他，尤其当他想上吊之后。他自己把这些都对我说的。你想他会仍旧不变吗？过一下，他会收回他的话的。我会待他将他的证据除去了。我对那个尼拉很感兴趣，我要好好地研究他呢！你以为怎样？嘻嘻！他在某几点上说得煞有介事，他是弄到了好多证据，想得非常周到呢！但在别的地方，他却毫无把握了，一点也不清楚了。

"不，洛地亚，尼拉并没有趋时呀！这是一桩可怪的、阴森的事情，一桩近代的巨案，如今人心浮动，滥用鲜血就能'刷新'。此刻传教以快乐为终极目的。书本上的梦想说得天花乱坠，人心给学说扰乱了。我们此刻有着肤浅的决定，他决心去干，如跳崖，如跳钟楼般。当他去犯罪时，腿部颤抖着。他忘了把门开了，按照他的理论，竟残害了两条人命。他杀了人，钱不能到手，他把弄到的东西全扔在一块巨石下面。当他们敲打门按铃时，他在门内受着痛苦不算，还要到那空房子去，似清楚非清楚，去回想那铃声。他要体验那一阵颤抖……唔，这虽是病，但他是个凶犯，却自诩为一个诚朴者，轻蔑他人，佯为被侵害的枉屈者。不，这绝非一个尼拉所能做的，好友洛地亚！"

这一切渺茫的话，听去仿佛否认以前的说话，真是奇怪极了。拉斯科纳夫战栗着，像着了芒刺般的。

"那……谁……是凶犯咧？"他喘着气问着他，不能自禁了。

派弗里靠在椅边，对他这问话像有点惊奇。

"谁是凶犯吗？"他重说着，好像他会听错了似的，"什么，原来就是你！洛地亚！你是凶犯呀！"他深信不疑地嗫嚅着。

拉斯科纳夫吓坏了，站起来又复坐下，脸色铁青地抽搐着。

"你嘴唇闭着，和以前一样呀！"派弗里像表示好感地说着，"我想你没有正确理解我的话，洛地亚！"他停一下又续说着，"你是为此而发惊了，我是故意来对你说及这一切事情，坦白和你谈论的。"

"我没有杀她呀！"拉斯科纳夫像个被当场捉住而受惊的小孩般低声说着。

"不，就是你呀洛地亚，不是别人呀！"派弗里肯定而严肃地低声说着。

他俩静默着，非常长久，拉斯科纳夫把臂搁在桌上，手指抓着头发。派弗里安闲地坐在哪里等着。忽然，拉斯科纳夫轻藐地看着派弗里。

"你又在故弄玄虚了吗，派弗里，还是那套手法。怎么你玩不倦呢！"

"哦，不必讲那话，不相干的呢！如果有人证在着，事情又会不同的。但我们的私人的谈话，你可以看见的，我并不是像兔子那样来追捉你呀。招供与否倒不在乎，我就是没有那，也早已相信了。"

"那么，你来这里做什么呢？"拉斯科纳夫激怒地问着，"我再问你，如果你以为我有罪，你为什么不抓我到牢狱去呢？"

"哦，这话吗！我回答你，因如此捕捉你，对我没有好处呀！"

"为什么呢，你如已相信了你就该……"

"唉，我如果相信了怎么着？那不过是我的梦幻。我为什么要使你逍遥法外呢？你既叫我做，就是如此了。我如果叫你和那个工人面质，你问他：'你是否糊涂了？哪个看见我和你一起的？你是喝糊涂了，你是喝糊涂了。'嗯我怎么答应？尤其因为你的话比他更可信些，除了心理方面有助他的证据外，什么也没有了。同时你也可以达到目的了，因为那个无赖是一个很厉害的酒鬼，我早已经说过几次了，说那心理可以由两方面解释，说第二方面有力些，可信些。然说除了这，我没有别的证明你有罪的东西。虽然我就要把你送进牢狱，我是实在来——预先通

436

知你的，而且我很坦白地说，这于我并无好处呀。嗯，我再次到你这来
是因……"

"是的，是的，再什么呢？"拉斯科纳夫喘着气问，"因我认为须对
你解释一下。我不想让你怪我，我对于你是十分忠诚的、爱悦的，信不
信随你。最后，我到你这来是给你一个诚恳的建议——这就是你当亲自
去投案自首，那将会十分有利于你我两人。因我的公事结束了。嗯，这
是否是我的倾腹相与呢？"

拉斯科纳夫呆着想。

"派里弗，你方才说你只不过依据心理，别无他物，可是此刻你又
扯在数学方面去了。嗯，此刻如果你弄错了，那会怎样呢？"

"不会，洛地亚，绝不会弄错。当时我就掌握了这个证据，一点事
实可证呢。实在是上帝赐给我的。"

"什么证据？"

"我不对你说了，洛地亚。总之，我没有时间停留了，我得要捕捉
你了。你想，此刻我是职责已尽了，所以完全为你而说话的。你相信好
些呀！洛地亚。"

拉斯科纳夫狠狠地冷笑着。

"那不但可笑，简直是无耻。即使我有罪，我不承认的，什么理由
可叫我招供呢？虽然你说我在牢狱，不会有什么危险的！"

"哈，洛地亚，你不要太自慰了。也许牢狱并不是十分安全的呢。
那不过是我的理论，我对你总算无所不知了！也许此刻我也瞒着你什么
事呢……我不能把一切都露了！你怎能讲到恩惠呢？你以为会怎样减轻
你的罪名吗？你把罪名放在他人的身上，把整个事情搅得十分复杂的时
候才招供了。试想，我要对上帝发誓，我会把你的招供弄成一个极动人
的事呢！我们要将一切心理上的要点，及有害于你的疑心，全都排除！
因此你的罪，可以说是精神错乱所造成的。我是质朴的人，洛地亚，我
说话是算数的。"

拉斯科纳夫仍是悲惨地沉默着，低头丧气似的坐着思索，末了，又微笑了。但这微笑是悲伤的、善良的。

"不！"他说着，似乎放弃对派弗里的尊敬神情了，"减轻罪名根本不需要！"

"那正是我所担心的！"派弗里热心地不觉脱口说着，"你的不需要减轻罪名，倒是我所担心的事呢！"

拉斯科纳夫忧虑地带着渴望地看着他。

"唉，不要厌恶现实呀！"派弗里接着说，"你的前途正有可为呢！你怎能说不希望减刑呢？你真是一个挺硬的好汉！"

"我的前途有什么可为呢？"

"现实生活。你是先知者，你很清楚吗？自去求寻，你会发现的。这也许是上帝的意思，它要把你带到他那边去呢。那幽囚是永久的呀……"

"时候会减短了吧！"拉斯科纳夫笑着说。

"什么，你是怕受面子的耻辱吗？也许是的，可是自己不会明白，你还年轻呢。总之，投案自首，你不用怕的。"

"哼，随它去！"拉斯科纳夫露着厌恶和不屑，低语着。

他又站着仿佛想走，但又在绝望中坐着了。

"随它去，假使你愿意！你想我在粗俗地赞美你吧！你没理智了！但你生存了多少年？你了解的有多少？你发明了一个理论说，又怕那理论不中用了，那结局的证明毫不是无所依傍的！那结局的证明是龌龊的，但你并不是卑鄙得没希望了，绝非这样卑鄙的！我想你只要求得信仰上帝，就在审讯者把他们的心腹都拖出时，还是对他微笑的人们之一。信仰求得，你就存在了。你早该变换环境了，而且遭难也并非不好。也许尼拉要遭难是不错的哩。我知道你不会相信——但不要太自以为聪明，走进生活中去吧，不要迟疑，不要过虑——洪水会让你浮到岸上去的，不是又安慰地站着了。什么岸呢？我怎能说？我不过相信你还有长久的生活呢！你如今把我所讲的话，不妨看作一篇正式的讲演稿，也许你以后会记着的。有时这种话也可以参考的，因此我才说这的。你不过杀了一个老媪，如果你们创立了一个理论，也许会做出更惊人的事呢。你也许会感谢上帝。怎么知道？也许上帝为着什么事挽救你呀。但永久保持着好心肠，减少恐惧之心！你是怕即将到来的重大判决吗？不。害怕是可耻的，你既然做了就得把心弄硬些。这是正义的，你得顾全正义的渴望呀。你虽不会相信，但真的，你的生活会改变。你将来会改过自新的。你此刻所急需的是清新空气，清新空气，清新空气！"

拉斯科纳夫有些惊讶了。

"你是谁？你是怎样的先知者？你从什么神圣的宝座，来宣示这些智慧之话吗？"

"我是谁吗？我就是一个完了的人，一个也许有感情和怜悯心的人。还有一点知识，但我的前途没有了。但你是另外一回事，有生活在等候着你呀。但谁又知道呢？也许你的生活就烟消云灭，如梦幻泡影了。好吧！你将进入另一个世界，你所怜惜的，倒不是快乐！也许永久无人看见你。这有什么关系呢？不是时间的长短，是你自己，会决定那事的。像太阳，大家都会看见你的。你怎么又笑了起来？我敢想，你是以为我在以甘言蜜语哄骗你吧。嗯，也许是的，嘻嘻！也许你不相信我的话，但听我说，我想你会用你的判断，我是一种怎样卑陋的人，我是怎样朴实的啊！"

"你打算在什么时候捕我呢？"

"嗯，我给你再自由几天。好汉子，你得向上帝祷告呀。也许于你更好，相信我的吧？"

"如果我远走高飞了怎么样呢？"拉斯科纳夫露出怪异的笑脸问着。

"不。你不会逃的。无知识者会逃，一个趋时的异教徒会逃。他是他人信仰的仆役。因为你不过把小手指给他看，他就会愿意在残余生活中相信什么的。不过你已不信你的理论了，你带着什么跑呢？你掩藏着干吗？这对你麻烦而困难，你在生活中比一切更要紧的，是一个不迁动的地位，一些适合于你的环境。你会有什么的环境呢？如果你跑了，你会回来的。你没有我们就不能生存呢。如果我把你关进牢狱——如果你在那边待上几个月——记着我说的话，你就会招认了，这也许会出乎你的意料呢。一小时前你就带着自供口状来了。我相信你会下决心遭难。你现在不相信我讲的话，但你会下决心那样做的。因为遭难确是一件高贵的事情哪，洛地亚，不要以为我生得肥胖，我也知道的。不要笑我这些话，在遭难中是别有意味的。尼拉是对的。不，你不会逃跑的，洛地亚。"

拉斯科纳夫站起来，抓起帽子。派弗里也站起来了。

"你去走一走吗？如果没骤雨，晚色很好呢。但能使空气清新也很不错呢！"

他也抓起帽。

"派弗里，切不要想我今天对你招认了！"拉斯科纳夫仿佛怨恨地说着，"我出于单纯的好奇心听你说话，你是个怪人。但我没有承认什么呀！你记住这点！"

"哦，我知道。我会记住的，你看他颤抖啦！不要自扰呀！好汉子，听你吧。随便走一下，但不要走远处。万一发生什么，我对你有一点恳求！"他声音很轻地续说着，"这是个拙劣的恳求，却是重要。万一发生什么——虽然我一点也不相信这事，而且你也绝对不会的……可是如果你在这四五天内，你自动地用什么方法，什么奇怪的方法——把你自己弄掉了——把这事情终结了，那要请给我几个字的证明，数行就行，并须提及那块石头的，那就更可敬贵了。就此吧，再见！望你有高尚的思想和恰当的决定吧！"

派弗里俯着头，为避看着拉斯科纳夫之故出去了。拉斯科纳夫走到窗下，露着恼怒的急不可耐的神情，直等着派弗里快到街上而且走了的时候，他才立刻走到外边去了。

第三章

他立刻跑到喀老夫那边。他想在那人身上得到什么，他不明白。但那个人对他好像有着一种什么魔力似的。他一想起了，就有点不安，如今时候来了。

他在路上焦恼地思索着：喀老夫有否到派弗里那边去？

他想他绝没有去过的。他又详细回想派弗里的造访——不，他不会去的。

不过，如果他没有去过，那么他会去吗？同时，他觉得目前他不会去的。什么缘故呢？他难解释，如果能够证明，他也不愿多费心力在这上边呢！这一切困扰他，他不能不注意。真奇怪，也许没人相信，此刻他好像觉得对于自己目前的命运有一种深微的茫然的焦虑。还有更重大的焦虑扰乱着他呢，这是在一个相反的更要紧的方面。虽然他的头脑近来似乎清楚得多，但他仍觉得心灵上的极大的疲倦呢。

发生了那些事情后，以及这些新的困难和挣扎，是否值得努力克服这些新的困难和挣扎？例如设想喀老夫不到派弗里那边来，是否值得？

去查访，来探考事实，在任何如喀老夫的人身上去花费时间，是否值得？

这一切他是十分不愿去思索。

可是他仍要立刻到喀老夫那儿去，他想在他那儿得到一些新情况、音信，以及远走的方法吗？黯昧难明！这是命定，抑或什么感官叫他们走到一道呢？也许不过疲倦、绝望，或不是喀老夫而是别的，他所需要的人，喀老夫不过只适逢其会罢了。梭娜吗？他此刻是不必去她那边赚她的眼泪的，而且他也有点怕见梭娜，梭娜站在前面也是无济于事的。他得径行或者随着她的路。这时他尤其没有看她的必要。不如还是去喀老夫那边好些，但他又觉得为什么得去见他……

但他们有什么相异呢？就是他们的坏事也不会同型的。而且，这人是十分令人气恼，明白地坏了，大家关于他的传说是刁猾自傲，而且狠毒。是的，他虽是照顾茹里伊夫亚的小孩们，但他有着什么目的，以及什么意思，谁能说清他老是有着什么主意和计策的！

此外还有一个想法，常常回环于拉斯科纳夫的脑袋里，他极感烦扰痛苦。他很想把它除掉。他有时想喀老夫会追踪他的形迹呢。喀老夫侦出了他的私事，全在多利亚那边计划着。如果他还在策划，又将如何？他探得他的隐私，他就弄到势力，可以要挟他了，假使他借以作反对多利亚的武器，又如何呢？

这个观念有时在梦中也刺痛他，但从没有像到喀老夫那边去时那样清晰地出现呀，就此他已十分凄楚地恼怒了。第一，一切事情如他的处境，也许要起变化了，他该立刻向多利亚把他的秘密说出了。或去自首，以防多利亚的什么轻举妄动。今早，多利亚收到的那一封信……在彼得堡她能收到谁的信呢？洛升吗？是，伦肯在那边保护着她了，但这情形伦肯毫无所知。对伦肯说了也许好些……他带着愤厌地想起这事情。

总之，他得立刻去见喀老夫。他决定了，只愿在谈话中能探出事情的要紧处。但假使喀老夫竟会……假使他暗害多利亚——那么……

拉斯科纳夫在一月所遇之事，使他如此心力交瘁。他只有一法决定此种问题："我把他杀了吧！"他在无情的绝望中想着。

突然而来的痛苦又刺伤他的心。他在街头呆立着，四边望望，看这边是何地，该向哪条路。他觉得这是在×街，去柴草市场有三四十步远。他刚从那边过去。左首房屋的二层楼开着酒店了。窗口都在开着，由窗口的人头看去，那店中是塞满了人。

还有唱歌的声音、铜笛和提琴以及土耳其鼓的响声。他听见有女人在高声喊。他对自己怎会到×街来而怪异着。正要转去时，忽然在最末一个窗口看见喀老夫坐在窗户的茶桌旁，口里含着一根烟斗。拉斯科纳夫给怔吓着了。喀老夫不作一声地注视他，拉斯科纳夫立刻觉出他像要站起，趁人没发觉时走开去。拉斯科纳夫立刻装出没看见的样子，往他边上看去，但又偷偷地盯着他。他的心跳得很快。是的，喀老夫显然不愿意被旁人看见，他把烟斗放了下来。但当他站起来，把椅向后搬时，他又好像觉出拉斯科纳夫已看见他，而且注意他了。这个情景正和他们在拉斯科纳夫房中初次相会的情形差不多。喀老夫的脸上现出显明的狡猾的笑脸，他俩都以为被人看见了的。最后喀老夫忽然又大笑着。

"哦，你寻我在这儿，你进来好了！"他在窗口喊着。

拉斯科纳夫走进酒店，看见喀老夫在一个小包间内，隔壁是厅堂。厅堂中有商人、小官吏以及杂色人等，约坐满二十多张小桌，朝着音乐队大声喝彩叫喊。打乒乓球的声音远处也可听到。喀老夫前面桌上摆着一只大口瓶及一个半盛着香槟酒的玻璃杯。此外还有一个童子手中拿着小手摇风琴，一个面貌丰满而带红色的年轻姑娘，穿着一件皱褶的有纹路的裙子，头上戴一顶有缎饰的筛耳式的小帽。她自己在手摇风琴伴奏中唱着一支什么歌，声音破哑而高亢。

"好了，不要唱了。"喀老夫在拉斯科纳夫进去时，让她停唱了。那姑娘立刻谦敬地停住。当她唱着小调时，露着庄重而恭敬的神情。

"喂，非列，来一杯吧！"喀老夫说着。

"我一点不喝呢！"拉斯科纳夫答着。

"随你，我不是为你而喝的。茹卡，你喝吧！今天没什么了，你回去吧！"他给她倒了一满杯，并放下一张黄颜色的钞票。

茹卡把酒慢慢喝了，像一般女人一样，二十多口方喝光，拿着钞票，吻了喀老夫的手臂。他庄严地给她吻，她然后走出房，那童子手提着手摇风琴也跟了出去。他俩是由街头叫来的。喀老夫在彼得堡还不到一星期，但一切情形都很老熟了，招待非列此刻已是他的一个老友了，而且十分殷勤呢。

通厅堂的那门上有一把锁。喀老夫在这房很熟似的，也许一天都待在这的。这酒店污秽潮湿，似乎第二等也够不上呢。

"我去拜访你，找你！"拉斯科纳夫说着，"但我不知为何从柴草市场而到×街来的。我以前从未到这边来过，我都是由柴草市场右面去的。这不是到你那边的路呀。我一转这边，就看见你在这儿，怪极了。"

"你为什么不说'这是个奇迹'呢?"

"这也许只是个偶然罢了。"

"哦。你们这伙人全是如此的！"喀老夫笑着说，"你们心里即使真相信它是个奇迹，你们也会说不是的！此刻你就是一例。这边的人都是没有主见的，不免有点懦者气啊，你不会这样想的，洛地亚。我不是说你，你有你的主见而且显明的，因此你打动我的好奇心了。"

"还有其他吗?"

"嗯，这一点已经足够了！"喀老夫看上去很是高兴，但只有如此了，他只不过喝了半杯酒。

"我想你未来瞧我之前，你还不知道我有自己的见解哪！"拉斯科纳夫说着。

"嗯，那是另外一回事。大家都有自己的见解的。至于奇迹的事，我对你说吧，我想你前几天都在睡梦中过去。我曾对你说过这酒店的，你直到这边来，毫没有奇迹可见。我解说怎么走，对你说在哪边，在何时你可以在这边寻着我。你还记得吗？”

“我记不得了。”拉斯科纳夫惊讶地答着。

“我信你的。我对你说过两回，这地方你当然记得的。你能无误地走到这儿，虽然你不觉。我当时对你说时，我就不想你懂我的话，你太公开了，洛地亚。另有一件事，我相信在彼得堡有很多的人，走路时会发着呓语。这是一个疯子住的城池，希望那些医生、律师和哲学家常在彼得堡就自己的欢喜而做一番最可贵的调查。别处很少有像彼得堡的，在人的无机体上，有着这许多阴森的、强有力的奇怪异状。单就气候的影响就已如此了。而且这是俄罗斯行政的中枢，它的性质当然会影响全国的。不过这没有什么，重要的，就是我好几回地注意你。你出门时——抬头——离家约二十步远时就把头垂下了，两手放在背后。你对于四周显然什么都没有看见。于是你翕动着嘴唇呓语着，有时举手大谈，最后就站在路中不动了。真不知是怎么的。你不知有人在你旁边注意你呀，那对你是很不利的。这实在和我无关，而且我也治不好你的病。不过，当然，你会懂得我的。”

“你知道有人跟着我吗？”拉斯科纳夫问着，仔细地看着他。

“不，那我可不知道了！”喀老夫好像吃惊地答着。

“嗯，那么，随我吧！”拉斯科纳夫皱着眉毛说着。

“是的，随你吧。”

“如果你是到这边来喝酒的，你还是早说好了。而且你也约我两回到这边见你，那么，方才我在街头看窗口时，你为什么躲着，并想离开呢？我是看见的。”

“嘻嘻，你闭着眼睛，在沙发上假装睡熟地躺着。但当我站在门口时，你却是醒的，这是为什么呢？我看见的。”

“我有……原因的。那你会明白的。”

“我也有原因的，只是你不明白而已。”

　　拉斯科纳夫把右手臂肘端放在桌上，右手掌承着下巴，凝神注视着喀老夫。这是一张奇怪的脸，如一个假面具般的，白而红，鲜红的嘴唇，黄色的胡子，以及淡黄的厚头发。他的眼睛碧蓝得出奇，外表看上去总是过于忧虑、过于呆滞的，在那副怪而美的脸上看去，总有点令人不舒服。看那脸庞似乎非常年轻的，这面貌在以前早就深印他的心中了。而且喀老夫穿的夏衣和衬衫也极其漂亮，他还戴上一只嵌着一颗贵重宝石的大戒指。

　　"我此刻又要来搅扰你吗？"拉斯科纳夫忽然说着，他露着神经质的性子，就直说到来意，"如果你要伤害我，或你是最不可近的人，我也就不再麻烦自己了。我得对你表明我不如你所想的那样重视自己。我来对你说，如果你对我妹妹仍坚持你以前的意思，想从你近来所发现的事情而在那方面获取什么好处的话，我便会在你没把我关着前把你结果了。你不妨相信我的话吧，我是言行一致的。再者，你如果想告诉我什么话，那就立刻讲吧。时间是可宝贵的，而且稍延搁就要太晚了。"

　　"为什么这样急呢？"喀老夫问着好奇地瞧着。

　　"每个人都有自己的事。"拉斯科纳夫阴郁而不耐烦地答道。

　　"你刚刚叫我坦白相示，可是第一句问话你就没有答复了。"喀老夫笑着说道，"你总存着我有什么用意的心，因此你只是疑虑地看我。当然你是很自然的，但不过我愿意和你相交，我还是不敢让你相信。事情恰恰相反，这玩意并没有什么价值，我也不想对你说别的什么事情。"

　　"那你要我做什么呢？你只在我的旁边走动？"

　　"什么，不过当作一个好玩的研究对象罢了。我喜欢你的特异的性质——就是如此。而且，你是我所感兴趣者的原因，我由那边听了好些你的事情，我由此想到你在她那边必有重大的影响，这尚不足吗？哈——哈——哈！当然我认为你的问话是很复杂的，使我很难置答。如此，例如讲，你不是单为一个固定的动机到我这边，而是为要探听一些新事情之故。是不是如此？是不是如此？"喀老夫露出诡诈的笑脸说道，

"嗯，我到这边的路上，火车中，也在想着你，想着你对我说什么新事情，且想利用你哩！你想我们是怎样富有呀！"

"你利用些什么呢？"

"我怎么对你说呢？我如何知道呢？我在何等酒店里浪费一切时间，这就是我的自娱，换言之，这不是顶大乐处！但人必得有个去处，此刻那个苦恼的茄第——你看见她了吗……只望我此刻是一个好吃者，一个菜馆里的大嚼者，但你看我会吃这些的。"

他指着房角的小桌，那边有难看的牛肉块和蕃薯的残块放在铅盘上。

"再请问，你用过饭没有？我吃了一点，不想再吃了。例如酒，一点也不要了。除了香槟之外，我未曾饮过别的，而且整整一晚上也只来过一杯，就是那点，已叫我昏昏然了。我方才用它，无非借以解闷而已，因我就要到他处去了。你想我是有什么的一种心境。因此我方幸如顽童般的躲了，因我怕你来碍我的事。但我想……"他取出表一看，"我还可以和你谈一个钟头。此刻四点半。我希望做什么？一个地主，一个牧师，一个骑兵长官，一个摄影师，一个记者……这全不是，没有专门的行业。有时我真恼呢！我以为你会对我说什么新事情吧！"

"你究竟是什么人？为什么到这里来呢？"

"我是什么样一种人？高贵的人。我曾在骑兵中干过两年，以后在彼得堡这边闲荡。于是我和拉夫那结了婚，住在乡间。这就是我的一生经历。"

"我想，你是一个赌徒吧！"

"不，算不上什么赌徒——只是个赌棍——不是赌徒。"

"那你是赌棍？"

"是的，我就是赌棍。"

"你经常挨揍吗？"

"那事有过的。怎样？"

"怎样？你对他们启衅……定很写意的。"

"我不来和你辩，而且，我对哲学不很关心。我所以赶到这边来，无非是为女人呀。"

"在你葬了拉夫那之后吗？"

"当然了。"喀老夫露出可佩的诚实微笑，"这算什么？你好像对于我说女人不以为然吗？"

"你问我在坏德行上看出什么不好吗？"

"坏德行！嗯，这便是你所寻求的！但我要依次答你，第一对于女人，你明白我是好闲扯的。我为什么要拘束自己呢？我既已和她们有爱情，为什么要放弃女人呢？总之，这是一桩工作呀。"

"你在这边除了做坏德行外，什么都不希望了？"

"哦，嗯，那就算是坏德行吧。你坚决说的，但总之我喜欢直截了当的问题。在这种坏德行中，至少有一种不诚之物，这是自然的，而不是幻想的，这是存于血液中的一种东西，如一种不熄灭的燃料，永久燃烧着，而且也许不会立即灭熄，甚至正烧到许多年呢。你会认为这是工作的一种呀。"

"那不算是快乐之事，那是病态，而且是一种极凶的病呀。"

"哦，这就是你想的吧！我承认，那是病象，超越常态的一切事情般的。当然，在那种事情上，人当然安乐如故。但是，第一，大家都有点如此，第二，当然，人该要寡欲谨身——不论这是怎样卑贱——但叫我如何能呢？我假使不那样的话，我会自杀的呢。我得承认一个正常的人该忍受麻烦，可是……"

"你会自杀吗？"

"哦，好了！"喀老夫露出憎恶地说开去了，"你不必讲那个！"他续说着，一点也不像先前谈话中时所显示的夸傲的成分，面色也改换了，"我承认，那是不可恕之处，我畏惧死，而且我也不愿谈及它。你知道我是个神秘主义者。"

"嗯，拉夫那的幽灵，她仍常和你相会吗？"

"哦，不要说起她，到彼得堡后就没见过了，随她去吧！"他带着一种被激怒的神色喊着，"我们还是不去谈这个吧……但是……嗯，我时间不多了，不能多耽搁了，很可惜呢！我本来还有许多话想对你说的。"

"你有什么约会吗，是女人吗？"

"是的，是女人，一桩刚产生的事体……不，这不是我愿说的。"

"你的一切环境的恶劣、污秽，对你没有影响吗？你的力量不能克制自己了吗？"

"你也要佯作有力量吗？嘻嘻嘻！你方才叫我惊讶呢，洛地亚，虽然我早明白要这样的。你以坏德行和美术来对我布道呢！你——一个席勒——一个幻想家！当然这一切都是必然如此的，否则，那就叫人惊叹了，可是实际上，这是可怪的……唉，好不讨厌，我没时间了，你是最好玩的一流人！此刻我问你，你慕席勒吗？我非常喜欢他呢。"

"你真是一个好矜夸的人哪。"拉斯科纳夫露出一点厌恶地说着。

"真的，我并非如此。"喀老夫哈哈笑答着，"但我也不和你争辩，就算是一个矜夸的人好了。如果与人无害，矜夸有什么不可呢？我和拉夫那在乡间一共住了七年，我此刻遇见像你这样聪明的人——而且很好玩——我十分高兴与你谈话。况且我喝了香槟酒，酒力已冲到头上。而且有一件事情让我兴奋之至，但是那事我……要暂不想谈。你要到什么地方去？"他惊问着。

拉斯科纳夫站起来了，他到这边来，非常觉得气闷难耐。他确信喀老夫是世界上最卑鄙的无赖了！

"喂——喂！再坐一下吧！"喀老夫叫着他，"你得要点茶喝喝了，我不想再说瞎话了，关于我自己，我要告诉你一桩事情哩。如果你高兴，我将对你讲一个姑娘怎样营救我的事——你定会叫它'救'的——真的，那就是回答你第一句的问话了！那姑娘非别人，就是令妹呀。我可以谈吗？这就要花时间了。"

　　"好的，你告诉我吧！你……"

　　"哦，不要慌，虽然像我这样的一个无足轻重的卑贱的角色，但多利亚也能激起我最诚恳的尊敬呢！"

第四章

"你也许知道——是的，我对你说了！"喀老夫说着，"我在这边的债务诉讼中，为一项巨务，偿还是一点希望没有的了。也不必去说拉夫那怎样把我赎出来的，你知道一个女人有时会爱到疯狂的地步不会？她是十分明达而且诚实的女人，虽没有受过什么教育。你会相信这个诚实而妒忌心很重的女人，经过许多次愤症和挫折之后，竟屈身和我订了一个在我们结婚后必须遵守的合约。她年纪比我大，她口里常含着」香化或别的什么。像我这么粗鄙的人倒还有一种诚实气味，我后来竟直白地对她说，说我不能完全对她忠实。这可把她气疯了，但她仍有点原谅我的不情的真诚呢！她觉得我能预先和她说明，这显出我不欺骗她，一个妒忌心重的女人，这是第一个重要点。经过了好些哭骂，于是我们又订了一个口头契约：第一件，我永远和拉夫那同住，一生是她的男人；第二件，未得到她的许可，我不能离去一步；第三件，我绝不能再和人家有永远的爱情；第四件，为弥补缺憾，拉夫那允许我有时和女仆们通奸，但不许堂皇而行；第五件，绝对不许我爱上和我们同阶层的一个女子；第六件，如果我——上帝不许的——陷入情网，我必须对拉夫那说明。但拉夫那对于最后一桩倒很不介意哩！她一个聪明的女子，她知道我是一个荒唐的好酒色的家伙，得不到什么真爱情的。但一个明理的女人和一个妒忌的女人是绝对不同的，事情就在这里发生的。但要正直地评论什么人，我们先得抛弃先入为主的偏见和我们旁边的人们的习惯和态度。我是情愿信任你的评论的。也许你已听到关于拉夫那的那些可笑的违理的事吧。她有时真的很可笑，但我痛快地对你说，我实在为那些束缚而悲苦而悔恨，嗯，我想做一个好好的男人，为好好的妻子做一种不过分的忍气，也就算了。所以我们吵闹时，我常不回嘴，不去激怒她，这种高尚的行为常得到相当的利益的，这就使她高兴了。有时候她觉得我很傲慢。至于令妹，她确是不能容忍，但她终究冒险，叫那美丽的人儿到家里来做家庭教师了。我的解释是如此：拉夫那是个热情的而易感动的女子，她个人可说十分钟爱令妹的。嗯，看看多利亚有什么关系呢！但我初见时便觉得不安，你以为何如，我当即不再看她了。但是多利亚她自己走进一步了，你会信吗？拉夫那因我对令妹的极端沉默，为着她不断颂扬多利亚的美德，而我仍以不屑的态度处之，她当初确和我生气呢。我不明白，她需要我什么呢？嗯，当然，拉夫那把我的一切事情都对多利亚说了。她有个不好的毛病，就是把我们家庭的一些秘密毫无保留地对别人说，她老是怨我，她怎能不信爱那个叫人欢喜的新友呢？我猜她除了我之外不谈什么了，多利亚当然听见那些关于我的鬼祟的隐秘的传说了……我敢打赌，你也已听到过这类事情。"

"我听见过了。洛升说你害死一个小孩呢，真有那事吗？"

"请你不要去说那些无稽的谣言吧！"喀老夫露出憎恶和生气地说道，"如果你一定要知道那一类的鸟事，我将会对你说的。此刻不……"

"我也听见你对乡间的什么仆人也很坏呢。"

"我请你暂时丢了这些吧！"喀老夫十分焦急地打断他的话。

"这是那个死了仍到你那边替你点烟的仆人不是……这是你亲口对

我说的!"拉斯科纳夫好像越说越兴奋了。

喀老夫冷酷地看着他,拉斯科纳夫觉得他已感觉到恶意的嘲侮了。但喀老夫仍压制着自己,很和善地答话。

"是的,就是他呢!我对你也非常感兴趣,我明白我可以被人视为荒唐的人。你想我对拉夫那对多利亚述说我的诡秘的有趣的闲话,我将怎样感激她呢!我不知会给她什么印象,但那于我必然有利是可断言。多利亚虽有着嫌弃我的心,虽我也仍是一本旧习——她终觉得有点怜惜我,假使一个姑娘起了怜惜之念,那就有点麻烦了。她想援救他,把他扶着,使他获得新生而且有用——我们都明白,如此的梦可以永久。我立刻明白,她已被什么绊住了,而我也做好了准备。你不开心吧,洛地亚,不必的。你明白,结果仍然是梦幻泡影了——随它去,我喝了多少了——我一开始就替令妹惋惜,她没有福气生在公元二世纪或三世纪,做小亚细亚的执政的皇帝或什么宰丞的女儿。当他们以烫的火钳烙她的胸时,她会微笑而受殉教之苦的。如果在四世纪或五世纪时,她便会走到埃及的沙漠去了,过着三十年草根树皮枯寂萧条的生活。她渴望着为人遭难,如果不让她受难,她也会跳窗自杀的。我听说一些关于一个伦肯先生的话——听说他是一个明理的朋友,真的,他也许是个神学的大学生呢。嗯,他照拂令妹是很恰当的!我很自傲我很了解令妹。但在人们初交时,就不免粗心而愚蠢。人简直看不清晰。可恨她为何那么美丽呢?那非我之咎了。实则开始我是怀着一种不能遏制的肉欲,但多利亚紧紧自守,一毫莫犯,这简直稀奇而难以置信……你留心,我说令妹的这些话都是事实。不管她的才干如何,她的坚贞显然是达到了病态。她也许有妨碍。刚好那时家里有一个姑娘叫派拉,是一个绿色眼睛的乡女,我先前没有见过她——她是从他乡来的——十分貌美,但愚笨之至!她痛哭着的时候,简直到处可以听到,而且有了逸谤之言。一天中饭后,多利亚和我到花园的一条曲径去,她睁着眼睛要求我不得去哩,那可怜的派拉。这是我俩第一次单独谈话。当然,我是极愿意听她的吩咐，我是没魂了，摇惑了，当时我表演得尚不差。因此开始晤面，秘密谈话，劝说，恳求，祈祷，甚至流泪接着来了——你相信吗，甚至流泪？你想说教的热情竟给女子到这种田地！当然，我一切全由命运做主，佯为寻求光明，最后，我用了克服女性的最有效力的法宝，这是万无一失的，而且是很有名的方法——谄媚。世界上没有比讲实话再难之事，也没有谄媚再易之事。讲真话时，如有一点不对，那就会发生不和的，而且也就多事了。在谄媚时，如果一直都是粗呆的，那更是同样的动听，而且惬意呢。那虽是一种鄙陋的惬意，但总是一种惬意呢。不管那谄媚怎样肉麻，一半会像是真的。这于各界都是一样的。一个贞洁的姑娘会给谄媚所诱惑的。我记得有一回诱惑了一个很爱自己的丈夫、儿女以及信仰的妇人，自己真会大笑起来。这是怎样的有趣，而困难一点也没有呢！而且那位妇人必然有信仰的，有她自己的信仰的。我把一切完全献身在她的石榴裙下了。我腼颜地向她谄媚，当我和她握着手，及得到她秋波一顾的时候，我便会以为在拒绝，而责备着自己了，所以我如不是那样操切，简直是无所得的。她是如此烂漫真率，以致她毫不觉出我的哄诈伎俩，竟慢慢地被我勾搭上了。当然，我是胜利的，而我的相好仍旧自信是天真的、贞洁的，而且对于她所有的一切也是忠实的，可是她却贸然屈身于我。只当我最后对她说，我的真实的内心是当她和我一样渴望的时候，她是十分恼我呢！可怜的拉夫那在谄媚这边是太差了，只要我高兴，我会让她活着时把她的产业交给我的——我此刻喝了很多酒，谈话过多了——如果我此刻提及在多利亚的身上发生如此情形的话，我希望你不要生气。但我性急，而且有点蠢，所以常是愤事的，多利亚其间有几回——尤其某一次——对我的眼睛表情大不满意呢！你会相信吗？当时我眼中发出一种强烈的光辉，使她惊吓憎恨呢！后来我们分手，也不必细表了。其时我又蠢起来，我本想用说教的方法感化自己越于正轨，可是又出来了，而且不只她一个，事实上产生了一回搅乱的骚动呢！呵，洛地亚，只愿你瞧见令妹的眼，有时是怎样的流盼啊！

454

这时我已醉了，我也不管，再来一满杯吧。我说的全是真话。我对你老实讲，那一盼便给我梦魂颠倒了，后来一听见她衣服的窸窣声音我也难耐呢。我实在可以变癫的呵。我绝不信自己会被摇动到如此的啊！实在的，须得早点解决，可是那时怎能呢？你想我那时会干了什么！疯狂会让人到什么一种最呆蠢的程度啊！疯狂时简直无心做事呢，洛地亚。我细想，多利亚不过是一个乞儿罢了——哦，对不起，不是那话……假使那话的意思表明了，没关碍的——她靠着做工来赡养你的母亲和你——哦，这话差了，你又在皱眉——我就想把我那时所有的三万卢布兑换现洋——供献给她，她如果愿意同我到彼得堡来的话。当然我要遵守着永远的爱情、快乐等等。那时我对她如此狂热，如果她叫我把拉夫那弄死，和她结婚，我当然即刻听命的！不过终于闹到了不幸的局面，你早已明白了。你想，当我听说拉夫那介绍了那个流痞式的讼师洛升，将和她结合的时候，我是怎样愤怒呀——那和我乞婚实在是一样之事。对不对！对不对？我觉出你已十分关切了……你真是很有意思的年轻人啊……"

喀老夫脸孔绯红，用拳敲着桌子。拉斯科纳夫十分清楚是刚才那杯香槟酒在他身上发生作用了的缘故。他对于喀老夫觉得十分怀疑。

"嗯，你的话我完全相信了。那么，你到彼得堡来，是为我妹之故了！"他想再去激怒喀老夫一卜，便如此对他说着。

"哦，胡说！"喀老夫说着，精神好像又为之一振，"什么，我对你说……并且，令妹对我不加宽恕。"

"是的，我确定知道她不会的。但那不是症结之处。"

"你肯定相信她不会吗？"喀老夫眯起眼睛，侮嘲似的笑着说，"你是对的，她不爱我呀，但你绝不会明白男人和妻子或爱人和姘妇间的事情的，常是有隐微之处不能洞彻的，只有当事者明白。你敢说多利亚是憎厌着我吗？"

"从你所讲的话看，你对多利亚还不曾放手——当然怀着什么歹念——并想即刻去做呢。"

"什么，我讲出什么话了吗？"喀老夫惊惶地问着他，竟没觉出自己说出了的话。

"什么，就是此刻你所讲的呀？你还假装发惊呢？你此刻何必如此怕呢？"

"我——怕吗？怕你吗？老兄。你要怕我呢！但这是胡说呵……我明白自己喝得太多了，我就又多说了。可诅咒的酒！喂！这边，水呢！"

他一把拿起酒瓶，愤愤地把它摔出窗外了。非列拿水来了。

"那全是胡说呀！"喀老夫边说边把毛巾揩着头面，"但我可说一句话，来消灭你一切疑心。须知道我快结婚了呢。"

"你早对我说过这话了。"

"我说过了吗？我忘了。但我不会确切地对你说这话的，因我也许可以没见过我的未婚妻呢，我只是那样想罢了。但是此刻我真找到一个未婚妻了，而且这是一件确切的事，如果我没有事情羁身，我会立刻陪你去看的。因我很愿意征求你的高见呢。哦，讨厌，只有十分钟了！你看这表吧。但我得告诉你，我的婚姻根本是一个有趣的故事。你要到哪儿去？要走了吗？"

"不，我此刻不想走。"

"真的，不走吗？那我们且看吧，我会陪你到那边去，把我的未婚妻领给你看。不过此刻不行，因你就要走的。你得向右边去，我向左边去。你知道那位利哈太太，和我同住的那个妇人吗，哈！我知道你想的什么，她就是那年冬天跳河寻死的姑娘的母亲呀！你听清楚了吗？她帮我布置一切事务哩。你厌烦了吗？她讲你要怎样的事来消遣你的光阴，你知道我是一个郁郁寡欢的人。你想我是快活吗？不，我是忧愁的，我不要紧，我会坐在屋角一连坐三天，一声不响呢。我对你说，那个利哈是一个刁狡的泼妇呀！我想她心里转着什么念头，她以为我玩腻了，离弃我的妻，走开了，她就拿牢她，利用她了——当然门第是相当的，也许更高贵呢！她对我讲，说父亲是一个年老的告退的官吏，却疯了，三年来都坐在一张椅子上。她说母亲是一个通情达理的妇人，有一个儿子在外边服务，但他绝不赡助家庭，有一个女孩，已经出嫁了，但她也不回来看望他们。他们有两个年轻侄子，托他们照拂的，他们疼爱着像自己的孩子一样。他们不让自己最小的女孩读书了，她是一个差一个月十六岁的姑娘，这时她正是结婚的年龄。她就是给我做妻的呢！我们到那儿去呢！这是怎样滑稽的事呵！我挺身而出了——一个地主，一个独身者，远近名闻，有朋友，有家产。我虽是五十岁，而她还不到十六岁，这又有什么关系呢！谁要去想那事？但这叫人迷恋呀，对吗？哈——哈！你会想见我会怎样对岳丈岳母说呵。其时瞧见我，是很高兴的。她走进来了，行着屈膝礼。你想，她穿着一件短外衣——一朵娇儿未开的花，脸如落日般红。我不知道你对女子的脸怎么感觉，但依我看，这二八年华，这伶俐的眼，羞怯和眼泪，真是美极了，而且她像是一帧无疵小图画。卷曲的头发，如绵羊的毛，圆胖的小嘴唇，小小的一双腿，真是一个尤物呢！

　　"嗯，我们于是成为朋友了。我对他们说，因为家庭尚有事情待做，所以就在翌日，就是前天，我们就正式订婚了。当我这回去时，我立刻要把她抱在膝上，使她坐着呢……嗯，她脸如落日，我常吻她。她的母亲当然叫她牢记，这是她的男人，这是无疑的。这真叫人快活极了！此刻的订婚的风味也许比结婚好哩！如今你有了所悦，自然和天真，哈——哈！我和她谈过两回，她很是聪明哩。她有时偷看我一眼，我又给她燃着了。她的脸像拉斐尔画的圣母像一样。你知道《西斯廷圣母》，圣母的脸上有种怪异的神气——藏着悲哀的崇敬的出神的脸，那你觉得了吗？嗯，她正有点和那相像呢。在订婚的第二天，我就送礼物给她，价值一千五百个卢布，一对金刚钻、一串宝珠、一个很大的银制梳妆匣，里面可以放许多东西，因此我的玛丽也觉得受宠若惊了。昨天我让她坐在我的腿上，她脸红红的，我觉得自己太鲁莽一点了。我们俩留在那边，她忽然一只小臂搂抱着我的颈——这是她第一次主动地——吻着我，发誓说她愿做我的一个服从的、忠实的好夫人，并祝我幸福，愿永久献身给我！她无论何时，情愿牺牲一切，说她是为我的尊敬，而如此报答，说她'不再要我什么的礼物'！你想，听了一个十六岁的安琪儿的自白，穿着棉外衣，长了小卷发，脸边露着姑娘的羞红，眼中蕴着热泪，此情此景，真叫人神魂荡漾呢！这点点代价是很值得的，是不是？嗯……你想，我们可以去，看看我的未婚妻呢，但不是现在了吧。"

"这个妙年和发育的猛快，当然要激起你的性欲了！你真的这样结婚吗？"

"怎的，当然。人都为己的，那最能欺骗自己的人，也就最快乐，哈——哈！但你为什么对德行如此关切呢？怜悯我吧，老兄，我是个罪人呀。哈——哈——哈。"

"但你对茄里伊夫亚的孩子们，已做了安置！不过……你有你的理由……我此刻全明白了。"

"我是很爱小孩子的，非常爱的！"喀老夫笑着说，"我会告诉你一个奇怪的事实。我第一天到这边，便到以前曾到过的地方。阔别七年，我简直茫然了。你会知道，我不是想和老友们急图良觐，我将永久避免见他们的。你知道吗，我在乡间和拉夫那一块的时候，我常想到这些地方，随便何人在这边总会发现一些事物的。是的，确是如此！工人喝麦酒，受过教育的年轻人被拘束了，把自己耗在梦想与幻影里，而且又给理论哄了。犹太人多起来，刮着钱，其他的人都流于淫。这城市不拘何时，便到处可见那个现象。我在一个不愿常去的地方，看见一种舞，其中有我绝未见的一种，肯肯舞。是的，这就是进化了。骤然间，我瞧见一个十三岁左右的小女孩，衣服穿得极好，和一个舞艺高超的人跳舞，与那个人面对着，她的母亲在旁边椅子上坐着。你想那是怎样的一种肯肯舞呢！那小女孩害羞得脸红了，后来又觉得受侮辱了，便大哭起来了。她的舞伴搂住她，叫她在母亲面前，大家都笑了——我也如此——

他们笑着：'罚得好——！罚得好——不该带小孩进来的！'嗯，这无聊的回忆是否合理，我可不知。我当即在那位母亲身旁坐下，说我也是个新人，说这边的人全是一班无赖人，说他们不能辨别好歹，不尊重她们，我就以阔佬自居，用我的马车送她们回去了。因此，我知道她们一些情形。她们住在一个低陋小屋里，才由乡下来的。她对我说，她和女儿能够认识我是一种荣幸哩！我探询出她们此行是别无长物，是为什么事来到城里的。我情愿以财力相助。我知道她们是误入舞场了，当作那是高尚的跳舞界了。我对她说，我愿帮助这小姑娘学习法文和跳舞的知识。她们觉得非常荣幸，而且高兴地应允了——我们如今还很好哩……如果你愿意，我们就可去看她们的，但现在不行！"

"不要多说！你的卑鄙寡耻的行径，没道德的、卑鄙的、淫荡的家伙！"

"席勒，你倒是个真正的席勒，道德何处去了？但我是故意说这些事情的，因为我爱听你的怪叫呀！"

"是的。我会觉得自己有可笑之处！"拉斯科纳夫愤愤地说着。

喀老夫只是哈哈大笑，末了他叫非列结了账，站起身来。

"我是喝醉了，谈也谈够了！"他说着，"这倒是快乐呢！"

"我也以为是快乐呢！"拉斯科纳夫喊着，站起来了，"好一个不足齿数的酒色鬼，亏他讲出这样偶然的事，而心中怀着同样的鬼胎——尤其在此情形之下，而且对像我这样的人，说这是一个快乐……真是岂有此理的。"

"嗯，如果你是那个意思……"喀老夫答着，惊异地看看拉斯科纳夫，"如果你是那个意思，你就是一个真正的愤世嫉俗的人了。总之，你会如此的。你会知道很多……你也会做。但是……好了。我可惜不能和你多……但我会把你记在心目中的……不过稍慢罢了。"

喀老夫离了酒店，拉斯科纳夫也接着出去。喀老夫看上去并不十分醉，此刻他已清醒了。他心中好像有什么要事般地皱着眉。他估计着什么事情给他不安和兴奋。其时，他对拉斯科纳夫态度也变了，他渐渐地更傲慢、更讥诮了。拉斯科纳夫看到这一切，也为之局促不安。他十分怀疑喀老夫，就随即跟在他后面。

他们走到街道上边。

"你往右边走，我向左边去。假使你不愿，那你就往左边去，我向右边好了。再会，老兄，希望我们再遇吧！"

他向右边，直往柴草市场那边走去。

第五章

拉斯科纳夫仍跟随在他后边。

"做什么呀!"喀老夫回身喊着,"好像我说……"

"就是我此刻会把你记在眼中的。"

"什么?"

两人都站着,互相凝视着,好像在彼此较量似的。

"从你那些酩酊的话里……"拉斯科纳夫严峻地说着,"我敢说你不仅没有放弃对我妹妹那些最卑鄙的打算,而且更加积极地在做。我知道我妹妹今晨收到一封信。我看你一直坐立不安……你可以自己去弄到一个妻子,但那与我无干。我自己愿意弄好了。"

拉斯科纳夫自己也莫名他有什么事,以及他想把什么事弄好了。

"必得!我要去叫警察!"

"去叫好了!"

他俩又面对着了一分钟。最后喀老夫颜色变了,他觉得拉斯科纳夫对他的恫吓毫不惊惧,旋即装出一种欢喜的和气的神色。

"怎么样的角色！我故意不说你的事，虽然我给好奇心所战胜。那是一桩怪事，我暂放在一边，等到别一个时候。但是你正可把死者激动起来的了……嗯，我们走吧！但我事先对你说，我只是回去看看拿点钱，再把房屋锁了，乘一部马车，到荒岛上去过这一晚。此刻，此刻你要随我去吗？"

"我到你的寓所去，不是为你，是看梭娜的。为我没去参加葬礼向她道歉。"

"随你，但梭娜也不在家。她带那三个孩子到一个高贵的老妇人那儿去了，她是许多孤儿院的女恩人，我早就认识她的。我蓄存一笔款子交给这位老妇人，以作抚养茄里伊夫亚那三个孩子的用途，而且另外捐款给那孤儿院，如此便把她怔着了。我又把梭娜的事情详说着，也不隐饰一点，这在她身上会发生很大的影响。就是为此，梭娜今天被召到这位老妇人临时所住的 X 医院了。"

"不要紧，我仍要去的。"

"随你，与我没相干。但我不同你一道去，如今我们相熟了。再讲一句，我相信了，你在疑心看我，就因为我如此地有礼，并不闲话扰你……你知道吗？这使你太惊异了，我敢说就是为此。嗯，这教训者太慎重了！"

"而且在门口听训哩！"

"嗳，就是这事？"喀老夫大笑着说，"是的，那发生后的一切事，你若弃之，我会惊异的。哈——哈！虽然我知道你所要干的那些把戏，而且你把那个亲自对梭娜说，是什么意思呢？也许我是落伍了也说不定，对不起，请解释一下，亲爱的小友！用最亲的理论开导我一下吧！"

"你听不见什么话的。那全是你假造的呢。"

"但我并不指那事——虽然我确听见一些话——不，我是讲你常在发牢骚的样子。你的席勒无时无刻不在反抗，而你叫我不要在门口听讲。假使你是那样想，去报告警察好了，说你有了困难，在理论上出了一个差错吧。假使你以为人不能躲在门口偷听，但人可以自由去杀老媪们的，你最好是立刻逃到美国去，走呀，老弟！我诚恳地说时间还早呀。你如没有路费，我给你好了！"

"我根本就没有想那事！"拉斯科纳夫厌憎地打断他的话。

"我知道你所担忧的事——德行的问题，是吗？公民与人民的责任吧？把它们舍了吧，它们如今对你没交涉了。哈——哈！你要说，你仍是一个人和一个公民呀。假使如此，你就不该钻进这边来，去做不合于你的事，是不会获益的。嗯，你最好去自杀吧，怎么，你还是不想自杀吗？"

"你好像是故意激我发怒，好叫我离开你了。"

"真是一个怪物！我们既到这边，请走上楼梯吧。那边就是到梭娜那边去的，没有一个人。你不信吗？可问加夫的，她把钥匙交给他放的。这边就是加夫的太太。喂，怎的？她没有耳朵了，她不在吗？到哪儿去？你不听见吗？她不在房中，想要到晚上很迟才能回来了。嗯，到我房里来，你是看我的，是吗？已到了。利哈太太也不在家。她老是忙碌的妇人，我敢说她是一个极贤惠的妇人……如果你明理一点，她于你很有帮忙的。你看我从抽斗内拿张五厘公债券——看还有多少——这张今天要兑换现款的，我不愿再耗时间了。抽斗关着，房门锁了。如今我们又到楼梯了。我们乘马车吧？我要到荒岛那边去。你愿意驾驭吗？我想这辆马车呢。哦，你不愿？你疲倦了吗？乘车去散散心吧！天要快下雨了！没关系，我们把车篷放下来得了……"

喀老夫已跳上马车了。拉斯科纳夫觉得他的怀疑至少在目前是没有把握了！他一句话也不说，径直向柴草市场那边走去了。他如果回头一看，可以看见喀老夫坐着没很远，已离开马车，在街道上走。但他转弯后就看不见了。他很厌恶地就离开了喀老夫。

"看我也会乞灵于那个鄙贱的野兽，那个没德行的溺于肉欲的人和地痞呵！"他喊着。

拉斯科纳夫的批评不免来得太急而且随意了，关于喀老夫，某一种事情给他起了一种新异的而且是神秘的性质。说到他的妹妹，拉斯科纳夫以为喀老夫绝不会随便放手的。但这事只管想去，也太厌闷，太难耐了呢！

当他走了不到二十多步，独自一个人的时候，又在沉思了。他在桥上，站在栏杆边，凝视着流着的河水。他的妹妹恰恰靠近他旁边。

他在桥上碰见了她，但一下走过了，没有注意到她。多利亚以前从不曾在街上遇见过他，她有点惊异了。她踟蹰不决，叫他呢，还是不叫他好呢？忽然她看见喀老夫从柴草市场那边匆匆来了。

他好像很仔细地走近了。他不立即到桥上去，站在铺道一边，极力避去拉斯科纳夫的视线。那时他看见多利亚向他摆摆手势。她想他是叫她不要对她哥哥叫呼，径直到他那边去的。

多利亚立刻从哥哥身边悄悄过去，而走到喀老夫面前。

"我们快点走开吧！"喀老夫对她轻声论说着，"不要让洛地亚知道我们在会面呢。我和他刚在那家酒店中同坐，我费了好多精力才离开他呢！他不知如何说我给你信了，他疑惑有什么事情呢！当然，对他说的人不是你，但除了你又有谁呢？"

"嗯，此刻我俩已转弯了！"多利亚打断他的话说着，"我哥哥看不见了。我们就在这边谈吧。你可以在这边把经过的对我说吧。"

"第一，我在街上不好说这事；第二，你得要听梭娜说；第三，我要拿一点文件给你看……嗯，如果你立即跟我去，我也不说的，但请你不要忘了，你所敬爱的哥哥有一件十分秘密的事，全靠我替他保守着哩！"

多利亚呆立着不动，犹豫着，用渴望的眼光瞪着喀老夫。

"你害怕什么呢？"他安闲地说着，"这是城内，又不是乡间。即使在乡间，也何必害怕呢！"

"你已对梭娜说了吗？"

"不，我一句话不曾对她说，我不很明白她这时是否在家，也许她在家的。她今天把后母安葬好了，想她不会在这期间会人的吧！暂时我不向谁说这事，我对你说也觉得悔了。在这种事情上，稍一不小心就等于告密一样糟。我住在那边的住宅，我们快到了。那是我们的门房——他和我很好，你看，他在行礼了，他看见我同一位淑女一同来了，他当然已注意你的脸了，你不用怕我而且怀疑，那你不会快乐的。对不起，我说了如此粗鄙的话。我没有房子，梭娜的房就在我的隔壁。这一层楼都是分赁的。你怎的害怕得像一个小孩似的呢？我是这么可怕吗？"

喀老夫的嘴唇抿着，做了一个谦虚的笑容。但他是勉强微笑的。他的心跳得很快，他几乎不能呼吸了。他故意高声谈话，以遮掩他的兴奋情绪。但多利亚倒不曾注意到，她受了他的话的刺激，她怕他好像一个小孩似的，她看他非常可怕。"虽然我知道你不是一个……可尊敬的人，但我一点也不怕你。你领路呀！"她露出很镇静的神气说着，但她的脸却很苍白。

喀老夫站在梭娜的门口。

"我去看她在否……如果真不在，真不凑巧啊！但我知道她就会来的。如果她出去了，也是为那孤儿们的事情，去看一位老太太的。他们的母亲死了……我曾去替他们帮忙。如果梭娜十分钟内不回来，如果你答应，我叫她在今天到你那边去，这是我的房。这是我的两个房间。利哈太太——女房东——住在隔壁的那间房。好，你看吧！我要给你看我的重要的凭据。这个门是我的卧室内通到两个招租的空屋子，就在这边……你得仔细地看呀。"

喀老夫有两个极大的摆满东西的房子。多利亚只是四面望望，她看房屋内的用具和一切没有什么特殊的。但也有点地方可注意，例如喀老夫的房屋两旁是无人住过的房间。他的房不是直接由走廊进去的，是由女房东的两间空着的房间穿过的。喀老夫用钥匙开了通出去的那扇门，他指给多利亚看那两间招赁的房子。多利亚站在门口，不知看什么。喀老夫立即过来说明了。

"你看这边，在这第二间大房中。注意那锁了的门，门边有一把椅子，这是从这两间房里面搬去的，为的是坐着听话比较舒服些。门的那边就是梭娜的桌子，她坐在那边和洛地亚说话。我坐在这边一连听了两个晚上，每次约有两个小时……当然我知道得很多，你想怎样？"

"你偷听？"

"是的，我偷听的。现在到我房里去吧，不能在这边坐的。"他把多利亚领回自己的房里，请她坐在椅子上。他自己坐在桌子对面，离她约有十几步路，但也许他的眼中有了什么光彩，曾有一回非常惊吓了多利亚。她战栗地往四面看。这是个不由自主的举动，她不愿显露出她的局促状态。但喀老夫住所的隐遁的情形忽然被她察觉了。她似乎想问女房东是否在家，但她的自尊止住她不问了。而且，她的心中另有着一种心事，远甚他给她的恐惧。她是在十分的困苦之下。

"这是你的信。"她边说边把信摊在桌上，"你写的是真实的吗？你暗示着犯罪，你说是我哥哥犯的。你这暗示太露骨了，你得承认的。我得对你说，你写这信前，我已听到了这个荒谬的传说，我一个字也不相信呢。这是一个闷人的荒唐的疑惑呀。我知道这个谣传，而且知道它是怎样捏造出来的。你不会有证据的。你答应要让我看的。你说呀！但我得先对你说吧，我根本不相信你的！"

多利亚匆匆地说了这话后，她的脸红晕了。

"如果你不相信，你怎会大胆独自到我房来呢！你为什么来的呢？为着好奇心吗？"

"请不要悯我了。你说呀，你说呀！"

"你是一个大胆的姑娘，这是可说的。是的，我想你会叫伦肯先生陪你到这边来的。但他没有和你一同来，也没在什么近的地方。我很留心看着哩。这是你的精神强健，也可证明你想叫洛地亚不受什么罪之故。但你内心都是纯洁的……至于令兄，你方才已看见他了，我要说些什么呢？你对他有何感想呢？”

“这绝不是你所依据的唯一的事情吧？”

“不，并不是依据这个，是他自己的说话。他连着两个晚上到这边来看梭娜。我已经对你说了他们坐在什么地方。他对她完全坦白了，他是一个凶犯。他杀了一个老媪，一个当主，他自己也曾经在她那里当过东西。并且他把她的妹妹——叫威里的摆货摊的女贩，他杀她姐姐的时候，她恰好进来了——他便用斧头一起杀了。他杀了她们是为了抢东西，他确已抢了。他拿走了钱和别的东西……他一字不漏地对梭娜说了，她是唯一知道这个凶手的人。但她对这暗杀是没份的。她惊吓得和你此刻是一样呢！不要多心，她不会泄露他的秘密的。”

“不见得吧！”多利亚喃喃着，嘴唇变白，并喘着气呢，“不见得吧！无动机也没有根据……这是无稽之谈。”

“他要抢劫她，就是动机。他拿了钱和物了。是的，他说他既没用过那钱也没用过那东西，而是把它暗藏在一块石头底下。此刻那些东西还在那边呢。因为他不敢动用呀！”

“他怎么会偷抢人家呢？他怎会想到做那事呢？”多利亚喊着，从椅子上跳下来了，“怎么，你认识他，你看见过他，他会是一个贼骨头吗？”

她好像哀求喀老夫的样子。她已忘了恐惧了。

“那有极多的可能性和关系呢，多利亚，一个贼会偷盗，而且自认是一个坏蛋。我也听说过一个上等人抢劫了邮车呢！谁知道他，还以为他做着一桩上等人的事情呢！当然，假使同你一样，听了人家的传说，我也不曾十分相信的。不过我相信我的耳朵呢。而且他对梭娜把那事的一切动机全讲了，但她当初确不相信她的耳朵，但她终于信任她自己的眼睛呢。”

“什么……动机呢？”

“说来话长，多利亚。是……我怎样对你说呢——一种理论，依这种理论，例如，我认为一种犯罪是可做的，假如重要的目的是不错的，那就一恶抵百善了。当然，一个有才干、很自负的年轻人，要知道他如若——例如——有很少的三千卢布，他的整个事业，他的整个前途便很有可为了。可是那三千卢布哪里来呢，这就是忧人了。于是再加上饥饿，在一个小房中住，衣服破烂，加上感觉着职业的摇动，此外并有他妹妹母亲方面而来的神经刺激，尤其虚荣心和傲慢，虽然他也许有好的方面的……我不是去苛责他，请你不必那样想，况且，这事与我无关的。他还引用了一个怪僻的理论，你瞧，把人分成物质和超人——法律因为他们的超群而不能运用其权力，他们替其他的人类——就是物质——创造法律。看作一个理论，是无可非议的，各种理论都如此的。拿破仑对他的吸引力太大了！换言之，他受影响以此事为最大：大凡有天才的人对于坏行为并不看上眼的，他们也不想到有法律这回事。他好像也自认为一个天才——他有一个时候相信此事。因他能够创立一个理论，但不能够偭矩越规。因此就不算是一个天才，这个观念使他感受着痛苦了，而且此刻还在叫他受苦呀！这对于一个有不论什么骄傲的年轻人都是令人受辱的，尤其在我们这个时代……"

"单有懊悔吗？那么你否认他有其他道德的观念了？他是那样的人吗？"

"唉，多利亚，如今凡事全是一塌糊涂的，不曾好好上过轨道呢。俄国人在思想上多是很自由的，多利亚，自由得如同俄国的国土一般，而且他们尤其倾向于虚妄的，杂乱的。但自由而无极大的天才却是很危险的。你记得我们在晚饭后在露台上，关于这题目谈论了好几次了。怎的，你时常说我太宽泛？谁知道，也许我们正在谈论这一切的时候，他也正躺在这边思考他的策略吧！对我们，特别是在知识中，没有神圣不可侵犯的传统思想呢，多利亚。最好的时候，有人把书本上或旧编年史上的东西未知何故给编撰了。但那是学者们，所以社会上是不适于有学问的人的。你明白我的粗浅意见，不过我们以前谈这事已很多次了，你对我的意见感兴趣，我真是十分快乐……怎么？你面色不好，多利亚。"

"我明白这个理论。我看了他的那篇论文。伦肯给我看的。"

"伦肯先生吗？你哥哥的论文吗？在一个杂志上吗？真有这样的一篇论文吗？我倒不清楚呢。那一定有意思吧！但你要到哪儿去，多利亚？"

"我想去看梭娜！"多利亚没精神地缓缓说着，"我如何去见她呢？她也许回来了，我立刻要去见她。也许她……"多利亚没有把话说完。她已给急促的呼吸打断了。

"我想梭娜要到夜间才能回来。她以前是很快回来的，但如果没回来，那她就要到很晚了才回家呢！"

"嗯，那你是说谎了！我想……你是说谎……我不相信你！我不相信你！"多利亚喊着，她弄得昏晕了。她差不多晕过去了，倒在喀老夫身上，他急忙把她放在她身旁的椅子上。

"多利亚，你怎么了？你好好的吧！这边是开水。喝点吧……"

他往她脸上洒一点水。多利亚颤抖着醒过来了。

"这很不错呢！"喀老夫皱着眉自语着，"多利亚，你平静些吧！须知他是有朋友会营救他的。你希望我和他到国外去吗？我有的是钱，在几天内我就可以弄到一张车票呢！至于那杀人的事，他还是要迁善补过的。你平静些吧，他将会成为一个了不起的人呢。嗯，你以为何如？"

"冷酷的人！对这事还如此冷淡哪！我走好了……"

"你到哪里去呢？"

"到他那边，你知道他在何处？这扇门为什么锁了？我们从那扇门进来，此刻却下锁了。你什么时候把它锁上了的？"

"我们不能老是谈这件事情，我绝非冷淡呀。不过我讨厌如此谈了。你怎么可以这样就走呢？你要泄露他的秘密吗？你要让他恼怒了，他要去自首的。我对你说吧，他已被软禁了，他们已在追随他的行踪了。你如此不是把他泄露了？等一等，我方才同他谈过话，他还来得及救的。

等一等，坐下吧，我们再细想一想。我叫你来，就无非为详细讨论此事，你坐下吧！"

"你怎样去救他呢？他还可以被救吗？"

多利亚坐了。喀老夫就在她身旁坐着。

"这只有靠你自己一个人了。"他轻轻说着，露着灼视的眼睛。因为激动，他简直说不出话。

多利亚身边战栗着向后退了。

"你……你讲一句话，他就可救了。我……我会去救他的。我有钱，也有朋友呢！我会立即把他带出去的。我将去领两个护照，一个给他，一个给我自己。我有很有能力的朋友……假使你愿意，我也会去领两张护照给你，给你母亲……你为什么同伦肯好呢？我也很爱你呀……我无限爱你……给我吻着你的衣裳吧！来吧……我不能听你衣服窸窸窣窣的声音。只要你对我说'做那事'，我立刻去做。我将做所有的事。我将做不能做的事情。你相信的，我就会相信。我将做不论何事——不论何事！不要那样瞧着我呀。你知道你在折磨我啊……"

他像发癫狂了……某种念头突然在他脑中发生。多利亚跳着向门边冲去。

"快开门！快开门！"她边喊，边推着门，"开门呀？那边没人吗？"

喀老夫恢复了神志地站起。他颤动着的口唇，慢慢显出愤恨的侮辱的笑容了。

"没有人在家呢！"他安闲地说道，"房东太太出门了，你喊嚷是白费力气的。你不过自己激发了性子！"

"钥匙在哪里呀？快开门，快快，卑污的！"

"我把钥匙弄丢了，没有了。"

"这是强暴！"多利亚喊着，面孔铁青了。她冲到房的那边，她在那边，立刻拿一张小桌拦住了。

她没有叫喊，只是用眼睛瞪住他，留心他的一举一动！

470

喀老夫仍站在房屋那边，面朝着她看。他外表是镇静的，不过脸部和以前一样苍白，侮辱的笑容始终露着。

"你说强暴吗，多利亚？假使是真的，那你会信我是有了计划了。梭娜不在家呢。劳富家里人也出去了——中间有五间锁了的房隔着。我力气比你大几倍，而且，我有什么要怕？你有苦也无从说呀！你真的不愿泄露你哥的秘密吧？而且，也没有人信你的。一个单身姑娘怎会到一个独身者的寓所去相会呢？即使你牺牲了你的哥哥，也不会证明你什么的。要证明一件强暴是不易的，多利亚。"

"坏蛋！"多利亚愤怒地低骂着。

"听你，但你要注意，我不过依照平常的乞婚而讲话。这是我的信心：你是非常对的——强暴是不行的。我不过说你不必悔恨，即使……你如我所说，真的愿意拯救哥哥，你就得屈服环境，也就是屈服暴力，如果我们定要如此说的话。你细想一想吧。你哥哥和母亲的前途都在你一人身上呀！我愿做你终身的奴隶……我在这边等。"

喀老夫坐在沙发上，相隔多利亚有七八尺距离。她此刻对他的不变的决心无怀疑了。而且，她也明白他。她突然从衣袋里取出一支手枪，扳了机关，放在桌边了。喀老夫神魂俱变地跳起来了。

"什么的呀！原来如此的吗！"他吃惊而仍恶意地笑喊着，"嗯，事情完全改变了。你对待我正如此容易，多利亚。但你从什么地方得到手枪呀！是伦肯的吗？怎的，这是我久违的手枪呀，我如何找它呵！我曾在乡下教过你射击，你没忘记吧？"

"这不是你的手枪，是你杀害拉夫那的手枪，你是凶手！她家里并没有你的东西。在我疑心你要做什么举动时，我就把它拿着了。若你敢进来一步，我定要打死你的。"她大发狂怒了。

"但你的哥哥如何呢？我是好奇问你的。"喀老夫仍在原位站着说。

"你去告密吧，如果你要去的话！不许动！别过来！我会开枪的！我知道你毒死了你的妻子，你自己就是一个凶犯呀！"她拿着手枪预备了。

"你真确信我毒死拉夫那吗？"

"你是做了！你自己暗暗提示了那事。你同我讲毒药……我知道你去拿来的……你准备好了……一定是你做的……那一定是你做的……坏蛋呀！"

"即使是真的，也是为你呀……你便是唆使者。"

"你胡说！我一直恨你的……"

"哦，多利亚！你好像忘了你在传教的狂热的时候，怎样对我变和善了。我从你的眼里看出来了。你还记得那个皎月当空莺儿在唱之夜吗？"

"这是谎话！"多利亚眼中也露出一股怒目，"这是一个谎话，一个谎话！"

"谎话吗？嗯，你说谎话就算谎话好了。我胡说八道。对女人不该提及这种事的。"他微笑着说，"我知道你会开枪，你是个勇敢的暴徒。嗯，你开枪好了！"

多利亚举起手枪，脸色苍白，凝视着他，相对站的地位，等待着对方的第一个举动。她下嘴唇苍白而且颤抖，她的大黑眼中射着火光。他从未见过她杏眼圆睁之美。当她举起手枪时，她眼中的火光好像把他燃烧了，他的心中发了一阵疼痛。当他向前一步，枪声响了。子弹擦打他的发上，穿过后墙去了。她仍站着微笑着。

"马蜂咬我一口了。她正对准我的头颅吗？这是血吗？"他取出手帕揩着血，一股微血从他的右额角上流下来。子弹似乎擦过外皮。

多利亚把手枪垂下，看着喀老夫，心中非常惊怖。她自己也莫名其妙在做着什么事，发生了什么事情。

"嗯，你没有射中呀！再开吧，我等你！"喀老夫低声说着，仍微笑着，稍带惨色，"如果你仍不放手，我将在你没有扳动时把你抓住了。"

多利亚惊了一惊，立刻扳好枪机，又举起来了。

"随我吧!"她绝望地喊着,"我发誓我要再开的哪!我……我要把你打死的呀!"

"嗯……只离三尺远,你就可以打死我了。但如果你不……那……"他的眼睛充满着怒火,他往前走了两步。多利亚再开枪,但子弹没有射出。

"子弹没有装好。不打紧,你那边还有一颗呀。你弄好,我等你吧。"

他面对着她,只离两步之远,瞪着她,露着热病般的热烈的、顽强的、坚决的眼睛。多利亚觉得他宁愿她死也不愿放她走了。"而且……此刻,当然只有打死他了,只离两步远了!"突然她又把手枪扔掉了。

"她把枪丢了!"喀老夫惊讶地说着,吸一口长气。一个重大心事去了——也许不单是死的恐怖,他那时简直不觉到呢!这又是他种的感情,更阴沉,更悲哀,他自己也不能解释。

他走到多利亚面前,轻抱着她的腰身,她没有反抗,但是像一片落叶,露出恳求的眼光对着他。他极想说话,但他的唇抖动着,发不出一个字。

"你让我走吧!"多利亚恳求着。喀老夫仍在战栗。她的声音此刻是大异了。

"那么你不爱我了吗?"他轻轻问着,多利亚摇摇头。

"可是……可是你不能吗?绝对不吗?"他绝望似的轻问着。

"绝对不!"

这时喀老夫内心发生一种矛盾难解的感触。他异样地注视着她。忽然他又收回手臂,转身对着窗口站着。此后过了一刻。

"钥匙在这边呀!"

他从大衣的右衣袋内取出钥匙,放在桌上,也没有移动身体,也不看多利亚一眼。

"快拿去!"

他顽强地向窗外望着。多利亚走到桌边，拿了钥匙。

"快点！快点！"喀老夫催说着，仍不移动身子。但在那"快点"的声音中似乎含有可怕的成分。多利亚看清了，立刻拿了钥匙，跑去把门开了，一直出去了。她发了疯似的向着桥跑到运河边上。

喀老夫在窗前站了好久。最后他才转身，朝四边望望，手抚着额角，扮着奇异的笑脸，这是可怜的、悲伤的、无神的微笑，一种绝望的微笑啊！那干了的血，弄污了一手。他恼视着那血，拿了一块湿面巾，刷着额角。多利亚丢在门边的那支手枪，忽然闯入他的眼帘。他拾起来查看一下。这是一支古老的轻便三声手枪，还有两颗子弹留在里面，还可以再发射的。他想了一下，把手枪放到袋里，抓了帽出去了。

第六章

  那天晚上他在这个污贱场所玩玩，又在那个场所玩玩，一直逛到十点钟。茄第也出来了，唱了一支下流歌曲，唱着一个"匪徒和强暴者"！

  喀老夫对茄第和奏手摇风琴的人及几个歌者和两个小仆，尽情款待。他尤其被那两个小仆所吸引，因他们都弯着鼻头，一个向左，一个则向右。他们把他带到一个花园去，并替他们买门票呢。园中有一株树龄三年的高大松树和几棵矮木，另外有一所"弗斯大厅"，其实这是一铺酒店，也有茶喝，旁边摆放几张绿桌和椅凳。许多可怜的歌者和一个名叫麦里的酒糟鼻的，吃醉的，但是极尽滑稽之能事。这两个小仆和一些招待们吵闹着，好像要打架似的，大家叫喀老夫出来做一位和事佬。他听他们诉说了好久，但他们声音很嘈杂，他听不清他们说的什么。那好像是如此一回事，其中有一个偷了什么，当时就卖给一个犹太人，因他不和他们的同伴分赃的缘故。后来好像听说那被偷之物是舞厅内的一个茶碟。东西没有了，大家就闹着了。喀老夫代赔偿钱后，就走出花园了，六点钟左右。他这次没喝一点酒，他虽打一个圆场，无非是应酬情面呀！

这是一个阴闷的夜晚。大概十点钟的时候，浓云密布，骤雨欲来。雷声一响，大雨就倾盆而下了。电光闪闪，每分钟平均约有五次呢。

他满身淋湿得落汤鸡般，回家了，把门锁了后，便把所有的钱都拿出来看看，又仍把钱放在衣袋里。他去换了衣裳，但凭窗一望，雷雨仍继续下着，他便抛了那意思，戴了帽，房门也不锁，便直向梭娜那儿去。她已在家了。

只见她和劳富的四个小孩子同在房内。她给他们茶饮呢！她谦恭地接待着喀老夫，看着他的湿透的衣服，不免惊奇，小孩子们都被他吓跑了。

喀老夫坐着，叫梭娜坐在他的身边。她谦羞地在听他的话。

"我也许要到美国去，梭娜！"喀老夫说着，"也许这是我最后一次和你见面了，我来料理几种未完之事。嗯，今天你遇见那位老太太没有？我明白她对你讲的话，你不必对我说了。"梭娜吓了，脸孔绯红。

"那种人都有他们自己的算盘。至于你的弟妹们呢，他们已把那费用供给了，那指定给他们的钱，我已保存好了，并且已收了凭证了。最好你代管着这凭证吧！如果碰到什么事情，你可以此相示呢。你拿着吧！嗯，如今此事总算解决了。这儿是三张五厘公债票，价值三个卢布。你自己拿去吧，这事很秘密的，只有我们自己知道，旁人的话你可以不管的。你用这钱仍和从前生活一样是不大妥当的，梭娜，而且如今也不必了。"

"我非常感激你，我也代孩子们和后母谢谢你的大德呢！"梭娜匆匆地答着，"如果我不很会说话……请你不看作……"

"好了！好了！"

"至于这些钱，喀老夫，我十分感谢你，但我此刻尚用不到。我还能自食其力的。请你不要以为我矫情。如果你仍是慈善为怀，那钱……"

"这是专给你的，梭娜，请你不要多心吧。我不多说话了。你会用到的。洛地亚如今有两件大事，必居其一，不是当胸一枪，便是到西伯利亚了。"梭娜大吃一惊，只是看着他。

"不要惊扰。我秘密地知道这一切事情，我不是爱说闲话的人。我也不会告诉谁的。你曾对他说叫他自首招供，这是很好的忠言。那对他是非常有利的。嗯，如果他真的到西伯利亚的话，那你也得跟去。你想不是吗？如果这样，他要钱用的。为他之故，你也要钱的，你懂吗？钱给你犹如我给他无异了。并且，你答应偿还魏塞尔的债务。我也听你说了。你怎可以随便担任那个负担呢，梭娜？那是茄里伊夫亚所欠的债务，与你何干？所以你无须管那个德国妇人。如果有人对你问起我——明后天也许有人来问你——不要提起我来看过你，也不要把那钱露出，只字不用说的。嗯，那么，再见吧，"他站起来，"请代我向洛地亚问好。再者，最好你把钱暂时交给伦肯先生代管为妙。你认得伦肯先生吧？我想你认得的。他倒不是一个坏人。明天，也许……到那个时候，你把钱交给他吧。你没交给他时，谨慎地藏好呀！"

梭娜从椅子上跳下，惶惑地看着喀老夫。她欲说话，但又不敢立即开口，而且也不知怎么说好！

"你怎么可以……你怎么可以在此时走呢？这样的大雨怎么可以走呢？"

"要去美国，给雨拦住了吗？哈，哈！再见吧，梭娜，亲爱的，愿你多福，祝你永安，你对别人是有用的。再者……请你代我向伦肯先生问好。你对他说，喀老夫问好的。一定不要忘了。"

他出去了，只留下梭娜一人在慌惑和渺茫之中。

后来发现，他在那同一夜里，大概是七点半左右，他又做了出人意料的访友。雨仍下着，他浸湿了全身，他到了他的未婚妻的父母住的矮屋内。那是在热副奇岛的三街上，他敲了好长时间的门，方才进去。他初去时全家很有点惶惑不安，但喀老夫却会随机应变，因此那明理的父母最初推想，以为喀老夫也许酒喝多了点，但立刻就过去了。那明理的母亲叫那老迈的父亲来看喀老夫，她自己仍用各种问话和他谈话。她一点不问起当前的事情，只是微笑和拱手着，如果她真要知道什么的——例如，喀老夫决意在何时举行婚礼——她只是问点关于巴黎和那边皇宫生活的趣闻的佚事，而且像很热切的问话，然后慢慢把谈话转到三街来了。在他时，这当然是十分动听的，但这次喀老夫像更盼切，想立即看看他的未婚妻，虽然她早对他说她是在睡着了。那姑娘当然只有出来相见了。

喀老夫一见面便对她说，他因有事转身须离开彼得堡，以及在深夜雷雨时为着礼物而必须拜访他们，其间的关系真是纠缠不清。但一切都很顺利，所有一切惊讶和惜别的呼喊，和照拂的问话，都减少并且给制约了。在他一方面，感激之外，再加上最明理的母亲的泪痕，喀老夫笑了，吻着他的未婚妻，抚着她的脸，说他不久就会回来的。她的眼中露着童心和好奇心，并有一种热烈的默喻的问话，于是又吻她，虽然他知道他的礼物便会被锁着给那最明理的母亲存放着，心里就觉着老大的不快。他走了，他们都在一种很强烈的兴奋中，但那和善的妈妈在啜嚅似的说着，解决了好多重要的疑问了。她说喀老夫是一个有气魄的人，是一个干大事、有交际而且有大产业的人——你不会明白他心里的雄才大略呢！他因为要到外地去，所以把钱送过来，这倒不让人觉着奇异呢！他全身是淋湿了，这个有点怪，很像一个英国人，例如，甚且更是异样，而且那些上流人毫不顾人家的说话，而且一点也没礼貌。也许他故意如此，好显出他对任何人都不屑似的。尤其是，对这事毫不说及一字，因为惶恐遇了什么意外，钱务得锁着，而且那个家伙还在厨房，这是很难碰的了。而且尤其是，一个字不向那头老猫——利哈太太——说，一切一切。他们谈了两点多钟，那姑娘早已去睡了。

同时夜深时分，喀老夫正在路上，走过桥回到岸边，雨虽止，却还有一阵狂吼的风。他颤抖着，他一下盯视着涅瓦河的死水，好像十分感觉有趣而且说穿的神情。他在水边站，觉得很寒冷，他就向 Y 街走去了。他沿着那条很长的大街走着，差不多花了半个小时，在昏暗中在木块铺成的道上跌跤了数次，但他只是望着右边街上找寻什么似的。他最近在这条街上经过，老是关切将近街尽头的一铺大客寓，用树木建造的，客寓的照牌他记得好像是安得里吧，他不会记错的。那客寓仿佛在那隐僻之处特别显出宏大，即使在黑暗中他也会瞧见的。这是一所昏暗的木造房屋，夜虽已深，但窗内尚有亮光，似乎里面还有人做事呢。他进去，对在回廊上碰见的一个穿得破破烂烂的伙计，问他找一间房。那人打量着喀老夫，慢慢镇定了，带他到楼下回廊末端的一间湫狭的小房去。没有其他房间了，全住满人了。那穿得破破烂烂的伙计用询问的表情凝视着他。

"有茶没有呢?"

"有的，先生。"

"还有什么?"

"牛排、麦酒、冬菜全有。"

"拿茶和牛排来吧。"

"别的还要吗?"他露着惊奇地问道。

"不需别的了。"

那穿得破破烂烂的伙计失望似的走了。

"这倒是一个好地方呢。"喀老夫心里想着，"怎么我不知道呢? 我希望以为我是刚从有舞女的茶馆来，路上碰见了意外似的。有人知道谁住在这边，那就妙了。"

他燃着了蜡烛，细心地查看这房。一间极低陋的房，只能容喀老夫一人在里面。开着一个窗口，那污秽的床和那简陋的彩色的椅和桌子已经把房间塞满了。墙壁像是木板做的，糊着稀旧的壁纸，简直什么花样也看不出了，只认出一种黄颜色而已。有一边的墙因着天花板斜倾的关系，特别低矮些，那房间虽不算是在楼顶，恰是正在楼顶，正在楼梯下面。

喀老夫在床上坐下，思索着。但隔壁房间透过来的奇异的私语声，并且有时喊着，这使他特别注意。那私语声音他进来时就已有了。他谛听着，似有人在流泪斥骂呢，但他听去像单是一个人的声音。

喀老夫站起来，走到灯光不及的壁缝去窥看。那房间比他的大点，住着两个人。一个人的头发卷曲得很，脸如红霞，而且带点愠色，好像演说家的神色，站着，上衣脱了，一双脚跨开，平衡着他的身体。他拍拍胸腹，他斥骂那人是乞丐，不体面的。他说把那人由卑贱中提掖出来，他无时无刻不可以赶他出去，而且说这只有上帝看见。他斥责的那人坐在椅上，像才睡醒的神气，他不时向说话者转着畏惧的昏乱的眼色，但他像一点不懂他说的什么，而且也像没有听见。桌上的一支蜡烛将烧尽了，那边摆着酒杯，一瓶将喝完了的麦酒，面包、香蒿和盛着浓茶汁的杯。喀老夫看了这一切后，便漠然地离开，坐在床上了。

那穿得破破烂烂的伙计拿茶来了，又不觉问他再要什么，又讨了一个没趣，退出去了。喀老夫立刻喝了一杯，给身体温暖些，但他别的一点也不能吃了。他似乎觉得发热病般的。他脱掉上衣，裹进被单内，便躺下了。他有点烦忧了。"遇着这种事情，人没怎么倒是安稳点。"他露着微笑自语着。房间既湫狭，蜡烛昏昏地燃着，外边的风狂吼着，他听到一只耗子在屋角咬啮，房里有着耗子和皮革的气息。他在反复的梦中躺着，他极想把想象贯注在什么事上。"在窗口下边想是花园吧！"他想着，"有树木摇曳的声音。在如此狂风骤雨的黑夜，我极讨厌树木的摇动声呢！它会让人起了一种萧瑟之感呢。"他记得他方才走过洛夫司矶公园的时候，他是怎样厌憎那声音呀。这又使他想起了涅瓦河上的桥，而且他又感到寒冷，如他站在那边时一样。"我从不爱水的，"他想着，"在风景中的水也是如此的。"他忽又对一个奇异的念头笑了，"是的，如此，如今这些审美舒快的事情似乎淡漠了，但我却更加爱探讨了呢，仿佛一个生物般，选了一个好地方……为着如此的一点事。我本该

480

到洛夫司矶去的！我想那有点阴暗、峭寒，哈——哈！我像在找愉快的境界呢……哦，我何故不把蜡烛弄熄了呢？"他吹灭了烛光，"隔壁的人已睡着了！"他没看见壁缝的亮光，便如此猜想，"嗯，如今，拉夫那，如今是你出现的时候了，天已昏暗了，时间和环境都与你相宜。但你却不光临呢！"

他突又回忆着，在他尚未对多利亚谋划的前一点钟，他怎样怂恿拉斯科纳夫把他的妹妹交给伦肯照拂呀。"我想说了那话是自己撩拨着呀！正如拉斯科纳夫所料的。但拉斯科纳夫是一个无赖呀！他受了种种苦难，他会压服他的胡闹的，他便可成为一个成功的无赖了，但他此刻对于人生太热烈了，这种青年就是这点尚不足取呢。不过随他去吧！给他自己称心吧，这和我一点无关的。"

他不会入睡。多利亚的形象，又慢慢在他面前浮了起来，他颤抖着。"不，我该放手一切了！"他振起精神，想着，"我得要想别的事吧。这太荒谬可笑了。我对于世人从无怨恨的，我也从不睚眦必报的。这是不好的征兆，不好的征兆呢。我也从不爱争吵，也不会发怒的——这也不是好现象呢！我方才对她的答应，也对的，永受苦难！但——谁预料得到——她也许会激励我变为一个再来人哩……"

他咬紧牙根，又没声响了。多利亚的形象又在他面前浮着了，正像她开了第一枪后的形状，她惊慌地把手枪垂下，并凝望着他，他那时很可把她捆起来的，她绝不能伸手自卫的，假使他不说破了的话。他那时是怎样替她怜惜，他怎样觉得一阵心痛呢！

"唉！永受苦难，又来了这种念头！我得把它抛了！"

他朦胧地睡着了，身体的颤抖停了，忽然有什么在被单内爬过他的手脚各部似的，他惊觉了。"可恶极了！这定是一个耗子捣鬼的！"他想着，"定是我弃在桌上的牛排骨作祟。"他不愿揭开被单起来，弄冷了暖气，但忽然又有什么东西在他的脚上爬过去。他只揭开皮铺，起来点烛。他打格格地颤抖着，伏在床上找寻，可是什么也不见了。他抖抖被单，忽见一只耗子跳出了。他去捕捉，但它往来驰骤，老是在床上跳爬，不是在手指间溜了，便是从手上跑过，忽然它又钻到枕头下面去了。他把枕头揭去，但他立即觉得胸口上有什么东西跳动，在里衣中乱爬，又从背部爬下去。他颤抖得很，又睡不着了。

房内是幽暗的。他仍包在被单里，如前一样。风声在窗外怒吼着。"好不可恶呀！"他厌恨地自语着。

他只得起来坐在床沿，背对着窗口。"还是不睡吧！"他决定道。但窗外吹来一阵阴寒凄凉的风了。他也不站起，只是把被单掩着身，紧紧地捆裹起来。他也不再思索，而且也不愿思索了。但是印象接连地浮起，来去无踪的零碎思想只是在心头起伏着。他困惑了。也许是寒冷，或潮湿，或幽暗，或窗下摇撼树木叶的寒风，引起了一种幻想的东西也说不定。他老是想着花丛，他遐想着一座幽雅的花园，一个光明的、轻松的、温暖的日子，一个放假日——三位一体的一日。一个丛生着丁香花的英国式的美丽的幽雅的村舍旁，环着花坛，绕藤的门墙由玫瑰花坛砌着。一条便捷的楼梯，铺着华美的地毯，摆着用瓷缸栽的奇花。他尤其留心窗内馥郁的、淡白色的、朴素的水仙花的花丛，在鲜丽、淡绿、粗长的叶上开放着。他不想走开，但他又走上楼，走进一间宏丽的客厅里，又满是花丛——窗口上，走廊门旁，看台上——全是这些花。地坪上撒布着新鲜的香草，窗是开的，一阵清新的、峭寒的微风吹进房中。小雀儿在窗外唧吱着，屋中一张铺着白毯的台桌上，摆着一口棺木，棺木上盖着素绸，边线缀着一绺绺的白丝线，前后左右陈列着好些花团。在花圈中躺着一位穿丝绵绸衣的姑娘，她的一双手臂交叉着，压在胸口，极像大理石雕斫出来的模型。但她稀松的动人的头发是淋湿的，头顶并套着玫瑰花圈。那肃穆而僵硬的脸部轮廓，好像是大理石雕似的，她的苍白的口唇露着笑容，但蕴含着一种苦恼和悲哀的神情。喀老夫是认得这位姑娘的。棺木旁既没有圣母像，也没燃着素烛，也没有祷求的法音，她是跳水溺死的哪。她年纪只有十四岁，可是她的心被伤了。她把自己受侮辱的肉体埋葬了，那个侮辱吓伤了她幼稚的心灵了，那无礼的侵辱沾损了纯洁的白璧，使她发出一个最后的绝望的长号。不要去想了，忍心抛弃吧，在阴沉凄寒、风声萧瑟的黑夜。

喀老夫恢复了神志，起身走到窗前去。他摸索窗槛，把窗推开了。狂风冲进，冷刺着他的脸和胸口，他只有小衫穿着，身上好像湿着寒霜般的。窗下定是一座什么花园。确然是一座花园。在白天这边或者还听见歌声和喝茶声呢，此刻雨点由树林梢顶飘洒到窗上。天空阴暗得像地狱，他在外边只能看出些黑暗的东西。喀老夫手臂关节凭着窗，对着黑暗世界里凝眺了好久，轰隆的枪炮声，在黑暗的深夜响着数次。"哎，号炮！河水上岸了！"他想着，"天明时河水会在街的四处泛滥，地下室和地窖将浸没了。地下室的耗子将浮出来了，人们在风雨中把坏东西搬到楼上去的时候咒骂着。此刻是什么时候？"他简直没有想及此，那时在隔壁的地方有一个挂钟，正敲了三声呢！

"啊，只有一个钟头就要天明了！为什么枯守着呢！我得出去，到那花园去呀！我要去捡一片雨淋的树叶，我们一走到那边，树上的雨水就都洒到头上了。"他离开窗前，把窗带上，点了蜡烛，穿上背心、大衣、戴着帽子，出去了，手提着蜡烛，在走廊上找那个穿得破破烂烂的茶房——他会在隐避角落睡熟的。他要付了房金，离开客寓了。"这是最适当的时候了，再没比这更好了。"

他在那条弯曲的走道上走了好多时候，没有看见着一个人，正要唤时，忽然在一个阴暗的屋角，在一个破仓库和门口旁边，看见了一样可怪的活动的东西。他提着蜡烛去照看，只见一个小女孩，最多不到五岁年纪，在颤抖啼哭着，衣服已湿透了。她看见喀老夫并不惊怕，只是瞧着他。她的圆圆黑睛里露着漠然的神情。她哭得已抽咽了，像小孩哭后受了抚慰时无异。那婴孩脸色疲乏而惨白，她受冷极了。"她怎会到这边来呢？一定是谁把她放在这边的，一晚没睡觉了。"他就去问她。那孩子神气很好似的，用她的不清的话答着"妈妈"的一些话，说妈妈要敲她呢，并说茶杯要给她"敲破了"。那小孩子只是絮叨着。他从她所讲的话，知道她是一个弃儿。她的母亲也许是一个贪酒的厨娘，在客寓里帮差，她打她，那孩子吓得把母亲的一个茶碟打破了，她受惊吓着，就在前夜跑了出来，在外面风雨中什么处所躲了些时，后来才挤到这边来，在饮厨后面躲着，过了一夜。她因为湿透衣裳、黑暗以及要受敲打，而害怕地哭着抖着。他把她抱在身上，走到自己的房，让她坐在床上，给她脱了衣服。她赤足的那两只破鞋子，简直像阴沟里拖出来的一样湿。他把她脱去一切后，把她放在床上，用被单盖着，全身都裹着被。她立刻睡着了。他渐渐又沉入于悲哀的思索中。

"真的，自找麻烦了！"他自语着，带点恼恨而抑郁的神情，"真太呆了！"他又提起蜡烛走出去找那个茶房，想立刻出去。"小孩子不管了。"他自语着，但是跑出房门后，他又回身看她有没有睡熟。他谨慎地揭去被单。她正在熟睡，她在被单内睡暖了，她的苍白的面颊艳红。但这个艳红色好像比小孩子的红颜明显而耀眼多了。"这是热病的血红色呀！"喀老夫想着。这也像酒醉后的情景，她像喝了很多的酒般的。她鲜红的嘴热得发光，但这是什么事？她的黑长的眉毛在动，眼皮像在启示，一只慧黠的眼睛向外溜，绝不像小孩子所有的，好像她并没有睡熟，只是佯装罢了。是的，不错，她的嘴唇露着笑容。嘴角又在颤，仿佛她在约制似的。但一下她又抿嘴强笑了，这绝不像孩子该有的脸色，这是淫逸的、惹人愤怒的、邪恶的娼妓的脸，尤其法国式娼妓的无耻的脸呀。不久那双眼全睁开了，对他瞟着一个淫荡的眼波，笑着，好像招引他的样子……在小孩子脸上竟有这种污秽的、寡耻的、可憎的表情吗？"怎的，她只有五岁吗？"喀老夫不信地自问着，"这是什么意思呢？"不久她又转身对他看，小圆脸整个绯红了，而且伸出手臂来……"讨厌的孩子！"喀老夫喊着，想挥手打她时，他忽然醒了。他仍躺在床上，紧裹在毛毯里。蜡烛并没有点，曙光从窗户射进来了。

"我做了一个噩梦。"他不快地起身，十分困乱了。他的全身酸痛。

外面雾气甚重，什么东西也看不清。时间已经五点多钟了。他起来，穿上那尚潮湿的内衣和外衣，摸着袋内的手枪，于是又坐下，从袋内取出一本小簿子，在里面露眼之处写了几行大字。他念了一边，又支着头凝思着了。手枪和小簿子放在身旁。有几只青蝇，飞在那放在桌上没有吃过的小牛排上边。他注视着，他用右手去捉，他捉了好久，仍捉不住一只，最后他觉出这太无谓了，便起来，坚决地向房外出去。隔一分钟他就走到街上了。

乳白色的浓雾弥漫着街市，喀老夫沿着滑溜的不洁的木板路向涅瓦河走去。他看着昨晚涨水的涅瓦河，洛夫司矶岛的路和草，淋湿的树林和矮木，最后又看着那丛矮木……他留神地注视着那些房屋，想着别的事情。街上不见一个车夫和行人。那耀眼的、黄褐色的、污黑色的矮木屋舍，门窗全关着未开。寒冷和雾气透进他身体，他发抖了。他遇见店铺招牌，不时注意观察着。他走到木板路的末端，一座宏大的石库门面的房屋前面。有一只难看的颤抖尾巴夹在腿中的狗，在前面拦路，还有一个套着大衣的人横倒在道上，看上去是沉醉了。他望一望，仍往前走去，只见一座堡楼在左边高峙着。"嗯!"他想着，"就是这个地主。为什么在洛夫司矶岛呢? 总之，这事将被看作一个正式的证物呢。"

他对这新起的念头笑了，便走到那有堡楼的那条街去。在那闭着的星门旁，站着一个矮子，穿着一件灰褐色的军服，戴着一顶安吉士式的铜盔。他对喀老夫投了一个漠然的眼色。他脸孔上露出一种颓废的神色，那是犹太人带着酸气的脸色。他俩——喀老夫和安吉士——静默地互相对看了一下。最后，安吉士惊异着离他三步外的那个人并没有喝醉。

"你到这边做什么的?"他问着，没有移动他的站地。

"没什么事的，朋友，早安!"喀老夫答着。

"这不是可停的地方呀!"

"我要到外国地方去的。"

"到外国去吗?"

"到美国去。"

"阿美利加吗?"喀老夫取出手枪，扳好机关，安吉士睁大眼睛了。

"我说，这地方不是可戏玩这种东西的!"

"这为何不是一个地方呢?"

"因为不是的。"

"唔，朋友，那我随它去。这是一个好处所。有人问你时，你只说，他是到美国去好了。"

他把手枪举在右额角上了。

"你不可在此玩这东西的，这不是地方呀!"

安吉士睁着大眼，神气活现地喊着。

喀老夫扳动了枪机。

第七章

这一天，晚上大约七点钟时候，拉斯科纳夫正到他的母亲和妹妹家去，这是巴卡住宅中的房子，伦肯代她们寻着的。楼梯从街边进去。拉斯科纳夫跨踌似的慢慢地上去。但他决心进去了。

"这没有什么关系，她们好在一点也不知道的。"他想着，"她们大约以为我是反常罢了。"

他的外表很难看，衣服既破又脏，被雨水浸湿了。他的面孔因为经过一整天的心理变化曝炙的关系，有点变形了。他孤零地混过一夜，谁也不知道他住在什么地方。他敲门时，母亲出来开了。多利亚没在家内。连茶房也出去了。甫利亚一见他，惊喜得一句话也说不出。她握着他的手，带他到房中。"你来好极了！"她高兴地开口了，"不要和我恼吧，洛地亚，因我是非常欢迎你的，我虽流泪，但这是笑，不是哭呀。你想我是哭吗？不，我快乐了，但我总仍是如此易于流泪呢。你父亲死后我就一直这样了，什么事情我都在哭呀。你坐吧，亲爱的孩子，我看你疲倦了，唉，你怎么这样难看呢！"

"我昨天受着风雨，母亲……"拉斯科纳夫答着。

"不，不是。"甫利亚立刻插说着，"你不要想我仍要婆婆妈妈地问你的，你不必多心，我知道，我全知道，如今我在这边懂得了一点习惯，我自己想是好些了。我将永久如此了，你准备怎样打算？我希望你对我说呢。谁也不知你的心事和主意，所以我不该仍是摇你的手臂，询问你想着什么，但，老天，我为什么如此往来走动，像疯子般的……我看你在报章上印刷的那篇论文已经第三次，洛地亚，伦肯拿来我看的。我一见，我就奇怪，是的，呆子，我想，他原来就为此而忙，这就是对那神秘的解释了！读书的人总是如此的。他也许在脑子里有了什么新思想，他正在想着呢，我却去搅扰他。我看了，亲爱的，有许多我看不懂，但那是当然之事——我怎会明白呢！"

"你拿给我看吧，母亲。"拉斯科纳夫拿了杂志，看自己的那篇论文。虽事实上和他的心境及环境不恰合，但他却还是和所有第一次看见作品发表时的作者一样，心里有一种奇异的甜蜜的感情。而且，他只不过二十三岁呢。他看了几行后，他就皱着眉，心跳得很。他想起数月前的一切心理的矛盾，他不禁露出憎恶和愤怒，立刻把文章抛在桌上了。

"我虽然无知，洛地亚，但我想你不久就要成为俄国文化界的大人物之一呢！他们怎敢说你是疯了呢！你虽不知道，他们确那样想着呢。唉，可恨的人们啊！他们怎么懂得天才呢！就是多利亚也会相信呢——你的感想何如呢！你父亲曾经在各杂志投过两次稿——第一回是诗稿——我可以把那底稿给你看的——第二回是一部长篇故事，我们怎样地盼望被采用呢——可是结果一点没望。一周前，洛地亚，我曾在为你的饮食起居而愁恼，但如今我又觉得自己太愚昧了，因为以你的智力和才干，当然可以得到一个职业的。虽然你此刻并不留心那事，而想着非常重要的事情呢……"

"多利亚没在吗，母亲？"

"没有在家，洛地亚。如今她常不在我旁边了，就我孤零一个了。

伦肯他常来瞧我，他真是好呀，而且他常爱谈你。他尊重你，我的孩
子。我不是讲多利亚不和我亲近，我也不是在抱怨呀！她有她自己的主
见，我有我自己的。她这几天好像有什么秘密般的，我对你们总是很公
开的。当然，我相信多利亚聪明得很，而且她爱你和我一样……但我不
知道以后的结果如何。洛地亚，你此刻来此我非常快乐呢，可惜她出去
了，不能和你见面，她回来时，我对她说吧！你这几天在何处呢？你该
好好地待我，洛地亚，你可以来时就来，如果不能，那也无碍，我会等
待着的。总之，你能孝顺我，什么都满足了。我要看你写的文章，我要
听人家讲你，你能常来望我，事实清楚，有什么比这再好呢？此刻你是
来抚慰你的母亲的，我已明白了。"

这时，甫利亚竟放声哭了。

"此刻我又旧病发了！你不必看我的愚蠢，真的，我坐在这里干
吗？"她喊着，"这还有咖啡呀，我忘记给你喝了。唉，年老的多忘。我
去拿来吧！"

"母亲，不必多心，我就要走的。我不是为此而来的。请你听我
说。"甫利亚发怵地走近他。

"母亲，不管有什么事发生，不管人家对你说关于我的什么话，你
仍永远如此刻一样疼爱我吗？"他心烦意乱地问着，似乎自己没有经过
斟酌就说出了。

"洛地亚，洛地亚，什么的？你问我这些话做什么？怎么，谁会对
我说你的什么话呢？而且，我也不听人家的话的，我不信的呀！"

"我来无非是表明我的心迹，我永远是要你好的，而且我们俩独在
着很舒快，多利亚不在更好呢。"他仍同样地激动说着，"我是来对你
说，虽然你的前途不很幸福，但你要相信，你的儿子此刻爱你比爱他自
己还甚呢。你以为我冷酷地待你，那都非事实，我是永久爱你的……
嗯，就是这样，我想我一定如此，而且就这样开始……"

甫利亚无语地拥抱他，把他搂在胸前，哽咽着。

"我不明白你有什么错呢。"她最后说着，"我是以为我们搅扰你了，此刻我知道你感到一些悲哀，你的苦恼就是为此呀。我早就觉出了，洛地亚。你恕我说了这话。我夜里躺着也在想这事，你妹妹昨晚梦话中，也听见说你，别的没话。我听到一点，但不很清楚呢！我一早起来就觉得非常难过，像等待什么事情，预料什么事情般的，此刻真来了！洛地亚，洛地亚，你到何处去呢？"

"是的。"

"我就如此想呢！如果你用到我们，我会和多利亚跟你一同去的。她一心地爱你呢——如果你答应，梭娜也可以和我们一同去呢！你看，我极愿意把她当作自己的子女看待……伦肯也会帮助我们一同去的。但……你到……何处去呢？"

"再见吧，母亲。"

"什么，就在今天吗？"她喊了，像永久离别他般的。

"我不能久停了，我此刻得走了……"

"我可以和你同去吗？"

"不能呢，但跪下对上帝替我求福吧。你的祷告也许会有效的。"

"那我祈福，替你祈求幸福吧。是的。上帝呀，如何做呀？"

是的，他十分高兴，那边没其他人，他独自和母亲一块，十分高兴呢！自从和母亲们翻脸后，这是他第一次的软心肠了。他跪在她面前，吻着她的脚跟，两人对泣着，相互拥抱着。她这次毫不惊诧，也没问他什么话，她以前有时很觉得自己儿子要受不幸，此时可怕的瞬刻降临了。

"洛地亚，我的宝贝，我最疼爱的孩子呵，"她泪痕满面着说，"此刻你正和少年时候一样哩。你如此到我面前来，吻我，搂我。当你父亲在时，我们虽贫穷，但只要你和我们在一起，就已安慰我们了。自从你父亲去世后，我们当一同到他墓前哭泣，拥抱，像现在一样呢。如我近来的哭，却是为娘预感到苦难了。我在那晚上，我们刚到这边第一次，我就猜到你了。我的心立刻软瘫了，今天我初见你的时候，我想那最后的时候来临了。洛地亚，洛地亚，今天不要走吧?"

"不去!"

"你再会来吗?"

"……我要来的。"

"洛地亚，不要愁，我不来问你话了。我不想再问。只请你对我讲一句话——你去的地方远不远?"

"很远的。"

"那边有什么事情呢? 你找不到什么职业或事情吗?"

"只有听凭上帝的安排了……只要你替我祷求吧。"

拉斯科纳夫走向门口，但她立刻拦住他，失望似的看着他的眼睛。她脸孔惧怕地动着。"好吧，母亲。"拉斯科纳夫说着，觉得此次不该来的。

"并非一辈子，这难道不是永远吧? 你得再来的，明天你会来的吧?"

"我来，我来，再见吧。"

他终于挣脱了。

这是一个温暖、清朗、皎洁的傍晚，从早晨起天气更明媚了。拉斯科纳夫一直回到自己的寓所。他想在黄昏之前把一切事情弄好的，此时他不愿再见谁了。他上楼时，看见拿泰沙从外边跑进来了。"有什么人访我吗?"他厌恶地想着了派弗里。但门启处，不是别人，却是多利亚。她兀自坐着，像沉思般，仿佛久等了。他在门口站着。她惊异地又从沙发上站起看着他，凝视着他，似乎有点惶恐和悲伤的情景。他只看她眼睛就已觉察出来了。

"我要不要进来呢?"他彷徨地问着。

"我一整天都和梭娜在一起。我们都等你呢，想你必会到那边去的。"

拉斯科纳夫走进了房，颓然地躺在椅子上。

"我觉得十分疲倦，多利亚，我本想自己在这个时候自制着的。"

他不相信似的斜视着多利亚。

"你晚上在什么地方呢？"

"我不很明白了。你想，妹妹，我早想下了最后决心，我在涅瓦河旁边经过，我那时很想就在那边把一切都结束了，但……我不能毅然下决心哩。"他轻声说着，又悄悄地瞥她一眼。

"谢天谢地！那是我和梭娜所忧患的呀，那你对于人生尚未感到厌倦吧？谢天谢地！"

拉斯科纳夫悽然地微笑着。

"我不想有信心。但我方才在母亲怀抱哭泣呢，我不想有信心了，但我刚才还求她替我祈福呢。我不知究竟如何的，多利亚，我不了解呢！"

"你到母亲那边去过吗？你对她说了吗？"多利亚吃惊地问着，"你不会的吧？"

"未曾，我未曾……对她说过。但她清楚很多了，她听到你的梦话。她当然觉察到了。也许我不该去看她的吧。我不知道我去做什么的。我真是一个可轻藐的人，但愿去受苦吗！"

"对的，我就要去了。对的，为要避去羞辱，我很想投江自尽呢，多利亚。但当我向水中看时，又觉得自己既已强负如今，最好再硬着头皮去忍受耻辱吧。"他立即答着，"这是自傲呀，多利亚。"

"自傲，洛地亚。"

他的久已失神的眼睛，此刻放出奕奕的光彩来。他好像还觉得可以自傲的。

"妹妹，你不想我单是怕死吧？"他带着一阵狠戾的笑容，瞧着她的脸问着。

"嗯，洛地亚，不要说了！"多利亚伤心地喊着。

无语了几分钟。他坐着呆视着地板，多利亚在台桌那边怜爱地看着他。他突然又站起来了。

"天已黑了，是该去了！我得去自首了。但我也不知为什么要去自首呢？"

她不禁泪珠波澜了。

"你哭了，妹妹，你能伸手给我握吗？"

"你连这个也怀疑吗？"她拥抱着他。

"你是否以遭苦去减轻你一半的罪意呀？"她放声哭着，紧紧地吻着他，搂他。

"罪意？什么罪意呀？"他突然愤恼地咕着，"我杀了一个卑贱的害群之马，一个当主老妇，对别人是没有的……杀了她可以免去四十个，她吸吮着穷人的命运，那算是一件罪恶？我不是想那事，也不想去减罪，为什么你们都如此说的呢？'罪意！罪意！'不过此刻我看出自己怯懦的错误了，此刻我决心去受那无尽的蔑辱吧。这因为我可耻，毫无体念了，我竟如此打算的，也许是为着自己的利益，如那……派弗里……所说的！"

"哥哥，哥哥，你为的什么？要知道，你要流血了！"多利亚凄然地喊着。

"人谁都不免要流血的，"他疯狂地说着，"血流成渠，不免要流的，如香槟般倾泻着。人们因要在议事厅内受加冠荣誉，后来就变成人类的恩人了。我也愿有助于人们，干出许多善举，以赎补那点蠢，也许不是蠢，而是拙而已，因为那计划绝非如此蠢的，如此刻失败时所露出的模样……凡事一失败总不免是愚蠢了。因着那种愚蠢，所以我想超然独立，更前进一步，弄到钱财，于是一切事情都可以用永久的福利弥盖过了……但我……我可说第一步尚未达到，因我可耻呀！可是我并不依你所看的去瞧它。如果我胜利了，我会得着非常的荣耀，不过如今我已深入地狱了。"

"但倒不见得呢，哥哥，你讲的什么呀！"

"唔，这不是图画，不是美丽动人动听而已！我不懂，攻城略地，屠戮百姓，为什么会比这个高贵呢？不破樊篱就是懦弱的第一个征候，我从不会认清过这点呀！我也不知自己所做的事是一件罪恶。我从不会比此刻更倔强，更坚信呢！"

他的苍白的疲倦的脸，因为一阵兴奋，便露着血红色了。但当他说完最后几句话时，他恰巧接触着多利亚的眼光，她眼中充满悲苦的情绪，他不觉呆住了。总之，他已给这两个不幸的女子困恼了，她的痛苦是他造成的呀……

"亲爱的多利亚啊！如果我有罪，你恕我吧，虽然我如有罪，是不能受饶恕的。再会！我们不用辩论了。这是正好走的时候了！我请你不要跟随我，还要到他处去呢……但你得去和母亲共坐着，我求你呀！这是我的最后的请求了。切不可抛弃她，我已离开她了，她在此种焦虑的情况中是受不了的，她不是愁死也就要疯了。你和她同住吧！伦肯也会和你一起的。我已对他说过了……不要为我而哭，我就是一个凶手，我也将慷慨赴义的。或许日后会成名呢。我绝不会羞辱你的，你看吧……如此再会吧。"他立刻把话结束了，并注意着她的说话和允诺。多利亚脸上露出一种奇异的表情。

"你何必哭呢？不要哭了，不要哭了，我们不是永远别离呢！嗯，是的！等一等，我几乎忘了！"

他走到桌边，取了一册堆满灰尘的书本，从书内翻出一张用水彩颜色绘在小象牙上的肖像，这是女房东的女儿的照片，她得病死了的，那个想做女修道士的怪姑娘的。他看了他的未婚妻的娇艳的脸，并去吻一吻画像后，就交给多利亚了。

"我常和她说及这事情，只是她一人。"他说着，"我后来很讨厌地做了的事情，常和她谈及的，你不要不安啊。"他朝着多利亚，"她也像你十分地反对那事，她死了倒觉得干净，其症结之处，是凡事此刻都要改观了，都要剖为两边了。"他喊着，仍复了沮丧的原状，"那些事情，那些事情，我为此准备的呢？我自己要这样吗？他们都讲我得遭苦！这无意义的遭苦有何用处呢？当我经过二十年谴逐之苦后，为困苦和痴呆所毁灭，将衰柔得如一个老翁了，我会更明白那遭苦的目的吗？而且我将依着什么过活呢？我此刻得何故愿受那种生涯呢？哦，当我在涅瓦河上时，我知道我是懦弱的。"

他们出来了，多利亚很悲伤。但她是爱他的，她走去了。但走了十几丈远，她仍回身望着他，到转变地方，他回过脸，他俩的视线最后一次相触了，但他瞧出她在看他呢！他烦急而懊恼地举手叫她离去，他就过去了。

"我失德了，我明白的。"他想着，又对向着多利亚的恼愤的挥手感到惭愧，"假使我不该，她们又何故如此爱我呢？哦，只愿我孤单着的，没人怜爱我，我也从未爱过谁！这些事就绝不会发生了。但我怕，我会在这十五或二十年之内，会变得十分柔和，低首事人，不觉地自认是一个罪人啊！是的，他们把我送到那边，就是为此呀，看他们在街上往来的，他们的心内一个无赖，一个罪人，而且，也许更不好呢，是一个呆子。但要把我消灭了，他们就要狂热于正义的愤怒了。我是如何憎恨这些人啊！"

他专心想着以怎样的方法能够如此，他可以低首于人，可是何故不能呢？一定要如此的。二十年的禁锢不已全毁了他吗？水滴石穿啊！为什么，为什么他还要在那以后活着呢？他既已明白如此，何必要去呢？昨夜，他就如此问自己，这或许已是几百回了，不过仍是要去的。

第八章

　　当他走到梭娜的房时，天已十分暗了。梭娜已焦急地等了一天了，多利亚和她一同在等待。她记着喀老夫说梭娜"知道这件事情"的话，所以那天早晨就到她这边了。她俩的谈话和眼泪，以及她俩如何成为好友等，这里暂且不提。多利亚自从这次看中至少有点觉得，她的哥哥不再孤单了。当他提示到她——梭娜——那边去，需要一些慰藉时，而到她那边去，不管命运如何，她情愿和他一同去。多利亚虽没有说出，可是她确是如此问的。她是以尊视的眼光看着她，那不免使梭娜有点不安，而且几乎哭了。但她觉得自己没有资格去望多利亚一眼，以前在拉斯科纳夫房中，她俩见面时，多利亚那样注意而谦敬地向她鞠躬，她的娴雅的影像，对她而言，仍占着她生活中最美丽的一页。

　　多利亚后来不耐了，就走出了梭娜那边，而来到哥哥这边等他——她以为他总要先到那边去的。当她走后，梭娜很担忧他会去自杀的，多利亚也有此感想呢！但她们又互相慰藉着，说那绝不至于的。她俩在一起时，焦虑自然会减少一些。她俩别后各人全不想别的事情。梭娜记着喀老夫前天对她说，说拉斯科纳夫只有两条路径，西伯利亚或……她也很了解他的虚弱，和他的无信心的。"只有庸懦和死的恐怖使他生存，但这可能吗？"她最后这样想着。这时已是落日时候，梭娜闷闷不乐地站着，只是往窗外望，但那边毫无所见，只见着一些住宅的未刷的墙壁。当她正想他会死去的时光——他却进来了。

她一见他进来，不觉欢然喊着，但仔细看了他的脸部，她又面色苍白起来了。"是的！"拉斯科纳夫笑着说，"我带来了你的十字架呢，梭娜，这是你对我说及的。为什么今天你又被吓了呢？"

梭娜愕然地望着他，今天他的辞令不免有点异样的。她不觉打了一个寒噤，但一下她又猜出那语气等全是造作的。他虽对她说话，但眼只是往一边看，仿佛要避免接触她的眼睛般的。

"梭娜，我已决定了，最好如此吧，有一件事实……我们无用讨论。但你知道为什么我恼吗？我恼的是那些不识相的脸孔，要对我开口，麻烦我，那是我该回答的——他们会用手指指我呢……呸！你知道我不高兴到派弗里那边去，我情愿到我的朋友——炸弹中将那边去呢。我会让他吃惊，我会造成一番热闹呢！但我得放安静点，我近来太易愤怒了。你知道我方才差不多对我妹动武了，原因只为她转身对我一看，这真太冷酷了！我将要怎样下去呢！嗯，十字架在那边吗？"

他自己也不知怎么的，他立脚不稳，精神也不能集中于一事上，思想只是来去无踪。他扯东话西地谈着，他的手臂抖动着。

梭娜不声不响，在抽斗中取出一双十字架，一个是松树做的，一个是铜做的。在她自己以及他身上画着十字，把松木十字架挂上他的颈项。

"这是我爱上帝情愿遭难的表现呀！"他笑着说，"我始终好像不曾受过苦！木头十字架是工人的，铜十字架是威里的——你挂的，给我看正合其时……她是挂着的了？我还记得有两个东西也如这个，一个是银制的十字架和一个小圣母像呢。我把这些抛回那老妇的颈项。那些如今用得到了，真的那是我此刻该挂的东西呀……但我又在胡说，而把要事忘了，我怎会如此善忘呢……你看，我来警告你，梭娜，你知道……就是这——我来就是为这。但我想还有话的。你自己要我去呀。嗯，如今我要坐牢了，你的愿望可以实现了。嗯，你为什么哭呢？你也要哭呢？何必呢！我最讨厌就是这个！"但他心里还是唤起一种感情，他看着她，心内不觉悲痛。

"她何必伤心呢？"他想着，"我是她的什么人呢？她干吗哭呀？她为什么同我母亲和妹妹一样，关心我呢？她会替我做保护人吧！"

"你自己画着十字吧，必得默念一个祷告呢！"梭娜畏怯而含糊地央求着。

"哦，好的，你要我默念多少就多少，而且虔诚地，梭娜，虔诚地……"

但他又想说什么别的不同的话呢。

他给自己画着十字，梭娜抓起她的围巾，披在肩部。这是马耳朵夫所讲的那豆制品绿色的围巾。"祖传的围巾"——拉斯科纳夫想到这儿，便瞧一瞧它，但没有问什么。他确忘记了要紧的事情，并且激动得十分憎厌了，想起梭娜要同他一同去，又突然给他一惊了。"你做什么的？你要到哪儿去呢？你不必去，留在这儿！我独自一个去呢。"他在烦恼中喊着，愤愤地向门口移动，"一伙的去做什么呢？"他喃喃着出去了。

梭娜仍站在屋中。他忘了对她说告别的话。他的心中不觉露出反抗的怀疑，而且也觉刺痛了。

"这行吗，这行吗，这一切？"他下楼时又想着，"她会不去，打消一切……不去吗？"

但他仍是去了。他到底觉得他自己太操心了。他到街上时，想起没有对梭娜告别，他走了，让他围着碧绿色的围巾在屋子当中，他对她嚷了后，她不敢动弹时，他突然呆了。同时，他的脑中又来了一个思想，好像暗藏着，等到有机会就来吓她一下似的。

"怎的，我此刻到她那边去做什么的？我对她说，为着什么事呢？我一点事情也没有！对她说要去吗？但这又不用的。我爱她吗？不，不，我刚才驱逐她如同一只狗。我要她的十字架吗？我怎么如此卑鄙呢？不，我嫌她的泪，我想看她的惊惧，瞧她内心怎样刺痛？我有什么值得留恋的事物，什么值得我珍视的事物，什么值得牵记的友情！我竟如此自信，梦想着自己要做的事！我真是一个街头乞食的寡耻的贱丈夫呀！"

他沿着这河岸边走，凝视着各样事物，注意力毫不能集中在一件事物上。一切事物都偷偷地溜去了。"再过一星期，下一月中，我将坐着囚车再经此桥，那时我又将如何看这运河呢？要牢牢记着这点！"这思想抓着了他，"再看这块招牌！那时我将如何看那些字体呢？这边写的'公司'，这是很可记的，而且在下一月内再看着时——我将做何感想呢？那时我会有什么感觉，如何想呢……这都是平常的，我此刻搅扰着些什么？这当然也怪好玩的……在他们那边……哈——哈！我想些什么呢？我重做孩儿了，我对自己夸示了，我为什么眼瞎呢？嘻，大家如何拥挤啊！那个臃肿汉子——他必是个德国人——他挤我呢，他知道我是谁吗？还有一个丑妇，抱着一个小孩在行乞。她想我比她快乐，这太怪了。为着她的不幸，我是可以施舍她一点钱的。衣袋内只有一个五戈比的钱币了，什么地方来的呢？就给她，喂，老太婆！"

"上帝会保佑你呀！"那乞儿收下钱币，说声就走了。

他向柴草市场那儿走去。他是最讨厌群众的，但他偏向人类最拥挤处走去呢！他本想摆脱一切，遗世独立，但他根本未曾孤独过。那群众中有一个人喝醉了，歪歪倒倒地蹦跳着，他跌下了。大家又围着他看。拉斯科纳夫挤进去，看了看那醉人，嗤地笑了声，然后走开了。他不知身在何处，不过当他走进群众中央时，忽然给兴奋的情感克服了，身心不免呆了一下。

他忽地记起梭娜的话："到十字街头，跪在大众前面，吻着泥地，因你对它也负罪了。再对大众大声说着：'我是一个凶手呀。'"他想起那话，便怔住了。他没有轻松一刻，特别最后几小时，那无限的苦恼忧虑沉重地压迫着，他不得不将这种新鲜的感触完全握着，这就如突然而起的病降临一样。这仿佛一个火花在心中焚烧，燃烧进他的全身，他身体各部全瘫化了，眼泪不觉夺眶而出。他立即昏倒地上了。

他在市场的路中跑了，露着乞求和狂欢和泥土接吻着。他起来后又复跪下。

"他是醉了……"一个近他的壮汉说着。

四面有一片喧笑声。"他到耶路撒冷去的，朋友们，正对着自己的孩子和国家再会了呢。他是跪在世人前，吻着伟大的圣彼得堡城池和道路呀。"一个酩酊的小工说着。

"他年纪还很轻呢！"又一个人说。

"看上去是一位体面人呢。"有人随口应着。

"如今也分不出谁是体面人，谁又不是呢。"

这些喧喊声，使拉斯科拉夫要想说的"我是凶手呀"这句话，竟由口边收回了。但他只是忍受着这些闲话，一直向公安局那条路走去。在路上虽看见什么东西，他也没注意。他又在柴草市场那边跪下了。他看见梭娜也站在左边五六丈远的地方，她在市场的一个木柱后而避着他。其时她正跟在他的后面防护着呀！拉斯科纳夫那时很清楚地明白这个，梭娜将永远跟他，不管命运将带他到何处，她愿天涯海角，永远相随。这是她的心胸……但他已到命定的所在了。他硬着心肠走进庭院去，他得走上三层楼去呀。"我何时将上去呢？"他想着。他仿佛以为那命定的顷刻还未到似的，他有考量的余地般的。

只见那些同样的废物，污渍狼藉在楼梯上，各层楼房的门大多开着，那厨房内发出同样的油烟和臭味。拉斯科纳夫从那天出去后，没有再到过这里。他的双脚不能动弹了，但仍勉强向前走去。他停一停，镇静着心，进去好不让人疵议。"但为的什么？做什么吧？"他想想很觉奇特，"如果我得喝了这杯苦酒，又有什么呢？越令人憎恶就更好呢。"他又想想着那炸弹中将伊尼娜说话的神气。他是否要到他那边去？别人那边不可去吗？到雷汀那边去如何呢？他就毫不顾虑地直向雷汀的寓所去吗？那么，不用迟疑便会鬼祟地做了……不，不！到炸弹中将那边去好，他如要喝，就即时痛喝吧。

他全身冰冷，意识也没有了，把办公室的门推开——这儿一个门房和一个工人而已。那守门者也没有特意注意他。拉斯科纳夫走到隔壁那房间去。"也许不用我开口呀。"他内心想着。只见未穿制服的小职员在那边抄录什么，在一个转角边有另一位书记呢。哈夫和雷汀都没有在那边。

"有没有人？"拉斯科纳夫问桌旁那人。

"你访谁呀？"

"唉！无声也无影，但我已嗅到俄国人的气息了……在故事里怎么写下的……我忘了听吩咐！"这声音似乎很熟悉的。

拉斯科纳夫只是发抖。炸弹中将已在他面前了，他方由第三间房进来的。"这是天数了。"拉斯科纳夫自语着，"他为什么也在这边呢？"

"你来见我们吗？有何贵干？"伊尼娜问着。他似乎很和善很快乐的样子，"如果你为公事跑来，你是稍早一点。我在这里，这不过是一个机会而已……但我愿尽量帮忙的。我得承认我……什么，什么？请恕我……"

"拉斯科拉夫……"

"当然。是的，拉斯科拉夫。你想我忘记了吧？不要如此想……洛地亚，对不对？"

"洛地亚。"

"是的，当然的，洛地亚，我探望你好几回了。我对你实说吧，从那事后……自我那样举动后，我真不快……然后他们对我解说，说你是一个文学家……并且是一个博学的人……又是初露锋芒……可叹我们！

文学家或科学家除了开辟行径外什么也不会做！我的内人和我都最重视文学的，我的内人就是那种非常热爱它的！文学和艺术！只要是一个体面人，一切都可用才干、智慧、聪明、天才得来的。说到一顶帽呢——嗯，与帽子有什么干系呢？我真很轻便地可以买一顶，但在帽子下面的那个东西，却是有钱人难买的！我有时想对你表示歉意，但也许你……但我忘了问你了，你真有何贵干吗？我听说你的家人到来吧？"

"是的，我母亲和妹妹来了。"

"我觉得很增光地遇见令妹——一个有知识的可爱的人。我很悔恨自己那样和你闹脾气。是的！但当我疑惑地看你昏倒的猝病，那事就清楚了！执迷不悟和狂妄！我懂得你的愤怒呀。也许因为家人来到，迁移贵寓了吧？"

"不，我不过随意进来……我问……我想会在这里找到哈夫的。"

"哦，是的！我听说，你们是朋友了。嗯，不，哈夫不在这边。是的，我们不知哈夫哪儿去了。昨天就不在这里了……他走时，和内人闹……真太不像样了。他是一个轻浮的年轻人，本可以有所作为的，但你知道他们——我们的高明的年轻人——是怎样的。他想去做什么试验，那无非是谈空说有，毫无是处的，当然，你和你的朋友伦肯就不然了。你是以才干去努力事业的，失败不算什么。对于你，人间的一切诱惑毫不相干——你是个遁世者，高僧，逸士……一册书卷，夹在耳后的一支笔，一种专业上的探讨——你的精神就寄托在那上边！我也如此的……你看过利分斯的旅途记录没有？"

"没有。"

"哦，我看过的。此刻有一班虚无党人，你知道，而且也不足为怪，现在是什么时日？我问你。但我们想……你当然不是虚无党中人物吧！你坦白地对我讲，不用瞒！"

"不——不是……"

"信我吧，你坦白地向我说，如同对你自己说无异！公事是一件事，但……你以为友情也是另外一件事吗？错了，你错了！这不是友情呀，是人和公民的感情呢，人类的感情和万能者的爱之感情。我可说是一个吃公事饭的，但我也不能不承认是一个人和一个公民呢……你可问哈夫，会不会在不体面的人家，为一杯酒，会用法语侮辱人的……哈夫就不过如此！可是我会燃烧着炽热和高深的情感的，而且我重要，有官职，有地位！我娶妻生子，我算尽了一个人和一个公民的责任了，但他是谁，我要问你？我是把你看作是一个有知识的体面人而对你说的……此外那些助产婆也无量地增多了。"

拉斯科纳夫张大了眼，皱着眉毛，伊尼娜的话在他看来简直毫无意义，但也稍稍懂了一点。他注视着他，不知怎么下去。

"我是说那班剪发的姑娘呀，"爱插嘴的伊尼娜续说着，"助产婆是我赏给她们的绰名。我觉得是个十分适切的名字呢，哈哈！她们到学校，念解剖学，如果我病了，去请一个年轻姑娘来医治我？你的感想如何呢？哈哈！"伊尼娜哈哈大笑，觉得自己的辩才无碍而快乐，"这是对于知识的一种过度的渴慕，你是受过教育熏陶的，那好极了，为什么要骂他呢？何必像那个无赖哈夫那样侮辱体面人呢？我问你他为什么要侮辱我呢，你再看那班自杀者，何等的普遍呀，你不会想到的！年轻的男女还有老翁，以最后挣来的钱，去害他们自己呢。今晨我们听说有一个才进城的先生，我想叫作尼而，不知那个自杀的先生到底姓什么的？"

"喀老夫呀。"有人在隔壁懒洋洋地答着。

拉斯科纳夫吓了一跳。"喀老夫吗！喀老夫自杀了吗？"他惊喊着。

"什么，你和喀老夫认识吗？"

"是的，我熟悉的……他到这边还没多时哩！"

"是的，就是如此，为走失了老婆。他是一个不顾利害的人，突然间他会自杀了，真是吓煞人哩……他在他的小簿子上写着，他是在神志清醒的情况下自杀的，他之死去与人无关的。听说他很有钱呢！你怎么认识他的？"

"我……认识……我妹以前是他家中的家庭教师呀。"

"哦——哦——那么你当然知道他的一切了。你没有怀疑他吗?"

"昨天我碰见他……他……喝酒,别的一点不知道哩!"拉斯科纳夫觉得自己又有什么东西侵袭他,窒塞他似的。

"你面色又苍白了。这边真是气闷吧!"

"是的,我要走了。"拉斯科纳夫说着,"很对不起你!"

"哦,没关系,你以后要来就来吧。能看见你倒是很高兴呢!"伊尼娜伸出手臂了。

"我不过是……是来看哈夫的。"

"我晓得,我晓得,能够见你倒是很高兴呢!"

"我……也很快乐呢……再会吧。"拉斯科纳夫笑着出去了。

他有些昏,荡来荡去,不知所措,手扶着墙下了楼。他觉得有个门房走到楼上警察办公处去,在他身边擦过,一只狗在底下汪汪地狂吠着,像有一个妇人口嚷着,并执着鞭子去打它。他走出庭院中了。这时在门口附近,看见梭娜神色仓皇地立在那边。她惊讶地瞧着他。她的脸上露出伤心绝望的神色。她紧环着手臂,他的口唇撮着一种尴尬的、无聊的笑颜。他呆了一下,便咬紧牙根,仍到警察办公处去了。

伊尼娜方坐下,翻看着报纸,在他旁边站着那个在楼梯上瞧见的门房。

"喂,又回来了!你掉了什么吗?怎么的?"

拉斯科纳夫面色苍白,眼睛直瞪,懒洋洋地走到桌前,手撑着桌面,极想说话,但又一句也说不出,不过听见一些言语。

"你是否有病呢?你坐在这张椅子上吧!弄点水来吧!"

拉斯科纳夫坐着,但他的眼睛仍直瞪在伊尼娜的脸上,伊尼娜非常惊异。他俩互相看了一刻。开水来了。

"是我呢……"拉斯科纳夫说着。

"先来点开水吧。"拉斯科纳夫拒喝,只是若断若续而清晰地说着,

504

"是我拿一柄利斧把那老妇当主和她的妹妹威里砍杀的，还抢掠她们的财物呢！"

　　伊尼娜张口结舌，怔住了。旁边聚拢了许多人。

　　拉斯科纳夫把这番话，又再述了一回。

尾声

一

　　西伯利亚在那条寂寥幽寂的河边有一个城池，为俄国政治中心区域之一。城内有一个市镇，市镇中有一所监狱，那监狱中有第二等犯人洛地亚关在里面。他已禁锢了九个月，自从犯罪起到这时止，已有一年半多了。

　　他的审判毫无波折。犯人很老实，而且主动地招认了一切。他既没有把前后事实弄乱缠错，更没有替自己的利益打算而把事实减去一枝一节。他讲述那次暗杀时所遇到的一切意外，以及那被杀了的老妇手中捡到的当物的秘密（一块木牌系着一片铁条）。他一五一十地述着他如何夺她的钥匙、锁匙的形状以及木柜和里面的东西。他说砍杀威里的出乎意料，叙述可咳和在他以后那大学生怎样打门，把他俩的说话都复述着。他后来怎样跑下楼，以及听见尼拉和脱里的喊叫，他怎样溜进空房，如何跑回家。他最后说出在弗士列街后边的旷园地内的石头，在石头底下寻出钱和首饰等物。本来这整个的事实就已彰明较著了的。律师和法官们对于这桩案件都非常惊讶，怎么他把首饰和钱袋放石头底下，而不动用分文，而且，他此刻甚至不记得首饰的形状和数目。他说从未启开过钱袋，里面有多少钱也不清楚，起初看似绝不近情理。后来检点钱袋是有三百一十七个卢布和六十个戈比这数目。在石头底下因藏了很多的日子，其中有的面额最大的钞票放在上面，受了水浸，污秽而不可用了。他既对于别的一切事情都直供了，但为什么关于这事说谎，他们尽力推敲这犯人的心理。后来有几位非常有名而熟谙心理学的律师说，他确不曾察看过钱袋，所以他把它放在石头下面时，他当然不明白其中的数目和形状，事是可有的。他们并由此演出一个推理，说他的犯罪只是由于偶然的神经慌乱，由于贪杀欲的关系，事实上他毫无谋财的动机和企图。这和近来最流行的偶然疯狂说很相吻合呢，晚近关于刑事案件，常以此种学说为根据的。而且，拉斯科纳夫的忧沮病的实情有着很多的证明，有他的同窗诺夫医生、他的女房东及其女仆。这一切都足以证明这种结论，拉斯科纳夫和平常的凶手及盗匪，有着非常大的差异点的。

这个犯人简直没有设法掩饰和替自己辩剖过，这就使那些持那论调的人莫测端倪了。对于是什么促使他要去杀人抢劫，这种决定一切的问话，他十分坦白而且粗率地回答着，为的是他生活的悲惨、贫困和无援，他渴想获到三千个卢布以资补益，以应付日常所需。他因为浅薄的畏弱的品性，加上贫困和失败的压迫，遂驱上暗杀之途了。他为什么要招供这话，他答说那是完全的内心的后悔。这全是很率真的说供呀！

但判罪是非常怜悯一点的，也许一部分因犯人并无否认自身犯罪的事实，并且还把他自己的罪更加甚一点呢。犯罪的一切前因后果，都仔细地推考过了。犯人当时的变态的行为和受贫困所拒的情形，当然是不容置疑的。由他未曾花用所动抢之物的事实看，以为一部分是受悔恨的关系，一部分是由犯罪时的变态原因。他无意杀了威里，就足以证明后面这个假设：犯人犯了两回谋杀，而把门开了，这事忘了！而那招供，正在那案件因为尼拉的忧愁和畏怯而供出假证，把案情混乱了之时，而正在对于真犯人未获确证，甚且毫未疑心（派弗里确如此说的）的时候——这些更有助于案情的剖析而获减刑的判决。况且更有别的有利于犯人的情形无意间地露出。伦肯忽然说出了而且证明说拉斯科纳夫在大学时，曾资助一个有肺痨的穷同学，以他最后所花的钱，而赡供他六个月的费用，况且在这个学生死后，遗下衰迈的老父，拉斯科纳夫把他的老父送进医院，并为他打理死后的一切费用。拉斯科纳夫的女房东也替他证明，说当他们在五角地另外一个地方住的时候，在一个失火的人家，拉斯科纳夫曾为之救出两个小孩，他自己甚至也被火伤着呢。他的事情，得到这些人的从旁证明，实在是非常有助于他的。

因此犯人获得减刑的判决，只在第二级里干八年的苦役罢了。审理这案之时，拉斯科纳夫的母亲神经错乱着并害神经质的病了，多利亚和伦肯正在审理期内，便把她送到离彼得堡很近在铁道旁边的一个城去，如此就好随着审讯，而可时常去看望多利亚了。当多利亚和她的哥哥最末一次会谈归来时，她的母亲已经发烧，不省人事地病了，那晚伦肯和她议定，倘使他母亲问起儿子时怎样回答。因此他俩编造了一个谎话，说他是为一桩要事，而到俄国的一个稍远之处，他将会弄到一个好名誉和金钱的。

但甫利亚在那时以后，就没有问他们这个事情了，这使他们惊奇哩。她对于儿子的骤然他去，她也有说法，她泪痕满面地对他们说，说他会来对她辞行，说他有着一些秘密的要事，而且洛地亚周围还有些仇人，他必得暂避。说到他未来的事业，她一点不疑心，说当那些恶势力除去后，是会发达的。她老实对伦肯讲，他有朝一日会变成政治伟人的，由他的文章和显明的天资足以证明的。她常念那篇文章，甚至捧着它一同睡觉，但她绝口不问洛地亚在何处等话，虽然旁人也力避着这个事情。

他们后来对于甫利亚在某种事情上的十分缄默觉得古怪。例如，她从未问起他为什么没有来信，虽然从前她唯一的希望就是儿子的来信。

510

这令多利亚十分焦急，她想母亲猜疑儿子的命运中有什么危险，因而不敢问及，恐再听见什么更可怕的事情呢。不过多利亚却很明白，她母亲的神志是日渐昏聩了。

但有几次，甫利亚有时话转着方向，想要不提洛地亚在何处，简直不能的，当她得到的疑心的回答时，她就更显得忧虑缄默了。如此过了好久时日，多利亚后来觉得骗哄她是不易了，倒不如在某些方面上不响一声好。但后来那情形却愈变愈显明了：那可怜的母亲老是怀疑将有什么不幸的事情了。多利亚记起她哥哥对她说，她母亲听见她和喀老夫会谈后，在招供的那日前，她在夜里做梦说着——她不会从那边听出什么话吗？后来，在数天或几个星期的忧虑的缄默和淌泪后，就有一时的神经错乱病的发作，病者滔滔不绝地谈她的儿子，以及将来的希望等……她的幻念常会变得十分怪的。他们侍候意旨，故意赞同着她的意思，但她仍是续说着。

拉斯科纳夫招供后五个月，定狱了。伦肯和梭娜方便时也常去看他。最后分手的时候到了。多利亚对她哥哥坚决说，这次分别时间是很短暂的，伦肯也如此安慰着。伦肯也以年轻人的热诚坚决地想在三四年后，打下一个稳固的基业，弄点蓄款，移居到西伯利亚去，那边是一个大可开发之处，需要多数工人和资本的。他们务在洛地亚所在的城中住着，大家一齐经营一种新生活。他们在别离时都哭得成泪人了。

拉斯科纳夫在前数天做很多梦。他母亲问了很多的话，他非常替她焦心。他那样为她操心，竟给多利亚惊奇了。他一听见母亲病了，他更变得抑郁忧伤。对于多利亚他仍不轻易讲话。梭娜因为喀老夫所留给她的钱的资补，早就存心随他一同遣戒到西伯利亚去。对于此事拉斯科纳夫和她并没有讲过什么话，但两人都早已默喻了。最后分别时，他对妹妹和伦肯热心地预冀着他出狱后和他们一起过幸福生活，异样地笑慰着。他想母亲的病是不会好的了。梭娜和他终于出发去了。

再过两个月，多利亚便和伦肯结婚了。这是一场冷静而伤心的结婚，但派弗里和诺夫也是贺客之一。这段时期中，伦肯有着一种坚决的态度。多利亚也相信他能履行他的计划，真的，她是应该相信他了。他露出一种坚强的意志。在正当事情后，他还到大学里去读书，他想得到一个学位。他们瞻前顾后，早立定主意，要在五年内迁到西伯利亚居着。他们完全把希望寄托在梭娜一人身上。

甫利亚十分快乐地替这对新婚夫妇的结婚祈福，但结婚后，她愈加抑郁忧沮了。伦肯为给她安慰起见，常告诉她说拉斯科纳夫怎样帮助那穷困的同学和他的弱父，说他在一年前，怎样从火烧中救出两个孩子，怎样被烧伤。这些新闻把甫利亚的混乱神绪提振起来了，差不多快乐极了。她只是以此为谈资，就是在街上和家人，也说及此，虽多利亚老是伴着她的。不论在何地何时，如果她能弄到听众，她就谈她的儿子，他的文字，他怎样帮助那同学，他怎样在失火时被烧，等等！多利亚也没法劝止她不谈。甫利亚把儿子所救的两个小孩母亲的住所寻见后，立刻要冒昧去见她呢。

最后她的病状日增了，有时忽哭忽泣，病已日深，头脑发烧得糊涂极了。一天早晨她说，洛地亚就要回家了，她记得，他对她告别时，他说在九个月以内，必可回来的。她在为他的回来准备了，房子打扫整齐，家具也刷新，等等。多利亚虽焦急，但也不好说什么，只好布置收拾房屋。如此弄了一天，在无谓的幻想中，在快乐的白日梦和泪痕中过去了。甫利亚日间疲倦，夜里就更病了，第二天早晨她更发烧，更不省人事了。听说这是脑热病呢。那星期中她便死了，她在不省人事中说出一些话，关于儿子的不幸的命运所知道的，比他们所猜想的多多了。

自从拉斯科纳夫遣戍到西伯利亚后，他们常常通信，可是很久以后他还不明白母亲是不在了呢。写信之事全靠梭娜，她时常致信给伦肯夫妇，依时收到回信。当初他们对梭娜的信太没有兴趣，但后来他们也渐渐看惯了。梭娜的信中全是琐碎的细事，是拉斯科纳夫和犯人的一些环境的简朴明白的描述而已。既没说到她的前途，更未预冀着未来，她自己的情感更只字都无。她毫不解说他的心灵和精神的生活，只是写出一点点事实——关于他的，他的身体的近况，他们会面时他要些什么，他吩咐她什么，等等。这些她写得很多。他们可怜的哥哥的面像，总算确切地描绘出了，因为除了事实外，别的便没有了。

但多利亚夫妇最初从这些报告中得不到什么安慰。梭娜写信说他时常忧沮、缄默，说他们给他的来信，他也不感兴趣，说他有时问起母亲，而且说当他将猜到实情时，她告诉他，说她死了，他也似乎没什么反应，总之，在外表上确是如此的。她也惊讶呢。她对他们信上说，说他虽好像倾心于己——但他却对于他的新生活也没什么寄望，目前也不希望什么较好些之物，也没有存心不良的希望，而且对于环境中的一切，他也好像毫无惊奇之感。她说他的身体倒十分健康。他做苦工，不偷懒也不多做些。他对于饮食更满不在乎，除了星期日和放假日外，食物不用说是坏极了，所以他倒愿意收受一点她——梭娜——的钱，每天弄点茶喝喝。他叫她别的不用操心，她对他的惊惶焦心，无非更给他苦恼罢了。梭娜信上并说，他在牢狱中和其他犯人同室，说她也没有去瞧过别的牢狱内情，但可以说那边一定是挤挤的、悲伤的、污秽的。说他睡在一张硬板床上，下面只有一条毯，他绝不想有什么舒适的布置。他如此可怜的、恶陋的生活，不是有什么用意，无非漠不关心罢了。

梭娜并在信上说，他以前对于她之去探望并不觉有怎样高兴，有时简直烦恼她的到来，他不多等这方面，有时且给她难堪。但这种会见后来对于他成为一种惯例，也就慢慢相安了，所以后来她病了，有几天不能来看他时，他倒感到痛苦。她在假日常到牢房门口或在分监狱里看他，他被带到那边去会她只有几分钟。在做工的日子，她就去看他工作，也许在工场中，或在缸窑那边，也许在意耳地河岸上的木棚，全不能一定的。

至于她自己，她信上说她在城内认识了几个朋友，说她以缝纫消遣永日，而且因为那城中很少女缝工的，所以她就在有些人家里被认为是很需要的人了，但她没有说及官厅因她而对拉斯科纳夫表示好感，把他工作减轻一点，等等。

　　但最后的一个报告寄到了（多利亚在前几回来信中就已觉出惊恐和不宁了），说他隔离世人，说他的同室囚犯对他不好，他几天也没说话过，面色十分憔悴难看。在最末一信，梭娜信上说他病得极沉重，在医院的囚人病室中医治云云。

二

他病了很久的时间，但这不是对于囚犯生涯的忧愁，不是艰难的工作、剃光了头以及菲衣恶食等毁坏了他的。他对那些辛苦遭难早已处之泰然了！他对那些苦工甚且很愿意做呢！身体方面的疲劳，他可以用几个钟头的睡眠补偿的。那饮食更不足挂齿了——清淡的菜汤中常浮着苍蝇，但在从前做学生时，有时连那个都缺乏哩。囚衣是温暖的，于他的生活习惯也无不适。他虽是受着桎梏，但已安之若素了。他对自己剃光了的头和赭衣觉得羞耻吗？这在谁人的面前呢？在梭娜的面前吗？梭娜既已怕他，他怎会觉得在她面前怕羞呢？假使他在梭娜面前怕羞，那他也会用侮蔑的、粗野的态度令她困苦的。但他所怕羞的，也并非他的剃光了的头和他的桎梏，实在是他平日的骄傲受了重压。他所以害病，完全是骄傲受打击的缘故！故他如果尚能反躬自咎，那他是怎样的幸福呢！那么，他不但能容忍任何事情，就是羞耻和凌辱也会宽容呢。但他严厉判断自己，他的日增的困苦的内心，在过去那不到十分凶怕的过误，除了一点小小的鲁莽外，就没什么了，而且那不论谁都不免的。他怕羞，正是他——拉斯科纳夫——受了昏聩的命运所赐，所以如此失望地，蠢笨地，失败到底，而须得谦卑乞怜，服从判决的蠢事。

改过自新，这于他有什么慰藉呀！他要为什么而生活呢？他要祈求些什么呢？他何故要奋勉呢？为生存而生存吗？那他以前不计其数，情愿为一个信仰，为一个希望，甚至为一个幻想，而放弃一切生存之念了。只为着生存，这似乎太浅视他了。他是还有更多有所为的。也许因他的欲望关系，他觉得自己是比别人可允许的事情更多的一个人。

只望命运使他悔恨——剧烈的悔恨，摧残他的内心，掠夺他的睡眠，那些悔恨，那些可怖的痛苦，加以自到和自沉的幻象！那他就会幸福了！泪痕和困苦总还是人生的一面。可是他绝不会悔罪呢！

他在自己的呆蠢的愤怒中也许得到一点安慰，和他对这监狱的那许多莫名的莽撞愤怒无异。但此刻在监狱中，在无拘束中，他把一切的行动又思索一回，评判一次，绝不以为它们是像那致命时的那样鲁莽，那样奇异呢！

"在那一方面呢——"他自问着，"我的思想难道比那些纠纷不解的思想和理论蠢些不成？假使一个人超然自立，宽容地洞观事物，不以庸俗意向为转移，我的用心就决不会那样怪异的，嗯，怀疑者和不中用的哲学家，你们何必故步自封徘徊不前呀！"

"我的言语何故会叫他们如此大惊小怪呢！"他自语着，"就因为那是罪行吗？罪行怎么解说呢？我的天良是无咎的。当然，那是一桩法律上的罪行，冲犯了法律上的尊严，淌了赤血了。嗯，就为法律的尊严而惩处我……那也就无话可说了。果真如此，那么，那些人类的恩人，他们不是承受权力，乃是为自己抓取权力，在当初就该受惩处了。然而那些人功成名就了，他们是无可訾议的了；我不会一举成功，所以我就无权迈进了。"

他承认他的罪不过是因他不会成功，并把事情招供了呢！

他何故不早自杀呢？何故他要站在河边看河水，而自顾招供呢？为生存的欲望太强,不易克服吗?喀老夫虽是一个怕死的东西,他不是已把他克服了吗?他为以上那些问题所苦恼着。

他正站向河中望的时候,他困惑地自问着那些问题。他不能了解,他也许无意识地觉悟出自己的信心根本动摇了。他不了解那种觉悟为未来的转折、新的人生观及他未来的复活的张本的。

他看见他的同室犯人是怎样的爱重人生,宝重人生,他不免惊奇了。看他们在牢狱中爱重人生,宝重人生,好像比在自由中有过之而无不及呢。例如有的像那些流浪者,是饱受送走艰辛的痛苦和穷困的呀!他们曾如他想见他的爱人那样酷爱一线日光,爱未辟的林木,爱隐逝着深崖洞壑的清泉,流浪三年之前看见一眼,而渴盼再见,梦想那丰草长林中的唱歌的小雀吗?如此下去,他还可以再举许多难得的例子呢!

他在牢狱中当然有许多耳目不及的,他好像闭着眼睛度日的。但有些事情竟让他惊讶,他就好像自动地去留意那些以前所未猜及之事。最让他惊讶的,便是他同狱的人间,似乎有条深涧横隔在中央呢!他们好像是另一世界的人类,他们和他都存着憎恨和仇怨似的。他感觉自己孤立无援的因素,但那些因素不是更深而且强烈的时候,他也绝不会加以承认的。有些是波兰的遣戍儿,是政治的犯人。他们就轻蔑其他的狱囚为茫昧的鄙夫,然而拉斯科纳夫绝不会如此轻视他们的。他觉得这些无知的人在有些地方实在比那些波兰人贤明多呢。另外有几个俄国人——一个军官以及两个书生——也同样高视阔步呢。拉斯科纳夫一样地明明白白觉察到他的谬误之处。大家谁都讨厌他,不亲近他,而且还嫌恨他呢——什么缘故,他也莫名其妙呀。罪名深重的人受人轻视,他的罪行且受人讪笑呢。

"你是一个体面的人呀,"他们常说着,"你何必用斧头去杀人呢,那不像是体面人干的行径呀!"

第二周的四旬斋,他和那一群人供奉着圣餐礼。他和旁人去教堂一同祈祷着。有一天有着些许争执,他完全不知内中情形,可是大家都集矢于他，愤然对他责难着。

"你是一个无信心者！你不信仰上帝的呀！"他们喧嚷着，"该把你杀戮了呢！"

他一向没对他们说及上帝和他的信仰过，然而他们要当他一个无信心者而杀了。他一声不响，有一个犯人疯狂般地扑了过去。拉斯科纳夫不动声色地看着，额角一点不颤动，脸上也无畏缩之色。狱卒把他劝解好了，否则就要闹翻了。

此外另有一事他很奇怪：就是他们何以那样喜欢梭娜呢？其实她也无意示好于他们，更不常碰见他们，不过偶尔她也来看一看他的做工而已。可是狱中人都知道她，知道她是跟他一道来的，知道她住在何处，做什么营生的。她也不会给他们什么钱，也没怎么帮助他们过。不过有一回圣诞节的时候，她给大家一点饼干和小面包而已。可是他们和梭娜间慢慢地发生了亲切的友谊。她常代他们写家信。他们进城来的亲戚，听了他们的嘱咐，常把带给他们的物件和钱钞寄存在梭娜那边。所以他们的妻或爱人都和她相熟，而常和她交际。当她去见拉斯科纳夫做工时，如果路上碰见那些囚犯，他们都对她脱帽致敬。"梭娜姑姑，你是我们的好朋友呢。"那个烫火印的囚人们对那个孱懦的矮子说着。她不觉笑了，对他们还了一个礼。她笑了，大家都非常愉快。他们还赞赏她的风姿绰约，常回首看她走路的姿势，他们赞赏她的短小身躯，实在也不明白赞赏她什么好些呢！他们有时病了，也间或请她帮助呢！

四旬斋后一直到复活节后，他多在病院里医治着。他头脑清楚时，就回想到头火热、神志不清时所做的梦。他梦见全世界有了一个厉害的怪异的瘟疫，由亚洲传染过欧洲，除少数得天独厚者外，大家全被毁灭了，有几种有智慧的新微菌侵袭人体，但那微菌倒有意志和智能呢，使人们立刻变得疯狂狂怒了。但人们从未如这班遭患者一样认为自己有智能，紧握着真理，他们从未认为他们的决定是科学的结论。他们道德上的信念是无差错的，一切的乡镇城市的人民都染着疯狂了，全兴奋了，大家都不能相知了。他们都自以为得着真理，苦恼地瞧着他人，擂胸，哭喊着，痛苦。他们不知道怎样判断，他们对于什么是罪恶，什么是良善，谁应受罚，谁该免罪，完全不了解。大家全在互相嫉恶，互相伤残。大家甚且簇聚着军队互相攻击，冲刺，砍杀，咬啮，吞噬。城内的警钟成天叮当着，大家都跑到一起，但何故召集他们，以及谁召唤他们，全无人了解呢！最简单的营养都荒废了，大家各以己意妄加评骘、改良，大家不满意。田地也连着荒芜了。大家聚集成帮，共做着什么事，发誓遵守公约，但转眼间又自己冲突了，互相诋毁着，互相残杀了。因此大火灾和饥荒时时发生，不管人和物全毁灭了。瘟疫到处蔓延，在全世界上只有几个得天独厚者获救。他们是天所挑选着的，注定去另创新环境的。但不曾有人见过这批人，人们也不曾听见过他们的谈话声音。拉斯科纳夫非常烦恼，这种无意义的梦只是萦回于他的脑际，这种神志不清的印象留存得很久远。复活节过后又两周了，春天气候是暖和的，监牢病室中的窗口开了，只见守卒在窗下往来踱着。他害病时梭娜只得到两次的允准看他，要望他实在困难。但她常到病室附近去，特别是夜里，有时只呆立着，仰望着病室的窗口而已！

一晚，拉斯科纳夫像复元似的酣睡着。一觉醒来，他无意间走到窗口，其时发现了梭娜在医院门口那边远远站着，好像在等着谁般的。其时他的内心非常伤心。他战栗地走开了。翌日和第三日梭娜始终没有光临，他心胸忐忑地等待她。后来他脱离病院了，回到监狱，他由同犯口中探知梭娜在家害病，难以出来了。

他十分忧虑，即叫人去探问。后来他探知她的病不很厉害，总安了心。梭娜听见他为她焦虑，就用铅笔写了一张条子给他，说她病已好了，说她只是感了一点冒，并说她就要来看他做工了。他看到字条时，心里非常不安。

又一个晴朗的天，早晨六点钟时，他到河边去工作。在那边一座小屋里有一个炼石膏的窑炉，他们常去做着石膏的工作。他们一共三个人，有一个犯人和守卒同到乡镇去拿用具，另一个人则在弄木料，预备放在窑内的。拉斯科纳夫走出小屋，走上河岸，在屋旁的木堆上坐着，凝望那广漠静寂的河水。只见前面一片荒凉的风景，远远听见歌声飘来。那日光照在广大的原野，他远远看见黑点似的游牧者的篷帐。那边住着的人，逍遥自在，全不知这边的人一样。那边根本不见时间的迁流，好像阿伯拉时代和它的羊群尚在般的。拉斯科纳夫呆坐着凝眺，他想得出神了。他虽不想什么，但一种出神的灵感给他烦恼了。他忽然发现梭娜悄悄地坐在他身旁了。其时时候是早晨，凉风刺面，似觉寒意。她穿了破陋的旧长袍，披着碧绿色的围巾。她的脸部仍有病的样子，略瘦削一点，苍白一点，她对他露出一种愉快的笑脸，仍是畏怯地拿出手来。她老是怕羞似的，他也像不愿意握她的手臂般的，见她总有点不高兴，有时她来见时老是静默着。她间或在他面前战栗地快快地走了。然而此刻他们的手握得很紧了。他瞥了她一眼，又默然地低着头。此时四面静悄悄没一个人，只有他俩，守卒也识趣地避了。

事情真有点奇怪。刹那之间，好像有什么东西握牢他，他倒在她的面前了。他边哭着，边抱着她的双腿。她惊吓着，脸色也变灰白。她站了，看他的颤抖。不久她懂得了，她的眼中不觉蕴藏着愉快的光明的神色。她完全了解，他爱她甚于一切，而最后的一刻来了……

他俩泪眼缤纷，欲语又止般的。他俩的带病的炭白的瘦削脸孔虽很明显，但因一个鲜明的新生活重复来到而焕着饱满的光彩了。爱情便使他们增厚了，两心相印地向着活泼的路上迈进。

他俩一心地忍耐着尚有七年的牢狱生活，在那以后是苦乐不知，然而他如今复活了。他深深地感觉着了，同时——她也和他共负艰巨地生活着。

这晚，狱门加锁后，拉斯科纳夫躺在木床上，只是想着她，甚至于乱想。那些以前和他作对的犯人都异样神情瞧着他。他也和他们攀谈着，他们也和蔼地和他相谈。他想这事是如此的。如今一切事情都已另换一境界了。

他想起她，以前是怎样地让她苦恼，伤她的心。他又想着她苍白的瘦小脸颊。这些回想，此刻已不会给他困恼了。他很想把这时的爱情中要说的话，对她说了，以酬她爱情的贯注。以往的一切，那些烦恼，又何必萦回于脑际呢！凡事凡物，就是他的犯罪，他的判决和坐牢，如今在他看来，也好像是身外之事，漠然无动于我了。但那晚他觉得他不能更想别的了，而且他也不能合理地分析什么事情了，只觉得生活已走进玄妙的境界，有急待他的心中完成的一种事物。

他把枕下的那本《新约全书》拿着。这书是梭娜的，就是她从前对他念过里撒复活的那本书呀。那时他对于宗教和福音等，都怕她来以此麻烦他。但却很奇怪，她绝未曾说及那些事情，就是那本《新约全书》也没给他看。现在这书是他在病了后才向她要来的。她虽将那书拿给他，却也没说什么话。一直到此刻，他也从未去翻开过。

他此刻虽拿出了书，可并没有翻阅。只是脑中发生一个思想："此刻她的信心情感，以及一切，还不属于我吗？"

那天她非常忧扰不安，夜间她就又感觉病了，但她如此快乐，差不多被她的快乐惊吓了。七年，只有七年！在他们快乐时，他俩都看那七年犹如七天般的！殊不知那新生活不是无缘无故会给他的，须得以极大的代价、极大的挣扎和极大的痛苦去换来的呢。

"俄苏文学经典译著·长篇小说"书目

赌徒　　〔俄国〕陀思妥耶夫斯基 著 / 洪灵菲 译

盗用公款的人们　　〔苏联〕卡泰耶夫 著 / 小莹 译

在人间　　〔苏联〕高尔基 著 / 王季愚 译

我的大学　　〔苏联〕高尔基 著 / 杜畏之　萼心 译

赤恋　　〔苏联〕柯伦泰 著 / 温生民 译

夏伯阳　　〔苏联〕富曼诺夫 著 / 郭定一 译

被开垦的处女地　　〔苏联〕肖洛霍夫 著 / 立波 译

大学生私生活　　〔苏联〕顾米列夫斯基 著 / 周起应　立波 译

叶甫盖尼·奥涅金　　〔俄国〕普希金 著 / 吕荧 译

盲乐师　　〔俄国〕柯罗连科 著 / 张亚权 译

家事　　〔苏联〕高尔基 著 / 耿济之 译

我的童年　　〔苏联〕高尔基 著 / 姚蓬子 译

贵族之家　　〔俄国〕屠格涅夫 著 / 丽尼 译

毁灭　　〔苏联〕法捷耶夫 著 / 鲁迅 译

十月　　〔苏联〕A. 雅各武莱夫 著 / 鲁迅 译

安娜·卡列尼娜　　〔俄国〕列夫·托尔斯泰 著 / 周筧　罗稷南 译

克里·萨木金的一生　　〔苏联〕高尔基 著 / 罗稷南 译

对马　　〔苏联〕普里波伊 著 / 梅益 译

暴风雨所诞生的　　〔苏联〕奥斯特洛夫斯基 著 / 王语今　孙广英 译

猎人日记　　〔俄国〕屠格涅夫 著 / 耿济之 译

上尉的女儿　　〔俄国〕普希金 著 / 孙用 译

被侮辱与损害的　　〔俄国〕陀思妥耶夫斯基 著 / 李霁野 译

复活　　〔俄国〕列夫·托尔斯泰 著 / 高植 译

幼年·少年·青年　　〔俄国〕列夫·托尔斯泰 著 / 高植 译

烟　　〔俄国〕屠格涅夫 著 / 陆蠡 译

母亲　　〔苏联〕高尔基 著 / 沈端先 译